詞學

第四十九輯

華東師範大學出版社·上海

圖書在版編目（CIP）數據

詞學. 第四十九輯/馬興榮等主編. —上海：華東師範大學出版社，2023

ISBN 978-7-5760-3830-9

Ⅰ. ①詞… Ⅱ. ①馬… Ⅲ. ①詞（文學）—詩詞研究—中國 Ⅳ. ①I207.23

中國國家版本館 CIP 數據核字（2023）第 072563 號

詞學 第四十九輯

主　　編　馬興榮　方智範　高建中　朱惠國
責任編輯　時潤民
審讀編輯　劉效禮
特約編輯　王　静
責任校對　時東明
裝幀設計　劉怡霖

出版發行　華東師範大學出版社
客服電話　021-62865537
行政傳真　021-62572105
門市（郵購）電話　021-62869887
門市地址　華東師大校内先鋒路口
社　　址　上海市中山北路 3663 號　郵編 200062
網　　址　www.ecnupress.com.cn
網　　店　http://hdsdcbs.tmall.com
印　　刷　上海新華印刷有限公司
開　　本　890 毫米×1240 毫米　1/32
印　　張　14.875
字　　數　589 千字
插　　頁　4
版　　次　2023 年 6 月第 1 版
印　　次　2023 年 6 月第 1 次
書　　號　ISBN 978-7-5760-3830-9
定　　價　88.00 元

出 版 人　王　焰

屈大均所繪蘭竹石圖

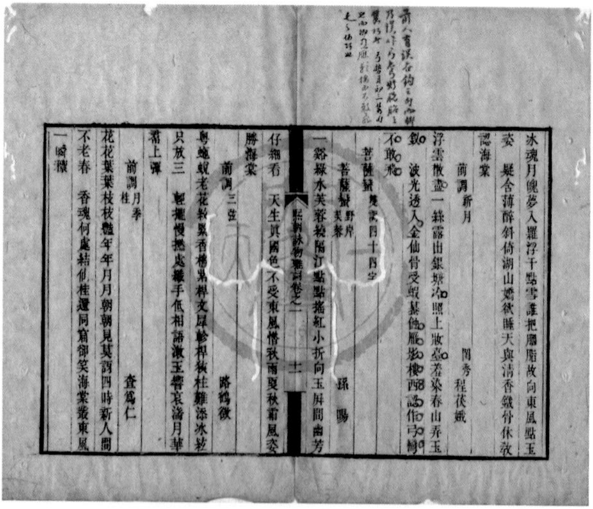

馮金伯《熙朝詠物雅詞》書影（天一閣博物院藏清嘉慶十三年刻本）

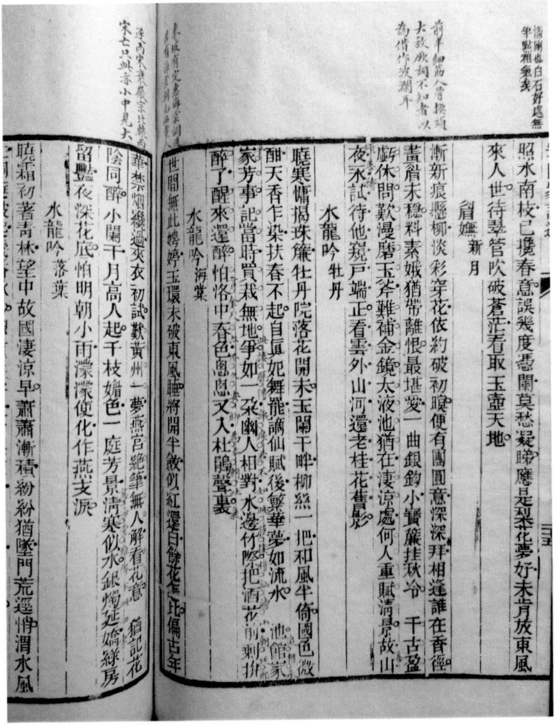

朱筆批校圈點《宋四家詞選》書影

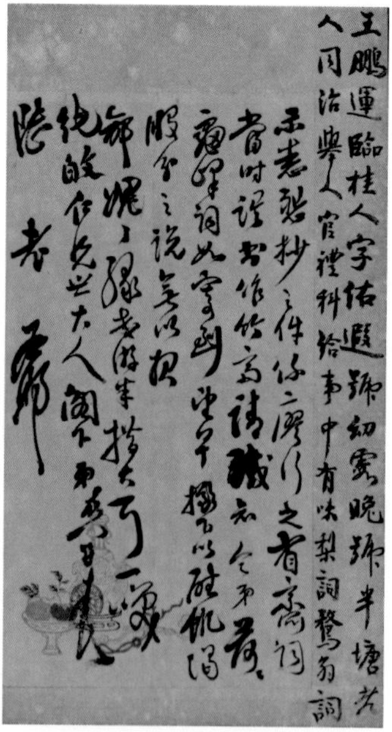

王鵬運致陸樹藩詞學書札（一）

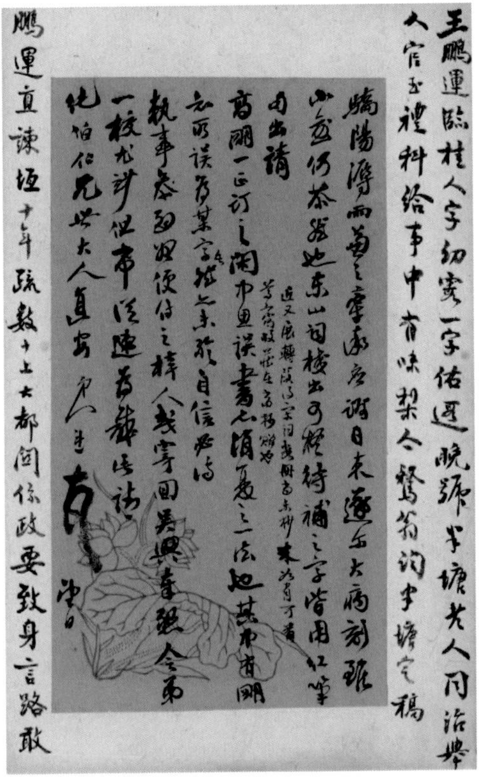

王鵬運致陸樹藩詞學書札（二）

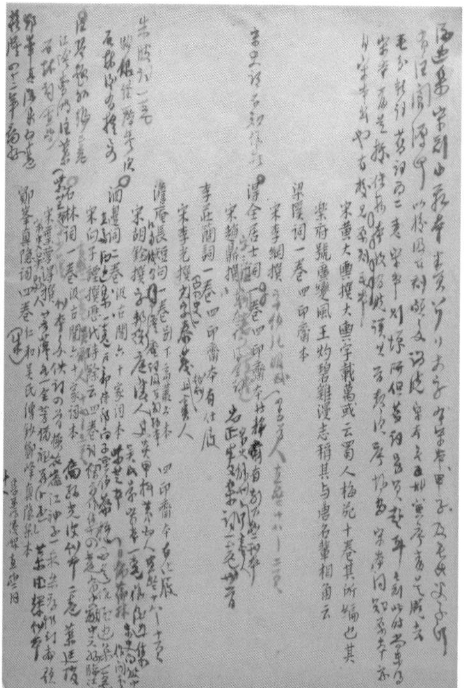

羅振常校補《詞録》書影

《詞學》編輯委員會

詞學 第四十九輯篇目

論述

王鵬運致陸樹藩詞學書札（一）
王鵬運致陸樹藩詞學書札（二）
羅振常校補《詞録》書影

《詞律》與詞體規範的奠立及存在的問題

謝桃坊

内容提要 宋以後由于詞樂的散佚，詞體的音樂性能喪失。明代詞學家嘗試製訂詞譜，力圖重建詞體文學形式規範，但甚爲粗疏，訛誤較多。清初詞學家萬樹的詞學觀念超越前代，已認識到詞體以詞從樂和以調定律的特徵；其《詞律》對詞體格律的考辨已達于謹嚴精密的程度，雖存在一些問題，但其學術水準迄今尚難臻至。《詞律》奠定了詞體格律規範，促進了詞學的復興，並予詞體以新的生命活力，應是現代詞體規範重建的基礎與借鑒。

關鍵詞 萬樹　詞律　律詞　詞譜　詞體　格律

一

中國音樂文學發展至唐代，出現了新體的「以詞從樂」的「曲子詞」，亦即新的格律詩體——「詞」。唐宋時期的詞人爲新的燕樂曲譜寫歌詞，是爲「倚聲填詞」。此後的文人可以依據某詞調的創調之作的句式、字聲、韻律作詞，逐漸形成了格律。宋之後，詞樂散佚，詞的音樂文學的性能喪失，而作者猶眾，此時的詞僅是一種古典文學形式了。自元代以來，詞體文學的創作既失去了音樂的準度，唐宋詞的聲韻格律的經驗又未被總結出來，因而導致創作缺乏規範，出現詞體文學衰微的現象。詞曾是時代文學，就文學形式而言，它的格律比唐代的近體詩更加嚴密和複雜，因其是「依調定律」的，所以在中國韻文中「别是一家」。唐宋詞每詞調的衆多作品的句式及聲韻格律是可以進行比較而歸納出的，由此可以重建詞體文學的規範。明代學者周瑛于弘治七年（一四九四）編《詞學筌蹄》，他談到其主旨及體例云：

《草堂》舊所編以事爲主，諸調散入事下。此編以調爲主，諸事併入調下，且逐調爲之譜，圓者平聲，方者側聲，使學者按譜填詞，自道其意中事，則此其筌蹄也。凡爲調一百七十七，爲詞三百五十三，釐爲八卷。〔一〕

《詞學筌蹄》應是中國詞學史上的第一部詞譜，也是第一次提出「詞學」的概念。此「詞學」是指詞體格律的。「得魚忘筌」的成語出自《莊子·外物》，「筌蹄」藉以比喻爲達到目的采用的手段或工具。詞體的格律規範即是詞體文學創作的工具。周瑛于每個詞調先列圖，以方框（□）表示仄聲，以圓圈（○）表示平聲，以句號表示句，上下段之間空一格，圖之後選名家詞爲譜。填詞者即可按照圖譜來創作了。此編所選之調甚少，分調隨意，甚爲粗疏，錯訛亦多，但却具有首創意義，由此引發了整理詞體格律的學術風尚。此後張綖編的《詩餘圖譜》初刊于嘉靖十五年（一五三六），程明善編的《嘯餘譜·詩餘譜》（通稱《嘯餘譜》）刊于萬曆四十七年（一六一九），賴以邠仿《詩餘圖譜》編的《填詞圖譜》刊行于清康熙十八年（一六七九）。這些詞譜的圖與譜及使用標字聲的符號有所差異，皆屬草創之著，學術水準不高，在分調類、分體、調名、分段、分句、句法、字聲等方面出現許多錯誤。然而自明代中期以來，《詩餘圖譜》與《嘯餘譜》却甚爲流行，爲填詞者廣泛使用。清康熙二十六年（一六八七）詞曲家萬樹編著的《詞律》問世，始奠立了詞體格律的學術規範。

萬樹，字紅友，又字花農，號山翁，江蘇宜興人；約生于明崇禎三年（一六三〇）前後。他在少年時遭受明清之際的變亂，此後家道衰微，曾爲監生，飄泊南北。他工詞善曲，甚有才名，于康熙七年（一六六六八)、八年(一六六九)的兩年間在河北易縣與著名詞人陳維崧討論詞體格律問題;康熙十六年(一六七七)即立志編著《詞律》。吴興祚自康熙十五年(一六七六)擢任福建安撫使,繼而任福建巡撫、兩廣總督。他喜與文士交游,頗能沾溉寒士,聞萬樹之名,遂于康熙十八年(一六七九)聘其爲幕僚。萬樹嘗爲吴興祚草擬奏議,于暇時作雜劇及傳奇,每稿成時,吴興祚便命家伶演出以侑觴。萬樹共創作劇本二十八種,均已不傳。其詩文集《堆絮園集》似亦散佚。萬樹于康熙二十六年(一六八七)終于完成《詞律》二十卷,由吴興祚作序並資助刊行。次年,萬樹病歸,卒于廣西濛江舟旅,情況凄凉。釋弘倫《八犯玉交枝·歲夜吊紅友》云:

蘭畹題詞,蓮花作幕,十載海南羈旅。盡道輕囊歸合早,不解君心良苦。同聽夜雨。記向短簿祠前,一襟清淚分船去。昨寄歸期,遲爾山茶紅處。那禁山隔巫雲,雲迷湘渚。泮江歸夢無據。初還道、雁拋人住。便做了、珠沉極浦。臨風瀝、一杯清茗,是予紗帽籠頭煮。怕雪凍山橋,吟魂驢背能來否。〔一〕

萬樹不僅是詞學家,也是詞人,有《香膽詞》六卷,存詞五百首,使用過親自訂正之僻調。其《賀新郎·登徐氏悠然樓,追懷映薇先生,用稼軒悠然閣韻,先生原任吉安刺史》乃爲自述:

曲尚屯田柳。獨余宗、眉山蘇二,廬陵歐九。每得吉州相印可,詩向荊州老手。謂袁簭菴公。許新譜、金元追舊。多付雪兒歌麗句,立司空、左右周郎後。彈指頃,竟何有。　樓頭無恙銅官秀。問先生、飆車雲馬,尚重游否。試倚朱闌吹紫玉,寄響蓉城鶴岫。好爲我、臨風回首。紅粉花枝何處是。只飛來、燕子徘徊久。身後事,不如酒。(《全清詞》頁五六二五)

他表明其詞宗尚蘇軾與黄庭堅,並以精諳音律、工于詞曲自負,亦流露落魄悲凉之情。萬樹詞的藝術風格是多樣的,如《疏影·夜景》則又清新婉約:

啼殘蜀魄。漸夕陽去也，堤樹煙積。燕子歸來，燈火初明，簾鈎不住風拍。春慵不耐尋針帙，慢自把、金爐香炙。向案頭、偶展緗函，檢得舊時書迹。當時離情未遠，有書尚寄取，如見顔色。人去臨邛，地變衡陽，直恁全無消息。何心斗帳安眠去，但憑几、夜長人默。問恁時、呆守窗兒，獨自怎生得白。（《全清詞》頁五六一一）

萬樹的詞在清詞中藝術成就很高，有新的境界開闢，但爲其詞學之名所掩。因其工于詞曲，故探究詞體格律可以達于精深確切。他從立志發憤考訂詞律以來，由于長期游幕，著述條件十分艱苦，自述：「鶉懸而彈鋏，北轅燕晋，南棹楚閩。興既敗于饑驅，力復孱于孤立。齎此悵惋，十稔于兹。飆館披函，燈帷搦管，未嘗不惄焉而抱疚也。」〔三〕在此期間，他所使用的詞籍有《花間集》、《尊前集》、《類編草堂詩餘》、《唐宋諸賢絶妙詞選》、《宋六十名家詞》、《詞林萬選》和《詞綜》等，分調校勘唐宋詞，辨析《詩餘圖譜》和《嘯餘譜》之誤，完成《詞律》二十卷，計收六六〇調，一一八〇體；每調注明字數、平仄、用韻和句讀，分别段落，並附格律考辨。自此爲詞體格律規範奠立了基礎，有助于清代的詞學復興。

自宋代以後，詞選集僅《花間集》與《草堂詩餘》甚爲流行，填詞者據以爲文學的範本，但它們所收的作品不廣，調名混亂，文字錯訛，選詞不精，作者無考，時代先後失次。清初浙西詞派重要詞家朱彝尊爲此深感：「三百年來，學者守爲兔園册，無惑乎詞之不振也。」〔四〕他編選《詞綜》二十六卷，友人汪森補四卷，于康熙十七年（一六七八）刊行，這爲詞體文學的創作提供了新的文學範本。十年之後《詞律》的刊行則爲詞體文學的創作初步建立了格律的規範。詞體文學的文學標準和格律的重建，促進了清代詞學的復興。嚴繩孫爲《詞律》作序説：「比年詞學，以文則竹垞之《詞綜》，以格則紅友之《詞律》。竊喜二書出，而後學者可以爲詞，雖起宋諸家而質之，亦無間然矣。」〔五〕後來杜文瀾亦認爲：「我朝振興詞學，國初諸老輩，能矯明詞委靡之失，鑄爲偉詞。如朱竹垞、陳迦陵、厲樊榭諸先生，均卓然大雅，自成一家。陽羡萬氏紅友，獨求聲律之原，廣取唐、宋、十國之詞，折衷剖白，精撰《詞律》二十卷，雖不免尚有遺漏舛誤，而能于荊棘之内，力闢康莊，實爲詞家正軌。」〔六〕我們可見《詞律》在清代詞學復興和詞學發展過程中的重大意義了。

二

萬樹本是戲曲作家，精于音樂之學，在精讀大量的唐宋詞籍之後，于考訂詞體格律時已具有精深的詞學理論。他的詞學理論僅見于《詞律自叙》、《詞律發凡》以及對各詞調的考訂之内，頗爲零散，而又未加以闡釋，但却構成一個系統，體現了精深的詞學思想。

關于「詞學是什麽」，清初的學者們一般將「詞學」等同于詞體文學作品，例如康熙二十五年（一六八六）蔣景祁編選清初詞爲《瑶華集》時稱：「國家文教蔚興，詞爲特盛……詞學盛行，直省十五國，多有作者。」〔七〕萬樹是將「詞學」等同于詞體格律的，他談到當時詞的創作情况説：「乃今泛泛之流，别有超超之論，謂詞以琢辭見妙，煉句稱工，但求選艷而披華，可使驚新而賞異，奚必斤斤于句讀之末，瑣瑣于平仄之微。况世傳《嘯餘》一編，即爲鐵板，近更有《圖譜》數卷，尤是金科。凡調之稍有難諧，皆譜所已經駁正，但從順口，便可名家，于是篇牘汗牛，棗梨充棟，至今日而詞風愈盛，詞學愈衰矣。」〔八〕他在批評詞人們作詞僅求辭語華美，按照流行的詞譜填寫，以致作詞之風氣很盛，但因不講求詞體格律規範，遂造成「詞學」的衰微。他還提出「詞理」的新概念，認爲：「能深明詞理，方可製腔。若明人則于律吕，無所授受，其所自度，竊恐未能協律。」〔九〕他試圖説明若不懂得填詞的道理是不能製作音譜的，也就不可能創作自度曲，因此明代詞人的所謂自度曲是不協音律的。我們可推知，其「詞理」是包括詞樂、詞律和詞法的，更能概括詞體文學的特徵。關于詞體，萬樹已認識到「隨宮造格」和「遵調填音」的兩個基本特徵。他在批評諸家詞譜之後説：

夫後學不知詩餘乃劇本之先聲，昔日入伶工之歌板，如耆卿標明于分調，誠齋垂法于擇腔，堯章自注鬲指之聲，君特致辨煞尾之字。當時或隨宮造格，創製于前，或遵調填音，因仍于後。其腔之疾徐長短，字之平仄陰陽，守一定而不移，證諸家而皆合。茲雖舊拍不復可考，而聲響猶有可推。〔一〇〕

這從音樂文學的觀點説明宋代精通音樂的詞人在依音譜製詞時注重分調、擇腔、轉調、結聲等音樂處理，嚴格依據樂曲之音譜旋律、節拍而求得詞之句式、聲韻與之合諧，是爲「隨宮造格」，即以詞從樂，而形成格律；由此使詞體區別于此前的樂府詩和聲詩，爲新體音樂文學。這種以詞從樂的創調之作産生之後，某些不諳音樂的詞人，遂可參照某創調之作的句式聲韻而作詞，是爲「遵調填音」，即以調定律，每個詞調形成獨特的格律。依照「遵調填音」的方法作詞，則可以在宋以後詞樂散佚的情形下總結出詞的純文學形式的格律。

「填音」是指字聲遵從詞體格律，「填詞」是指詞文遵從詞體格律，這是詞區別于其他諸種音樂文學的創作方式。萬樹解釋説：「詞謂之填，如坑穴在焉，以物實之而合滿。如字可以易，則枘鑿背矣。即强納之而不安，况乎髭斷數莖，惟貴在推敲之確，否則毫揮百幅，何難爲磅礴之雄。」〔一一〕詞的這種「填」不是隨意以實之，而是講究規則的，詞字按律填寫不可移易，萬樹由此提出「詞律」的概念。他在論宋人賀鑄的名篇《青玉案》時説：「各調中，惟此爲中正之則，人因此詞呼爲『賀梅子』。詞情、詞律，高壓千秋，無怪一時推服。涪翁有云『解道江南腸斷句，世間惟有賀方回』，信非虚言。」〔一二〕此論中的「詞情」指作品所表達的情感，「詞律」即作品的格律。關于「律」之義，吴興祚認爲萬樹之著以《詞律》爲名乃「義取乎刑名法制」。〔一三〕律即國家制定的法律、法令，是社會必須遵守的。詞體之格律亦如法律，它是填詞者必須嚴格遵守的。萬樹之著不以「詞譜」爲名，而以「詞律」爲名，這是特别强調詞體格律規範的重要意義。然而怎樣在詞樂散佚之後進行詞律的整理呢？宋人曾認爲蘇軾之詞乃「句讀不葺之詩」，即以爲它不甚合律，清初詞學界亦有此説。萬樹在細校蘇軾《戚氏》後説：「人每謂『坡公詞不叶律』，試觀如此長篇，字字不苟，何常不協乎，故備録之。且李方叔云：『此是因妓歌此調，詞不佳，公適讀《山海經》，乃令妓復歌，隨字填去，歌完詞就。』然則坡仙豈非天人，而奈何輕以失律譏之歟！」〔一四〕他同時又以周邦彦《四園竹》爲例以説明詞律之嚴：「余每贊嘆方氏和清真一帙，爲千古詞音證據，觀其字字摹合如此，不惟調字可考，且足見古人細心處，不惟有功于周氏，而凡詞皆可以此理推之，豈非詞家所當蒸嘗者邪！」此兩例足以表明宋詞是存在嚴密格律的，而且是可以進行總結的。萬樹談到整理的方法説：

古人有云：取法乎上，擇善而從。非謂舊詞必無誤填，然羅列在前，我自可加審勘。非謂今詞必無中節，然源流無本，我豈敢作依從。故肇于李唐者本爲創始之音，即有詰屈難調，總當仍其舊貫。其行于趙宋者，自皆合律之作，然有比類太異，亦必摘其微瑕。除僻調之單行，未堪援證；凡彙篇之有據，自貴折衷。要當獺祭而定厥指歸，詎宜蠡測而狥其眇見，用是發爲願力，加以校讐。〔一五〕

他于是對每調之作品加以排比、比較、勘校；歸納聲律異同，擇善而從以定律。關于唐五代詞之創調作品，因難校勘而保持其固有聲律，而于僻調亦存其聲律之舊。這樣的處理是與近代科學方法相同的。雖然明代學者編訂詞譜時也大致采用此方法，但甚爲粗疏，以致錯訛甚多。萬樹的態度却是非常嚴謹的，我們從其對諸調的格律的考辨，可見校律已臻于精微細密而達到很高的學術水準；這是此前後編訂詞譜者難以超越的。我們從萬樹關于詞體基本特徵的認識和關于詞體格律的辨析中，可見到他實際上已具有律詞的觀念。由此，他在《詞律發凡》裏已能將唐人聲詩、樂府詩中的長短句，以及元曲和明清的自度曲排斥于詞體之外，深知詞于諸體音樂文學乃「别是一家」。他因有關于詞體的確切的認識，所以其《詞律》堪稱詞學的典範。

三

嚴辨和考訂詞律，萬樹以爲是有功于詞學的，故當他在考辨某調之律而有所發現時，每有學術創獲之喜悦。在辨析《醜奴兒慢》之後，萬樹説：

> 至作譜作圖，爲定格以誤後人者，其開罪于古今後世，豈爰書可容末減哉。僕本笨伯，向來任意雌黄，其爲世所怒詈，自揣不免。然此等處，輒自以爲于詞學頗有微功耳。時乙丑長夏，展紅藤簟，把卷臥端署東閣丹蕉花下，不覺躍起，大呼狂笑。同人雪舫驚問，因疏此相示。雪舫亦掀髯擊節曰：「此詞自稼軒迄今五百七十餘年，至今日始得洗出一副乾净面孔，真大快事。」因呼童子酌西國葡萄釀，相與大醉。〔一六〕

我們從這典型的事例，可見《詞律》的編著過程中，作者探求學術真知所達到的思想境界。萬樹對各詞調格律的考訂極爲嚴密而成爲定律，例如關于《蘭陵王》：「平仄如此，無字可移，如以爲不便，而欲出己意改之，則奉勸不須作此調可也。欲作此調，則未有出此範圍者」；關于《瑞龍吟》：「此調以清真『章臺路』一曲爲鼻祖，向讀千里和詞，愛其用字相符。今此蜕岩詞亦和周韻者，平仄亦復字字俱合，信知樂府之調板如鐵，古賢之心細如髮也。」他關于《水調歌頭》的格律辨析以蘇軾詞爲例説：「『幾時有』、『弄清影』用仄平仄，絶妙。『人長久』之『人』字，若亦用仄聲，尤妙。後人多用平平仄，全不起調矣。『不知』至『何年』十一字，語氣一貫，有于四字一頓者，有于六字一頓者，平仄亦稍有不同，但隨筆致所至，不必拘定，而『闕』字用仄，覺有調耳。起句『月』字，有用平者，竟有作偶語如五言律者，不如此起爲妙。『舞』字或用平，『清』字、『長』字或用仄，亦皆不妥。『無』字有用仄者，縱入聲可代平，終是不響。至稼軒多用上去字，雖或不妨，然不可學。」此分析極細，概括了《水調歌頭》的格律特點，對填此調者有切實的指導作用。詞調之律有寬式與嚴式，如《水調歌頭》、《哨遍》等調之律寬，其中可平可仄之字較多，而《蘭陵王》、《瑞龍吟》等調之律甚嚴，凡此萬樹均有説明。關于《哨遍》格律之考訂，萬樹于每句下比勘衆作，詳爲校訂，而于《鶯啼序》格律的辨析達一千六百餘字，極爲精審。萬樹辨律之細微如下幾例：姜夔《惜紅衣》前段「簟枕邀凉，琴書換日，睡餘無力」，《詞律》于第二句斷句，以爲「日」未用韻，而《詞譜》誤以爲用韻。秦觀《八六子》後段「怎奈何、歡娱漸隨流水」，《詞律》作九字句，《詞譜》誤作兩句「怎奈何歡娱，漸隨流水」。張炎《南浦》後段「甚年年净洗，花香不了」，《詞律》作五四句式，《詞譜》誤作九字句。柳永《鶴沖天》後段「且恁偎紅倚翠」，《詞律》作六字句，《全宋詞》誤作五字句「且恁偎紅翠」。王觀《江城梅花引》「想思切、寄與誰」與「那堪聞、塞管吹」，《詞律》作折腰之六字句，《全宋詞》誤作五字句「相思寄與誰」、「那堪塞管吹」。以上五例均在比較諸家之作後，可證《詞律》之訂律是正確的。

我們還可從詞調之分體、定格、拗句和句法等方面見到萬樹辨詞律之卓越的成就：

詞調的分體，即别體的區分。《詞學筌蹄》與《詩餘圖譜》于某些調之譜雖列不同之體，但未標明何者爲别體，《嘯餘譜》則標明體數，如《望遠行》即分爲第一、第二、第三體。這些分體因疏于考訂而錯誤甚多。萬樹在分體方面作了細密的考訂。他認爲：「同是一調，字有多少，則調有短長，即爲分體。若不分，何以爲譜？」[一七]别體的産生由詞人製詞時所依據的音譜的差異所致，亦由詞人據音譜填詞之差異所致。詞體之分是細致的學術工作，對于研究詞體實爲必要。關于《酒泉子》，萬樹從四十字至五十二字細分爲二十體，例如四十三字者即有五體，它們在句式、起結、用韻等方面是有差異的。此外如《少年游》、《河傳》、《臨江仙》、《洞仙歌》等調的分體均很細致，爲研究詞體提供了重要的事實依據。

詞調的定格是對某調之格律的重要之處作出的嚴格規定，以使填詞者務必遵從。萬樹是在認真考辨調之聲律後給予定格的。例如《滿江紅》九十三字正體後段過變之第二、第四兩個三字句爲平平仄，是定格。《倦尋芳》九十六字正體「首句用去平去上，各家皆同，是定格。『共』、『院』二字（前後段第三句第二字）亦定用仄聲，得去聲更佳，古詞無不同者」。《應天長》正體以周邦彦詞爲例，「此九十八字乃一定之格，只内數字平仄可換耳……觀竹山，亦一字不改，益知用字自有定格，不如今人高見，隨意可填也」。《八聲甘州》九十七字正體柳永詞例，「『番』字多用平聲，『幾』字亦多用仄，『倚欄干處』之『欄干』必用平聲字。《浪淘沙慢》一百三十三字周邦彦詞例，「精綻悠揚，真千秋絶調。其用去聲字尤不可及，觀竹山和詞，通篇四聲，一字不殊，豈非詞調有定格耶」？《生查子》四十字體魏承班詞例，五言八句，每句之第二字必用仄聲。《好事近》前後段結句用仄平平平仄。《白苧》兩體録蔣捷詞與柳永詞，俱用入聲韻，兩詞前段第三、五、十一，此三句之韻脚均連用兩個入聲字，可能亦是定格。萬樹説：「平仄固有定律矣，然平止一途，仄兼上去入三種，不可遇仄而以三聲概填，蓋一調之中，可概者十之六七，不可概者十之三四，須斟酌而後下字，方得無疵。此其故當于口中熟吟自得其理。……元人周德清論曲有煞句定格，夢窗論詞亦云某調用何音煞，雖其言未詳而其理可悟。」〔一八〕詞體是以調定律的，因有定格，故與詩律相異而更爲複雜。

詞體中拗句的存在是萬樹的重大發現，他于《蕃女怨》辨析格律後云：「詞中此等拗句，乃故爲抑揚之聲，入于歌喉，自合音律，由今讀之，似爲拗而實不拗也；若改之，似順而實拗矣。」唐代近體詩的句子中，按字聲平仄規律組成的是爲律句，不合律的爲拗句，而律詩必用律句。詞人按譜製詞時，因樂曲某奇特之旋律而産生特殊的字聲平仄的組合的拗句，即破壞詩體律句的規則，這正是詞律的重要特點。《戀繡衾》，吴文英詞例首句爲平平平仄仄仄平，「首句拗體，乃此調定格」。《隔浦蓮近拍》，周邦彦詞例「新篁摇動翠葆」，此「首句六字，三平三仄，定格也」。《蘭陵王》，「此調尾句六字俱是仄聲，自有《蘭陵王》以來即便六仄字，無一平者」。《綺羅香》，「後起六字須用三平三仄，間有用平平仄平平仄者，十中之一耳。前結『金井斷蛩暮』必用平仄仄平仄」。《摸魚兒》，「調最幽咽可聽，然平仄一亂，便風味全滅。如『麴塵』句、『如今』句，必要平平仄平仄；……而『何處』句，則必要平（可仄）仄平平仄仄」。《賀新郎》，「兩段中七字四句，末三字如『新桃李』、『饒惆悵』、『當年事』、『人千里』俱用平平仄，是拗句也」。詞體中的某些拗句亦屬于定格。

詞體句法的特點亦甚突出，不僅有一字、三字、四字、六字、八字、九字句，它們與五字、七字句依調組成長短句，而五字與七字句的音節常有拗戾者。唐人近體詩五言句法通常爲上二下三，七言爲上四下三。唐代韓愈和宋代蘇軾常于古體詩中出現五言句爲上三下二，七言句爲上三下四的句法。這種音節拗戾的句法在詞體中頗爲常見，萬樹特于句中使用「讀」號，同「豆」，即同今通行標點的「逗」，但在詞體中實同今之頓號。萬樹説：「諸家所選明詞，往往失調，故今于上四下三者不注。其上三下四者，皆注『豆』字于第三字旁，使人易曉無誤。整句爲句，半句爲讀，『讀』音『豆』，故借書『豆』字。其外有六字、八字，語氣折下者，亦用『豆』字注之。」〔一九〕《詞律》定爲譜例之詞多非名篇，今試從名家名篇摘出若干例以見詞體之特殊句法。柳永《雨霖鈴》的「留戀處、蘭舟催發」，「念去去、千里煙波」，「更那堪、冷落清秋節」，「楊柳岸、曉風殘月」。蘇軾《念奴嬌》的「浪淘盡、千古風流人物」，「人道是、三國周郎赤壁」，「談笑間、强虜灰飛煙滅」。周邦彦《六醜》：「殘英小、强簪巾幘。終不似、一朵釵頭顫嫋，向人攲側。漂流處、莫趁潮汐。恐斷紅、尚有相思字，何由見得。」辛棄疾《賀新郎》的「更那堪、鷓鴣聲住」，「算未抵、人間離别」，「更長門、翠輦辭金闕」，「向河梁、回頭萬里」，「正壯士、悲歌未徹」，「料不啼、清淚長啼血」。如果將以上諸句法改變，例如將七字句改爲上四下三句法，則該調的音節必有變化，而不能充分表達詞情了。

我們從上述可見，萬樹在《詞律》裏對詞體格律有精深而確切的認識，關于各調之律的考訂極爲嚴謹，對别體之分非常細致而確切，關于詞調的定格、拗句的辨析和句法的探究皆俱首創的意義。因此，他的《詞律》應是關于詞體格律研究的奠基之著。

四

詞體格律的考訂辨析是極其繁瑣而細致的工作，萬樹雖然爲此進行艱苦努力，學術水準達到前所未有的高度，但不可避免仍存在疏漏與錯誤，故當《詞律》刊行之際他説「知我罪我，諒哲士定有公評爾」。《詞律》在清代詞學復興過程中的意義是受到詞學界肯定的，在清代中期以後，詞學家們逐漸發現它存在許多問題而有所批評，這是詞學發展的正常現象，體現學術研究的進步。嘉慶二十三年（一八一八）吳衡照認爲萬樹爲「詞宗護法」，他説：

萬紅友當轇轕榛楛之時，爲詞宗護法，可謂功臣。舊譜編類排體，以及調同名異，調異名同，乖舛蒙混，無庸議矣。其于段落句讀，韻脚平仄間，尤多模糊。紅友《詞律》，一一訂正，辯駁極當。所論上、去、入三聲，上、入可替平，去則獨異。而其聲激厲勁遠，名家轉摺跌蕩，全在乎此，本之伯時。煞尾字必用何音方爲入格，本之挺齋。均造微之論。〔二〇〕

此評價是很公允的。咸豐十年（一八六〇）至十一年（一八六一）杜文瀾著《詞律校勘記》二册，刊刻單行，對《詞律》中誤叶、失分段、文字脱漏、作者姓名訛誤者進行訂正〔二一〕。同治八年（一八六九）丁紹儀説：「萬氏《詞律》成于嶺外，所見之書無幾，采列各調，亦多録自汲古閣本，未經細校，即付手民，訛錯處較《詞綜》尤甚。」〔二二〕他據各詞籍細校之後，詳列《詞律》之誤字、脱落之字句、脱字衍字及分段之誤。這兩位詞學家對《詞律》的校正，有助于完善詞體格律規範。

此外，《詞律》存在譜式、分調、誤收聲詩、分體、字聲等問題，兹試爲辨析。

萬樹鑒于《詩餘圖譜》和《嘯餘譜》在譜式和格律之誤，其著以《詞律》爲名，重在詞調格律的訂正，但實際意欲起到詞譜的作用，以供填詞者按譜填詞。他去掉圖，並于例詞僅于可平可仄之處注明，不再于字聲遍注平仄。這樣填詞者尚需對例詞之字聲重新辨别，有礙于填詞時之思路，使用起來甚不方便。各詞調之例詞以爲譜，萬樹但求合于格律者，忽視采用創調之作及名篇，例如《千秋歲》用謝逸詞而不用秦觀的名篇，《碧牡丹》用晏幾道詞而不用張先的創調之作，《暗香》用吴文英詞而不用姜夔之自度曲，《醉蓬萊》用吕渭老詞而不用柳永創調之作，《虞美人》用蔣捷詞而不用李煜名篇，《聲聲慢》用高觀國詞而不用李清照名篇，《沁園春》用陸游詞而不用蘇軾創調之作，《瑞龍吟》用張翥詞而不用周邦彦創始詞。這樣使譜例失去了典範的意義。

詞調的量化分類始于明代嘉靖十五年（一五三六）張綖的《詩餘圖譜》，分爲小令、中調、長調三卷，但甚紊亂。嘉靖二十九年（一五五〇）顧從敬刊行的《類編草堂詩餘》也以詞調的字數多少分調：五十八字以内者爲小令，五十九字至八十字者爲中調，九十一字以上者爲長調。萬樹雖以詞調的字數由少到多爲序排列，但于某些調則將小令、中調、長調合併，例如《浪淘沙》收有二十八字、五十四字、一百三十三字者，《江城子》收有三十五字、七十字、八十七字、一百零九字者，《雨中花》收有五十一字、五十六字、九十六字者，《甘州子》收有三十三字、七十八字、九十五字者，《應天長》收有四十九字、九十八字者。他在《抛球樂》、《高陽臺》和《西平樂》的格律考辨中已使用了「長調」的概念，但仍然將《江城子》和《江城子慢》，《上林春》和《上林春慢》等，混爲一調。凡某詞調有小令、中調或長調之别者，皆由于音譜相異所致，它們的容量不同，句數及格律不同，若不分調則填詞者不便于選擇詞調。

詞人李清照在《詞論》裏曾説「樂府、聲詩並重，最盛于唐」，這是指長短句的曲子詞與齊言的聲詩同時盛行于唐代。它們與音樂的關係是不同的：曲子詞是以辭從樂的，聲詩是以樂從辭的。聲詩乃是樂工選取七言或五言的絶句名篇而勉强配合音樂，並非按音譜所製。最早的詞總集《花間集》便混收了許多齊言的聲詩，宋初編的《尊前集》則是詞與聲詩的合集，但南宋以來最流行的詞選集《草堂詩餘》則未混入聲詩。

明代學者編的《詞學筌蹄》和《詩餘圖譜》未收聲詩，但《嘯餘譜》混入少數聲詩。萬樹深知詞體是「隨宫造格」和「遵調填音」的，但却遵循了錯誤的傳統，在《詞律》中收入《竹枝》、《閑中好》、《紇那曲》、《囉嗊曲》、《梧桐影》、《醉妝詞》、《塞姑》、《回波詞》、《舞馬詞》、《三臺》、《一點春》、《花非花》、《春曉曲》、《漁歌子》、《桂殿秋》、《瀟湘神》、《章臺柳》、《樂游曲》、《小秦王》、《采蓮子》、《楊柳枝》、《八拍蠻》、《欸乃曲》、《清平調》、《字字雙》、《九張機》、《抛球樂》、《踏歌辭》、《怨回紇》、《瑞鷓鴣》、《拜新月》等聲詩。他在有的聲詩後注明實爲七言或五言絶句，而却又誤收，違背了自己的詞體觀念。

詞調的别體之分始于萬曆初所印行的徐師曾《文體明辯·詞體明辯》，《嘯餘譜》翻刻自《詞體明辯》，亦分别體，如《洞仙歌》分爲第一至第四體，《聲聲慢》分爲第一至第五體，《酒泉子》分爲第一至第十三體，《臨江仙》分爲第一至第七體，《念奴嬌》分爲第一至第九體，《河傳》分爲第一至第十二體。萬樹批評了《嘯餘譜》分體的訛誤，重新對某些詞調細致分體，嚴謹有據，而且更爲繁瑣，如《酒泉子》分爲十九體，《河傳》分爲十四體，《臨江仙》分爲十三體。從學術研究而言，别體之分是必要的，但萬樹的某些分體是無必要的，例如《念奴嬌》列蘇軾與辛棄疾兩體，它們的差異僅在于前段第二句之九字句，一作三六句法，一作五四句法，加以説明即可，不須分爲兩體。《賀新郎》兩體字數、句式均同，其中前後段四個七字句的末尾三字，一詞作平平仄，一詞作平仄仄，兩體實乃一個字聲之異，應爲一體。詞譜乃填詞的格律規範，别體的繁雜衆多，使填詞者無所適從，故應大量簡化，確定正體爲標準。

詞體的字聲依調之各句式而定，極爲複雜，大異于詩律。萬樹在《詞律》裏辨别字聲之規律與定格極細極嚴，以達于微妙之境地。然而他從南宋方千里、楊澤民、陳允平三家曾遍和周邦彦詞發現四聲無一字不合的，因而得出詞有格律極嚴之「四聲體」。他比較了某些詞調，例如《夜游宫》和《一寸金》的各家之作于某些字皆用去聲字，因而常于詞例之側注明宜用去聲之字，主張嚴守去聲。他又于詞體字聲規律引入元代的「入派三聲」之說，以爲入聲可作平聲。〔二三〕如果依據萬樹之說，填詞之難令人生畏而不能適應；事實上若能依據《詞譜》之平仄字聲之規定，已經是很不容易的了。近世詞學家潘飛聲說：「昔萬紅友苦心孤詣，撰爲《詞律》，自詡嚴定字句之功臣，却于古人之名曰一調與字句不同者，判之爲又一體，蓋已附會牽强，依譜填之，幾無一自然之句矣。近復有人變本加厲，謂必須吻合四聲，始稱能事，不知古人必無自製一詞，而令人復依其四聲者。此較之李獻吉學秦漢文，張船山謂怕讀假蘇詩，尤增一大笑柄也。」〔二四〕

以上《詞律》存在的問題，在康熙五十四年（一七一五）由朝廷組織王奕清等學者編訂的《詞譜》中解決了一些。它收録八二六調，所據資料更爲豐富，采取圖譜合一的方式，遍注字聲平仄，將小令、中調、長調加以區分，譜例多用名篇或始詞，注明宫調，句法辨析更爲細致，具有簡明實用的特點，真正建立了詞體格律的規範，故三百年來一直被奉爲填詞的標準之譜。

詞體格律研究的目的是製訂詞譜以爲填詞的規範，它是詞學非常重要的組成部分。詞學的發展是一個不斷進步的過程，當詞體的音樂文學的性質喪失之後，詞體文學的創作失去了音樂的準度，而依始詞或名篇填寫又出現各種差異，這導致宋亡後詞體的衰微。明代詞學家們嘗試製訂詞譜，力圖重建詞這種古典文學形式的規範，雖然存在許多粗疏、雜亂、訛誤之處，但却具首創精神，開拓了詞學研究的新的學術園地和新的研究途徑，這無疑啟發了清代初年詩學家們對唐代律詩的研究，而有律詩定體之規範。因此，我們應當充分肯定明代詞學家們在詞學史上的貢獻。萬樹對詞體格律規範的奠立亦是在明代詞學家的基礎上進行的。萬樹的詞學觀念超越了前代，對詞體的性質有確切的認識，已見到詞體「以詞從樂」和「以調定律」的重要特徵，以此嚴格區别于其他各種韻文體式。他對詞體格律的考釋辨析已達到謹嚴精密的程度，其學術水準迄今猶難以臻至。《詞律》是一部詞體規律研究的精深著作，《詞譜》在此基礎上改進，而成爲簡明的填詞規範：這兩種著作各有重要的學術意義，它們推動了近三百年詞學研究及詞體文學創作的發展,使詞體真正成爲我國古典文學最精美的文學形式,給予詞體新的生命活力。現在隨著詞學的發展,當我們回顧由《詞律》和《詞譜》所建立的詞體格律的規範時,發現它們仍有疏漏與訛誤,最主要的是缺乏嚴格的律詞觀念和文學觀念,難以適應現代詞學發展的趨勢,而現代詞學的發展却又受到詞體格律失範的制約。十餘年來,詞學界重視對詞體格律的新的探討,致力于現代詞體規範的重建,必將在《詞律》與《詞譜》的基礎上編訂出新的詞譜,這應是當代詞學家的學術使命。

〔一〕周瑛《詞學筌蹄序》,《詞學筌蹄》卷首,《續修四庫全書》集部詞類,上海古籍出版社一九九八年版,第三九二頁。
〔二〕南京大學中國語言文學系《全清詞》編纂委員會編《全清詞·順康卷》,中華書局二〇〇二年版,第七三五四—七三五五頁。
〔三〕萬樹《詞律自叙》,《詞律》卷首,上海古籍出版社一九八四年版,第七頁。
〔四〕朱彝尊《詞綜發凡》,《詞綜》,中華書局一九七五年版,第八頁。
〔五〕嚴繩孫《詞律序》,《詞律》,第五頁。
〔六〕杜文瀾《憩園詞話》卷一,唐圭璋編《詞話叢編》,中華書局一九八六年版,第二八五二頁。
〔七〕蔣景祁《刻瑶華集述》,《瑶華集》卷首,中華書局一九八二年版。
〔八〕萬樹《詞律自叙》,《詞律》,第六頁。
〔九〕萬樹《詞律發凡》,《詞律》,第一八頁。
〔一〇〕萬樹《詞律自叙》,《詞律》,第六頁。
〔一一〕《詞律自叙》,《詞律》,第七頁。
〔一二〕《詞律》卷十,《詞律》,第二三八頁。
〔一三〕吴興祚《詞律序》,《詞律》,第五頁。
〔一四〕《詞律》卷二十,《詞律》,第四五七頁。自此以下凡引用萬樹關于某詞調格律之考辨,僅隨文標注詞調名,不再詳注。
〔一五〕《詞律自叙》,《詞律》,第七頁。

〔一六〕《詞律》,第一二六—一二七頁。
〔一七〕《詞律發凡》,《詞律》,第一〇頁。
〔一八〕《詞律發凡》,《詞律》,第一四—一五頁。
〔一九〕《詞律發凡》,《詞律》,第一三頁。
〔二〇〕吴衡照《蓮子居詞話》卷一,唐圭璋編《詞話叢編》,第二四〇三—二四〇四頁。
〔二一〕杜文瀾《詞律續説》,《詞律》,第一九頁。
〔二二〕丁紹儀《聽秋聲館詞話》卷十四,唐圭璋編《詞話叢編》,第二七四八頁。
〔二三〕謝桃坊《中國詞學史》,四川人民出版社二〇二二年版,第二六二—二六七頁。
〔二四〕潘飛聲《劉廉生詞集序》,《詞學季刊》一九三三年八月第一卷第二號。

(作者單位:四川省社會科學院文學研究所)

論晏幾道詞在明代的傳播與接受

陶友珍

内容提要　明代文學復古主義文學思想主張宋以後書毋讀，這導致晏幾道詞在明代傳播受到一定限制，但明後期對個性和「情」的張揚，以及明代小説、戲曲等俗文學的風行，又使得以自然清麗見長的晏幾道詞獲得了較好的傳播接受土壤與空間。晏幾道詞集在明代主要以鈔本形式流傳，刻本只有汲古閣刊本。《草堂詩餘》對于小山詞的傳播效應最大，其中又以《鷓鴣天》（彩袖殷勤捧玉鐘）一詞在明代傳播最爲廣泛。明人認可小山詞爲詞之正宗、當行、本色之代表。在創作方面，明人對小山詞的接受主要包括成句襲用、改寫與變易、删減與壓縮、拉伸與拓展等。明代至少有六位詞人共創作七首追和擬仿晏幾道詞，涉及小山六調七首詞。總體而言，明人對小山詞的學習接受主要是一些詞句的化用，對小山詞深摯、婉曲、沉鬱之藝術手法並未窺見其堂奥。

關鍵詞　晏幾道　詞　明代　傳播接受

晏幾道（一〇三八—一一一〇），字叔原，號小山，北宋著名詞人，晏殊暮子，二人並稱「二晏」。晏幾道雖出身名門，但其生活的年代已家道中落。叔原又性情清高，「不肯一作新進士語」〔一〕，不善鑽營，因而晚

本文爲江西省高校人文社會科學研究規劃項目「明代唐宋詞接受研究」（ZGW21102）階段性成果。

年生活較爲困頓。晏幾道詞婉約清麗，並「寓以詩人句法」，爲後人所推崇，「在諸名勝中，獨可追逼《花間》，高處或過之。」〔二〕小山詞不但在宋代評價較高，在後世仍有廣泛傳播與接受。明代被認爲是詞學的中衰期，小山詞在該時期的傳播與接受較少受人關注。〔三〕但明詞乃中國詞史不可或缺之一環，探究小山詞對後世的影響不應忽視明代這個重要時期。本文試就該課題作進一步論述。

一　小山詞在明代傳播接受的背景

明代始于朱元璋洪武元年（一三六八），終于朱由檢崇禎十七年（一六四四），享國祚二百七十六年。後人雖對明詞頗有微詞，但明代詞人總數已達一千九百餘人，詞作二萬六千餘首。〔四〕詞作數量已超宋和元，僅次于清代。關于明代小山詞傳播接受之背景，有以下幾點值得注意。

一是復古思想高漲與傳播場域之受制。明代文壇先後出現了以李夢陽、何景明爲代表的「前七子」和以李攀龍、王世貞爲代表的「後七子」，主張「文必秦漢」、「詩必盛唐」。李夢陽甚至宣稱「唐以後書可毋讀」，因此明人對漢唐文學極爲推崇，于宋人作品却頗有不滿，遑論娛賓遣興、不登大雅之堂的詞了，因而宋詞在明代的接受度並不高。正如清人朱彝尊所云，「自李獻吉論詩謂唐以後書可勿讀，唐以後事可勿使，學者篤信其説，見宋人詩集輒屏置不觀。詩既屏置，詞亦在所勿道」〔五〕。因此，晏幾道詞在明代（尤其是明代前中期）的傳播遭遇諸多阻礙。

二是晚明心學的興起與傳播空間的拓展。明代後期文學深受王陽明心學思想之影響，散文領域出現了「三袁」爲代表的「公安派」，主張獨抒性靈，反對仿古。後又出現以鍾惺和譚元春爲代表的竟陵派，標舉幽深孤峭之文風。這個時期的明代詞壇也極爲興盛，無論是詞人數量還是詞作數量都遠超前期。陽明心學思想主張個性張揚與解放，重視「情」的釋放與攄寫，這一點在晚明詞中表現也很明顯。而晏幾道作爲婉約詞人之代表，其詞風流綺麗，「工于言情」〔六〕，從這個角度而言，晚明「情」之高揚，無疑有助于小山詞傳播空間的拓展。

三是俗文學的興盛與傳播語境的契合。中國傳統文學觀以詩文爲正道，于小説、戲曲等俗文學頗爲輕視。明代初期對俗文學亦持打壓之態。但隨著國勢日漸安穩、經濟不斷發展，統治階級享樂思想日深，俗文學贏得了越來越多文人和官員的青睞，李夢陽、王慎中、李贄、袁宏道等人都有相關表述。鄭騫認爲，「明詞所以如此式微的緣故，簡單説來，就是受了文壇上新舊兩方的夾攻。所謂舊，是詩文的復古；所謂新，是曲的盛行」〔七〕。但筆者以爲，明人對俗文學的青睞，無疑有助于小山詞的傳播與接受。其中的邏輯是：北宋詞一般而言較爲通俗易解，生動清新，適于歌兒舞女酒宴之上傳唱。而南宋詞則頗爲精煉工麗，頗多人工思力之美。換言之，北宋詞更接近于通俗文學，而晏幾道是北宋自然婉約詞之翹楚。這種風格的詞是明人所青睞和認可的，也與整個明代的文學氛圍和接受語境相契合。故而從這個角度而言，小山詞在明代的傳播接受又有其適宜的土壤與空間。

四是唐宋詞樂的失傳與傳播方式的改變。衆所周知，早期詞可付之管弦與歌喉，皆據音樂曲譜填製。宋室南渡之後，原先的唐宋詞樂譜零落散佚，詞與音樂之關係漸次疏離，詞也日漸成爲一種抒情達意的案頭文學樣式。南宋末年的張炎在其《詞源》中就表示，「今詞人才説音律，便以爲難」〔八〕。在這種背景之下，小山詞在明代就不太可能是經歌舞傳播，其主要傳播媒介爲詞集等書册形式。此外，演唱環境的消失與樂譜的失傳，導致在相當長的時間裏，明人的創作軌範只能是以晏幾道等人爲代表的唐宋人之詞作。

二　小山詞在明代的傳播

（一）小山詞别集在明代的流布

兩宋詞集在明代的流傳載體主要是鈔本，詞集刊刻很少。宋人詞集的傳播主要賴藏書家的收藏與傳鈔，小山詞也是如此。據唐圭璋先生《宋詞四考》中的宋詞版本考，可知小山詞在明代的版本主要有以下幾種：小山詞一卷，天一閣藏鈔本。小山詞二卷，北京圖書館藏南詞本。小山詞，天津圖書館藏唐宋名賢百家詞鈔本。小山詞二卷，許氏鑒止水齋藏明鈔本。小山詞一卷，趙氏星鳳閣藏明鈔本。小山詞一卷，汲古閣刊本。〔九〕

而據鄧子勉《兩宋詞集的傳播接受史研究》，明代主要書目著録的晏幾道詞集有：《秘閣書目》載《小山集》。《蒲汀李先生家藏目録》載「《小山詞》二卷」。《天一閣藏書目》載「小山詞一卷」。《玄賞齋書目》載「晏幾道《小山詞》」。《脈望館書目》載「小山集一卷」。《汲古閣毛氏藏書目録》載「晏幾道《小山詞》一卷」。《汲古閣校刻書目》載「小山詞一卷」。〔一〇〕另據王兆鵬《詞學史料學》，小山詞在明代的版本還有明鈔《宋二十家詞》本（南京圖書館藏）。〔一一〕

明人對唐宋詞集的記録多不規範，較少版本信息。但通過比較分析可看出上述記載明顯存在重複。《宋詞四考》中「小山詞二卷，北京圖書館藏南詞本」，即爲《蒲汀李先生家藏目録》載「《小山詞》二卷」。而唐文所記「小山詞一卷，天一閣藏鈔本」與「小山詞，天津圖書館藏唐宋名賢百家詞鈔本」爲同一版本，亦即毛晉《汲古閣毛氏藏書目録》所載「晏幾道《小山詞》一卷」。唐文所記「小山詞一卷，汲古閣刊本」即《汲古閣校刻書目》載小山詞一卷。

由此不難看出，小山詞集在明代比較明確的版本主要有以下幾種：吴訥《唐宋名賢百家詞》鈔本，無名氏《宋二十家詞》鈔本，李東陽《南詞》鈔本。小山詞在明代有明確記載的刊刻只有一次，即毛晉汲古閣所刻。另有一些鈔本資訊不甚詳細，無法精確研判其版本。總體而言，相較于柳永、蘇軾、秦觀、周邦彦、辛棄疾等人而言，小山詞集在明代的著録、收藏與流布情形不是很突出，但在唐宋詞人中排名亦較靠前。

（二）明代詞選對小山詞的收録與傳播

除了晏幾道自身詞集之外，明代詞選亦爲小山詞之重要傳播媒介。而且相對而言，普通大衆對詞選的認可與接受程度會比詞人别集更高。因爲詞選是編者將衆多詞人之詞作精心篩選之後的文獻形式，其思想内容更廣博，藝術形式更多樣，能滿足不同受衆之需求。明代流布的唐宋詞選主要包括兩類，一是宋元人所編唐宋詞選，二是明人改編、新編之唐宋詞選。這兩種文獻都有可能選録晏幾道詞。

就前者而言，選録小山詞的宋代詞選主要有《梅苑》選五首，《草堂詩餘》選四首，《唐宋諸賢絶妙詞選》選十二首，《陽春白雪》選四首。這些唐宋詞選在明代仍有收藏與流布的記録。據肖鵬《群體的選擇——唐宋人詞選與詞人群通論》，《梅苑》在明代的主要版本有：明文淵閣藏本一册。明葉盛藏本一册。明李廷相藏本凡三册。明毛晉汲古閣影宋鈔本。〔一二〕《草堂詩餘》在明代的版本更是多如牛毛，達二十四種之多。〔一三〕而據陳水雲《唐宋詞在明末清初的傳播與接受》，《草堂詩餘》流傳至今的明刻本就達三十五種。〔一四〕可以説《草堂詩餘》是明代傳播小山詞最主要之媒介。《唐宋諸賢絶妙詞選》在明代的版本主要有：明萬曆秦堣刻本，明萬曆刊本十卷。明伯嵩胡氏刊本十卷。明汲古閣詞苑英華本二十卷。明汲古閣影宋鈔本三卷。〔一五〕《陽春白雪》在明代的版本主要有：明葉盛藏本一册。明文淵閣藏本一册。明朱岱翁集纂重編本。〔一六〕

就後者而言，其選録小山詞情形如下：長湖外史《類編箋釋續選草堂詩餘》選七首，排名第六（並列）。楊慎《詞林萬選》選八首，排名第四（並列）。陳耀文《花草粹編》選一百零二首，排名第三。張綖《詩餘圖譜》選六首，排名第七。茅暎《詞的》選七首，排名第六（並列）。卓人月《古今詞統》選二十七首，排名第十五。〔一七〕從明人編選的主要唐宋詞選來看，晏幾道詞的入選數量以《花草粹編》最多，達一百零二首。在其他詞選中排名也較靠前，平均排名在第七位，比晏幾道的詞史地位排名略高。〔一八〕此與明代詞風輕南宋重北宋的大背景不無關係。

一般而言，刻本因其複製量大，其傳播效應要遠超鈔本。明代刊刻次數較多的唐宋詞選有：《草堂詩餘》在明代至少刊刻三十五次、《詩餘圖譜》刊刻六次，[一九]《唐宋諸賢絶妙詞選》刊刻四次。換言之，被選入這些詞選中的小山詞將獲得更爲廣泛的傳播。明代主要詞選刊刻晏幾道詞次數統計如下所示：

《鷓鴣天》（彩袖殷勤捧玉鐘） 三十九
《蝶戀花》（庭院碧苔紅葉遍） 三十九
《生查子》（金鞍美少年） 三十九
《玉樓春》（秋千院落重簾暮） 三十五
《菩薩蠻》（哀箏一弄湘江曲） 三十五
《秋蕊香》（愁黛頻成月淺） 六
《少年游》（緑勾闌畔） 六
《臨江仙》（鬥草階前初見） 六
《臨江仙》（東野亡來無麗句）[二〇] 六
《解佩令》（玉階秋感） 六
《兩同心》（楚鄉春晚） 六
《鷓鴣天》（碧藕花開水殿涼） 四
《蝶戀花》（醉别西樓醒不記） 四
《蝶戀花》（夢入江南煙水路） 四
《生查子》（一分殘酒霞） 四

《生查子》（紅塵陌上游）　四

《清平樂》（波紋碧皺）　四

《滿庭芳》（南苑吹花）　四

《南鄉子》（緑水帶春潮）　四

《阮郎歸》（粉痕閉邸玉尖纖）　四

其中，《鷓鴣天》（彩袖殷勤捧玉鐘）、《蝶戀花》（庭院碧苔紅葉遍）、《生查子》（金鞍美少年）等三首詞在明代刊刻次數最多，也可以説是晏幾道在明代流傳最廣之詞。其中，又以《鷓鴣天》（彩袖殷勤捧玉鐘）爲最，因爲該詞不僅在詞選中選録次數多，且在其他多種文獻中反復出現，明人多次引用、化用、品評。這一點在後文中會進一步説明。

（三）其他媒介

除了别集和詞選之外，小山詞在明代傳播接受的媒介還有小説、戲曲、詞話、詩話等。唐圭璋先生在編纂《全宋詞》時，曾將「元明小説中詞題作宋人者，輯爲《元明小説中依托宋人詞》，著于編末，例入附録」[二一]。共收録元明小説話本中依托宋人詞一百一十九首。雖然這些詞有可能爲明人僞托，不一定確爲宋人所作，但明代小説確乎爲宋詞傳播之重要補充。謝永芳《略論宋詞的小説傳播及其價值》一文又擴大搜索範圍，發現了宋元明清小説中引用的宋詞九首。[二二]小説在明代頗爲通行，受衆多，傳播範圍廣，傳播效應極佳。就晏幾道詞而言，目前已發現的其在明代小説中的傳播數量不是很多。如馮夢龍《警世通言》第十四卷有小説《一窟鬼癩道人除怪》，小説正文前爲赴省士人沈文述所作集句詞《念奴嬌》，作者依次解讀每句詞之出處，其中就引用了晏幾道詞：

第十句道：「消散雲雨須臾。」晏叔原曾有《春詞》，調寄《虞美人》：「飛花自有牽情處，不向枝邊

住。曉風飄薄已堪愁，更伴東流流水過秦樓。消散須臾雲雨怨，閑倚闌干見。遠彈雙淚濕香紅，暗恨玉顔光景與花同。」〔二三〕

明代戲曲極少引用小山詞之完帙，而是精心摘録、化用其詞句。其中化用最多的是小山《鷓鴣天》（彩袖殷勤捧玉鐘）。如元末明初人谷子敬雜劇《城南柳》第二折中有：「我待從容飲巨觥。他可殷勤捧玉鐘」，「休看那舞低楊柳樓心月。且聽這歌盡桃花扇底風。倚翠偎紅」〔二四〕。很明顯，這幾句曲文都本自晏幾道《鷓鴣天》（彩袖殷勤捧玉鐘）。同樣地，明人李日華《南西廂記》第十九出也有「今日華堂開綺席，意朦朧，却教我翠袖殷勤捧玉鐘」〔二五〕。明人無心子《金雀記》第三出則有「貼醜：醉楊柳樓心月，歌桃花扇底風」〔二六〕。晏幾道這首《鷓鴣天》極爲有名，尤其是「舞低楊柳樓心月，歌盡桃花扇底風」兩句，流傳極廣，以至于「勾欄中多用作門對」。〔二七〕從明代戲曲亦可見一斑。

至于詩話、詞話等，一般多引用、品評小山個别詞句，較少引及全篇。如楊慎《詞品》：「晏小山詞：『雙螺未學同心綰，已占歌名。月白風清，長倚昭華笛裏聲。』又云：『紅窗碧玉新名舊，猶綰雙螺。一寸秋波，千斛明珠覺未多。』『垂螺』、『雙螺』，蓋當時角妓未破瓜時額飾，今秦中妓及搬演旦色，猶有此制。」〔二八〕該段文字引用了小山兩首《采桑子》之詞句，並對其中「雙螺」作一箋釋。這樣的引用、評論、箋釋無疑亦有助于小山詞的傳播接受。

三　明人對小山詞的評價與體認

明人對小山詞的評價如何？從現有材料來看，明代見諸文獻的對小山詞的評語不多，但可以肯定的是，明人多將晏幾道視爲婉約詞人之重要代表。如王世貞《藝苑卮言》云：「言其業，李氏、晏氏父子、耆卿、子野、美成、少游、易安至矣，詞之正宗也。」〔二九〕從中可知，王氏將李璟、李煜、晏殊、晏幾道、柳永、張先、周邦彦、秦觀、李清照等人視爲詞之「正宗」代表。王世貞是後七子之一，是明代中後期的文壇領袖，他對小山詞的評價極有代表性和導向性。何良俊《草堂詩餘序》亦云：「詩餘以婉麗流暢爲美。如周清真、張子野、秦少游、晏叔原諸人之作，柔情曼聲，摩寫殆盡，正詞家所謂當行，所謂本色者也。」〔三〇〕其同樣亦將小山詞視作「當行」、「本色」之屬。

再如毛晉《小山詞跋》：「諸名勝詞集，删選相半。獨《小山集》直逼《花間》，字字娉娉嫋嫋，如攬嬙、施之袂，恨不能其起蓮、鴻、蘋、雲，按紅牙拍板唱和一過。晏氏父子，具足追配李氏父子云。」〔三一〕這是明代爲數不多的直接品評小山詞的資料。毛晉爲明末著名民間書商，亦有較高文學修養，其經手寓目的唐宋詞集不計其數，對于詞作有較高品評鑒賞水準。從毛晉跋語來看，其對小山詞的評價較高。認爲其詞可「直逼《花間》」，並將大小晏與南唐時期之李璟、李煜父子相提並論，頗有見地。

此外，明人對小山詞更多是在詞選中對其具體詞作評論。主要見于卓人月評《古今詞統》、沈際飛評《草堂詩餘正集》等。這些品評主要包括以下幾個方面。

一是字、詞之賞析點評。如《古今詞統》卷七評《鷓鴣天》末句「相思本是無憑語，莫向花箋費淚行」云：「『費』字本于『學書紙費，學醫人費』。」蘇軾《墨寶堂記》就曾引用蜀地古語「學書者紙費，學醫者人費」。〔三二〕明人焦竑《荊川右序》亦言：「語云『學書紙費，學醫人費』。」意謂學習書法耗費紙張，學習醫術也須試之于身，使人身體受到一定損害。晏幾道詞中「費」字用得頗爲新穎，意謂相思過多，會「耗費」太多眼淚。卓人月指出該字來歷，度人以金針。

二是句法之點撥與品評。如《古今詞統》卷七評小山《玉樓春》「柳陰分到畫眉邊，花片飛來垂手處」兩句「極似『紅豆啄殘』、『碧梧棲老』一聯，于此可參活句。」「紅豆啄殘」、「碧梧棲老」來自宋人釋祖欽《偈頌一百二十三首其一》中「紅豆啄殘鸚鵡粒，碧梧棲老鳳凰枝」兩句。而其實這兩句又本自杜甫《秋興》「鸚鵡啄殘紅豆粒，鳳凰棲老碧梧枝」，此二句皆以新奇倒裝之句法聞名于世。小山詞這兩句也打破了傳統詞句之結構與意脈，細細品味，不説人來到柳陰邊和花叢處，而説柳陰和花片來到人身邊。確乎給人以耳目一新、眼前一亮之感。

再如沈際飛在《草堂詩餘正集》卷一評小山《木蘭花》「牆頭丹杏雨餘花，門外緑楊風後絮」二句云：「雨餘花、風後絮、入江雲、黏地絮，如出一手。」這是從句法結構上進行賞析點評。這幾句皆爲三字句，且都是偏正型名詞性短語。且「雨餘」與「風後」對仗，「入江」與「黏地」對仗。這種作詞句法的歸納和總結是對小山詞極好的學習和接受。

還有詞句的模擬賞析。如沈際飛《草堂詩餘正集》評小山《菩薩蠻》「彈到斷腸時，春山眉黛低」云：「『斷腸』二句俊極，與『一一春鶯語』比美。」「一一春鶯語」是指歐陽修《生查子》中「雁柱十三弦，一一春鶯語」兩句。晏幾道的這兩句與歐陽修之詞確有相似之趣，皆爲歌女彈琴場景之描繪。歐詞側重描摹琴聲之妙，而小山則是對演奏者神態之刻畫。這種模擬賞析也頗有價值，讓讀者能舉一反三、觸類旁通，對于提高明人寫作技巧亦頗有裨益。

此外，還有對名句出處的點撥。如《古今詞統》卷九評小山《臨江仙》（夢後樓臺高鎖）云：「晚唐麗句」，並指出「落花人獨立，微雨燕雙飛」二句實本于五代翁宏《宫詞》。這兩句是小山詞之名句，前人亦多有讚譽。宋代楊萬里就曾云其「好色而不淫矣」[三三]。清代陳廷焯《大雅集》卷一：「『落花』十字，自是天生好言語。」[三四]清代譚獻《複堂詞話》也稱讚：「名句千古，不能有二，所謂柔厚在此。」[三五]卓人月的貢獻在于其指出這兩句詞實摘自五代翁宏之《宫詞》，並將原詩全文附録于此詞之後。

三是篇章結構、立意方面的評議。如卓人月《古今詞統》卷六評小山《少年游》（離多最是）一詞云：「前段兩比，後段賦之。」這是從寫作手法和謀篇佈局上對原詞進行點評，頗有價值。無獨有偶，晏幾道《留春令》云：「畫屏天畔，夢回依約，十洲雲水。手撚紅箋寄人書，寫無限、傷春事。別浦高樓曾漫倚。對江南千里。樓下分流水聲中，有當日、憑高淚。」楊慎評曰：「晁元忠詩：『安得龍湖潮，駕回安省水。水從樓前來，中有美人淚。人生高唐觀，有情何能已』，晏小山《留春令》全用其語。」〔三六〕楊慎指出小山該詞在立意、構思上是對晁元忠詩歌的借鑒和模仿。如果説「落花人獨立，微雨燕雙飛」是對前人的直接因襲，《留春令》則是對前人詩歌的創造性化用。楊慎和卓人月等人的點評對于普通讀者更好地學習接受小山詞，無疑將會産生很大影響。

四　明人在創作上對小山詞的接受

（一）語句的學習與借鑒

㈠ 成句襲用

成句襲用即不作任何改動，直接引用晏幾道詞中原句。比如明末清初人毛奇齡《點絳唇・送春》中「留人不住」一句取自小山《清平樂・留人不住》。明人陳冉《賣花聲・愁壓遠山低》中「寒雁來時」一句直接取自小山《采桑子・征人去日殷勤囑》。明末清初人尤侗《石州慢・和高季迪韻》中「玉人應在」一句直接采自小山《撲蝴蝶・煙條雨葉》。楊慎《生查子・兩朵活蓮花》中「背面秋千下」一句取自晏幾道《生查子・金鞭美少年》，俞彦《玉女摇仙佩・佳人》中也直接襲用了「背面秋千」一詞。不難看出，明人直接襲用晏幾道的詞句多爲其名句，且句式較短，一般爲四字句或五字句。這是因爲如直接襲用小山較長語句，則有剽竊之嫌。這種成句的直接襲用在明人對小山詞的學習接受中占比不高。

㈡ 改寫與變易

改易是在小山原詞句字數不變基礎上稍作變動，這是最常見的一種語言接受。一是改動一字。如小山《木蘭花》「盡日東風吹柳絮」一句，明末清初人王翃《應天長・湖上》改爲「日日東風吹柳絮」，僅易「盡」爲「日」，而「盡日」與「日日」語義上並無明顯差異。此外，小山《蝶戀花》「又值黄昏雨」一句，明人張鴻逑《點絳唇・與馮太君話舊》改爲「又被黄昏雨」，明末清初人沈謙《青玉案》則改爲「又下黄昏雨」。原詞爲「值」，張鴻逑易爲「被」，沈謙則易爲「下」。皆只改動一字。總體而言，「值」字更顯錘煉之功，而明人的改易則顯口語化。以上改動一字，語義並未發生大的改變，其改易更多的是出于格律的考慮。還有只改動一字，但語義稍有變化。如小山《菩薩蠻》「嬌面勝芙蓉」一句，明人俞彦《臨江仙・集曲名》只易「勝」爲「玉」，變爲「嬌面玉芙蓉」。原詞「勝」字表達女孩之美勝過芙蓉，而俞彦的改動，僅把「嬌面」比作「芙蓉」，程度不及原詞深。再如，小山《虞美人》「閑倚闌干見」一句，明人商景蘭《菩薩蠻・坐河邊新樓，代人作》易「見」爲「敞」，變爲「閑倚闌干敞」。「敞」與「見」語義明顯不同，且「敞」也乏蘊藉含蓄之美，其改動多半亦是爲了遷就格律，藝術表達效果並不佳。

二是改動兩字。如小山《鷓鴣天》「今在巫山第幾峰」一句，明人聶大年《卜算子》易「今在」爲「夢到」，變爲「夢到巫山第幾峰」。明末清初人彭孫貽《清平調・牡丹詞十首仿李太白清平調》則易「今」爲「應」，易「幾」爲「一」，變爲「應在巫山第一峰」。小山《南鄉子》「夢魂隨月到蘭房」一句，明人徐熥《南柯子・秋思》改「蘭房」爲「伊傍」，變爲「夢魂隨月到伊傍」。此外，小山《清平樂》「折得疏梅香滿袖」一句，明人邵寶《青雲峰・用元人韻》改「折」爲「采」，改「疏」爲「寒」，變爲「采得寒梅香滿袖」。不難看出，改動兩字的，一般語義和意境都有了不同程度之改變，但其學習和接受的痕跡還是較爲明顯的。

三是改動三字。如小山《鷓鴣天》有「年年陌上生秋草」，明人羅洪先《烏夜啼》則有「年年陌上送春遲」，前四字一樣，後三字則由「生秋草」改易成「送春遲」。小山詞《鷓鴣天》有「十里樓臺倚翠微」一句，明人莫璠《蝶戀花・蘇堤春曉》則有「十里樓臺花霧繞」，原句「倚翠微」改爲「花霧繞」，不僅文字改動了，句式結構也變化了，原先是動賓結構，而後者是主謂結構。

四是改變語序，保留核心語素。如小山《滿庭芳》「此恨誰堪共説」一句，明人葉紈紈《瑣窗寒・憶妹》則有「此恨憑誰堪説」。再如小山《臨江仙》「舞低楊柳樓心月」是其名句，明末清初人王翃《多麗・吴于廷招仝言遠、庾清、袁王二女郎湖集》改爲「樓心月楊柳風低」，元末明初人劉炳《浪淘沙・惜春》則有「翠袖舞低楊柳月」。二人之詞看似與小山原句不甚相似，但細加分析就會發現，王翃和劉炳的改易都保留了原作「楊柳」、「低」、「月」等核心字面，在立意和手法上都有明顯的借鑒接受跡象。相較前面幾種情形而言，這種改易是對原詞句較有深度的加工和改造，體現了一定的再創造性。

㈢ 删減與壓縮

删減和壓縮的目的是將晏幾道較長詞句變爲較短詞句。這又可分爲幾種不同情形：一是在原句基礎上直接删去一字，如小山《臨江仙》「當時明月在」一句，元末明初人倪瓚《人月圓》删去「在」字，變爲「當時明月」。小山《清平樂》「宋玉牆東路」一句，明人楊慎《柳梢青・杏花》改爲「宋玉牆東」，删去一「路」字。二是删去兩字，如小山《蝶戀花》「斜陽只與黄昏近」一句，明人楊慎《蝶戀花・足範文正公遺句》删去原句前「斜陽」二字，改爲「只與黄昏近」。三是删去三字，如小山《鷓鴣天》「彩袖殷勤捧玉鐘」一句，明末清初人陸求可《黄鐘樂》删去後三字，變爲「彩袖殷勤」。小山《鷓鴣天》有「碧藕花開水殿凉」一句，明末清初人王夫之《蝶戀花・瀟湘十景詞》也是删去後三字，變爲「碧藕花開」。很明顯，明人的這種删減接受其技術含量不是很高，往往是直接截取小山原詞句的一部分（一般是直接保留前面四字，删去後一字、二字或三字），缺乏深度的藝術再加工。

除了上述簡單删字之外，還有將原句較爲詳盡的文字進行壓縮，使其簡略化。這種壓縮相對上文的删減而言更有文學價值和藝術水準。如小山《訴衷情令》「憑觴静憶去年秋」一句，明末清初人李雯《清平樂・秋曉》則壓縮爲「閑憶去年秋草」。同樣是表述回憶去年秋天，原句的「憑觴」和「静」等修飾性語詞，使得詞之意境更有畫面感。而李雯的《清平樂》則只用了一個「閑」字，較原句更精簡。還有的將原詞兩句壓縮爲一句，小山《木蘭花》「紫騮認得舊游蹤，嘶過畫橋東畔路」兩句，表現別後對戀人的念念不忘，「重經其地，馬尚有情，况于人乎？」〔三七〕而元末明初人凌雲翰《風入松・和貝廷琚助教韻》將這兩句壓縮爲「紫騮嘶過畫橋東」一句。雖更簡潔，但却無法再現原詞情感之真摯與表現手法之新奇。

㈣ 拉伸與拓展

拉伸拓展與壓縮相反，就是將小山原詞較短詞句通過增字、變序、敷衍等手段使之變得更長。一是在原句上直接加字，如小山詞《浪淘沙令》「今夜思量」一句，明人陳子龍《如夢令・本意》改爲「今夜好思量」，唯于原句加一「好」字，但情感表現的力度和深度更甚。同樣是只加一字，明末清初人徐士俊的《菩薩蠻・題女郎畫蘭》則有些許變化，小山《撲蝴蝶》原詞句爲「煙條雨葉」，徐氏則變爲「雨葉共煙條」。其中原詞中的「煙條」和「雨葉」都保留了，只是在這兩個意象之間加了一個連詞「共」，並將其連接的兩個意象順序顛倒。有時是加兩字。如小山《好女兒》「問個人人」一句，明末清初人李雯《桃源憶故人》則變爲「有個人人相問」，在原句基礎上加上「有」和「相」字，同時原詞的語序也有適當變化。有時是加三字，如小山《采桑子》有「淺笑微顰」一句，明末清初人梁清標《蝶戀花・悼亡》改爲「淺笑微顰風態杳」，在原句後直接加「風態杳」，是對人物形態的進一步刻畫。

有時是將原句較短語詞換成較長語詞。如小山《清平樂》「枝枝葉葉離情」一句，明人卜世臣《柳枝詞》改爲「枝枝葉葉帶離愁」，明人謝五娘《柳枝詞》則變爲「枝枝葉葉皆離思」。不難發現，原詞的前半句「枝枝葉葉」，兩位明人都保留了，只是把後半句的「離情」二字分別換作了「帶離愁」和「皆離思」三字。這樣就由原先的六字句變成了七字句，但語義並未發生顯著變化。

二是在原句上進一步闡述、形容，使之更形象具體。如小山詞《鷓鴣天》「聲聲只道不如歸」，明人史鑒《虞美人・贈陸廷美》改爲「底事聲聲叫道不如歸」，前面加上「底事」二字更增添了一些無奈和絶望。小山《菩薩蠻》詞中有「纖指十三弦」一句，元末明初人楊基《浣溪沙・寒食》則有「玉纖銀甲十三弦」。二詞皆是對彈琴女子的描繪，楊基詞中「玉纖銀甲」其實即爲原詞之「纖指」，然更形象，語詞更華麗。同樣地，小山《禦街行》中「幾度黄昏雨」一句，明末清初人夏完淳《鵲踏枝・春閨》拓展爲「梨花幾陣黄昏雨」，明末清初人李元鼎的《蝶戀花・和雨愁》則敷衍爲「簾纖幾陣黄昏雨」。前者在「黄昏」、「雨」等意象基礎上再加上「梨花」這一意象，後者則加上「簾」這一意象，使得畫面更爲飽滿可感。相似的例子還有小山《菩薩蠻》「惱人情緒多」一句，明末清初人陸求可《鳳銜杯》則敷衍爲「甚無端惱人情緒」，語義與原詞幾乎没有變化，但「甚」和「無端」兩詞使得情感表達更深入，與李商隱「錦瑟無端五十弦」有殊途同工之妙。

（二）篇章的追和与拟仿

明人對晏幾道詞接受的另一重要方式就是追和。筆者據業已出版的《全明詞》及《全明詞補編》統計，明代共有魏偁、陳鐸、王屋、彭孫貽、沈謙、吴子孝等六位詞人共創作七首追和詞，涉及晏幾道六調七首詞。具體如下表所示：

序號	詞牌	原詞首句
一	點絳唇	湖上西風
二	蝶戀花	庭院碧苔紅葉遍
三	鷓鴣天	彩袖殷勤捧玉鐘
四	鷓鴣天	題破香箋小砑紅
五	兩同心	楚鄉春晚
六	六么令	綠陰春盡
七	清平樂	笙歌宛轉

續表

唱和詞人	和作詞題	唱和形式	合計
魏偁	江陰徐惟聲求余次韻晏叔原古作	依韻〔三八〕	一
陳鐸	和晏叔原	次韻	一
王屋	和小山韻	依韻	一
王屋	頃讀黃、柳作既各和之。兹複和小晏作一，用語成篇，差爲小異，亦平韻。	韻部不同	一
彭孫貽	和小晏春情	次韻	二
沈謙	次晏叔原韻		
吴子孝	次晏叔原韻	次韻	二

據王靖懿、錢錫生《明代追和詞的文化意味》一文，「在明詞所追和的一百五十位前代作家中，被追和次數達十次以上的共計二十九人」。排在前幾位的依次是蘇軾、倪瓚、辛棄疾、虞集、崔與之、歐陽修、周邦彦、秦觀、柳永、李清照等人。〔三九〕而晏幾道並不在這二十九人之中，换言之，明人對晏幾道詞的追和並不熱衷。這一方面緣于小山詞的整體成就不夠突出，亦不如蘇軾、柳永等人之詞有突出的個性。另一方面當然也有其偶然性，比如明人對倪瓚、虞集、崔與之等人的追和資料很多，亦不能説明其詞成就高于小晏。下面以魏偁的《點絳唇》爲例，分析明人對小山詞的追和之作。

點絳唇·江陰徐惟聲求余次韻晏叔原古作　魏偁

幾樹殘香，情人不見愁難掃。海棠開了。曉雨濛濛小。　煙柳鶯聲，婉轉傷春調，音書少。誰消懷

抱。白髮催人老。〔四〇〕

點絳唇　晏幾道

湖上西風，露花啼處秋香老。謝家春草。唱得清商好。笑倚蘭舟，轉盡新聲了。煙波渺。暮雲稀少。一點涼蟾小。

魏偁，字達卿，明成化二十二年（一四八六）貢士，授石城訓導。〔四一〕從題序可知，該詞爲詞人應江陰徐惟聲之請而作。從詞作内容來看，魏詞是表達離愁别恨的典型艷情詞，所用詞調爲《點絳唇》，調式爲小令。這一點與晏幾道一致。晏幾道與蘇軾年紀相仿，在蘇軾已經嘗試豪放詞風，「新天下之耳目」，對傳統詞大刀闊斧進行改革的背景下，晏幾道依舊固守于傳統婉約艷情詞之藩籬。對于調式亦是如此，與他同時或稍早的張先、柳永等人已經有意識地大量創作長調慢詞，小山依然不爲所動，執著地用小令攄寫與秦樓楚館女子的「愛情」。魏偁的和作無論是詞調擇取還是思想内容的闡發抑或是藝術境界的營造，都表現了對小山詞的接受。

魏詞寫與情人分别後，詞人的落寞、孤寂與懷戀，通過落紅、曉雨、煙柳、鶯聲等意象的描繪，將白髮催人老的情感直接抒發。不過不難看出，作者的藝術表現力與原作有一定差距。小山原作寫對一歌女的傾慕之情，然寫得極爲含蓄幽深，淡淡的相思眷戀之情皆寓于清新朦朧的景色之中，含而不露。而魏偁的和作則較爲顯豁淺易。原作以景結尾，藴藉迷離，和作則以情收束，缺乏韻味。另外，小山艷情詞一般而言融入了個人的「癡」與真實經歷，故而更顯「純真」，而非花間詞代言體那般没有個性。而和作是應人請求而作，帶有應酬色彩，故而缺乏真情實感。

同樣的情形在其他人的和作中表現也很明顯。如晏幾道《鷓鴣天》（彩袖殷勤捧玉鐘），明人王屋有《鷓鴣天・和小山韻》：「見説新來小字工。頻將麗句寫幽悰。箋開柿葉層層緑，墨灑桃花片片紅。

窗窈窕，蝶玲瓏。燕飛飛處雨融融。沖簾報有微香入，爲道簷颸昨夜東。」〔四二〕

小山原詞是其名作，詞寫與一個女子久别重逢之情景，以相逢抒别恨。其中「舞低楊柳樓心月，歌盡桃花扇底風」和「今宵剩把銀釭照，猶恐相逢是夢中」兩句都爲後人所稱道。晁無咎言：「叔原不蹈襲人語，而風調閒雅，自是一家。如『舞低楊柳樓心月，歌盡桃花扇底風』，自可知此人不生在三家村中也。」〔四三〕對于後句，後人也評價頗高，劉體仁《七頌堂詞繹》云：「『夜闌更秉燭，相對如夢寐』，叔原云：『今宵剩把銀釭照，猶恐相逢是夢中』。此詩與詞之分疆也。」〔四四〕

王屋的和作同樣也是言情之作，表現閨中少婦（少女）思春懷人。上片寫閨房之内，下闋則把筆觸伸向室外，窗外細雨濛濛，燕飛蝶舞，時有幽香傳入房内。全詞清新活潑，没有傳統艷情詞的綺靡和濃艷之感。但相對原作而言，只是更多地接受了小山詞「秀氣勝韻，得之天然」之語言美，而缺乏原詞之錘煉。另外，小山原詞雖爲小令，却能寫得波折動蕩，再加上其坎坷落魄的遭遇，故而在藝術表現上具有「深摯、婉曲、沉鬱」〔四五〕等特色。而和作全詞思想情感的脈絡及立意構思則直白得多，這幾乎是明代和小山詞的普遍特色。

晏幾道是宋詞婉約一派的代表人物，其詞對後世也嘉惠頗多。晏幾道雖在題材内容上對宋詞没有太大貢獻，但在傳統小令的藝術手法上頗多創獲。明代雖被認爲是詞之衰弱期，但從以上分析可知，小山詞在明代仍有相當影響。小山詞在明代的傳播主要賴《草堂詩餘》等書册傳播。明人對晏幾道詞的接受多爲字面和詞句接受，對于其「詩人之句法」和「能于小令之中，具有長調之氣格」〔四六〕的創新之處，明人多未學到其精髓。釐清明代小山詞傳播接受的諸般表現及其原因，對于明代詞史的書寫，以及唐宋詞傳播接受史的闡釋，都具有一定現實意義。

〔一〕黄庭堅《小山詞序》，張草紉《二晏詞箋注》，上海古籍出版社二〇〇八年版，第六〇三頁。

〔二〕陳振孫《直齋書録解題》，上海古籍出版社一九八七年版，第六一八頁。

〔三〕華東師範大學王卿敏二〇〇六年碩士學位論文《小山詞接受史》第二章第二節「小山詞在明代的接受」從明人對小山詞的評論、楊慎對小詞的接受、從《草堂詩餘》看明人對小山詞的接受、小山詞對俗文學的影響等四個方面闡述了明人對小山詞的接受，在研究的深度、廣度、系統性上都有進一步挖掘的餘地。

〔四〕張仲謀《明詞史（修訂本）》，人民文學出版社二〇一五年第二版，第二頁。

〔五〕朱彝尊《柯寓匏振雅堂詞序》，孫克强、楊傳慶、裴喆編著《清人詞話》，南開大學出版社二〇一二年版，第六一六頁。

〔六〕陳廷焯《白雨齋詞話》，人民文學出版社一九五九年版，第一〇頁。

〔七〕鄭騫《景午叢編》上編，臺灣中華書局一九七二年版，第一六二頁。

〔八〕張炎《詞源》，唐圭璋編《詞話叢編》，中華書局一九八六年版，第二六五頁。

〔九〕唐圭璋《宋詞四考》，江蘇文藝出版社二〇〇九年版，第六五—六六頁。其中「許氏鑒止水齋藏明鈔本」和「趙氏星鳳閣藏明鈔本」雖著録爲清人所藏，但其藏本爲明鈔本，故而也附録于此。

〔一〇〕鄧子勉《兩宋詞集的傳播與接受史研究》，華東師範大學出版社二〇一五年版，第一〇九頁。

〔一一〕王兆鵬《詞學史料學》，中華書局二〇〇四年版，第一七〇頁。

〔一二〕〔一三〕〔一五〕〔一六〕肖鵬《群體的選擇——唐宋人詞選與詞人群通論》，鳳凰出版社二〇〇九年版，第五二七頁，第五三〇—五三三頁，第五三五—五三六頁，第五三七頁。

〔一四〕陳水雲《唐宋詞在明末清初的傳播與接受》，中國社會科學出版社二〇一〇年版，第七四—七七頁。

〔一七〕以上資料來源于陶子珍《明代詞選研究》，臺北秀威資訊科技股份有限公司二〇〇三年版，第八八、九一、一三五、二一八、二五五、三二四、三五七頁。

〔一八〕據郁玉英研究，宋代經典詞人前一百名統計，晏幾道排名第十。見郁玉英《宋詞經典的生成及嬗變》，中國社會科學出版社二〇一六年版，第七七頁。

〔一九〕張仲謀《明代詞學通論》，中華書局二〇一三年版，第三六頁。
〔二〇〕該詞在《詩餘圖譜》中誤作晏殊詞。
〔二一〕唐圭璋編纂，王仲聞參訂，孔凡禮補輯《全宋詞·凡例》，中華書局一九九九年版，第四頁。
〔二二〕謝永芳《略論宋詞的小説傳播及其價值》，《明清小説研究》二〇一六年第二期，第三六頁。此九首詞並非《全宋詞》之佚詞，但與依托宋人之詞不盡相同，這九首詞皆可確信爲宋代詞人所作。
〔二三〕馮夢龍編著《警世通言》，嶽麓書社二〇一九年版，第一九二頁。
〔二四〕谷子敬《城南柳》，臧晉叔編《元曲選》，中華書局一九五八年版，第一一二二頁。
〔二五〕李日華《南西廂記》，霍松林編《西廂彙編》，山東文藝出版社一九八七年版，第二六七頁。
〔二六〕無心子《金雀記》，章培恒主編《四庫家藏·六十種曲七》，山東畫報出版社二〇〇四年版，第二四九頁。
〔二七〕瞿佑《歸田詩話》卷上，國家圖書館藏，清曹炎抄，周叔弢跋，周一良抄補本。
〔二八〕楊慎《詞品》，唐圭璋編《詞話叢編》，第四七七頁。
〔二九〕王世貞《藝苑卮言》，唐圭璋編《詞話叢編》，第三八五頁。
〔三〇〕何良俊《草堂詩餘序》，施蟄存編《詞籍序跋萃編》，中國社會科學出版社一九九四年版，第六七〇頁。
〔三一〕毛晉《小山詞跋》，吴熊和主編《唐宋詞彙評·兩宋卷》，浙江教育出版社二〇〇四年版，第三三〇頁。
〔三二〕蘇軾著，李之亮箋注《蘇軾文集編年箋注》，巴蜀書社二〇一一年版，第一三三頁。
〔三三〕魏慶之《詩人玉屑》，商務印書館一九三八年版，第一三頁。
〔三四〕陳廷焯《大雅集》卷一評語，吴熊和主編《唐宋詞彙評·兩宋卷》，第三三四頁。
〔三五〕譚獻《複堂詞話》評語，吴熊和主編《唐宋詞彙評·兩宋卷》，第三三四頁。
〔三六〕楊慎《詞品》評語，吴熊和主編《唐宋詞彙評·兩宋卷》，第三五九頁。
〔三七〕黄蘇《蓼園詞選》評語，吴熊和主編《唐宋詞彙評·兩宋卷》，第三四六頁。
〔三八〕詞序中雖云「江陰徐惟聲求余次韻晏叔原古作」，但其實所用韻字與原作並非一一對應之次韻，而是依韻。
〔三九〕王靖懿、錢錫生《明代追和詞的文化意味》，《文藝理論研究》二〇一四年第四期，第一五五頁。
〔四〇〕〔四一〕〔四二〕饒宗頤等編《全明詞》，中華書局二〇〇四年版，第三八八頁，第三八八頁，第一六四五頁。

〔四三〕王奕清《歷代詞話》卷四，唐圭璋編《詞話叢編》，第一一五三頁。

〔四四〕劉體仁《七頌堂詞繹》，唐圭璋編《詞話叢編》，第六一九頁。

〔四五〕張映光《晏幾道〈小山詞〉的純情特質和抒情特色》，《江西社會科學》二〇〇七年第十期，第一一八頁。

〔四六〕劉永濟《唐五代兩宋詞簡析》，上海古籍出版社一九八一年版，第四二頁。

（作者單位：景德鎮學院人文學院）

論夢窗詞之別調《唐多令》

張福清

内容提要 梳理南宋以來詞話和詞選，可窺吴夢窗詞之別調《唐多令》在歷代詞論家和詞選家心中的地位之顯晦。從「七寶樓臺」、「質實」之説到「密麗」、「沉著」、「疏快」、「清空」之説。一般的詞論家認爲夢窗詞《唐多令》是滑稽游戲之作，詞風疏快，但非君特本色，或平生傑構，或「最屬下乘」之作；《唐多令》在詞史上被褒貶的原因，一是對滑稽游戲之作的偏見；二是因持「質實」説；三是持「質實」、「清空」並論；四是欣賞《唐多令》爲夢窗詞中曉暢疏朗、意境優美之作。現當代學者周汝昌、唐圭璋、俞朝剛、周航、周嘯天等先生在細讀《唐多令》時又出現了不同程度的舛誤，對《唐多令》詞的「芭蕉」、「花空」、「燕」、「垂柳」意象疏解，可使這些誤讀問題迎刃而解。同時，夢窗好友尹渙創作的《唐多令》，對晚年夢窗所作《唐多令》或多或少地有啟發或影響，夢窗之《唐多令》並非率意之作。

關鍵詞 吴夢窗　別調　《唐多令》　清空　疏快

吴文英是南宋末之詞大家。其詞集經毛晋、陸貽典、毛扆、戈載、杜文瀾、王鵬運、朱祖謀、鄭文焯、夏

本文爲二〇二〇年韓山師範學院重點社科項目「宋代戲謔詩文獻整理與研究」（XS202007）的階段性成果；二〇二〇廣東省社科規劃一般項目「宋代戲謔詩研究」（GD20CZW02）階段性成果。

承燾、楊鐵夫、吴蓓、孫虹等校勘整理，以臻完備；至近今陳洵、劉永濟、唐圭璋、宛敏灝、謝桃坊、陳邦炎、吴熊和、葉嘉瑩、鍾振振、孫克强、張如安、朱德慈、田玉琪、錢鴻瑛、周茜、楊鳳琴、陶爾夫、陶文鵬、江弱水、方秀潔等諸賢多有創獲。但吴文英及其詞研究仍有忽略之處，最典型的便是張炎在《詞源》中提到的「疏快」之作《唐多令》，遭遇歷來詞家之褒貶。《詞源》云：

詞要清空，不要質實。清空則古雅峭拔，質實則凝澀晦昧。姜白石詞如野雲孤飛，去留無跡。吴夢窗詞如七寶樓臺，眩人眼目，碎拆下來，不成片段。此清空質實之説。夢窗《聲聲慢》云：「檀欒金碧，婀娜蓬萊，游雲不蘸芳洲。」前八字恐亦太澀。如《唐多令》云：「何處合成愁？離人心上秋。縱芭蕉不雨也颼颼。都道晚凉天氣好，有明月，怕登樓。前事夢中休。花空煙水流。燕辭歸，客尚淹留。垂柳不縈裙帶住，謾長是，繫行舟。」此詞疏快，却不質實。如是者集中尚有，惜不多耳。白石詞如《疏影》《暗香》《揚州慢》《一萼紅》《琵琶仙》《探春》《八歸》《淡黄柳》等曲，不惟清空，又且騷雅，讀之使人神觀飛越。〔一〕

張炎「清空質實之説」對後世影響很大，其中「質實」成了夢窗詞的定評。但歷來的詞評家們却忽視或詬病張炎這段話的後半部分，即「《唐多令》云：『何處合成愁？離人心上秋。縱芭蕉不雨也颼颼。都道晚凉天氣好，有明月，怕登樓。前事夢中休。花空煙水流。燕辭歸，客尚淹留。垂柳不縈裙帶住，謾長是，系行舟。』此詞疏快，却不質實。如是者集中尚有，惜不多耳。」宋代以來詞話、詞選和詞學專著對《唐多令》的争議與誤解，有必要梳理一番，以就正于讀者。

一　詞史上飽受争議的《唐多令》

梳理歷代詞話和詞選，可窺《唐多令》在歷代詞論家和詞選家心中的地位之顯晦。南宋張炎（一二四八—一三二〇）《詞源》以「七寶樓臺」、「質實」之説論夢窗詞是謂源頭，除此，唐圭璋先生《詞話叢編》另收録十種宋代詞話，其中涉及吴文英及其詞的僅周密《浩然齋詞話》、沈義父《樂府指迷》兩種。周密云：「翁元龍字時可，號處静，與吴君特爲親伯仲，作詞各有所長。世多知君特而知時可者甚少，予嘗得一編，類多佳語，已刊于集矣。今復摭數小闋于此。」〔二〕周密詞話没有評吴文英詞，只是云「世多知君特而知時可者甚少」，録其兄翁元龍《江城子》、《西江月》、《朝中措》、《鵲橋仙》等詞作，讚歎其「真花間語也」，稱譽之傾向明顯。清馮金伯引杜成之語評翁元龍詞有「如荷涇露，縈旋流轉，似黏非著」〔三〕的特點。張炎門生陸輔之《詞旨》云：「周清真之典雅，姜白石之騷雅，史梅溪之句法，吴夢窗之字面，取四家之所長，去四家之所短，此翁（指張炎）之要訣。」〔四〕雖然《詞旨》没有提到《唐多令》，但是陸氏極力宣導張炎「清空」之説，所選之屬對與警句皆是清空疏快一類，與《唐多令》風格相似。明人詞話無一種論及夢窗《唐多令》。但王世貞《藝苑卮言》「快語壯語爽語」條云：「子瞻『與誰同坐，明月清風我』『明月幾時有，把酒問青天』，快語也。……『杏花疏影裏，吹笛到天明』，又『高情已逐曉雲空，不與梨花同夢』，爽語也。其詞濃與淡之間。」〔五〕其所云與疏快之《唐多令》非常相似。清人詞話涉獵夢窗詞内容、風格較多。主要有王士禛《花草蒙拾》、彭孫遹《金粟詞話》、沈雄《古今詞話》、王弈清《歷代詞話》、馮金伯《詞苑萃編》、郭麐《靈芬館詞話》、周濟《介存齋論詞雜著》、王又華《古今詞論》、周爾墉批《絶妙好詞箋》、馮煦《蒿庵論詞》、陳廷焯《詞壇叢話》和《白雨齋詞話》、譚獻《復堂詞話》、胡薇元《歲寒居詞話》、王國維《人間詞話》等。其中或討論夢窗詞深得清真之妙，但用事下語太晦；或將夢窗放入姜夔一派，論其一洗華靡，獨標清綺；〔六〕或認爲夢窗詞未出姜夔詞「清空」之範圍。〔七〕或謂「夢窗奇思壯采，騰天潛淵，返南宋之清泚，爲北宋之穠摯。……夫詞，非寄托不入，專寄托不出。」〔八〕但均未涉及夢窗《唐多令》一詞。其中王弈清、馮金伯皆沿用張炎《詞源》觀點説明夢窗詞《唐多令》「及《倦尋芳》之『不約舟移楊柳系，有緣人映桃花見』，《高陽臺》之『南樓不恨吹橫笛，恨曉風千里關山』，最爲疏快不質實」〔九〕。陳廷焯則認爲張惠言《詞選》獨不收夢窗詞，是不知夢窗也，「至董氏《續詞選》，只取夢窗《唐多令》《憶舊游》兩篇，此二篇絶非夢窗高詣。《唐多令》一篇，幾于油腔滑調，在夢窗集中，最屬下乘」〔一〇〕。則極力貶低《唐多令》。

近現代詞家對夢窗《唐多令》一詞的解讀與評價，最有代表性的是楊鐵夫《吴夢窗詞箋釋》、劉永濟《微睇室説詞》、俞陛雲《詞境淺説》、陳洵《海綃説詞》、吴梅《詞學通論》等。

歷代詞選録《唐多令》情況：宋代主要有黄昇《花庵詞選》、趙聞禮《陽春白雪》、周密《絶妙好詞》三種；明代詞選本很少，只有陳耀文編《花草粹編》，卓人月、徐士俊編《古今詞統》和沈際飛等編《草堂詩餘正集》三種；清代的詞選本較多，較著名的有十二家：朱彝尊、汪森編選《詞綜》，張惠言《詞選》，董毅再編《續詞選》，周濟《宋四家詞選》，戈載《宋七家詞選》，葉申薌《天籟軒詞選》，周之琦《心日齋十六家詞録》，楊希閔編選《詞軌》，樊增祥《微雲榭詞選》，譚獻《復堂詞録》，陳廷焯《詞則》，王闓運《湘綺樓詞選》。除張惠言《詞選》、王闓運《湘綺樓詞選》兩種之外，十家皆有選録。近代以來著名的詞選本選録夢窗詞《唐多令》的有梁令嫻《藝蘅館詞選》，朱祖謀《宋詞三百首》，龍榆生《唐宋名家詞選》，胡雲翼《宋詞選》，俞平伯《唐宋詞選釋》，施蟄存、陳如江《宋詞經典》，中國社科院文研所《唐宋詞選》等，尤其是中國社科院文研所《唐宋詞選》只入選吴文英詞二首，一首《風入松》（聽風聽雨過清明）和一首《唐多令》（何處合成愁）。〔一一〕從以上選本統計可知，《唐多令》在選本中的命運却恰好相反，其入選排名在歷代詞選本中爲第一，這不得不使人驚奇！詞論家與詞選家的態度似乎完全矛盾對立。可見歷代詞選對《唐多令》的關注度很高，而詞話、詞學論著則貶低的多。那麼我們試著梳理上述詞話、詞學論著和詞選的幾個主要問題。

一是滑稽游戲之作。認爲《唐多令》詞的開頭句「何處合成愁？離人心上秋」是子夜變體、離合體，是滑稽之作。清王士禎《花草蒙拾》：「『何處合成愁？離人心上秋。』滑稽之雋。與龍輔《閨怨》詩：『得郎一人來，便可成仙去』，同是子夜變體。」〔一二〕清許昂霄《詞綜偶評》云《唐多令》「『何處合成愁？離人心上秋。』第三句如詩中離合體，亦是從少游『一鉤殘月帶三星』得來。」〔一三〕劉永濟《微睇室説詞》云《唐多令》「『何處合成愁？離人心上秋。』第三句如詩中離合體，亦是從少游『一鉤殘月帶三星』得來。」〔一四〕皆持此看法。

二是認爲《唐多令》詞風之疏快，但非君特本色，或平生傑構，或「在夢窗集中最屬下乘」。清周爾墉批《絶妙好詞箋》卷四：「詞固佳，但非夢窗平生傑構。玉田心賞，特以近自家手筆故也。」〔一五〕清馮煦《蒿庵論詞》云：「夢窗之詞，麗而則，幽邃而綿密，脈絡井井，而卒焉不能得其端倪。尹惟曉比之清真，沈伯時亦謂深得清真之妙，而又病其晦。張叔夏則譬諸七寶樓臺，炫人眼目。蓋山中白雲，專主清空，與夢窗家數相反，故于諸作中，獨賞其《唐多令》之疏快。實則『何處合成愁』一闋，尚非君特本色。」〔一六〕清陳廷焯《白雨齋詞話》云：「張皋文《詞選》，獨不收夢窗詞，以蘇、辛爲正聲，却有巨識。而以夢窗與耆卿、山谷、改之輩同列，不知夢窗者也。至董氏《續詞選》，只收夢窗《唐多令》《憶舊游》兩篇，此二篇絶非夢窗高詣。《唐多令》一篇，幾于油腔滑調，在夢窗集中，最屬下乘。《續選》獨取此兩篇，豈故收其下者，以實皋文之言耶。（董毅爲皋文外甥）謬矣。」〔一七〕还有沈澤棠《懺庵詞話》、劉永濟《微睇室説詞》〔一八〕、陳洵《海綃説詞》〔一九〕、吴梅《詞學通論》〔二〇〕等，基本對《唐多令》持貶抑的態度。清代論詞絶句同樣體現了他們對夢窗詞《唐多令》的否定與批評態度。如王以敏作詩懷吴文英絶句、王僧保《論詞絶句三十六首》〔二一〕、陳澧《論詞絶句六首》〔二二〕等，王以敏絶句下注曰：「夢窗詞以綿密之思運幽澀之筆，非質實也。玉田專尚清空，故有七寶拆碎之譏，所取《南樓令》一闋並非吴詞上乘。」其批評態度十分明顯。

三是近現代詞家對《唐多令》的肯定和持論較公允，甚至讚賞其爲曉暢疏朗、意境優美之「别調」。其代表詞家是俞陛雲、楊鐵夫、蔡嵩雲、梁啟超、鄭文焯等。俞陛雲《詞境淺説》云：「首二句以『心上秋』合成『愁』字，猶古樂府之『山上復有山』，合成征人之『出』字。金章宗之『二人土上坐』，皆藉字以傳情，妙語也。」〔二三〕實是肯定和讚賞。楊鐵夫《吴夢窗詞箋釋》之《唐多令》云：「此詞即張玉田之所許爲清空而不質實者，然憶姬之意，玉田曾參得否？甚矣，讀古人文字，不可不論其身世也。……餘謂夢窗格律之細，方駕清真；意境之超，希蹤白石。斷非叔夏所能跂及。」〔二四〕楊鐵夫持論較为客觀，非褒非貶之態度明顯，但從楊鐵夫箋注夢窗《瑞鶴仙》（晴絲牽緒亂）云：「鐵夫謂此詞的是回腸蕩氣，千回百折，令人不忍卒讀者。玉田不取此，而取《唐多令》，何歟？」〔二五〕亦可見他認爲《瑞鶴仙》超過了《唐多令》，對玉田不取《瑞鶴仙》而取《唐多令》流露出質疑态度。蔡嵩雲《樂府指迷箋釋》云：「玉田以凝澀晦昧評夢窗，至有七寶樓臺之喻。後人惑于其説，以爲夢窗全集莫不如是，未免大誤。夫夢窗詞用事下語，誠有深入而未能顯出者。然《四稿》中不晦澀之作，細繹之亦實在不少。以其含思高遠，琢語幽邃，讀者不易得其端倪，遂概以晦澀目之，豈得爲持平之論？昔人論詞，每好執人集中一二首以概其餘，宗派不同，尤易陷于此等偏見，不獨評夢窗者爲然也。」〔二六〕而蔡嵩雲則在全面梳理夢窗詞的基礎上，較爲肯定其作品風格的多樣性。的確，要客觀公正地評價一位詞人，應該全面觀照其作品，而不能只看部分詞作，才能避免以偏概全的毛病。張祥齡《詞論》所云「詞有南北，出主入奴，喜疏快者，麗密以爲病，主氣行者，烹煉以爲嗤，求悦于人難矣」〔二七〕。正是因爲個人的喜好不同等多種原因，造成《唐多令》紛爭之所在。

二　《唐多令》在詞史上被褒貶的原因

歷代詞話和詞選本中出現對《唐多令》褒貶不一的問題，我們有必要找出其中的原因。

一是對滑稽游戲之作的偏見。主要針對《唐多令》詞的開頭句「何處合成愁？離人心上秋」句，云是子夜變體，是滑稽之作。其實，子夜變體，是從《子夜歌》變化而來的。房玄齡《晋書·樂志》云：「《子夜歌》者，女子名子夜造此聲。孝武太元中，琅琊王軻之家，有鬼歌《子夜》，則子夜是此時以前人也。」胡應麟《詩藪・内編》卷六云：「若《子夜》《前溪》《歡聞》《團扇》等作，雖語極淫靡，而調存古質，至其用意之工，傳情之婉，有唐人竭精殫力不能追步者。」又曰：「五言絶句始于二京，魏人間作，而極盛于晋宋間。如《子夜》《前溪》之類，縱横妙境，唐人模仿甚繁。然皆樂府體，非唐絶也。」《貞一齋詩説》云：「五言絶發源《子夜歌》，别無謬巧，取其天然，二十字如彈丸脱手爲妙。李白、王維、崔國輔各擅其勝，工者俱吻合乎此。」〔二八〕《子夜》之作，調存古質，縱横妙境，用意工整，傳情委婉，唐人模仿甚多，但是其竭精殫力不能追步者。又説，五言絶發源于《子夜歌》，别無機巧，取其天然，二十字如彈丸脱手爲妙而已。劉永濟《微睇室説詞》評此詞開頭一句的「只是小巧，無甚深意」、「游戲之筆」。這都是對古代戲謔詩詞的一種偏見，如清劉體仁《七頌堂詞繹》「詞中戲語」所云：「詞中如『玉佩丁東』，如『一鉤殘月帶三星』，子瞻所謂恐它姬厮賴，以取娱一時可也。乃子瞻贈崔廿四，全首如離合詩，才人戲劇，興復不淺。」〔二九〕就持這種態度。但也有欣賞這種作法的，如郭麐《靈芬館詞話》卷二云：「『一鉤殘月帶三星』，『游戲筆墨，亦自有天然妙合之趣」〔三〇〕。

二是持「質實」説。認爲《唐多令》非夢窗詞本色，所以才「最屬下乘」。清周之琦《心日齋詞選》、清周爾墉批《絶妙好詞箋》、清馮煦《蒿庵論詞》、清陳廷焯《白雨齋詞話》、沈澤棠《懺庵詞話》、陳洵《海綃説詞》等基本不看重《唐多令》，平心而論，此是囿于夢窗詞「麗密」、「質實」的風格特點而忽視其清空疏快的一面。如清周之琦認爲《唐多令》一闋乃夢窗率筆，南宋張炎以其類己而稱之，非知夢窗者也。陳廷焯認爲張皋文《詞選》獨不收夢窗是不知夢窗者也。至董毅《續詞選》只取夢窗《唐多令》、《憶舊游》兩篇，又絶非夢窗高詣。《唐多令》幾于油腔滑調，在夢窗集中，最屬下乘。近代陳洵亦認爲玉田不知夢窗，乃欲拈出此闋，無識者群聚而和之，可歎。這些看法皆是因爲論者站在「質實」的角度來評價夢窗「清空」、「疏爽」一類的詞，其評價標準和尺度本身就有問題，所以得出了「最爲下乘」的結論。劉永濟評説《唐多令》：「此詞爲張炎所稱，以其『疏快不質實』。然非夢窗高處。張炎嘗評吳『檀欒金碧』詞如『七寶樓臺，眩人眼目，碎拆下來，不成片段』。蓋因夢窗工于修辭，有時太密，與其作風不同，此詞略異他作。」〔三一〕所以特地拈出之評析。從劉永濟《微睇室説詞》評此詞「爲張炎所稱，以其『疏快不質實』，然非夢窗高處」來看，劉氏對《唐多令》的原因分析是比較到位的。鞏本棟講評「此詞雖非夢窗高處，却也非戲筆。夢窗詞中風格疏快者，時可見之」則顯得客觀公允。

清代論詞絶句對《唐多令》的批評，也是因爲「清空」與「疏快」與夢窗詞的主體風格不一而致，其實一位文學家，他的一生不可能只創作一種風格的作品，夢窗詞之大部分是質實的特點，但也有相當部分作品是「疏快」的風格。可惜的是，它被張叔夏「七寶樓臺」之「質實」説遮蔽，直到清代浙西詞派、常州詞派、吴中詞派、臨桂詞派和晚清四大家才慢慢撥雲見日。如況周頤《蕙風詞話》云：「《花庵詞選》謝懋《杏花天》歇拍云：『余酲未解扶頭懶。屏裏瀟湘夢遠。』昔人盛稱之。不如其過拍云：『雙雙燕子歸來晚。零落紅香過半。』此二語不曾作態，恰妙造自然。蕙風論詞之旨如此。」〔三二〕近現代詞家陳洵、吴梅等對《唐多令》持有的偏見，基本上是重複前人的論調。更有甚者，還有完全否定夢窗這一類詞，如《東風第一枝》：「曾被風、容易送去。曾被月、等閒留住。似花翻使花羞，似柳任從柳妒。」戈校本即云：「非夢窗詞。」楊鐵夫箋亦有此疑，並引朱彊村、陳東塾爲説：「彊師云：二句漂滑，殊不類夢窗集中語。」陳東塾云：『煉句須以疏爽句間之。』然則疏爽句亦應以煉句間之明矣。今四句俱屬疏爽句，確不類吴詞。」〔三三〕

三是持「質實」、「清空」並提論。肯定《唐多令》代表的疏快詞風。明沈際飛在《草堂詩餘正集》中評《唐多令》「縱芭蕉不雨也颼颼」云：「所以感傷之本，豈在蕉雨？妙妙。『垂柳』句原不熟爛。」同時，評劉過《唐多令》（蘆葉滿汀洲）曰：「情暢語俊，韻協音調，不見扭造，此改之得意之筆。」〔三四〕《詞綜》選録夢窗詞明顯受到張炎「清空」、「疏快」之説的影響。選録的五十七首詞作中，有十二首是小令。如《點絳唇》四首（明月茫茫、卷盡愁雲等）、《唐多令》（何處合成愁）、《風入松》（聽風聽雨過清明）等。而選録的十一首慢詞長調除《聲聲慢》「檀欒金碧，婀娜蓬萊」被張炎指爲「太澀」之外，多爲疏快之作。如《西子妝慢》（流水麯塵）、《祝英臺近》三首（剪紅情、采幽香、晚雲開）、《荔支香近》（睡輕時聞）、《聲聲慢》（旋移輕鷁）、《古香慢》（怨蛾墜柳）、《西平樂慢》（岸壓郵亭）、《燭影摇紅》（飛蓋西園）、《鶯啼序》（殘寒正欺病酒）。因此，《詞綜》選録夢窗詞雖多，但並未體現夢窗詞因「質實」而雕繢滿眼，情致纏綿的獨特風格。〔三五〕晚清四大家對吴夢窗詞整體詞風包括《唐多令》基本是持肯定態度。王鵬運曰：「夢窗以空靈奇幻之筆，運沉博絶艷之才。」況周頤曰：「夢窗密處，能令無數麗字一一生動飛舞，如萬花爲春，非若雕瓊蹙繡，毫無生氣也。如何能運動無數麗字？恃聰明，尤恃魄力。惟厚乃能之。夢窗密處易學，厚處難學。」又曰：「重者，沉著之謂，在氣格不在字句。于夢窗詞庶乎見之。即其芬菲鏗麗之作，中間雋句艷字，莫不有沉摯之思、灝瀚之氣，挾之以流轉，令人玩索而不能盡。則其中之所存者厚。沉著者，厚之見于外者也。欲學夢窗之致密，先學夢窗之沉著。」朱孝臧曰：「君特以雋上之才，舉博麗之典，沉邃幽密，脈絡井井。縋幽抉潛，開逕自行。」至清代後期，諸家才開始認爲夢窗詞兼有質實、清空兩種特質，如戈載稱讚夢窗「以綿麗爲尚，運意深遠，用筆幽邃，煉字煉句，迥不猶人。貌觀之，雕繢滿眼，而實有靈氣行乎其間」〔三六〕。鄭文焯也指出「夢窗清空在骨氣」〔三七〕。朱依真、樊增祥、張伯駒、吴梅、王易皆持此論。王易《中國詞曲史》進行了具體分析：

夫既曰「拆碎」，則尚何「片段」之有？況其眩人眼目者，猶是七寶乎？沈氏謂其「用事下語太晦」，信非無據，夢窗確有晦處，當時歌筵舞席間，必有乍聽而不解者，不似柳七之能使有井水處，皆歌其詞也。雖然，夢窗之詞，蓋《雅》而非《風》也，淺人不能爲，不能識，夫何害哉？……慢詞如《高陽臺》《聲聲慢》《木蘭花慢》《齊天樂》《八聲甘州》等首，皆纖穠合度，氣勢清空；令近如《唐多令》《風入松》《祝英臺近》等首，亦純任白描，未填典實；至《鶯啼序·春晚》一首，尤婉密騷雅，惆悵切情。〔三八〕

近現代詞家還有楊鐵夫、蔡嵩雲等對《唐多令》箋釋與評價，亦顯得較爲公允。當然，其中也有懷疑的傾向。楊鐵夫在張炎、周之琦、陳廷焯等人觀點的基礎上，進一步辯證張炎捧《唐多令》爲上乘之作，固然不對；陳廷焯詆毀其爲最下乘，亦非確論。至于説收其下乘之作，是因爲董毅視夢窗爲知己。董氏以《唐多令》比《憶舊游》，兩者不稱。陳氏詆毀《唐多令》，並同時詆毀《憶舊游》，亦不能説是知言。要之，夢窗知己，就是近世之王半塘、朱彊師！甚矣，論詞之難也。楊鐵夫論詞客觀，非褒非貶之態度明顯。但楊鐵夫在與夢窗《瑞鶴仙》詞的箋釋比較中，其認爲《瑞鶴仙》就超過了《唐多令》，對玉田不取《瑞鶴仙》而取《唐多令》表示質疑態度。蔡嵩雲在其《樂府指迷箋釋》云：「玉田以凝澀晦昧評夢窗，至有七寶樓臺之喻。後人惑于其説，以爲夢窗全集莫不如是，未免大誤。夫夢窗詞用事下語，誠有深入而未能顯出者。然《四稿》中不晦澀之作，細繹之亦實在不少。以其含思高遠，琢語幽邃，讀者不易得其端倪，遂概以晦澀目之，豈得爲持平之論？昔人論詞，每好執人集中一二首以概其餘，宗派不同，尤易陷于此等級偏見，不獨評夢窗者爲然也。」〔三九〕這些持平之論大多都是在客觀公正地評價一位詞人，他們不只是看部分詞作，而是全面地觀照夢窗詞之後，才做出的公正評價。當代學人對夢窗詞質實、清空特質的研究，又向前推進了一步，更顯客觀，認爲「夢窗之『清空』是對北宋詞風的回波溯源，這表現在泯滅雕琢痕跡的脈絡井井，清空在骨的緑波摇蕩、寄托在有無之間的氣象渾涵三個層面」〔四〇〕。

四是欣賞《唐多令》爲夢窗詞中曉暢疏朗、意境優美之「别調」。這類詞不像《鶯啼序》那樣顯見吴文英質實的本色，而是以「清空」、「疏快」見長，但更接近夢窗真實的詞心。梁啟超便十分欣賞夢窗詞的清空特色，其評吴文英《高陽臺・修竹凝裝》云：「濃麗極矣，仍自清空。如此等詞，安能以七寶樓臺誚之。」〔四一〕鄭文焯論夢窗詞云：「詞意固宜清空，而舉典尤忌冷僻。夢窗詞高雋處固足矯一時放浪通脱之弊，而晦澀終不免焉。」〔四二〕鄭氏曾先後兩次撰寫夢窗詞跋，可見其對夢窗詞的喜愛，從其跋語來看，鄭氏亦主張詞要「清空」，與夢窗《唐多令》之「疏快」是一脈相承的。周曾錦論「夢窗詞」「『何處合成愁』一闋，在夢窗爲別調，而玉田亟稱之，他詞不如是也」〔四三〕。周氏則强調《唐多令》爲別調。蔡嵩雲還從令曲與慢詞分體的角度肯定夢窗之令曲，「而獨賞其《唐多令》之疏快，以爲不質實」〔四四〕。孫克强先生對「清空」的内涵作如此解，「清空」是意境的清虛空靈，是虛字使用使語言章法靈動流轉，是詞樂的清淡疏徐。〔四五〕則將「清空」與「虛字」、「詞樂」一併探討，其「虛字使用使語言章法靈動流轉」便是「疏快」，甚是。

總的説來，清至近人詞話對夢窗詞之密麗、沉著評價很高，對其具有「清空」、「疏快」特點的《唐多令》大多貶損而不看好。而《唐多令》在歷代選本統計中又排名第一，當今詞家對「清空」、「疏快」又多肯定與贊許。這種現象又不得不引起我們深入思考。到底什麽是「清空」與「疏快」呢？清空，即古雅峭拔，疏快空靈。清空與疏快是一個近似的概念。疏快，詞史上一直没有明確的解釋。應該爲疏朗明快之意，又是與「密麗」或「麗密」相對的一個概念，如張祥齡所云「喜疏快者，麗密以爲病」。清代詞家在張炎評論夢窗詞的基礎上，則有一重大的發明，創造性地發明了與「疏快」相對的一個美學概念「麗密」或「密麗」。吴夢窗集中「疏快」之作不少，如《望江南》便是不同于其一貫「密麗」風格的一首詞：「三月暮，花落更情濃。人去秋千閑掛月，馬停楊柳倦嘶風。堤畔畫船空。懨懨醉，長日小簾櫳。宿燕夜歸銀燭外，啼鶯聲在緑陰中。無處覓殘紅。」這首《望江南》與《唐多令》一樣，顯得「疏快」，劉永濟甚至認爲「此詞純寫春暮之景物而人情自見，爲夢窗詞之最疏快者」〔四六〕。

三　當代學者細讀《唐多令》之舛誤

周汝昌等《唐宋詞鑒賞辭典（南宋・遼・金卷）》解讀《唐多令》（實出周嘯天《嘯天説詩》）：

吴文英的這首《唐多令》寫的是羈旅懷人。全詞字句不事雕琢，自然渾成，在吴詞中爲別調。此

> 詞就內容而論可分兩段，然與詞的自然分片不相吻合。「何處合成愁？離人心上秋。縱芭蕉不雨也颼颼。都道晚涼天氣好；有明月，怕登樓。年事夢中休，花空煙水流。燕辭歸、客尚淹留」爲第一段，起筆寫羈旅秋思，釀足了愁情，目的是爲寫別情蓄勢。……
>
> 秋屬歲末，頗容易使人聯想到晚歲。過片就歎息年光過盡，往事如夢。「花空煙水流」是比喻青春歲月的流逝，又是賦寫秋景，兼有二義之妙。由此可見客子是長期飄泊在外，老大未回之人。看到燕子辭巢而去，心生無限感慨。「燕辭歸」與「客尚淹留」，兩相對照，自可見人不如候鳥。以上蕉雨、明月、落花、流水、去燕……雖無非秋景，而又不是一般的秋景，于中無往而非客愁，這也就是「離人心上秋」的具體形象化了。……〔四七〕

此細讀最大程度地肯定了《唐多令》的獨到之處，也反駁了陳廷焯等人對《唐多令》的貶低之論，但還存在兩個方面的問題：首先是上文沒有按自然的上下闋分兩段，「然與詞的自然分片不相吻合」而將第一段劃分到「客尚淹留」，其次，因分段而造成對下闋「花空煙水流。燕辭歸、客尚淹留」的理解出現誤讀，認爲是秋景。

唐圭璋主編《唐宋詞鑒賞辭典》解讀《唐多令》：

> 詞的上片主要寫秋，而最後以「怕登樓」三字透露愁意。下片就轉而寫離愁。……在這無可奈何的事實面前，作者以無可奈何的心情，在歇拍「垂柳」兩句中忽發奇思，把這一切歸咎于眼前的秋柳，責怪它「不縈裙帶住」，而偏偏去「繫行舟」。似乎燕之歸、客之留都由于柳絲把該繫住的没繫住，却把不該繫的繫住了。……〔四八〕

唐圭璋先生的誤讀主要在「在歇拍『垂柳』兩句中忽發奇思，把這一切歸咎于眼前的秋柳，責怪它『不縈裙帶住』，而偏偏去『繫行舟』。」這同樣是承上「花空煙水流。燕辭歸、客尚淹留」認爲是秋景而出現的誤讀。

俞朝剛、周航主編《全宋詞精華》解讀《唐多令》：

> 此爲秋日惜別之作。詞中即興抒感，情景相生，在結構上不拘于分片，前八句泛寫離愁，後四句專叙秋別。其中「燕辭歸、客尚淹留」句爲全詞關鍵所在。曹丕《燕歌行》：「群燕辭歸雁南翔，念君客游思斷腸。慊慊思歸戀故鄉，何爲淹留寄他方。」本篇化用其意，謂燕子辭別主人，向南方飛去，而我却還滯留在他鄉。這裏所説的燕子可能是指作者的戀人，惜別之情自此而生。燕归客留，上承「離人」，下應「行舟」，綰合前後，意脈貫通。這首詞纏綿悱惻，低徊往復，文字輕巧，含思宛轉，風格與民間小調相近。〔四九〕

俞朝剛先生同樣認爲「在結構上不拘于分片，前八句泛寫離愁，後四句專叙秋別。」承襲的是以上大家的誤讀，引用曹丕詩理解「他鄉」是北方。當代學者在解讀《唐多令》時亦沿襲了這種錯誤。如顧友澤，何新所編著《莫礪鋒教你讀古詩》云：

> 此詞一改上下闋自然分段的寫法，從開頭到下闋的「燕辭歸、客尚淹留」爲第一段，寫別離之情。……此下「垂柳不縈裙帶住，謾長是、繫行舟」爲第二段，寫客中孤寂的感歎。絲絲垂柳不能繫住她的裙帶，却牢牢地拴住我的行舟，真是令人傷感。……〔五〇〕

周嘯天《嘯天説詩·只留清氣滿乾坤》解讀《唐多令》亦沿襲了以上錯誤。其實，周文就是周汝昌等主編《唐宋詞鑒賞辭典》的内容，只是開頭和結尾略有不同，辭典本開頭删改簡潔明了，毫無拖踏之感，但辭典本結尾段明顯不如周文。〔五一〕

我之所以不厭其煩地照引以上這些著名學者對吴文英詞《唐多令》的解讀文字，是因爲這些解讀文章主要存在以下四個問題。第一，這首詞的分段問題，沒有按詞的上下闋分段，而是認爲「在結構上不拘于分片，前八句泛寫離愁，後四句專叙秋别」。「此詞一改上下闋自然分段的寫法，從開頭到下闋的『燕辭歸、客尚淹留』爲第一段。」把段落分到下闋「燕辭歸、客尚淹留」，最後兩句形成一段。這在詞中甚爲罕見。第二，這首詞的過片是寫秋景。認爲「過片就歎息年光過盡，往事如夢。『花空煙水流』是比喻青春歲月的流逝，又是賦寫秋景，兼有二義之妙。」「雖無非秋景，而又不是一般的秋景，于中無往而非客愁，這也就是『離人心上秋』的具體形象化。」第三，這首詞中「燕辭歸、客尚淹留」的發生地在北方不是在南方，主要依據就是引用曹丕的《燕歌行》中句「群燕辭歸雁南翔」與「何爲淹留寄他方」句意。認爲「燕子辭别主人，向南方飛去，而我却還滯留在他鄉」，「他鄉」，很顯然是北方。第四，這首詞中的「垂柳」不是春柳而是秋柳。認爲「『垂柳』是眼中秋景，而又關離情别事寫來承接自然」。「在歇拍『垂柳』兩句中忽發奇思，把這一切歸咎于眼前的秋柳，責怪它『不縈裙帶住』，而偏偏去『系行舟』。」之所以指出以上問題，目的就是讓這種誤讀别再持續和發生。同時，也是釐清詞學研究者對《唐多令》詞長期以來的種種誤解。

四 《唐多令》詞的意象疏解

吴文英《唐多令》：「何處合成愁。離人心上秋。縱芭蕉、不雨也颼颼。都道晚凉天氣好，有明月、怕登樓。　年事夢中休。花空煙水流。燕辭歸、客尚淹留。垂柳不縈裙帶住，漫長是、繫行舟。」

這首詞的「芭蕉」、「花空」、「燕」、「垂柳」等主要意象，是我們理解該詞的關鍵。

首先是「芭蕉」意象，此爲實體意象，亦是擬人化意象，表達出對離愁刻骨銘心之痛，但很少有人將其與「芭蕉」之典聯繫起來解讀。此典與下闋「花空」（即空花）之典相對。《雜阿含經》卷十載：「諸比丘！譬如明目士夫，求堅固材，執持利斧，入于山林，見大芭蕉樹，臃直長大，即伐其根，斬截其峰，葉葉次剥，都無堅實。諦觀思惟分別，諦觀思惟分別時，無所有、無牢、無實，無有堅固。」芭蕉喻空虛無有之外，亦用其葉振摇之形態形容心中的憂慮不安。《大悲芬陀利經》卷五載，釋迦牟尼佛往昔爲婆羅門時，看到大衆都發願度化浄土衆生，心中非常憂苦，就稟報寶藏如來：「世尊！我心振摇，如同芭蕉葉一般，非常憂慮煩惱。世尊！這些菩薩雖然都發起大悲心，却只攝受浄土的衆生，而棄舍惡土中處于暗冥昏昧長夜的衆生。」于是婆羅門發起度化穢土衆生的悲願。佛經中將構成身心虛幻不實的「五陰」比喻爲芭蕉的僞莖，應觀。如沫、如泡、如幻、如夢。〔五二〕「芭蕉」在《雜阿含經》、《大悲芬陀利經》等佛經中喻空虛無有和心中的憂慮不安。「芭蕉」意象經常出現在佛典之中。《金剛經》精華，即全書最後的四句偈：「一切有爲法，如夢幻泡影，如露亦如電，應作如是觀」就與「芭蕉」典如夢如幻、如露如電的隐喻完全一樣。

宋代有「芭蕉」意象的詩往往與佛禪關聯。《苕溪漁隱叢話》後集卷三七引《東皐雜録》云：「蓬州道士賈善翔，字鴻舉，能劇談，善琴嗜酒，士大夫喜與之游。東坡嘗過之，戲書問曰：『身如芭蕉，心如蓮花，百節疏通，萬竅玲瓏，來時一，去時八萬四千。』末云：『鴻舉下語。』賈答曰：『老道士這裏没許多般數。』張天覺跋其後云：『去時八萬四千，不知落在那邊。若不斬頭覓話，誰知措大參禪？』」從蘇軾之語來看，儘管是與道士交游，却語涉宗門理義。蘇軾本來與三教多有接觸，如此移花接木倒也適合他放浪不拘的性情。恰巧張商英也主張三教融合，所作的跋明顯有承襲東坡之處，一句「若不斬頭覓話」，大有臨濟家風。〔五三〕宋張擴有詩云：「吾身等芭蕉，幻質非真堅。倘無輕舉訣，未免憂患纏。」其把身體比作非幻非真的芭蕉。宋程俱詩云：「芭蕉中無堅，譬彼泡夢幻。了然觀我身，生死知一貫。學書端未暇，覆鹿真自亂。一雨過空庭，秋聲入深宴。」〔五四〕程俱《芭焦》詩同樣作此比，體現了佛禪的教義。程詩中的「覆鹿」，亦與「芭蕉」有關，即「覆鹿尋蕉」，其載于《列子・周穆王》。後以「覆鹿尋蕉」比喻恍惚迷離，一再失利。在夢窗詞中，「芭蕉」就是虛幻的化身。

其次「花空」意象，「花空」即「花虛」，玄虛、空幻之意，與佛典「空花」、虛幻之花、妄想接近。所以下面我們把「花空」和「空花」作爲同一或近似概念。「空花」，《圓覺經》云：「用此思惟，辨于佛鏡，猶如空華，復結空果。」「空華」即「空花」。虛幻之花。喻妄想。蘇軾《點絳唇・庚午重九再用前韻》：「不用悲秋，今年身健還高宴。江村海甸，總作空花觀。」傅注：空花，釋氏以圓明達觀，視世界如空中花耳。《圓覺經》云云。〔五五〕陸游《破陣子》：「看破空花塵世，放輕昨夢浮名。」夏承燾、吴熊和箋注：空花，《圓覺經》：「妄認四大爲自身，六塵緣影爲自心相，譬如彼病目見空中花。」〔五六〕錢忠聯校注：「空花」，佛教指隱現于病眼者視覺之繁花狀虛影，以喻紛繁假相。《楞嚴經》卷四：「亦如翳人，見空中華；翳病若除，華于空滅。忽有愚人，于彼空華所滅空地，待華更生；汝觀是人，爲愚爲慧？」南朝梁蕭統《講解將畢賦》：「意樹發空花，心蓮吐輕馥。」宋司馬光《游三門開化寺》：「狂象調難伏，空華滅復生。」〔五七〕明陳繼儒《小窗幽記》「煩惱與空花」云：「煩惱之場，何種不有？以法眼照之，奚啻蟣蹈空花。」〔五八〕「法眼」是佛家所謂的「五眼」之一。一般人都是以最低階的「肉眼」看世界，看見的只是自己觸摸得到的有限時空，往往虛妄不真。因爲有限，所以執著，于是便産生許多欠缺的苦惱。但如果用最高階的「法眼」觀察自我和世界，就能破除迷妄，洞悉本真。人生世間，因是非、得失、榮辱、禍福等引起諸多煩惱，但這一切煩惱就像蟣子攀爬在虛幻的花上一樣。「花空」或「空花」在唐詩宋詞多次出現。如皎然《送清涼上人》：「花空覺性了，月盡知心證。」（《全唐詩》第八一八卷）林寬《送李員外頻之建州》：「鳥泊牽灘索，花空押號鐘。」（《全唐詩》第六〇六卷）蘇軾《點絳唇》「總作空花觀」、曾覿《點絳唇》「萬事空花墮」、陸游《醉落魄・一斛珠》「空花昨夢休尋覓」、王炎《夜行船》「過眼空花都看破」、楊冠卿《菩薩蠻》「往事等空花」、劉克莊《念奴嬌》「任空花眩眼，枯楊生肘」、陳著《寶鼎現》「算萬事、都是空花」、蔣捷《念奴嬌》「霍地空花滅」等等，「花空」或「空花」都是表明世事虛幻與無常，夢窗試圖在「芭蕉」和「花空」之間建立一種意義世界，表達一種虛幻的、不可能再現的情景場面，寄托著離他而去的所摯愛之人的難舍情感。

第三，「燕」意象。《唐多令》一詞「燕辭歸，客尚淹留」句，確實可證吴文英有一名爲「燕」的戀人或姬妾。但歷來衆説紛紜，認爲在夢窗詞多次出現的「燕」字是泛指，最早應該是夏承燾辨周岸登説，其云：「燕：夏承燾《夢窗詞集後箋》：『杭妾亡于遺蘇妾之後，蘇妾遣于淳祐四年。游京口，當在晚年矣。周岸登謂燕是妾名。今按《探芳信》序言：「時方庵至嘉興，索舊燕同載。」知用燕姞事，非真名也。』」〔五九〕夏先生的看法應該是站得住脚的，其在《天風閣學詞日記》〔六〇〕和《吴夢窗繫年》〔六一〕中認爲周岸登之説甚新，但並不同意周氏之看法。

周岸登歷任民國安徽大學、厦門大學、四川大學等教授。著有《蜀雅》十二卷等。《忍古樓詞話》載夏敬觀對其詞的激賞之語。〔六二〕劉夢芙編著《二十世紀中華詞選》上選周岸登詞十五首並有集評。〔六三〕可見，周氏也是民國著名的詞學家，其與夏承燾之間進行詞學交流，但並未得到夏先生的認可。那麽，周岸登的説法有道理嗎？這得從夢窗另一首詞《絳都春・燕亡久矣，京口適見似人，悵怨有感》説起，此詞在題序中已經明言「燕亡久矣」，實實在在地寫著其戀人或姬妾名「燕」。陳洵《海綃説詞》認爲「『墜燕』，去妾也。」〔六四〕楊鐵夫《夢窗詞選箋釋》亦認爲「此爲憶姬之作。」劉永濟《微睇室説詞》：「陳洵説：『南樓墜燕』從姬去時説起。……楊鐵夫以此詞『墜燕』指亡妓，似矣。而又以『客路』指楚妓，則大誤。今按此因在京口見似亡妓者而興感，與去妾無關，更無所謂楚妓。」〔六五〕張秉成亦認同夢窗此詞中的「燕」爲姬妾名。〔六六〕陳洵、楊鐵夫、劉永濟等人均承其説。但吴蓓用「騷體造境法」解讀可妾可妓的「燕」意象，也可能闡釋爲男性，甚至所依附的權貴之一。在箋釋《絳都春・燕亡久矣》中的「南樓墜燕」時即云：「這個『燕』，完全可能也是一位男人，是夢窗的一位朋友，或許是他所曾依附的一位權貴（比如，夢窗投贈最多的史宅之即早逝）。在他死後多年，夢窗偶然于京口（今江蘇鎮江）見到一位與他面貌神情（詞中説最相似的是眼睛）相似的人，于是激發一段回憶感慨。用『騷體造境法』演繹，便成爲這樣一段淒怨的『情事』。因此事實上，『燕』的意象，有時也是『騷體造境法』的一個符號，兩者之間血脈流通。」〔六七〕吴蓓的説法有其新意，但很難讓人信服。夢窗詞中用《晋書・石崇傳》所載緑珠墜樓而死〔六八〕的典故，確實與姬妾有關。我們重檢夢窗詞，「燕」意象有五十多次。孫虹認爲夢窗詞中大部分「燕」意象與所謂姬妾愛情無涉，这些「燕」意象有表惜别情、今昔盛衰之感、客之羈思和泛稱游女、歌妓或稱貴人家姬妾之意。〔六九〕爲什麼我們更傾向于是夢窗的姬妾一説呢，基于以上「芭蕉」和「花空」意象的分析，「燕」在此不可能是一個泛指的事物，只能是一個給詞人帶來難以忘懷的至愛之人。正如劉永濟先生云：「夢窗與其妾，因何中道離析，已無可考。但觀其于離析之後，如此纏綿，其中似有難言之隱。五代詞人喜寫閨情，其間頗多纏綿婉約之作，不意夢窗以大丈夫而溺情于妾，竟如此纏綿，雖曰情之所鍾，終不免『詞人之賦麗以淫』之譏。」〔七〇〕

第四，「垂柳」意象。唐詩中的「垂柳」意象多與「春天」連在一起，很少見到寫秋天的柳樹意象。如李頎《送人尉閩中》：「可歎芳菲日，分爲萬里情。閶門折垂柳，御苑聽殘鶯。」（《全唐詩》第一百三十四卷）寫在閶門「折垂柳」，以示贈别。「芳菲日」、「春草」已示爲春天的垂柳。孟浩然《上巳洛中寄王九迥》：「垂柳金堤合，平沙翠幕連。」（《全唐詩》第一百六十卷）此詩題「上巳」已明爲春天在洛中寫詩寄給好友王迥，詩寫洛陽春天之「垂柳」美景。唐代詩歌中出現的「垂柳」意象皆爲春天之柳，晚唐五代詞中也有類似的描寫，如李珣《臨江仙》，薛昭藴《浣溪沙》亦是寫春天之「垂柳」。在宋詞中亦多次出現「垂柳」意象，其皆與春天緊密綰合。吴文英本人除了《唐多令》中出現「垂柳」意象外，另外《絳都春》、《木蘭花慢》、《定風波》三詞中也出現此「垂柳」意象。《絳都春》下半闋「料應花底春多，軟紅霧暖」、《木蘭花慢》「未傳燕語，過罘罳、垂柳舞鵝黄」和《定風波》「兩岸落花殘酒醒。煙冷。人家垂柳未清明」皆爲春天之「垂柳」。那麽，在宋代其他詞人中「垂柳」意象又如何呢？通過《全宋詞》檢索，張先《破陣樂》（四堂互映）、歐陽修《采桑子》（群芳過後西湖好)、《朝中措》《玉樓春》、晏幾道《蝶戀花》、蘇軾《洞仙歌》、鄧肅《浣溪沙》、賀鑄《減字木蘭花》、晁補之《水龍吟》、劉燾《菩薩蠻》、朱敦儒《訴衷情》、蔡伸《感皇恩》、朱雍《笛家弄・笛家》、周必大《醉落魄・一斛珠》、辛棄疾《玉蝴蝶》、姜夔《角招》、葛長庚《蘭陵王》、劉子寰《玉樓春》、趙崇嶓《摸魚兒》、洪瑹《驀山溪》、李彭老《浪淘沙》、黄昇《賣花聲》、楊澤民《大酺》等詞中的「楊柳」，均是描寫與詠唱春之「垂柳」，因此，當今學者將夢窗《唐多令》詞中之「垂柳」意象解讀爲秋之「垂柳」，亦大錯矣。

通過以上意象的梳理，關于《唐多令》誤讀的幾個問題便迎刃而解。第一，這首詞是按詞的上下闋自然分段的，而不是學者們認爲「從開頭到下闋的『燕辭歸、客尚淹留』爲第一段」，最後兩句爲一段。第二，這首詞的過片是寫春景，回憶以前兩人在一起的美好生活，像夢一樣、像空花一般虚無飄渺，消逝殆盡。而不是學者們認爲的「賦寫秋景」。第三，這首詞中「燕辭歸、客尚淹留」的發生地是在南方而不是北方，引用曹丕《燕歌行》「群燕辭歸雁南翔」與「何爲淹留寄他方」句意没有錯。但「燕辭歸」是從南方回到北方，因爲這是春天來了，天氣暖和，燕子可以回到北方的家了。所以「客尚淹留」的「他鄉」，很顯然是南方。第四，這首詞中的「垂柳」是春柳而不是秋柳。以上種種詩詞，没有寫秋柳的。我們對夢窗詞《唐多令》長期以來的種種誤解便全部釋然。

通過以上意象分析，筆者認爲，最能代表夢窗詞「作詞四標準」和質實之外不同風格的詞便是《唐多令》。沈義父《樂府指迷》論及吴文英的作詞之法云：

> 余自幼好吟詩。壬寅秋，始識静翁于澤濱。癸卯，識夢窗。暇日相與倡酬，率多填詞，因講論作詞之法。然後知詞之作難于詩。蓋音律欲其協，不協則成長短之詩。下字欲其雅，不雅則近乎纏令之體。用字不可太露，露則直突而無深長之味。發意不可太高，高則狂怪而失柔婉之意。思此，則知所以爲難。〔七一〕

沈伯時所云「下字欲其雅，不雅則近乎纏令之體」。然則，何謂纏令？據王國維《宋元戲曲史》：「宋人宴集，無不歌以侑觴。然大率徒歌而不舞，其歌亦以一闋爲率。……其歌舞相兼者，則謂之傳踏，亦謂之轉踏，亦謂之纏達；北宋之轉踏，恒以一曲連續歌之。」〔七二〕宋耐得翁《都城紀勝》與吴自牧《夢粱録》皆有纏令、纏達的記載。耐得翁云：「唱賺在京師日(口)，有纏令、纏達。有引子、尾聲爲纏令；引子後只以兩腔互迎，回圈間用者，爲纏達。」〔七三〕由此可知，纏令與纏達同爲北宋時流行之俚曲形式。夢窗之作詞法與詞學主張，沈義父《樂府指迷》完整地傳達出來。夢窗所提出的「論詞四標準」也是他創作的標準，其與姜白石之論詩「四要素」極爲相似：「大凡詩自有氣象、體面、血脈、韻度。氣象欲其渾厚，其失也俗。體面欲其宏大，其失也狂。血脈欲其貫穿，其失也露。韻度欲其飄逸，其失也輕。」〔七四〕。它們皆從正反兩方面論其「得」與「失」。其本質在于宣導雅正、含蓄、深厚，警戒其失在「俗」、「狂」、「露」、「輕」。姜吴二人詩詞創作應該是異體而同源，皆追求詩詞創作的高雅、含蓄和蘊藉，而夢窗《唐多令》詞正體現出這樣一種創作追求。

《南宋詞史》在論述夢窗詞風格的多樣化之後，云：「但最能代表夢窗詞不同風格的是《唐多令》云云。詞寫羈旅懷人之情。起筆别致新穎，是審美靈境的細膩感受，全篇自然渾成，與密麗險澀之作截然不同。所以一開始便受到張炎的推崇，他説：『此詞疏快，却不質實。如是者集中尚有，惜不多耳。』周爾墉説：『詞固佳，但非夢窗平生傑構。玉田心賞，特以其近自家手筆故也。』(《周批絶妙好詞箋》卷四)又説：『玉田賞之，是矣，然是極研煉出之者。看似俊快，其實深美。』『深美』，便是這首詞成功之所在。」〔七五〕蔡嵩雲《柯亭詞論》中論夢窗詞「慢詞極凝煉，令曲却極流利。……而獨賞其《唐多令》之疏快，以爲不質實。」他把令曲與慢詞分開理解是準確的。在夢窗集中，與《唐多令》一類流利疏快風格相近的還有《風入松》(聽風聽雨過清明)、《青玉案·重游龜溪園》(東風客雁溪邊道)、《望江南》(三月暮，花落更情濃)、《鷓鴣天·化度寺作》（池上紅衣伴倚闌）、《點絳唇》（時霎清明）、《朝中措》（晚妝慵理瑞雲盤）、《浪淘沙》（燈火雨中船）等。《唐多令》在歷代詞話、詞選本或論詞絶句中的沉浮，可以看出對夢窗詞「質實」和「清空」風格的曲折理解過程，對其進行梳理，有助于我們重新認識夢窗詞「清空」、「疏快」與「密麗」、「沉著」風格的價值。同時，可以全面深化夢窗詞的研究。

五　餘論

我們從歷來詞話、詞選中，分析梳理了夢窗《唐多令》詞引起褒貶紛争的問題和原因；從當代詞家對《唐多令》的細讀中，發現有不同程度的舛誤，而解決這些問題的關鍵在于《唐多令》本詞的「芭蕉」、「花空」、「燕」、「垂柳」等主要意象的解讀上。但還有一點需要補充，吴文英《唐多令》詞或多或少地受到其好友尹焕（号梅津）《唐多令》的啟發或影響。其一，從兩人出生年來看，夢窗比尹焕出生要晚十餘年。夢窗的出生時間雖然有争議，但詞學界一般認爲是一二〇〇—一二一二年，從尹焕嘉定十年（一二一七）中進士之時間來推算，尹焕比夢窗至少要長十幾歲，加之夢窗《唐多令》爲晚年之作，因此，夢窗《唐多令》當受到尹焕《唐多令》的啟發或影響。其二，夢窗與尹焕爲好友，交情最篤，詩詞創作會相互影響。夢窗詞集中有酬焕（梅津）詞十一闋。據况周頤《歷代詞人考略》云：「吴夢窗與梅津文字交情，最爲切至。其詞四稿中，壽梅津之作三，和梅津、餞梅津各二，慶梅津、送梅津各一，又饑漕新樓上梅津，又題梅津所藏越昌芙蓉圖，共得十一闋，皆慢詞。」〔七六〕吴、尹二人關係之至密，可見一斑。歷來的論者只關注了夢窗寫給尹焕的十一首詞〔七七〕，但却少關注夢窗《唐多令》與尹焕《唐多令》的關係。尹焕嘗爲吴文英詞集作序，在《夢窗詞序》中推崇夢窗曰「求詞于吾宋者，前有清真，後有夢窗。此非焕之言，四海之公言也。」〔七八〕其三，兩人同調《唐多令》詞風格相似，先創作者亦會影響後創作者。尹焕《梅津集》今已不存，但幸有《全宋詞》存梅津三首詞，其中就有此調，梅津三詞均是疏快之作。《齊東野語》卷十載《唐多令·苕溪有牧之之感》：

蘋末轉清商。溪聲供夕涼。緩傳杯、催喚紅妝。煥綰烏雲新浴罷，裙拂地、水沉香。　歌短舊情長。重來驚鬢霜。悵綠陰、青子成雙。説著前歡佯不采（睬，一作記），颺蓮子、打鴛鴦。

「梅津尹煥惟曉未第時，嘗薄游苕溪（《詞話叢編》本作「苕霅」）籍中，適有所盼。後十年，自吳來霅，艤舟碧瀾（《詞話叢編》本無「自吳」二句），問訊舊游，則久爲一宗子所據，已育子，而尤掛名籍中。于是假之郡將，久而始來，顔色瘁赧（《詞話叢編》本作「憔悴」），不足膏沐，相對若不勝情。梅津爲賦《唐多令》云云，數百載而下，真可與杜牧之『尋芳較晚』爲偶也。（《詞話叢編》本無「數百載」二句）」〔七九〕許昂霄撰《詞綜偶評》評尹渙《唐多令》「説著前歡佯不記」二句「情景逼真」〔八〇〕。此逸事與唐代詩人杜牧有關聯。杜牧曾爲湖州刺史。唐人小説載杜牧曾與湖州一女子有十年迎娶之約，後爲湖州刺史，已過十年之期，原女子亦已嫁人，遂感而賦《歎花》一詩云：「自恨尋春去較遲，不須惆悵怨芳時。狂風落盡深紅色，緑葉成蔭子滿枝。」〔八一〕梅津只不過用詞的形式點化了這段艷情而已。清葉申薌《本事詞》卷下評尹煥此詞「風流佳話，又屬吳興。梅津可謂尋芳再誤耳」〔八二〕。皆爲的評。陶爾夫等認爲尹煥《唐多令·苕溪有牧之之感》，略與夢窗《唐多令·惜别》（「何處合成愁，離人心上秋」）爲近。這首詞雖然有與夢窗《唐多令》相近的疏快，但却缺少夢窗詞的「深美」……略有夢窗韻味。〔八三〕陶爾夫先生已經看到兩首《唐多令》風格的相似性，但没有指出尹煥的《唐多令》風格或多或少觸發或影響了夢窗，甚是遺憾。關于尹煥生平交游，王兆鵬先生等撰《兩宋詞人叢考》有「尹煥考」可作參考〔八四〕。以上梳理可以看出，夢窗《唐多令》詞之創作並非率意而作，顯然與其好友尹煥有某種密切聯繫，這也應該引起學界關注。

〔一〕張炎著，夏承燾校注《詞源注》，人民文學出版社一九六三年版，第一六頁。

〔二〕周密《浩然齋詞話》，唐圭璋編《詞話叢編》第一册，中華書局一九八六年版，第二二八頁。

〔三〕馮金伯輯《詞苑萃編》，唐圭璋編《詞話叢編》第二册，第一八八七頁。

〔四〕陸輔之《詞旨》，唐圭璋編《詞話叢編》第一册，中華書局一九八六年版，第三〇一—三〇二頁。

〔五〕〔一二〕唐圭璋編《詞話叢編》第一册，第三八八頁，第六七五頁。

〔六〕郭麐《靈芬館詞話》，唐圭璋編《詞話叢編》第二册，第一五〇三頁。

〔七〕陳廷焯《詞壇叢話》，唐圭璋編《詞話叢編》第四册，中華書局一九八六年版，第三七二四頁。

〔八〕周濟《宋四家詞選目録序論》，唐圭璋編《詞話叢編》第二册，第一六四三頁。

〔九〕王弈清等《歷代詞話》、馮金伯輯《詞苑萃編》，唐圭璋編《詞話叢編》第二册，第一二四六—一二四七頁。

〔一〇〕〔一七〕陳廷焯《白雨齋詞話》，唐圭璋編《詞話叢編》第四册，第三八〇二頁，第三八〇二頁。

〔一一〕中國社會科學院文學研究所編《唐宋詞選》，人民文學出版社一九八一年版，第四五六頁。

〔一三〕〔三〇〕〔八〇〕唐圭璋編《詞話叢編》第二册，第一五六二頁，第一五二三頁，第一五六一頁。

〔一四〕〔一八〕〔三一〕〔四六〕〔六五〕〔七〇〕劉永濟著，巩本棟講評《微睇室説詞》，鳳凰出版社二〇一二年版，第一四一頁，第一四二頁，第一四一—一四二頁，第一五八頁，第一〇〇—一〇一頁，第六四—六五頁。

〔一五〕引自龍榆生《唐宋名家詞選》，上海古籍出版社二〇一七年版。

〔一六〕馮煦《蒿庵論詞》，唐圭璋編《詞話叢編》第四册，第三五九四—三五九五頁。

〔一九〕〔六四〕唐圭璋編《詞學叢編》第五册，中華書局一九八六年版，第四八四四頁，第四八五四頁。

〔二〇〕吴梅《詞學通論》，中國書籍出版社二〇〇六年版，第一二七—一二八頁。

〔二一〕〔二二〕孫克强《清代詞學批評史論》附録二「清代論詞絶句組詩」，上海古籍出版社二〇〇八年版，第四三〇頁，第四七三頁。

〔二三〕俞陛雲《詞境淺説》，北京聯合出版公司二〇一八年版，第二一四頁。

〔二四〕〔二五〕〔三三〕吴文英著，楊鐵夫箋釋，陳邦炎、張奇慧校點《吴夢窗詞箋釋》，廣東人民出版社一九九二年版，第三三四—三三五頁，第十一頁，第二八五頁。

〔二六〕沈義父著，蔡嵩雲箋釋《樂府指迷箋釋》，人民文學出版社一九六三年版，第五一—五二頁。

〔二七〕張祥齡《詞論》，唐圭璋編《詞話叢編》第五册，第四二一一頁。
〔二八〕趙光勇主編《漢魏六朝樂府觀止》，陝西人民教育出版社二〇一九年版，第四三四頁。
〔二九〕劉體仁《七頌堂詞繹》，唐圭璋編《詞話叢編》第一册，第六一九頁。
〔三二〕況周頤《蕙風詞話》卷二，唐圭璋編《詞話叢編》第二册，第四四三八頁。
〔三四〕黄蘇等選評《清人選評詞集三種》，齊魯書社一九八八年版，第五六頁。
〔三五〕〔四〇〕〔六七〕孫虹、譚學純《吴夢窗研究》，上海古籍出版社二〇一五年版，第五〇一頁，第四四七頁，第三〇五—三〇六頁。
〔三六〕戈載編選《宋七家詞選》卷四，清光緒十一年（一八八五）曼陀羅華閣重刻本，第三八頁。
〔三七〕鄭文焯著，孫克强、楊傳慶輯校《大鶴山人詞話》，南開大學出版社二〇〇九年版，第一二九頁。
〔三八〕王易《中國詞曲史》，吉林人民出版社二〇一三年版，第一四八頁。
〔三九〕沈義父著，蔡嵩雲箋釋《樂府指迷箋釋》，人民文學出版社一九六三年版，第五一—五二頁。
〔四一〕梁啟超《飲冰室評詞》，唐圭璋編《詞話叢編》第五册，第四三一三頁。
〔四二〕鄭文焯《大鶴山人詞話》，唐圭璋編《詞話叢編》第五册，第四三三五頁。
〔四三〕周曾錦《卧廬詞話》，唐圭璋編《詞話叢編》第五册，第四六五一頁。
〔四四〕蔡嵩雲《柯亭詞論》，唐圭璋編《詞話叢編》第五册，第四九一二頁。
〔四五〕孫克强《唐宋詞學批評史論》，河南大學出版社二〇一七年版，第一〇五—一〇六頁。
〔四七〕周汝昌等《唐宋詞鑒賞辭典（南宋·遼·金卷）》，上海辭書出版社一九八八年版，第二〇五〇—二〇五三頁。
〔四八〕唐圭璋主編《唐宋詞鑒賞辭典》，江蘇古籍出版社一九九九年版，第一一九一—一一九二頁。
〔四九〕俞朝剛、周航主編《全宋詞精華》第五册，遼寧古籍出版社一九九五年版，第三三一—三三三頁。
〔五〇〕莫礪鋒主編，徐宗文策劃，顧友澤、何新所編著《莫礪鋒教你讀古詩》，江蘇人民出版社二〇一六年版，第三〇二頁。
〔五一〕周嘯天《嘯天説詩·只留清氣滿乾坤》，四川人民出版社二〇一八年版，第二二二—二二三頁。
〔五二〕原文鏈接：http://foxue.foshang.net/fojiaozhiwu/bajiao.html。
〔五三〕羅凌《無盡居士張商英研究》，華中師範大學出版社二〇〇七年版，第二〇三頁。
〔五四〕北京大學古文獻研究所《全宋詩》第二五册，北京大學出版社一九九八年版，第一六二八二頁。

〔五五〕蘇軾著，朱孝臧編年，龍榆生校箋《東坡樂府箋》，上海古籍出版社二〇一七年版，第二〇六頁。

〔五六〕陸游著，夏承燾、吴熊和箋注《放翁詞編年箋注》，上海古籍出版社二〇一七年版，第一〇五頁。

〔五七〕錢仲聯、馬亞中主編，錢仲聯校注《陸游全集校注》第八册，浙江教育出版社二〇一一年版，第四二二頁。

〔五八〕陳繼儒《小窗幽記》，崇文書局二〇一五年版，第二五四頁。

〔五九〕吴文英著，吴蓓箋釋《夢窗詞彙校箋釋集評》，浙江古籍出版社二〇一四年版，第五二三頁。

〔六〇〕夏承燾《天風閣學詞日記》，《夏承燾集》第六册，浙江古籍出版社、浙江教育出版社一九九七年版，第一二五頁。

〔六一〕夏承燾《吴夢窗繫年》，《唐宋詞人年譜》，商務印書館二〇一七年版，第四二三—四二四頁。

〔六二〕孫克强、楊傳慶、裴哲編著《清人詞話》下册，南開大學出版社二〇一二年版，第二一一三頁。

〔六三〕劉夢芙編著《二十世紀中華詞選》上册，黄山書社二〇〇八年版，第二〇九—二一三頁、第二一四頁。

〔六六〕張秉戍編《歷代詞分類鑒賞辭典》，中國旅游出版社一九九三年版，第九八二頁。

〔六八〕房玄齡等《晉書》卷三十三，中華書局二〇一二年版，第一〇〇八頁。

〔六九〕吴文英著，孫虹、譚學純校箋《夢窗詞集校箋》第一册，中華書局二〇一四年版，第五九—六〇頁。

〔七一〕沈義父《樂府指迷》，唐圭璋編《詞話叢編》第一册，第二七七頁。

〔七二〕王國維《宋元戲曲史》，上海古籍出版社二〇一九年版，第四〇頁。

〔七三〕耐得翁《都城紀勝》，上海古籍出版社一九九三年版，第八頁。

〔七四〕姜夔《白石道人詩説》，《白石詩詞集》，人民文學出版社一九九八年版，第六六頁。

〔七五〕陶爾夫、劉敬圻《南宋詞史》，黑龍江出版社二〇〇四年版，第三八五頁。

〔七六〕吴熊和主編《唐宋詞彙評（兩宋卷）》第四册，浙江教育出版社二〇〇四年版，第三一九九頁。

〔七七〕上海辭書出版社文學鑒賞辭典編纂中心編《吴文英詞鑒賞辭典》附《吴文英生平與文學創作年表》，上海辭書出版社二〇一六年版，第一八五—一八六頁

〔七八〕馬興榮等主編《中國詞學大辭典》，浙江教育出版社一九九六年版，第一一〇頁。

〔七九〕周密著，楊瑞點校《齊東野語》卷十，《周密集》第一册，浙江古籍出版社二〇一五年版，第一六八頁。

〔八一〕周密《絶妙好詞注析》，三秦出版社一九九三年版，第一四二頁。

〔八二〕唐圭璋編《詞話叢編》第三册，第二三六四頁。

〔八三〕陶爾夫、劉敬圻《南宋詞史》，第四〇九頁。

〔八四〕王兆鵬等《兩宋詞人叢考》，鳳凰出版社二〇〇七年版，第二一四—二一八頁。

（作者單位：韓山師範學院文學與新聞傳播學院）

「家夢窗而户竹山」

——論蔣捷《竹山詞》的接受

高瑩

内容提要 蔣捷《竹山詞》具有獨特的詞學範式意義，對清代詞統建構以及後世詞學發展産生了深刻影響。以元明兩代爲基礎，清代成爲蔣捷詞傳播接受的關鍵期。蔣捷不忘故國的遺民情懷、盡態極妍的詞學藝術以及冷淡秋香之美，引發不同詞派詞人强烈的心靈共鳴。除去次韻唱和蔣捷詞，詞人還將其諸多詞律詞體樹爲填詞範式，甚或出現褒貶不一的點評情形。作爲理論探討，陳衍提出了晚清前後詞壇對于詞人吴文英、蔣捷的廣泛接受風尚，彰顯宋末蔣捷轉移一代風會的詞學實績，「家夢窗而户竹山」成爲這一詞學影響的經典凝練，與清初以來的「家白石而户玉田」、「家白石而户梅溪」鼎足而立，共同展示出多維複雜的動態接受景象。

關鍵詞 蔣捷　竹山詞　家夢窗而户竹山　接受

石遺老人陳衍曾經給晚清詞人葉大莊的詞集《小玲瓏閣詞》做序，有論云：

自浙派盛行，玉田、白石外，家夢窗而户竹山，有寧爲晦澀不爲流易者。然夢窗、竹山固時出疏快

本文爲河北省社會科學基金項目「唐宋詞人選聲擇調與詞學關係研究」(HB21ZW022)階段性成果。

語，非惟澀焉已也。君詞宗南宋，最近夢窗、竹山，庸可棄乎？〔一〕

葉大莊受浙西派影響較深，填詞多學厲鶚詞韻，也深得竹山詞的疏快淒清之色。陳衍注意到吴文英、蔣捷詞作偶爾疏快的一面，指出葉大莊清疏之風的詞學淵源。這段詞論總結了「家夢窗而户竹山」的詞壇風尚，彰顯宋末詞人吴文英、蔣捷轉移一代風會的詞學實績，與清初以來的「家白石而户玉田」、「家白石而户梅溪」三足鼎立，共同展示出清代詞統建構的動態景象。面對紛紜複雜的詞學現象，蔣捷對于清代前後詞壇的深層影響值得予以專題研討。

一　清初前後詞壇對《竹山詞》的多元受容

作爲宜興望族蔣氏後裔，蔣捷親身經歷了亡國破家的慘痛事件，是宋末具有狂狷色彩的遺民詞人。蔣捷所著《竹山詞》，現有九十四首（不計存目詞），代表了他的文學成就。基于苦寒難言的遺民生活和個性懷抱，蔣捷詞呈現出蕭騷沖淡的審美意味。

蔣捷在宋末是落寞的。他抱節不仕新朝，寧肯獨享江湖飄零的淒清。相較之下，蔣捷與同時期際遇類似的張炎、周密、王沂孫等並無往來交游的蹤跡，其詞中提及的稼堂、東軒也難以確考，大都是一些隱逸不顯之士，痕跡相對寥落模糊許多。聯繫竹意象以及晚年隱居生活，蔣捷的名號「竹山」成爲探索這一現象的切入點。〔二〕同時，宋末遺民詞人的詞味具有共同的氣息。清人江昱評介張炎：「落魄王孫可奈何，暮年心事泣山河。宮商豈是人間調，一片淒涼不忍歌。」〔三〕「一片淒涼」，用于蔣捷同樣極爲適宜。蔣捷筆下的斷雁、張炎詞中的孤雁，蔣捷的《齊天樂·元夜閱夢華録》、張炎的《思佳客·題周草窗〈武林舊事〉》，同類詞作深深寄托著亡國之痛、身世之感，可謂托物言志、寄慨遥深。

宋末元初，蔣捷《竹山詞》尚未結集，其隱晦形跡以及蕭騷詞風導致了冷落形態。元朝是南詞衰歇、北曲大盛的時代，蔣捷詞的傳播影響也隨之有限了。明代對于蔣捷的詞集版本與詞體本身始有重視開發，無論傳播還是創作都各有創獲。元、明兩代是《竹山詞》接受的成長期，爲清代不同詞派接受《竹山詞》提供了基本前提。〔四〕

（一）以陽羨派爲主的詞作唱和

爲反撥明末詞壇綺靡纖柔的詞風，清初詞人開始反思和重構，大力推崇姜夔、張炎等南宋詞人。蔣捷也逐步成爲精神知音與藝術範本，對于清詞中興和詞壇走向產生了深刻影響。

蔣捷《竹山詞》的遺民情懷與冷淡秋香之美，首先引發陽羨詞派的共鳴。明清易代之際，宜興一帶文士的悲慨蒼凉鬱結于心，對鄉賢蔣捷的景仰成爲一種自然選擇。正如嚴迪昌先生所言：「蔣捷身經南宋淪亡，傳統的『夏夷』之別觀念和現實的哀鴻遍地，家園崩析、流離失所之悲，在時空特點上太容易觸發清初陽羨人氏的聯想，歷史幾乎呈現出類似循環往復的景觀。所以，這位鄉先賢，並是本籍世族在詞史上第一個輝耀今古的名詞人，其流風餘韻必然將發生撼人的影響。」〔五〕清初陽羨詞派由盛至衰不過三十餘年，〔六〕詞人即達百人之多，《瑶華集》、《荊溪詞初集》可見繁盛一斑。領袖陳維崧推崇蔣捷詞，成爲陽羨派成立與發展的重要向心力，一如孫爾准所評：「詞場青兕説髯陳，千載辛劉有替人。羅帕舊家閒話在，更兼蔣捷是鄉親。」〔七〕除去瓣香稼軒詞，陳維崧自稱「陽羨受業」〔八〕，詞中多處化用竹山詞句，如《滿庭芳・立秋前一日述懷柬許豈凡》「一笑萬緣輕。夫子知我者，試與説生平」，明顯襲用蔣捷《少年游》「老去萬緣輕。只把平生，閑吟閑詠，付與棹聲。」蔣景祁也以「陽羨後學」而自豪，專心效法竹山詞，並編選大型詞集《荊溪詞初集》。他在序言中發出標榜流派的深情宣言：

甚哉！吾荊溪之人文之盛也。吾荊溪……以詞名者則自宋末家竹山始也。竹山先生恬淡寡營，居滆湖之濱，日以吟詠自樂，故其詞沖夷蕭遠，有隱君子之風，然其時慕效之者甚少。……而山川秀傑之致，面挹銅峰之翠，胸滌雙溪之流，宜其賦質淳遜，塵滓消融也。故曰其性之近也。……〔九〕綫索明晰，韻味雋永，描繪了陽羨一地的詞風流韻。陽羨詞人紛紛追隨蔣捷，「蔣捷的畸人高士的形象和狷介品格，已非某一個氏族的行爲楷模而成爲陽羨文士的普遍認同。他的《竹山詞》所特具的情韻，也被滲透入微地化合進了陽羨詞人群心聲，絶非一般詞家作品中的『次竹山韻』所可比擬。」〔一〇〕

蔣捷的元夕詞《女冠子》頗受關注。陳維崧有兩首詞注明詞韻之源，其中之一即《女冠子・癸丑元夕，用宋蔣竹山韻》，無論情感内蘊、藝術表現力與蔣捷詞可以媲美。蔣捷的《女冠子》中暗塵隨馬、火樹銀花的上元景象，淵源于唐人蘇味道的《正月十五夜》，中間歷經蘇東坡《蝶戀花》「更無一點塵隨馬」、周邦彦《解語花》「鈿車羅帕，相逢外，自有暗塵隨馬」，體現出藝術原型的影響力。同樣的元夕詞，往昔太平盛世的狂歡之音陡然變成感傷國家興亡的哀惋之曲。與此映照，同派詞人徐喈鳳，填有《女冠子・元夕病足自嘲，用蔣竹山韻》〔一一〕；史惟圓的同調詞更有意思：《女冠子・元夕和其年用竹山韻》〔一二〕，近承迦陵、遠溯竹山，同時步和二人詞韻，爲蔣捷詞調在清初遺民詞人中生成經典添上濃重一筆。這類唱和詞也成爲陽羨派理論實踐雙重建構的一個實證。

在陽羨詞派之先，清人已有若干品評指向蔣捷詞。如，清初雲間派推崇北宋詞，鄙薄南宋詞，毛奇齡《西河詞話》記述了蔣捷被嘲笑詞俗的情形〔一三〕。還有一種表現是唱和蔣捷詞，甚至唱和一些冷僻的詞調〔一四〕。王士禛《賀新郎・夜飲用蔣竹山韻》，寫出一幅同病相憐的晴空寒雁圖〔一五〕，被譚獻評爲「居然勝欲」〔一六〕，味同蔣捷之意。王士祿是王士禛的弟弟，其《炊聞詞》中有《金蕉葉・詠雁用蔣竹山秋夜不寐韻》〔一七〕。雲間派詞人錢芳標較早襲用竹山詞韻，昭示別樣風味。諸如《沁園春・答莊天申，用蔣勝欲韻》、《白苧・用蔣勝欲韻》、《女冠子・用竹山韻》，分別仿效蔣捷《沁園春・爲老人書南堂壁》、《白苧》「正春晴」、《女冠子・元夕》三首詞，與同期陽羨詞人一起走入蔣捷的異代知音行列〔一八〕。清初詞人周稚廉，其

《步蟾宮・中秋次蔣竹山韻》同样唱和蔣捷詞韻。此外，作爲清初柳州詞人群的中堅骨幹，曹爾堪擅長慢詞長調，是當時三次大型詞作唱和的宣導者或主要參與者。其送別詞《念奴嬌・送幼光還白門》，被譽爲「殊有竹山風調」〔一九〕。這些現象均表明清初詞壇對蔣捷詞的受容。

（二）以陽羨派爲主的詞體關注

陽羨派初期詞人多有不平之氣，强大的遺民文化趨同性給冷清已久的蔣捷注入了得以延展的詞學活力。景仰高潔人品是詞人走進蔣捷的開始，同樣的文人身份對其詞的蕭騷凄清漸生好感。董儒龍「《梧月》、《竹山》詞一派，近與迦陵伯仲」〔二〇〕，曹貞吉「竹山……領袖詞場南渡」等記述〔二一〕，都清晰顯示出這些詞人標榜蔣捷、意欲成派的意識追求。

清初詞律家萬樹和蔣捷爲宜興同鄉，其《詞律》多以竹山詞爲格律範式，常常發出「得竹山此篇，甚釋前疑」的感慨〔二二〕。他在《詞律》中録取蔣捷二十調二十首詞，對其詞律神會于心，并因此按語：「竹山煉字精深，調音協暢，乃詞家榘矱，定宜遵之」〔二三〕，《四庫全書總目提要》以此作爲竹山詞的整體評價。萬樹的《江城子・旅夜集句》援引蔣捷《高陽臺》「芳塵滿目總悠悠」入詞；《木蘭花慢》「寄内集句」例用蔣捷同調的「夕陽洲」句入詞等等。在《惜紅衣》「霧暗楒簩」中悵恨新開棠榴花被人摘去時，萬樹聯想到「金鈴解否，怎欠護花力。或者鬢邊斜插，説與竹山吟客」，瞬間出神入化，竟又是歷時數百年後對蔣捷詞《霜天曉角》「人影窗紗」的巧妙復讀與隱性對話。

蔣捷詞追求音律諧婉，福唐獨木橋體詞作《聲聲慢・秋聲》最富聲情。《聲聲慢・秋聲》一如詞中《秋聲賦》，描寫秋夜難盡的愁緒，顯示出詞人做意好奇的性情和巧妙諧婉的詞藝。蔣捷運用了長尾韻，在李清照等名作之上復有創獲。即全篇以「聲」字爲韻脚，之前仍有真實的韻脚，不同于另外兩首結以虚字。這種用韻形式爲清人仿效，厲鶚的《瑞鶴仙・詠菊爲楞山生日效蔣竹山體》，女詞人徐燦《聲聲慢・感懷》

「寒寒暖暖」、許德蘋《聲聲慢・秋情》「重重覓覓」以至晚清趙我佩《聲聲慢・秋聲仿竹山》「蕭蕭颯颯」、仲恒《聲聲慢》「冬夜對月，依蔣捷用平聲韻」等佳構，一並構成蔣捷詞的受容圖景。〔二四〕

陽羨詞風經歷了界内新變。以宜興詞人史承謙、史承豫兄弟爲標志，這一詞派由原來「外張型的抒情面貌至此轉向了内斂型」〔二五〕。其詞多描寫身處下層的知識分子的苦寒心態，帶幾分冷淡秋香之美，史承豫曾經評述史承謙的《小眠齋詞》：

吾邑溪山明秀，夙稱人文淵藪。而自唐迄今，核其著作真堪不朽者，惟南宋之竹山蔣氏、本朝之迦陵陳氏兩家詞集而已。今得吾兄，如鼎三足，遺編具在，公論難誣。〔二六〕

顯然，兩位鄉賢蔣捷、陳維崧在他們心目中佔據突出位置。詞派殿軍鄭板橋，晚年自叙填詞經歷，則云「少年游冶學秦柳，中年感慨學蘇辛，老年淡忘學劉蔣。皆與時推移，而不自知者，人亦何能逃氣數也」〔二七〕。蔣捷及其《竹山詞》確實與南宋故國的衰亡命運息息相關，受傳統命運説的影響，鄭板橋以「氣數」兼論詞與人生，算是一家之言。無論如何新變，陽羨派對蔣捷的關注始終没有消減。

（三）浙西派對蔣捷《竹山詞》的别樣接受

浙西詞派是清代中期最大的詞派，影響深廣。作爲開創風氣、擴大交際的重要手段，詞派盟主朱彝尊編纂大型詞選《詞綜》樹立雅正規範。曹溶《静惕堂詞序》特别指出：「數十年來，浙西填詞者，家白石而户玉田，春容大雅，風氣之先，實由先生」〔二八〕，即以姜夔、張炎爲典範。作爲浙西派的中堅力量，厲鶚繼續推波助瀾，最終形成了「家白石而户玉田」的盛況。〔二九〕浙西派詞人沿著這條道路不輟探索，詞作也更趨于學人之詞。

在明清易代的濃重社會背景之下，無論是漂泊不定的流離身世，還是無所依歸的窮士心態，朱彝尊與同樣長期游幕、心境凄清的姜夔同慨，將他引爲知音。爲矯正明詞的纖俗卑弱，朱彝尊論詞以「醇雅」爲宗。以他爲首歷時八年選編《詞綜》，以標新立異來蕩滌《草堂詩餘》的不良影響，對于普及詞學活動、壯大浙西派聲勢起到了重要作用。朱彝尊認爲姜夔、張炎詞最符合雅詞標準，由姜、張推及南宋慢詞。宋末四大詞人平均入選高達三十五首，其間選入蔣捷詞二十一首，在潛意識作用下將吴文英與蔣捷並列一卷。這大概也是「家夢窗而户竹山」現象的某種展現。

朱彝尊與陳維崧有「朱陳」並稱。朱彝尊與陽羨詞人頻頻交往，互有影響。如南宋詞集《樂府補題》的復出和刊刻，便得力于朱彝尊、蔣景祁二人，選集題旨對浙西詞派的興盛有重大影響，即「浙西詞宗正是借《補題》原係寄托故國之哀的那個隱曲的外殼，在實際續補吟唱中則不斷淡化其時尚存有的家國之恨、身世之感的情思」〔三〇〕。陳維崧爲之作序〔三一〕，並擬作「後補題」詞等。以詞爲緣，朱、陳又都兼具遺民心態，彼此結下深厚友誼，可知不同詞派之間的互動關係。朱彝尊《風中柳・戲題竹垞壁》有云：「晚來月上，對影描他橫幅。賦新詞，竹山竹屋。……」以自己所賦新詞，一比蔣捷、高觀國之詞。雖云戲題，恰借二人之號皆有「竹」字，顯示其内心對蔣、高兩位詞人的推崇。宋末亡國破家的人生際遇令蔣捷詞具有一種「傷痕」底色，他筆下愛詠秋花、秋聲，多寫憶舊、飄零，整體上帶著一往而深的哀曲悲調。朱彝尊自題詞集「老去填詞，一半是空中傳恨」，也道盡一腔易代之變的沉痛。同屬浙派的詞人曹貞吉，曾在《摸魚子・寄贈史雲臣》吟歎：「繞荊溪數間茅屋，竹山舊日曾住。吟花課鳥無遺恨，領袖詞場南渡。」〔三二〕此種情懷，與上述陽羨派詞人蔣景祁如出一轍。可見，浙派與陽羨派並非畫地爲牢，二者在詞學觀念方面具有一定對話空間。

浙派詞人李符著有《耒邊詞》，他步趨朱彝尊，有擬《樂府補題》之作，比興托恨，清空蘊藉。李符也具有開放的詞學觀，從最初尊崇北宋到專門留意南宋詞家，唱和借鑒竹山詞便是實例，如《女冠子・燈市，用蔣竹山韻》。蔣景祁編訂《瑶華集》時，選録了李符這首詞，名爲《女冠子・元夕，用竹山韻》，目録中則列爲

《女冠子·竹山體》〔三三〕。看來步和竹山詞韻，追求詞韻流風，時人是認定爲「竹山體」的。李符在詞韻情趣上深得竹山詞旨，其友人高二鮑評價他「能掃盡臼科，獨露本色，在宋人中絶似竹山」〔三四〕。李符也曾經總結自己的身世與詞學趣味：「余布袍落魄，放浪形骸，自謂頗類玉田子。年來亦有倚聲自遣，愛讀其詞。今得是帙，日與古賢爲友，移我情矣。」〔三五〕作爲浙西詞派的一面旗幟，李符尤其標榜詞人張炎，而詞中濃郁的竹山情調與此形成有趣的對照。其兄李良年有浙西「亞聖」之稱，詞集《秋錦山房詞》多詠物詞，其詞規模南宋，羽翼竹垞。他論詞「必盡掃蹊徑，獨露本色。嘗謂南宋詞人，如夢窗之密，玉田之疏，必兼之乃工」〔三六〕，與高二鮑論李符詞頗爲一致。除去姜夔、張炎，蔣捷等詞人對清代詞壇建構産生深刻影響。

蔣捷其他名篇，也頗受浙派詞人與評點家的鑒賞評論。其《賀新郎·秋曉》以簡煉筆調描繪了秋日江南景象，以及詞人與秋俱老的淡淡心境。詞中有一幅畫面專爲清幽的牽牛花畫像，受到浙西陸棻、邵瑸以及沈皞日、曹貞吉、龔翔麟等多位詞人的青睞，紛紛以《惜秋華》來詠歎唱和。蔣捷《賀新郎》中亮相的「掛牽牛數朵青花小。秋太淡、添紅棗」，曾被陳廷焯譏爲「無味之極」〔三七〕，反而爲偏愛疏淡清空的浙西詞人念念不忘，稱賞不已〔三八〕。時隔多年以後，域外東瀛詞壇的日下部夢香、野村篁園等詞人也分別填製《惜秋華·牽牛花》〔三九〕，同样沉醉于蔣捷筆下的數朵冷淡青花，與中華本土詞學隔空對話，遥相應和，可見審美趣味對詞學流向的巨大影響力。

二　清代中後期詞學接受視域中的《竹山詞》

陽羡詞風至雍、乾時期漸趨衰微，但隨著一批詞人尤其是以周濟爲代表的常州詞派的興起，對南宋詞人的關注再度影響了詞壇景象。

考據大家凌廷堪以浙西詞派爲圭臬，推崇姜夔、張炎，其詞集《梅邊吹笛譜》取名于姜夔的《暗香》「舊時月色」。他認爲「填詞之道，須取法南宋」，並且將夢窗、竹山視爲禪之南宗〔四〇〕，觀念具有引領意味。這一時期，不受宗派束縛的詞人劉嗣綰，許多詞篇流露出酷似蔣捷的傾向。其《浪淘沙・舟過楓橋》一如蔣捷《一剪梅・舟過吴江》、《行香子・舟宿蘭灣》的姊妹篇，甚至「飄、摇、橋、蕉」等幾處韻脚完全相同，江舟、酒旗、春雨、芭蕉等意象使用也一致，具有同樣傷感婉轉的味道。詞人周稚圭，生逢嘉慶、道光年間，深諳竹山詞三昧，其論詞絶句云：「陽羨鵝籠涕淚多，清辭一卷黍離歌。紅牙彩扇開元句，故國淒凉唤奈何。」〔四一〕緣于蔣捷《賀新郎》「夢冷黄金屋」中的「彩扇紅牙今都在，恨無人解聽開元曲」，他將《竹山詞》比爲傷悼故國的黍離之歌，意在闡述蔣捷所擔荷的亡國巨痛。與此同時，詞人陳元鼎「婉約可歌，有竹山碧山風味」〔四二〕，深得蔣捷詞的韻致。

這一時期許多詞人自覺地以蔣捷詞爲藝術範式。晚百年興起的常州詞派對陽羨詞派或有借鑒，二者在詞統建構方面具有交叉關係，既在各派之内彼此稱許，又都注重以父子、師生、家族等爲紐帶的群體運動，推演了清代詞學中興。常州派在詞統建構過程中，對蔣捷詞有諸多體認闡釋。相比之下，張惠言以經學爲重，無意開派于詞壇，編纂《詞選》多受朱彝尊《詞綜》的影響，並且成爲常州派的一面旗幟。他論詞重在意義闡發，偏重以「寄托」揭示詞作的具體寓意，能夠引發士子難以明言的人生感慨，因此被譽爲常州派的始祖。〔四三〕周濟論詞、選詞互爲映照，提出「服膺白石，而以稼軒爲外道」，突破浙派獨尊姜夔的傾向。同時，顯示出對蔣捷詞前後不同的觀照。主要表現爲：

一八一二年，周濟編著《詞辨》十卷，選入蔣捷一首《賀新郎》「夢冷黄金屋」。基于張惠言的意内言外，周濟在序言中提出比興寄托之説，清晰勾勒出發揚光大常州詞學的辛勤歷程，成爲常州派詞學理論的重要文獻。他由受「晉卿深詆竹山粗鄙」的影響而至「始薄竹山」。他尚雅爲主流，以宏通有變的態度審視詞學，所附《介存齋論詞雜著》也明確宣稱「竹山薄有才情，未窺雅操。」隨著詞學觀照深入，周濟《宋四家詞選序論》對于竹山詞洞察精微：

> 竹山有俗骨，然思力沈透處，可以起懦。
>
> 梅溪才思，可比竹山。竹山粗俗，梅溪纖巧，粗俗之病易現，纖巧之習難除。穎悟子弟易受其薰染。余選梅溪詞，多所割愛，蓋慎之又慎云。
>
> 雅俗有辨，生死有辨，真僞有辨，真僞尤難辨。稼軒豪邁是真，竹山便僞；碧山恬退是真，姜張皆僞。味在鹹酸之外，未易爲淺嘗人道也。〔四四〕

周濟不斷融合研讀竹山詞的經驗，而出以簡潔中肯的批語。他並未囿于張惠言的詞學主張，對其莫逆之交董士錫的「粗鄙」説加以取捨，認爲竹山詞粗而不鄙，精闢地提出某些詞學創作和鑒賞規律。周濟運用思辨視角，既指摘竹山詞的粗俗，又認爲深沉思慮的詞篇可以振蕩人心，確有一定道理。

一八三二年，周濟的《宋四家詞選》及其序論表明他日漸成熟的詞學觀。周濟將蔣捷附于稼軒之後，還選録其詞五首：《賀新郎》「渺渺啼鴉了」、《賀新郎》「夢冷黄金屋」、《瑞鶴仙》「紺煙迷雁跡」、《女冠子》「蕙花香也」、《絳都春》「春愁怎畫」，所選皆慢詞長調，内容屬于一介遺民亡國破家後的淒涼追憶。由此，蔣捷也成爲周濟詞學「南北融合説」形成過程的重要一環。〔四五〕綜合觀照，周濟對張惠言的詞論有突破、有建樹，發揚光大了常州派，對蔣捷的點評也有許多富有思辨性的真知灼見。

常州派後勁陳廷焯詞學修養很高，編選《雲韶集》二十六卷、詞論《白雨齋詞話》等著述。選本以朱彝尊的《詞綜》爲準，選詞取徑廣泛，並因年輕氣盛具有振衣獨立之概。與此同時，他完成的理論著述《詞壇叢話》，認爲蔣捷隸屬于姜夔範疇之內。〔四六〕此外，他還有多處不同角度的議論：

> 竹山詞亦是效法姜堯章，而奇警雄快非白石所能縛者。竹山詞勁氣直前，老横無匹。〔四七〕
>
> 劉改之、蔣竹山，皆學稼軒者，然僅得稼軒糟粕，既不沉鬱，又多支蔓。詞之衰，劉蔣爲之也。〔四八〕

陳廷焯服膺大詩人杜甫，以沉鬱頓挫爲門徑，評論稍顯激切。他論詞多變，忽而認爲蔣捷師法姜夔，忽而又覺得他向辛棄疾學習。平心而論，陳廷焯認爲蔣捷僅得稼軒的糟粕，或者把詞衰的罪責一股腦歸于蔣捷、劉過。在陳廷焯的詞學世界裏，蔣捷往往不得好言語：「竹山詞多不接處」，「劉蔣之詞，未嘗無筆力，而理法氣度，全不講究。是板橋、心餘輩所祖，乃詞中左道。」〔四九〕蔣捷有些詞確實注重辭藻而導致氣脈不暢，只是陳氏言語未免過于苛刻了。甚至有時説到極致，如論史達祖時即認爲：「以竹屋、竹山與之並列，是又淺視梅溪。大約南宋詞人，自以白石碧山爲冠，梅溪次之，夢窗、玉田又次之，西麓又次之，草窗又次之，竹屋又次之。竹山雖不論可也。」〔五〇〕如此隨意軒輊，帶有强烈的主觀化色彩。陳廷焯對蔣捷詞的通俗特點也十分不滿，或有「竹山詞多粗」、「《沁園春》老子平生二闋、《念奴嬌》壽薛稼翁一闋、《滿江紅》掬鄉心一闋、《解佩令》春晴也好一闋、《賀新郎》甚矣吾狂矣一闋，皆詞旨鄙俚」等批駁，甚至極端化地概括爲「不可謂正軌」、「詞中左道」。而對于蔣捷筆下明快流麗的小詞，陳廷焯又毫不掩抑他的喜愛之情，不僅褒獎蔣捷的《賀新郎》「夢冷黃金屋」，還推許它爲《竹山詞》的「壓卷之作」。〔五一〕整體上，陳廷焯多次論及蔣捷，前後褒貶不一，不乏執其一端的偏激傾向。

三　晚清以來詞壇對《竹山詞》的接受

「傳播活動總是流向社會上需要它的地方。」〔五二〕晚清時代，政治的黑暗、官場的污濁以及世途的艱難，都促使詞人詞論講氣節、重人品，以「抱節終身」而自勵〔五三〕，並匯成汩汩激流。

劉熙載《藝概》自成體系，强調作家的人品。尤其《詞曲概》推崇蘇、辛一派詞人，提倡寫作「君子之詞」。「蔣竹山詞，未極流動自然，然洗練縝密，語多創獲。其志視梅溪較貞，其思視夢窗較清。劉文房爲『五言長城』，竹山亦長短句之長城歟！」〔五四〕「長短句之長城」的讚譽或許稍高，以詞品論力圖糾正當時末流詞家的頹敗傾向，則具有積極意義。晚清特定的社會局勢，令許多詞人思考詞品與人品的關係，况周頤曾經感慨：「蔣竹山詞極秾麗，其人則抱節終身。……詞固不可概人也」〔五五〕，显然特別推崇蔣捷的人品。

馮煦編選的《宋六十一家詞選》十二卷具有選本意義。毛晋汲古閣本《宋六十名家詞》，在清代流行最廣、數量最多〔五六〕，但晚清此本難以訪求。馮煦以《宋六十名家詞》爲底本，在光緒十三年編成大型詞選，以供時人全面習學宋詞，其中自然包含備受推挹的《竹山詞》。其次，馮煦《蒿庵論詞》精選詞人代表性詞作予以評騭，如蔣捷《沁園春》「老子平生」、《念奴嬌》「稼翁居士」，馮煦論爲「詞旨鄙俚」。此外，詞系傳承源于常州派的臨桂詞派，在晚清後期發揚光大。本來常州派是晚清影響最大、持續時間最長的主流詞派，作爲界内新變的臨桂派便成爲传统詞學的某種總匯。四大詞人王鵬運、鄭文焯、况周頤、朱祖謀，不僅在理論上提出重、拙、大等詞學主張，還進行了大規模的唐宋元詞集搜羅整理，首開詞籍校勘之學。這些創見和做法，在同治、光緒年間的詞壇上産生巨大吸引力。显然，王鵬運《四印齋所刻詞》、朱祖謀《彊村叢書》，爲《竹山詞》傳播和研究奠定了良好的文獻基礎。

近世以來，蔣捷依然受到相应程度的關注。王國維論詞重視唐五代、北宋，對姜夔、張炎等南宋詞人並無太多好聲色。他在《人間詞話》中説：「朱子謂：『梅聖俞詩，不是平淡，乃是枯槁。』余謂草窗、玉田之詞亦然。」「白石尚有骨，玉田則一乞人耳。」〔五七〕南宋尤其宋末詞人確有無情枯淡的一面，王國維又較爲偏愛不隔的詞作，他肯定姜夔的詞格清高，但顯然不滿意雕琢過甚或者不耐思索的詞作，並未留下對于蔣捷及其《竹山詞》的評點。王國維對于南宋詞人的觀念表述爲「五四」時期的胡適等人所承繼。就詞選而言，胡適編纂的《詞選》選有南宋詞家一百三十多首詞，其中入選了十首蔣捷詞，提出一些别致的點評。但整體上胡適對「白石以後直到宋末元初」的「詞匠之詞」頗多微辭，認爲他們重詠物、多用典，重視音律輕視内容而毫無生氣，對宋末詞嗤之以鼻，並且説出一番很決絶的話：「詞到了宋末，已成了厄運。吴文英、王沂孫一派的詠物詞，古典詞成了正宗；詞家所講究的只是如何能刻劃事物，如何能使用古典，如何能協調音律。這一類的調和後世的試帖詩同一路數；于是詞的生氣完了，詞要受當時新起的『曲子』的淘汰了。」〔五八〕這些言論不能説没有一點道理，比如雕琢字眼、刻意形容、詞律刻板等，但把宋末詞貶低到極致顯然有失公允，曾給點贊的蔣捷等詞人也被連坐了。另一方面，胡適受當時白話文學的影響，又説蔣捷的詞是明白爽快的，認爲他的詞富有實驗精神，頗能自出新意，也肯自造新句。「此兩詞（按：指李清照、蔣捷《聲聲慢》詞）皆『文學』的實地試驗也。易安詞連用七疊字作起，後復用兩疊字，讀之如聞泣聲；竹山之詞乃『無韻之韻文』，全篇凡用十聲字，以寫九種聲，皆秋聲也。讀之乃不覺其爲無韻之詞，可謂爲吾國無韻韻文之第一次試驗功成矣。」〔五九〕「無韻之韻文」的意藴，文學試驗觀與白話文運動的關係等，彰顯出新文學的源頭要追溯到古典文體，因此對蔣捷《聲聲慢》發出了禮贊。這種關注局部的批評影響學界較長時間，導致一段時期内對于南宋詞、宋末詞另眼相看，對其研究自然因冷落或者偏執而有所失衡。受胡適影響，詞學家胡雲翼也將蔣捷視爲辛派詞人，認爲他遵循著辛棄疾的創作道路，並在《宋詞選》中選録蔣捷詞七首，與胡適《詞選》的選篇多有交叉。

一代詞學名家劉毓盤的《詞史》，對蔣捷也有特别關注。劉毓盤自幼浸淫于文史，與王鵬運、朱祖謀等晚清詞學大家多有交往，後與曲學大師吴梅過從較密。作爲我國首部詞史專著，《詞史》時代特點鮮明，具有開拓之功和先導之力。誠如學者所評：「今天看來，《詞史》顯得相當地粗略，缺乏系統的理論探究和規律性的把握。不過，我們應將其置放于具體的歷史空間與學術背景中予以評價考察。之所以如此，當然有著多種動因，如民國時期大學的文學教育理念、民初的詞學觀念與研究積累以及劉毓盤本人詞學素養與學術積累等。」〔六〇〕劉毓盤的整體詞學觀暫且不論，《詞史》將史達祖、吴文英、蔣捷、周密、王沂孫和張炎並稱爲「南宋六大家」，對後世學者産生潛移默化的影響；胡雲翼《宋詞選》將蔣捷、周密、王沂孫和張炎依次排列；薛礪若的《宋詞通論》則將王沂孫、張炎、周密集結爲一章「南宋末期三大家」，蔣捷被歸入此時的一般附庸作家裏；而今通行文學史裏，並稱這四位詞人爲宋末四大傑出詞人或者四大遺民詞人，認爲宋末時期他們的詞學藝術個性比較突出。

還有些學者認識到南宋至宋末不同詞人的派別歸屬以及繼承關係，特别是集創作研究于一身的學者們。近世詞學大家汪東，持論甚精：

晚宋諸家，竹山最爲沉咽。周止庵譏其有俗骨，是也。以與梅溪之纖等類而齊黜之，則非也。蓋詞涉纖巧，則境不能深；語歸沈著，即俗亦無礙。況其眷懷故邦，觸物興感，固有與《花外》、《白石》異曲而同工者矣。〔六一〕

在前人基礎上辨識「俗」與「沈著」的關係，對于深入理解竹山詞大有裨益。學者顧隨曾經專門講述蔣捷詞，注意到蔣捷與吴文英等詞人頗具特色。一方面，他引述胡適所論的宗派説，將蔣捷視爲一宗：「宋末詞路自北宋清真（周邦彦）一直便至南宋白石（姜夔），其後則梅溪（史達祖）、夢窗（吴文英）、碧山（王沂孫）、草窗（周密）、玉田（張炎），此爲一條路子。南宋除此六家外，無大作者。清人戈載輯《宋七家詞選》，即收此七家之詞。江西詩派有一祖（杜甫）、三宗（黄庭堅、陳師道、陳與義）。南宋詞一祖（周邦彦）、六宗（白石、梅溪、夢窗、碧山、草窗、玉田）。如果算上竹山，則是一祖七宗，自清以來，詞人多走此路子。」〔六二〕另一方面，他又特别談及蔣捷與吴文英的關係：「竹山詞，人多謂其學稼軒，其實他不盡受稼軒影響，也受夢窗影響。詞中晦澀當以夢窗爲第一。」〔六三〕這對于詞學史上一葉障目的評點現象予以修正，在某種程度上回應了有關竹山詞觀照不足的問題。

歷經近代詞學的複雜境遇之後，學界對于南宋以至蔣捷詞再度回歸反思與研究。以一代詞宗夏承燾爲例，他提倡「論詞重詞品，論人重人品，人品先于詞品」，並曾經回顧自己的學詞經歷：

三十歲時，我認爲中國詞中，風花雪月、滴粉搓酥之辭太多，詞風卑靡塵下，只有東坡之大、白石之高、稼軒之豪，才是詞中勝境。平時作詩詞，專喜豪亢一派。經過幾番探索，自審才性，覺得自己似乎宜于七古詩而不宜于詞。我想，好驅使豪語，斷不能效蘇、辛，縱成就亦不過中、下之才，如龍洲（劉過）、竹山（蔣捷）而已。但是，對于清真詞，風雲月露，甚覺厭人。因而，我覺得，此後爲詞，不可不另辟新境，即熔稼軒、白石（姜夔）、草窗（周密）、竹山爲一爐。這就成爲我幾十年來作詞的努力方向。〔六四〕

夏先生認爲將蔣捷與幾位詞人融合爲一，填詞才能另辟新境。基于夏先生論人品與詞品的關係，進而體悟其兼收並蓄、熔鑄一體的開放理論，这些極大地豐富了《竹山詞》接受史。

結語

受復雅思想的驅遣，清初論詞者已開始推崇南宋詞，紛紛提出「取法南宋」之説〔六五〕。對于清代詞壇的中興與重構而言，作爲雅詞正宗的周邦彥、辛棄疾、姜夔、張炎、吴文英、蔣捷等都充當了相對重要的媒介，將南宋詞藝不斷經典化，影響著詞學思想的交鋒與詞壇格局的轉換。除去相似的命運遭際、傳播狀況，竹山詞與夢窗詞在沈著、致密等方面存在多個共同點，對于糾正浙派末流空疏浮滑的弊端具有積極意義。〔六六〕如前所述，清初以來數位詞人唱和蔣捷的牽牛花詞，所選詞調《惜秋華》正是吴文英的自度曲，其創調詞借牛郎織女鵲橋相會的神話傳説寄托懷念相思之情，使得詞調《惜秋華》先天具有委婉含蓄的悲慨風味。这一僻調把蔣捷與吴文英綰結在一處，也是二人受到共同關注的絶佳例證。歷經漫長的世代累積之後，「家夢窗而户竹山」熱點現象應運而生，與清初以來的詞學景觀「家白石而户玉田」、「家白石而户梅溪」遥相頡頏，蔣捷對清代詞壇的影響至晚清民初臻于理論凝結。

蔣捷及其《竹山詞》具有獨特的詞學範式意義。他轉益多師而創變尚不完善，有一定自家風格而能稱「竹山體」。元明以來，詞人對蔣捷人品詞品的追隨、仿效或評價，昭示著歷代詞學起伏不平的發展軌跡，眾多詞人詞派的參與累積之下，《竹山詞》由隱而顯，這再度説明「家夢窗而户竹山」的動態歷時性。每一種藝術體式的經典化，都經歷了時代思潮、文學觀念、流派論争的綜合洗禮。即使褒貶毀譽，也能不同程度地擴大詞作影響，清晰匯成别開生面的特色。蔣捷及其《竹山詞》，正是這樣一步步走向詞學接受史的。

〔一〕陳衍《小玲瓏閣詞序》，葉大莊《小玲瓏閣詞》，陳乃乾輯《清名家詞》（十），上海書店一九八二年版，第一頁。

〔二〕詳參高瑩《蔣捷「竹山」之號來歷考》，《石家莊學院學報》二〇〇五年第一期。

〔三〕孫克强《論詞絶句二千首》，南開大學出版社二〇一四年版，第八八頁。

〔四〕詳參高瑩《論元明詞學視野中的蔣捷詞》，《石家莊學院學報》二〇〇七年第一期。

〔五〕嚴迪昌《陽羨詞派研究》，齊魯書社一九九三年版，第五〇頁。

〔六〕即一六五〇—一六九五年，參見嚴迪昌《陽羨詞派研究》，第六頁。

〔七〕孫爾准《泰雲堂集》，《續修四庫全書》本，上海古籍出版社二〇〇二年版，第五五六頁。

〔八〕陳維崧手書詞稿《滿庭芳》，嚴迪昌《陽羨詞派研究》插頁一。

〔九〕蔣景祁《荊溪詞初集序》，嚴迪昌《清詞史》，江蘇古籍出版社一九九九年版，第一七〇—一七一頁。

〔一〇〕嚴迪昌《陽羨詞派研究》，第五三頁。

〔一一〕南京大學中文系編《全清詞・順康卷》第五册，中華書局二〇〇二年版，第三〇七〇頁。史惟圓還有一首《垂楊・上巳萬柳堂雨中即事，用竹山詞韻》，南京大學中文系編《全清詞・順康卷》第八册，第四〇四八頁。

〔一二〕南京大學中文系編《全清詞・順康卷》第七册，第三八三七頁。

〔一三〕毛奇齡《西河詞話》卷一，唐圭璋編《詞話叢編》第一册，中華書局一九八六年版，第五六五—五六六頁。

〔一四〕有學者做出統計，蔣捷詞中使用熟調比例較少。劉尊明、范曉燕《宋代詞調及用調的統計與分析》，《齊魯學刊》二〇一二年第四期。
〔一五〕孫默編《十五家詞》卷二十八《衍波詞》下，《四庫全書》本。
〔一六〕徐珂纂《清詞選集評》，中國書店一九八八年版，影印本，第一三頁。
〔一七〕孫默編《十五家詞》卷十《炊聞詞》上，《四庫全書》本。
〔一八〕詳參高瑩《論清初詞壇對蔣捷〈竹山詞〉的受容》，《河北大學學報（哲學社會科學版）》二〇〇九年第四期。
〔一九〕郭麐《靈芬館詞話》卷二，唐圭璋編《詞話叢編》第二册，第一五三三頁。
〔二〇〕董儒龍《賀新郎·酬蔣開泰以尊人京少新刻〈罨畫溪詞〉見贈》，《柳堂詞稿》，南京大學中文系編《全清詞》第十五册。
〔二一〕曹貞吉對史惟圓詞的地位與影響評價極高，參見其《摸魚子·寄贈史雲臣》：「繞荊溪，數間茅屋，竹山舊日曾住。吟花課鳥無遺恨，領袖詞場南渡。逐電去，誰更續、哀絲脆管紅牙譜？湖山如故。又幻出才人，鏤冰繪影，抒寫斷腸句。鷗弦上，彈入蝶庵金縷，平分髯客旗鼓。搓酥滴粉方成調，偷換羽聲悽楚。推獨步。須通道、秦黃蘇陸無今古。江東日暮。想席帽風欹，春衫酒濕，行過翠藤路。」曹貞吉《珂雪詞》卷下，南京大學中文系編《全清詞·順康卷》第十一册。
〔二二〕萬樹《大聖樂》按語，《詞律》，上海古籍出版社一九八四年版，第四二二頁。
〔二三〕萬樹《喜遷鶯》按語，《詞律》，第一三四頁。
〔二四〕詳參高瑩《論清初詞壇對蔣捷〈竹山詞〉的受容》，《河北大學學報（哲學社會科學版）》二〇〇九年第一期。
〔二五〕嚴迪昌《清詞史》，江蘇古籍出版社一九九九年版，第四〇七頁。
〔二六〕史承豫《小眠齋詞序》，轉引自嚴迪昌《清詞史》，第四一二頁。
〔二七〕鄭板橋《鄭板橋全集·詞鈔自序》，中國書店一九八五年版，第二頁。
〔二八〕朱彝尊《静惕堂詞序》，施蟄存編《詞籍序跋萃編》，中國社會科學出版社一九九四年版，第五四三頁。
〔二九〕楊海明《張炎詞研究》，齊魯書社一九八九年版，第二〇五頁。
〔三〇〕嚴迪昌《清詞史》，第二五三頁。
〔三一〕《陳維崧集》卷七《樂府補題序》，上海古籍出版社二〇一〇年版，第四〇〇頁。
〔三二〕南京大學中文系編《全清詞·順康卷》第十一册。
〔三三〕蔣景祁編《瑤華集》下册，中華書局一九八二年版。

〔三四〕馮金伯輯《詞苑萃編》卷八，唐圭璋編《詞話叢編》第二册，第一九四五頁。

〔三五〕《山中白雲詞序》（《彊村叢書》本），施蟄存編《詞籍序跋萃編》，第三九三頁。

〔三六〕曹貞吉《秋錦山房詞序》引述，嚴迪昌《清詞史》，第二七七頁。

〔三七〕陳廷焯《白雨齋詞話》卷一，唐圭璋編《詞話叢編》第四册，第三七九五頁。

〔三八〕詳參高瑩《論清代浙西詞派對蔣捷〈竹山詞〉的接受》，《石家莊學院學報》二〇〇八年第五期。

〔三九〕夏承燾選校《域外詞選》，書目文獻出版社一九八一年版，第七、一八頁。

〔四〇〕張其錦《梅邊吹笛譜序》，陳乃乾輯《清名家詞》第六卷，第二一三頁。

〔四一〕孫克强《論詞絶句二千首》，第三二九頁。

〔四二〕譚獻《復堂詞話》，唐圭璋編《詞話叢編》第四册，第三九九五頁。

〔四三〕嚴迪昌《清詞史》，第四六九—四七二頁。

〔四四〕周濟《宋四家詞選目録序論》，唐圭璋編《詞話叢編》第二册，第一六四三頁。以上所引皆出于此。

〔四五〕朱惠國認爲周濟推崇周邦彦等四家詞人，是「南北融合説」的體現，「與他由南而北的思想完全一致」。參見朱惠國《中國近世詞學思想研究》，上海古籍出版社二〇〇五年版，第一〇四頁。

〔四六〕陳廷焯《詞壇叢話》，唐圭璋編《詞話叢編》第四册，第三七二四頁。

〔四七〕陳廷焯著，屈興國校注《白雨齋詞話足本校注》上册引《雲韶集》，齊魯書社一九八三年版，第一一三頁注〔二〕。

〔四八〕陳廷焯《白雨齋詞話》卷一，唐圭璋編《詞話叢編》第四册，第三七九四頁。

〔四九〕陳廷焯《白雨齋詞話》卷一，唐圭璋編《詞話叢編》第四册，第三七九五頁。

〔五〇〕陳廷焯《白雨齋詞話》卷二，唐圭璋編《詞話叢編》第四册，第三八〇〇頁。

〔五一〕陳廷焯《白雨齋詞話》卷八，唐圭璋編《詞話叢編》第四册，第三九七四頁。

〔五二〕威爾伯·施拉姆、威廉·波特著，陳亮等譯《傳播學概論》，新華出版社一九八四年版，第一〇八頁。

〔五三〕况周頤《蕙風詞話》卷一，唐圭璋編《詞話叢編》第五册，第四四二〇頁。

〔五四〕劉熙載《藝概·詞概》，唐圭璋編《詞話叢編》第四册，第三六九五頁。

〔五五〕况周頤《蕙風詞話》卷一，唐圭璋編《詞話叢編》第五册，第四四二〇頁。

〔五六〕唐圭璋《朱祖謀治詞經歷及其影響》,《詞學論叢》,上海古籍出版社一九八六年版,第一〇一九頁。

〔五七〕王國維著,佛雛校輯《新訂〈人間詞話〉廣〈人間詞話〉》,華東師範大學出版社一九九〇年版,第一一九頁。

〔五八〕胡適《詞選》,中華書局二〇〇六年版,第三二四—三二五頁。

〔五九〕《胡適古典文學研究論集》,上海古籍出版社一九八八年版,第五九五頁。

〔六〇〕劉毓盤著,毛文琦校點,沙先一導讀《詞史·導讀》,上海古籍出版社二〇一一年版,第五頁。

〔六一〕汪東《唐宋詞選評語》,《詞學(第二輯)》,華東師範大學出版社一九八三年版,第八四頁。

〔六二〕顧隨《顧隨詩詞講記》,中國人民大學出版社二〇〇六年版,第二〇九頁。

〔六三〕顧隨《顧隨詩詞講記》,第二一四頁。

〔六四〕吴熊和《汲取到清澈百丈的源頭活水》,方智範、方笑一選編《詞林展步》,江西教育出版社一九九九年版,第一三〇頁。

〔六五〕張其錦《梅邊吹笛譜序》,陳乃乾輯《清名家詞》第六卷,第三頁。

〔六六〕孫克强《清代詞學》,中國社會科學出版社二〇〇四年版,第三八二頁。

(作者單位:石家莊學院中文系)

《騷屑詞》之時局迷離與嶺南物色

（中國香港）黄坤堯

内容提要 屈大均以詩文自負，不以詞名。康熙二十八年（一六八九），其刻《騷屑詞》成，當時六十歲。面對異族統治，文網森嚴，他一直都以「叛逆者」的身份隱匿四方。屈大均早期曾參與抗清及永曆朝廷、吴幕的工作，可惜皆以不遇而歸。後來回粤整理文獻，也寫下了很多巨著。屈大均《騷屑詞》成于晚歲，編次零亂，可能是爲了逃避審查，隱藏著很多歷史的真相。屈大均詞中書寫的歷史事實、抗清故事、嶺南風土、文化家園復興、安身立命等，也可以説是另類的《廣東新語》。文章通過《騷屑詞》的版本、屈大均的志事和生活、《騷屑詞》的記史言志、《騷屑詞》的迷情世界、《騷屑詞》與嶺南物色以及《騷屑詞》與田園生活等六項，解釋作者的用心所在。

關鍵詞 屈大均 騷屑詞 南明 廣東新語 嶺南風土 禁書

屈大均（一六三〇—一六九六）固以詩鳴，其詩居嶺南三大家之首，排奡豪蕩，氣象恢宏，久享盛譽。此外他又有《騷屑》詞兩卷，與他的别字「騷餘」取義相同，他不但自認爲屈原（前三三九—前二七八）的後代，同時他更有意繼承屈原香草美人的傳統，發揚民族正氣和愛國精神。其詞哀沉婉約，清新妍麗，兒女英雄，江山啼鴂，皆能曲盡體製，妙解知音。明詞在文學史上整體的成就不高，屈大均或亦無意于填詞，但遭逢世亂，惆悵寄情，《花間》嗣響，彷彿香草美人，故國神游，有類于纏綿忠愛，亦足以表現初心，固執善

道。永曆救亡，締造了明詞的殿軍，嶺南物色，却也構成了清詞的開局。〔一〕

晚清世局劇變，内憂外患，詞旨煙水迷離，寄意言外，最宜于表現孤臣孽子的懷抱。屈大均詞沉埋二百年後，光芒漸顯，朱孝臧《望江南・雜題我朝諸名家詞集後》二十六闋，首列屈大均，詞云：「湘真老，斷代殿朱明。不信明珠生海嶠，江南哀怨總難平。愁絶庾蘭成。」〔二〕大旨有三：一指屈大均詞不但是明詞的殿軍，同是也是清詞的首創，承先啓後，地位顯赫。二是明珠海嶠，詞風南移，自清末迄今，嶺南一直都是詞壇的重鎮，屈大均走在時代風氣之先，尤見洞矚先機。三指屈大均詞深得庾信（五一三—五八一）神緒，善寫故國鄉關之思，很自然地引爲同調，發生共鳴。我想第三點的原因最爲重要，因爲屈大均詞正具有濃厚的興亡感覺，跟清末民國的世局彷彿相近。況周頤欣賞屈大均詞，則集中在「且逐水流遲」五字〔三〕，哀感頑艷，含有無限悽惋，自然也是寄托君國之思了。朱、況二氏的審美標準明顯是傾向于政治的理念，以言志爲主；不過屈大均的志事已在詩中抒發無遺了，他没有必要詩詞兩寫，反覆言志。因此，屈大均大抵是要在詞中寫出緣情綺靡的意境，兼擅婉約和豪放兩類風格。如果説他在詩中取法乎李、杜的風骨，那麼他在詞中要揭櫫的可能就是蘇、辛的高調了。本文主要探索屈大均詞的版本、内涵及其藝術成就諸端，以凸顯他在明清詞壇中承先啓後的地位。

一 《騷屑詞》的版本

康熙二十五年（一六八六），屈大均五十七歲，編刻《翁山詩外》十五卷、《翁山文外》十六卷。康熙二十八年（一六八九），刻《騷屑詞》成，王隼（一六四四—一七〇〇）撰序云：

> 今春與諸伶較理詞曲，絲肉鼎沸之際，而翁山先生緘示《騷屑》一編。遂按以紅牙，被之絃索，摧藏掩抑，嫋嫋動人，含商咀徵，循變合節。義既精粲，律復整嚴。昔萬寶常善歌，上帝以天授音律之

性，使鈞天之官示以玄微之要。先生此詞何所自來，其殆有神授耶？

王隼字蒲衣，番禺人，王邦畿（一六一八—一六六八）子。早歲入丹霞禮天然是（函是，一六〇八—一六八五）爲僧，後返儒服。著《嶺南三大家詩選》等。《騷屑詞》卷二贈王隼詞五闋，可見二人晚年交往之跡，《琵琶仙》「蒲衣將我新詞譜入《琵琶楔子》，令新姬歌之，賦以爲謝」云：

天授王郎，有誰識、這是琵琶仙子。彈出南宋新聲，詞人任驅使。紅豆好、尊前麗曲，又添得、小紅能記。笛已親教，琴知自弄，香閣多喜。　笑連日、情滿徐妝，爲梅萼、紛紛點丫髻。催我暗香幽咽，儘騷人風致。須説與、裁雲剪月，有箇儂、俊句相媚。便與分入檀槽，遏雲天際。（梅溪詞：「梅開半面，情滿徐妝。」姬，徐氏也。）（卷二，第一六五／頁二五〇〇）

此詞宜與王隼詞序合讀，互爲呼應。王隼通音律，能爲屈詞譜曲，並交姬人徐氏歌之。屈大均以《琵琶仙》爲報，上片盛稱王隼的才情和艷韻，下片則摹寫徐姬的歌音。蓋或有慕于姜夔（一一五五—一二〇九）「小紅低唱我吹簫」的風致，艷情逸韻，渺渺煙波。屈大均《復汪扶晨書》云：「新刻《騷屑》，中多四聲諧協，有善歌者，其以是教之。」善歌者當亦指徐姬。

屈大均詞存二種，皆附詩集行世，早期的單刻本迄未發現。柳作梅稱《騷屑詞》三卷，云：「《騷屑詞》禁書總目作《屈翁山詞》，今收入《翁山詩外》卷十八至二十，惟卷二十注云嗣出，是實僅兩卷也。編輯既非按體，亦非按年，似亦有意零亂者。」[四]案，今所見者一爲二卷本，附于《翁山詩外》（宣統二年上海國學扶輪社本）卷十八、十九，原無集名，何耀光《至樂樓叢書》摘出單印，曰《騷屑詞》。一爲一卷本，出《道援堂詩》卷十三，亦無集名，趙尊嶽（一八九八—一九六五）自蕙風簃藏鈔本傳寫，曰《道援堂詞》，編入《明詞彙刊》。按《騷屑詞》二卷本收一八二及一九三闋，合共三七五闋；出屈大均手訂，雜有後人補輯的作品。而《道援堂詞》一卷本收一八二闋，由後人從二卷本中選出，刪除壯懷激烈及政治敏感的作品，而未見溢出二卷本之外。二者有全本及選本之别。本文以至樂樓刊本《騷屑詞》爲主，《道援堂詞》、《屈大均全集》則供參校之用。

屈大均的作品在清代屢遭禁燬。雍正八年（一七三〇），屈氏的子孫因書中的悖逆之詞而遭流放福建，長子明洪（一六七八—一七三〇？）客死異鄉；乾隆二年（一七三七），明泳（一六八二—？）、長遠等始奉赦回籍。乾隆三十九年（一七七四），族人屈稔禎（一七四七—？）又因藏有屈大均的著作及版片而下獄，乾隆四十一年出獄。乾隆更宣示諸家選本須將屈大均的作品削去。嘉慶以後始復漸顯于世。嘉慶七年（一八〇二），王昶編《明詞綜》十二卷，録屈大均詞七闋，題一靈撰。〔五〕嘉慶二十五年（一八二〇），廣州書坊重刻《道援堂集》十三卷、《廣東新語》二十八卷等。宣統二年（一九一〇），上海國學扶輪社出版《翁山詩外》二十卷，《翁山文外》十六卷，排字印行。〔六〕

民國以後，屈大均詞名漸顯。葉公綽（一八八一—一九六八）《廣篋中詞》選四闋、《全清詞鈔》則選九闋；龍榆生（龍沐勛，一九〇二—一九六六）《近三百年名家詞選》選六闋；幾乎都集中在《紫萸香慢》「送雁」、《長亭怨》「與李天生冬夜宿雁門關作」及《夢江南》「悲落葉」四闋。而朱庸齋（一九二〇—一九八三）《歷代嶺南詞選》擴至二十五闋，刻意彰顯屈大均在粵詞中的地位。九十年代屈大均詞的研究尚不多見，當時似只有三家〔七〕：韓穗軒鈔録作品十一闋，評論極少。羅稚英認爲《騷屑詞》的特點有四：忠義憤發、題材廣泛、語言通暢、詞律嚴謹；此外他又批評至樂樓印本歐季謀的圈點考校都很粗心，訛舛百出。關照祺按内容分爲八點：一、足跡所至，地北天南；二、題詠粵東名勝古蹟；三、詞調激越，慷慨悲歌；四、風流韻事，雅擅描摹；五、見識廣博，喜詠珍禽；六、嗜食魚生，兼啖挂緑；七、篇什珠璣，擷芳拾錦；八、水龍吟詞，聊當結論。所論皆浮光掠影，稍欠深入。〔八〕

二　屈大均的志事和生活

錢仲聯(一九〇八—二〇〇三)、馬亞中(一九五七—)的《屈大均》傳將屈大均的英雄志業分爲三段：一、早年的求學和抗清活動；二、爲僧時期；三、歸儒時期。〔九〕該文引用屈大均及時賢來往投贈的詩文資料，考察出屈氏曾經從事地下的秘密抗清活動。永曆三年，即順治六年(一六四九)，屈大均二十歲，即奉父命赴肇慶行在上《中興六大典書》。二十一歲時削髮爲僧，其實他對佛教並無興趣，他純是爲了逃避清朝的薙髮令及掩飾身分而做和尚的；而他一生的著作都在發揚民族大義，以教育傳道爲己任，幾乎没有甚麼佛教思想出現。在民族生命存亡絶續之際，忘情遯世似乎也成了奢侈品，這在屈大均强烈的「復仇」意識中自然是不屑這樣做的。永曆十一年，即順治十四年(一六五七)，屈大均二十八歲，朱彝尊(一六二九—一七〇九)入粤相見，屈大均知道江浙的抗清事業大有可爲，因而決心北上，深入敵後，探測形勢。此行經江蘇、河南、河北而到達北京，訪求宫中遺事；在濟南小住，再東出榆關，憑弔袁崇焕(一五八四—一六三〇)。至塞上，可能還深入山西境内，錢仲聯等從屈大均的《維帝編》詩推測他參加過虞胤、張天之類的義軍，在平陵一帶展開抗清活動。〔一〇〕案，屈大均《雙聲子》「弔東皋別業故址」上片詠陳子壯(一五九六—一六四七)的故居，下片自慚苟活，「幸狐狸、知謝公白血，珍同水碧金膏。微軀安惜，乾崩坤裂，平陵一死鴻毛。與龍髯馬角，和糞土、同委乾濠。炊殘白骨牛羊，總成一片腥臊」(卷一，第一六九/頁一四三八)。注稱「謝公謂故督師大學士陳公子壯也」，「微軀」以下自喻，就算平陵死戰，當然也比不上陳子壯光輝的事跡了，亦足與詩意映發。屈大均抗清事敗後東奔泰山，南下廣陵。翌年到浙江拜訪朱彝尊，結識魏耕(一六一四—一六六二)、陳三島(一六二四—一六六〇)、錢纘曾(？—一六六三)、朱士稚(一六一四—一六六一)、祁理孫(一六二七—一六八七)、祁班孫(？—一六七三)等豪傑之士，密謀通海，以圖大事。其後去常熟拜訪錢謙益（一五八二—一六六四），未幾赴金陵，居于靈谷寺，講座説法。永曆十三年，即順治十六年（一六五九），鄭成功（一六二四—一六六二）舟師攻抵瓜州、鎮江，直逼金陵，雖功敗垂成，屈大均或與謀其事。翌年抵秀水，與一班抗清志士集祁氏山園，擬再策劃張煌言（一六二〇—一六六四）部舉事，惜爲奸人孔孟文所賣，屈大均避地桐廬，倖免于難。康熙元年（一六六二）南歸省母，屈大均三十三歲。當時永曆帝（朱由榔，一六二三—一六六二）已遇害，鄭成功據守臺灣，大陸上的抗清活動大體平息，他不想再靠僧人的形象掩飾身分，屈大均乃蓄髮歸儒，專心整理《廣東新語》、《嶺南詩選前後集》等各種鄉邦文獻，以復興文化爲己任。

康熙四年（一六六五），屈大均北上金陵，過伊洛而入潼關，最後抵達三原（陝西省咸陽市三原縣），深入西北一帶，了解形勢。當時顧炎武（一六一三—一六八二）、李因篤（一六三一—一六九二）、朱彝尊、傅山（傅青主，一六〇七—一六八四）等先後集太原，定計議事。翌年三月，與王弘撰（一六二二—一七〇二）同游華山，其後在西安識李因篤，至代州（山西省忻州市代縣）與顧炎武訂交，盡歡十日而別。不久與王壯猷（？—一六四八）女成婚，字曰華姜（一六四六—一六七〇），感情彌篤。七年攜華姜北行，經大同、八達嶺入居庸關，謁明帝諸陵，遂入京；復經濟寧、秦淮南下，八年夏秋之間返抵番禺，年四十歲。此後大體只在廣東一帶活動。康熙十二年（一六七三），自粵北入湘從軍，爲吴三桂（一六一二—一六七八）監軍于桂林，十五年以不合謝歸。十八年（一六七九）挈妻子避難金陵，一年後返里，館于五羊，以著述爲事。其後歷游樂昌、端州、惠州、西寧、香山、順德、三水、增城諸邑。康熙廿八年（一六八九）可能更有澳門之行，時年六十歲。〔二〕

屈大均一生以功業自許，氣節自尚；他奔走南北，遍識英雄豪傑，挽救沈淪的國族。到了事無可爲的時候，他又專注于教育，弘揚學術，以著述傳世，散播文化的種子。其詩在當時已負盛名，顧炎武、錢謙益、朱彝尊、王士禛（一六三四—一七一一）等名家都對他推崇備至，反而他的詞就罕爲人道了。其實詞更宜于表現内心幽隱淵微的心靈境界，借兒女柔情反映刻骨的哀痛，含蓄婉約，寄意言外，回腸蕩氣，感人愈深。屈大均詞有幾方面的内容。一爲旅途風光，其實這也就是他奔走南北密謀恢復的完整紀録，他的浪游自是有爲而發的，不同于一般游山玩水；我們如果小心地聯繫起來，可能更容易揭示出一幅幅英雄兒女氣韻磅礴的壯美圖卷。二爲艷情及悼亡之作，屈大均有繼室王氏華姜、黎氏静卿（一六四六—一六七六）、劉氏武姑（一六五五—一六九五）三人，皆先大均而卒，故集中悼亡之作甚多；妾五人，曰陳氏（一六四六—一六七九）、梁氏文姑（一六五三—一六八六）、丘氏辟寒、陸氏墨西、石氏香東等，由此也就組成了屈大均詞中一片綺麗凄幻的柔媚世界。屈大均子女夭折者多，阿雁（一六六八—一六七一）、明道（一六七三—一六八一）、明德（一六七六—一六七九）、阿端（一六八四—一六八九）、阿説（？—一六八六）及一女（一六七四—一六七六）皆早卒，四十九歲始生子明洪（一六七八—一七三〇？），其後又生明泳（一六八二—？）、明治（一六八三—？）、明渲（一六八七—？）、明滿（一六九〇—？）、明瀟（一六九三—？），女明洙（一六七八—？）、明涇（一六八〇—？），卒時有六子二女。多娶或與傳後有關，遭世亂離，死亡率尤高，屈大均晚年多次遭逢喪偶喪子之痛，哀歌寄意，自也顯出强烈的感情震撼了。三爲花鳥蟲魚詠物之作，描摹物態，不類于南宋詞寄意君國之作，而近于《廣東新語》的寫實筆調，可以刻劃出一片花草芳菲的活潑境界，可能也曲折地繼承了屈原香草美人的幽隱傳統。四爲生活小品，多屬表現田園風光、廣東名勝、朋友交誼以至閒適游戲之作，琳瑯滿目，異采紛呈，消除緊張的遺民生活和深沉的興亡感覺，保全名節，于身心健康，自有明顯的療效。其實這四類主題很多都在屈大均的詩中出現過了，可能他也意識到爲盛名所累，不容于新朝，因此刻意在詞中展視出另一個彩色繽紛的迷情世界，嫋嫋心曲，炫人耳目。不過屈大均興趣廣泛，他是樂于多方面發展和嘗試的，例如他也曾創制粵歌，反映民風，連俗曲也感到興趣，那麼對于婉約的詞體自然更有無限的吸引力了。

三 《騷屑詞》的記史言志

屈大均一生的志事是從端州（廣東省肇慶市）開始的，他對永曆帝念念不忘，自然也構成了生命中最光輝的片斷了。晚年他多次來往端州，感舊傷離，不能自已。《騷屑詞》中有《淡黄柳》「端州郡署作，署曾作行宫」及《木蘭花慢》「飛雲樓作，樓在端州公署後。己丑皇帝南巡，嘗駐蹕其上」，二詞分别置于卷上及卷下的末尾，似有後補的痕跡。詞題挑戰清朝的正統，充滿「叛逆」意味，屈大均生前似不可能公然刊印出來的，否則只是徒然召禍而已。《淡黄柳》云：

蕭條郡廨，曾作芙蓉殿。誰記池頭蒙賜宴。來去茨菰葉畔。長與君王舊鳧雁。　共腸斷。龍髯已零亂。剩垂柳、欲攀徧。御溝西、可有殘紅片。乳燕窺人，但銜春至，巢向空梁莫管。（卷一，第一八一／第一〇四／頁一四四二）

此詞表現素心，屈大均極力摹寫荒凉的心境。他在蕭條郡廨中摩娑先王的遺澤，池頭賜宴只剩下朦朧迷惘的回憶。他由舊鳧雁而念君王，攀垂柳而思龍髯，從御溝中尋覓殘紅，周邦彦（一〇五六—一一二一）《六醜》「恐斷紅、尚有相思字」，一景一物，皆具情意，表現出刻骨之痛。結拍「巢向空梁莫管」，也就是守著一點貞心，甘以遺民終老，同時也構築了一個自足自愛的精神世界，成爲《騷屑詞》的主旋律了。《木蘭花慢》「抱冬青、淚斷鬱江流」，注稱「梧州有端皇帝興陵」（卷二，第一九三／頁一五〇九），遺民血淚，情辭慘惻。《戚氏》「端州感舊」專記永曆一朝史事：

片帆開。又上西水向崧臺。想像當年，羽幢東駐作蓬萊。宫槐。接天街。紛紛銀燭早朝催。無端白面年少，出師書奏意酸哀。五嶺天險，無人分戍，控弦一夕潛來。爲蕭墻變起，鉤黨相角，朝士駑駘。

龍舸夜動喧豗。三兩扈從，報國少涓埃。三宫苦、筑陽飄泊，桂管摧頹。正銜枚。夔夾一路，遲回六詔，喜仗雄才。晋王再造，惠國重興，稍作屯難雲雷。　又苦遭兇逆，爲鎩羽翼，作禍胚胎。四引樓蘭鐵騎，度金沙血戰磨盤開。寄命緬甸凄凉，六軍潰裂，魚服辭填海。念龍饑、誰與文君塊。空嘔血，諸葛時乖。又命屯、玉步難恢。恨兇渠、逼脅上雲堆。自重華逝，蒼梧痛哭，血淚成灰。（卷二，第一五五／頁一四五九）

案，永曆帝于隆武二年（順治三年，一六四六）監國于梧州（廣西壯族自治區梧州市），旋還肇慶即位。永曆元年（順治四年，一六四七），清兵下肇慶，永曆帝奔桂林，旋又爲劉承胤脅持奔全州，後來逃回桂林。瞿式耜（一五九〇—一六五一）堅守桂林，金聲桓（？—一六四九）、李成棟（？—一六四九）叛清，何騰蛟（一五九二—一六四九）收復湖南，兵勢復振，南明亦一度中興，轄有兩廣、雲、貴、湘、贛、蜀七省之地。九月還都肇慶。四年遷南寧，五年奔廣南（雲南省文山壯族苗族自治州廣南縣），六年孫可望（？—一六六〇）劫遷永曆帝于安隆（貴州省布依族苗族自治州安龍縣）。九年，李定國（一六二一—一六六二）兵敗，永曆帝奔雲南。十三年，雲南不守，永曆帝自騰越（雲南省騰沖市）入緬甸。十五年（順治十八年，一六六一），吴三桂率師攻緬甸，緬人執永曆帝送吴三桂軍前。翌年吴三桂以弓弦絞殺永曆帝于昆明。此詞分三段，依柳永體，平仄謹嚴。首段叙永曆帝即位，沿西江上下，駐舟江干，流離播遷；崧臺喻至尊駐蹕之所；白面年少乃自喻，屈大均嘗于永曆三年赴肇慶行在上《中興六大典書》。五嶺天險指南雄失陷，廷議欲移蹕西行，不能顧全大局。次段寫永曆帝遷都雲南，封李定國爲晋王，苦撑危局。末段寫永曆帝逃亡緬甸及其悲慘遭遇，無民無土，人才凋零。結拍以虞舜野死比喻故君，血淚成灰。又《八聲甘州》云：「不忍崧臺憑弔，更有無玉璽，試問沙鷗。」（卷二，第一五六／頁一四九六）影射國事，皆用直筆。至于比興之作，例如《鵲踏枝》下片：「已過清明風未轉。妾處春寒，郎處春應煖。枉作金鑪朱火斷。水沈多日無香篆。」（卷一，第五／第四／頁一三八一）陳永正注《嶺南歷代詞選》訂爲永曆十年（一六五六）作，永曆政權在雲南苟安，「朱火斷」暗指明室全無消息。今按詞集的編排似當訂爲永曆十一年在金陵作。又《河傳》云：「恨年年寒食，與野死重華，總無家。」（卷一，第一二九）陳永正亦指爲哀悼永曆帝之作。[一二] 而《望江南》五闋（卷一，第八十一—八五／第四六—五二），借落葉起興，「歲歲葉飛還有葉，年年人去更無人」「縱使歸來花滿樹，新枝不是舊時枝」等句，哀感頑艷，無限悽婉，深受況周頤、葉公綽諸家的賞識，大抵成于康熙元年永曆帝遇害之後，而他亦因抗清事敗逃回廣州，家國窮途，流露身世的悲感。

其他記史之作亦多。永曆十一至十三年間（一六五七—一六五九），屈大均北行探測形勢，多次來往金陵、蘇州及揚州，大概也由這段時間開始寫詞。《醉花陰》上片云：「煙雨臺城迷古道。春色幾時好。誰使馬群多，一片江山，生徧萋萋艸。」（卷一，第三／三）籠罩于一片淒黯的氣氛中，馬群暗喻戰爭。又《念奴嬌》「秣陵懷古」、《戚氏》「徐太傅園感舊」、《金縷曲》「舊院」等都帶出濃厚的興亡感覺。《滿江紅》「采石舟中」云：

苦憶開平，驚濤裏、石崖飛上。恨長江中斷，天門相向。形勢依然龍虎在，英雄已絕樓船望。教祠宮、日夕起悲風，松楸響。　臨牛渚，停蘭槳。月未起，潮先長。但通宵慷慨，誰聞高唱。蠻子軍從南岸戍，名王馬向中洲養。任幾群、邊雁不能棲，蘆花港。（卷一，第八／頁一二八二）

此詞或寫于鄭成功的舟師撤退之後，「英雄已絕樓船望」句充滿失落之情，祠宮即寺廟，松楸悲風，這倒符合他當時出家人的身分。下片通宵慷慨，自傷懷抱。蠻子是粵人的代稱，這可能説他在長江南岸擔負監戍的任務，中洲即洲中，馬群多至影響邊雁棲息，自然也是指向戰事了。此外，《花犯》「出胥口作」云：「胥魂不返愧教他，銀濤十萬頃，隨潮東注。」（卷一，第十）則是在蘇州借伍子胥的怒氣隨潮東注，暗嗟鄭成功的舟師未能光復南京；《一剪梅》「胥口看梅」（卷一，第一八二）迷失花海之中，意境淒幻。又《揚州慢》「念梅花小嶺，有碧血猶紅」，明顯是哀悼史可法（一六〇二—一六四五）爲國捐軀；而「恨燕子新箋，牟尼舊合，歌曲難終」（卷一，第十一）則又痛斥阮大鋮（一五八七—一六四六）奸臣誤國，是非分明。《太常引》「隋宮故址」（卷一，第十二）借題發揮，寫的當然也是現實的悲感了。

康熙四年至八年（一六六五—一六六九），屈大均又有西北之行。《騷屑詞》中亦多紀行之作，道經潼關、三原、華山玉井、蒲城、代州、榆林、雁門關、綏德、應州、雲州、宣府、陰山、延綏、燕京、易水等地，編次相連，只有幾闋散編卷末，大抵屬同期作品。諸詞或議論明朝覆亡的原因，或考察山川形勢。例如《念奴嬌》「潼關感舊」云：「朔騎頻來，秦弓未射，已把南朝覆。」（卷一，第十六）《過秦樓》「入潼關作」云：「但百二關山，四塞空留，守險少人謀。把西京御氣全收。」（卷一，第一七二/第九九）案，崇禎十六年（一六四三）十月，李自成（一六〇六—一六四五）陷潼關，孫傳庭（一五九三—一六四三）力戰死，明軍主力已完全摧毁；守險無人，易速敗亡。又《八聲甘州》「榆林鎮弔諸忠烈」云：「爲黄巾、全膏原野，與玉顔、三萬血花腥。」（卷一，第二一/第十）《凄涼犯》「再弔榆中忠義」云：「念當年、延綏將士，三萬委泥滓。」（卷一，第二十二）案，李自成十一月攻榆林，史稱城破時「諸將各率所部巷戰，殺賊千計。賊大至，殺傷殆盡，無一降者。閤城婦女俱自盡。諸將死事者數百人」[一三]，貞風勁節，死事慘烈，屈大均連寫二詞弔之。康熙五年（一六六六）秋，屈大均在代州娶華姜爲妻，其父王壯猷榆林人，世爲邊將，初從督師孫傳庭軍中。弘光元年（順治二年，一六四五）秋，建義旗于園林驛，兩戰皆敗，不肯降清，投城下死，亦爲榆林忠義之士。

屈大均專詠北京者兩闋。《多麗》「春日燕京所見」寫北京的歌舞繁華，洋溢一片八旗人語、女真風情，自然也感慨興復之無望了。

正春晴，畫鼓天街無數。玉河橋、杏花盡吐，八旗人至如雨。更通城、紫騮細犢，逐盤頭、蠕蠕公主。錦剪圓襟，珠圍纖袖，漢嬌蓄艷，對傾駉乳。御溝畔，暖風飄柳，一一作香絮。施貂帳、三絃四板，學唱金縷。又三里、豐臺芍藥，玉鞭鞭馬爭去。插雙雙、翠翎年少，並向啼鶯最多處。柘彈穿林，花氈鋪地，壚頭都解女真語。恨斜日、上林煙暝，蒼翠欲迷路。牛羊氣，吹滿鳳城，總作香土。（卷一，第三十/頁三九一）

又《行香子》「都門春游作」有「喜人如雲，酥如乳，酒如霞」之句（卷一，第一七九），情韻濃郁，醺人欲醉。汪宗衍將二詞繫于永曆十二年（順治十五年，一六五八）初抵京師之作，當時暗懷恢復之意，心情凝重。而今集則適與代州諸作編次相接，案康熙六年（一六六七）屈大均亦一度由代州入京，剛在婚後，或可供繫年參考。

康熙十二年冬（一六七三），吴三桂叛清。屈大均入湘從軍，監軍于桂林，十五年以不合謝歸。《聲聲慢》「聞城上吹螺」乃當日軍中作品，上片描寫螺聲，下片戰陣倉黄：「絶似金笳催淚，與明妃諸曲，哀怨同流。未曙頻吹，匆匆人馬難留。無邊戰魂驚起，逐行營、朝暮啾啾。那管得，一軍中、人盡白頭。」（卷二，第二/第一〇六/頁一四四四）哀沈幽咽，軍心渙散，自然也帶出歸意了。又《聲聲慢》：「分兵乳源無計，令胡笳、横截瀧東。抽營遯、委金吾花甲，堆遍芙蓉。」（卷一，第一四六/頁一四三〇）似詠粤北兵事，而戰況「肝腦空膏緑草」，尤爲慘烈。《凄涼犯》「得舊部曲某某書」云：

桂林舊部，多年散、監軍亦向農圃。寶刀血鏽，花驄齒長，總歸塵土。英雄命苦，恨當日、江山不取。令三千、奇材虓（猇）虎，冷落盡無主。　回憶沙場上，日日投醪，氣雄相鼓。舊標在否，幾人還、錦衣歌舞。報有戎旗，把書帛、殷勤寄與。念恩私、兩載剪拂，俾作翮羽。（卷一，第九六/頁一四一三）

上片指出謝歸的原因，由監軍歸隱農圃，心灰意冷。彼此各懷異志，坐失收復中原的時機，大抵只屬晚年空論。下片叙寫與舊部曲的交誼，相互勗勉。此外，屈大均又在《真珠簾》「送杜十五不黨返淮安」中説出了英雄失路，功名難取的悲慨。上片寫杜十五南來「解作瓊州香估」，多食檳榔，顯得無奈。下片踏入正題，借韓信（前二三一？—前一九六）故事發揮埋没人才的主題：「筯力枉負熊羆，悔英雄未結，淮陰無伍。且向釣魚臺，更一竿煙雨。天餓王孫應有意，教識得、城東仙嫗。君去。看年少屠中，有誰欺汝。」（卷二，第三／頁一四四五）如果杜十五真是瓊州（海南省海口市瓊山區）香估，那麽下片就過于抬舉他了，而跟韓信的英雄事業無關。其實「天餓王孫」、「年少屠中」都隱含著生于憂患的主題，從而顯出上片命運弄人的意思。屈大均贈友之外，當然也有解嘲之意。

四 《騷屑詞》的迷情世界

《騷屑詞》中固多君國之思，氣象恢宏。而生活中的兒女情緣，纏綿恩愛，《浣溪沙》稱「白髮不須求大藥，紅顔自可解離騷」（卷一，第六三／第一三七），離騷即牢愁，看來也是艱難的人世中心靈的依托，而通于傳統的風騷逸興。屈大均自蓄髮歸儒以後，共娶三妻五妾，其中王氏、黎氏、陳氏、梁氏、劉氏皆早卒，故集中多悼亡之作。又子女早夭者六人，存者六子二女。社稷傾覆，人生如幻，他没有從佛理中悟脱色空，反而更陷溺迷情之中，形之于詞，交織成幽艷凄幻的境界。康熙五年（一六六六）秋，屈大均在代州娶王華姜。王氏居固原（寧夏回族自治區固原市），軒車行三千里而歸焉。好騎馬習射，詩畫琴棋，伉儷之情彌篤。七年秋生女曰雁，字代飛。八年秋，挈家歸番禺故里。九年正月，華姜卒，年二十五。十年，女阿雁卒，年四歲。短短幾年發生很多悲歡離合，刻骨銘心的變故，心靈的震撼可想而知。《滿庭芳》「蒲城惜别」上片寫華姜初嫁的場景：「金粟堆邊，冰蒲水畔，紫騮迢遞迎來。月中驚見，光艷似雲開。桑落雲人半醉，將長笛、弄向秦臺。天明去，鞭揮岸曲，愁殺渡人催。」（卷一，第十七／第九／頁一三八六）表現驚艷和喜悦之情。《鳳凰臺上憶吹簫》亦爲紀事之作，上片云：「至自榆林，迎歸荔浦，人看秦地佳人。正實箏調月，斑管吟春，忽爾風吹花墜。連嬌女、共化珠塵。曾無語，匆匆人月，渺渺行雲。」（卷一，第七十／第三八／

頁一四〇五）即用王氏抵家時鄰里觀望的熱鬧氣氛映襯仙逝後月冷花飛的凄幻境界，電光離合，顯出生命的虛無感覺。《高陽臺》亦用對比手法，寫哀樂無憑，詞云：

> 紅草溝寒，黄華峪瞑，頻驚雨雪當秋。並騎三雲，雙雙正擁貂裘。嬰雛抱向雕鞍上，指故鄉、萬里炎洲。念高堂，九子分飛，饑鳳啾啾。門閭倚盡因新婦，喜秦珠秀麗，漢玉温柔。况有銀箏，邊聲一一蠲愁。人間樂事天頻妒，把恩情、忽與東流。恨當年，月未團圓，花未綢繆。（卷一，第七四／第四一／頁一四〇六）

此詞專寫南歸旅况，媵陳氏同行，故有「並騎三雲」之語；阿雁已一歲，得抱在雕鞍之上。其後悼亡之作甚多，編爲《悼儷集》一卷，而又焚之。今存《唐多令》、《調笑令》四闋，《霜天曉角》「遺鏡」，《女冠子》「人日有憶」，《雙調望江南》「望月」，《生查子》、《望遠行》、《人月圓》等。至于悼女之作則有《春草碧》「傷稚女阿雁」：

> 雁門生汝因名雁。抱上白駝鞍、風霜慣。行盡紫塞長城，邊女争看與珠鈿。憐惜小雛鶯、啼花嫩。那畏臘月天寒，炎洲路遠。越鳥一雙雙、南枝返。天妒人月頻圓，簫聲忽使秦樓斷。纖素只三齡、同命短。（卷一，第一一六／頁一四一九）

康熙十八年（一六七九），吴三桂卒後。屈大均舉家避地北上，下彭蠡，至于漢陽，又溯江至南京。媵陳氏以苦毒熱病，卒于漢陽，年三十四。稍後其子明德亦卒于揚子舟中，四歲。《雨中花》云：

> 大別山前人大別。芳草裏、新墳如雪。宿蝶休飛，啼鵑休去，爲守松間月。萬里樓煩來入越。又相逐、煙波一葉。魂傍湘纍，淚沾秦女，定作桃花血。（卷一，第七二／第三九／頁一四〇六）

當時屈大均棲身于長江的舟中，自有無限家國飄零之感。上片寫陳氏的新墳，下片寫她在樓煩長大，泛指塞北，陪嫁來廣東，而死于湘楚之間，煙波一葉既形容身世，又切合現實環境，哀艷感人，意象凄美。

考康熙八年(一六六九)屈大均挈王氏返里之初即別娶側室梁氏文姑。九年王氏卒後，續娶繼室黎氏静卿，字緑眉，善詩，有「一片蒼苔紅不滅，落花争似淚痕多」之句，十五年卒；生子明道及一女，亦皆早夭。《彩雲歸》云：

羅浮女士本仙靈。折梅花、降我沙亭。是緑毛倒掛麻姑鳥，身變化、羽服猶馨。文章好、玉樓頻召，遽飛歸杳冥。一自月沈雲散，繡閣空扃。　心驚。蜉蝣旦暮，在紅顔、更易凋零。別來但苦，鸞鶴清夜，叫斷煙汀。剩得伊、瑶琴大小，嗚咽誰忍成聲。還腸斷、出腹嬌兒，又委郊坰。(卷一，第七一/頁一四〇五)

此詞瀰漫仙靈之氣，寫出了黎氏的氣質，可惜紅顔薄命，徒惹傷心。黎氏東莞人，「羅浮女士」切合地望，點染仙姿。蘇軾《西江月》云：「玉骨那愁瘴霧，冰姿自有仙風。海山時遣探芳叢。倒挂緑毛么鳳。」蓋借詠梅以悼念朝雲，屈大均借以悼妾，也很適合。鸚鵡棲息時倒懸于枝上，粤人呼爲「倒卦子」。末句「出腹嬌兒」指所生幼女，亦不幸前卒。《漁家傲》「清明掃二配墓」作于康熙十六年(一六七七)，王氏、黎氏同穴葬番禺石坑山。詞云：

雨過争開山躑躅。餘紅染得春煙足。人共啼鵑何處哭。墳新築。鴛鴦兩兩黄泉宿。　淚似棠梨飛碎玉。柳條千縷情難續。每恨生時多怨曲。愁盈目。蘼蕪忍作羅裙緑。(卷一，第一一一/第七三/頁一四一八)

末句點化牛希濟(八七二?—?)的詞意：「記得緑羅裙，處處憐芳草。」也很傳神。

康熙十四年(一六七五)，屈大均監軍于桂林，在廣西娶側室劉氏武姑，昭平人。劉氏生明洙、明涇、明泳、阿端、明渲，其中阿端早夭。劉氏比屈大均早一年卒，屈大均題詞三闋，表現悠然歡快的晚年生活。《東風第一枝》「壬申臘月廿九日立春值内子季劉生辰賦贈」云：

細切辛絲，香堆翠縷，謝家春滿纖手。粉光新醿鮮桃，黛影乍描嫩柳。歡開生日，儘膝下、鶯歌消受。羨又添、一歲風光，長媚畫堂尊（壽）母。今歲好、釀多美酒。來歲好、膾多膩肉。朔囊雖滿錢刀，不買漢京少婦。鋪糜兒女，一個個、憐伊黃口。念楚狂、妻已冰清，莫比女花還瘦。（卷二，第一六二／頁一四九九）

此詞作于康熙三十一年（一六九二），屈大均高堂健在，春光喜慶。上片賀妻生日，下片寫收成甚好，期望來年更好。「不買漢京少婦」反映當時的納妾風氣，暗示劉氏並非漢人。晚年屈大均還納有丘氏、陸氏、石氏三妾。陸氏生明漢、明濂，而《騷屑詞》皆没有提到。結拍自比楚狂，國族淪亡，甘于大隱；「莫比女花還瘦」化用李清照（一〇八四—一一五六）「人比黃花瘦」之句，而刻意拈出冰清的主題。其他《臨江仙》「折梅贈內子」云：「梅妻本是梅家女，白頭香雪相偎。」（卷二，第一七〇／頁一五〇二）《明月逐人來》「秋夕與內子昭平夫人小酌」云：「難得鴛鴦，白首情逾酣暢。」（卷二，第一七三／第一七七，頁一五〇三）寫出寧靜的韻味，從而淡化了興亡的主題及內心的隱痛。

五　《騷屑詞》與嶺南物色

屈大均詞深于寫情。《騷屑詞》除了善寫國族之情及夫妻情誼之外，而仁民及物，詞中更是交織著一片花光掩映、禽鳥和鳴的境界。

屈大均詠物詞七十三闋，吟詠的物象三十六種。其中詠植物的四十一闋、動物二十二闋，其他物象十一闋。尤以梅花六闋最多，次爲落花五闋，鸚鵡、桃花、沈香各四闋。這跟《廣東新語》中禽語、木語、草語諸卷的性質相似。例如孔雀、白鸚鵡、燕、白鷴、鷓鴣、翡翠、比翼鳥、五色雀等見于禽語，只有收香鳥、杜鵑、丁髻娘、雁四種未見。又如檳榔、荔子、紅豆、杜鵑花、木芙蓉等見于木語；芭蕉、蓴、水仙、素馨花等見于草語。而未見于《廣東新語》的有桃花、新荷、臘梅、鴛鴦梅、芙蓉影、白牡丹、淡紅梅、鹿蔥、柳、蓬鬆果等，很多都不是嶺南特產。屈大均詠物之作極多，但他並不在詞中寄托興亡的感覺，反而是形神兼備，表現自然的面目。例如《桂枝香》詠蟹云：「黄膏四角隨圓月，任雌雄入秋皆美。虎門船返，兩籃紫甲，一筐紅蜕。」（卷一，第六四／頁一四〇三）大抵寫的是黄油蟹，别無寄意。又《眉嫵》詠新月云：「素娥未久。更兩宵、弓影全彀。看三兩天狼，光墜貫他左肘。」（卷一，第一七一／第九八／頁一四三九）亦以白描爲主，結拍寫天狼星的光芒蓋過了新月，看來也談不上甚麽微言大義。這些當然不能跟宋末遺民《樂府補題》的悲苦之情相提並論了。屈大均詠物之作以《浪淘沙》「春草」最爲傳神。

嫩緑似羅裙。寸寸銷魂。春心抽盡爲王孫。不分春風吹漸老，色映黄昏。　蝴蝶不留痕。飛過煙村。紅藏幾點落花魂。雨過苔邊人不見，濕欲生雲。（卷一，第四一／第二一／頁一三九五）

上片化用牛希濟、王維（七〇〇—七六一）句意，下片用蝴蝶煙村、落花蒼苔側筆點染，讀之神魂摇蕩，綺靡傾情。

屈大均《騷屑詞》寫出繁花異卉的境界，博物多識，從香草美人的傳統中闢出蹊徑。《玉團兒》「白杜鵑花」云：

春心傷盡啼無血。化爲花、枝枝似雪。色已瑶姬，魂猶望帝，長含霜月。　紅顔一夕成華髮。笑冰姿、胭脂盡脱。暮雨蠶叢，朝煙劍閣，誰憐凄絶。（卷一，第五二／第二九／頁一三九九）

上片「無血」、「似雪」、「霜月」等，筆筆皆寫白色；下片洗盡紅顔和胭脂，淡化畫面；兩結以蠶叢、望帝的傳説渲染出煙靄紛紛的背景，突出主體畫面，情懷凄美。《怨三三》「鹿蔥」云：

三山巷口挈花籃。只買宜男。朵朵凌朝喜半含。髻鬟上、可雙簪。　休教鹿子來銜。這萱草、根莖總甘。好黛色重添。和伊争緑，掩映江南。（卷二，第二六／頁一四五二）

鹿蔥花淡紅紫色，花中有鹿斑紋，古人或誤認爲萱草，無香，鹿喜食之。屈詞上片買花戴花，下片描寫色香，加上宜男的傳説，有求子之意。美人神韻融入江南春色中，鮮麗活潑。

屈大均詠物之作尚及于想像中的燭花、燈花和浪花，因而組成了更爲凄幻的花花世界。《臨江仙》寫燈花，「芙蓉無種，春自火中來」，「光暗不將銀箸剔，貪他再結仙胎」（卷二，第二三），無中生有，顯出新意。《一叢花》詠燭花寫情尤爲深刻。

初如金粟一絲懸。漸似玉芝鮮。風吹忽變芙蓉朵。喜心小、不作青煙。春色泥人，殷勤並蒂，膏火莫相煎。　難明不必恨秋天。自有夜光妍。淚珠滴滴成豆，欲穿起、寄與嬋娟。山遠路長，因君報喜，泣盡復嫣然。（卷一，第五五／第三十／頁一四〇〇）

上片寫點燭，由一點金粟幻出美麗的芙蓉朵以至滿室春温；下片抒發望遠之情，擬將淚珠串成紅豆，而燭光乍泣乍喜，幽意相通。又《散天花》寫浪花更有飄飄入雲之想。

吹作芙蓉上下飛。天邊纖手散，是江妃。風爲根蒂水爲枝。天然冰朵幻，出漣漪。　舞入雲中不用衣。沙鷗驚復下，欲銜時。依依不忍别斜暉。爲伊春不用，自芳菲。（卷二，第一〇五／第一五九／頁一四七八）

屈大均《騷屑詞》多詠禽鳥之作，工筆白描，彩色濃麗。《八寳裝》寫孔雀族譜及開屏姿態，結云：「月明忘向花中睡。笑檻外朱鵰，多驚不識情滋味。」（卷一，第五八／頁一四〇一）珍惜羽毛，顯出悽幻的美。又《玉女摇仙佩》「白鸚鵡」云：

西洋巨舶，蠔鏡蠻奴，帶得雙雙純白。膩粉粘身，金絲生頂，慣自開花娛客。不用春纖拍。喜番言漢語，諸音都習。教兒女、珠釵買取，好把餘甘緑豆相識。雕籠恐天寒，覆被薰香，殷勤旦夕。　東屋漫誇五色，黄裏紅衣，争似冰翎霜翮。却笑越鸝，長矜瓊尾，尚有絲絲煙墨。未盡瑤妃質。恨天與、慧

性年年添得。秖自記、華清舊事，宮人教謝，至尊憐惜。無消息。襟前但有淚痕積〔漬〕。〔一四〕（卷一，第五九／頁一四〇一）

上片分詠澳門葡人白鸚鵡的羽毛、語言、食物及雕籠等，照料周詳。下片通過與越鵰比較，刻劃鸚鵡的冰姿和慧性，因而聯想到故宮的美人，久無消息，寄意君國，托興遥深。

檳榔原産瓊州（海南省海口市瓊山區），明朝已外銷到交趾、扶南一帶。屈大均《念奴嬌》「食檳榔」云：

重重蔞葉。又椰心一片，穿成雙蝶。灰雜烏爹添莫〔多〕少，要取津紅如血。棗子皮甜，玉兒心白，細嚼成瓊屑。妃唇甘滑，帶脂安得常齧。　中酒更進金柈，兼探紅袖，香愛氤氳絶。玉女天漿如水湧，渣滓教君都咽。紫穗三花，緑房千子，會向朱崖掇。園園都買，不愁黎女來奪。（棗子、玉兒，檳榔名。）（卷一，第四八／頁一三九七）

上片寫檳榔的外形和食法。注稱「棗子、玉兒，檳榔名」。「烏爹」乃石灰粉。下片「金柈」即金盤，寫食檳榔氤氳欲醉，《廣東新語》云：「入口則甘漿洋溢，香氣薰蒸，在寒而暖，方醉而醒。既紅潮以暈頰，亦珠汗而微滋。真可以洗炎天之煙瘴，除遠道之渴饑。」〔一五〕又《錦帳春》「檳榔」云：「帶花餐，連葉嚼，喜顔紅十倍。臙脂能代。」「汁須吞，渣莫吐，添香灰至再。餘甘還愛。」（卷二，第二九／頁一四五四）看來屈大均對檳榔情有獨鍾，吃出了滋味。

六　《騷屑詞》與田園生活

康熙二十五年（一六八六），屈大均五十七歲，購得番禺茭塘司黄女官沙之田三十七畝，自耕之。《騷屑詞》中有《買陂塘》五闋，寫出優美的田園風光。其一種菜：「買陂塘、半栽芹菜。一冬香滿莖葉，浮田更種南園蕹。」其二種荔枝：「買陂塘、半圍楊柳，荔支偏要臨水。」其四養魚：「買陂塘、養多魚種，養魚經好須讀。魚花浮滿桃花水，魚户一春争漉。」其五種蓮：「買陂塘、盡栽蓮種，白蓮花比紅好。」大抵上片養魚種田，下片寄意閒適的日子。其三云：

買陂塘，水通珠海，香螺紅蟹多有。江瑶瑣珪争膏滑，不向老漁分取。秋漲後。魚大上、黄花白飯量同斗。纖鱗巨口。向紫蓼開邊，丹楓落處，斟酌更杯酒。溪橋畔，忙問花翁在否。如今酣飲非舊。吴酸越辣多滋味，方法早教山婦。君擊缶。歌莫輟，河清可俟須人壽。疏星滿罶。正霜月流空，暮天蕭爽，嘯詠莫回首。（黄花、白飯，魚名。）（卷一，第一六四／頁一四三六）

屈大均世居番禺茭塘都思賢鄉，其地濱扶胥江，多細沙，爲紀念先人屈原懷沙而死，因名沙亭。屈大均《騷屑詞》晚年多寫鄉居生活，反映清初的廣東風情。《風中柳》云：

家本農桑，未愧晉朝先隱。向沙亭、沈淪自分。北田鹹褪。南田膏潤。謝天工、解憐肥遯。翻犁及早，生怕牸牛春困。漫偷閒、今年雨順。舊秔香粉。新秔紅醞。待秋來、惠沾鄰近。（卷二，第一三九／頁一四八九）

上片沙亭歸隱，土地膏潤。下片風調雨順，努力春耕；秔即粳字，稻也，有黏與不黏兩種。結拍想像秋收前景。《探春令》稱「一春春暖似春寒，值炎洲多雪。」可見清初廣東的天氣較冷。《河瀆神》描寫天妃廟的風光，下片婦女祈求平安。

榕樹與油葵。掩映天妃廟西。一江新水帶春泥。數行鸂鶒飛低。　婦女楓香燒早暮。魂斷茫茫江路。生怕去年風颶。破蓬休起漁浦。（卷二，第一四〇／頁一四八九）

屈大均《騷屑詞》有「本意」兩闋，依照詞調的原意，不另設題目，自是言志之作。《金菊對芙蓉》云：

香沁疏籬，菊英誰伴，芙蓉千瓣含煙。與鵝黄相映，弄粉争妍。朱顔一日能三醉，向白衣、笑更嫣然。

九華佳色，玉杯共泛，不覺忘天。　折取插鬢翩翩。向酒家亂擲，勝似金錢。與新辭芳艷，分付嬋娟。長紅小白同低唱，更一朵、當錦雙纏。拒霜辛苦，因公晚景，一倍相憐。（卷一，第一六〇／第九五／頁一四三四）

上片金菊與荷花相對，「鵝黃」指金菊、「白衣」喻荷花。下片簪花插鬢；「新辭」即歌曲，「錦雙纏」即錦纏頭，指財物。結拍「拒霜」隱喻個人志節。《粉蝶兒》首句即表明心跡，末句指危機。

繭出朱明，翩翩鳳皇孫子。笑麻姑、繡裙難似。觸飛絲，穿落粉，儘他春戲。更誰人、逍遥漆園如爾。　鶯捎〔梢〕不去，纏綿一生花底。與風流、綠毛丁髻。共收香，到静夜，方開雙翅。怕嫦娥、輕羅撲傷金翠。（卷二，第一六九／頁一五〇一）

屈大均《廣東新語》有香語介紹沉香、伽南、莞香等名品。而《騷屑詞》中也有詠香之作，《翻香令》云：

香魂煎出怕多煙。未焦翻取氣還鮮。玻璃片，輕輕隔，要氤氳、香在有無間。　莞中黃熟勝沉䅘。忍教持向博山燃。且藏取，箱奩內，待荀郎、薰透玉嬋娟。（卷一，第一三六／頁一四二六）

上片製香過程，若隱若現，寫出美態。下片寫香的用途，《廣東新語》釋黃熟云：「香木過盛，而精液散漫，未及凝成黑綫者，又土壅不深，而爲雨水所淋者。」〔一六〕《賛成功》云：

莞城香角，血格油沈。收藏奩內女兒心。買來薰被，費盡麩金。雙煙繚繞，又到春深。　幾夜風雪，飄灑梅林。偏愁凍殺綠衣禽。一般雙宿，忍使寒喑。氤氳兩翅，覆爾蘭衾。（卷一，第一五四／頁一四三二）

上片「血格」、「油沈」皆莞香的名品，屈大均以女兒心比喻個人的志節。下片以酷寒營造肅殺的氣氛，綠衣禽用趙師雄羅浮山遇仙女的故事，這裏暗示絕望和掙扎，珍重香心。

〔一〕黃坤堯《〈騷屑詞〉研究》，廣東炎黃文化研究會《嶺嶠春秋——嶺南文化論集（三）》，廣東人民出版社一九九六年版，第二四六—二六三頁。

〔二〕朱孝臧《彊村語業》卷三，世界書局影托鵑樓雕版本，第五頁。

〔三〕屈大均《夢江南》六首之二云：「悲落葉，葉落絶歸期。縱使歸來花滿樹，新枝不是舊時枝。且逐水流遲。」（《騷屑詞》卷一，第八一/四七/頁一四〇九）。案，《騷屑詞》二卷，香港何氏（何耀光）《至樂樓叢書》第十七種，一九七八年四月影印清末國學扶輪會本。本書附録區季謀《騷屑校記》，不參詞調異體，動輒臆改；詞句標點錯誤亦多，不大可信。又趙尊嶽《道援堂詞》一卷，見《明詞彙編》（上海古籍出版社一九九二年版）。爲便覆檢，兩本分别按次序標號，前者注明卷次，後者不注卷次，中間以/號隔開。後復增入歐初、王貴忱主編：《屈大均全集》（人民文學出版社一九九六年版）的頁碼。又參況周頤《蕙風詞話》卷五（香港商務印書館一九六一年版），第一一九頁。

〔四〕柳作梅《屈大均之生平與著述》，東海大學《圖書館學報》第八、九期，第四一一頁。案，朱希祖《屈大均（翁山）著述考》亦云：「案《騷屑》詞集，舊時蓋有單行本，乾隆禁燬書目，列有《屈翁山詞》，蓋即《騷屑》也。文外卷十五《復汪扶晨書》云：『新刻《騷屑》』，更有明證。王隼有《騷屑序》。今皆附于各選本詩之後，而詩外之目録，有詞三卷，注云：一名《騷屑》。而第三卷目注云：嗣刻。今存者二卷。」（《文史雜志》第二卷第七、八期合刊，第二八頁）歐初、王貴忱《屈大均全集前言》云：「康熙間徐肇元選編《屈翁山詩集》附《騷餘》本有原刻本，又有康熙間覆刊徐本而將所附詞集《騷餘》改名爲《詩餘》的翻刻本。」（《廣州師院學報（社會科學版）》一九九六年第二期，第六頁）

〔五〕王昶《明詞綜》卷十，臺灣中華書局《四部備要》本，第六頁。

〔六〕參考汪宗衍《屈翁山先生年譜》，澳門于今書屋一九七〇年版。

〔七〕韓穗軒《屈大均詞簡介》，《古今談》第一一〇期。羅稚英《屈翁山騷屑詞讀後記》，《廣東文獻》季刊第九卷第三期。關照祺《讀屈翁山騷屑詞》，《廣東文獻》季刊第十二卷第三期。

〔八〕二十一世紀以後，則有：劉麗珍《屈大均詠物詞研究》，香港中文大學二〇〇一年專題研究論文；陳迦琪《屈大均及其騷屑詞研究》，臺中東海大學二〇〇六年碩士學位論文；程美珍《屈大均及其詞研究》，臺北東吴大學二〇〇八年碩士學位論文；侯雅文《嶺南屈大均詞在晚清民初詞學的意義》，二〇一四年暨南大學文學院詞學國際學術研討會論文；陳冬《論屈大均詞對楚騷傳統的繼承及風格衍變》，二〇一〇年西南大學碩士學位論文；孔祥慧《屈大均北國邊塞詞研究》，《河南廣播電視大學學報》二〇二〇年第二期。諸家深度探索，範圍廣泛，各有所見，顯得熱鬧。

〔九〕參吕慧鵑、劉波、盧達編《中國歷代著名文學家評傳・續編三》，山東教育出版社一九八九年版，第二二三—二三九頁。

〔一〇〕屈大均《維帝編》云：「爰從翟義公，興師平陵西。逐日揮金戈，捎星曳紅旃。黄帝駕象車，飛廉揮虹鞭。一夫先拔木，五丁齊開山。魑魅紛來戰，雷霆相糾纏。予時當一隊，矢盡猶争先。猛士盡瘡痍，一呼皆騰鞍。手剥太行玃，足蹂陰山豜。」（《翁山詩外》，《屈大均全集》，人民文學出版社一九九六年版，第四一頁）此詩表面上是寫神話傳説，其實用的却是象徵手法，暗示戰況激烈。汪宗衍稱平陵在山西文水縣東（山西省吕梁市平陵縣），殆即交城縣西南十里大陵莊。又平陵即漢昭帝陵，廣東龍門縣亦有平陵鎮，不同。

〔一一〕屈大均《澳門》六首，汪宗衍編于康熙二十八年（一六八九）。（《屈翁山先生年譜》，第一八六頁）章文欽《明清時代的澳門詩詞》依從汪宗衍説分别編入康熙二十四年至二十九年作（《澳門詩詞箋注・明清》，珠海出版社二〇〇三年版，第三頁）趙立人《屈大均澳門之行》云：「印光任、張雨霖《澳門紀略》中，收録了釋今種的詩作多首。屈大均一六五〇年削髮爲僧，法號今種，一六六二年還俗。」又云：「按永曆帝被俘，在一六六一年，翌年被害。屈大均由浙江南歸及還俗，均在一六六二年，此後不再用今種法號。故可知屈氏此次澳門之行，在一六六二年。」録今種詩十二首。（《嶺嶠春秋——嶺南文化論集（四上）》，廣東人民出版社一九九七年版，第七六一頁）

〔一二〕朱庸齋選，陳永正注《嶺南歷代詞選》，廣東人民出版社一九八七年版，第七一、九二頁。

〔一三〕計六奇《明季北略》第十九卷，中華書局一九八四年版，第三七二頁。

〔一四〕《廣韻》：「漬，浸潤，又漚也，疾智切。」去聲五寘韻。不讀入聲，疑爲「積」字，資昔切，聚也。

〔一五〕〔一六〕屈大均《廣東新語》，香港中華書局一九七四年版，第二十五卷第六二九頁，第二十六卷第六七五頁。

（作者單位：香港能仁專上學院中文系）

時流暗湧——清初詞壇尊體策略的張力及《詞律》定位蠡測

（中國香港）李日康

内容提要 清代詞學以推尊詞體爲核心命題，清初詞壇的尊體策略展現爲破體及辨體兩端，兩者各有特色，共同構成清初詞壇「極盛」的面向。但與此同時，亦有當世詞人留意到極盛中暗藏隱憂，提出「愈衰」的另一面。極盛與愈衰構成清初詞壇的張力，影響了日後不少詞學文獻的誕生，當中包括清初存體録調最豐富的萬樹《詞律》，也可視爲這種張力下的相關産物。

關鍵詞 清詞尊體　破體説　辨體説　萬樹　《詞律》

萬樹《詞律》共二十卷，成書于康熙二十六年（一六八七）。全書收六百六十調、一千一百八十餘體，是當時載調最豐、辨體最詳的詞譜類著作，標志了詞史上體式理論的成熟，是研究詞體的重要經典。

一　問題的提出

學術界討論《詞律》的誕生背景，首先會繫于清詞中興的大背景之下，而討論清詞中興，又往往首先聚

本文爲香港大學教育資助委員會優配研究基金（HKSAR－GRF）項目「清代詞譜與清代詞學建構研究」階段性成果。

焦于國變易代的處境。一方面是如葉恭綽所言的「喪亂之餘，家國文物之感，蘊發無端，笑啼非假」〔一〕；與此同時，清初詞人又巧妙地透過一直被視爲「小道」的倚聲填詞來暫逃文網，抒發舊巢既破但新枝難棲的夾縫感慨。另一方面，自三藩亂局開始穩定，清廷便實施一系列文教舉措，一則王者功成作樂，藉此表彰統治的權威和合法性，二則拉攏漢族士子人心，文人士子間接亦從中受惠。而從歷史興亡轉入文學史論述，清詞中興亦源于對明代詞壇的各種不滿及反彈，諸如詞曲混雜、體調錯亂、詞風俚俗低下，全是對明人常見的批評。由是，詞被賦予新的抒情價值，詞的討論和反思愈趨精深，最終匯流成清初詞壇，乃至清代詞史的重要命題：尊體。

推尊詞體使清詞攀上自宋人後的另一高峰，具體體現在以下數方面：一、詞人和詞作數量大增；二、詞人因鄉里、姻親、學脈之誼結成流派，倡和不斷；三、作品和倡和活動頻繁，帶動結集和編務，出版類型包括詞集、詞話、詞選，同樣數量大增；四、大量的詞學出版成爲拓展討論的文獻基礎；五、清代詞家又多身兼學人，加之對明代空疏學風的反悖，清代詞論特盛〔二〕。前人討論萬樹《詞律》，較多聯繫以上第三、第四、第五點加以發揮。新近研究者的論著基本上也不出以上的論點〔三〕。但是，除了以上外緣因素，萬樹《詞律》內部，尤其《自叙》、《發凡》兩文亦補充了不少《詞律》內部的編撰原由，這亦與本文所論的清初詞壇尊體情況有關，後文將再詳述。

上述是建基于對文學史準確和宏觀的把握，部份觀點更可説已納入詞史的定説。但是，當中似乎有不少細微之處仍可追問補充：今人研究站在後設和宏觀視野審視清初詞壇，肯定復興的正面形勢，但對清代當世詞家而言，持論是否如此一致？如果我們考察大量清初的詞序，則不難發現包括萬樹在內的詞家有清初詞壇「詞風愈盛，詞學愈衰」的批評〔四〕。我們不應單純將這番説話解讀爲憂慮明代歪風的延續，事實並非如此。由是，我們應該如何理解——極盛與愈衰——兩種相反判斷之間的張力？而更重要、應追問下去的是，這兩極的角力與清詞復興的重要命題——推尊詞體——有怎樣的關係？產生甚麼的影響？就此，本文將先就清初詞壇的尊體策略作出檢討，並從中勾勒出前人較少關注但對詮釋萬樹《詞律》誕生甚爲重要的異質（heterogeneity）圖景。清詞尊體呈現在多方面，本文以「策略」（strategy）作爲尊體的定位，原因在于「策略」能凸顯清初詞家的方向性以及以問題化（problematize）的眼光審察尊體一事，其次，《詞律》本身的文獻性質呈論述的形態爲主，而不是創作的形態，「策略」比其他概念，例如「表現」（perform），更爲準確，也與《詞律》的性質相當。由是，本文引論的材料多爲清初〔五〕詞序跋，亦旁及詞話，惟有時涉及後來者對清初詞壇的回顧，若干文獻的撰作時代可能離清初較遠。

二 極盛：破體論與辨體論的繁榮

學界多將清詞的尊體策略歸納爲破體、辨體兩種，亦有稱爲錯位尊體、本位尊體〔六〕，甚至有論者細分近十種尊體的面向〔七〕。以上種種，無不反映尊體這論述框架具備很强的詮釋能力和豐富的層次，當然，這同時與現象的複雜程度成正比。以破體和辨體來區分推尊詞體的兩種主流論述，是研究者立足于後設視野底下的發明，就清初詞家而言，兩者不一定截然二分，下文將就此詳論。不過，爲便于討論，還是先從破體一説開始檢討。

破體，即破除文體的界限，將詞溯源于《詩經》、《離騷》或樂府這些傳統的上位文類，藉此消除詞體「格卑」的定見，取得地位的提升。

不論是肯定還是否定，破體論的起點往往發端于「詞爲詩餘」的定義式評説，這陳述背後隱藏了「詞是甚麼」的本體論疑問，暗示了清初詞家重新界定詞體，不再因襲前朝舊説的意圖，希望爲詞的當代價值提出屬于當代人的答案。不少詞集序跋也是從「詩餘」立名開始發揮，如：宋徵璧《倡和詩餘序》云：「詞者，詩之餘乎？予謂非詩之餘，乃《歌》、《辯》之變而殊其音節焉者。」〔八〕朱一是《梅里詞序》云：「詩餘者，詩之餘旨，與詞之近詩，不可入詩則餘之，自成一體。」〔九〕尤侗《延露詞序》云「詩何以餘哉」〔一〇〕。吴綺《范汝受十山樓詞序》云「夫詞者，詩之餘也」〔一一〕。等等。分析清初詞集序跋，大概可以歸納出三種破體説中詞的攀附對象。第一，將詞溯源于《詩經》。丁澎《付雪詞二集序》屬于這種類型：

> 詩何以餘哉？餘者，詩之變也，三百篇之所餘也。風變爲騷，騷變爲漢魏樂府，遞降而詩亡矣。詩亡而餘存，存其餘，不尤愈于亡乎？……情兼雅怨，則詞尚纖穠，此《花間》、《草堂》能不失風人比興之旨者，實有得于三百篇之餘者矣。〔一二〕

引文所代表的破體思路，嘗試從兩方面聯繫《詩經》與詞的關係：就淵源而言，《詩經》是所有廣義「詩」文類的源頭，後代不論變爲《騷》、樂府等，追本溯源，無不出于《詩經》，由此，詞亦順理成章被納入《詩經》在文學史流變上的其中一種變體。就審美風格而言，《詩經》不單是中國文學的源頭，而且奠定了雅正與怨刺這兩個重要且具道德意味的文學命題，詞那種辭藻華美豐腴的表現，被詮釋爲具有微言大義，可以體現「風人比興之旨」。

也有清代論者就詩教方面發揮，如高怡爲曹士勛《翠羽詞》撰序，以爲「夫君臣父子，皆情所鍾。曹子之詞，發乎情，止乎禮義，豈特寄遥情于婉孌，結深怨于蹇修也哉？」〔一三〕高怡稱許曹詞具備了《詩大序》中「發乎情，止乎禮義」的詩教精神，認爲曹詞中的情與怨符合了儒家審美的規範。在清初，這種詮釋詞中詩教功能的代表論述，莫過于王士禛的《衍波詞自序》：

> 夫詩之必有餘，與經之必有騷，騷之必有古詩、樂府，古詩、樂府之必有歌行、近體、絶句，其致一也。凡人有所感于中而不可得達，則思言之，言之不足，則長言之，長言之不足，則反復流連，詠嘆淫佚，以盡其悲鬱愉快之致，亦人情也。〔一四〕

試比較《詩大序》：

詩者，志之所之也。在心爲志，發言爲詩。情動于中，而形于言，言之不足，故嗟歎之，嗟歎之不足，故詠歌之，詠歌之不足，不知手之舞之足之蹈之也。

王士禛巧妙地挪用了《詩大序》的文化資源，綰合其中的推演邏輯和論述形式。他首先將詞上溯至《詩經》，提出詩體代變實乃「其致一也」，皆源自感物而動的發興心理過程。他將原典中的「發言爲詩」改動爲「思言之」，以詞的「長言」代替詩的「嗟歎」，以「反復流連」代替「詠歌」。王士禛的詮釋可算是將詞溯源《詩經》的圓滿示範，他不單有一般常見的系譜式追溯，也嘗試提出詩與詞創作心理的相同性，還透過套用《詩大序》將詞中種種本來不登大雅之堂、匹夫匹婦的「悲鬱愉快」，納入合乎儒家文藝觀的「人情」之中，兼顧了本體論、創作論、功能論，從三方面提升詞的格調地位。加之《衍波詞》爲一時名作，贈序、倡和者衆，不難推想這種尊體方式在當時具有一定的影響力。

除了如王士禛般專從詩教入手，也有詞家從「言情」着眼。清詞中興的開山祖陳子龍在《三子詩餘序》便有以下觀點：

然亦有不可廢者，夫風騷之旨，皆本言情，言情之作，必托于閨襜之際。代有新聲，而想窮擬議。于是温厚之篇，含蓄之旨，未足以寫哀而宣志也。思極于追琢，而纖刻之辭來；情深于柔靡，而婉孌之趣合；志溺于燕嬉，而妍綺之境出；態趨于蕩逸，而流暢之調生。是以鏤裁至巧，而若出自然；警露已深，而意含未盡。雖曰小道，工之實難。〔一五〕

陳子龍未有定義他所指的「情」爲何物，然而據前文後理，陳子龍的「言情」與王士禛的「人情」部份重疊，但不盡相同。陳子龍更傾向于個人的抒情，也觸及到更多有關詞的修辭與風格部份。他認爲「風騷之旨」在于「言情」，既屬「言情」，則創作自然會把「情」寄托到閨襜之物。在此，陳子龍與王士禛的不同，就在于陳子龍從根本上爲詞擅寫閨情提出一種解答，「托于閨襜」不但合理，更有其必然性。由此陳子龍再推一步，轉向討論詞的表現手法：「言情」與「閨襜」並無于理不合，不過「代有新聲」，《詩經》那種温柔敦厚的書寫方式已不足以回應當下的時代情緒，于是，琢磨辭藻、風格柔靡、寫女性姿態這些「工之實難」，並非文人末技的詞的表現形式統統有其時代的合理性，惟此方能在當下「寫哀宣志」，詞也因此值得在當下提倡。

另外，以上陳序《詩》、《騷》並論，將詞溯源于《離騷》是第二種常見的破體表現。這種將詞與《離騷》扣上關係的尊體論述，和將詞繫于《詩經》苗裔之下的套路很相似，如尤侗《璧月詞序》即言「不知貽彤管、贈芍藥，三百篇已開香奩體矣，《離騷》滿堂美人，又何艷也」〔一六〕。不過，比附《離騷》以達至尊體更着眼于詞的內容取材方面，詞常有妝容、華服、嬌花、香草等女性意象，援引《離騷》的「美人香草」作爲經典證據，便可爲詞的題材內容追本尋源，並由此再詮釋詞作中的閨怨和幽思之情，闡釋爲有所寄托，將本來不得雅正的歌兒舞女、兒女情長之事納入忠愛的典範之中。如吴綺《周屺公澄山堂詞序》言「托美人香草之詞，抒其幽憤；用殘月曉風之句，寄彼壯懷」〔一七〕，就顯然屬于這種思路。吴綺將本來是情人分別之詞的《雨霖鈴》（寒蟬凄切）解讀爲「寄彼壯懷」，並將江湖游子柳永與愛國忠臣屈原並舉，就此，柳永筆下一衆多情妓女便能詮釋爲無時無刻思念君上的賢人君子。宋徵璧《倡和詩餘序》直言：「詞之旨本于私自憐，而私自憐近于閨房婉孌，斯先之以香草，申之以蹇修，重之以蛾眉曼睩，瑶臺嬋娟。乃爲騁其妍心，送其美睇，振其芳藻，激其哀音。」〔一八〕亦無異于直接將詞中常見的主題內容如悲秋嘆逝、羈旅行人，嫁接到《九辯》的「草木摇落而變衰」、「蹇淹留而無成」，從而將詞聯繫到「惆悵兮而私自憐」的「貧士失職」命題，走出閨房，與知識份子的生命情態扣連。

第三種，是將詞溯源于樂府。毛甡《付雪詞二集序》爲這種思想淵源的來歷提供了説法：

東海何良俊序《草堂詞》，謂詞爲樂府之餘，而不爲詩餘，但以郊廟歌辭皆隸樂録，有近乎大晟所

定，而漢魏後五言，即高如蘇、枚，亦不聞領于樂府，故云然耳。〔一九〕

毛氏轉述，何良俊從音樂機制的角度判斷詞近于樂府而遠于詩，何氏明顯聯想到宋代六次修訂樂制且最終設大晟樂府一事。就文學史來説，詞溯源于樂府一説兼顧了詞有詞調、詞着重聲情等音樂文學的特點。不過，就文獻所見，清初詞壇的討論興趣似乎並没有在此完整展開，更多情況是將樂府歸入與詩大同小異的同質文類。故此，毛甡在同篇序文言：「實則樂府、詩、詞本屬一致」，《詩》不過「以詞限歌」，因此其聲音效果屬于念誦，而詞則「以歌從詞」，效果在于唱嘆。就總體格局而言，並没有爲破體説帶來質變。

破體説在源頭上，主要將詞溯源于《詩經》、《離騷》、樂府，透過重新詮釋「情」，聯繫詩教精神、比興寄托，就本體論、創作論、内容題材、寫作手法爲詞尋找經典依據，申論詞格非但不卑，且倚聲填詞能反映時代意義，值得推尊。除正面立論，破體説也有破論，反駁填詞折損詩格此一觀點。詞家通常標舉王公名流或詩人正宗作例，如歐陽修、蘇軾，指出其人詩詞並行于世而始終不影響其身段品位。我們不妨稱之爲一種從屬于破體説名下的「因人尊體」表現。朱彝尊爲《紫雲詞》作序，朱氏言：「自唐以後工詩者，每兼工于詞。宋之元老若韓、范、司馬，理學若朱仲晦、真希元，亦皆爲之。由是樂章卷帙，幾于詩争富。」〔二〇〕便有上述標舉名流的傾向，但還不算突出。丁澎《定山堂詩餘序》有同類論調：「然則詩餘者，三百篇之遺，而漢樂府之流系也。其源出于詩。詩本文章，文章本乎德業，即所謂詩餘爲德業之餘，亦無不可者。……昔歐陽文忠、晏元獻諸公以詞名宋代，立朝正色，卓立不移。以先生德業文章之盛，何其先後若一轍也。」〔二一〕在此就已見端倪。但是，最爲明確突出的例子應該是曹爾堪的《錦瑟詞序》：

歐、蘇兩公，千古之偉人也。其文章事業，炳耀天壤，而此地獨以兩公之詞傳，至今讀《朝中措》、《西江月》諸什，如見兩公之鬚眉生動，偕游于千載之上也。世乃目詞學爲雕蟲小技者，抑獨何歟？以詞學爲小技，謂歐、蘇非偉人乎？〔二二〕

曹爾堪認爲歐、蘇兩公是文章、功業俱聞達後世的千古偉人，而兩人同樣有詞傳世，他希望藉此證明偉人亦作詞，因此詞非小道。先不論曹爾堪有否邏輯倒錯之嫌，細讀曹爾堪此番言論，其實是意味着他認爲詞可否被社會主流認許，一大要素取決于社會對作者本人的評騭肯定。相較于本體論、創作論、功能論等以詮釋文學内部的元素來提升詞的地位，曹爾堪此番言論則指向一種文學元素以外的判斷：作者的社會地位影響文類的社會地位。這種「因人尊體」的論調，在清初詞壇説不上主流，但是，如果配合清初詞壇的背景重新思考，未嘗不能帶來啟發。清人以匡正明詞歪風爲尊體立論的前提，詞又因其邊緣性成爲少數可以逃避文網，暫寄心曲的文類，即使如此，「詞是甚麽」的定義問題，以及由此牽起的種種定位和價值問題，詞家仍然是不得不面對的，詞家急需爲自身倚聲填詞的選擇，找到獲得世俗倫理認許的根據，當中不無存在文體的焦慮，乃至以詞家身份名世的身份焦慮。

如上所論，有詞家透過破體之論來取得文化上的助力，然而，也有詞家遥接李清照「别是一家」之説，提出辨體。所謂辨體，即指出詩詞有别，强調詞這種文類有其自足的價值，不必成爲詩的附屬。

不過，在檢討辨體策略之前，需要指出有時破體、辨體可能同時出現于同一組論述之中。對部份詞家來説，推尊詞體是最大目標，破體也好，辨體也好，不過是其中手段，可以並行不悖。尤侗的《梅村詩餘序》開篇即云：「詞者，詩之餘也」，但又馬上以「詩人與詞人，有不相兼者」接上〔二三〕。是篇上半，尤侗舉李杜、温李、三蘇、辛棄疾作例，説明作者各有别才，難以相兼，間接帶出作詩與詞需要不同的創作稟賦，但是，序文下半又回歸到「要皆合于《國風》好色，《小雅》怨誹之致」的審美要求。又如徐芳從讀者角度自述讀詞經歷，起初他以爲詞皆鄭音，士人誦讀聖賢之書，應當愛惜立言筆墨，但當他讀到歐、蘇二家詞，便有所轉向，體會到「其韻節爽雋，所以感人，又有出于詩文之上者」，甚至一改初衷，認爲代有新聲，「雖孔孟復起，不能盡去以復其故」。但是，當他論及文學的價值，徐芳也同樣難免以「詞之有戾于道」與否爲衡量標準，肯定詞中的比興寄托作爲最重要的文學價值〔二四〕。相比起來，徐士俊的《蘭思詞序》雖然于篇末仍出現了「詩三百篇」、「漢魏樂府」、「心正于懷」、「寓言」、「拾其芳草」等關鍵字眼，然而，序文主要篇幅筆墨仍落在從風格方面辨體。首先，他没有將詞繫于詩的名下，他從文學史的發展脈絡指出唐代時詞已經「蹊徑漸與詩殊」，至宋則「浸浸乎勢不得不爲詞矣」。其次，他認爲詞的主要風格是「清新婉媚者爲上」，再申述「非情之近于詞，乃詞之善言情」〔二五〕。比較前引陳子龍的《三子詩餘序》，可見陳、徐二人同樣强調詞中「情」的價值，然而，陳子龍之情源出「風騷之旨」，詞屬于「必托于閨襜之際」的客體地位，徐則剛剛相反，强調詞這文類本身的特色便是能善于言情，呈現了詞這文類的主體性(subjectivity)。

總體就清初詞序跋而言，以破體爲策略要比辨體的爲多。這結果並不使人意外，畢竟詩作爲韻文正宗，詩教、比興寄托在文學傳統中有不可動摇的地位，如王士禛般從中提取資源肯定是方便法門。然而，爬梳所得，亦有通篇以辨體爲務，如王岱《了庵詩餘自序》。雖然，王岱認爲「詩至于餘而詩亡」、「薄詩之氣者餘也」、「詞則極傷、極怒、極淫而後已」，但正因爲詞的極情盡性，能補詩之不足，「救詩之腐者亦餘也」〔二六〕。王岱認爲在唐以後當詩這種文類失去生命力之時，詞體格雖異，但能以同樹異枝之姿，延續詩性(poetic)，因此亦言「餘至極妙，而詩復存」。

在清初詞序跋中，辨體理論達到高峰的是陳維崧的《詞選序》。張宏生師曾仔細析論及闡發其中思路，歸納爲以下洞見：第一，文學的社會和歷史價值不必以文體區分優劣，詩不必然優于詞；第二，代有新聲，前人所論諸體不一定能涵蓋後代人情世變，作者應以哲思、氣魄、變化、融通來推動創作實踐與進步；第三，批判明詞遺風，指出向上一路，推尊詞體。以上三點均指向「選詞所以存詞，其即所以存經存史」的要旨〔二七〕。《詞選序》提出「詞史」觀念，當然包含了向宋人「詩史」觀念取經的成份，但是《詞選序》又能跳脱出既有的破體框架，當中提出新的詞學創作原則，增添了詞的社會和歷史功能固然是一大助力，更重要的原因還在于陳氏此説標舉出聚焦明遺民心靈史的放射式詞史觀，與向來破體論追本溯源的綫性文學史觀分庭抗禮，達到理論的新高度，加之陳維崧爲清初海内名家，以豐厚的創作實績來證明「詞史」觀念的合理與可取。

張宏生師舉出《樂府補題》重出及稼軒風的鼓揚作爲承接陳氏觀點、清初詞史觀念確立及建設的實例〔二八〕。此説從群體組織和倡和的角度考察，把握以陳維崧爲中心的詞學氛圍，甚爲精當。然而，要在清初詞壇舉出另一位理論高度（包括詞史立場）與創作成果能與陳維崧比肩的，恐怕亦甚爲難。由是，以下希望從主流解釋外，更進一解，轉向若干清初詞話，從創作指導方面考察清初詞壇的辨體策略。

李漁《窺詞管見》凡二十二則，條目次序並不苟然，具有深意。首三則分别爲「詞立乎詩曲二者之間」、「詞與詩有别」、「詞與曲有别」，可目爲總綱；第四、五、六、七、八、九、十、十一、十二則討論詞意，認爲詞貴雅、貴新、貴直、貴自然，要避粗、避俗、避晦辟、避書本氣；第十三則至第十七則討論章法；第十八則討論「也」字；第十九至二十二則討論聲律問題。《窺詞管見》是以指導填詞實踐爲目的，也即是在回應「詞該怎填」的提問。全書首句即言：「作詞之難，難于上不似詩，下不類曲，不淄不磷，立乎二者之中。」〔二九〕然後他分論空疎者作詞之弊及有學問人作詞之弊，乃至第二則指出詞有詞之腔調，提出「摹腔煉吻之法」，無不緊扣「作」字發微。其次，書中提出的作法以用字造句爲主，如第七則「琢句煉字須合理」則花費不少篇幅專論「紅杏枝頭春意鬧」之「鬧」字，以之爲粗俗〔三〇〕，又如第十五「結句述景最難」則認爲「目前無人，止有此物」的結句作法最見大力雄材，然而初學者不易爲之〔三一〕。最尾四條雖然討論聲律，不過事實上還是落實在單獨字詞的平仄及韻部問題居多〔三二〕。

這種集中討論作法上煉字造句作爲辨體表徵的現象，不僅見于李漁一家，觀察毛奇齡《西河詞話》、劉體仁《七頌堂詞繹》、沈謙《填詞雜説》幾部詞話，結論也頗統一。王又華《古今詞論》節録張炎《詞源》，專取

「審題」、「詞中句法」、「字面」、「清空質實」、「用事」、「詠物」、「小令」、「語句」等原來屬于下篇的内容而不收録上篇討論律吕的範圍，亦具有指向性。但是，這不代表詞家没有在意詞的聲律問題，相反，不同詞話也有一定相關的篇幅。《西河詞話》有「音諧絃調」一條，記載崇禎甲申，京師有梨園南遷樂人能絃舊詞，但因其習藝時已「無調而有詞，無宮徵而有音聲」，因此需要座上詞客先「誦詞受之」，才能把握雅詞滋味，音諧絃調〔三三〕。同書又有「和李夫子上元詞」一條，記述宴會上毛奇齡詞爲笛僮王生所歌，帶出「善歌者以曲爲主，歌出而譜隨以成，不善歌而數歌者，欲竊其歌聲，則以譜爲主，譜立而曲因以定」這種清初詞壇中詞家與歌者、以曲與用譜之間的分工及張力，而該條結語謂「益信李白《清平調》曲，白樂天《桂華曲》，原不必佳也」〔三四〕，似乎也一定程度反映了詞人對詞中聲情難以自主的失落。

以上種種現象無非源于詞樂失傳，詞失去了非常重要的聲情部份。辨體論者一方面指出詞透過與詩、曲分别來確立自足的價值，但與此同時，也得承認「同一字也，讀是此音，而唱入曲中，全與此音不合者，故不得不爲歌兒體貼，寧使讀時礙口，以圖歌時利吻。詞則全爲吟誦而設，止求便讀而已」〔三五〕、「古詞佳處全在聲律見之，今止作文字觀，正所謂徐六擔板」〔三六〕的尷尬處境。「聲情」很多情況下已讓道于曲，劃入歌者的專長。因此，若然不屑于「試問其所自度者，曲隸何律，律隸何聲，聲隸何宮何調，而乃撊然妄作」的自度曲之流〔三七〕，那麽辨體時，尤其牽涉到析論詞之律吕，就不得不傾向務實，以字法、詞法、句法代替，如沈謙論「偷聲變律之妙」，論述起來不過是舉出吴激、范仲淹、周邦彦、柳永的詞句作例，言「于此足悟偷聲變律之妙」〔三八〕，頗有避重就輕的意味，他如劉體仁論「詞字字有眼」，也只能舉出詞例讓讀者自行領會〔三九〕。綜觀清初詞話，只有鄒祇謨《遠志齋詞衷》敢于較爲深入地談論音節、調名、四聲、用韻等詞的體制聲律問題，在六十三條詞話中保守計算也有近二十條是討論相關内容，其中如「張程二譜多舛誤」、「詞中同調異體」、「詞選須從舊名」等就與萬樹《詞律》所論有不少吻合之處。

總結清初詞壇兩種尊體的主要策略——破體與辨體，宏觀上呈現了衆聲喧嘩的局面，詞家、論詞者人數鼎盛，詞作數量大幅上升，出現了像陳維崧這樣填詞破千的詞史紀録，自不待言。更重要的還是在于整體格局和理論的拓展，詞家勇于提出形形色色的詞論主張，範圍涵蓋不同光譜的本體論、作者論、創作論、功能論，格局視野也遠比前代開闊。詞序跋、詞話成爲尊體論述激烈碰撞的本文空間，詞家撰序時有明確「予之序詞不一」[四〇]的自覺。與此同時，不論何種論調，在回答「詞是甚麽」這一問題時，最終達到「雅」作爲尊體目標顯然是時代的共識。還有一點值得留意，在千差萬别爲數衆多的詞論中，破體與辨體兩條路徑隱約見出分工：本體論追本溯源、作者論談詞人稟賦、功能論談詩教和比興寄托，這三者主要由破體論負責，具體的創作指引則主要由辨體論擔當。我們很難發現在有關破體的諸種論述中有提供實在的填詞操作和法門供後學參考，同理，我們也比較難在辨體論中找到大量兼顧從淵源上推尊詞體的思路。這究竟是詞家無意中産生的默契，抑或是透露了兩種策略各有限制？實在值得深思和繼續討論。

三　愈衰：清初詞壇的時流暗湧

詞話、詞序跋是以詞作爲論述對象的文獻，尤其後者往往具有推薦和引介的作用，爲詞集及詞人美言贈慶。理論上，這兩種文獻也是從正面立論，從宏觀角度來看，以推動詞的繁榮進步爲最終目的。然而，細讀這些文獻，發現即使有着共同目標，但有時當中會互有衝突。在這裂縫中，或許可以窺探清初詞壇的暗湧起伏。這種含有解構（deconstruct）意味的閲讀方法，有助我們洞察在清詞中興的大論述中，實際上夾藏了「極盛而愈衰」的面向。

以下首先透過一則事例，折射出清初詞壇尊體策略的側面及多樣性。丁煒（字澹汝，號雁水，一六二七—一六九七），清初閩中詩家，有時譽，王士禎甚爲賞識，列爲金臺十子之一。丁煒早年有《問山詩集》行世，康熙二十三年（一六八四）刊刻《紫雲詞》，朱彝尊、丁澎、陳維岳、徐釚爲其撰序。丁煒在《自序》中，自述了涉足詞壇的經過：

> 自念家處濱海溫陵，宮羽倚聲，鮮有講肄。余早歲習爲詩，間從游覽，下曾效填詞數曲，然弗深知其旨，稿既不留，亦未有以名吾詞。迨歲戊午，于燕亭交陳子其年，其年曰：「吾見子之詩矣，邇者將梓海內佳詞爲一集，子之詞未有聞，寧可無以益吾集？」余乃退而肆力《譜》《圖》，上下唐宋元明，所作于辛、蘇、秦、柳、姜、史、高、吴諸名家，尤致專心，慮莫有合。復得朱子錫鬯相爲磨劘辨緣，訛證離似，始存一二矣。至出而西，道途所經，驢背舟中，登臨覽眺，又稱是焉。嗣入虔南，方謂自公餘閒，可益求精此道，以報其年、錫鬯。〔四一〕

丁煒兼攻填詞的事例，透視出清初詞壇巨擘陳維崧、朱彝尊刺激詞學發展，推尊詞體的另一種方法。丁煒本來未諳填詞，「弗深知其旨」，甚至練筆之作也沒有存世、流播，此前的丁煒是純粹以詩人形象見聞于人前。然而，在康熙十七年（一六七八），丁煒與陳維崧的結交，並得到其鼓勵，使到丁煒致力于倚聲之道，後來又得朱彝尊耳提面命講授詞學。

《紫雲詞》的結集，就丁煒個人角度而言，是以具體創作實踐和出版，「以報其年、錫鬯」的知遇之恩。就詞史角度而言，則見陳、朱二人如何以個人名望、領袖魅力，來壯大詞人行列，也由此可見詞學在學脈、流派之外的異類傳承。不過，有一點我們必須留意，丁煒當初未填詞時，僅以詩名世，陳維崧也只是「吾見子之詩矣」而未見詞。在「子之詞未有聞」的情況下，陳維崧就已經向丁煒索稿，充「海內佳詞」之一員。陳維崧有多大程度出于應酬客套，不得而知，但就這事件的性質及果效而言，陳維崧將壯大詞人隊伍視作當時推動詞壇發展的第一要務，是毋庸置疑的，即使其中存在拉攏其他文類勝手名家的成份。就丁煒的實例而言，詞作質素似乎並不是首要的考慮。

從積極的角度而言，以上情況反映了清初詞壇已注意到蓄積群體文化資本的必要性。詞人數量明顯增長，詞家持論層出不窮，趨向百花齊放，倚聲填詞成爲一時潮流所向。然而，這種量先于質、速度先于深度的取態，會不會帶來其他副作用？急欲自立新説，抗衡明詞餘風的同時，會不會在無形中瓦解了一些既有的詞學觀念和傳統？

這種時流中夾藏暗湧，以及居安思危的反思和批判並非蠡測，而是的確存在于當時的論述之中。儲國鈞《小眠齋詞序》有言：

余少喜填詞，竊謂詩歌詞曲，各有體制，風流婉約，情致纏綿，此詞之體制也，則小山、少游、美成諸君子其人矣。降自南宋，雖不乏名家，要以梅溪爲最既。得交史子位存，相與上下，其議論意見，悉與余合。夫自《花間》《草堂》之集盛行，而詞之弊已極，明三百年直謂之無詞可也。我朝諸前輩起而振興之，真面目始出。顧或者恐後生復蹈故轍，于是標白石爲第一，以刻削峭潔爲貴。不善學之，競爲澀體，務安難字，卒之抄撮堆砌，其音節頓挫之妙蕩然。欲洗《花》《草》陋習，反墮浙西成派，謂非矯枉之過與？……聲音之道，斷不能廢，物極必反，理有故然，彼浙西之詞，不過一人唱之，三四人和之，浸淫遍及大江南北，人守其説，固結于中而不可解。〔四二〕

史承謙（字位存，一七〇七—一七五六）是乾隆間的陽羡後進詞人，儲國鈞（字長源，生卒未詳）爲史氏《小眠齋詞》撰序，二人年輩稍晚，但從後學的眼光檢討前輩功過，也不無嚴厲之處。他批判浙西詞派尊體策略矯枉過正，本來標榜擅聲律的姜白石，結果「不善學之」，落入鍊字造句層面的雕琢堆砌，反而與追求詞體本質的聲音之道越去越遠，失音節頓挫之妙。原本希望矯正尊崇《花》、《草》二著的明代餘風，但浙西之弊端，在儲國鈞眼中，似乎與明人相去不遠。

不過，更尖鋭的批評，在于「一人唱之，三四人和之，浸淫遍及大江南北，人守其説，固結于中而不可解」，當中大有圍爐取暖、互相吹噓、名實不符之譏，而「成派」在這種脈絡下，似乎也傾向負面意思居多。《珂雪詞·四庫總目提要》有提及：「雖友朋推挹之詞，不無溢量，要在近代詞家，亦卓然一作手矣。舊本每調之末，必列王士禎、彭孫遹、張潮、李良年、曹勛、陳維崧等評語，實沿明季文社陋習，最可厭憎，今悉刪除，以清耳目。」〔四三〕就是不滿這種成派結社的實際反應。

配合上文丁煒之例一併分析，可見清初詞壇固然不乏名家巨擘領軍，各有創獲，以作品、詞風、論調，甚至名望各佔山頭。然而，在名家以下的三綫詞人，乃至游離份子，很大可能只能爲詞壇提供量的增長，但在質的方面反而帶來負面影響。蔣平階《空翠集序》言：

近代才人不以詞名而間爲詞者，婁東王弇州、吾鄉陳大樽，各以古詩樂府之法爲詞，而不以詞爲詞，我好之。其他以詞爲詞而稱專家者，間使小奚按拍上口，我聽之二三闋即唾之矣。今日填詞之家何肩摩，趾相錯也。〔四四〕

當中指出了填詞之家學藝不精，填詞不能按拍、不能得聲情之美，使人反胃，這當然是重點之一。與此同時，蔣氏批評「以詞爲詞而稱專家者」的論點也不容忽視，蔣氏站于師承陳子龍的立場，雖然陳氏「不以詞爲詞」，但遵「古詩樂府之法」，對蔣平階而言，反而源流有本，更符合他的審美追求。究竟是不是蔣氏未能與時並進，投入新潮流，實不得而知，但可以肯定，就蔣平階而言，「今日填詞之家」代表了一種並未成爲標準、源流無本的歧見。而謝良琦在《醉白堂詩餘自序》則有更進一步的批評：

近時作者數千，大約刻意争勝，求之過高，則不惟詩亡，幾並詩餘而亡之。無他，浸失其意，而好異者之過也。辟之適食然：五穀，人之所同嗜也，珍錯，亦人之所同嗜也，亦有人厭五穀、珍錯之同惟異之求，則將何食？必也，污穢臭腐足厭斯饑乎？凡吾爲文章，豈惟自娛樂？亦將以上同于古人，不求人知，不敢立異。〔四五〕

所謂「作者數千」，應包含三綫詞人及以下游離份子。謝良琦上論更深刻的意義在于指出清初詞壇不僅僅是詞人多而不精，更有甚者是互相「刻意争勝」，也就是説後學末流詞作未達水平，却反過來標新立異，自創新説。當然，這種「新」是帶有負面的意思，謝良琦以食事爲喻：下至五穀，上至珍錯，各有所愛，乃理之所至，但斷不能盲目求新求異走向極端，將污穢腐臭放入口中。這種原本出于詞風審美相近，繼而合流成派、蓄積文化資本的詞壇時流，演變成詞壇話語權的追逐和刻意争勝，《秋蓼亭詞草序》言：「詞肇于唐而盛于宋，宋詞之自北而南，猶唐詩之由初盛而中晚也。秦、黄、周、柳，温麗芊綿；蘇、陸、辛、劉，沈雄頓挫，所趨雖别，異曲同工，固不以時代之先後爲軒輊也。近世倚聲家，或以玉田、白石爲正始之音，若欲超乎諸家之上，亦各從其所好而已。」〔四六〕已隱約流露詞人互相競伐，欲以己見超諸家之上的時風。江闓（生卒未詳）《岸舫詞序》則更爲直接，指出「迨我國家騷人輩出，以詞鳴者指不勝屈，亦極盛矣。雖然，學稼軒、放翁之家，往往厭薄三李，謂傷于巧；學者卿、淮海者，則又病眉山傷于氣。」〔四七〕當中就有互相輕視、鄙棄的情況。而且這種時風並非止于口舌之争，而是産生實質負面的影響。王應奎（一七三二—？）《古照堂詞鈔序》檢討前人功過：「詞家持論，輒人人殊。尚婉約，則宗秦、柳；主豪放，則禰蘇、辛。派從盍各，彼此交詆。余則以爲皆非也。」〔四八〕周而衍（字東會，生卒未詳）《秋屏詞鈔題辭》：「長短句濫觴于李唐，至趙宋而極盛。近時諸家又各標新領異。然江河日下，狼藉沓拖，貽累詞壇不小。」〔四九〕兩文不滿之意已非常明顯，既批評此前詞壇無一定説，而且所言弊處正在于「新」及「異」，揭示了種種論調急于各狥己見，但求新奇奪目，却未必有説服力，之後言「狼籍沓拖」，也有草卒、混亂的意味。當時人回顧清初詞壇，有感似盛實衰，言多而不精。同時，王、周二文也將這種互相攻伐的風氣，溯源于「詞家持論，輒人人殊」「各標新領異」這源頭。由此看來，清人以明人爲對立面，期望建立屬于當世詞壇的新論述、新典範，繼而從破體、辨體等不同角度努力，乃至于結社分派，蓄積文化勢力。在一定程度上，這種做法充滿彈性與生命力，但同時也是混雜未純，難于控制，爲詞壇帶來負面影響。

至于負面影響的具體内容，尤侗《南溪詞序》指出「予惟近日詞家，烘寫閨襜，易流狎昵，蹈揚湖海，動涉叫囂，二者交病」〔五〇〕，尤侗就内容和風格認爲各有弊病，實際上他是針對北宋婉約詞與南宋稼軒風的末流後學，前者取材耽于閨閣，後者填詞類同叫囂。不過，尤侗之論停留在技法層面評斷，仍未觸及癥結。徐士俊《蔭緑軒詞序》則更進一步指出：

詞與詩雖體格不同，其爲攄寫性情，標舉景物一也。若夫性情不露，景物不真，而徒然綴枯樹以新花，被偶人以袨服，飾淫靡爲周、柳，假豪放爲蘇、辛，號曰詩餘，生趣盡矣，亦何異于詩家之活剥工部，生吞義山也哉？〔五一〕

他將對時流作法的不滿由技法深化至文學價值的層面。「徒然綴枯樹以新花，被偶人以袨服」的批判包含形式主義的指責，形式與性情脱軌，繼而有損「性情之真」，違背了中國文學傳統求真的追求。徐士俊在下文更直接道出：「余故謂詞至今日而已臻其盛，正恐自今日而漸底于衰。寧無砥柱中流，蟬聯韻事，合南唐、北宋二人爲一家者？」這就與萬樹的「極盛愈衰」之論不謀而合，與此同時也無不感慨，表達詞壇需要有詞家「蟬聯韻事，合南唐、北宋二人爲一家」，重新組織宗風和理論建構的渴求。

以上對時流不滿的批評，已足以證成清初詞壇存在着「極盛而愈衰」的暗湧。而以下陳維崧與吳綺的言論，更提醒了我們時流暗湧與主流尊體論述的關係。二人爲史雲臣《蝶庵詞》撰序，有非常一致吻合的見解：

（史）常謂余曰：今天下詞亦極盛矣，然其所爲盛，正吾所謂衰也。家温、韋而户周、秦，抑亦《金荃》、《蘭畹》之大憂也。夫作者非有《國風》美人、《離騷》香草之志意，以優柔而涵濡之，則其入也不微，而其出也不厚。人或者以淫褻之音亂之，以佻巧之習沿之，非俚則誣。〔五二〕（陳維崧《蝶庵詞序》）

又云：

而余與史子始聯嵇、吕之交，盡讀秦、黄之作。相其體製，備有風華，攬厥性情，雅多深至。因嘆今日聲音之盛，實爲當年騷雅之衰。用考諸家，良由二弊。一則因本房中之體，務雕楮上之文。量五色之真珠，何關窈窕；披千絲之神錦，祇益妖淫。寶井瓊厨，似入波斯之肆；烟綃霧縠，徒盈織染之坊。寧知人出西家，那用露華遮頰；品高南國，不須黛葉通眉。一則緣寫思婦之情，罔顧風人之旨。夷光自好，而偏學其捧心；孫壽何堪，乃獨憐其齵齒。本是清羸之疾，回身謬作纖腰；原無裊娜之容，曳足陽稱巧步。寧知神如處子，曾何藉于矜持；婢學夫人，祇益形其羞澀。于是俳諧雜進，圖畫靡真。識者欲矯以辛蘇，究至有乖于唐宋。〔五三〕（吴綺《史雲臣蝶庵詞序》）

陳、吴二人未有批評類同叫囂的稼軒末流，相信與陳維崧本人的詞風亦有關係。陳、吴二人的言論大致上與上舉尤侗、徐士俊等的批評，就批評的内容而言是大同小異的，陳、吴同樣不滿時流作詞徒事于雕琢文辭，追逐鋪演名物華服，陷于淫侈，以及堆砌典故，俳諧雜進，失性情之真。不過，以上兩則《蝶庵詞序》最爲重要的，還是揭示作法、風格上的弊端，最終會導致悖離「騷雅」和「風人之旨」。以上引文提醒了我們，清初詞壇主要的尊體策略，不論是破體還是辨體，同樣以追求「雅正」爲目標，然而，主流詞壇中組織的尚未嚴密以及尊體策略中未出現能定于一尊的論述，使主流的背面衍生暗湧，而這股時流的破壞力最終竟又作用于尊體一方一直冀求的目標，有害「雅正」和「風人之旨」。

萬樹《詞律》的取態與吴綺、陳維崧等也很接近，他同樣體察到時流的暗湧，故此，萬樹《詞律·自叙》即有「至今日而詞風愈盛詞學愈衰矣」的批評。不過，萬樹專攻體式，他是從審律訂譜的角度作描述。因此，他的批評對象落實爲：一、校律粗疏的造譜者和詞譜；二、不肯細讀古名詞佳作的末流詞人；三、自欺欺人的自度曲行爲。萬樹《詞律》中，多稱以上爲「今人」、「時人」，兹舉書内若干例子説明：

一、按《草堂新集》、《詞統》等書，收入小青詞，通首平仄全然相反，至後段「原不是、鴛鴦一派。休算做、相思一概」兩句，竟作上三下四句法，古來有此《天仙子》乎？……沈氏自謂詞中名家，今人亦翕然尊之，古來有不解《天仙子》《南鄉子》之歐蘇辛否？〔五四〕

二、因無今人率意造譜之膽，未敢論定。〔五五〕

三、近見時人，有于翠字用平，而「砌成句」，用平平仄仄，是不深于詞者也。〔五六〕

四、按此詞因首句四字，後人遂名曰《愁春未醒》。夢窗稿「東風未起」一篇是也。《圖譜》不知即《醜奴兒慢》，故另立一《愁春未醒》之調，且斷句差錯殊甚，踵訛襲謬，致時人之喜填新名者，多受其累矣。〔五七〕

五、乃今人將一百三字之《喜遷鶯》，亦名曰《鶴冲天》。《選聲》更注云：又名《鶴冲霄》。似此輾轉訛謬，豈可不加釐正哉？〔五八〕

六、余嘗謂千里和清真，四聲一字不改，觀竹山亦一字不改，益知用字自有定格，不如今人高見，隨意可填也。〔五九〕

七、《圖譜》以「別來」、「別」字爲可平，無妨，乃以「東」爲可平，則自我作古矣。〔六〇〕

八、按《能改齋漫録》，載無名氏《玉瓏璁》一詞，即是此調。其「金樽側」二句云：新相識，舊相識。「清宵寂」二句云：長相憶，空相憶。此本弄巧，複用上韻爲句，非有此定格也，《圖譜》喜其名新而收之。〔六一〕

《詞律》中，與「今人」、「時人」相對的，便是「古人」與「古音」，萬樹深信在審律訂譜的工作中，校定和學習「古人」名詞佳作，從中推敲「古音」聲情，最終能達至「至公大雅」的理想境界。他是從另一角度回答「詞是甚麽」的清初詞壇疑問，也同時回應清初詞壇尊體策略的共識——「雅」的命題。

四　總結

清詞中興是毋庸置疑的文學史現象，具體體現爲詞人、詞作數量上升，詞集、詞選、詞譜編撰不斷，以及詞論超越前朝的新局面。清初尊體主要有破體及辨體兩種，兩者各有分工，最終朝「雅」的目標邁進，期望求雅來達至尊體。各種詞論紛紜，形成衆聲喧嘩的局面。

本文首先回顧和整理了破體和辨體兩種主要尊體策略的論述脈絡，也旁及其特性和限制，繼而專論清初詞壇的時流暗湧。由此發現，清詞中興雖然是文學史的事實，也是研究者一致認同的取態，然而，在清人的論述中，情況却更爲複雜，並非只有肯定的聲音。我們至少發現了不少詞家同樣有「極盛而愈衰」的擔憂和批評。這種判斷不應單純理解爲憂慮明代詞風的延續，而是應該結合清初詞壇的大背景，以及尊體策略的内部矛盾來分析。

尊體的初衷基于理論脈絡尚未完善，破體與辨體存在落差，理論上的尊體如何與務實的填詞操作銜接，成爲有待填充的版塊。時流競逐新説，人多口雜，帶有惡性競争意味的言論亦相繼出現，量的提升未能馬上帶動質的並進，反而變成學藝不精，意欲尊體却越走越遠。時流勢頭汛急，力道一發不可收拾，但如何繼續穩步前進，也成爲了新的難題。

本文嘗試以具有解構意味的分析方法，勾勒出一幅清初詞壇的異質圖景。在這圖景中，既有研究者已申論頗多的主流描述，也有較少人能關注並鑲嵌到論述中的暗流一面。主流破體、辨體肯定有其積極意義，推動詞學發展，展示「極盛」的潮流；着眼于「愈衰」的詞家，一邊批評時流，同時以舉世獨醒之人自居，鞭撻着自身作深刻的反省，透過著作來實踐自己的觀點，本文後半的主角萬樹即爲其中之一。

因此，檢討清初詞壇的尊體策略，可見清詞中興是從主流與暗湧、「極盛」與「愈衰」兩種不同立場的角力中，產生推動詞學前進發展的生命力。因此，我們應該從更多角度來闡釋「尊體」這一詞學概念，開拓研究的維度。

〔一〕葉恭綽《遐庵詞話》，張璋編《歷代詞話續編》，大象出版社二〇〇五年版，第六〇八頁。

〔二〕清詞復興的背景和具體現象，歷來學者已積累了不少豐碩的成果，諸説各有側重，大體而言，可參考嚴迪昌及謝桃坊兩家。嚴迪昌《清詞史》討論清詞流變主要是按照政治史發展的順序而展開，嚴著鋪展了晚明至清人入關的社會政治環境，描述了南明小朝廷、東南義師、奏銷案、反詩案等大事，並認爲：「滿族統治集團原是個漢化程度較高的少數民族的貴族集團，入關前特别是入關初起用了大批漢族官史，因而在鉗制輿論、謹防異端的逆反有足夠豐富的經驗。他們四出偵訊遺民行迹的同時，始終警惕着詩文結社之舉和注視文字的反判痕迹。順治初的『反詩案』以及嚴禁社集活動都充分表明了這一事實。詩文，詩别是詩所構成的文字獄，歷來就多，血的現實和令人心怵的史實，使詩人文士們愈益謹慎從事……被人們視爲「小道末技」的詞却正好在清廷統治集團尚未及關注之際應運而起，雕紅琢翠、軟柔温馨的習傳觀念恰恰成爲一種掩體，詞在清初被廣泛地充分地作爲吟寫心聲的抒情詩之一體而日趨繁榮了。」見嚴迪昌《清詞史》，江蘇古籍出版社二〇〇一年版，第七—十頁。又，嚴迪昌分别于《以累積求新創——我對清代詩詞研究的認識》、《我讀清詞》、《老樹春深更著花——清詞略述》三文也談及若干研究清詞的基本前提，包括重申對清初時期社會政治環境的重視，以人爲綱細讀名家詞人之作以把握清詞總體藍圖，關注清初文獻及編撰特盛之風等，見《嚴迪昌論文自選集》，中國書店二〇〇五年版，第十三—十七頁，第一五〇—一六六頁。謝桃坊《中國詞學史》基本上篇章是按各朝時代順序排列，不過，由于謝氏關注的是「詞學」，即既指詞的創作，也指研究詞體的學問，因此，謝氏在各章內乃按主題和單元再作組織申論，分析性强。有關清詞的部分主要見于第四章《詞學的復興》，謝氏認爲清初新的文化條件出現，「這是以新的詞體觀念，批評了明人詞的創作傾向」，又指出「清人力圖按新的審美趣味精選前人和時人的作品爲創作範本」。而第四章的第二節「詞學資料的編輯」、第三節「劉體仁、王士禎和鄒祗謨的詞話」、第四節「金人瑞、先著與許昂霄的詞評」及第六節「萬樹與詞體格律的總結」即論述了清詞中興之中，詞學文獻、詞論、詞話、詞譜的繁榮景象。見謝桃坊《中國詞學史》，巴蜀書社一九九三年版，第一二三—二〇二頁。

〔三〕參閲劉少坤《清代詞律理論批評史》，人民出版社二〇一五年版，第八十八—九十七頁。

〔四〕萬樹《詞律・自叙》有言：「乃今泛泛之流，别有超越之論，謂：『詞以琢辭見妙，煉句稱工，但求選艷而披華，可使驚新而嘗異，奚必斤斤于句讀之末，瑣瑣于平仄之微，況世傳《嘯餘》一編，即爲鐵板，近更有《圖譜》數卷，尤是金科，凡調之稍有難諧，皆譜所已經駁正，但從順口便可名家。」于是篇牘汗牛，棗梨充棟，至今日而詞風愈盛，詞學愈衰矣。」參見萬樹《詞律·自叙》，康熙二十六年（一六八七）堆絮園刻本，第二頁。

〔五〕據嚴迪昌《清詞史》的第一編「清初詞壇與詞風的多元嬗變」及第二編「『陽羨』、『浙西』二派先後崛起和清詞『中興』期諸大家」，清初詞壇起于雲間詞派，中歷西泠詞人、柳洲詞派、廣陵詞壇、陽羨詞派、浙西詞派、京華詞苑等，按第二編數位壓卷詞家的生平來看，包括趙吉士（一六二八—一七〇六）、賀國璘（一六三二—一六九六）、查慎行（一六五〇—一七二七）、趙執信（一六六二—一七四四），就詞史來說，「清初」的下限可定于一七五〇年（清乾隆十五年）前後，本研究的主角萬樹（一六三〇—一六八八）及本文大部分引論的文獻材料，也屬于此範圍之內。

〔六〕王力堅《清初「本位尊體」詞論辨析》，《文學評論》一九九八年第四期，第一三七—一四二頁；王力堅《清初「錯位尊體」詞論的困惑》，《浙江學刊》一九九八年第一期，第一一二—一一六頁。

〔七〕屈興國《清初詞家的尊體説》，《浙江廣播電視高等專科學校學報》一九九四年第二期，第四六—五三頁。

〔八〕〔一八〕宋徵璧《倡和詩餘序》，馮乾編校《清詞序跋彙編》，鳳凰出版社二〇一三年版，第十一頁。

〔九〕朱一是《梅里詞序》，馮乾編校《清詞序跋彙編》，第二十一頁。

〔一〇〕尤侗《延露詞序》，馮乾編校《清詞序跋彙編》，第二六—二七頁。

〔一一〕吴綺《范汝受十山樓詞序》，馮乾編校《清詞序跋彙編》，第四十二頁。

〔一二〕丁澎《付雪詞二集序》，馮乾編校《清詞序跋彙編》，第五五—五六頁。

〔一三〕高怡《翠羽詞序》，馮乾編校《清詞序跋彙編》，第二十四頁。

〔一四〕王士禎《衍波詞自序》，馮乾編校《清詞序跋彙編》，第一八—一九頁。

〔一五〕陳子龍《三子詩餘序》，馮乾編校《清詞序跋彙編》，第五—六頁。

〔一六〕尤侗《璧月詞序》，馮乾編校《清詞序跋彙編》，第二九—三〇頁。

〔一七〕吴綺《周屺公澄山堂詞序》，馮乾編校《清詞序跋彙編》，第四十一—四十二頁。

〔一九〕毛甡《付雪詞二集序》，馮乾編校《清詞序跋彙編》，第五四—五五頁。

〔二〇〕朱彝尊《紫雲詞序》，馮乾編校《清詞序跋彙編》，第二四〇頁。

〔二一〕丁澎《定山堂詩餘序》，馮乾編校《清詞序跋彙編》，第一四〇—一四二頁。

〔二二〕曹爾堪《錦瑟詞序》，馮乾編校《清詞序跋彙編》，第一七三—一七四頁。

〔二三〕尤侗《梅村詩餘序》，馮乾編校《清詞序跋彙編》，第一二九頁。

〔二四〕徐芳《休園詩餘序》，馮乾編校《清詞序跋彙編》，第一一二頁。

〔二五〕徐士俊《蘭思詞序》，馮乾編校《清詞序跋彙編》，第一三九頁。

〔二六〕王岱《了庵詩餘自序》，馮乾編校《清詞序跋彙編》，第三十一頁。

〔二七〕〔二八〕張宏生《清初「詞史」觀念的確立與建構》，《南京大學學報（哲學・人文科學・社會科學）》二〇〇八年第一期，第一〇一—一〇七頁，第一〇一—一〇七頁。

〔二九〕〔三〇〕〔三一〕〔三二〕〔三五〕李漁《窺詞管見》，唐圭璋編《詞話叢編》，中華書局二〇〇五年版，第五四九頁，第五五三頁，第五五六頁，第五五八—五六〇頁，第五五九頁。

〔三三〕〔三四〕〔三七〕毛奇齡《西河詞話》，唐圭璋編《詞話叢編》，第五六五—五六六頁，第五八三—五八四頁，第五八八頁。

〔三六〕〔三九〕劉體仁《七頌堂詞繹》，唐圭璋編《詞話叢編》，第六二一頁，第六一八頁。

〔三八〕沈謙《填詞雜説》，唐圭璋編《詞話叢編》，第六三〇頁。

〔四〇〕尤侗《南耕詞序》，馮乾編校《清詞序跋彙編》，第二四八頁。

〔四一〕丁煒《紫雲詞自序》，馮乾編校《清詞序跋彙編》，第二四二—二四三頁。

〔四二〕儲國鈞《小眠齋詞序》，馮乾編校《清詞序跋彙編》，第四四四頁。

〔四三〕永瑢等《四庫全書總目提要》卷一九九，馮乾編校《清詞序跋彙編》，第一六九—一七〇頁。

〔四四〕蔣平階《空翠集序》，馮乾編校《清詞序跋彙編》，第三十六頁。

〔四五〕謝良琦《醉白堂詩餘自序》，馮乾編校《清詞序跋彙編》，第一二一—一二二頁。

〔四六〕趙懷玉《秋蓼亭詞草序》，馮乾編校《清詞序跋彙編》，第七七七頁。

〔四七〕江闓《岸舫詞序》，馮乾編校《清詞序跋彙編》，第二六二—二六三頁。

〔四八〕王應奎《古照堂詞鈔序》，《柳南文鈔》，《清代詩文集彙編》第二五六册，上海古籍出版社二〇一〇年版，第二三六頁上。

〔四九〕周而衍《秋屏詞鈔題辭》，馮乾編校《清詞序跋彙編》，第二九四頁。

〔五〇〕尤侗《南溪詞序》，馮乾編校《清詞序跋彙編》，第七十—七十一頁。

〔五一〕徐士俊《蔭緑軒詞序》，馮乾編校《清詞序跋彙編》，第一一六頁。

〔五二〕陳維崧《蝶庵詞序》，馮乾編校《清詞序跋彙編》，第一三六頁。

〔五三〕吴綺《史雲臣蝶庵詞序》，馮乾編校《清詞序跋彙編》，第一三七—一三八頁。

〔五四〕〔五五〕〔五六〕〔五七〕〔五八〕〔五九〕〔六〇〕〔六一〕萬樹《詞律》，康熙二十六年（一六八七）堆絮園刻本，卷二，卷三，卷四，卷五，卷七，卷八。

（作者單位：香港理工大學中國語文教學中心）

馮金伯《熙朝詠物雅詞》述論

黃浩然

内容提要 清代詠物詞的創作頗爲繁盛，乾嘉之際馮金伯參照《歷代詩餘》、《欽定國朝詩别裁集》、《欽定詞譜》的體例編選了《熙朝詠物雅詞》。馮氏不僅重視「擇調」，所選數量靠前的詞調基本反映了詞史的選擇，而且重視「擇題」，强調詠物詞題應符合「雅」的要求。入選詞人的詞作數量，則體現了馮氏對浙西詞派的大力標舉和對詞史脈絡的準確把握。這部詞選堪稱清代詠物詞的階段性回顧，折射出雅詞評判標準從强調表達到擇題與表達並重的歷史轉變。

關鍵詞 馮金伯 《熙朝詠物雅詞》 擇調 擇題

馮金伯（一七三八—一八一〇），字墨香，號南岑，又號華陽外史，松江府南匯縣（今屬上海市）人，乾隆六十年（一七九五）以貢生官句容訓導。馮氏「工書善畫」，著述頗豐，除《（光緒）南匯縣志》所載《墨香居詩鈔》、《海曲詞鈔》、《峰泖煙雲》、《鄉平録》、《松事雜録》、《雲間遺事》、《雲間舊話》、《五茸遺話》[一]，尚有《海曲詩鈔》、《熙朝詠物雅詞》、《詞苑萃編》、《國朝畫識》、《墨香居畫識》存世。諸書之中，《國朝畫識》、《墨香

本文爲國家社科基金重大項目「歷代詞籍選本叙録、珍稀版本彙刊與文獻數據庫建設」（16ZDA179）、國家社科基金青年項目「南宋雅詞在清代的經典化研究」（17CZW030）階段性成果。

居晝識》一直爲藝壇所重，《詞苑萃編》因被《詞話叢編》收録而流傳甚廣，《海曲詩鈔》近年來也得到整理，唯有《熙朝詠物雅詞》較少受到學界的關注。清詞史稱中興，詠物之作層出不窮，異彩紛呈，不過，「詠物詞選只有《熙朝詠物雅詞》一部」〔二〕，故而有必要對該書進行全面的考察。

一　《熙朝詠物雅詞》的成書與體例

據全國古籍普查登記基本數據庫，《熙朝詠物雅詞》一書只在國家圖書館、青海省圖書館和寧波市天一閣博物館庋藏。筆者曾先後寓目上述諸本：國家圖書館藏本未見内封，青海省圖書館藏本卷首自序少前半葉，而天一閣藏本雖經蟲蛀，但基本保存了原書的完整形態。通過比對發現，三者其實版本一致，均爲清嘉慶十三年（一八〇八）刻十二卷本。

關于《熙朝詠物雅詞》的成書過程，是書卷首馮金伯自序云：

予曾葺宋元明三朝詠物詞爲一編，采擷未周，旋有《熙朝樂府雅詞》之役。因念我朝詞學大昌，詞人傑出，即如追和《樂府補題》，廣之續之，其散見于諸家集中者，光熊熊然不可掩。于是按調尋題，悉心搜剔，得詞七百餘首，釐爲十有二卷。〔三〕

據此可知，《熙朝詠物雅詞》的編輯、出版帶有一定的偶然性。馮氏一直對詠物詞頗爲關注，曾經編選宋、元、明三朝的詠物詞，但在資料搜集方面有所欠缺。不久之後，他在編輯《熙朝樂府雅詞》時發現，清代諸家詞集中的詠物之作頗爲可觀，于是「按調尋題，悉心搜剔」，編成《熙朝詠物雅詞》十二卷。是選甫一脱稿，其友人便均認爲前所未有。這令馮氏很受鼓舞，不僅將《熙朝詠物雅詞》先行出版，而且計劃續輯二編。馮氏所作《熙朝詠物雅詞凡例》其九云：「數年以來，枯守寒氈海曲，詞人未能遍識，所選定多掛漏。近雖蒙寄詞稿者頗多，惜是編已刻，未能摭入。現在欲輯《詠物雅詞二編》，並《熙朝樂府雅詞》亦正在增訂付梓，倘得不吝珠玉，是所佇切。」因此，《熙朝詠物雅詞》內封上鐫「《熙朝樂府雅詞》《詠物雅詞二編》二種嗣出」字樣。然而，這兩部「嗣出」的選本到目前爲止均未見館藏著録，或許未獲刊行。〔四〕

至于《熙朝詠物雅詞》的體例，馮金伯則在自序之後的凡例中予以説明。一般而言，詞選對于詞人詞作的處理大致可分爲三種：其一是按人編次，比如宋代黄昇的《唐宋諸賢絶妙詞選》、《中興以來絶妙詞選》，清初朱彝尊、汪森的《詞綜》；其二是按類編次，比如何士信增修的《草堂詩餘》，其前集分春景、夏景、秋景、冬景四類，後集分節序、天文、地理、人物、人事、飲饌器用、花禽七類；其三是按調編次，自嘉靖二十九年（一五五〇）顧從敬分調重編《草堂詩餘》之後，詞選多以小令、中調、長調編排，清代王士禛、鄒祗謨的《倚聲初集》和沈辰垣等奉敕編定的《歷代詩餘》均是如此。上述三種方式雖各有側重，但時至清代，詞選多按人或按調編次。馮金伯選擇了《歷代詩餘》的編選方式，《熙朝詠物雅詞凡例》其一云：「《熙朝樂府雅詞》謹遵康熙朝《御選歷代詩餘》之例，以調之長短爲先後，是編仍循此例。」根據《歷代詩餘》卷首的《欽定凡例》，是書「網羅采擇」的對象是「自唐迄明」的詞作。「自昔詩餘每有獨標調名而不著題目者，亦有以本意爲題者」，因此，編者「不因題分類，第以調之長短爲次」。〔五〕儘管馮氏所選詠物詞均有詞題，但他仍「謹遵」《歷代詩餘》之例。

馮金伯對于詞人的選擇，受到了另一部「欽定」選本的影響。《熙朝詠物雅詞凡例》其二云：「《熙朝樂府雅詞》謹遵乾隆朝《欽定別裁詩集》之例，凡筮仕我朝而先仕前朝者，概不登載，是編亦然。」此處提到的《欽定別裁詩集》，即《欽定國朝詩別裁集》。乾隆二十四年（一七五九），沈德潛《國朝詩別裁集》初刻本刊行，以錢謙益爲首，凡三十六卷。隨後，沈氏對初刻本進行增删、修改，于乾隆二十五年（一七六〇）推出《重訂國朝詩別裁集》，仍以錢謙益爲首，凡三十二卷。不過，乾隆對于重訂本不甚滿意，卷首《御製沈德潛選國朝詩別裁集序》云：「因進其書而粗觀之，列前茅者，則錢謙益諸人也。……夫居本朝而妄思前明者，亂民也，有國法存焉。至身爲明朝達官，而甘心復事本朝者，雖一時權宜，草昧締構所不廢，要知其人則非人類也，其詩自在，聽之可也。選以冠本朝諸人則不可，在德潛則尤不可。」〔六〕乾隆二十六年（一七六一），《欽定國朝詩別裁集》三十二卷刊行，以慎郡王爲首。欽定本對錢謙益等貳臣的評判與删汰，爲其後的文壇樹立了一種不可動摇的規範，馮金伯在編纂選本時自然會繼續「謹遵」，對「筮仕我朝而先仕前朝者」采取「概不登載」的態度。

而馮金伯對于詞作的選擇，則以《欽定詞譜》爲準繩，《熙朝詠物雅詞凡例》其三云：「詞寄于調，長短平仄，杪忽有乖，便不諧合。《熙朝樂府雅詞》及是編所選，一以康熙朝《御製詞譜》爲準。惟有字句相同，平仄稍異，詞佳不能割愛者，略存一二闋而已。」〔七〕比如，《熙朝詠物雅詞》卷一一《南浦》「又一體，雙調一百五字」選録十一闋，其中最後一闋是黄之雋的《南浦·又一體，帆影》，詞後按語云：「此詞前後結與諸詞句法不同，蓋用程垓體也。」《欽定詞譜》卷三三《南浦》詞牌下收録程垓、周邦彦、史達祖、張炎、魯逸仲五體，其中「程詞及周詞、史詞三體，宋、元人填者甚少，惟張炎詞體，填者頗多」。〔八〕黄之雋詞雖然與前十闋的張炎體字數相同，但前後結有所不同，當屬程垓體。由此可見，馮金伯對于詞體的辨析，確實以《欽定詞譜》爲依據。

從凡例一的「謹遵康熙朝《御選歷代詩餘》之例」，到凡例二的「謹遵乾隆朝《欽定別裁詩集》之例」，再到凡例三的「一以康熙朝《御製詞譜》爲準」，三部帶有官方色彩的著作深刻地影響了《熙朝詠物雅詞》的體例。有人可能會因此認爲馮金伯有墨守成規之嫌，但對于一位七旬老人而言，這樣的體例或許更爲穩妥，也更易操作。而馮氏對于入選詞人詞作的具體展示，則幾乎沿用了《歷代詩餘》的編纂方式。

馮金伯自序和凡例之後是《熙朝詠物雅詞總目》，每卷之下列出相應的詞調數量和詞作數量，比如「卷之一」是「二十二調九十二首」。總目之後是十二卷詞選，半葉十行，行二十一字，黑口，單魚尾，左右雙邊。

每卷卷首均列出卷次、編次者馮金伯和相應的參訂者，比如卷一首行爲「熙朝詠物雅詞卷之一」，第二、三兩行依次爲「南匯馮金伯墨香編次」和「吴興潘鎔朗齋參訂」〔九〕，自第四行開始爲具體内容。編者先低一格列出詞牌，以小字標注相關信息，接着羅列這一詞牌下的詞作。同一詞牌下的第一首詞作會低兩格再次列出詞牌，其後均作「前調」，所有詞題均爲小字。比如，卷一第一個詞牌爲《蒼梧謡》，小字標注「即十六字令」，接下分别爲繆謨的《蒼梧謡・屐聲》和王昶的《前調・蛩聲》。如果一個詞牌有多種體式，則諸體在眾調中仍以長短爲先後，第二次出現時以小字標注「又一體」。比如，卷一有《南鄉子》（單調三十字），卷二有《南鄉子》（又一體，雙調五十六字），卷三有《臨江仙》（雙調五十八字）和《臨江仙》（又一體，雙調六十字）。當然，編者在標識詞牌的過程中也存在疏漏之處。比如，卷二有《南歌子》（又一體，雙調五十二字），但這其實是編者首次選録《南歌子》；卷九有《曲游春》（雙調一百二字），卷一〇有《曲游春》（雙調一百三字），編者在第二次選録時並未標注「又一體」。而全書最爲明顯的疏漏，當屬總目所列詞調、詞作數目與實際數目並不完全相符。比如，總目稱卷一收「二十二調詞九十二首」，其實卷一收二十五調九十五首。如果根據馮氏的體例進行統計，《熙朝詠物雅詞》實際收録二百調（體）七百七十四首，涉及一百八十六種詞牌。

與《歷代詩餘》相同的是，馮金伯在詞選部分只列詞人姓名，《熙朝詠物雅詞凡例》其八云：「詞既捱調，則詞人姓氏只附于各詞之下，其爵里未能詳悉。故《熙朝樂府雅詞》亦遵《御選歷代詩餘》之例，另輯一樣，輯有《詞人姓氏》以集中介紹詞人。《熙朝詠物雅詞》與《熙朝樂府雅詞》所收詞人大致相同，因而没《詞人姓氏》一編，但是編詞人與《樂府雅詞》大略相同，故不復贅。」馮氏的《熙朝樂府雅詞》和《歷代詩餘》有附録《詞人姓氏》。不過，由于《熙朝樂府雅詞》未見藏本存世，其中的《詞人姓氏》也就無從參考了。

在編輯《熙朝樂府雅詞》的過程中，馮金伯將清代詠物詞選録爲《熙朝詠物雅詞》十二卷。因此，這部詠物詞選的出現具有一定的偶然性，在某種程度上甚至可以視作前者的「副産品」。而《熙朝詠物雅詞》也延續了《熙朝樂府雅詞》中規中矩的體例，亦步亦趨地「謹遵」《歷代詩餘》、《欽定國朝詩別裁集》《欽定詞譜》所確立的編選規範。

二　「詞貴擇調」

在詞樂失傳之前，詞人的創作與音律有着密切的關聯，張炎即稱其「先人曉暢音律，有《寄閒集》，旁綴音譜，刊行于世。每作一詞，必使歌者按之，稍有不協，隨即改正」。〔一〇〕在詞樂失傳之後，詞的音律便難以追究，詞人對詞律的選擇主要體現在詞調上。而對于按調編次的詞選來説，有關詞調的選擇無疑是一項重要工作。馮金伯的《熙朝詠物雅詞》「以調之長短爲先後」，因而他對擇調一事格外注意，《熙朝詠物雅詞凡例》其五云：

詞貴擇調。詠物詞有與調相附麗者，如《玉蝴蝶》之詠蝶，《雙雙燕》之詠燕，《疏影》之詠梅影、竹影是也。即不相附麗，亦必以平正瀏亮爲主，若《爪茉莉》、《滿庭花》等之僻調，縱詠他事，尤嫌詰屈聱牙，況詠物乎？故是編只求詞佳，不求調備。

在諸多詞調之中，一些詞調的名稱暗含着詞人日常的歌詠對象。以馮氏所列詞調爲例，《玉蝴蝶》中有「蝴蝶」，《雙雙燕》中有「燕」，《疏影》中有「影」。詞人在詠蝶、詠燕或詠梅影、竹影時，通常會首先考慮這些與主題相關涉的詞調。比如，《雙雙燕》一調見于史達祖《梅溪集》，「詞詠雙燕，即以爲名」〔一一〕，後世詞人無論是寫新燕、乳燕、雙燕，還是寫春燕、秋燕、白燕，往往傾向于選擇此調。不過，詞調數目相對有限而詠物範圍近乎無窮，主題與詞調相附麗的情況是可遇不可求的。在退而求其次時，馮氏認爲詞調的選擇「必以平正瀏亮爲主」。這一標準本來没有問題，然而在詞樂失傳之際，如何據此擇調恐怕也具有一定的主觀性。即便對于同樣的詞調，不同時代的不同詞家可能會有各自的體認和選擇。比如，清初的先著、程洪認爲：「《滿江紅》、《沁園春》，詞家相戒以爲俗調，不宜復填。予謂有俗詞無俗調。若詠物寫景，非苦心人不辨，固當擇調。至于即事即地高會言情，使人入耳賞心，詞工足矣，雖俗調又何害焉。」〔一二〕稍晚于馮金伯的孫麟趾則認爲：「作詞須擇調，如《滿江紅》、《沁園春》、《水調歌頭》、《西江月》等調，必不可染指，以其音調粗率板滯，必不細膩活脱也。」〔一三〕而《熙朝詠物雅詞》選録《滿江紅》十一首、《沁園春》六首、《水調歌頭》一首、《西江月》三首，似乎均未見明顯排斥之意。馮氏或許也意識到「平正瀏亮」的標準是見仁見智的，因此並未詳細羅列自己認可的詞調。與此同時，馮氏還列舉了一些不宜詠物之調，「若《爪茉莉》、《滿庭花》等之僻調」。據《欽定詞譜》，《爪茉莉》「調見《花草粹編》，《樂章集》不載」，因「此調無别詞可校」，故其下只收録一首署名柳永之作（每到秋來）。〔一四〕不過，由于詞調名中有「茉莉」二字，清人藉以詠茉莉的情況也並不罕見，曹貞吉、曹亮武、鄭熙績、吴貫勉、魏荔彤、程夢星等人均有相關詞作。至于馮氏提到的「滿庭花」，則存在疑問。此調名不見于《欽定詞譜》，當爲手民之誤。與「滿庭花」名稱相近者，包括「滿庭芳」、「滿宮花」和「促拍滿路花」。《熙朝詠物雅詞》于上述三調僅選録《滿庭芳》，且多達八首，因而該調不在擯棄之列。《欽定詞譜》于《滿宮花》收録尹鶚、張泌兩體，于《促拍滿路花》收録柳永、廖行之、吕渭老、無名氏、趙師俠、曹勛、秦觀、周邦彦、袁去華、辛棄疾、牛真人等十一體。〔一五〕相對而言，《滿宮花》更有可能是馮氏眼中的僻調。

根據自己定下的標準，馮金伯在《熙朝詠物雅詞》中選擇了一百八十六種適合詠物的詞調。在馮氏詞選問世之前，舒夢蘭于乾隆三十一年（一七六六）推出《白香詞譜》，收録常見詞調一百種。兩者之間只有六十九種詞調重複，這表明馮氏擇調時並不特别在意詞調是否常見。在一百八十六種詞牌中，被選録十首以上者依卷次分别爲《卜算子》（十首）、《減字木蘭花》（十一首）、《清平樂》（十一首）、《浪淘沙》（十首）、《滿江紅》（十一首）、《天香》（二十八首）、《瑣窗寒》（十首）、《念奴嬌》（十五首）、《齊天樂》（三十六首）、《水龍吟》（二十四首）、《綺羅香》（十五首）、《南浦》（十五首，其中包括「又一體」十一首）、《疏影》（十九首）、《摸魚子》（三十首）、《賀新郎》（十三首）。如果遵循當時比較通行的劃分方法，「五十八字以内爲小令，五十九字至九十字爲中調，九十一字以外爲長調」〔一六〕，則上述十五個詞牌中，除《卜算子》、《減字木蘭花》、《清平樂》、《浪淘沙》屬小令外，其他十一個詞牌均屬長調，由此可窺馮氏擇調重心之所在。

按照入選詞作數量，排名前四的詞牌依次是《齊天樂》、《摸魚子》、《天香》和《水龍吟》，這樣的統計結果很容易讓人聯想到《樂府補題》。這部成于元初的詠物詞集，收録王沂孫、周密、張炎等十四位南宋遺民的三十七首詞作。該書分爲五調五題，包括《天香·宛委山房擬賦龍涎香》（八首）、《水龍吟·浮翠山房擬賦白蓮》（十首）、《摸魚兒·紫雲山房擬賦蓴》（五首）、《齊天樂·餘閒書院擬賦蟬》（十首）、《桂枝香·天柱山房擬賦蟹》（四首）。〔一七〕由此可見，《樂府補題》涉及的詞調，包攬了《熙朝詠物雅詞》的前四名。另外，《桂枝香》雖然未能名列前茅，但也有九首入選。上述詞調之所以備受馮氏青睞，主要得益于清代詞壇盛行的後補題創作風潮。康熙十七年（一六七八），朱彝尊參加「博學鴻詞科」時將《樂府補題》「攜至京師」，蔣景祁「讀之，賞激不已，遂鏤板以傳」。〔一八〕在刊刻之後，這部元初詞集很快引發清初詞家的廣泛關注，據蔣氏記載，「得《樂府補題》，而輦下諸公之詞體一變。繼此復擬作後補題，益見洞筋擢髓之力」〔一九〕。自此之後，詞壇上的「後補題」創作風潮一直延續。以入選數量最多的《齊天樂》爲例，馮金伯依次選録了高層雲、朱彝尊、李良年等十四位詞人的《齊天樂·蟬》，陣容壯盛。〔二〇〕在沿襲舊題的同時，清人也不斷挖掘新題。厲鶚有續《樂府補題》五闋，包括《天香·薛鏡》、《水龍吟·漳蘭》、《摸魚兒·芡》、《齊天樂·絡緯》、《桂枝香·銀魚》，一時反響熱烈，《熙朝詠物雅詞》選録了陳章的《齊天樂·絡緯》和吴錫麒的《桂枝香·銀魚》。另外，厲鶚還以《天香》詠煙草，效仿者亦不在少數。在高層雲等十五位詞人的《天香·龍涎香》之後，馮金伯繼續選録了厲鶚等九位詞人的《天香·煙草》。〔二一〕正是由于朱彝尊、厲鶚等詞家對《樂府補題》的持續關注和不斷創作，《齊天樂》等四調成爲入選數量最多的詠物詞調。

位列四大詞調之後的是《疏影》（十九首）、《念奴嬌》（十五首）、《綺羅香》（十五首）和《南浦》（十五首）。其中，《疏影》和《南浦》與浙西詞派所樹立的典範詞人關係密切。《疏影》與《暗香》二調，均爲姜夔自度仙吕宫曲。張炎認爲：「詞之賦梅，惟姜白石《暗香》、《疏影》二曲，前無古人，後無來者，自立新意，真爲絶唱。」〔二二〕浙西詞派尊奉白石，《詞綜》收録二詞並附上張炎評語。其後續作者甚多，馮金伯于《暗香》、《疏影》分別選録五首、十九首。《疏影》的詞作數之所以遠超《暗香》，其原因在于詞調名中有「影」字。馮氏所選十九首「疏影」，包括李符「帆影」，樓錡「松影」，厲鶚「柳影」、「菊影」，張四科「竹影」，朱方靄「松影」、「竹影」，江昉「竹影」，王昶「梅影」，吴錫麒「帆影」，朱士廉「欄影」，吴慈鶴「柳影」，陶梁「菊影」，錢侗「簾影」等十四首詠影詞，正所謂「詠物詞有與調相附麗者」。〔二三〕另外，由于浙派推崇的張炎、王沂孫均有《南浦·春水》存世，且皆爲佳作，因此清人對這一詞牌也頗爲偏好。值得注意的是，《欽定詞譜》于南浦收録程垓、周邦彦、史達祖、張炎、魯逸仲等五體，除第五體爲一百零二字外，其他諸體均爲一百零五字，而《熙朝詠物雅詞》所選録的兩體却分別爲一百零四字和一百零五字，存在明顯差異。問題集中在一百零四字體上，該體包括曹貞吉「秋水」，龔翔麟「春水」和沈皞日「春水」、「秋水」。按，曹貞吉《珂雪詞》卷下有《南浦·春水，用玉田詞韻》和《南浦·秋水，再疊前韻》，均爲一百零五字。〔二四〕一字之差在于倒數第二句，《珂雪詞》作「又是霜明波冷後」，而《熙朝詠物雅詞》可能受蔣景祁《瑶華集》影響，作「又是霜明渚冷」。〔二五〕在《浙西六家詞》中，龔翔麟（蘅圃）《紅藕莊詞》卷一《南浦·春水，用玉田詞韻，同融谷賦》與沈皞日（融谷）《柘西精舍集》卷一《南浦·春水，用玉田韻，同蘅圃賦》、《南浦·秋水，疊前韻，同分虎賦》均爲一百零四字，而李符（分虎）《耒邊詞》卷二《南浦·春水，用玉田詞韻，同融谷賦》、《南浦·秋水，用碧山樂府韻，同蘅圃賦》則與張炎、王沂孫詞相同，均爲一百零五字。〔二六〕上述四首一百零四字的《南浦》雖然與詞調體式不合，但《熙朝詠物雅詞》仍舊收録，其入選理由或許如馮金伯所言，「詞佳不能割愛」。

《念奴嬌》和《綺羅香》的情況則有所不同。《欽定詞譜》于《念奴嬌》收録十二體，其中至少有三首是詠物詞，包括姜夔詠荷、趙長卿詠梅和陳允平詠水仙。《欽定詞譜》于《綺羅香》雖只收録三體，但其中有兩首是詠物詞，包括史達祖詠春雨和張炎詠紅葉。由此可見，《念奴嬌》和《綺羅香》是經前人創作實踐確認的、適合藉以詠物的詞調。而其他入選數量較多的詞調，也基本具有這樣的特點。

總體而言，馮金伯對于詠物詞調的選擇，在很大程度上反映了歷史的選擇。清人推崇《樂府補題》，以爲「詠物詞之大觀」，追和者「賡之續之」，《齊天樂》、《摸魚子》、《天香》、《水龍吟》的入選數量在《熙朝詠物雅詞》中位列前四。浙派尊奉姜夔、張炎諸家，與之相關的《疏影》、《南浦》在數量上緊隨《樂府補題》四調。而《念奴嬌》、《綺羅香》等排名靠前的詞調，則體現了歷代詞人詠物創作的經驗積累。

三　詞貴擇題

對一部名爲「熙朝詠物雅詞」的選本而言，詞調的選擇固然不可忽視，但詞題的選擇更爲重要。馮金伯深知，詠物詞的「雅」與「擇題」密不可分，《熙朝詠物雅詞凡例》其六云：

詞固宜雅，亦先貴擇題。如衍波、延露、麗農之詠私語、秘戲諸題，則近于褻；幻花之詠六畜、容居之詠甜酸苦辣諸題，則近于俗。是編悉從舍旃。

馮氏選詞以「雅」爲尚，但他並未從正面直接説明哪些詞題符合「雅」的標準，而是先舉出與「雅」相悖的「近于褻」、「近于俗」的詞題。

所謂「衍波、延露、麗農之詠私語、秘戲諸題」，是指王士禛、彭孫遹、鄒祇謨等人所詠「私語」、「秘戲」諸題。三家的相關創作，緣起于王士禛的《青溪遺事》畫册。王氏追憶其事云：「僕曩居秦淮，聽友人談舊院遺事，不勝寒煙蔓草之感。因屬好手畫《青溪遺事》一册，陽羡生爲題詩，僕復成小詞八闋，程邨倚和，春夜挑燈，回環吟歎，覺菖蒲北里，松柏西陵，風景宛然在目。」〔二七〕所謂「舊院」，在今之南京，明朝爲妓女叢聚之所。余懷的《板橋雜記》曾有記載：「舊院，人稱曲中，前門對武定橋，後門在鈔庫街。妓家鱗次，比屋而居，屋宇精潔，花木蕭疏，迥非塵境。到門則銅環半啟，珠箔低垂；升階則狗兒吠客，鸚哥唤茶；登堂則假母肅迎，分賓抗禮；進軒則丫環畢妝，捧艷而出；坐久則水陸備至，絲肉競陳；定情則目挑心招，綢繆宛轉。紈絝少年，繡腸才子，無不魂迷色陣，氣盡雌風矣。」〔二八〕王士禛的《菩薩蠻・詠青溪遺事畫册，同羡門、程邨，其年》，包括「乍遇」、「弈棋」、「私語」、「迷藏」、「彈琴」、「讀書」、「潛窺」、「秘戲」等八題。〔二九〕陳維崧《菩薩蠻・題青溪遺事畫册，同鄒程邨、彭金粟、王阮亭、董文友賦八首》、鄒祗謨《菩薩蠻・詠青溪遺事畫册，和阮亭韻》、董以寧《百媚娘・爲阮亭題青溪册葉，同程邨、羡門作》中的八題均與王士禛完全一致，而彭孫遹《菩薩蠻・題青溪遺事畫册，和阮亭韻》則包括「乍遇」、「夜飲」、「私語」、「圍棋」、「迷藏」、「彈琴」、「竊聽」、「讀書」、「潛窺」、「葉子」、「情外」、「秘戲」等十二題。〔三〇〕其實，對于「私語」、「秘戲」等詞題，王士禛在創作時就頗爲注意，鄒祗謨就稱讚其《秘戲》一詞「寫昵事不入褻語，大是唐人風味」。不過，馮金伯還是認爲這類詞題「近于褻」，未予收録。

所謂「幻花之詠六畜，容居之詠甜酸苦辣諸題」，是指張梁的七畜詞和周稚廉的四味詞。張梁以《沁園春》詠牛、狗、豬、羊、鵝、鴨、雞，其詞序云：「六畜中，吴人不畜馬，而益以鵝、鴨，皆物之最蠢俗者，詞人不屑道，而田野間所習見也。戲爲七畜詞，以資笑噱，亦足徵太平景象云。」周稚廉則以《沁園春》詠甜、酸、苦、辣，其詞序云：「李後主云：『别是一般滋味在心頭。』暇日戲拈四闋，以證世之爲易牙者。」〔三一〕從「資笑噱」到「戲拈」，詞人的創作心態或許可以表明，七畜和四味雖然很尋常，但在詞中又不尋常。馮金伯則認爲上述詞題「近于俗」，因而予以捨棄。

與對前兩類詞題「悉從舍旃」有所不同的是，馮金伯對《沁園春》詠美人諸題的態度相對微妙，《熙朝詠物雅詞凡例》其七云：

> 用《沁園春》調以詠美人之手、足、眉、目者，始于宋之劉改之，繼于元之邵復孺，至國朝而朱竹垞、錢葆馚、董文友、厲樊榭、吴竹橋諸公，廣至數十題，洵盡態極妍矣。然于詞固爲清新，而于體乃涉側艷。是編不及備登，亦稍寓别裁之意。

以《沁園春》調詠美人，始于南宋劉過的詠美人指甲、美人足，繼之者有元代邵亨貞、沈景高和明代莫秉清、周拱辰等人，及至清代初年才趨于豐富多樣。[三二] 經學者初步統計，在清代順治、康熙、雍正、乾隆四朝，「以《沁園春》詠艷的詞人多至四十七人，詞作多達二百八十首」。[三三] 其中，朱昂的創作熱情最爲高漲，寫下了多達百首的《沁園春》詠美人詞，結集爲《百緣語業》。而馮金伯所列朱、錢、董、厲、吴五家，分别只有十三首、三首、七首、三首、四首相關詞作，就數量而言遠遠不及朱昂。不過，馮氏在編選時似乎並没有參照數量進行處理。《熙朝詠物雅詞》雖然收録朱昂的十一首詞作，但其百首《沁園春》無一在列。全書對于這類創作只選録了凡例提及的五家六首，依次爲錢芳標的「息」，董以寧的「肩」、「膝」，朱彝尊的「乳」，厲鶚的「心」，吴蔚光的「神」。

在對近褻、近俗的詞題悉數擯棄、對體涉側艷的詞題嚴于去取之後，經過馮金伯篩選的詞題有兩個部分值得關注。

其一，有一部分詞題呈現出具體化的特點。宋代的詠物詞題，大多只提及事物的籠統名稱，比如陸游的《卜算子·詠梅》、史達祖的《雙雙燕·詠燕》，而像姜夔《小重山令·賦潭州紅梅》這種相對具體的詞題則並不多見。及至清代，儘管以籠統名稱爲題的情况仍比較普遍，但更爲具體的詞題已經頗爲常見。以詠物詞題中出現頻率很高的「梅」爲例，《熙朝詠物雅詞》收録各類詠梅詞作達三十一首：除了與梅有關的各類活動外，所涉及的品類也較爲豐富，包括綠萼梅、紅梅、玉蝶梅、鴛鴦等。和相對籠統的「梅」相比，更爲具體的詞題意味着詞人需要以更細致的觀察、更準確的表達來展示梅花的品類。比如，卷三王又曾《小桃紅・永嘉有紅梅，名鴛鴦，一蒂兩花，結實雙仁，洵異品也》云：「綠萼休相妒。玉蝶應難數。翠幄雙棲，畫簾雙倚，錦氈雙舞。趁微醺姊妹、立風前，更低回私語。　鬢髻纖纖露。衫袂飄飄舉。庭院紅燈，亭臺紅粉，陌坊紅雨。仗高樓玉笛，莫輕吹，盡欄杆凝竚。」詞的上片連用三「雙」，下片連用三「紅」，可謂曲盡鴛鴦紅梅之妙。而與詠「梅」詞相比，詠「月」詞的入選數量雖然稍遜一籌，但其特點却更加鮮明。除了常見的「新月」、「坐月」、「對月」等詞題外，卷七《月華清》一調收録了黄之雋的六首詠月之作，包括八月十二、十三、十四、十六、十七、十八夜月。其實，黄之雋的這一組詞一共只有上述六首。詞人避開無數文人吟詠的八月十五夜月，别出心裁地選擇之前三夜和之後三夜的月。從十二夜的「印出蟾痕，略欠三分圓意」到十三夜的「如鏡稍虧，如盤未滿，一泓遥映江上」，從十四夜的「算尚留餘地，一分仍减」到十六夜的「相望紅輪，仍圓皓魄，海雲練練才吐」，從十七夜的「恨圓暉、圓不多時，剛兩轉、便難相似」到十八夜的「感秋氣、不耐繁華，偏積下、三分消瘦」，這六首詞細膩地再現了時光流轉中月亮的形態變化以及詞人的心理變化。在此之前，明代沈守正《雪堂集》詩集卷二有《八月十二夜月》、《十三夜月》、《十四夜月》、《中秋》等四首七絶。〔三四〕黄之雋或許也受到了沈詩的啟發，不過他的組詞在藝術上遠勝前人。馮金伯對此青眼有加，照單全收，這在《熙朝詠物雅詞》中是相當罕見的。

其二，還有一部分詞題呈現出抽象化的特點。嚴迪昌先生指出，朱彝尊等清初詞家掀起的詠物風氣存在兩種傾向，其中一種爲「專事鏤空鑿虚，捕風捉影，純從形式美或文字技巧上著力，刻畫深細，聯想多端」，「高者或也情韻兼勝，形象新警，將本屬難以著筆的『虚』空之物勾勒以出，如李符等的詠『帆影』諸詞」。〔三五〕其實，「帆影」類的詞題在當時頗爲流行。如上文所述，始于姜夔、深受清人追捧的《疏影》一調有各種詠影之作十四首，加之其他詞調名下的九首，《熙朝詠物雅詞》中的詠「影」詞達二十三首。其中，詠「帆影」詞爲數最多，包括李符、吴錫麒的兩首《疏影・帆影》、黄之雋的《南浦・帆影》和黄景仁的《洞庭春色・帆影》。馮金伯選取的這四首，涵蓋了不同的時代、不同的詞人、不同的詞調，從一個側面體現了清代詠「影」創作的興盛。與此同時，詠「聲」詞的創作也不遑多讓。馮金伯對于詠「聲」之作很是看重，《熙朝詠物雅詞》中的首個詞調《蒼梧謡》就選録了繆謨的「屐聲」和王昶的「蛩聲」，可謂先聲奪人。如果説詠「影」主要依靠視覺，那麼詠「聲」就主要訴諸聽覺了。全書中的詠「聲」詞也有二十三首，包含三種情況：第一，詞題涉「聲」，比如儲秘書《江城子・漏聲》、程夢星《鳳凰臺上憶吹簫・柳橋簫聲》等；第二，詞題涉「聽」，比如楊芳燦《浪淘沙・聽雨》、宋犖《念奴嬌・聽琴》等；第三，詞題涉「聞」，比如宋琬《滿江紅・旅夜聞蟋蟀》、張錫懌《燭影摇紅・旅夜聞笛》等。諸家對于詠「影」、詠「聲」類詞題的挖掘與創作，不僅拓展了詠物詞的表現範圍，而且提高了詠物詞對抽象化事物的表現能力。

另外，清人論畫崇尚「元人冷淡幽雋之致」〔三六〕，「工書善畫」的馮金伯選擇詞題時似乎也偏好「冷淡幽雋」的色調。在詠物詞中，牽涉四季的詞題主要集中在春、秋兩季。一般來説，與「春」有關的詞題容易給人以生機感，而與「秋」有關的詞題則容易給人以蕭瑟感。《熙朝詠物雅詞》中詞題涉「春」之作有二十七首，而詞題涉「秋」之作多達六十八首，包括「秋水」（五首）、「秋寺」（五首）、「秋蘆」（五首）、「秋雨」（四首）、「秋雲」（四首）等。另外，不少詞題也給人以凄清孤寂之感，包括「落葉」（八首）、「落花」（四首）、「蘆花」（四首）、「落梅」（三首）、「惜花」（二首）、「枯荷」（二首）、「寒燈」（二首）、「寒鴉」（二首）等。比如，卷四趙文哲《凄凉犯・蘆花》云：「滄江望遠。微波外、芙蓉落盡秋片。野橋古渡，輕筠嫋嫋，露華零亂。西風乍卷。便鷗鷺、飛來不見。似當時、楊花滿眼，人别灞陵岸。 幾度思持贈，回首天涯，白雲空翦。夕陽自顫，歎絲絲、鬢邊難辨。獨立蒼茫，問何事、頻吹塞管。正凄凉、冷月宿處，起斷雁。」陳廷焯認爲此詞「于凄感

中見筆力」，實屬佳作。〔三七〕

清代的詠物詞題五花八門，馮金伯對「近于褻」、「近于俗」的詞題「悉從舍旃」，對《沁園春》詠美人諸題「稍寓別裁之意」。就内容而言，《熙朝詠物雅詞》中有一部分詞題呈現出具體化的特點，還有一部分呈現出抽象化的特點。就色調而言，馮金伯受清代畫論的影響，偏好「冷淡幽雋」的詞題。

四　典範選擇與詞史梳理

與「擇調」、「擇題」方面的問題相比，馮金伯對「擇人」方面的問題似乎不甚措意，只是提及對貳臣采取「概不登載」的態度。其實，「擇人」對于一部詞選來説非常重要，入選詞人的陣容、各家詞作的數量與編者的詞學旨趣直接相關。馮金伯雖然並未在《熙朝詠物雅詞凡例》中明確談及選擇詞人的標準，但是，他所選取的二百二十九位詞人、七百七十四首詞作無疑體現了他對典範的選擇和對詞史的梳理。

一方面，馮金伯在詞選中彰顯浙派詞家。經過統計，入選數量達十首以上的詞家依次爲朱彜尊（五十三首）、厲鶚（三十首）、黄之雋（二十五首）、張梁（二十首）、吴烺（十八首）、吴錫麒（十八首）、錢芳標（十五首）、徐逢吉（十五首）、趙文哲（十五首）、李符（十四首）、吴泰來（十二首）、王昶（十一首）、朱昂（十一首）、李良年（十首）、沈皞日（十首）、龔翔麟（十首）、繆謨（十首），其中大多爲浙派詞人。

諸家中位居首位的朱彜尊，是清代初年浙西詞派最爲重要的代表。其作爲第一名的入選詞作數量幾乎是第二名厲鶚的兩倍，其原因主要在于朱氏有專門的詠物詞集——《茶煙閣體物集》。這部收録一百十二首詠物之作的詞集在清代詞壇的影響力，在某種程度上可能超過其享有盛譽的《江湖載酒集》和《静志居琴趣》，謝章鋌就曾發出過疑問：「余嘗怪今之學金風亭長者，置《静志居琴趣》、《江湖載酒集》于不講，而心摹手追，獨在《茶煙閣體物集》卷中，則何也？」〔三八〕《熙朝詠物雅詞》雖然不能爲這一疑問提供解釋，但或許可以提供一些值得探究的綫索。朱彝尊的五十三首詞分佈于四十調，其中二十一調以朱詞爲首，五調僅列朱詞。另外，馮氏詞選中共有六處收録一位詞人的多首同題詞作，朱彝尊一人就有三處，包括《雪獅兒・貓》（三首）、《綺羅香・並頭蓮》（二首）和《賀新郎・水仙花四首》。與此同時，「浙西六家」中的另外五家也頗受重視。除沈岸登只有六首入選之外，李符、李良年、沈皥日、龔翔麟等四家的入選數量均在十首及以上。反觀與浙西六家大致同時的非浙派詞人，其入選情況不免相形見絀。比如，馮金伯對稍早于浙西詞派的雲間詞派選擇了李雯（三首）、宋征輿（四首）、毛先舒（一首）、沈謙（二首）、張淵懿（一首）、錢芳標（十五首）、董俞（一首）等詞人。諸家之中，只有錢芳標一家超過十首。按照上文提到的詞調劃分標準，錢氏的十五首中五首屬小令，一首屬中調，九首屬長調。較之李、宋諸公的以小令見長，錢芳標則是小令、長調兼工，與朱彝尊的詠貓詞唱和也傳爲一時佳話，因此其入選數量遠超同派諸家。又比如，馮金伯對「廣陵詞壇和毗陵詞人群」選擇了王士禛（三首）、彭孫遹（六首）、鄒祗謨（五首）、董元愷（一首）等詞人。諸家入選數量均不超過十首，且其「詠私語、秘戲諸題」被認爲「近于褻」。再比如，馮金伯對與浙派並稱的陽羨詞派選擇了陳維崧（六首）、徐喈鳳（一首）、萬樹（一首）、曹亮武（二首）、蔣景祁（三首）、宏倫（一首）等詞人，入選數量均不超過十首。至于有京華詞苑「三絶」之稱的曹貞吉（九首）、納蘭性德（二首）、顧貞觀（七首），入選數量均不足十首。〔三九〕

位居次席的厲鶚，是清代中葉的浙派巨擘。他的三十首詞分佈于二十五調，其中十調以厲詞爲首或僅列厲詞，足見推重之意。在厲鶚的推波助瀾下，浙西詞風盛行海内。按照嚴迪昌先生《清詞史》中的觀點，清代中葉的浙派詞人可以分爲中期浙派詞人群和後期浙派詞人群，而他們均頗受馮金伯重視。在中期浙派詞人群中，馮氏于杭嘉湖浙派詞人群選擇了徐逢吉（十五首）、陸培（九首）、陳章（九首）等，于揚州地區浙派詞人群選擇了江昉（七首）、江炳炎（三首）、張四科（八首）、馬曰璐（四首）、吴烺（十八首）、朱昂

（十一首）等，于王昶及吳中浙派詞人群選擇了王昶（十一首）、趙文哲（十五首）、吳泰來（十二首）、過春山（三首）等。在後期浙派詞人群中，馮氏選擇了吳錫麒（十八首）、郭麐（三首）等。而對于同時代的非浙派詞人，馮氏選擇了黃景仁（三首）、儲秘書（八首）、任曾貽（二首）、黃之雋（二十五首）、王時翔（三首）、王愫（一首）、楊芳燦（八首）、楊揆（二首）等，在詞人數量和詞作數量上均遜于浙派。[四〇]

另一方面，馮金伯在詞選中梳理詞史脈絡。自清初以來，清人選清詞方興未艾，各種詞選不斷湧現，是清代詞學「中興」的重要表現之一。這些選本不僅反映出清人對于本朝詞壇的自信，而且蘊藏着清人對于本朝詞史的梳理，馮金伯的《熙朝詠物雅詞》亦是如此。

上文提到，在蔣景祁刊刻《樂府補題》之後，清代詞壇掀起了「後補題」創作熱潮，因此，《熙朝詠物雅詞序》中提到的「追和《樂府補題》」是一條重要的考察綫索。根據上文的統計，入選數量排名前四的詞調是《樂府補題》涉及的《齊天樂》、《摸魚子》、《天香》和《水龍吟》，與之相關的詞人、詞題[四一]如下表所示：

齊天樂		摸魚子		天香		水龍吟	
詞題	詞人	詞題	詞人	詞題	詞人	詞題	詞人
蟬	高層雲	蓴	高層雲	龍涎香	高層雲	白蓮	朱彝尊
	朱彝尊		朱彝尊		朱彝尊		李良年
	李良年		李良年		徐嘉炎		龔翔麟
	龔翔麟		李符		李良年		李符
	李符		沈皞日		龔翔麟		沈皞日

續表

齊天樂		摸魚子		天香		水龍吟	
詞題	詞人	詞題	詞人	詞題	詞人	詞題	詞人
	沈皞日		厲鶚		李符		沈岸登
	屠文漪		吴烺		沈皞日		徐逢吉
	厲鶚		朱昂		厲鶚		厲鶚
	陸培		吴泰來		朱方靄		吴烺
	吴烺		趙文哲		吴烺		朱方靄
	錢大昕		王初桐		吴泰來		王昶
	王初桐		吴錫麒		王昶		朱昂
	吴錫麒	鴨	朱彝尊		朱昂		吴錫麒
	張興鏞	春雨	沈岸登		趙文哲	賦霧淞	查慎行
宣磁脂粉合	高士奇	餞梅	魏坤		吴錫麒	轉官毬	江炳炎
鷺鷥	朱彝尊	梔子花	屠文漪	煙草	厲鶚	藕粉	江昱
緑水亭觀荷	陳維崧	子陵魚	徐逢吉		陳章	素心蘭	儲秘書
葡萄	吴貫勉	金華府署聞雁	唐宏		朱方靄	秋蘆二首	姚鼐

續表

齊天樂		摸魚子		天香		水龍吟	
詞題	詞人	詞題	詞人	詞題	詞人	詞題	詞人
吴山望隔江殘雪	徐逢吉	塵梅	陳皋		朱菘恭	秋蘆	鄭澐
	厲鶚	秋荷	張四科		凌應曾		施朝幹
秋聲	厲鶚	蘋花	吴烺		吴泰來		吴錫麒
絡緯	陳章	阿蘭菜	吴烺		王昶	南天燭	李方湛
斜陽	朱雲翔	蘆	江昉		張熙純	蘋花	郭麐
鶴	吴烺	琴魚	江昱		吴錫麒		
……	……	……	……	……	……		

在「蟬」、「蓴」、「龍涎香」、「白蓮」四題中，朱彝尊、李良年、李符、沈皞日、厲鶚、吴烺、吴錫麒于四題均有對應詞作入選，高層雲、龔翔麟、朱昂于其中三題有對應詞作入選，朱方靄、吴泰來、王昶、王初桐于其中兩題有對應詞作入選。而在「煙草」一題中，厲鶚、朱方靄、吴泰來、王昶、吴錫麒有對應詞作入選。結合上文入選十首以上的名單，「熙朝」詠物詞創作的主要發展脈絡就呼之欲出了。按年代先後，諸家依次是朱彝尊、李良年、李符、沈皞日、龔翔麟、厲鶚、吴烺、吴泰來、王昶、朱昂、吴錫麒。從朱彝尊到龔翔麟，五位詞人的生卒年與馮金伯全無交叉。不過，「浙西六家」的詞壇地位在康熙年間就已確立，馮氏推崇其中的五家也順理成章。從厲鶚到吴錫麒，六位詞人的生卒年與馮金伯均有交叉。馮氏對于他們的推尊，關乎一

位選家對「當代」詞壇的觀察和把握。如果參照嚴迪昌先生《清詞史》關于厲鶚等六家的評述，馮金伯的眼光無疑是準確的。

入選《熙朝詠物雅詞》的詞人、詞作，反映了馮金伯對典範的選擇和對詞史的梳理。選録數量在十首以上的十七位詞家多爲浙派詞人，彰顯了浙西一派在清代詞壇的重要地位；而追和舊題、發掘新題的十一位詞家，又體現了馮氏對清代詞史發展歷程的準確把握。

五　雅詞評判標準的轉變

在一部名爲「熙朝詠物雅詞」的選本中，馮金伯似乎只有一次談及詠物雅詞的評判標準，那就是凡例中的「詞固宜雅，亦先貴擇題」。這段表述雖然很簡短，不過很重要，後人可以此爲契機，探究從清代初年到清代中葉雅詞評判標準的轉變。

馮金伯認爲王士禛等人的私語、秘戲諸題「近于褻」，其言下之意就是與「雅」相違背。然而，清初諸家並不這樣認爲，鄒祗謨評董以寧《百媚娘・爲阮亭題青溪册葉，同程邨、金粟作》云：「青溪遺事八首，阮亭首唱《菩薩蠻》調，僕與金粟繼和，雖語本空中，麗字濃情，寫生欲活。文友以中調角勝，如温、韋之後，繼以秦、柳，艷而不促，雅而盡致。潘景升《鸞嘯》諸篇，梅禹金《青泥》一記，睹此香蒨，應慚傖父。」[四二]相近的情況也出現在有關朱彝尊詞的評語中。馮金伯認爲《沁園春》詠美人諸作「于體乃涉側艷」，因而只選擇包括朱彝尊《沁園春・乳》在内的五家六首，「稍寓别裁之意」。反觀清代初年，蔣景祁在其《瑶華集》中收録朱彝尊的相關詞作達十三首之多，並給予很高的評價：「艷情冶思，貴以典雅出之，方不落《黄鶯》、《掛枝》聲口。如竹垞《沁園春》諸作，摹畫刻露，庶幾靖節《閒情》之遺，非他家可到。」[四三]同一批詞人的同一類詞作，在清代初年被朋輩視爲「雅」詞，至清代中葉被馮金伯視爲與「雅」有違，甚至連詞題都「近于褻」，這樣的反差與不同時期對于「雅」的不同認識有關。

清代初年，明代社會生活的種種影響依舊存在。無論是鄒祗謨提到的「潘景升《鸞嘯》諸篇，梅禹金《青泥》一記」，還是蔣景祁提到的「《黄鶯》、《掛枝》聲口」，都與明人有關。「潘景升」即潘之恒，出生于富商之家，爲人放浪不羈，熱衷冶游，晚年寓居南京青溪，窮困潦倒。所著《鸞嘯小品》，記載了當時的不少名姬。王士禛自稱居秦淮時「聽友人談舊院遺事」，其中恐怕也包括潘之恒的一些傳聞逸事。「梅禹金《青泥》一記」即梅鼎祚的《青泥蓮花記》，專門輯録歷代倡女事蹟。王士禛與朋輩題詠《青溪遺事》畫册，在題材方面自然與冶游相關，不過諸家更多地是在表達方面下功夫。王氏本人對相關創作頗爲自得，他在點評鄒祗謨《菩薩蠻·詠青溪遺事畫册，和阮亭韻》時指出：「僕復成小詞八闋，程邨倚和，春夜挑燈，回環吟歎，覺菖蒲北里，松柏西陵，風景宛然在目。」另一位參與者鄒祗謨也有類似的感覺，他在點評王士禛《菩薩蠻·詠青溪遺事畫册同其年、程邨作》時指出：「八首摹畫坊曲瑣事，可謂盡態極妍，妙處更在淡寫輕描，語含藴藉。昔趙吴興畫馬，作馬相，李龍眠畫觀音，作觀音相。阮亭拂箋吮毫時，便如杜牧、韓偓身經游歷，尋歡窈窕，含睇纏綿，青樓紫陌得此點染，又何必周昉輩以寫生論工拙耶？」諸家似乎都受到了畫册的啟發，以旁觀者的角度描繪相關情景，而非像明人那樣以親歷者的角度描寫相關過程，從而使詞呈現出一種讓人身臨其境的「寫生」感。比如，王士禛《菩薩蠻·私語》云：「梧桐花落飛香雪。捲簾一片玲瓏月。人月兩嬋娟。倚闌憑玉肩。　小鬟春睡倦。裙上苔花茜。私語好誰聞。姮娥應羨人。」鄒祗謨認爲此作「極寫無人之態，長生私語，便如仿佛」，也並非過譽之辭。[四四] 與王士禛等人有所不同的是，董以寧選擇以中調參與創作，其《百媚娘·私語》云：「厭舞樽前雙柘。説向枕邊燈下。幾見鮫綃親裹淚，纔信儂言非假。軟語商量難待夜。准擬將身嫁。　阿母聽來應訝。覓個酒殘歌暇。私學長生傳密誓，暗覺口脂飄麝。却更滿眶秋欲瀉。微潤櫻桃液。」[四五] 就風格而言，董以寧對「私語」的呈現雖然與王士禛的「淡寫輕描，語含蘊藉」稍有差别，但鄒祇謨讚賞其「艷而不促，雅而盡致」，並認爲此等「香蒨」之作是前代《鸞嘯小品》、《青泥蓮花記》難以比擬的。

至于《黃鶯》、《掛枝》，則是明代民間流行的曲調《黃鶯兒》和《掛枝兒》。蔣景祁認爲詞在描寫「艷情冶思」時應該避免「《黃鶯》、《掛枝》聲口」，其實就暗含着對前代創作有欠「典雅」的批評。比如，明末的周拱辰有《沁園春·美人指甲》，其詞云：「深裹紅巾，淺拖翠袖，梳頭正闌。恰金鳧撥動，氤氳香緩，銀箏彈罷，大小珠寒。眉稍心上，許多愁緒，更央及尖尖住粉檀。含情處，似剪來湘筍，淚隱成斑。重重花罩朱鈿。珍重煞、柔荑多少閒。把歸期細數，支殘玉枕，舊歡暗記，拍損闌干。漫摘青梅，戲抛紅豆，禁得麻姑瘦也憐。閒調笑，書生背癢，欲借纖纖。」[四六]其中的部分詞句，比如「更央及尖尖住粉檀」及「珍重煞、柔荑多少閒」，就或多或少受到了曲子的影響。在嚴守詞曲之别的清代詞學批評家看來，這無疑屬于「以傳奇手爲之」[四七]。朱彝尊的創作則不然，以《瑶華集》和《熙朝詠物雅詞》均選録的《沁園春·乳》爲例，其詞云：「隱約蘭胸，菽發初勻，脂凝暗香。似羅羅翠葉，新垂桐子，盈盈紫菂，乍擘蓮房。竇小含泉，花翻露蒂，兩兩巫峰最斷腸。添惆悵，有纖袿一抹，即是紅牆。偷將碧玉形相。怪瓜字、初分蓄意藏。把朱欄倚處，横分半截，瓊簫只徹，界住中央。量取刀圭，調成藥裹，寧斷嬌兒不斷郎。風流句，讓屯田柳七，曾賦酥娘。」[四八]根據李富孫的《曝書亭集詞注》，朱彝尊的這首詞多處用典[四九]，在表達上較之周詞也就更爲「典雅」了。

從上述事例可以看出，清初詞人的創作雖然在題材上對明人有所繼承，但在表達上已經探索出有别于明人的方式，那就是以「雅」詞讓習見題材煥發出新的光彩。「若無新變，不能代雄」，清初詞壇大家在這一方面皆有所建樹。

到了清代中葉，朝廷在思想上不斷强化鉗制、反對異端，在文藝上則不斷標舉風雅、反對側艷。梁國治等《御製詩四集跋》云：「自風雅道降，抽華遺實者徒以詩爲吟弄陶寫之具，博者騁其葩藻，陋者流于側艷，而于是詩書之道離矣。」〔五〇〕在這樣的時代風氣下，過往習以爲常或者可以接受的題材可能就會變得不合時宜。比如，《四庫全書總目》對于梅鼎祚的《青泥蓮花記》有所批評：「狹斜之游，人情易溺，懲戒尚不可挽回，鼎祚乃捃摭瑣聞，謂冶蕩之中，亦有節行。使倚門者得以藉口，狎邪者彌爲傾心，雖意主善善從長，實則勸百而諷一矣。」〔五一〕隨之而來的是，「私語」、「秘戲」諸題從名家關注逐漸變得少人問津：順康之際的王士禛、陳維崧、彭孫遹、鄒祗謨、董以寧、吴綺、董漢策、張台柱、彭桂、鄭景會、羅文頡、范鑒、陳祥裔等人均有相關詞作，雍乾之際則只剩黄立世、殷圻、吴廷燮等少數詞人有相關創作。

對于詞史上的《沁園春》詠美人諸作，《四庫全書總目》也有所批評：「陶九成《輟耕録》又謂：『改之造語，贍逸有思致。《沁園春》二首，尤纖麗可愛。』今觀集中詠美人指甲、美人足二闋，刻畫猥褻，頗乖大雅，九成乃獨加推許，不及張端義《貴耳集》獨取其《南樓》一詞爲不失賞音矣。」〔五二〕或許是因爲這一原因，馮金伯對相關創作的態度相當審慎，只選取了其中的五家六首。按時代先後，入選詞作可分爲兩個部分——清代初年錢芳標的「息」、董以寧的「肩」、「膝」、朱彝尊的「乳」和清代中葉厲鶚的「心」、吴蔚光的「神」。從「息」、「肩」、「膝」、「乳」到「心」、「神」，所詠對象已經開始超出感官所能體認的範疇，在某種程度上趨于抽象化。在六首之中，馮氏對最後一首尤爲欣賞。其實，吴蔚光的創作包括「美人神」、「光」、「氣」、「姿」四首。乾隆三十年（一七六五），吴蔚光受其友高文照之邀，擬以《沁園春》「補詠骨、舌數端」，然而並未寫成。至乾隆四十八年（一七八三），吴蔚光追憶過往，認爲美人之美不在皮、骨，而在神、光、氣、姿。所以，他轉換歌詠角度，不再拘泥于展示美人的肢體或器官，而是著重傳遞其神、光、氣、姿，從而避免「猥褻」之譏和「側艷」之嫌。〔五三〕正因爲如此，馮金伯特别爲之加上按語：「是闋詠美人詞美不勝收，玆只嘗鼎一臠而已。」〔五四〕

清代初年，詞人對于明代盛行的各類題材並不排斥，他們在創作時力圖以「雅」的表達來顯示自己和前代的區别。到了清代中葉，詞人的尚雅意識更爲强烈，對于清初流行的題材也有所選擇：一方面減少部分詞題的創作，比如「私語、秘戲諸題」，另一方面推動部分詞題的創新，比如詠美人之神、光、氣、姿。相應的，從清代初年到清代中葉，雅詞的評判標準也經歷了從强調表達到擇題與表達並重的轉變過程。

結　論

有清一代，各類詠物詞的創作一直頗爲繁盛。在編輯《熙朝樂府雅詞》的過程中，馮金伯充分認識到清代詠物詞的重要價值，因而參照《歷代詩餘》、《欽定國朝詩别裁集》、《欽定詞譜》編選了《熙朝詠物雅詞》。一方面，馮氏重視「擇調」，入選數量排名靠前的詞調基本反映了詞史的選擇；另一方面，馮氏也重視「擇題」，强調詠物詞題應符合「雅」的要求。在「擇調」、「擇題」的同時，馮氏也重視「擇人」。諸家的入選詞作數量，體現了馮氏對浙西詞派的大力標舉和對詞史脈絡的準確把握。而這部選本對清代詠物詞的階段性回顧，也折射出雅詞評判標準從强調表達到擇題與表達並重的歷史轉變。儘管《熙朝詠物雅詞》的編選工作存在些許瑕疵，但作爲目前所知唯一一部出自清人的詠物詞選，其所蘊含的詞學價值不容忽視。

〔一〕金福曾修，張文虎纂《（光緒）南匯縣志》卷一二，民國十六年（一九二七）重印本。

〔二〕李睿《清代詞選研究》，華東師範大學博士學位論文二〇〇六年，第二四七頁。

〔三〕馮金伯《熙朝詠物雅詞序》，馮金伯編《熙朝詠物雅詞》，天一閣博物館藏清嘉慶十三年（一八〇八）刻本。

〔四〕按，關于馮氏的卒年，王作九《簡介南匯歷史上的著名詩選——〈海曲詩鈔〉》稱其「卒于清嘉慶十五年（一八一〇）」。陳旭東《〈馮氏畫識二種〉整理説明》認爲王説「當有所本」，「惜未能得見」，而「據目前所知見，馮金伯生平事蹟可考之紀年，最遲爲《熙朝詠物雅詞序》所署之『嘉慶戊辰（十三年）長至後三日』，此後事蹟待考」（馮金伯撰，陳旭東等點校《馮氏畫識二種》，復旦大學出版社二〇一八年版）。

〔五〕《欽定凡例》其一、其二，沈辰垣等編《歷代詩餘》，上海書店一九八五年版。

〔六〕《御製沈德潛選國朝詩别裁集序》，沈德潛纂評《欽定國朝詩别裁集》，清乾隆二十六年（一七六一）刻本。

〔七〕按，《欽定詞譜》卷首爲《御製詞譜序》，故馮氏稱之爲「御製詞譜」。

〔八〕王奕清等編《欽定詞譜》卷三三，中國書店一九八三年版，據清康熙五十四年（一七一五）内府刻本影印。

〔九〕按，每卷的參訂者不盡相同，除卷一吴興潘鎔外，尚有元和朱學潛（卷二）、婁縣杜昌意（卷三）、上海陳昇（卷四、五）、平湖楊思永（卷六）、句容裴玠（卷七、八）、句容裴錡（卷九、一〇）、南匯胡宗煜（卷一一）、上海張傳鈺（卷一二）。

〔一〇〕張炎《詞源》卷下，唐圭璋編《詞話叢編》，中華書局二〇〇五年版，第二五六頁。

〔一一〕《欽定詞譜》卷二六。

〔一二〕先著、程洪《詞潔輯評》，唐圭璋編《詞話叢編》，第一三五五頁。

〔一三〕孫麟趾《詞逕》，唐圭璋編《詞話叢編》，第二五五三頁。

〔一四〕《欽定詞譜》卷一九。

〔一五〕《欽定詞譜》卷八、卷二〇。

〔一六〕《欽定四庫全書總目》（整理本），中華書局一九九七年版，第二八〇九頁。

〔一七〕吴訥編《百家詞》，天津市古籍書店一九九二年版，影印本，第一二七頁。

〔一八〕朱彝尊《〈樂府補題〉序》，朱彝尊著，王利民等校點《曝書亭全集》，吉林文史出版社二〇〇九年版，第四二一頁。

〔一九〕蔣景祁《刻瑶華集述》，蔣景祁輯《瑶華集》，清康熙二十五年（一六八六）刻本。

〔二〇〕《熙朝詠物雅詞》卷九。

〔二一〕《熙朝詠物雅詞》卷六。

〔二二〕張炎《詞源》卷下，唐圭璋編《詞話叢編》，第二六六頁。

〔二三〕《熙朝詠物雅詞凡例》其五。

〔二四〕曹貞吉《珂雪詞》卷下，清康熙刻本。

〔二五〕《瑶華集》卷一五。

〔二六〕龔翔麟輯《浙西六家詞》，清康熙龔氏玉玲瓏閣刻本。

〔二七〕鄒祗謨《倚聲初集》卷四，清初刻本。對于此事，馮金伯《詞苑萃編》卷一七亦有記載（唐圭璋編《詞話叢編》，第二一一八—二一一九頁）。

〔二八〕余懷著，薛冰點校《板橋雜記》，南京出版社二〇〇六年版，第九頁。

〔二九〕南京大學中國語言文學系《全清詞》編纂委員會編《全清詞·順康卷》，中華書局二〇〇二年版，第六五五〇—六五五一頁。按，《倚聲初集》卷四作「詠青溪遺事畫册，同其年、程郁作」。

〔三〇〕《全清詞·順康卷》，第三八九五—三八九六，二九九二—二九九三，五二〇三—五二〇四，五九〇三—五九〇四頁。

〔三一〕《全清詞·順康卷》，第九九九八—一〇〇〇一，九〇〇六—九〇〇七頁。

〔三二〕相關問題的探討，可參見張宏生《典雅與俗艷——朱彝尊〈沁園春〉寫艷諸作的時代風貌及其歷史評價》，《安徽大學學報（哲學社會科學版）》二〇一二年第五期。

〔三三〕李小雨《論清代前中期詠艷詞——以〈沁園春〉詠艷爲中心》，《中國韻文學刊》二〇一九年第四期，第七五頁。

〔三四〕沈守正《雪堂集》，明崇禎沈尤含等刻本。

〔三五〕嚴迪昌《清詞史》，江蘇古籍出版社一九九〇年版，第二五一頁。

〔三六〕《國朝畫識》卷四，《馮氏畫識二種》，第九五頁。

〔三七〕陳廷焯《白雨齋詞話》卷四，唐圭璋編《詞話叢編》，第三八六一頁。

〔三八〕謝章鋌《賭棋山莊詞話》卷七，唐圭璋編《詞話叢編》，第三四一五頁。

〔三九〕參見《清詞史》第一編「清初詞壇與詞風的多元嬗變」、第二編「『陽羡』、『浙西』二派先後崛起和清詞『中興』期諸大家」，第七—三〇七頁。

〔四〇〕參見《清詞史》第三編「清代中葉詞風的流變」，第三〇八—四二〇頁。

〔四一〕對于同調同題之作，首次出現時列出詞題，第二次以後承前省略。

〔四二〕《倚聲初集》卷一三。

〔四三〕蔣景祁《刻瑶華集述》。

〔四四〕《倚聲初集》卷四。

〔四五〕《倚聲初集》卷一三。

〔四六〕饒宗頤初纂，張璋總纂《全明詞》，中華書局二〇〇四年版，第一四九三頁。
〔四七〕吴衡照《蓮子居詞話》卷三，唐圭璋編《詞話叢編》，第二四六一頁。
〔四八〕《全清詞·順康卷》，第五三二一頁。
〔四九〕李富孫纂《曝書亭集詞注》卷五，清道光刻本。
〔五〇〕《清高宗御製詩文全集》第八册，臺北「故宫博物院」一九七六年版。
〔五一〕〔五二〕《欽定四庫全書總目》（整理本），第一九二一頁，第二七九八頁。
〔五三〕張宏生主編《全清詞·雍乾卷》，南京大學出版社二〇一二年版，第六〇八五頁。
〔五四〕《熙朝咏物雅詞》卷一一。

（作者單位：南京師範大學文學院）

逆溯與專師：《宋四家詞選》、《宋七家詞選》的創作取徑與典範意義

葛恒剛 王居衡

内容提要 《詩人主客圖》中「主」、「客」意識在清代中後期詞選中的呈現，是選家通過選陣佈置以體現詞學宗法來實現的，《宋四家詞選》、《宋七家詞選》從不同層面受到了《詩人主客圖》的影響。其在選陣佈置上的差異，決定了這兩部詞選在創作取徑上最終走向了殊途，表現爲兩種不同的路徑。嗣後的《海綃説詞》與《宋詞舉》分别沿著這兩種不同的路徑，將逆溯、專師之法各自推演，推動了清季民初詞學的演進。可以説，在選本和創作這兩個方面，《宋四家詞選》、《宋七家詞選》在清季民初詞壇上都具有重要的典範功能與示範效應。雖然各自代表的兩條路徑之争似乎比較激化，但兩者並非涇渭分明，實際上不乏重疊之處，這説明清季民初詞學的不同流派在通向專精之際，也不斷融合異質力量以實現自我完善，已然成爲大勢所趨。

關鍵詞 《宋四家詞選》 《宋七家詞選》 創作取徑 典範意義

本文爲國家社會科學基金重大項目「中國詞學通史」（17ZDA239）、江蘇省社會科學基金重大項目「江蘇區域文化内涵和特徵研究」（17ZD008）階段性成果。

在晚近詞學中，對清季四家與常州詞派離合關係的認可與否是一個關係到詞學譜系的重要問題，對此歷來存在兩種態度。一者强調清季四家對于戈載等吴中詞人審音辨律師法的基本接受〔一〕，一者認爲清季四家本源于常派却又多有改造。本文傾向于前者，執此態度的依據是，清季四家的後繼者陳洵及其《海綃説詞》，與暗承吴中詞派遺意的陳匪石及其《宋詞舉》之間的關係，體現出了兩派既對立又融合的態勢。若追根溯源，可以發現吴中詞派對以四大家爲代表的清季民初詞壇施加影響，不只是通過戈載的《詞林正韻》，也不止體現在講求聲律〔二〕，戈載的《宋七家詞選》也曾産生過重要作用。但在晚近的著述中，《宋七家詞選》被提及的頻率，既不能與《宋四家詞選》相提並論，與《詞林正韻》相較也存在一定差距。這給研究者造成一種印象，即清季民初的詞家在嚴辨聲律方面參考了《詞林正韻》，而在選取典範、揣摩技法上則得益于《宋四家詞選》。不過從後世選本所受《宋七家詞選》的影響來看，該書對晚近詞學演進的推動作用，並不遜色于《宋四家詞選》。尤其重要的是，《宋四家詞選》與《宋七家詞選》都是在《詩人主客圖》與受其影響下的江西詩學的燭照下生成的，兩者與清初流行的以調編次的詞選相比，不僅更具有創作取法的可行性、有效性，而且在形式上標舉四家或七家，規模遠小于之前的其他詞選，是詞選形式和内涵的重大突破，對後世也具有選本典範的功能和意義。

一　《詩人主客圖》影響下的《宋四家詞選》與《宋七家詞選》

《宋七家詞選》的選陣特色被顧隨先生總結爲「一祖六宗」〔三〕，其云：

> 宋末詞路自北宋清真（周邦彦）一直便至南宋白石（姜夔），其後則梅溪（史達祖）、夢窗（吴文英）、碧山（王沂孫）、草窗（周密）、玉田（張炎），此爲一條路子。南宋除此六家外，無大作者。清人戈載輯《宋七家詞選》，即收此七家之詞。江西詩派有一祖（杜甫）、三宗（黄庭堅、陳師道、陳與義）。南宋詞

一祖（周邦彥）、六宗（白石、梅溪、夢窗、碧山、草窗、玉田）。如果算上竹山，則是一祖七宗，自清以來，詞人多走此路子。〔四〕

事實上，戈載原選有《八家詞選》，其曾自述「凡昔人之詞集、詞選無不遍求而讀之，曾輯《六十家詞選》《八家詞選》」〔五〕，《八家詞選》應爲《宋七家詞選》之前身。朱綬也説戈載「曾輯君特、叔夏及美成、堯章、邦卿、公謹、聖與、君衡所作爲宋人八家樂府，然則君之樂府所以多且工者，其宗法又可知也」〔六〕，可見《八家詞選》在宋七家之外，還收入了陳允平一家。

「一祖六宗」是江西詩學思維影響下的表述，是受「一祖三宗」的啟發而提出的概念，《宋七家詞選》的選政受到了江西詩學的影響，應無疑義。在這個意義上，顧隨可謂戈氏的隔代知音，只不過其所論稍顯籠統。如果要進一步探得戈載的選心，還可從其他方面獲得提示。首先，戈載認爲周邦彥詞「最爲詞家之正宗」，「故列爲七家之首焉」〔七〕，其地位與用意一如老杜被江西詩派追尊爲詩「祖」。其次，從上引朱綬所述可知，隨著《宋七家詞選》選政的展開，戈載的個人創作也不斷從中受到啟發。《八家詞選》中南宋詞人佔據七席，戈載創作「多且工」應主要是學習南宋諸家，而不僅是向周邦彥學習的結果，這與江西詩派詩學近「三宗」而遠老杜的情況如出一轍。無論是戈載刪掉陳允平（字君衡），還是顧隨加入蔣捷（號竹山），都是在創作上取法名家，以獲取最佳研摩效果。最後，《宋七家詞選》亦有超越「一祖三宗」藩籬之處，這體現在其所選七家的地位設置上，不僅「祖」和「宗」地位存在差異，且诸「宗」之間地位也不相等。如其卷二跋語云：「予嘗謂梅溪乃清真之附庸，若仿張爲作詞家主客圖，周爲主，史爲客，始非定論也」〔八〕，戈氏所謂史達祖乃周邦彥之附庸，正見《詩人主客圖》中的「主」、「客」意識。與此相關，同爲諸宗之一的吴文英與周密，號稱「二窗」，雖未被明確指出存在「主客」關係，實際上戈載却是有所軒輊。戈氏認爲，周草窗詞「盡洗靡曼，獨標清麗，有韶倩之色，有綿渺之思，與夢窗旨趣相侔。二窗並稱，允矣無忝」，雖然「其于律亦極嚴謹」，與吴中詞人志趣相契，然而「用韻則遜于夢窗」〔九〕，稍有相形見絀之憾。因而所謂「二窗並稱」，實則夢窗爲主，草窗爲客，在看似没有差别的叙述中暗寓高低，推尊夢窗的用意似隱實顯。

根據現存文獻大體可以推測，文學史上的「主客」意識萌芽于鍾嶸《詩品》，嗣後唐末張爲在《詩人主客圖》中提出了明確的「主」、「客」概念，學界多認爲這是推動後世文學流派形成的濫觴〔一〇〕。清人李調元在《詩人主客圖序》中云：「求之前代，亦如梁參軍鍾嶸分古今作者爲三品，名曰《詩品》，上品十一人，中品三十九人，下品六十九人之例」，顯然是看到了兩者之間一脈相承的關係。兩者的差異性也不難看出：《詩品》評論諸家「摭取閎富」、「精當無遺」；而《詩人主客圖》所論選「于唐代詩人中未及十分之三四」，所引「也非其集中之傑出者」〔一一〕。因而，《詩人主客圖》在後世聲名不佳，但影響極大，主要體現在推動文學流派的形成上，而推動文學流派形成的手段又主要表現在推動文學選本的選刊上，其對晚近詞學的影響不容小覷。爲直觀地考察其選陣，列表如下：

主 ＼ 客	主	上入室	入室
廣大教化主	白居易	楊乘	張祜、羊士諤、元稹
高古奥逸主	孟雲卿	韋應物	李賀、杜牧、李餘、劉猛、李涉、胡幽貞
清奇雅正主	李益	蔡郁	劉畋、僧清塞、盧休、于鵠、楊洵美、張籍、楊巨源、楊敬之、僧無可、姚合
清奇僻苦主	孟郊	陳陶、周朴	
博解宏拔主	鮑溶	李群玉	司馬退之、張爲
瓌奇美麗主	武元衡	劉禹錫	趙嘏、長孫佐輔、曹唐

續表

主 / 客	廣大教化主 白居易	高古奥逸主 孟雲卿	清奇雅正主 李益	清奇僻苦主 孟郊	博解宏拔主 鮑溶	瓌奇美麗主 武元衡
升堂	盧仝、顧况、沈亞之	李觀、賈馳、李宣古、曹鄴、劉駕、孟遲	方干、馬戴、任蕃、賈島、厲玄、項斯、薛壽			盧頻、陳羽、許渾、張蕭遠
及門	費冠卿、皇甫松、殷堯藩、施肩吾、周光範、祝天膺、徐凝、朱可名、陳標、童翰卿	陳潤、韋楚老	僧良乂、潘誠、于武陵、詹雄、衛準、僧志定、俞凫、朱慶餘	劉得仁、李溟		張陵、章孝標、雍陶、周祚、袁不約

張爲對詩「主」的區分，源于對詩人風格的考察，而在六位詩「主」中，「廣大教化主」白居易顯然高居首位。水平稍次的「客」附庸于「主」的名下，且根據詩歌成就被分爲上入室、入室、升堂、及門四類，藉此構建了一個富有宗派意識的詩學體系。南宋人陳振孫説：「近世詩派之説殆出于此。」〔一二〕清人李調元轉述此語時，語氣更爲堅決：「宋人詩派之説實本于此。」〔一三〕從中不難見出清人對《詩人主客圖》在江西詩派乃至後世文學流派形成過程中所起作用的認識，較之前人有所深化。

《詩人主客圖》對文學流派形成的影響漸漸由詩學移諸詞學，這符合「以高行卑」的文體互參規律〔一四〕。如果説《宋七家詞選》中的「主」、「客」關係只存在于部分詞家中，那麽《宋四家詞選》的選陣可謂是《詩人主客圖》的簡化形式：

宋四家	周邦彦	辛棄疾	王沂孫	吳文英
宋四家附録	晏殊、韓縝、歐陽修、晏幾道、張先、柳永、秦觀、賀鑄、韓元吉	徐昌圖、韓琦、范仲淹、蘇軾、晁補之、洪皓、姜夔、陸游、陳亮、趙以夫、陳經國、方岳、蔣捷	林逋、毛滂、潘汾、吕本中、康與之、范成大、史達祖、張炎、黄公紹、陳恕可、唐珏	張昇、趙令時、王安國、蘇庠、陳克、嚴仁、高觀國、陳允平、周密、王武子、黄孝邁、王夢應、樓采、無名氏

周濟在《宋四家詞選目録序論》中將辛棄疾、吳文英並列，認爲「稼軒由北開南，夢窗由南追北，是詞家轉境」〔一五〕，所謂「轉境」是指辛、吳在詞史上别開風氣。宋四家在選本中的順序爲周→辛→王→吳，在詞史中的序列則爲北宋→由北開南→南宋→由南追北，呈現出雙綫並行的敘述形態。周濟謂周、辛、王、吳「爲四家，領袖一代」，這與《詩人主客圖》中的六「主」地位比較相當，「集大成」者周邦彦的地位等同于「廣大教化主」白居易的地位。周濟所謂「餘子犖犖，以方附庸」〔一六〕，則與《詩人主客圖》中每一「主」下面的上入室、入室、登堂、及門諸類「客」具有對應關係，這可以説是一種簡化了的處理方式。需要指出的是，在四家附庸中，詞人彼此之間的時間順序被打破了，周氏並未根據四家所處年代進行分類，而是聚焦于諸家在詞史上的地位和作用，以及四家在風格上的異同。這一方面可以避免因遷就詞家年代而産生的比擬不倫之弊，另一方面也避免了對「客」關注過多而忽略了「主」的領袖地位。宋四家中北宋一家、南宋三家，從數量上看偏重南宋。這是因爲「南宋有門徑，有門徑故似深而轉淺；北宋無門徑，無門徑故似易而實難」〔一七〕，南宋易于初學，故在數量上佔優。爲了平衡這一差異，周氏在辛棄疾、王沂孫、吳文英三家下面羅列了多位北宋詞人。可以説，《宋四家詞選》模仿了《詩人主客圖》的選陣，但簡化了原本繁瑣的分類，更加突出宋

四家的地位，且四家所附不是斤斤于北宋、南宋，而是力求貫通一代，這是一種較爲靈活的處理，也是一種更爲通達的詞史觀。

要言之，清代詞學中受詩學影響的案例屢見不鮮，《宋四家詞選》與《宋七家詞選》的選陣佈置都可以視作有意學習《詩人主客圖》的結果。但兩部詞選也體現出了不同的特點：《宋四家詞選》不僅是具體而微，而且能結合自身需要推陳出新；《宋七家詞選》則更具「主客」意識，它將風格相近的詞家並稱，既可以給研究者觀察某類詞人的詞史地位提供幫助，又能對研究這些詞人的歷代接受情況提供啟發，比如歐晏、姜張在後世的地位、關注度是否有起有伏，可以藉此展開討論，當然，這不是本文要展開的話題。

二　逆溯與專師：《宋四家詞選》、《宋七家詞選》取徑之異

清初兩大詞選《詞綜》和《御選歷代詩餘》都帶有求全求備的意識，目的是整理、保存文獻，扭轉明代以來詞學荒蕪的頹勢。至清代中期，作爲課本之選的《詞選》規模驟減，僅收録唐宋詞百餘闋。《宋四家詞選》與《宋七家詞選》也延續了這一風氣，删繁就簡，只留下數位詞人以供研習。但在學習路徑上，兩部詞選存在較大差異。

《宋四家詞選》所録諸家的次序是周、辛、王、吴，後世在創作上傳誦更廣、影響更爲深遠的所謂「常州家法」，乃是「問塗碧山，歷夢窗、稼軒，以還清真之渾化」，與《宋四家詞選》的正序、倒序均有差異，主要是吴文英、王沂孫孰先孰後。考慮到周濟所處的嘉道時期，詞人們對于吴、王生卒年並未有明晰的認識〔一八〕，故本文對于兩種次序只考察其差異，不以今人的學術視野和觀點判定是非。周、辛、王、吴一説主要著眼于四家在宋代詞史中的作用，從宏觀來看，這種詞史意識源于對清代詞史的建構；從微觀來看，則與貫穿清代的南北宋之争關係密切。「問塗碧山，歷夢窗、稼軒，以還清真之渾化」可謂是常州詞派創作門徑的示

範與進階指南，其路徑可以簡稱爲「由南追北」。有學者敏鋭地覺察到《宋四家詞選》「由南追北」逆溯之法的特異性，對此有專門的論述〔一九〕，本文不再贅述。

相比《宋四家詞選》層次分明、先後有序的取法路徑，《宋七家詞選》顯得十分簡略。其編選標準不難從戈載的題辭中看出：

> 詞學至宋，盛矣，備矣。然純駁不一，優劣迥殊。欲求正軌，以合雅音，惟周清真、史梅溪、姜白石、吴夢窗、周草窗、王碧山、張玉田七人，允無遺憾。暇日擇其句意全美，律韻兼精者，各爲一卷，名曰《七家詞選》。〔二〇〕

可知戈氏的選録標準有二：一是「雅音」，一是「句意全美，律韻兼精」。因此，七家雖有「主」「客」之别，但在戈載眼中，都是一代之勝。「填詞之不工，由于讀詞之無法；而讀詞之無法，由于選詞之未精」〔二一〕，吴中詞人似乎對《宋七家詞選》的編選宗旨和可能取得的示範效應頗爲自信。一般情況下，驗證詞選精與不精的要素之一是其指導創作是否有效。可以看出，吴中七子以《宋七家詞選》的編選爲契機，提出了專師一家的創作取徑。爲什麽這樣説呢？因爲《宋七家詞選》並未限定取法對象，其所選宋七家都能體現吴中詞人的詞學宗旨，讀者自可在七家中按喜好選取一家，進行模擬、學習，以促進填詞進步。從吴中七子自身的創作實踐看，也多能踐行這個追求。如朱綬主要取則夢窗，他説：「清真、白石、梅溪、碧山皆所篤嗜，而私淑之願尤在夢窗、草窗」〔二二〕，實際上，其取法主要是夢窗一家，表現出了極大的拓荒精神。取法夢窗在當時可以説是「舉世不爲」，缺乏可資借鑒的先例，但朱綬最終成爲「夢窗以後一人而已」〔二三〕的名家，對于清季民國的「夢窗熱」，在創作層面起到了很好的示範作用。此外，戈載稱王嘉禄（字井叔）「筆意絶類《碧山樂府》，人皆以中仙後身稱之」〔二四〕，可見王氏專師碧山，爲世所公認。其他各家，也都以一家爲主要宗奉對象，在創作上各自取得了不俗的成績。正如蔣敦復所説，「西生宗夢窗，閏生宗梅溪，井叔宗碧山，余草窗、竹屋，各有專尚」〔二五〕，七子各自專師的詞家與《宋七家詞選》所收可以説是存在著互爲因果和印證的關係。

《宋四家詞選》與《宋七家詞選》在具體取法途徑上表現出的差異，在兩部詞選的選陣中早已透露消息。《宋四家詞選》强調四家的領袖地位，四家之間也是秩序井然，一絲不苟，儘管選陣佈置與《目録序論》所倡導的進取步驟略有出入，逆溯之法却是貫穿始終的要旨。《宋七家詞選》的體系意識雖不是很强，其中的「主客」關係也只是討論詞家風格及詞史地位的結果，但它却提供了一個相對開放的「典範集合」，讀者可以根據個人喜好，在其中自由選擇。從蔣兆蘭的評述，可以見出後人對取徑差異的認知：「周止庵《宋四家詞選》，議論透辟，步驟井然，洵乎暗室之明燈，迷津之寶筏也。其後戈順卿又選宋七家詞彙爲一編，學者隨取一家，皆可奉爲師法，就此成名。」〔二六〕這種差異與兩書生成方式關係很大，即前者爲獨斷之選，後者乃集萃之作。《宋四家詞選》的編選雖受到過董晋卿等人的影響，但不可就此認爲此書出于衆手，《宋七家詞選》的形成却是平衡了群體追求與個人喜好的結果。

雖然吴中詞人有各自專師的詞家，但彼此並非各自爲陣，勢若散沙，而是有著高度一致的詞學志趣，再加上其他因素的作用，吴中詞人成为了具有較大影響的詞學流派。這種局面的形成離不開戈載領袖地位的確立，陸損之説：「吾友戈順卿，吴中詞人之指南也」〔二七〕，戈氏在七子中的地位可見一斑。吴中七子爲戈載、朱綬、沈傳桂、吴嘉洤、王嘉禄、陳彬華、沈彦曾，他們「英年隨肩，妙才把臂，生同里閈，長共筆硯」〔二八〕，具有很强的地域特徵和稱派基礎。朱綬稱戈載「嘗于廣座説宋人樂府某解工，某解不工，衆論互有同異，及辨析陰陽清濁、九宫八十一調之變，皆嘿以聽君」〔二九〕，可見吴中詞人群體具有優良的詞學探討風氣，戈載由于具備遠邁衆人的音律素養，在這個群體中無疑最具發言權。談到與戈載交游對自身填詞的影響，朱綬表示：「審定聲律，則戈君順卿之力居多」〔三〇〕，吴嘉洤亦有類似經歷：「繼交戈君順卿，乃始精究陰陽清濁之分，九宮八十一調之變。」〔三一〕戈載成爲吴中七子的領袖，原因自然是多方面的，審音辨律之長成爲其最大優勢，彌補了他創作上的缺憾〔三二〕。吴中諸子在戈載的領導下，「首嚴于律，次辨于韻，然後選字鍊句，遣意命言從之」〔三三〕，因此，《宋七家詞選》可以看作集體意志的結晶，是吴中詞人形成詞學流派的重要標志，在詞壇上産生了較大的影響。創作上的專師一家，借助吴中詞派的影響，足以與常州詞派的逆溯之法並立詞壇，彼此競争而又互爲參照。逆溯與專師兩條途徑，在後世演繹出了不同的流變軌跡，二者之間既相互競争又彼此融合，受此影響的民國詞選在諸多方面有分有合，呈現出雙綫並行而後交匯融合的態勢。

三　典範的形成與後世的回響

《宋四家詞選》、《宋七家詞選》作爲嘉道時期的優秀選本，其典範意義，却晚至同光時期方才確立。《宋四家詞選》編定于道光十二年（一八三二），在道光、咸豐兩朝影響頗小，它廣爲人知，是在同治十二年（一八七三）潘祖蔭重刊本流傳之後〔三四〕。與之經歷類似的《宋七家詞選》，初刻于道光十六年（一八三六）。咸豐五年（一八五五），孫麟趾云：「戈順卿典籍向有選本，爲友人攜去未刻」，又提及「宋七家」〔三五〕，與戈氏《宋七家詞選》所列相同，此「選本」應指《宋七家詞選》。孫氏在此文中回憶早年與吴中詞人探討詞學，此時竟不知《宋七家詞選》早有道光刊本，説明此書初版流傳不廣。而此書後來常見的本子，乃是光緒十一年（一八八五）曼陀羅華閣重刊本。考慮到並未有周濟、戈載的交游材料流傳下來，兩部詞選在選家生前又流傳不廣，它們所樹立的典範可以認爲存在某種應時而生的默契。《宋四家詞選》、《宋七家詞選》所選，重複詞家竟達三家（周、吴、王）之多，隱藏在背後的詞學觀念和宗派意識是很值得玩味的。

嘉道之際，浙派漸衰，姜、張的典範地位摇摇欲墜。周濟、戈載都主張吐故納新，它們的創作取法對象也一度發生轉向。周濟早年「服膺白石」、「不喜清真」，而終以爲白石「門徑淺狹」，且「篤好清真」〔三六〕，實現了由浙入常的宗派轉變。與之相比，戈載在取徑轉變之時的態度較爲温和：「余于詞致力已二十餘年，始以《山中白雲》爲宗，繼復醉心于甲、乙、丙、丁四稿。」〔三七〕專師對象從白石到夢窗，與周濟黜姜崇吴的詞學態度頗爲接近。常州詞派在張惠言、周濟生前寂寥無聞，反而是吴中詞派名震一時，與現在對兩派的詞學史定位大相徑庭。因此，我們今天看來，較爲晚出的《宋七家詞選》收取的周、吴、王三家也出現在《宋四家詞選》中，戈載似有趨靠常派之意，其實這既不符合當時兩派的詞壇聲望，也未深究兩書的刊刻版次與實際影響的關係。本文認爲，没有證據表明《宋四家詞選》與《宋七家詞選》存在借鑒關係，兩部詞選所選典範存在重合部分，可以視作浙派式微之際，詞學家們較爲同步的自我糾偏。譚獻所謂「清真、夢窗、中仙之緒既昌，玉田、石帚漸爲已陳之芻狗」〔三八〕，其實並不符合晚近詞壇浙、常融合的基本態勢。如果順著譚獻的話説，自然周濟應居首功；但若想爲晚近詞學潮流尋找源頭，《宋七家詞選》無疑更爲合適。面對詞壇危機，不論表現得激進或温和，其典範生成的重要意義都是不容抹殺的。

《宋七家詞選》的得失功過，近人多有評述，可謂毁譽參半〔三九〕。《宋四家詞選》則獲得了極大認同，成爲繼張惠言《詞選》之後的又一重要選本，如蔣兆蘭所説：「清季詞家，蔚然稱盛，大抵宗二張、止庵之説，又竭畢生心力爲之。」〔四〇〕對兩部詞選的反對意見亦各有側重，批評戈選者主要針對其妄改原文，指摘周選者則往往質疑逆溯之法的合理性。前者是局部問題，後者常被認作源頭性的大問題。夏敬觀的意見很有代表性，他認爲「大凡學爲文辭，入手門徑，最爲緊要，先入爲主，既有習染，不易滌除」，而周濟逆溯之法，「乃倒果爲因之説，無是理也」〔四一〕。爭議越大，越能説明兩部詞選在當時業已成爲研習宋詞的選本典範。從民國詞選接受的角度看，這種典範意味尤爲明顯，茲以陳洵的《海綃説詞》、陳匪石的《宋詞舉》爲例。

從選型來看，《海綃說詞》與《宋四家詞選》、《宋詞舉》一樣，都是以論爲選的典型。從選系來看，《海綃說詞》爲《宋四家詞選》一系，《宋詞舉》爲《宋七家詞選》一系。從選域來看，《海綃說詞》主要演說周邦彥、吴文英二家詞，窄在人數；《宋詞舉》共選兩宋十二家詞五十三首，窄在詞數。總而言之，《海綃說詞》與《宋詞舉》關係極爲密切，有同有異。

在《海綃說詞》中，陳洵將「宋四家」說改造爲「師友」說：

> 周止庵立周辛吴王四家，善矣。惟師說雖具，而統系未明。疑于傳授家法，或未洽也。吾意則以周吴爲師，餘子爲友，使周吴有定尊，然後餘子可取益。于師有未達，則博求之友。于友有未安，則還質之師。如此，則系統明，而源流分合之故，亦從可識矣。〔四二〕

陳洵之所以說「宋四家」說「統系未明」，是從自身創作實踐經驗出發，對風靡天下的常派路徑表示懷疑：

> 吾年三十，始學爲詞。讀周氏四家詞選，即欲從事于美成。乃求之于美成，而美成不可見也。求之于稼軒，而美成不可見也。求之于碧山，而美成不可見也。于是專求之于夢窗，然後得之。因知學詞者，由夢窗以窺美成，猶學詩者由義山以窺少陵，皆途轍之至正者也。〔四三〕

陳洵初讀《宋四家詞選》，並未遵從逆溯之法，爲窺見美成詞中高境，按周、辛、王、吴的順序依次研摩。最終發現，「由吴以希周」即可〔四四〕，于是將辛、王退爲「友」。

《海綃說詞》中關于「師友」有兩種表述：一是「以周、吴爲師，餘子爲友」，一是「立周、吴爲師，退辛、王爲友」〔四五〕。「周、吴爲師」是極爲明確的，「友」是否只有辛、王二人呢？本文以爲，第一種表述更符合陳洵原意，「友」的範圍不限于辛、王。理由有二。第一，陳洵使用「餘子」這一代詞實是淵源有自。周濟說：「餘子犖犖，以方附庸」，宋四家之外皆是「餘子」；又「夢窗立意高，取徑遠，皆非餘子所及」〔四六〕，此處「餘子」指周（甚至不包括周邦彦）〔四七〕、吴之外的詞家。周濟兩處使用「餘子」，指稱範圍雖不完全等同，却都是指稱絶大多數詞家。陳洵自言「師友」之説，「實本周氏之意」〔四八〕，故陳洵應對周濟所説「餘子」的指代範圍有所察覺。第二，陳洵弟子馮平著有《宋詞緒》一書，分「師周吴第一」、「問途碧山第二」、「餘子爲友第三」三個部分，「餘子爲友第三」囊括了兩宋名家〔四九〕。馮平此書雖選目與《海綃説詞》不同，選陣佈置却以「師友」説爲綱，一定程度上可以反映乃師宗旨。辛、王退而爲友，與兩宋衆多詞人並列，此舉無疑是爲了突出吴文英之于「以還清真之渾化」的作用，這一主張經朱祖謀的大力宣揚，成爲推尊夢窗詞的理論支柱。與浙西詞派近張而遠姜一樣〔五〇〕，「師友」説旨在專師夢窗而懸置清真，因夢窗門徑較爲顯然之故。

《海綃説詞》中的「師友」與《宋四家詞選》中的「主客」並無太大分别，但在《海綃説詞》的選目中，只有「師」而未見「友」，與《宋四家詞選》中「主客」兼備的情況並不一致。據此轉變能夠説明，從周濟到陳洵，選本爲創作服務的傾向愈加明顯；取法對象行之有效，不僅要求有效果，還要求有效率。

《宋詞舉・凡例》明確表示采用「由南追北」的逆溯之法：「近人講歷史者有用逆溯者，兹仿其意。」〔五一〕其逆溯途徑，變《宋四家詞選》的單綫結構爲雙綫結構：周濟的著眼點主要在周、辛、王、吴的慢詞，《宋四家詞選》指示的門徑也多指慢詞；《宋詞舉》于南宋側重慢詞，于北宋側重小令，「北宋小令，近承五季，慢詞藩衍，其風始微」〔五二〕，在選陣上融入了對小令、慢詞遞次而興的思考。

從形式來看，《宋詞舉》其實更接近《宋七家詞選》。第一，陳匪石顯然捕捉到了《宋七家詞選》中的「主客」意識，認爲「周密附庸于吴，尤爲世所同認」，「史達祖步趨清真」，周、史同爲附庸，但因南渡之後，「專爲此種格調者（史達祖步趨清真）實無其匹」〔五三〕，故去周而存史。第二，《宋詞舉》雖遵循逆溯之法，却未曾脱離專選一代之勝的思路，這一點與《宋七家詞選》較爲相似。第三，《宋詞舉》列詞家小傳，每首詞都作了校記、考律，與《宋七家詞選》一脈相承〔五四〕。《宋詞舉》中南、北宋各選六家，起自張炎，迄于柳永，較之《宋七家詞選》以周邦彦爲止境，其選域擴張不少，因此，《宋詞舉》更像是一部以大家名作勾勒而成的宋詞簡史。

《海綃説詞》在選系上是《宋四家詞選》一系，落實在創作上則近于專師之法；《宋詞舉》爲《宋七家詞選》一系，却選擇了逆溯之法。質言之，《海綃説詞》與《宋詞舉》選系、取徑各異，都從不同層面受到《宋四家詞選》與《宋七家詞選》的影響。可以説，《海綃説詞》與《宋詞舉》分别沿著這兩種不同的路徑，將逆溯、專師之法各自推演，導致晚近時期詞學的兩條路徑之争似乎更加激化，然而兩者並非涇渭分明，實際上不乏重疊之處，這説明晚近詞學的不同流派在通向專精之際，也不斷融合異質力量以實現自我完善，已然成爲大勢所趨。

結　語

晚近以來，詞學體系建構愈加完備，詞之作法的討論也愈加激烈。《宋四家詞選》提出的逆溯之法與《宋七家詞選》中的專師之法成爲詞家關注的焦點。前者的缺陷在于逆溯究竟當以誰人爲準，取法過衆最終可能一無所得，《海綃説詞》中「師友」説的提出很好地解決了這個問題，「由吴以希周」的捷徑更能滿足當時詞家服膺常派師法以求自立的需要。後者的缺陷在于取法途徑語焉不詳，讀者只能憑藉吴中七子的創作實績加以推測，爲補闕漏，《宋詞舉》主張遍學兩宋名家，遵從逆溯之法。兩條途徑並無優劣之分，落實在創作中，清季民國也各有成功案例，關鍵在于學習創作者應當學古有我，方能名家。四部詞選都不是傳統意義上的選本，它們出現在填詞技法全面總結和漸趨完善的時期，同時也是詞學體系建構、自我樹立之際，與晚近詩學的全面總結、融合發展保持著一定的同步性。傳統觀念以爲，晚近詞學在面臨新世界的衝擊時，表現出固守傳統的姿態，其實這一時期的詞學新變不僅僅體現在創作中融入新事物、新觀念〔五五〕，而且有著很强的自我完善的意識。從這個視角出發，或可對詩界革命背景下詞體的「缺席」這個話題展開新的討論。

〔一〕鄭文焯早年師從吳中詞人後勁潘鍾瑞、潘祖蔭，與吳中詞派關係十分密切，對四大家群體嚴辨聲律影響頗大。

〔二〕張爾田在《彊村遺書序》中提出清代詞學四盛：萬樹詞律之學、戈載詞韻之學、張惠言詞選之學、朱祖謀詞籍校勘之學。此説一出，戈載在選學方面的貢獻，受到了部分遮蔽。參見《詞學季刊》一九三三年四月創刊號，第二〇〇—二〇一頁。

〔三〕本文所用選陣、選型、選域、選心、選系等概念，均來自肖鵬《群體的選擇——唐宋人詞選與詞人群通論》，鳳凰出版社二〇〇九年版，第九—二二頁。

〔四〕顧隨《駝庵詞話》，朱崇才編《詞話叢編續編》，人民文學出版社二〇一〇年版，第三三六五—三三六六頁。

〔五〕戈載《詞林正韻·發凡》，上海古籍出版社二〇〇九年版，第八九頁。

〔六〕朱綬《翠薇花館詞序》，馮乾編校《清詞序跋彙編》，鳳凰出版社版二〇一三年版，第七八六頁。

〔七〕〔八〕〔九〕〔二〇〕〔二一〕〔二四〕戈載著，杜文瀾校注《宋七家詞選》，清光緒十一年（一八八五）曼陀羅華閣重刊本。

〔一〇〕參見陳文新《中國文學史上的「主客」意識與實踐形態》，《新疆大學學報（哲學·人文社會科學版）》二〇一八年第二期。

〔一一〕〔一三〕張爲《詩人主客圖》，丁福保輯《歷代詩話續編》，中華書局一九八三年版，第七〇頁。

〔一二〕陳振孫《直齋書録解題》卷二十二，上海古籍出版社一九八七年版，第六四五頁。

〔一四〕蔣寅《中國古代文體互參中「以高行卑」的體位定勢》，《中國社會科學》二〇〇八年第五期。

〔一五〕〔一六〕〔一七〕〔四六〕周濟《宋四家詞選目録序論》，唐圭璋編《詞話叢編》，中華書局二〇〇五年版，第一六四四—一六四五頁。

〔一八〕詞人繫年是現代詞學的産物，在嘉道時期尚未出現。關于吳、王生卒年，參見陳邦炎《吳夢窗生卒年管見》，《文學遺産》一九八三年第一期；楊海明《王沂孫生、卒年考》，《社會科學戰綫》一九八四年第三期。

〔一九〕沙先一《逆溯之法與開示門徑——從〈宋四家詞選〉到〈宋詞舉〉》，《文學遺産》二〇一一年第五期。

〔二二〕〔三〇〕朱綬《緹錦詞自序》，馮乾編校《清詞序跋彙編》，第八〇六頁。

〔二三〕戈載《知止堂詞序録》，馮乾編校《清詞序跋彙編》，第八〇五頁。

〔二五〕蔣敦復《芬陀利室詞話》卷二，唐圭璋編《詞話叢編》，第三六五四頁。

〔二六〕〔四〇〕蔣兆蘭《詞説》，唐圭璋編《詞話叢編》，第四六三一—四六三三頁。

〔二七〕陸損之《玉壺買春軒樂府序》，唐圭璋編《清詞序跋彙編》，第九三五頁。

〔二八〕〔三三〕顧廣圻《吴中七家詞序》，唐圭璋編《清詞序跋彙編》，第八五三—八五四頁。

〔二九〕朱綬《翠薇花館詞序》，唐圭璋編《清詞序跋彙編》，第七八六頁。

〔三一〕吴嘉洤《秋緑詞序》，唐圭璋編《清詞序跋彙編》，第八五六頁。

〔三二〕謝章鋌説戈載詞「平庸少味，閲至十篇，便令人昏昏欲睡」，見其《賭棋山莊詞話續編五》，唐圭璋編《詞話叢編》，第三五五八頁。七子中論創作以朱綬、沈傳桂爲優，杜文瀾説「吴中七子詞以二生爲巨擘，謂朱酉生、沈閏生也」，見其《憩園詞話》，唐圭璋編《詞話叢編》，第二九五四頁。

〔三四〕方智範、鄧喬彬等著，施蟄存參訂《中國古典詞學理論史（修訂版）》，華東師範大學出版社二〇〇五年版，第二八三、二九五、二九六頁。

〔三五〕孫麟趾《絶妙近詞凡例》，馮乾編校《清詞序跋彙編》，第一一四五頁。

〔三六〕周濟《介存齋論詞雜著》，唐圭璋編《詞話叢編》，第一六三四—一六三七頁。

〔三七〕戈載《夢玉詞序》，唐圭璋編《清詞序跋彙編》，第八八一頁

〔三八〕譚獻《復堂詞話》，唐圭璋編《詞話叢編》，第三九九九頁。

〔三九〕參見沙先一《離合于浙常二派之間——〈宋七家詞選〉與吴中詞論》，《中國韻文學刊》二〇〇二年第二期。

〔四一〕夏敬觀《蕙風詞話詮評》，唐圭璋編《詞話叢編》，第四五八六頁。

〔四二〕〔四三〕〔四四〕〔四五〕〔四八〕陳洵《海綃説詞》，唐圭璋編《詞話叢編》，第四八三八—四八四一頁。

〔四七〕周濟説：「若其（夢窗）虚實並到之作，雖清真不過也。」見《宋四家詞選目録緒論》，唐圭璋編《詞話叢編》，第一六四四頁。

〔四九〕馮平編《宋詞緒》，香港太平書局一九六五年版。

〔五〇〕參見張宏生《清詞探微》，上海古籍出版社二〇〇八年版，第二七九—二八五頁。

〔五一〕〔五二〕〔五三〕陳匪石編著，鍾振振校點《宋詞舉》，上海古籍出版社二〇一六年版，第三頁，第九九頁，第九頁。

〔五四〕後來通行的《宋七家詞選》版本爲杜文瀾校注本，編選、校注雖不出于一人之手，但從讀者接受與選本典範的角度來看，二者不

可分而觀之。

〔五五〕參見張宏生《詩界革命：詞體的「缺席」》，《南京大學學報（哲學·人文科學·社會科學版）》二〇〇六年第二期。

（作者單位：南京師範大學文學院　武漢大學文學院）

堅煉：論彊村詞的風格特徵

陳超　沙先一

内容提要　朱祖謀向以清代之「詞學殿軍」聞名，填詞取徑夢窗，被譽爲六百年來一人而已。他爲鍛煉詞心而轉益多師，繼承杜詩的詩史精神，借鑒常州派意内言外之説，以「小詞」書寫晚近波詭雲譎的時局，描繪了廣闊的社會畫卷，進一步拓展了詞的表現力；爲了彌補法乳夢窗易致的弊病，其後期填詞「蘇吴合一手」，以蘇疏吴，自成一家。夏承燾先生以「堅煉」評述彊村詞風格，彊村詞之特色雖非「堅煉」一語所能概括，但夏先生所論眼光敏鋭，體認獨到，循此而論，會發現無論音律、字面、立意，還是詞境，彊村詞都體現出「堅煉」這一風格特徵。對于夏先生的這一論述，學界尚無關注與呼應，鑒于此，我們對之進行嘗試研究，以深化對彊村詞的多元體認。

關鍵詞　朱祖謀　詩史　以蘇疏吴　堅煉

朱祖謀（一八五七—一九三一），原名孝臧，字古微，又字藿生，號漚尹，又號彊村，與王鵬運、鄭文焯、況周頤合稱「晚清四大家」。朱祖謀少年時代，即「博雅擅文學，聲聞日起」〔一〕，早歲工詩，「少以詩名，孤懷獨往」〔二〕，陳衍盛讚其爲「詩中之夢窗」〔三〕，這爲其後來詞學精進奠定了堅實的基礎。光緒二十五年（一八

本文爲國家社科基金重大項目「歷代詞籍選本叙録、珍稀版本匯刊與文獻數據庫建設」(16ZDA179)階段成果。

九九），朱祖謀入「漚村詞社」，始校勘宋詞，尤以校夢窗詞用功最深，後其爲詞諳熟宋人詞法，王鵬運稱其詞得夢窗之神髓：「自世之人知學夢窗，知尊夢窗，皆所謂但學蘭亭面者，六百年來，真得髓者，非公更有誰耶？」〔四〕後期詞采白石、東坡之疏越以濟其氣，王易稱其詞：「訂律精微，遣詞麗密，而托體高曠，行氣清空。」〔五〕關于彊村詞之風格特徵，前輩詞家多有評述，其中夏承燾先生《天風閣學詞日記》一九二九年六月十七日條云：「閱《彊村語業》，小令少性靈語，長調堅煉，未忘塗飾，夢窗派固如是也。」〔六〕

中國古代文學批評中，「堅煉」一詞使用較少。王嗣奭《杜臆》稱杜甫《苦寒行二首》其二云：「天兵三語，想頭既奇，詞復堅煉，何等筆力。」〔七〕堅煉是指語言表達上品格與特徵，厚重凝練。吴之振、吕留良《宋詩鈔》云：余靖「爲文不爲曼辭，如《辨諡》、《論史》、《序潮》等篇，皆有所發明，詩亦堅煉有法，時歐陽變體復古，靖與交厚，故亦棄華取質，爲有本之學。」〔八〕北宋詩人余靖詩風幽峭傲兀、蒼勁樸老，《宋詩鈔》稱其棄華取質，堅煉有法。吴景箕評鄭孝胥《海藏樓詩》云：「故其作品在可能範圍内，要由形神兩肖方面而使之幽峭奇警。……故其面目夷曠沖澹，且骨力堅煉，雖一字而亦不陟凡俗，此亦即名家之所以也。」〔九〕稱讚其詩「骨力堅煉」。方苞評唐寅《禹惡旨酒》一文曰：「堅煉遒净，一語不溢，題之義藴畢涵。」〔一〇〕唐寅此文煉格、煉意、煉句、煉字，無一不工整有致，故方苞有是評。陳衍《史漢文學研究法》云：「句法堅煉。多半省却虚字，亦有不盡關省虚字者。」〔一一〕林紓評韓愈《送鄭尚書序》云：「寫蠻荒之不易控攝，結以二語曰：『好則人，怒則獸。』包羅一切，堅煉處無可移易，此又下字之法也。」〔一二〕綜上，堅煉多指詩文句法、文法之遒勁凝練，風格骨力遒勁，情感厚重。

值得注意的是，學界評價夏承燾先生的詩詞也往往使用「堅煉」一詞，如周篤文《詞壇泰斗學海名師——紀念夏承燾先生逝世一周年》云：「其《六和塔》詩云：『鐵弩江山付劫灰，尚餘一塔鎮潮回。山僧不掛滄桑眼，獨立斜陽數雁來。』亦骨力堅煉而深于感慨。」〔一三〕陳增傑《一代詞宗大教育家夏承燾先生》稱夏承燾「填詞欲『合稼軒、白石、遺山、碧山于一家』，即謂『取辛、元的骨格，姜、王的情韻，冶情空婉和、豪健跌宕于一爐，從平易中見奇崛，在激烈裏含柔情』」，評其《滿江紅・擬岳飛班師》云「筆墨堅煉，情慨鬱勃」〔一四〕。用「堅煉」評述夏先生的創作，顯然是取用夏承燾論彊村語，這也有助于我們體識「堅煉」的審美内涵。

「堅煉」體現在彊村詞中，是重拙大、疏與密的統一，使得廣泛的現實憂思和詞的美感寓于詞中，呈現出獨有的審美特質。彊村詞堅煉特質的形成，與其對常州詞學比興寄托、詞亦有史，陳廷焯沉鬱之論、王鵬運重拙大等創作理論的自覺實踐，與其詞學師法轉益多師，以夢窗爲主體，濟以白石、東坡之氣，密切相關。其中尤可注意者，乃是彊村詞點化杜詩，自覺地向杜詩借鑒，以深厚沉鬱的情感，豐富深刻的思想内涵，彌補學夢窗而致情辭不富的弊病；援蘇入吴，運密入疏，以疏放沖淡糾正雕繢密麗之弊。這也是我們體認、闡述彊村詞風堅煉的重要角度。

一　詞亦有史與骨力之堅：彊村對杜詩詩史傳統的繼承

張爾田《與龍榆生論彊村詞事書》云：「古丈晚年詞，蒼勁沉著，絶似少陵夔州後詩。」〔一五〕彊村詞之所以達到少陵詩的高度，與其身世遭際頗有關聯。

朱祖謀的身世遭際與杜甫頗爲相似，同樣是少年聰慧，同樣是身處大變局，同樣是上疏獲罪，同樣是飽經亂離。杜甫少時即天資非常，「往昔十四五，出游翰墨場。斯文崔魏徒，以我似班揚。七齡思即壯，開口詠鳳凰。九齡書大字，有作成一囊。」（《壯游》）中年以後，遭經安史之亂，杜甫結束賣藥都市、寄食友朋的生活，開始後半生漂泊西南的旅途。七五七年，杜甫冒著生命危險，奔赴鳳翔行在，受封左拾遺，旋因疏救房琯開罪肅宗，次年被貶華州司功參軍，不久便棄官不做。朱祖謀人稱「少以詩名，孤懷獨往」，光緒九年（一八八三）中進士，二甲一名，改庶吉士，在之後的近二十年仕宦生涯中較爲順利，政聲賢良。中年「折檻一疏，直聲震天下」〔一六〕，所謂「折檻一疏」當是指光緒二十六年（一九〇〇），因上疏反對清廷擅用義和拳與洋人輕開仇釁而觸怒慈禧，幾獲死罪。八國聯軍侵擾京師之際，朱祖謀滯留北京，目睹戰亂之慘狀。光緒二十八年（一九〇二），鑾輿西狩返京後，朱祖謀不久即出調廣東學政，兩年後因與總督不睦，引疾辭官，往來于蘇、滬之間，以治詞終老。此後，朱祖謀雖然很少過問政治，但是深受儒家傳統薰陶的他懷有深沉的憂患意識，時刻牽念國事。晚清諸多重大事件，朱祖謀都有所與聞，且廣泛接觸社會底層，對現實有著比較清醒的認識，常將晚近風起雲湧的形勢打入詞中，表現出深沉的憂患意識。南宋陳與義避寇南奔途中曾有詩云：「但恨平生意，輕了少陵詩。」〔一七〕朱祖謀回首人生，當亦有此感，是以親近杜詩也是情理中之事。

朱祖謀對杜甫的繼承，主要表現在以下幾個方面：

一是化用杜甫詩句。晚唐五代，文人填詞過程中常有化用詩句入詞的現象，後世承襲此做法者，代不乏人，然其原因却有所不同。晚唐五代時期，詞主要是在歌筵酒席上付樂工優伶演唱以作娛賓之用，地位不尊。至清代，詞體地位提升，不可再以「小道」、「艷科」等傳統觀念視之，其功能、地位幾追詩歌。此時，正大博雅等傳統文學觀念，成爲以詞爲業者的自覺追求。朱祖謀即是其中之一，加之他天賦異稟，故而其化用詩句，已不僅僅是出于安排字面的考量，而是對風格與精神雙方面的追求了。彊村詞化用最多的亦是杜甫的詩句，主要方式包括引用成句、增減字詞、化用句意等。如《瑞鶴仙》「問麻鞋萬里，孤拜杜鵑，誰識臣甫」和《金縷曲》「只吞聲再拜，低頭臣甫」，均化用杜甫「杜鵑暮春至，哀哀叫其間。我見常再拜，重是古帝魂」詩意。《綺寮怨》「江南落花風景，且訴與、十年情」化用《江南逢李龜年》「正是江南好風景，落花時節又逢君」等。

二是題材與感情基調的類似。七五六年，唐肅宗在靈武即位，杜甫聞訊將家人安置在鄜州羌村，隻身前往朝見，途中遭遇叛軍，被送至長安。在此期間，先後作《哀王孫》、《悲陳陶》、《悲青阪》、《哀江頭》、《春望》等。一九〇〇年（庚子年），八國聯軍兵犯北京，朱祖謀與王鵬運、劉福姚滯留北京，相與倡和，集成《庚子秋詞》。徐定超《庚子秋詞敘》云：「今三子者，同處危城，生逢厄運。非族逼處，同類晨星。滄海瀾頽，長安日遠。從之不得，去之不能。忠義憂憤之氣，纏綿悱惻之忱，有動于中而不能自已，以視蘭成去國，杜老憂時，其懷抱爲何如也？」[一八]三人共賦詞六百餘首，較爲全面地記述了庚子事變期間的國亂。其中，朱祖謀的《齊天樂・鴉》「糅合老杜《哀江頭》、《哀王孫》、《洗兵馬》、《野望》、《遺興》等詩意」[一九]，詞云：「半天寒色黄昏後，平林漸添愁點。倦影偎煙，酸聲噤月，城北城南塵滿。長安歲晏。又啼入延秋，故家啄遍。問幾斜陽，玉顔凄訴舊團扇。　南飛虚羨越鳥，亂烽明似炬，空外驚散。壞陣秋盤，虚舟暝踏，何處衰楊堪戀。江關夢短。怕頭白年年，舊巢輕換。獨鶴歸無，後棲休恨晚。」「城南城北」即《哀江頭》「黄昏胡騎塵滿城，欲往城南望城北」意，「長安歲晏。又啼入延秋，故家啄遍」即《哀王孫》「長安城頭頭白烏，夜飛延秋門上呼。又向人家啄大屋，屋底達官走避胡」意，「南飛虚羨越鳥」即《洗兵馬》「東走無復憶鱸魚，南飛覺有安巢鳥」意，「亂烽明似炬，空外驚散」即《杜位宅守歲》「盍簪喧櫪馬，列炬散林鴉」意，「獨鶴歸無，後棲休恨晚」即《野望》「獨鶴歸何晚，昏鴉已滿林」與《遺懷》「夜來歸鳥盡，啼殺後棲鴉」意。可見彊村詞受杜詩影響之深。

三是對杜詩體式與手法的師承。杜甫有《八哀詩》，此詩可作八公傳記視之，「這八個人，都是些本來可以有所作爲，却被迫無所作爲的人。老杜通過這樣的描寫，將唐王朝當時所面臨的問題揭示出來，以詩當史，具有極强的歷史精神」[二〇]。朱祖謀出調廣東學政期間，觸景有感，撰《減字木蘭花》八首，詞序云：「舟溯湟江，忽風雨凄戾，交舊存没之感，紛有所觸，輒綴短韻，適踵《八哀》，非事銓擇也。」[二一]點明承杜詩而來。《減蘭》所書八人，其品行操守、遭際處境與《八哀》所寫八人相類，是彊村詞對杜詩最明顯的體式繼承。

杜甫首開以律詩寫時政的創作模式，李商隱繼承杜甫的傳統，作了更進一步的拓展。汴京以後，詞也被頻繁地用于書寫政治，辛派詞人自不必言，至于白石一派，「詞家之有姜白石，猶詩家之有杜少陵，繼往開來，文中關鍵。其流落江湖，不忘君國，皆借托比興，于長短句寄之」〔二二〕。宋元異代之際，由王沂孫、周密、王易簡等十四人同題共賦集結而成的《樂府補題》亦寄寓著深厚的家國淪喪之悲，表現了異代之際文人的心跡。清代陽羡派踐行「詞史」之説，以詞寫現實成爲一時風氣。晚清時期，戰亂頻仍，蔣春霖《水雲樓詞》即對兵燹多有反映，譚獻《復堂詞話》云：「蔣鹿潭，咸豐兵事，天挺此才，爲倚聲家老杜。」〔二三〕但是，與以上諸家相比，彊村的新變體現在，「彊村先生之超出古今者，緣其情感深厚，而所關者一代之興衰，以視水雲樓之僅緣個人身世者，迥乎不同」〔二四〕。

彊村詞情感深厚，一方面是其關憂國事，忠君愛民的體現，另一方面和他借鑒《離騷》以「香草美人」寄托君臣之義的傳統，描寫風雲動蕩的現實巨變不無關係。其《聲聲慢・辛丑十一月十九日，味聃賦〈落葉詞〉見示，感和》詠落葉之作，龍榆生注曰：「此爲德宗還宮後恤珍妃作。」〔二五〕《浣溪沙》：「翠阜紅匪夾岸迎。阻風滋味暫時生。水窗官燭淚縱橫。　禪悦新耽如有會，酒悲突起總無名。長川孤月向誰明。」表達沉痛的出世與入世的苦惱，而之所以產生這種苦惱，實是因爲其挽狂瀾于既倒，扶大廈之將傾的儒家傳統觀念的作用。報國之心熾熱，而現實狀況則冰冷得令人絶望。這種主觀與客觀的强烈衝突，是彊村詞情感深厚的原因之一。

此外，便是彊村以閨情詞的形式表現其家國興衰之感。如《水龍吟・四印齋賦白芍藥分得肯字》云：「寶闌春去多時，玉奴猶倚東風困。濃姿淚洗，伶俜不許，雨酥煙暈。素靨消塵，冰綃委佩，强支嬌俊。自謝郎去後，銀毫醮淺，瑶臺路，無人問。相謔湔裙未肯，伴酴醾、殿將芳訊。西園後日，薦紅無數。漸吹成粉。何況飛瓊，將離歌罷，素鸞無信。向月明空見，一枝凝露，惱新霜鬢。」南朝齊東昏侯妃潘氏，小名玉兒，詩詞中多稱「玉奴」，後泛指貌美女子。謝郎意與玉奴意同。詞詠白芍藥，將白芍藥擬人化，賦予閨中女子的春愁，讀來仿佛是少女思念遠方游子的閨思之作。然而此作另有本事，「玉奴」指慈禧，不許「雨酥煙暈」指慈禧反對變法，「謝郎去」指文廷式等人罷官，「何況飛瓊，將離歌罷，素鸞無信」，指珍妃被斥〔二六〕，暗暗扣住當時宮闈秘聞，以閨愁的題材書寫時艱，寄托悲思。

整體而論，朱祖謀詞作的主要內容多是反映時事，抒寫家國多難的憂愁，忠愛之忱、故國之思，直承老杜，含蘊詞中，張爾田《三與榆生論彊村詞事書》云：「古丈《鷓鴣天》詞，忠愛纏綿，老杜每飯不忘，彷彿似之。」〔二七〕彊村詞以其闊達沉遠的詞境，深長渾厚的詞旨，豐潤細微的詞筆，獨辟新境，以個體心靈史映現晚近社會歷史，這既是其詞「堅煉」品格的一種鍛造方式，同時也爲其詞作注入了堅煉的深厚內涵。

二　運密入疏與詞風之煉：以東坡詩詞調和夢窗詞

一般認爲，朱祖謀晚年爲詞融蘇入吴，從其創作實踐以及詞學推崇角度來看，彊村是用東坡詞風調和夢窗詞。而張爾田《復夏承燾書》又謂：「要其得力處，則實以碧山爲之骨，以夢窗爲之神，以東坡爲之姿態而已。」〔二八〕朱庸齋《分春館詞話》亦云：「彊村、述叔學夢窗，均于暮年運密入疏，寓濃于淡，然其神致仍是夢窗也。」〔二九〕這裏所説的「運密入疏」，指朱祖謀晚年融蘇入吴的填詞嘗試，不過，朱祖謀對蘇詩、蘇詞的借鑒，只是爲了救治學夢窗易致的弊病，其詞作的風格仍然是近夢窗。詞中有提頓轉折處，一般需要用虚字斡旋，以使詞氣流貫。然而夢窗詞于此多用實字，他以天資神力令無數麗字一一飛動，但終不免質實之感。後世學夢窗而不具備夢窗之天資者，在填詞時往往重蹈乃至放大此弊病。

較早指出夢窗詞弊病的應當是張炎，《詞源》云：「吳夢窗詞如七寶樓臺，眩人眼目，碎拆下來，不成片段。」〔三〇〕之後，夢窗詞的晦澀、質實、雕繢之評常被提及。清季民初，鄭文焯、況周頤、陳匪石等都有反駁之語，鄭文焯《鄭文焯手批夢窗詞》云：「今之學夢窗者，但知于字面雕潤，而儉腹羌無故實，絕無蘊藉之功，故藻繢皆俗；雖有妙義，而辭不足以達之，此覺翁所爲卓絕千古。」〔三一〕況周頤《蕙風詞話》云：「如何能運動無數麗字？恃聰明，尤恃魄力。如何能有魄力？唯厚乃有魄力。夢窗密處易學，厚處難學。」〔三二〕陳匪石《舊時月色齋詞譚》云：「夢窗之氣，潛氣内轉，伏于無字句中，人不得而見之。」〔三三〕這些批評共同的言外之意是，有學力、魄力、天資自能匡救學夢窗之弊端。魄力、天資等都是抽象的概念，如何能從方法論角度徹底廓清晚近「學夢窗者，幾半天下」〔三四〕現實中的流弊，是朱祖謀不得不認真考慮的問題。

張炎《詞源》云：「賀方回、吳夢窗，皆善于煉字面，多于溫庭筠、李長吉詩中來。」〔三五〕從朱祖謀早期詞作大量化用詩句來看，可以做出這樣的推測，他是嘗試過像夢窗從溫、李詩中煉字一樣，從詩句中獲得靈感來源，鍛造詞風，乃至嘗試將自義山以至少陵的詩學路數，移入詞中，其早期詞，即從李商隱詩歌吸取經驗。從彊村詞及其同時人的評述中，可以看出，彊村最終落脚在東坡，類似「晚年致力東坡」、「小令學東坡」等語，在其友人、弟子的評述中頻頻出現。沈軼劉《繁霜榭詞札》云：「吳文英組纂精密，不能掩其晦塞傷氣。朱祖謀佞于吳，然其能成詞宗，豈非全賴晚歲之淪于蘇，厥故可思。」〔三六〕可見朱祖謀融蘇入吳之功。

對于東坡，清代中晚期詞學大家大多歎其天才無法仿效，推崇者甚少。周濟《介存齋論詞雜著》云：「世以蘇辛並稱。蘇之自在處，辛偶能到；辛之當行處，蘇必不能到。」〔三七〕又評價蘇軾文章「殆成絕詣」，這雖然是在爲退蘇進辛服務，但也不無道理。前人對于夢窗便有「非絕頂聰明，勿學夢窗」〔三八〕之說。但是，彊村頗有一種知其不可爲而爲的態度，與當時詞壇「抑蘇揚辛」的文學風尚背道而馳，積極探索「融蘇入吳」，向東坡學習。

朱祖謀取法蘇軾，首先是對蘇軾生存哲學的追慕。朱祖謀仕途與生活兩方面都頗爲坎坷，從其晚年强做豁達的處世態度不難推測，其並非自甘沉溺于苦痛之人，相反，他渴望獲得心靈上的慰藉，這時便容易關注到東坡。考察蘇軾的「烏臺詩案」，當時上諫彈劾蘇軾的官員不在少數，先是沈括上書奏議其暗諷新政未有收效，後有監察百官的御史臺官員李定、何正臣、舒亶等人彈劾蘇軾，牽連人數衆多。出獄後，東坡看淡此生，物我偕忘。這與庚子事變前後，彊村的處境十分相似。庚子年中，他上書董福祥事求安定，被慈禧所唾，後來逐漸絶意仕途，幾乎重蹈了蘇軾悲劇的覆轍。反映到事變後的彊村詞，則是佈滿憂生念亂的隱憂，語言風格偏向于清逸，絲毫無拖遝矯情之意，寫盡晚清風雲動蕩的國殤。彊村爲詞「老更成」，這與其人生經歷分不開，老來隱居上海的朱祖謀頗諳灑脱淡然的處世之道，恰恰映照東坡屢遭貶謫却仍自適豁達的品格。

蘇軾、蘇轍兄弟情深，東坡詩詞中表現的棠棣之情，感人至深，如《送晁美叔發運右司年兄赴闕》詩云：「我年二十無朋儔，當時四海一子由。」彊村常借東坡詩寫手足之情，傳遞兄弟互念之感。「君信否。便燒燭聯床，不是尋常有」（《摸魚子》），與東坡《辛丑十一月十九日既與子由別于鄭州西門之外馬上賦詩一篇寄之》「寒燈相對記疇昔，夜雨何時聽蕭瑟」，以及《東府雨中別子由》「對床定悠悠，夜雨空蕭瑟」頗爲相似，情感異代互通。清光緒三十年，朱祖謀四兄弟漂泊天涯，很少歡聚，且時值國家動亂不堪，朝廷危如累卵，憤懣之情更添孤獨寂寥，無可奈何，此時親情便顯得彌足安慰。「不是尋常有」，道盡兄弟相見之難，詞中寄托的感慨與東坡相同，「手足不在不爲家」。朱祖謀《摸魚子·清明雨夜泊英德，寄弟閏生》「廿年社燕秋鴻跡，多少淚華沾袖」，化用東坡《送陳睦知潭州》「有如社燕與秋鴻，相逢未穩還相送」句，社燕與秋鴻，都成群結對，恰與自己的孤單落寞反差明顯。《鷓鴣天·龍鳳兜展彦稱弟墓》「青山須辦骨同埋。便能世世爲兄弟，知否人間更可哀」，反用蘇軾《獄中寄子由二首》「是處青山可埋骨，他年夜雨獨傷神」意。夏孫桐《清故光禄大夫前禮部右侍郎朱公行狀》云：「與諸弟友愛最篤，季弟早世，叔弟里居，仲弟孝威亦寓吴，相依爲命。」〔三九〕聯想到了自己與季弟早已天人永隔，又與仲弟相隔兩地，憶起往日點滴，燃燭聯床而卧，閑叙家常是彊村求之而不得的。從詞作手法上看，彊村此詞也是學習了東坡詩歌的藝術手法，虚實結合，飽含真情實感。

蘇辛並爲豪放詞的代表，但無論從其性情還是作品上看，都有著明顯的區别。稼軒詞是豪放詞的代表之一，其境界宏大，或是著意别開生面，情思深婉細膩，但大多呈現悲凉的風格。梁啟超評《青玉案·元夕》云「自憐幽獨，傷心人别有懷抱」〔四〇〕，結合稼軒戎馬半生的履歷，他的「傷心」頗有些英雄俠義不可抑制的鬱怒。故而，譚獻指出：「東坡是衣冠偉人，稼軒則弓刀游俠。」〔四一〕彊村性格内斂，孤懷獨往，所嚮往的是政治教化，和平濟世，情緒表達也是含蓄内斂的，這與辛棄疾有所不同。朱祖謀編《宋詞三百首》時，對蘇軾《念奴嬌》（大江東去）的複雜態度，也有力佐證了他並不喜歡過于豪放的詞作，因此，對略顯粗豪的稼軒詞，也便難以傾心了。朱祖謀一生都渴望救國救民，始終秉持儒家道統的觀念，這使得他和蘇軾一樣，對于國事總是懷有深沉的憂慮，並且將之訴諸詞作之中。如《清平樂·夜發香港》：「極目天低無去鶻，何處中原一發。」《龍山會·重九泛舟斟酌橋，有憶，和夢窗》：「京輦十年心，付杯底、滄波亂瀉。」蘇軾晚年文學作品中的政治訴求並不强烈，創作精神也多崇尚佛道的自然之法。這些都十分契合朱祖謀的心性，也是他追尋與推崇的，其《浣溪沙》（翠阜紅匣夾岸迎）「禪閲新耽如有會」，即是印證。文如其人，人亦如其人，從品性方面來講，彊村更易于接受與其襟抱相近的東坡。

作爲晚近詞壇之執牛耳者，朱祖謀的以蘇疏吴已經不是一己之事，而是關乎著詞壇風氣走向的舉動。因此，朱祖謀在創作中踐行這一觀念的同時，還需要向詞壇釋放明晰的信號。對此，他主要采取兩種方式，一是編校《東坡樂府》，二是編選《宋詞三百首》，其中《宋詞三百首》對于蘇詞的考量，又是在一定程度上去干預融蘇入吳趨勢的，從中也可見他對東坡詞的矛盾態度。

朱祖謀的詞作取法東坡，體現在其創作技法上有意識地向東坡靠近，在陶寫性情時，言旨與東坡相連，而别有韻味，如《玉連環》云「不辭高館領春寒，堅坐看、斜陽下」，反用東坡「又恐瓊樓玉宇，高處不勝寒」之意；在言事言志上，亦有向其偏移的傾向，如《洞仙歌・丁未九日》云「故國霜多，怕明日、黄花開瘦」，《紫萸香慢・焦山九日同病山、仁先、愔仲》云「怕黄花冷覷，高城急雨，著意明朝」，以及《齊天樂・乙丑九日，庸庵招集江樓》中「明日黄花，清晨白髮，飄渺蒼波人事」，皆化用東坡「明日黄花蝶也愁」之詩意。二人在寫作主題、內容推敲上也有相似之處，皆讓時間扮演重要角色，順其推移觸發新的感悟而臻于銜接詞作，明顯存在內部邏輯上的關係。

從詞作內容上看，朱祖謀將東坡詩詞融化入一己詞作，其中化用東坡詩尤多。朱祖謀的以蘇疏吳的一個重要實踐成果，便是以東坡詩入詞，而不局限于東坡詞。蘇詩入詞非常貼合詞理，在取用時，彊村很少直接引用整句，而是以點化用，較之東坡原句更增添神采。如《水龍吟・四印齋賦白芍藥，分得肯字》「伴酴醾，殿將芳訊」，化用東坡「殷勤木芍藥，獨自殿餘春」；《夢芙蓉・羅睺嶺爲趨戒壇譚檀柘分道處，茗憩書壁，用夢窗韻》「舊塵如夢，還付亂雲洗」化用東坡「笙歌叢裏抽身出，雲水光中洗眼來」；《柳梢青》「一角風漪，文鱗吹去，錦羽捎回」化用東坡「澹月傾雲曉角哀，小風吹水碧鱗開」；《八聲甘州・和柳耆卿韻》「江水知人意，迎淚西流」化用東坡「造物亦知人易老，故教江水向西流」，如此諸多，皆是意象相通，情感上歷跨數百年而有共鳴，點詩化用，不失其真，並没有一味地追求技巧，而是參蘇詩之法，以自立詞之活法。

總之，朱祖謀以蘇詩、蘇詞調和夢窗，糾正詞壇學夢窗之弊，運密入疏，達成「疏宕者」和「密麗者」的統一，是其堅煉風格形成的重要動因，夏承燾先生所謂「長調堅煉，不避塗飾」，正可作如是觀。

三　開闢新境：彊村詞堅煉風格的表現

朱祖謀詞的堅煉風格，除了從他對杜詩的學習，晚年詞作絶似老杜夔州以後詩，以及晚年援蘇入吴，運密入疏之外，我們還可以從其詞的律韻、字面、立意、詞境等方面來體認。

首先是詞律的堅煉。朱祖謀有「律博士」之譽，精通詞律，沈曾植《彊村校詞圖序》云：「彊村精識分銖，本萬氏而益加博究，上去陰陽，矢口平亭，不假檢本，同人憚焉，謂之『律博士』。」[四二]以往對夢窗詞的關注，偏重于其對字面的錘煉，而較少談及吴文英的煉「聲」之事。如《風入松》（聽風聽雨過晴明）「料峭春寒中酒，交加曉夢啼鶯。」「『料峭』二字疊韻，『交加』二字雙聲，故聲響倍佳。」[四三]朱祖謀作爲學夢窗而得其神髓的詞人，在煉聲方面自然是心摹手追，且其詞學引路人王鵬運以及好友鄭文焯、弟子龍榆生等，也無一不精研詞之聲律，這也從側面反映了彊村于詞律方面的造詣。試以《渡江雲・望蒼虬不至，倚此致懷》爲例，《欽定詞譜》云：「此調後段第四句，例用仄韻，亦是三聲叶，乃一定之格，宋元人俱如此填。惟陳允平有全押平韻、全押仄韻二體。」[四四]朱祖謀詞依正體韻，除下片第四句外，通押平韻，「平聲者哀而安」，符合書事寫情的基調。詞曰：「春裝喧遠素，倚樓倦睫，雁外數南程。舊京花事減，去住無端，坐閲柳條青。催人怨鴂，背夜月，啼到無聲。何計尋、白頭料理，聚散隔年情。　消凝。爐煙依戀，藥裹流連，分萍蓬不定。渾未忘、延秋湖舸，話雨床燈。心魂老去須相守，辦歲寒、尊酒平生。吟望苦，終期共惜伶俜。」其中「倦睫」、「舊京」、「夜月」、「料理」、「流連」、「萍蓬」、「未忘」爲雙聲詞，「喧遠」、「去住」爲疊韻詞，「伶俜」爲雙聲疊韻詞。「舊京花事減，去住無端」中「減」與「端」、「催人怨鴂，背夜月」中「鴂」與「月」、「爐煙依戀，藥裹流連」中「戀」與「連」爲藏韻。藏韻中一仄一平，錯落有致，且爲陰聲韻，與此詞的陽聲韻相協調，正所謂「陰聲韻字和陽聲韻字和諧相配，曲調始美聽」[四五]。在文本的聲情上鮮明地呈現出堅煉的面貌，形成「鏗訇金石入天籟，吐納海嶽生奇胸」〔四六〕的審美效果。

其次是字面的堅煉。彊村詞煉字、煉句，在一定程度上使詞洗去了柔媚纖弱，呈現出詩的堅剛、堅硬。朱祖謀早年以詩名，陳詩《江介雋談録·彊邨詞》云：「湖州朱古微侍郎，自號上彊邨人，初爲詩，尚鍛鍊，繼棄而爲詞，專學夢窗，神契往哲，在國朝詞中自成一家言。」〔四七〕中年棄詩爲詞，多年的創作習慣，或者説創作經驗，延續到詞的創作中，在字句推敲上頗爲用力。夏敬觀《風雨龍吟室詞序》云：「侍郎詞蕴情高夐，含味醇厚，藻采芬溢，鑄字造辭，莫不有來歷。體澀而不滯，語深而不晦，晚亦頗取東坡以疏其氣。」〔四八〕煉字煉句上，朱詞多學杜詩傳統，字詞雕琢，用力頗深，力求一字、一詞便能道出萬千，如彊村《木蘭花慢·送陳伯弢之官江左》「正濺淚花繁」與杜詩《春望》「感時花濺淚」相仿佛，雨水落下，花仿若淚眼婆娑，「濺」字愈顯傳神；又如彊村《鷓鴣天·廣元裕宫體》第一首「已忍伶俜過十年」取自杜詩《宿府》「已忍伶俜十年事」，「十年」一詞本指溥儀退位年數，歲月逝去，含無限感傷。彊村詞煉句則是追求「語意兩工」，强調立意爲先，語言也是精美，與「意」協調，相得益彰，如《浣溪沙》一詞，上下句錯落有致，尤其是「落酒東風梅便旋，沖帆細雨燕將迎」，對仗工整，不辨詩句詞句，整首詞旨呈積極向上之意，「落酒」、「沖帆」用詞唯美。考究詞句，也是彊村詞詞格提升的關鍵，爲求消釋婉約、豪放中間的冰層，朱祖謀將理論融于實踐中，不斷提升。

再次是立意的堅煉。時事之「大」，以情愛之「小」出之。常州派「意内言外」的寄托説提出之後，詞的「辨體」與「破體」的矛盾得到切實的調和，故而譚獻《復堂詞話》有言：「要之倚聲之學，由二張而始尊耳。」〔四九〕「意内言外」使詞在保留獨特美質的同時，可以書寫重大事件，具備厚重的内涵。從題材方面看，彊村集中不乏書寫閨怨傷春、離情念遠等作品，然而從立意方面考察，則不難發現彊村詞假癡纏之語出憂患之感的特徵。吴梅《詞學通論》云：「迨及季世，彊村、夔笙，並稱瑜、亮，而新亭故國之感，尤非煙柳斜陽所可比擬矣。」〔五〇〕這是因爲除去表面的藻飾之外，彊村詞還有一層含義藴含其中。彊村詞是以戀情詞的形式寫國難時艱，相比于單純的戀情詞只追求辭句的鋪排、感情的抒發而言，彊村詞需要精心的裁剪與構思，既要將本事打入詞中，又需做到不露不晦，故而十分考驗作者的鍛煉功夫。另一方面，表現兒女情長的「小詞」在朱祖謀的筆下具備了深沉的憂患意識，表現出波瀾壯闊的社會畫卷，尤其是在便于逞才使氣、反復鋪排的長調中更常見此類立意深遠之作。如其《浪淘沙慢·辛亥歲不盡五日作》云：「暝寒送、繁霜覆水，暗雨啼葉。簷鐸敲愁乍急。帷鐙顫影旋滅。剪不斷、連環春緒疊。是當日、鸞帶親結。問故徑蘼蕪夢何許，前塵竟拋撇。凄切。錦書寄遠終輟。念玉几金床西風夜，縹緲胡雁咽。嗟攬斷羅裾，寧信長別。恨腸寸折。明鏡前、掇取中心如月。却剗連峰平于垤。黄塵擁、巨川頓竭。怒雷起、玄冬還夏雪。更千歲、倚杵天摧，厚地坼，深盟會與纏綿絶。」此首詞表面寫相思情調，以抒情主體由愁生恨、由恨轉怒的心理綫索展開，同時點化衆多膾炙人口的愛情詩詞，如《古詩》(上山采蘼蕪)、《上邪》、李白《長相思》等等。然而，此詞實爲清帝退位而作。內在意藴與外在形式的相互碰撞融合，産生了堅煉之感。

最後是詞境的堅煉。蔣寅先生曾指出：「意境的本質就是具有呼喚性的意象結構，情景交融的結構方式形成了中國詩意境的象徵性、暗示性、含蓄性等一系列美學特徵。」〔五一〕此處的「意境」雖就詩歌而言，但亦可用來闡釋詞之意境。從情景交融的結構方式上説，彊村詞的象徵性、暗示性、含蓄性等美學特徵在上文已經探討過，這裏再就彊村詞的「具有呼喚性的意象結構」加以分析，以説明彊村詞境堅煉的特色。「煉」字較容易理解，彊村詞在對物象、語象的選擇上非常嚴謹，取材審慎。《高陽臺·過蒼虬湖舍》云：「吹劍驅愁，揮杯勸影，湖上重與温存。」化用《莊子·則陽》：「吹劍首者，吷而已矣。」《燭影摇紅·和乙丑元日和閏枝作》：「野哭千家，閉門不恨春光淺。」化用杜甫《閣夜》：「野哭千家聞戰伐。」這裏「吹劍」、「野哭千家」作爲具備「提示和唤起具體心理表象的文字符號」而成爲一種語象，而「吹劍」又和「驅愁」聯合創造了一個新的意象，這種語象的選擇以及意象的結構表現出彊村詞境之「煉」。所謂「堅」者，即「剛」、「正」之意。這種「剛正」首先是朱祖謀的人格在詞中的投射，中國古代文論强調知人論世，一方面是爲了考察作品的創作背景，另一方面與「文如其人」的文學觀念也不無關係。彊村詞品一如其人品，陳三立《受硯廬圖題記》云：「侍郎詞冠絶一代，蓋與其懷抱行誼風節相表裏。」〔五二〕清亡後，朱祖謀以遺老自居，一九二五年于天津行在仍然向溥儀行跪拜禮，恪守傳統士大夫的品節。同時，朱祖謀也注意不將一己之遺老情結影響他人，是以晚近詞壇奉他爲盟主，乃是對其詞品與人品的雙重拜服。仍以《浪淘沙慢·辛亥歲不盡五日作》爲例，以閨怨詞視之，此詞抒情雅正，不墜淫褻，反映了抒情主體對感情的純潔心理，一旦失去，又表現得決絶而剛烈，堅決捍衛感情的純正，不容他人背棄與褻瀆。其次，從「完整自足的呼唤性的本文」，也即意境方面來看，首兩句「暝寒送、繁霜覆水，暗雨啼葉」，便創造了「表現抒情主體(作者)的情感、以情景交融的意象結構方式構成的符號系統」〔五三〕。物象爲暝、寒、霜、水、雨、葉，「暝」表示時間，昏暗；「寒」表示氣候，寒冷。這裏兩個物象的組合著一「送」字，構成了一個意象，在昏暗寒冷之外，更添悲凉寂寥之感，不僅突出了作者的主觀感受，也向讀者暗示了詞作的感情傾向。「霜」用「繁」修飾，《詩經·小雅·節南山》「正月繁霜，我心憂傷」、杜甫《登高》「艱難苦恨繁霜鬢，潦倒新停濁酒杯」等句，使「繁霜」具有哀傷色彩。「繁霜」何來，「暝寒送」，用動詞「送」綰合，化静爲動，使讀者彷佛身臨其境，感受暝寒與繁霜營造的情感氛圍；「繁霜」何去，「覆水」，《易》曰「履霜堅冰至」，使接受客體産生一種江河日下、大厦傾覆之感。「雨」用「暗」字修飾，映射「暝」字。「暗雨啼葉」亦是情景交融的寫法。此外，「暗雨」會使人聯想到「舊雨」，即老友，「葉」的易于凋零使人聯想到消逝，上文引《聲聲慢·辛丑十一月十九日，味聃賦〈落葉詞〉見示，感和》所詠落葉即爲德宗還宫後恤珍妃作，「暗雨啼葉」則有遺老哭故國之意。而「繁霜」、「暗雨」又皆爲「暝寒」所「送」，形成完整的意境，且意象結構嚴密，語象、物象不顯鬆弛，益顯堅硬之感。詞中其餘諸句，也呈現出類似的特徵。另外，詩高詞卑，融詩入詞，以高行卑，進而提升了詞的品味，此詞多處化用詩意，又能融化無跡，詞似詩，體現出堅煉的美學風格。

結語

陳廷焯云：「詩詞一理。然不工詞者可以工詩，不工詩者斷不能工詞。故學詞貴在能詩之後，若于詩未有立足處，遽欲學詞，吾未見有合者。」〔五四〕朱祖謀的詞學之路與之弦契，年少時便以詩聞名，中年受王鵬運的引導，始棄詩爲詞，由夢窗詞入手。早期填詞便受詩歌影響，于煉字煉句上見功力，且多從杜甫和李商隱詩歌中借鑒。中年之後，飽經喪亂，與安史之亂後杜甫的遭際相當，故常以詞追摹老杜，化用杜甫詩句、詩意，並在體式與手法上加以自覺師承。此外，受常州派「意内言外」的啟發，將晚清風起雲湧的局勢寄托于詞中，且多以戀情詞表現廣闊的社會畫卷，抒寫一代興衰之感。

通過圍繞在朱祖謀周圍詞人群體的譽揚，夢窗詞佔據晚清詞壇的半壁江山。但是學夢窗易致的弊病也開始凸顯，有識者紛紛尋求救治之法。在這一背景下，朱祖謀開始致力于東坡，通過編選《宋詞三百首》，編刻《東坡樂府》提出「兩宋詞人，約可分爲疏、密兩派，清真介在疏、密之間，與東坡、夢窗，分鼎三足」〔五五〕的觀點，在創作中以蘇疏吴。朱庸齋《分春館詞話》云：「中年之小令學東坡，運密入疏，寓濃于淡，跌宕有致。晚年則由深入真，深意淺傳，語淡而情苦，每有動人之處」，「其晚年之作，遂漸趨疏朗，蓋用東坡以疏其氣，運密入疏，寓濃于淡故也。」〔五六〕最終實現「論定彊村勝覺翁，晚年坡老識深衷」〔五七〕，從而形成了有別于夢窗、東坡、清真的新的美學風格。

王國維以「隱秀」許彊村詞，夏承燾以「堅煉」稱之，隱秀正從鍛煉中來。彊村諳熟音律，填詞追求字字吻合音律，呈現出整飭的樂律美，是其堅煉風格之一端。彊村早年作詩即尚鍛煉，棄詩爲詞之後，仍然保持著煉字煉句的習慣，與長于鍛煉字面的吳文英相契合。朱祖謀品格高潔，進爲國之直臣，退而爲詞，詞品亦一如人品，助力其堅煉詞境的形成。

總而言之，朱祖謀中年由王鵬運引導，棄詩爲詞，以師法夢窗問徑詞學，吸收常州派詞學理論，並積極向杜甫學習，以詞反映晚近廣闊的社會畫卷。晚年，爲矯正詞壇學夢窗的弊病，嘗試以蘇疏吳，借助《宋詞三百首》編選和《東坡樂府》校勘二事，以其成功的創作，向詞壇傳達以蘇詞之疏、清、雄救濟吳詞之密、麗、澀。最終于常州詞派籠罩下，爲詞壇開闢新道路，實有功于詞學的發展。

〔一〕〔五二〕 陳三立《散原精舍詩文集》，上海古籍出版社二〇〇三年版，第一〇九五頁，第一一五〇頁。

〔二〕〔二一〕〔二六〕〔三九〕 朱孝臧著，白敦仁箋注《彊村語業箋注》，浙江古籍出版社二〇一六年版，第一頁，第一六四頁，第一三頁，第三六五頁。

〔三〕 陳衍著，鄭朝宗、石文英點校《石遺室詩話》，人民文學出版社二〇〇四年版，第一四九頁。

〔四〕 王鵬運《彊村詞原序》，《彊村叢書》，上海古籍出版社一九八九年版，第八四〇五頁。

〔五〕 王易《詞曲史》，江蘇教育出版社二〇〇五年版，第三〇四頁。

〔六〕〔二八〕 夏承燾《夏承燾集》第五册，浙江教育出版社一九九七年版，第一〇〇頁，第四三七頁。

〔七〕 王嗣奭《杜臆》，上海古籍出版社一九八三年版，第三四六頁。

〔八〕 吕留良《吕晚村文集續集》卷一，清雍正三年（一七二五）刻本。

〔九〕 葉參等編《鄭孝胥傳》附《詩話》録吳景箕語，僞滿洲國「滿日文化協會」一九三八年版。

〔一〇〕 方苞輯《欽定四書文》，清光緒二年（一八七六）崇文書局刻本。

〔一一〕 陳衍《陳石遺集》，福建人民出版社二〇〇一年版，第一七〇九頁。

〔一二〕 林紓《林紓選評古文辭類纂》，浙江古籍出版社一九八六年版，第二〇四頁。

〔一三〕 吳無聞編《夏承燾教授紀念集》，中國文聯出版公司一九八八年版，第五四頁。

〔一四〕陳增傑《陳增傑集》，黃山書社二〇一一年版，第八〇七—八〇八頁。
〔一五〕《詞學季刊》一九三四年第一卷第二號，第二〇一頁。
〔一六〕張爾田《彊村語業序》，馮乾編校《清詞序跋彙編》，鳳凰出版社二〇一三年版，第一九〇三頁。
〔一七〕陳與義著，金德厚、吳書蔭點校《陳與義集》，中華書局二〇〇七年版，第二七四頁。
〔一八〕王鵬運等《庚子秋詞》卷首，民國十二年（一九二三）有正書局刊印本。
〔一九〕〔二〇〕秦敏、沙先一《詞史與詩史的交融——論彊村詞對杜詩的師承》，《徐州師範大學學報（哲學社會科學版）》二〇一一年第三期，第七一頁，第七二頁。
〔二二〕陳匪石《宋詞舉》，江蘇古籍出版社二〇〇二年版，第四五頁。
〔二三〕〔四〇〕〔四一〕〔四九〕唐圭璋編《詞話叢編》，中華書局一九八六年版，第四〇一三頁，第四三〇八頁，第三九九四頁，第四〇〇九頁。
〔二四〕程善之《與臞禪論詞書》，《詞學季刊》一九三三年四月創刊號，第二一一頁。
〔二五〕龍榆生《近三百年名家詞選》，上海古籍出版社二〇一四年版，第二〇三頁。
〔二七〕〔三六〕《詞學季刊》一九三四年第一卷第四號，第一九四頁。
〔二九〕劉夢芙編校《近現代詞話叢編》，黃山書社二〇〇九年版，第三五二頁，第一九一頁。
〔三〇〕〔三五〕張炎、沈義夫著，夏承燾校注，蔡嵩雲箋釋《詞源·樂府指迷箋釋》，人民文學出版社二〇一八年版，第一七頁，第一五頁。
〔三一〕鄭文焯《鄭文焯手批夢窗詞》，臺北「中研院」中國文哲研究所籌備處一九九六年版，第一七頁。
〔三二〕〔三八〕況周頤《蕙風詞話》，人民文學出版社一九六〇年版，第四七頁、第一六頁。
〔三三〕陳匪石《舊時月色齋詞譚》，《宋詞舉》，江蘇古籍出版社二〇〇二年版，第二一九頁。
〔三四〕蔡嵩雲《樂府指迷箋釋》，人民文學出版社一九六三年版，第九二頁。
〔三七〕周濟《介存齋論詞雜著》，人民文學出版社一九五九年版，第八頁。
〔四二〕嚴昌迪《近現代詞紀事會評》，黃山書社一九九五年版，第三二〇頁。
〔四三〕唐圭璋《唐宋詞簡釋》，上海古籍出版社一九八一年版，第二一四—二一五頁。
〔四四〕《欽定詞譜》，中國書店一九八三年版，第一九三七頁。

〔四五〕邱世友《邱世友詞學論集》，中山大學出版社二〇一八年版，第三一九頁。

〔四六〕瞿鴻機《奉題古微侍郎〈校詞圖〉》，孫克强等編《清人詞話》，南開大學出版社二〇一二年版，第一九六〇頁。

〔四七〕陳詩《江介雋談録・彊邨詞》，王培軍、莊際虹輯校《校輯近代詩話九種》，上海古籍出版社二〇一三年版，第五頁。

〔四八〕夏敬觀《風雨龍吟室詞序》，《同聲月刊》一九四二年第二卷第八號，第一二三頁。

〔五〇〕吴梅《詞學通論》，復旦大學出版社二〇〇五年版，第一一七頁。

〔五一〕蔣寅《語象・物象・意象・意境》，《文學評論》二〇〇二年第三期，第七三頁。

〔五三〕蔣寅《説意境的本質及存在方式》，《古代文學理論研究（第十六輯）》，上海古籍出版社一九九二年版，第二二七頁。

〔五四〕陳廷焯撰，孫克强主編《白雨齋詞話全編》，中華書局二〇一三年版，第一三〇五頁。

〔五五〕上彊村民編，唐圭璋箋注《宋詞三百首箋注》，上海古籍出版社一九七九年版，第八六頁。

〔五六〕朱庸齋《分春館詞話》，《朱庸齋集》，廣東人民出版社二〇一八年版，第九三頁。

〔五七〕夏承燾《瞿髯論詞絶句》，中華書局一九八三年版，第七六頁。

（作者單位：雲南師範大學　江蘇師範大學）

「填詞」的離場
——由民國詞話之演變管窺現代詞學萌芽

戴伊璇

内容提要 民國是傳統詞學向現代詞學轉型的過渡期，其特徵之一是填詞創作逐漸被詞學研究所取代。作爲詞論的重要載體，詞話在内容與形式上的雙重變化，完整且富有代表性地體現出了這個此消彼長的過程。通過梳理民國詞話文本中創作論的離場過程，一方面可考察民國詞話中對于填詞功能的重新界定，以及對審美標準和學詞路徑的反思；另一方面可探尋近代詞學教育如何推動「填詞」從文本層面退出詞話，並分析從創作論轉向鑒賞論的民國詞話中透露的現代詞學萌芽。

關鍵詞 民國詞話 現代詞學 填詞創作 鑒賞

一 緒論

現代詞學的確立通常被認爲在二十世紀三十年代，一九三四年龍榆生在《詞學季刊》上發表《研究詞學之商榷》一文，這篇具有開創意義的論文被視爲「現代詞學誕生的一篇宣言」〔一〕，從此「詞學」被納入了一個與傳統有別的嶄新學術體系中，有了清晰的定義與明確的研究範疇。但現代詞學的誕生並非經由《研究詞學之商榷》一蹴而就，而是傳統詞學在近代以來的政局變化、社会思潮、教育制度、出版條件等多重因素衝擊下的必然走向。

在這個走向中，創作論作爲詞學理論中的重要組成部分，其演變尤其值得被關注。傳統詞學中，理論建構與審美闡釋的最終目的是爲了指導創作實踐，即以民國之前的清代詞壇爲例，無論浙西派或是常州派，其詞學主張都是爲了在不同的政治背景與文化環境下，更全面地針對填詞創作建立價值導向與審美範式，簡而言之，是爲了回答「爲何填詞」、「怎樣填詞」、「怎樣填好詞」等一系列創作論問題。而在近代社會與文化遭到了現代性的全面衝擊之後，如學者所説：「五四運動以後，『填詞』的成分在淡化，而『研究』的成分在逐步强化，進而形成了具有現代學科意義的『詞學』。」[二] 或者説，現代詞學萌芽的過程，同時也是「填詞」的理論比重逐漸減少的過程。

最能完整體現這個脱離過程的文本載體是民國詞話，詞話至民國已經是極其成熟的文學批評樣式，詞話作者沿襲傳統詞學的研究途徑與方法，同時也承載了推動詞學轉型的重任。本文注意到，民國詞話的內容與形式，在這個轉型期中始終處于一種動態的變化過程中，尤其是「填詞」的分離，使得民國中後期詞學文本發生了顯著的變化。而「填詞」的退場同樣經歷了一個混亂複雜的過渡期，並不是「填詞創作消亡了，現代詞學就建立起來了」這樣簡單的因果邏輯。民國雖然時間不長，但囊括三代詞人，每一代詞人都有完全不同的教育背景和身份認知，新舊文化的衝突，更導致他們對于「應該怎樣填詞」、「怎樣看待填詞的消亡」等等問題，有著迥然不同的觀念與做法。本文將圍繞以上問題在民國詞話中的回應，以及詞話如何跟隨「填詞淡化」這個因素産生變化，從而考察現代詞學演進中的萌芽狀態。

二　民國詞話中填詞功能與學詞途徑的改變

晚清詞壇以臨桂詞人群體爲首，這一詞人群體在晚清詞壇的一系列詞學活動不能以簡單的文學活動目之，其挾裹的政治目的與政治能量不容小覷。他們的詞學主張與活動在清末那個特殊的社會環境中被激發，催生出了晚清詞學創作的高潮，從中産生了不少填詞名家，諸如朱彊村、況周頤、鄭文焯、夏敬觀、易孺等人。民國初年由于南社的文學活動頻繁，舊體詩詞的創作也仍然活躍，如吴梅、王藴章、龐樹柏、陳匪石等人都是民初詞壇的後起之秀。但隨著一九一五年前後新文化運動興起，一九一七年南社解散，舊體詩詞的生存空間漸趨狹窄，加之填詞創作門檻較高，詞體逐漸退出主流文學的舞臺。對這個問題最爲敏感的，正是在清末民初詞壇上活躍的這群詞人，他們是詞事鼎盛時期的過來人，同時又在民國有著爲時不短的詞學活動，更爲敏鋭地感知到了填詞創作日漸式微的趨勢，況周頤就説「乃至倚聲小道，即亦將成絶學，良可慨夫。」[三]最先被重新審視的，是填詞一門的現實意義，也就是「爲了什麽而填詞」。

（一）重新認定詞體功能

晚清的臨桂詞人群體是一個特殊時代造就的特殊群體，吴熊和先生總結該派的聚合是「基于傾向維新與究心詞學的相同興趣」[四]，是極爲恰當的。以王鵬運爲代表人物的臨桂詞人群體，將常州詞派的經世主張與詞學創作糅合于一體，强調填詞創作所應承載的社會功能與政治意義，並藉由詞學活動與政治活動的相輔相成，振起晚清詞壇。但進入民國紀元後，無論是帝制還是維新都成爲了過去式，這群詞人無論出于主動還是被動，都已遠離政治生活，甚至被排除在新時代之外，具體到填詞上，他們信奉的那套經世致用的創作主張已與現實生活格格不入，因此填詞創作在新時代新環境中還保留哪些價值功能的問題，與遺民詞人最爲切身，在他們的詞話中被關注得最多。其中最有代表性也最能體現出詞體價值認知轉變的，是況周頤的《蕙風詞話》。

況周頤作爲臨桂詞人群體的代表人物之一，清醒地看到，在時代風氣的轉換下高論詞的社會功能已顯得多餘了，和常州詞派的前人不同，他在《蕙風詞話》中並没有肆力擡高詞的文學地位，而是直言「詞于各體文字中，號稱末技」〔五〕，但末技也有末技的存在價值，《蕙風詞話》重新界定填詞創作之于個人的價值與意義曰：「吾性情爲詞所陶冶，與無情世事，日背道而馳。」〔六〕填詞不再是爲了「托志帷房，眷懷君國」〔七〕，而是爲了「養成不入時之性情」〔八〕，是摒棄無情世事、自我高蹈的精神追求，或許也是舊詞人與時代洪流相對抗的唯一途徑，也就是「夫詞者，君子爲己之學也」〔九〕。

況周頤更進一步將填詞回歸爲儒家士大夫個人的修身之道，《蕙風詞話》的創作論中强調襟抱和性情，何爲襟抱，他舉了一個例子：

宋王沂公之言曰：「平生志不在温飽。」以梅詩謁吕文穆云：「雪中未問調羹事，先向百花頭上開。」吴莊敏詞《沁園春·詠梅》云：「雖虚林幽壑，數枝偏瘦，已存鼎鼐，一點微酸。松竹交盟，雪霜心事，斷是平生不肯寒。」二公襟抱政複相同，一點微酸，即調羹心事。不志温飽，爲有不肯寒者在耳。〔一〇〕

他認可的「襟抱」是某種無法被艱苦生活所消磨掉的高遠志向，也是不向殘酷現實低頭的倔强，所謂「貧賤不能移」者也。那麽何爲「性情」？《蕙風詞話》在論程文簡時，評其「性情厚」，評劉文靖詞「以性情樸厚」勝，又引王半塘論《樵庵詞》之言「樸厚深醇中有真趣洋溢，是性情語，無道學氣」〔一一〕，可見所謂性情，是儒家所追求的温柔敦厚之品格，而這種品格不是假惺惺的道學氣，是歌哭悲喜的人生狀態，是真趣。襟抱與性情與其説是填詞的先決條件，不如説是況周頤藉由填詞打造的一個理想的儒士形象，因此況周頤將填詞精進的過程視作儒家的修身之道，曰：

問：填詞如何乃有風度？答：由養出；非由學出。問：如何乃爲有養？答：自善葆吾本有之清氣始。問：清氣如何善葆？答：花中疏梅、文杏，亦複托根塵世，甚且斷井頹垣，乃至摧殘爲紅雨，猶香。〔一二〕

善葆清氣，出自《孟子》「吾善養吾浩然之氣」。《蕙風詞話》中填詞一事所承載的「言志」功能繼承的是傳統儒家詩教的另一面，從批判現實回歸修身養性，其中固然有超然通脱，更多的還是遺世獨立的孤寂與失意。這種填詞功能論是傳統士大夫「立德、立功、立言」三大理想都落空之後，儒家「達則兼濟天下，窮則獨善其身」觀點在詞學上的觀照。

況周頤《蕙風詞話》是民國詞壇的重量級詞話，也可以説是常州詞派理論構建的收官之作，主張弱化詞的「言志」的社會功能，轉而强調詞對個人情志的抒發作用，可以推斷晚清的詞學創作論已經面臨無法適應新的時代要求，亟需自我調整的困境。

（二）探索新的學詞路徑

事實上，民國時期除了少數遺民詞人外，無論是詞話也好詞學論著也好，已經鮮少有作者關注填詞的現實意義，更多的注意力放在如何挽救這門末技上。如果説況周頤《蕙風詞話》著意于改寫填詞在功能層面上的標準，那麼更多詞人則是留心填詞技術上的門檻。二十年代後晚清詞人漸次離世，懂填詞的人越來越少，老一輩詞家感受到了詞學逐漸被主流文學所放逐的寂寞，如蔣兆蘭在《詞説》自序中如此感慨道：

> 慨自清命既訖，道喪文敝，二十年來，先民盡矣。獨有彊村、蕙風，喁于海上，樂則爲天寶霓裳，憂則爲殷遺麥秀，是可傷已。乃今歲初秋，蕙風奄逝，吾道亦孤。〔一三〕

因此重振詞學的希望寄托在後學身上，他在自序中介紹《詞説》的創作緣由時説：「諸生以老馬識途，時時從問詞法，兼求詞話，奉爲準則。」〔一四〕但是「又慮近世學者根柢不具，則枝葉不榮。」〔一五〕事實上，向蔣兆蘭問學的吴梅、陳去病等人，都是舊學底蘊深厚的文人，這裏的「近世學者」更多是指接受新式教育成長起來、對舊學較陌生的青年學子。

晚清詞壇的審美風尚簡略言之，是選澀調、講四聲、重故實、煉字面，推崇《夢窗詞》，這種風氣在民國初年演至頂峰，所謂「近世學夢窗者幾半天下」〔一六〕，但這種創作審美對創作者的學力要求極高，絕大多數僅僅是東施效顰，作品也多生硬雕琢、晦澀餖飣。另一方面，白話文興起，大衆迅速接受了這種通俗明白的行文方式，同時隨著文言文和舊體詩詞逐漸離開日常生活，不要説填詞，甚至知曉詞調的基本格律、明白詞中典故的人都越來越少，詞逐漸變成一門遠離現實的傳統文學技藝，面對這樣一種「曲高和寡」的困境，倚聲家們開始考慮如何降低填詞的門檻，爲這門絕學保留一綫生機。

首先是對清末民初的詞壇風氣進行反思，主要是反思「夢窗熱」影響下過于强調技法和學問的創作傾向，尤其是針對「嚴守四聲」和「堆砌典故」這兩個癥結。

早在二十世紀二十年代的詞話中就已有清遺民詞家試圖對「夢窗熱」帶來的負面影響進行補偏救弊，宣雨蒼在《詞讕》中明確反對同時代詞人吹捧夢窗、以澀爲尚的風氣，並以朱彊村的詞爲例談堆砌雕琢的弊端：

> 近日詞家争相祖述（吴文英），餖飣寫來，幾不成語。嘗見今世奉爲詞伯者有傳句云：「窣波鐘動，歸去連錢，蜻蛉催泛。」可謂澀矣，然「窣波」何不徑用「佛樓」？「連錢」何不徑用「花驄」？「蜻蛉」何不徑用扁舟？使讀者可以豁然意爽，仍未見其稍倍詞旨，必欲强借名詞，一一帖括，好爲其難，毋論矣。乃並其强借之名詞，不求甚解，是誠大可怪也。試爲正之，如「窣堵波」爲梵語，譯即塔也。塔非藏鐘之地，鐘則别有鐘樓。而「窣堵波」一句梵語，尤斷不能截去「堵」字，但用「窣波」，致不成語。即彼或曾見前人有誤者，以爲是有所本，而不知爲一盲引衆盲，相牽入火坑也。彼執詞壇牛耳者傳作且如此，世之依草附木，自號倚聲家，更可知矣。〔一七〕

「窣波鐘動，歸去連錢，蜻蛉催泛」三句出自朱彊村《燭影摇紅·月夜泛舟裏湖，遍串六橋並丁家山而歸，山椒一園，歌鼓徹曙》，作者直接將矛頭指向「夢窗熱」的「始作俑者」朱彊村，認爲詞壇名家猶如此，何況學力普通的一般詞人呢。夏敬觀也説：「今之學夢窗者，但能學其澀，而不能知其活。」〔一八〕遺老尚且如此，年輕的詞家則更普遍地意識到了其中的弊端，吴梅在《詞學通論》中教授如何填詞，就提醒曰：「近人喜學夢窗，往往不得其精，而語意反覺晦澀。此病甚多，學者宜留意。」〔一九〕很明顯，有經驗的詞家都意識到了學夢窗之「質實」與「澀」是需要學力門檻的，並不適合當下的學詞者作爲心慕手追的目標。

「守四聲」也是同樣的情況，《柯亭詞論》認爲「守四聲」是填詞的進階課程，曰：

詞守四聲，乃進一步作法，亦最後一步作法。填詞須不感拘束之苦，方能得心應手。故初學填詞，實無守四聲之必要。否則辭意不能暢達，律雖叶而文不工，似此填詞，又何足貴。〔二〇〕

龍榆生也認爲選澀調、守四聲會影響詞中情志的抒發，他説：「以此言守律，以此言尊吴，則詞學將益沉埋。」〔二一〕蔡嵩雲與龍榆生均是詞學教育家，執教于高校，因而更加能體會到嚴守四聲給初學詞者帶來的障礙。

其次是探索更適合初學者的學詞路徑。周濟提出的「問塗碧山，歷夢窗、稼軒，以還清真之渾化」，一直是常州詞派創作論中教科書級别的學詞路徑，其立足點在于南宋詞的立意、筆法、結構都是有徑可取的，其藝術技巧可以靠揣摩、模仿進行學習，但在詞學面臨中絶時，詞學家開始反思這條路徑是否還適合當下的學詞者。

夏敬觀在《〈蕙風詞話〉詮評》中明確批評這種路徑是顛倒因果：「止庵謂問塗碧山，歷夢窗、稼軒，以還清真之渾化，乃倒果爲因之説，無是理也。」〔二二〕

《詮評》更進一步反對初學者從南宋入手，先以常州詞派兩位代表人物張惠言與周濟爲例，一針見血指出常州詞派理論强勢而創作弱勢的癥結所在，借此説明爲何不可學南宋詞，曰：「張皋文、周止庵輩尊體之説出，詞體乃大。其所自作，仍不能如其所説者，則先從南宋詞入手之故也。」〔二三〕不可不謂大膽。

周濟的「四家逆溯之法」長期以來被認可的另一個原因，在于大部分詞人認爲小令最難填，應該從長調開始學習鋪叙、構架、聲律等基本技巧，而南宋詞以長調爲主，北宋詞以小令爲主。但是由長調入門，所需要學習的格律知識、筆法技巧、典故史實等頗費功夫，需要較爲扎實的文史基礎。

因此《詞説》主張學詞之前要先學作詩，曰：

> 初學作詞當從詩入手，蓋未有五七言不能成句，而能作長短句者也。詞中小令，收處貴含蓄，貴神速，于詩之七絶最近。慢詞貴鋪叙，貴敷衍，貴波瀾動蕩，貴曲折離合，尤與歌行爲近。其他四五七言偶句，則近于律詩。是故能詩者，學詞必事半功倍。〔二四〕

因爲詩中五言、七言律句，都是詞中常見的，先熟悉律詩的聲律格式，遣詞造句，瞭解舊體詩詞的創作規律。第二步才是填詞，「初學作詞，如才力不允，或先從小令入手」〔二五〕，因爲有學詩的基礎在前，如果天分高的話，易得名雋之句，接著才學填慢詞中格律較寬、束縛較少的詞調，最後才是精研詞律聲韻，嘗試孤調、僻調。這樣的學詞法顯然是針對没有舊學根柢的新學人而發，從作詩開始補舊學的基礎課。

三　新式詞學教育影響下詞話的功能分化

無論是重新考察填詞的功能，還是探索「逆溯之法」以外的學詞途徑，大多仍屬于常州詞派内部的創作論修正，對于這種修正最爲積極的大多是清遺民詞人，他們雖然能感知到填詞創作的式微，但並不直接面對新式教育和青年學生。而生于十九世紀七八十年代、主要人生經歷和活動在民國的這一輩詞人，譬如劉永濟、吴梅、陳匪石等人，他們與晚清名家多有師生之誼，舊學根底深厚，兼擅倚聲，在二十年代後進入高校，成爲身體力行教育新模式的一代學者，他們率先創立的講稿式詞話，大力促進了民國詞話的「填詞」離場。

爲了適應新式教育下的施教需求，「低門檻學詞法」開始代替從前以技法、風骨、筆力爲中心的創作論，這種替代與轉變體現在形式上，則是條目清晰的知識結構代替了隨性零散的片段式文本。傳統詞話創作的體例多半是漫談隨筆式的即興抒發，其内容包羅萬象，創作論、範疇論、鑒賞論統統包含在内，全憑作者喜好自由發揮，不僅缺少系統性框架，理論陳述也比較抽象。但是隨著詞學作爲一門現代學科走入課堂，傳統詞學家著述的目標群體變了，面向的是不瞭解詞的學生群體，同時西方學術體系的引進帶來了高等教育中的學科細分，具體到詞學一門，「詞學」這個概念也細分爲多種課程，以一九二八至一九二九學年的國立暨南大學爲例，共有四門涉及詞學的課程，分别是「詞學」、「詞曲通論」、「中國詞史」、「專家詞」，在以具體的教學目標爲主導的課程體系中，傳統詞話自然無法匹配新出現的詞學教育需求。因此，進入了一個詞話體例的轉型期。以身在高校的幾位詞學家的詞學講稿爲例，體例大致可以分爲兩類，一類偏重詞學教材與講義，主要以傳授詞學知識爲目標，另一種仍是傳統詞話，充滿興會所至、信筆拈來的個人感悟，不過二者之間並非涇渭分明，詞學教育尚在起步階段，講稿没有現成的範式標準，加上大部分授課教授都深得舊學薰陶，因此難免將詞話的筆調帶入講稿的撰寫之中，使得這些講稿類詞話大多介于由詞話向論著過渡的一個模糊的形式中。但在這個略顯混亂的轉型期裏，有一個特徵是非常明顯的，就是「填詞基礎」與「詞學研究」被區分開了，這裏所説的區分，不僅包含某一文本中兩種内容的區分，也包含不同著述之間的區分。

（一）講稿詞話中「填詞」與「詞學」的區分

先來看同一文本下的「填詞」與「詞學」的區别，這主要體現在作爲課程講稿使用的詞話之中。詞學教育家在二十年代已經注意到了隨著學科愈來愈細，如何填詞與詞學研究也逐漸兵分兩路的現實。壽鑈在授課所用的《詞學大意》中曰：「詞人未必工于論詞，工于論詞者，其詞又未必工。」〔二六〕在高校教學的需求下，很多教材已經在「學詞」和「詞學」上做了區分。譬如《海綃説詞》是陳洵在中山大學任教時的講稿，主要内容分爲「通論」和「名家詞作賞析」兩部分，「通論」主要談及填詞的一些基本素養，譬如「師周吴」、「志學」、「嚴律」等，賞析部分包含《夢窗詞》、《片玉詞》、《稼軒詞》三家詞的詳解。可見雖然純用傳統詞話的體例，但將創作與鑒賞稍作了區分。

吴梅的《詞學通論》又更進一層，《詞學通論》是吴梅于一九二二年秋至一九二七年春在東南大學任教時的授課講義，全書分爲「緒論」、「論平仄四聲」、「論韻」、「論音律」、「作法」、「概論」六部分，其中「概論」又分爲「唐五代」、「兩宋」、「金元」、「明清」四章。「緒論」共十則，體例全依照傳統詞話而來，開篇首則即曰：「詞之爲學，意内言外。」然後談詞的源頭與詞體的特徵，接著依次論詞與詩、曲在創作中的區别，小令、中調、長調之劃分的誤區，詞中調同名異者，填詞的協律與用字發意，詠物詞，是否需要嚴守四聲，詞之用韻，詞之擇題等，這個順序，其實就是學習填詞由淺入深的一條路徑，是一個關于「如何填詞」的基本内容。緒論部分，精煉簡要，深入淺出，與舊體詞話無異。而後面在緒論的邏輯上細分爲幾個章節，是偏重詞學研究的内容，凸顯條理，又添加表格與小目録，便于學生理解，兼顧授課的需要。

又例如劉永濟的《誦帚堪詞論》上卷爲「通論」，分爲「名誼第一」、「緣起第二」、「宫調第三」、「聲韻第四」、「風會第五」五個部分，下卷爲「作法」，分成「總術第一」、「取徑第二」、「賦情第三」、「體物第四」、「結構第五」、「聲采第六」、「餘論第七」。不難看出，與吴梅的《詞學通論》相似，《誦帚堪詞論》上卷主要是詞學知識傳授的部分，下卷緊扣詞旨與詞法，屬于創作理論叙述。

因爲是用詞話形式寫成的講稿，又常作爲詞話發表，姑且可稱爲「講稿詞話」，這種新興詞話首先改變了詞學創作論的内涵，使「離場」更爲直接，又使批評論析更爲具體深入。當然，在過渡期裏，這些講稿並非一刀切式的涇渭分明，部分論述並不能完全割裂「填詞」和「詞學」兩者。只能説大部分作者意識到了傳統詞話本身的無序雜亂與高校教育的專科化、學術化的趨向背道而馳，並有意識地在講稿中將二者進行了區分。

（二）作爲一門獨立技藝的「填詞」

「填詞」與「詞學」的分離並不僅僅發生在高校詞學課程之中，既然講稿已經在區分二者，「填詞」進而從講稿獨立出去，出現了一系列圍繞「如何零基礎填詞」的學詞工具書。這類工具書的體例介于詞話和講稿之間，同樣可視爲民國詞話朦朧轉型狀態的某個横截面。「填詞法」著作興起的首要原因自然還是出于詞學教育的需求，很多詞學課程都包含創作的學習與考察，如劉毓盤的考試辦法就是「只要你填一首詞就是。」[二七]冒廣生也説：「庠序之子非學詞無以卒業」[二八]，可見會寫詞也是當時課堂上的一種剛性需求。另一層原因則是出版業的發展帶來了更激烈的商業化競爭，諸如大東書局、世界書局、崇新書局等以民營資本爲主的中小出版機構，在商業運作方面都非常積極靈活，圖書策劃與推廣都以讀者的需求爲中心，其中也迎合了詞學教育的需求。各種「零基礎填詞法」應運而生，成爲民國詞壇一道獨特的風景，例如吴莽漢《詞學初桄》、傅汝楫《最淺學詞法》、顧憲融《無師自通填詞百法》、劉坡公《學詞百法》等。這批工具書的出現，代表填詞成爲了一門傳統技藝，完全告别「經世致用」和「詞史」這些創作論概念，有以下幾個特點。

首先是普及性强，面向普羅大眾，從富有吸引力的書名就能看出，這些書是供初學填詞者使用的，而且有諸如「無師自通」、「最淺」這一類略顯誇張的宣傳標題，旨在吸引完全不曾接觸填詞的新手。《無師自通填詞百法·自序》中道：「兹編之輯，即爲初學諸君作嚮導，故陳義不尚高深，遣詞務求淺顯」[二九]，一語道出這類啟蒙詞話的賣點。

其次這類填詞法體例新穎，首先通過安排目録章節，使得全文條理清晰，具備系統學習的便利。爲了初學者考慮，各書一般都會涉及詞的起源、詞體與其他詩歌體裁的區別、宮調與四聲五音的基礎知識、詞律與詞韻的工具書與檢索方法、歷代詞人詞派點評、詞調範式（或詞譜）這些内容。而且在結構安排上，不僅分了章節，在大標題下還有細分的小標題，不可謂不細致，而且檢索方便，初學填詞可能遇到的方方面面的問題，作者都提前想到了，令讀者可以將其視作詞學的百科全書，有問題只要對照相關條目，就可以尋得解答。

需要説明的是，雖然這些填詞法在體例上有所創新，但内涵並未脱離傳統詞話的範疇，文本中詞話與詞學論著之間的界限十分模糊，以《詞學初桄》爲例，全書的主體部分其實是模仿明代徐師曾《文體明辨》的詞譜，可以不論，前面緒言分十六個部分，如果拿掉題名，也就是普通的十六則詞話而已。再如《無師自通學詞百法》，上卷論詞旨詞法，下卷品評歷代詞人，雖然都單獨附上「××法」的標題，内容與傳統詞話別無二致。在這一點上，「填詞法」與諸如《詞學ABC》、《詞學常識》這種詞學論著形式的通識讀物有著顯著區別，後者是以論文體例或教材形式章節構成的著述。

（三）剥離「填詞」後的詞話

既然「填詞」一門已經另立門户，那麼抛開創作論的傳統詞話自然在内容上也發生了重心的轉移，一方面是減少抽象零散的理論建構，另一方面是將重心轉向如何闡釋、賞析作品，這一點在作爲教學講稿的詞話中尤其明顯。

以《海綃説詞》爲例，雖然通論部分是闡述填詞基礎，但主體部分是「説詞」，試舉説《霜葉飛》（斷煙離緒）一例：

海綃翁曰：起七字，已將「縱玉勒」以下攝起在句前。「斜陽」六字，依稀風景。「半壺」至「風雨」十四字，情隨事遷。以下五句，上二句突出悲涼，下三句平放和婉。「彩扇」屬「蠻素」，「倦夢」屬「寒蟬」。徒聞寒蟬，不見蠻素，但仿佛其歌扇耳，今則更成倦夢，故曰「不知」。兩句神理，結成一片，所謂「關心事」者如此。換頭于無聊中尋出消遣，「斷闋慵賦」，則仍是消遣不得。「殘蛩」對上「寒蟬」，又換一境。蓋蠻素既去，則事事都嫌矣。收句與「聊對舊節」一樣意思，見在如此，未來可知。極感愴，却極閑冷，想見覺翁胸次。〔三〇〕

《海綃説詞》的主體部分均如此例，即將一首詞拆開，細究字句與其中佈局關聯，夢窗與清真詞層次豐富，前後勾連，對于初學者來説的確難解，陳洵自己也説：「吳詞之奇幻，真是急索解人不得。」〔三一〕這就給不熟悉舊體詩詞的學生帶來了不小的審美障礙，但《海綃説詞》不僅在章法結構上説得非常細致，而且關于用字下語也評點得深到，首尾照應，勾連整闋，有種作品串講的意思，大不同于傳統詞話涉及作品的三言兩語而不易得要領，也可説是兼顧詞學教育的一種創新，這番細致解讀之下，整首詞的詞意、筆法、結構、藝術特色都清晰無疑。

除了内容方面向鑒賞傾斜，體例上也爲方便讀者進行了改良，如陳匪石的《宋詞舉》，此書集詞選、詞話于一身，先録作者小傳與詞集版本源流，再集前代名家評述，再録詞作，詞作中標出韻位，每首詞後有「校記」、「考律」、「論詞」三科，「校記」主要記録各個版本中的異文。「考律」一欄一般先溯詞調起源、詞牌别名，再根據此調字數析其數種體式，細析每一體的平仄、句法區别。「論詞」是詞作賞析，極爲詳細透徹，短則四、五百字，長至一、二千字，逐字逐句分析句法、字面、結構之要領，另摻雜詞本事的記述與對詞境的體悟，偶爾還會與其他詞人或詞作相比較，優劣互見。此三科是傳統詞話批評中常見的論詞主題，但這些主題散見于舊體詞話中時，經常是支離破碎，讓初學者摸不著門路，往往「知句而不知遍，知遍而不知篇」〔三二〕，陳匪石評價前人詞話，也委婉指出張炎、沈義父、周濟、陳廷焯、况周頤等人的詞話「咸有倫脊」〔三三〕，《宋詞舉》中别出心裁地將這幾個主題以詞作爲中心貫穿起來，幾乎囊括瞭解一首詞所需要的全部要素，其詳盡程度，民國再無詞選能出其右，唐圭璋評價此書：「自來選詞者，無舉詞詳析之例，有之自匪石先生始。」〔三四〕可見其首創之功。

教育者的對面是學生，如果説老一輩詞學家通過多方改良傳統詞話使其適應新時代的要求，並爲後人打開了詞學鑒賞文體的先河。那麼作爲接受者的晚輩後學，在詞話中則更多地體現出現代詞學研究的端倪。

例如唐圭璋先生的《夢桐室詞話》，這部詞話是他整理輯校《全宋詞》的副産品，絶大部分内容爲詞學文獻勘考，且多屬于宋詞的文獻範疇，大致可分爲作品輯佚、作者考辨、版本溯源、訂誤辨僞等幾大類，其中發明最多的是辨僞條目，如「明人僞作陸放翁妻詞」、「《學海類編》中所收之僞詞話」，又多有對宋詞作者的考辨訂誤，如訂正誤署楊妹子而實爲張掄之作的《題馬遠松院鳴琴圖》，考辨魯仲逸即孔方平，一首詞作，一位詞家，皆辨析有據，發覆無疑。有時往往是作品辨僞與作者考定並行，在指出周邦彦的《水調歌頭》「中秋寄李伯紀觀文」一闋是僞作後，又找出此詞真實作者爲何大圭，所謂「既明其僞，複補其缺，是亦快事也」〔三五〕。在辨析《詞林紀事》所載的文天祥《南樓令》時，唐圭璋感歎道：「乃知後人引用前書，往往不足據，非複校原書不可。」〔三六〕這真是個中人甘苦之言，會心之得，可引以爲校勘學不刊之經驗談。因爲詞話所固有的體例特點，《夢桐室詞話》没有展示繁瑣的考辨過程和資料羅列，但同樣利用詞話簡明扼要的筆法，三言兩語論析清晰，使讀者有綫索可尋，有依據可憑。《夢桐室詞話》的文獻學主旨純粹，内容集中而豐富，這在詞話發展過程中是值得關注的一個内容與形式的突破，本可以用文獻著作形式來討論的問題，却采取了更爲輕便簡捷的詞話形式來表達，一來是將平日校勘點滴所得作一番隨録式筆札，二來是大型總集不便攬入的文獻稽考内容自當整理，另行刊出，對于現代詞學研究的輯佚之學有重要意義。

同樣富有代表性的是蕭滌非先生的《讀詞星語》，該詞話發表于一九二九年的《清華周刊》，是蕭先生在清華就讀期間的學詞心得。全文連「小引」共六十六則，每則前以詞人姓名爲標題，對詞人評價不著意于褒貶，而是著眼于詞中佳句的出處與注解，「頗有爲前人所未發，亦間有與舊説相補證者」〔三七〕。其與衆不同之處在于，不談詞旨，不涉詞史，也無關聲律與風格，單從文本字面鍥入，探求詞句來源，專心于名句的出處，這是《讀詞星語》的一大特點。尤其深細妥帖的是論周清真《六醜》名句：

美成《六醜》薔薇謝後作詞，時而説花，時而説人，時而人花並説，極變化渾成之妙。其「釵鈿墮處遺香澤，亂點桃溪，輕翻柳陌」，則仍是説花，非説人。《片玉詞集注》引杜詩「神女落花鈿」，失其旨矣。唐徐匯《薔薇詩》云：「朝露灑時如濯錦，晚風飄處似遺鈿。」詞蓋本此。全詞「似牽衣待話，别情無極」，陳注缺，余按儲光羲《薔薇歌》云：「高處紅鬚欲就手，低邊緑刺已牽衣。」〔三八〕

其中體現了詩話的某種傳統因素，即論者專注于文本的祖述與溯源。中國文學的語彙、字句、典故等，歷代流傳，襲用變化，形成既有祖述又有創新的文學動態。「諸引文證，皆舉先以明後，以示作者必有所祖述也。」〔三九〕所謂「文證」，即把原文出處揭示出來，「舉先明後」本是詩文評注的重要概念，也是傳統詩話文論普遍使用的方法，宋代以來，詩話流行，其中引詩摘句，溯其由來，更是不勝枚舉。只不過詞話晚出，專論亦少，尤其晚近以來，在崇論寄托、雜談佚事、標舉風格的詞話中，像《讀詞星語》這種避免零碎，單純專一于文句祖述的詞話未曾經見，因此顯得獨特而可貴。除此之外，《讀詞星語》擅長以詩證詞解詞，這需要論者的詩學功底，不僅是文獻考據校勘之方法，也是詞體研究的一大入手處。《讀詞星語》突破前人的詞話範式與内容，注重詞與詩的淵源關係，既是古老詩學傳統的研究途徑，也是嶄新的詞學方法。

師生同樣沿用傳統詞話的體例，又各有側重點與創新之處，也透露出詞話這種傳統文體在現代詞學替代傳統詞學時所保留的另一種可能性。

四　餘論

傳統詞話同時承載詞旨、詞法、詞律、文獻版本、填詞技巧、創作風格、審美鑒賞等多種詞學項目，是一種大雜燴式的文體。隨著倚聲創作在民國文壇的日漸没落，詞話也開始發生變化。先是從理論修正的角度重新審視「填詞」的功能與價值，並反思晚清以來過分强調技巧學力的創作導向，這種變化還只是發生在詞話的內容層面，但隨著詞學教育成爲高校教育課程的一部分，「填詞」與「詞學」分道揚鑣，創作論從詞話的內容中逐漸剥離開來，獨立成爲一門傳統國學手藝，這種分割體現在了詞話體例的層面，詞學講稿與填詞工具書是最能體現這種形式上的變化的，剜去「填詞」後，偏重科學系統的研究論證主要由現代詞學專著或論文承擔，詞話內容開始向批評鑒賞的方向傾斜了。

以上是本文試圖考察的民國詞話中「填詞」的離場過程，但历史的發展是充满复杂性与多样性的，「填詞」的退場不能簡單代表傳統詞學的末日，現代詞學的肇興也並非僅僅從新思潮而來，單一的脈絡叙述雖然適合梳理歷史發展的重要綫索，但也難以全面觀照其間的細枝末節。

胡雲翼在《詞學ABC》中論其書主旨時説：「我絶不像那些遺老們，抱著『恢復中國固有文學之宏願』，來『發揮詞學』的。」〔四〇〕又説：「我這本書是『詞學』，不是『學詞』……我不但不會告訴他一些填詞的方法，而且極端反對現在的我們，還去填詞。」〔四一〕這當然是一種略顯極端的觀點，但也從中看出新派詞學家「重解不重作」的一種集體態度，民國時期有很多類似態度的詞話，作者主要是新青年學子，以鑒賞品評以及追溯詞的歷史爲主要內容，但由于缺少舊學根基，因此評價範圍大多很狹窄，作者上主要關注唐五代與北宋詞人，體裁上以短小但有餘韻的小令爲主，而且解詞的手段比較單一，無非是强調情感真摯，自然雋永。其背後的原因，在于新文學帽子下的詞學核心概念非常貧瘠，無法從「境界説」或是「白話説」上演繹出更完整的理論學説，所以只能不斷重複車軲轆話，很多新派學子的詞話照搬王國維、胡適二人的理論，甚至直接大段抄寫，品質非常粗糙。而圍繞創作展開的傳統詞論則不一樣，其中充滿感性體悟與各種抽象概念，適合進行闡發和二次解讀，更能根據現實創作的需求不斷進行調整，生發出新的理論主張，這種「活的」詞論的基礎，在于不同時代、不同作者、不同文學思潮下創作實踐的千變萬化，所以即便「填詞」退場，詞學批評仍需要吸取傳統詞學中的見解，尤其是藝術形式上的一些表達，譬如俞平伯《讀詞偶得》中大量借鑒常州詞派的概念，呈現出更豐富深邃的詞學批評風格。而老一輩詞人一方面盡量適應新時代的要求，在傳統詞話的範式體例上進行了調整與創新，這些新變成爲現代詞學形成道路上的基石，更重要的是從詞學立場而言，他們並沒有聽任「填詞」退場，而是希望引導後學藉由學習和鑒賞重新回歸填詞創作，如陳匪石在《宋詞舉·敘》中説：「蓋欲學者觸類旁通，由是而能讀、能解，馴至于能作，悉衷大雅，毋入歧途。」〔四二〕《最淺學詞法》雖然是工具書，其撰述目的也是出于「恐閲數十年，難免如高築嵇琴，絶響人間矣，心竊憂之」〔四三〕。

在詞學中絶之時所保持的這份守先而待後的態度，爲現代詞學研究注入了願景式的光彩。

〔一〕 劉揚忠《二十世紀中國詞學學術史論綱》，《暨南學報（哲學社會科學版）》二〇〇〇年第六期。

〔二〕 陳水雲《現代「詞學」考論》，《蘭州大學學報（社會科學版）》二〇一二年第二期。

〔三〕〔六〕〔八〕〔一〇〕〔一一〕〔一二〕 況周頤《蕙風詞話》，一九二四年武進趙氏惜陰堂刻本。

〔四〕 吴熊和《鄭文焯批校夢窗詞》，《吴熊和詞學論集》，杭州大學出版社一九九九年版，第二九八頁。

〔五〕〔九〕 況周頤《詞學講義》，《詞學季刊》一九三三年創刊號。

〔七〕 莊棫《復堂詞敘》，轉引自陳廷焯《白雨齋詞話》卷六，唐圭璋編《詞話叢編》，中華書局二〇〇五年版，第三八七七頁。

〔一三〕〔一四〕〔一五〕〔二四〕〔二五〕 蔣兆蘭《詞説》，一九二六年鉛印本。

〔一六〕吳梅《樂府指迷箋釋序》，蔡嵩雲《樂府指迷箋釋》，人民文學出版社一九六三年版，第一頁。
〔一七〕宣雨蒼《詞讕》，《國聞周報》一九二六年第八期。
〔一八〕〔二二〕〔二三〕夏敬觀《蕙風詞話詮評》，《同聲月刊》一九四二年第二卷第二號。
〔一九〕吳梅《詞學通論》，中華書局二〇一〇年版，第八頁。
〔二〇〕蔡楨《柯亭詞論》，唐圭璋編《詞話叢編》，第四九〇一頁。
〔二一〕龍榆生《晚近詞風之轉變》，《龍榆生詞學論文集》，上海古籍出版社二〇〇九年版，第四二〇頁。
〔二六〕壽鑈《詞學講義》，《湖社月刊》一九三二年第八五期。
〔二七〕石民《應徵的自述》，《宇宙風乙刊》一九四一年第四三期。
〔二八〕冒廣生《遐庵詞稿序》，《冒鶴亭詞曲論文集》，上海古籍出版社一九九二年版，第五〇二頁。
〔二九〕顧憲融《無師自通填詞百法》，上海崇新書局一九二五年版。
〔三〇〕〔三一〕陳洵《海綃説詞》，唐圭璋編《詞話叢編》，第四八四二頁、第四八五五頁。
〔三二〕〔三三〕〔四二〕陳匪石《宋詞舉（外三種）》，江蘇古籍出版社二〇〇二年版，第五頁、第六頁。
〔三四〕唐圭璋《金陵書畫社一九八三版宋詞舉後記》，陳匪石《宋詞舉（外三種）》，江蘇古籍出版社二〇〇二年版，第二四六頁。
〔三五〕〔三六〕唐圭璋《夢桐室詞話》，《中國文學》（重慶）一九四四年第二期。
〔三七〕〔三八〕蕭滌非《讀詞星語》，《清華周刊》一九二九年第三二卷第二期。
〔三九〕李善《文選注·兩都賦序》，商務印書館一九三六年第一頁。
〔四〇〕〔四一〕胡雲翼《詞學 ABC》，上海世界書局一九三〇年版，第一頁，第二頁。
〔四三〕龐三省《緒言》，傅汝楫《最淺學詞法》，上海大東書局一九二〇年版。

（作者單位：上海社會科學院文學研究所）

新見羅振常校補本《詞録》述略

徐瀟立

内容提要　王國維未刊稿《詞録》自成書以降的近百年間，鮮有知其詳者，二〇〇三年徐德明整理本暨影印本面世，遂始爲學界所識，並展開研究。《詞録》手稿本爲羅振常批校之本，但案語僅寥寥數則，對于理解羅振常與《詞録》的關係作用有限。上海圖書館未編書中有一部民國抄本《詞録》，該本直接録自手稿本，通篇經羅振常批校，是其進行全面校補的工作底本。在校補過程中，羅振常運用大量史料對《詞録》各項著録進行訂補，其間尤其重視對同時代詞學文獻的利用與研究，例如况周頤《歷代詞人考略》。羅氏校補《詞録》意在出版，惜終未成，但此次重要的學術實踐對于《詞録》的完善功不可没，同時亦提供了羅氏研究的一手資料。

關鍵詞　羅振常　校補　王國維　《詞録》　况周頤　《歷代詞人考略》

王國維的《詞録》是一部詞集專科目録，成書于光緒三十四年（一九〇八），未付梓。《詞録》手稿本（以下簡稱「手稿本」）經羅振常收藏，羅氏故後，由其家人收藏。「文革」期間，手稿本被抄没，歸入上海圖書館，後落實政策退還，二〇〇三年由學苑出版社出版整理本暨影印本，二〇一一年出現于保利春拍。手稿本鈐有「王國維印」、「人間」、「上海圖書館藏」印，有少量羅振常批注，學界對此已有論説。羅振常（一八七五—一九四二），字子經、子敬，號心井、頑夫、邈園等。浙江上虞人。羅振玉胞弟，與王國維關係頗密。曾于滬上設蟫隱廬書肆。撰有《新唐書斠議》、《洹洛訪古記》、《徵聲集》、《古銅堂集》、《善本書所見録》、《天一閣藏書經見録》等，譯有《日本昆蟲學》、《日本現時教育》等。

筆者在上海圖書館龍吴路未編書中發現一部抄本《詞録》（以下簡稱「上圖本」），内有大量校補，此爲除手稿本之外現存惟一的《詞録》版本，從未見諸文獻或口述記録。上圖本與手稿本是何種關係，其校補出自何人之手，校補體例爲何，文獻價值又體現在哪些方面，本文將一一解答這些疑問。

一　上圖本之版本考察

上圖本爲半葉十五行，行二十字，無欄格，紙捻裝。開本高三十一點八釐米，寬二十五點四釐米。無鈐印。卷内天頭行間均有批校補正，朱墨兩色燦然。首附人名索引，次列四十一種「已校之書」目録，次爲王國維《詞録》正文。卷末抄有《通志堂集》目次，以及《詞滙初編》、《古今詞統》二書提要。書中另有穿插于《詞録》正文的附葉若干。

（一）校補者身份的判定

首先，需判定上圖本校補者的身份，這是展開討論的基礎，解決這一問題的關鍵在于筆蹟的鑑識。經比對可知，上圖本中的校補與手稿本中羅振常批注筆蹟一致。在手稿本中，羅氏批注僅葉十一《珠玉詞》書眉明確注明「振常案」，他處均未署名，由于該本有著清晰的遞藏源流，此爲羅氏手蹟是毋庸置疑的。在上圖本密密麻麻的批注中，亦僅有一處透露著作者身份，即葉三十《尊前集》的批注，注曰：「《樂府雅詞》，《浙採遺》著録爲曝書亭寫本，朱彝尊跋云：　此書陳氏《書録解題》云十二卷，此本抄自上元焦氏，殆非足本。　振常案，端伯自序稱所選『三十有四家』，三卷本家數並無缺少。」爲了對筆蹟的判定更爲準確，筆者又翻檢若干羅振常手蹟的標準件，比如上海圖書館藏羅振常跋明范氏天一閣抄本《類聚名賢樂府群玉》〔一〕、羅振常稿本《蟫隱廬雜記》〔二〕，以及臺灣「中央圖書館」藏羅振常跋清抄本《陵陽先生詩》〔三〕，上述羅氏手蹟與上圖本中的校補字蹟吻合，因此可以斷定上圖本爲羅振常校補本。

（二）《詞録》原文的抄寫者

上圖本中主要有兩種字體，一爲前述羅振常的親筆校補字體，一爲《詞録》原文的抄寫字體，後者與羅氏筆蹟差異顯著。那麽，上圖本《詞録》原文又是何人所抄？上圖本外封面上有兩行隨意書寫的文字，一行寫著「釋道忞《布水臺集》、汪道昆《汪南溟文集》」，與《詞録》内容無關，然亦爲羅振常手書；一行寫著「劉抄均是王先生的」，此似非羅氏所寫，與《詞録》原文字體亦不符，却頗可玩味。「劉抄均是王先生的」中的「王先生」無疑是指王國維，此八字首先交代上圖本中的王國維《詞録》原文爲劉氏所抄，其次起到了區分的作用，將《詞録》原文與羅氏校補相區分，使讀者不至混淆，因此可推測其書寫時間在羅氏校補之後，而書寫者當另有其人。筆者曾一度懷疑此「劉」會否是劉大紳。劉大紳（一八八七—一九五四），江蘇丹徒人，字季纓，改字季英，又字賜書，羅振玉長婿，與羅振常關係密切。但劉大紳留存下來的書蹟不多，根據《翰墨清芬：劉鶚、劉大紳、劉蕙孫三世手蹟輯存》中收録的劉氏手稿影印件來看，與上圖本不符。因此，暫無法確定上圖本封面所題「劉抄」的具體身份，有待進一步研究。

（三）上圖本與手稿本的關係

手稿本有多處王國維親筆修改，例如在葉四《陽春集》版本項「四印齋本」前增入「侯文燦《十名家詞》本」；葉十九《鄮峰真隱詞》後增入《松隱詞》與《澹軒詞》條目，而將葉三十三的《松隱詞》條目删除，上圖本均以改後文本呈現，這説明上圖本即出自經王國維修改過的手稿系統，而非更早的初稿。此外，在上圖本葉十九馮取洽《雙溪詞》書眉處，羅振常注曰：「王原稿作『所洽』，《吴目》作『取洽』」，手稿本確作「所洽」，進一步説明上圖本直接抄自手稿本。羅振常收藏王國維《詞録》手稿本，並作簡要批注，但爲進行大規模的校補，又保持手稿本舊貌，祇能録副一本，將副本作爲工作底本。

手稿本中羅氏批注僅八條〔四〕，與上圖本中的校補雖無一相同，但兩者亦有一定的關聯。有兩本互見之例。如在手稿本葉十一晏殊《珠玉詞》條中，王國維以《詩眼》證《玉樓春》「緑楊芳草長亭路」爲晏殊所作，而汲古閣本失載。手稿本書眉有羅振常批：「此詞《花草粹編》亦載之，注亦引《詩眼》，但字句與此不盡同，有可正此本之誤者，見書卷六第二頁。《粹編》亦注云『集無』。」而在上圖本葉六中，羅氏注曰：「《直齋》作《珠玉集》」、「有校，見人間原本書眉」，並注：「《賓退録》引《詩眼》」、「余案此『年少』真謂『所歡』，與樂天之『年少』不同也。（亦《賓退録》語）」。「人間」爲王國維自號，「人間原本」即指手稿本。手稿本白居易詩中「年少」二字旁皆寫有異文「所歡」，并標明乃據《粹編》本校，此即羅氏所謂「有校」。

上圖本中的校補有對手稿本作補充者，如手稿本葉三十九《斷腸詞》原文版本項僅有「四印齋本」，羅氏增列「汲古閣《詩詞雜俎》」，上圖本葉二十三增列「汲古閣本、紫芝本」。手稿本葉十三《東山寓聲樂府》原作「四印齋本」，羅氏注：「侯刻《十家詞》中亦有《東山詞》一卷」，上圖本葉七羅氏批注不僅記録書目著録情況，並略述版本源流：「張月霄《書目》有宋刊《東山詞》二卷，存卷上一百九闋，録張來序全文，稱『余友』」，「四印實一卷」，「吴昌綬輯據錢塘王氏惠迪吉齋輯本，云四印齋本先及補抄。瞿氏有殘宋本一卷，當即侯刻、王輯所自出。瞿存卷上」。亦有對手稿本的修正，如手稿本葉三《南唐二主詞》原作「侯文燦《十名家詞》本、海寧王氏輯本」，羅氏增列「《二李詞》、《晨風閣》本」，上圖本葉二增列「明吕遠刻本、劉繼增箋注本」。《晨風閣叢書》所收《南唐二主詞》實即王國維輯校，與「海寧王氏輯本」重複，羅振常在上圖本中將其删去。而《二李詞》或即此書現存最早版本的明萬曆四十八年吕遠墨華齋刻本，羅振常在上圖本中對此版本信息予以明確。

然而，偶有手稿本批注更爲詳細的情況，如葉十一《張子野詞》原作「侯氏本凡一百二十九闋，而知不足齋本爲最完備，然前二卷羼入他人之詞亦復不少」，羅注：「侯氏本實一百三十闋，知不足齋本則一百八十五闋，較侯本又多五十餘闋。」上圖本對此未作説明。但就總體而論，上圖本羅氏批校不僅在規模上遠超手稿本，在内容上無疑也呈現出不同的思考，通過比對兩本，可對上圖本的校補有一初步認識，下文將對其作全面的分析。

二　上圖本羅振常校補内容分析

由于客觀條件所限，《詞録》各著録項詳略不一，在體例上難免有不完善之處，王國維在《詞録序例》中已稱「蒐録考訂，月餘而成，聊用消夏，不足云著述」。就新發現的上圖本觀之，羅振常徵引大量文獻，對《詞録》進行全方位的校補，凡有出入者，多已注明出處，以便覆核，頗具學術意識。這些文獻多出現在卷首羅振常手書的四十一種「已校之書」中，包括史志目録如《宋史藝文志》，補史目録如《宋史藝文志補》、《補元史藝文志》，官修目録如《四庫全書總目》、《北平圖書館善本書目》，私修目録如《直齋書録解題》、《也是園書目》，方志目録如《湖録經籍考》，專科目録如吴昌綬《宋金元詞集現存卷目》，詞選如《四印齋彙刻宋元三十一家詞》、《宋元名家詞》等。亦有未出現在「已校之書」中者，如朱孝臧《彊村叢書》（以下簡稱「朱本」）、趙萬里《校輯宋金元人詞》（以下簡稱「趙本」），羅振常對趙、朱二本相當重視，凡《詞録》著録的詞集爲二本收録者，均予以標注。羅振常對《詞録》所作的校補主要可分爲以下幾個方面。

（一）查漏補闕

㊀ 增補版本

有據書目增補者，如補入江南圖書館（南京圖書館前身）館藏善本信息，所據當爲《江南圖書館善本書目》[五]，如葉十四高登《東溪詞》，羅氏補注：「江南館有汲古閣抄本」；補入趙萬里編《北平圖書館善本書目》中著録的趙輯寧抄校本，如葉十九王以寧《王周士詞》；補入明抄本《宋元名家詞》（即「紫芝本」）所收録者，如葉十二張元幹《蘆川詞》、葉十八沈端節《克齋詞》等，上圖本中夾有散葉「抄録宋元名家詞總目」，有羅振常注：「此紫芝漫抄本，即汲古閣藏毛斧季手校」，增補當即據此目。

有據羅氏知見增補者，如葉十一汪藻《浮溪文粹附詞》版本原作「未見」，羅注：「《文粹》有明本十五卷，末僅附詞三首：《點絳唇》二、《小重山》一」；葉十五程珌《洺水集》，版本原作「汲古閣《宋六十家詞》本」，羅注：「明崇禎本全集卷卅《樂府》，計卅九首」；葉十六王炎《雙溪詞》，羅注：「嘉靖全集本第八卷詞四十八首」；葉二十六陳櫟《定宇集附詞》版本原作「未見」，羅注：「《定宇先生集》十六卷，康熙刻本，卷十六詩餘十六首」；葉二十七邵亨貞《蛾術詞選》四卷版本原作「四印齋本」，羅注：「見天一閣明隆慶刻本，甚精」。

㈡ 增補作者小傳

《詞録》作者項詳略不一，有無作者小傳者，如葉十一《澹庵長短句》作者胡銓，羅振常據《直齋書録解題》補「字邦衡，廬陵人，建炎甲科第五人」。葉十八《文溪詞》作者李昂英，據《粵東詞鈔》補「李昂英，字俊明，號文溪，番禺人。寶慶丙戌進士第三人，官至龍圖閣待制、吏部侍郎，封開國男。卒謚忠簡。有《文溪集詩餘》」。葉二十八《雲莊休居自適小樂府》作者張養浩，據《元史》補「字希孟，濟南人」。

㈢ 增補條目

有注明增補來源者，如據《湖録經籍考》，在葉二十五劉因《樵庵詞》書眉補入《王德璉詞》一卷，然注明「次沈禧《竹窻詞》後，吴興人」；據《詞綜》，在葉二十七倪瓚《清閟閣詞》後補入顧瑛《玉山璞稿附詞》、陶宗儀《南村集附詞》；據趙萬里《校輯宋金元人詞序》，在葉三十一《萬曲類編》後補入《典雅詞》、《琴趣外篇》。亦有未注明來源者，如在葉二十三《宣華詞》書眉補入夏暘《葵軒詞》；在葉二十四元好問《遺山樂府》後，補入姬翼《知常先生雲山集》、丘處機《磻溪詞》；在葉二十八張雨《貞居詞》書眉補周權《此山樂府》。

（二）校勘異同

㈠ 書名異同

例如葉十一陳與義《無住詞》，羅注：「紫芝本亦作《簡齋詞》；《瞿目》亦作《簡齋詞》，乃舊抄本；《清吟閣目》亦作《簡齋詞》，舊抄，鮑以文校補；《增廣箋注簡齋集》本，《孚經外集》卷三第七頁有提要；《簡齋集》本十七首（朱）；江南館抄本亦作《簡齋詞》。」葉十王安中《初寮集詞》，羅注：「紫芝本無『集』字，《直齋》作《初寮詞》，無『集』，江南圖書館明抄亦無『集』字」；葉十二李彌遜《筠溪詞》，羅注：「江南圖書館舊抄本作《筠溪樂府》，《四庫》作《筠溪樂府》，有撰要，（北平目）趙輯寧抄校本作『詞』。」葉二十六王行《半軒集詞》，羅注：「江南館有抄本，無『集』字，又有何夢華抄本，亦無『集』字。」葉三十「《陽春白雪》八卷《後集》一卷，秦氏《詞學叢書》本」，羅注：「道光間錢唐瞿氏清吟閣刊本『後集』作『外集』」、「瞿有抄本，亦作『外集』」、「秦刊作『外集』」。

㈡ 卷數異同

例如葉六張先《張子野詞》二卷《補遺》二卷，羅注：「《天一閣》作一卷」；葉十三朱雍《梅詞》一卷，羅注：「《千頃》作二卷」；葉七歐陽修《六一詞》一卷，羅注：「《詞綜》作《六一居士詞》三卷，《詞人姓氏》同作三卷」；葉八毛滂《東堂詞》一卷，羅注「《天一目》作二卷，《詞綜》同」；葉十八趙以夫《虛齋樂府》一卷，羅注：「江南館有明抄二卷，鮑以文藏」。

㈢ 作者信息異同

例如葉十二張掄《蓮社詞》，原作：「掄，字材甫」，羅注：「《補宋》作『才甫』，《千頃》同」。葉十四吳儆《竹洲詞》，原作「儆，字益恭，休寧人。知邑州」，羅注：「紫芝本作新安人，江南館明抄本亦作新安人，《善本書室》有提要」。

㈣版本異同

羅振常在對詞集進行文本校勘的基礎上，總結了版本異同與優劣，例如葉二十五趙孟頫《松雪齋詞》，原文版本有「侯文燦《十名家詞》」與「元和江氏《宋元名家詞》」，羅注：「兩本異同處互有得失」；葉二十六薩都剌《雁門詞》，原文版本有「侯文燦《十名家詞》」與「元和江氏《宋元名家詞》」，羅振常增補了《雁門集》本，並謂「江本作《雁門集》，侯本作《天錫詞》，二本相同，惟全集字句有異，得失半之」。

㈤叙録文本異同

《詞録》前二十一種詞集（温庭筠《金荃詞》至孫光憲《孫中丞詞》）即王國維《唐五代二十一家詞輯》收録者，有民國十七年（一九二八）鉛印本《海甯王忠慤公遺書》本，這部分詞集的叙録基本沿用《詞輯》，羅振常用《遺書》本校《詞録》，並詳列異同，在《金荃詞》書眉處寫有「改用《遺書》跋」。《詞録》删去了《詞輯》中的評論性文字，羅振常皆予補足。

（三）訂誤修正

㈠訂正訛誤

有書名訂誤，如葉七賀鑄《東山樂府寓聲》，羅振常將「寓聲」移置「樂府」前；葉十三倪偁《綺竹詞》，羅振常將「竹」改作「川」，並注：「竹字誤」。有卷數訂誤，如葉二十七「《蛾述詞選》一卷，四印齋本」，羅振常將「一」改作「四」，並注「《擘經外集》作四卷」、「天一現存作四卷，元邵復孺撰」，是書四印齋本確爲四卷。有作者訂誤，如葉十九馮取洽《雙溪詞》，「取」原作「所」，羅振常將其改作「取」。葉二十二何夢桂《潛齋詞》，「何」原作「吴」，羅振常改作「何」，並注：「《四印》作『何』，字岩叟，岩陵人。」有著作方式訂誤，如葉二十二「《撫掌詞》一卷，四印齋本，宋歐良撰」。羅注：「此詞乃歐所編，非撰，王跋甚詳」，王即王鵬運。有版本訂誤，如葉十七郭應祥《笑笑詞》版本原作「佚」，羅振常注：「改未見」，並寫「《天一目》有抄本；紫芝本；《北平目》趙輯寧抄校本」。有叙録文字訂誤，如葉七晁補之《琴趣外篇》原文：「《樂府雅詞》亦云補之有《雞肋集》七十卷《詞》六卷云」，羅注：「此乃秦氏所注，非《雅詞》原注。凡校異同、夾注皆秦氏筆。見秦跋。」秦氏即秦恩復，此《樂府雅詞》即秦氏編刊《詞學叢書》本。此外，又有條目訂誤，在《詞録》中，有非詞集而誤入者，羅振常對此提出質疑，例如葉三十一《樂府群珠》、《樂府群玉》，羅振常圈出擬删去，並在《樂府群珠》下注曰：「乃元人小令，至洪武初止，不著撰輯人，趙萬里説。」

（二）調整排序

羅振常引録史傳或書目來擴充詞人生平仕履信息，一是爲保持全書體例一致，另一個原因是出于對詞集編排順序的考量，如葉九周紫芝《竹坡詞》，羅注：「或稍移後。紹興十二年，年六十一，始以廷對第三同學究出身」；葉九葛郯《信齋詞》，羅注：「紹興廿四年進士，當移後」；葉十蔡伸《友古詞》，羅注：「此當移後些」；葉二十一方信孺《好庵游戲》，羅注：「開禧寧宗時，或當提前」；葉二十二王質《雪山詞》，羅注：「此須移前」；葉二十四韓玉《東浦詞》，原在金人詞集，羅注：「此當入宋，見《四庫提要》。」

（三）修改文本

除對明顯的訛誤進行勘正外，羅振常亦微調了《詞録》文本的表述，如將王國維《詞録序例》落款「光緒戊申秋七月，海寧王國維識」前移置首段「不足云著述也」之後，將《序例》第六則「注『佚』者亦或能發見」，改作「注『佚』者偶亦能見」，將第七則「幸甚」二字被删。又如《詞録》末附《詞總集目》，最後二種爲《花艸粹編》、《詞林萬選》，《詞林萬選》條原文作「此二種係明人編，以多存宋元舊詞，故附録于此」，羅振常將「故附録于此」改爲「故録之」。

（四）考辨論説

上圖本多爲羅氏引録他書而成，但亦偶有考辨，例如葉二馮延巳《陽春集》條，羅氏補注：「《北平目》

趙輯寧抄校本」，並稱「汲古閣抄本亦作『集』」，張金吾《書目》有抄本，從何夢華藏本録，計百十八首，亦作『集』。《瞿目》有舊抄，亦作『集』，乃過録錢罄室寫本。」並進而詳加考證：

> 案《直齋》作《陽春録》，謂「高郵崔公度伯易題其後，稱其家所藏最爲詳確……世言『風乍起』爲延巳作，或云成幼文作。今此集無有，當是成幼文作，長沙本以此置集中，殆非也」云云。知此詞有二本，一崔公度藏，一陳世修輯。長沙本，《直齋》謂爲書坊射利，欲富其篇帙，自多羼入，當亦非陳本之舊。《謁金門》一闋未必爲馮作，余嘗辨之，見《校訂南唐二主詞》。前人徵引馮詞多作《陽春録》，「集」字當是後人所改。今傳世之侯、王兩本篇什無異，次序相同，殆同出一源，即所謂「長沙本」，而侯本亦頗有勝王本之處。半塘刻此詞時，初未與侯本校勘，蓋侯刻《名家詞》傳本甚稀，自金氏刻入《粟香室叢書》，人乃得見，當時半塘、人間皆未嘗見侯刻也。

這則批注對《陽春集》一書的版本源流略有涉及，同時探討了《謁金門》（風乍起）的作者歸屬問題。文中提到「《校訂南唐二主詞》」，或即周子美爲羅振常《善本書所見録》所撰序中所言《南唐二主詞彙校》一書〔六〕，然此書未見傳本，上圖本這則批注保存了這本佚書的零星資料。

（五）編製索引

上圖本卷首爲人名索引，按姓氏筆畫編排，凡《詞録》收録之人名均標注書中相應葉碼，未標注葉碼者則係增補。索引中凡是《四庫全書》收録者均加「○○」符，正史有傳者加「○」符，並以草碼注明其在史書中的卷數。此索引字體與上圖本《詞録》正文字體相同，爲劉氏手書。《索引》中保留著前述錯誤的人名「吴夢桂」，説明劉氏在抄寫《詞録》後，按照羅振常的要求，編製了索引，然後羅氏才正式開始校補工作，索引的編製使校補更有效率。

羅振常在《詞録》索引的基礎上，又增補八十四人，範圍不出朱本與趙本，其中據朱本增補四十八家，據趙本增補三十六家(趙本中僅「釋仲殊」未入列),按姓氏筆畫歸于相應位置。目前我們所見到經增補的人名索引當是羅振常校補工作的一個接近最後規模的樣貌,但也並非是定本狀態。索引中增補的詞人,在正文中尚未增補内容;而在正文中增補者,亦有未見索引的情況,比如前述王德璉、姬翼等。

三　上圖本與南圖藏況周頤《歷代詞人考略》的關係

況周頤《歷代詞人考略》原稿歷來踪跡難覓〔七〕,目前我們所見的版本爲删訂後的抄本,今藏南京圖書館(以下簡稱「南圖本」)。南圖本凡五十七卷,現存卷一至三十七,後二十卷佚,僅有存目,二〇〇三年全國圖書館文獻縮微複製中心影印出版,本文所引即據此。彭玉平《〈歷代詞人考略〉及相關問題考論》根據劉承幹《求恕齋日記》中的相關記述,論證南圖本經羅振常與其長女羅莊删訂校勘〔八〕,這是極有價值的發現,是解開《歷代詞人考略》一書校訂之謎的重要綫索。但文章僅從文獻自身出發,而缺乏對南圖本中批校字體的辨識。今檢南圖本,可確定其中多數批注即羅振常所書,是典型的羅氏字體。

早期對于《歷代詞人考略》文本的利用大致可分爲兩類,一爲零散的徵引,例如民國年間龍榆生《唐宋名家詞選》、唐圭璋《全宋詞》等皆曾予以徵引。由于況書長期以寫本型態流傳,普通讀者多藉由此種徵引方式窺其大概。一爲規模稍大的抄録活動,學者已陸續撰文指出浙江圖書館藏《宋人詞話》與上海圖書館藏《兩宋詞人小傳》選抄自《歷代詞人考略》,然二本與南圖本文本多有不同,且有南圖本缺失的部分内容,推測其出自未删訂的況氏原稿〔九〕。

羅振常在校補《詞録》過程中,使用的史料較爲博雜,未刊的況周頤《歷代詞人考略》(以下簡稱《考略》)亦是其中一種,所依據的版本當即經其删訂的南圖本。南圖本與上圖本的關係較之其他文獻更爲密切而複雜,故特析出討論。

（一）兩次學術活動的交匯

據彭玉平考證，王國維將《詞録》贈與羅振常的時間在民國五年至十二年間（一九一六—一九二三）〔一〇〕，羅氏父女參與校訂《考略》則在民國十九年至二十一年間（一九三〇—一九三二）〔一一〕，其對這兩次時間的推斷合情合理，因此，可據以推上圖本引用《考略》的時間當亦在民國十九年至二十一年間。從上圖本中校補葉面的整體效果來看，分佈凌亂，且頗爲隨意，有朱墨二色，墨色深淺不一，當非一時完成，整個校補過程可能延續了較長時間，而引用《考略》之處似爲後加，因此可推測羅振常在民國十九年前已經開始校補工作。上圖本卷首「已校之書」列目中有民國十七年（一九二八）印行的羅振玉輯《殷禮在斯堂叢書》，最後一種爲民國二十二年（一九三三）年刻本趙萬里編《北平圖書館善本書目》，故可推測校補時間的上限當不早于民國十七年，下限不早于民國二十二年，此可證羅振常校訂《考略》與校補《詞録》這兩次學術活動在時間上有所重合。

南圖本由不同風格的字體抄寫而成，其中目録葉一至十七上半（即前三十七卷目録）、正文卷七葉七至八、卷二十一葉二行後二至葉三行一，以及卷末《删訂歷代詞人考略條例》等屬于同一種字體，巧合的是，上述葉面與上圖本《詞録》正文字體相同，當同爲前述劉氏所抄。抄手相同，亦可從側面證明上圖本與南圖本關係緊密。

（二）上圖本對南圖本的徵引

對于南圖本中有資考證的内容，羅振常會進行簡扼的摘引，並注明「（況《考略》）」或「（況）」。上圖本的發現無疑豐富了況書的早期徵引史，例如葉十吕渭老《聖求詞》，羅注：「（況）秀洲人，宣、靖間朝士」，吕渭老見《考略》卷二十三；葉十陳瓘《了齋集》，羅注：「況《考略》，《花庵》作瑩中名璜，當是誤」，陳瓘見南圖本卷十九；葉十三左譽《筠翁長短句》，羅注：「《玉照新志》載左詞（見況《考略》）」，左譽見南圖本卷二十一。

此外，亦有徵引南圖本已佚後二十卷者，此可證羅振常在校訂《考略》的過程中，所見尚爲五十七卷本，例如上圖本葉二十一宋伯仁《煙波漁隱詞》，羅注「《存目》有題要，云《永樂大典》本，然未刻，終無傳本，諸選本中亦未見其詞（況《考略》）」，南圖本卷四十一著録宋伯仁。

另有據南圖本補入詞集者，如在上圖本葉十五張鎡《玉照堂詞》書眉補入張樞《寄閒集》，末注「況」字，南圖本卷四十五著録張樞； 在葉二十三《宣華詞》後，以朱筆補入張端義《荃翁集》，並注明：「據況《考略》補。」

（三）兩本之間的對話

在上圖本與南圖本中，有可互相印證之處。如葉十八方千里《和清真詞》，羅振常注：「千里，乾道時人，在南宋初，當移前。」南圖本卷二十著録方千里，羅氏于書眉處辨之頗詳，並將方千里、楊澤民移置卷三十一末：

> 乾道乃孝宗年號，則千里仍在南宋，《花庵》並無錯誤，此人當移後。
>
> 案語乃謂千里與周清真同時，故引《夷堅志》以實之，而即據以列千里于北宋，乃忘却乾道爲孝宗年號，乃有此矛盾，考據入迷惘之途，即易譌誤。嘗觀諸家校詞，如劉繼增、劉毓盤、朱彊村均不免錯誤矛盾，惟王觀堂獨不一詞一校勘，因大有分別也。除王外，則彊村爲次，若繆、葉二氏校書則譌誤觸目皆是矣。
>
> 楊澤民亦改列卅一卷，仍次方千里後。

以上辯説延伸至學術批評，羅振常將王國維之詞學研究置于清末民初整個學術背景下，予以高度肯定。又如，葉二十六劉詵《桂隱集附詞》，羅振常注：「此當移前，乃宋遺老」，此與南圖本卷末羅振常撰《第二次

修訂條例》的觀點相合：「宋人没于元，高隱不仕者，選本多列在元代，實乃宋之遺民，仍當屬宋。」〔一二〕

（四）上圖本插葉與南圖本的關係

上圖本的主體部分爲《詞録》文本，有三十二葉明確編碼，但並非連續排列，而是被羅振常親筆所寫的未編碼插葉分割開。插葉共分四部分，内容主要涉及詞人生平仕履，偶涉詞評、詞考。第一部分出現在上圖本葉二十三宋人詞集後，共五葉，所記有四十家詞人，這些詞人均見于南圖本卷三十八至四十九目録中，且依序排列：

徐鹿卿、趙崇嶓、郭應祥、利登、汪莘、薛師石、岳珂（南圖本卷三十八）

吴文英、翁元龍（南圖本卷三十九）

徐經孫、方岳、張端義、潘牥、王諶（南圖本卷四十）

宋伯仁、許棐、張榘、李曾伯（南圖本卷四十一）

李彭老、黄昇、馮取洽、翁夢寅、奚淢（南圖本卷四十二）

韓疁（南圖本卷四十三）

萬俟紹之、陳從古、陳德武、王武子、姚勉（南圖本卷四十四）

李昂英、趙汝茪、張樞（南圖本卷四十五）

施岳、曹良史（南圖本卷四十六）

蒲壽宬（南圖本卷四十七）

吴存（南圖本卷四十八）

趙孟堅、家鉉翁、柴望、衛宗武（南圖本卷四十九）

第二部分插葉出現在上圖本葉二十四金人詞集後，共二葉，所記十七家詞人依次爲《考略》卷四十九至五十二收録，羅氏在周密條上注有「接衛宗武」：

周密、陳著、王奕、劉辰翁（南圖本卷四十九）

牟巘、陳允平、趙必瑑、黄公紹、汪宗臣、黎廷瑞、熊禾（南圖本卷五十）

蔣捷、張炎（南圖本卷五十一）

汪元量、劉將孫、胡汲古、壺弢（南圖本卷五十二）

第三部分插葉出現在上圖本葉二十八元人詞集後，共三葉，十家詞人，依次爲南圖本卷五十二至五十六收録，羅氏在陳深條上注有「接壺弢」：

陳深（南圖本卷五十二）

釋仲殊、釋惠洪、釋祖可、張伯端、葛長庚（南圖本卷五十三）

朱淑真、李清照（南圖本卷五十四）

孫道絢（南圖本卷五十五）

吴淑姬（南圖本卷五十六）

以上著重號標注者爲《詞録》未著録者，除薛師石、岳珂、張端義、王諶、張樞、胡汲古、壺弢、釋仲殊八家外，均見于前述索引增補名單，而其中薛師石、岳珂、張端義、王諶、胡汲古、壺弢六家，朱、趙二本均不載，羅振常在薛師石、張端義、王諶條下注明朱、趙均無。釋仲殊則見于趙本，張樞見于朱本，《詞録》原文及索引中雖無，却出現在羅氏批注中。至此，大致可推斷索引增補的依據僅朱、趙二本，而非南圖本。

三部分插葉六十七家詞人的排序與南圖本已佚後二十卷完全相同，在文本方面，更有明確注明出處者，如孫道絢條即有「况案」字樣。此外，前述據南圖本增補的條目與插葉内容相合程度頗高，如張端義《荃翁集》與插葉中張端義條幾近全同，張樞《寄閒集》與插葉中張樞條僅有詳略之別。因此，可推斷前三部分插葉即出自南圖本。在這六十七家詞人中，有十七家見于前述《宋人詞話》，十八家見于《兩宋詞人小傳》，餘三十二家爲兩本所無。

最後，再來看一下第四部分插葉，其出現于上圖本葉三十二詞總集後，共三葉，内容爲温庭筠、韓偓、張泌、毛文錫等二十四家詞人資料，除田爲、朱翌、李洪（字秐叟）、曹邍四家外，均爲《詞録》所收録。這二十四家詞人均見于南圖本前三十七卷中，且依序排列。經比對，插葉内容即摘録或提煉自南圖本，與前三部分情況相同。

除節録南圖本外，羅振常亦偶有按語，如第四部分朱晞顔條，謂其「字子囦，新安人，慶元初，官廣西漕使。《粵西金石略》載朱《南歌子》詞磨崖在臨桂水月洞『影落三秋月』云云，後署『紹熙五年清明後二日』，新安朱晞顔乃宋人，非元人也」，其中「新安朱晞顔乃宋人，非元人也」句爲羅氏所加，朱晞顔在《四庫全書總目》、《彊村叢書》中皆作元人，《詞録》中亦列于元，羅振常雖未在上圖本朱晞顔《飄泉吟稿附詞》條中作校改，但從插葉所透露的信息來看，羅氏對于朱晞顔所屬朝代是宋是元已有明確判定。又如曹邍條，在抄録小傳後，羅氏注「況列吴禮之後」，曹邍列于《索引》增補名單中，正文中無。這些按語是羅振常的筆記，對其始終關注的詞人排序問題給出提示，此也可證上圖本並非定稿〔一三〕。

南圖本是羅振常校補《詞録》的重要文獻來源，可以想見，羅氏如將未完成的校補工作進行下去，當會更進一步運用到南圖本。

四　結語

王國維的《詞録》是其在詞學領域的目録學實踐，有手稿本傳世，經羅振常收藏並批校。目前學界多據手稿本來研究羅振常與《詞録》的關係，但手稿本中羅氏批校僅數則，較難形成全面的認識。事實上，羅振常爲《詞録》所作的工作遠不止手稿本所呈現的這些，上圖本的發現揭開了另一幅羅氏校勘圖景。上圖本雖爲抄本，却非普通抄本，乃羅振常倩人録自手稿本，是其進行校補的工作底本。在校補過程中，羅振常旁徵博引，對《詞録》各項著録進行逐條勘正補遺，注重詞集版本的優劣異同與源流，突顯了作爲文獻學家的學術敏感。上圖本中的校補是全方位、多層次的，爲重新審視羅振常與《詞録》的關係提供了契機，羅氏在此過程中亦完成了從文本附屬參與者至主要作者的身份躍升。因此，可將上圖本視爲羅振常的學術作品，從目録版本學的角度，將其著録爲「《詞録校補》，羅振常撰，稿本」亦未嘗不可。

在羅振常徵引的各類文獻中，多爲已刊，亦有未刊者，如況周頤《歷代詞人考略》。羅振常校補《詞録》與刪訂《歷代詞人考略》在時間上有所重合，是民國詞學史上兩次相互交織影響的學術活動。上圖本《詞録》正文中有多處引録《考略》，並以附件插葉的形式擷取大批量詞人資料，爲校補《詞録》作進一步的文獻準備工作，其中有南圖本已佚後二十卷中的部分内容，儘管這些摘抄詳略不一，但其中藴含著羅氏的取捨，同時在一定程度上也起到文獻保存的作用。

學界對王國維是否打算出版《詞録》歷有分歧，如周一平轉述周子美所言，「如《詞録》手稿，就是王國維交給羅振常的，没有經羅振玉手。因爲羅振常也愛好詞學，並善填詞，他開書店，藏書多，見書也多，見到即可補《詞録》」〔一四〕，並進而推測王國維將手稿贈與羅振常「不僅是爲了請他校補，而且是打算請他出版」，黄仕忠則認爲周一平的觀點不能成立〔一五〕。彭玉平認爲通過羅振常來出版《詞録》是有疑問的，借《曲録》不成功的出版經驗，推測王國維不願輕易出版《詞録》〔一六〕。關于《詞録》手稿是如何從王國維傳至羅振常，雖無明文記載，但周子美是羅振常長婿，贈與之説當可信據。此外，目前仍有兩點難以確證，其一，王國維是否打算出版《詞録》；其二，王國維是否有意請羅振常校補並出版《詞録》。上圖本的發現爲我們思考這一問題提供了另一個視角，不妨將關注點從王國維落至羅振常，解答有跡可循的疑問。從上圖本觀之，羅振常當有出版《詞録》的計劃，且在字裏行間進行實踐，至于是否出于王國維的授意，暫不可考。如前所述，羅振常對王國維的文字進行無傷大雅的修改，此類細節的微調，若非出于出版的考慮，似乎並無必要。此外，上圖本中有特製的人名索引，當亦是爲出版而配置。起初在手稿本上作簡單批注，後又專門録副一部，投擲大量精力進行全面校補，促使羅氏開展繁瑣校勘整理工作的或許正有來自出版的驅動。從手稿本到上圖本，不僅是批注數量的擴增，羅振常對《詞録》整體佈局自有考量，不但增補條目，調整排序，且在朱孝臧《彊村叢書》與趙萬里《校輯宋金元人詞》的框架下增補索引，對《詞録》最終型態的形成有所展望。但上圖本仍是一個未寫定本，留有較多待考的空間，離正式出版的距離尚遠，當然最終亦未能出版。

〔一〕上海圖書館編《上海圖書館善本題跋真蹟》第十七册，上海辭書出版社二〇一三年版，第二六八—二六九頁。

〔二〕上海市古籍保護中心編《上海市古籍保護十年》，上海古籍出版社二〇一七年版，第二二六—二二八頁。

〔三〕「中央圖書館」特藏組編《善本題跋真跡》，臺灣「中央圖書館」一九八二年版，第三册，第二二六二頁。

〔四〕此外，手稿本中另有兩葉羅振常手蹟，一葉爲羅振常讀《人間詞話》札記，另一葉《花草粹編所引詞選名目》，寫於羅氏「蟫隱廬」版格紙之上。

〔五〕上圖本「已校書目」中無《江南圖書館善本書目》，然上圖本中凡言及江南圖書館善本者與《江南圖書館善本書目》均相吻合。又，葉七柳永《樂章集》，《詞録》原文提及「錢唐丁氏藏明梅鼎祚鈔本三卷」，羅振常注：「江南圖書館藏《柳屯田樂章》三卷，明刊本，梅禹金藏書，不知即丁本否？」葉十七韓淲《澗泉詩餘》版本原作「錢唐丁氏舊鈔本」，羅振常注「江南館明抄本，梅禹金藏，當即丁書」，據此推斷，羅振常並未見江南圖書館原書，而僅據書目來增補。

〔六〕周子美《善本書所見録序》，載羅振常撰，周子美編訂《善本書所見録》，上海商務印書館一九五八年版。

〔七〕直至彭玉平《夏承燾與二十世紀詞學生態——以〈天風閣學詞日記〉所記況周頤二事爲例》刊出，始知此稿今藏中華書局，《詞學（第三十五輯）》，華東師範大學出版社二〇一六年版，第一四九頁。後蒙倪春軍先生告知，目前該稿正由彭先生整理。

〔八〕彭玉平《〈歷代詞人考略〉及相關問題考論》，《文學遺産》二〇一六年第四期，第一八二—一八五頁。

〔九〕如林玫儀《況周頤〈宋人詞話〉考——兼論此書與〈歷代詞人考略〉之關係》首次揭示浙圖藏《宋人詞話》蓋與南圖本出自同一底本，載於鍾彩鈞主編《傳承與創新——中國文哲研究所十周年紀念論文集》，臺北「中研院」中國文哲研究所籌備處一九九九年版，第一四一頁；孫克强《況周頤〈歷代詞人考略〉的文獻和理論價值》進一步論證浙圖本與南圖本同出況氏原本，《河南大學學報（社會科學版）》二〇一〇年第三期，第三八—三九頁； 彭玉平《〈歷代詞人考略〉及相關問題考論》藉周慶雲《歷代兩浙詞人小傳》以考況書原稿與删定稿的關係，並探討《宋人詞話》之文獻價值，第一八八—一九〇頁； 鄧子勉《〈宋人詞話〉與〈兩宋詞人小傳〉——兼論與〈歷代詞人考略〉的關係》揭示《宋人詞話》與上海圖書館藏《兩宋詞人小傳》實爲一書分藏兩地，兩者共同保留況書原貌，《國學學刊》二〇一七年第四期，第一一二—一一八頁。《宋人詞話》與《兩宋詞人小傳》已被收録於孫克强主編《清代詞話全編》第十七、十八册，鳳凰出版社二〇一九年版。

〔一〇〕彭玉平《王國維〈詞録〉考論》，《文學遺産》二〇二〇年第四期，第一〇四—一〇五頁。

〔一一〕彭玉平《〈歷代詞人考略〉及相關問題考論》，第一八四頁。

〔一二〕此觀點與《宋人詞話》楊舜舉條按語觀點一致，後者稱：「余輯是編，嘗自訂一例，凡宋人入元不仕者，列之宋季，從其志也。雖仕而非其志者，或亦姑附焉，則略昉乎觀我先生之恕也。」（《清代詞話全編》第十七册，第二一四頁）

〔一三〕上圖本中有多處出現某序跋、某論説「可取」、「可抄」、「當抄」等提示性文字，亦可説明其非定本，如葉三十曾慥編《樂府雅詞》原文版本項有「秦氏《詞學叢書》本」，羅振常注「秦跋可取」。

〔一四〕周一平《〈王國維手鈔手校詞曲書二十五種〉讀後》，《王國維學術論集》（二），華東師範大學出版社一九八七年版，第三六九頁。

〔一五〕黄仕忠《王國維舊藏善本詞曲書籍的歸屬》，《書的誘惑》，廣西師範大學出版社二〇一九年版，第一五三頁注釋。

〔一六〕彭玉平《王國維〈詞録〉考論》，第一〇五—一〇六頁。

（作者單位：上海圖書館）

南島的色彩，異國的情調

——李詞傭《檳榔樂府》的南洋書寫

夏令偉

内容提要　《檳榔樂府》是現代旅外華人李詞傭的詞集，其于南洋書寫的意義值得重視。李詞傭常被視爲新文學家，但仍固守詞囿，創作不輟。究其原因，一是其填詞積習使然，二是身處南洋舊體詩詞同人圈，有酬唱或發表的需要。儘管其詞大多作于南洋，但却具有中國文化屬性，流露出强烈的家國情懷和憂患意識。由于視檳榔嶼爲「第二故鄉」，其詞在彰顯異域色彩的同時，更闌入詞人關于愛情與漂泊的生命體驗，所寫南洲風物也因主體情感的介入而成爲極具個性化的意象。李詞傭曾撰文參與國内關于詞的解放運動的討論，别有新解，至其創作，則主張「隨興所至」、「言之有物」。其創作貫徹了他的理論主張，在新事物、新情感入詞，擇譜，古典與套語的襲用等方面，皆有所創獲。

關鍵詞　李詞傭　《檳榔樂府》　南洋書寫

南洋書寫是中國現代文學異域書寫的重要部分。一些新文學家如老舍、郁達夫等運用游記、小説等文體形式，描述各自的南洋經歷，表現獨特的南洋世界。與之相比，一些作家如李詞傭雖然也具有新文學

本文爲山東省社會科學規劃研究項目（22CZWJ04）的階段性成果。

家的身份，并且創作了像《椰陰散憶》這樣一部回憶南洋生活的現代散文集，但同時却堅持著「另一種形式」的創作，即用中國傳統文體——詞來進行南洋書寫。這些詞作結集爲《檳榔樂府》，并由南京長風出版社一九三六年出版。身爲新文學家，李詞傭爲何不廢「舊」的形式？人在異域，他是如何借助詞體進行在地書寫的？意義何在？對于這些問題，本文嘗試作出回答。

一　新文學家的舊體創作

文學史上的李詞傭常被視作新文學家。他原是福建詔安人，于一九二四年前往馬來亞謀生，正好趕上了「馬華新文學擴展期」（一九二五年中至一九三一年底）。這一時期，「諸如新文藝刊物的刊行，文學團體的組織，南洋色彩的提倡，新興文學的運動等等，大都是目標明確，反響廣泛而熱烈的」〔一〕。就新文藝刊物而言，「先後附在南洋時報的文藝副刊計有：《綠洲》《杭育》《荔》《海絲》《八月》《玫瑰》《詩》《微光》《喇叭》《怒濤》《濤聲》《混沌》《野馬》《髑髏》《星火》《荒原》《南洋的文藝》……等約二十個」，而李詞傭「在這些副刊常發表作品」〔二〕，逐漸成長爲新文學家。

李詞傭在新文學道路上的成長受到了中國新文學界的直接影響。一九二一年，由鄭振鐸、沈雁冰、許地山等十二人發起的文學研究會成立，影響很大。後經由許地山，李詞傭成爲文學研究會在南洋的四位會員之一。〔三〕

儘管如此，李詞傭求新却不廢舊，具有鮮明的創作特點。在《南洋的文學研究會會員》一文中，欽鴻就李詞傭的交游及創作情況説道：

> 他與陳少蘇齊名，都擅長于舊體詩詞，作品在當地報章發表甚多。大約在一九二三年間，他與別人就文學和文藝的區別問題發生争論，曾寫信給上海《小説月報》主編鄭振鐸，却没有得到鄭的回復。

加入文學研究會前後，他開始追隨時潮，寫了些白話小説，但積習難改，總也脱不了舊小説的窠臼。一九三六年間，他曾攜眷旅行滬港，與他經常投稿的《女子月刊》主編姚名達夫婦頗多交往，又認識了鄭振鐸、趙景深、朱希祖、龍榆生、陳石遺等人。盧溝橋事變爆發後，他毅然返回馬來亞，投身馬華抗日救亡運動。此後最值得一提的，是郁達夫南游檳城時，他與温梓川兩人代表檳城文藝青年去旅邸邀請郁達夫出席公宴活動，結果引起了轟動當地文壇的關于「幾個問題」的一場大論戰。他在這場論戰中寫了好幾篇文章支持郁達夫，由此與郁達夫結下了友誼。〔四〕

從這段綱要式的描述中可知，李詞傭的文學之路確實是新舊兼行的。一方面，他的交游對象既有鄭振鐸、許地山、郁達夫等新文學家，又有姚名達、趙景深、朱希祖等文史學者，還有龍榆生、陳石遺等舊體詩詞名家。當然，筆者對這些人的身份劃分是僅就他們創作或研究的主要傾向而言的，事實上他們大都兼擅新舊文學。另一方面，從「擅長于舊體詩詞」到「追隨時潮」，創作白話小説，李詞傭的創作軌迹也是新舊兼行的。如果將審視的目光擴大到李詞傭的更多作品，則確如袁勇麟所説：「李詞傭是一個新舊文學并重的作家，在大量寫作舊體詩詞的同時，他也創作不少新文學作品。」〔五〕

追求新文學與堅持舊文學，這一看似相互矛盾的情形在李詞傭身上却同時呈現。對于民國時期的新文學家來説，這種現象其實很常見，像魯迅、郁達夫等人都是顯著的例子。他們處在新舊文學争競的時代，新文學固然是以白話替代文言，以新思想、新精神替代舊思想、舊精神，代表著文學發展的新方向，但新文學畢竟是從舊文學的基礎上發展而來的，革命與改良的方法同時并存，遂造成了「舊」的未去，「新」的也來的局面。二十世紀三十年代初，曾今可等人發起「詞的解放運動」，將相關意見以專號形式發表于《新時代月刊》，產生了强烈反響。就本質而言，「曾今可發起的這場『詞的解放運動』，是『詩界革命』以來，以詞爲主體的第一次革命，是詞體自覺的革命，因而具有非常重要的意義」〔六〕。面對這場運動，尚在檳城、

「遠在炎荒萬里之外」的李詞傭「禁不住見獵心喜」，于一九三三年專門撰寫了《論詞的解放運動》一文參與討論。在該文中，李詞傭引證宋代楊纘（筆者按，楊纘號守齋，李詞傭誤作「楊萬里誠齋」）的《作詞五要》，梳理胡適、田漢以來詞體解放的理論與實績，對曾今可、董每戡、張鳳、張雙紅、張資平等人的意見作了折衷。他贊同曾今可、董每戡二人的意見，肯定詞的解放主張，但也特别指出這項工作的「一個困難」，「就是白話文、白話詩都可以受西洋文學的影響，而詞確是我們中國所獨有的一種文學，將從何處去借鏡呢？」因此認爲「詞的解放前途，却還埋伏著許多暗礁，如詞譜的問題，詞韻的問題，詞律的問題……都還是需要研究和討論的」。〔七〕

總體來看，李詞傭就詞的解放運動發表的意見值得重視。他對新文學家致力于改造詞體的歷史十分瞭解，所論建立在自身創作經驗得失的基礎上，采取駁論形式，破立結合，平允堅實。李詞傭的意見引起了時人的回應，在三年之後的一九三六年，當他的《檳榔樂府》結集出版時，朱右白爲作序，便呼籲詞的作者要「努力于自度曲之創作，將詞曲範圍擴大，注意自然之音節，而以新思想入舊風格，以舊風格組綴現代之材料」〔八〕。這一意見承曾今可、董每戡而來，也是深得李詞傭之心的。

在《檳榔樂府·自序》中，李詞傭談到了其詞的創作緣起與創作原則：

我爲什麼要利用這種落後的詞體來描寫呢？第一自然是因爲難除的積習在暗中作怪；第二却是因爲要適應這處于中國化外的南洋環境。固然我也曉得這是一件吃力不討好的工作，因此我對于這種玩藝兒，一向就不曾努力過，只是隨興所至，信筆拈來，既不效法古人，也不侈談「解放」，但求「言之有物」，不是「無病呻吟」罷了。〔九〕

稱詞體爲「落後」，自然是新文學家的口吻。雖然他極力表示所作詞「既不效法古人，也不侈談『解放』」，但是標榜「言之有物」，避免「無病呻吟」却源自其詞體解放意見。換言之，詞的理論與創作在他這裏是緊密相關的。

李詞傭堅持作詞的原因之一是「積習」所致。温梓川在回憶李詞傭時説，「他那時的作品，以詞填得最出色，也最爲人所知」，并贊嘆道：「他真不愧稱爲『名副其實』的『詞傭』。」〔一〇〕又其集中，有《鳳凰臺上憶吹簫・和漱玉原韻》、《金縷曲・贈沈用宜，倚成容若韻》，分别爲步韻李清照詞及納蘭性德詞之作。這與其「不效法古人」之説有一定偏離，更可證「積習」之下，他亦不能盡遵己説。

另一個原因則是「要適應這處于中國化外的南洋環境」。在當時馬來亞華文文壇，舊體詩詞的創作仍很活躍，代表作家如陳少蘇，「他的國學功底非常深厚，尤其工于詞章之學，與李詞傭并稱爲『檳城二絶』。加入文學研究會後，他并没有改弦易轍，仍然寫了大量詩詞文曲散載于當地報刊」〔一一〕。李詞傭與陳少蘇關係至契，他有不少詞是酬贈陳少蘇的，如《憶漢月・檳城八景，和陳少蘇内兄作，并次原韻》、《十二時・春憶，和陳少蘇内兄作》、《南浦・酬陳少蘇、謝幼青二兄》、《滿江紅・黄岩管震民老丈以手書條幅見贈，并囑爲其玉照留題，因謹倚少蘇大兄〈滿江紅〉原韻填此闋報之，即希粲正》、《望海潮・陪許地山教授、陳少蘇内兄、陳敏樹内侄同游檳城公園》等。此外，他還有很多酬贈他人之作，如《千秋歲引・有遺予紙制菊花者，作此答之》、《醉太平・爲李陋齋題照》、《大酺・曾瑞熊以詞見和，予讀之，頗感其意，因疊前韻答之》、《水調歌頭・衡陽王劍龍南游三載，與予同事于檳城鍾靈中學。此次假歸省母，向余索詞爲别，賦此送之》、《金縷曲・檳城閲書報社刊行〈廿四周年紀念册〉，丘明昶主席、許生理副主席徵余爲編輯，賦此答之，并呈革命前輩吴世榮老丈》、《金縷曲・檳城喜晤張幹之將軍，即席賦贈》、《念奴嬌・贈方祥文》……從這些作品中可知，雖然「處于中國化外的南洋環境」，但舊體詩詞的酬贈之需要與發表之可能無疑在一定程度上助長了李詞傭的作詞熱情。

二　文化屬性與家國情懷

「下南洋」是中國移民史上悠久而獨特的人文景觀。無數中國人背井離鄉，渡海而來，散落在這片雨林世界。儘管已經遠離中國，但他們的文化之根依然在那裏。正如馬來西亞學者何國忠所言：「中國或中華的文化身份是華人與生俱來的認同意識，對馬華作家也是如此。任何語文文字，背後自有其文學與文化傳統。……華文背後的傳統爲先秦諸子四書五經以及一大堆的文學遺産如詩經、楚辭、漢賦、唐詩、宋詞、元曲及諸如《紅樓夢》及《水滸傳》等傳統小説，讀了這些作品，難免對這樣的文化産生認同。」〔一二〕對于華人特别是第一代華人來説，他們身上的中國文化屬性可謂根深蒂固。

李詞傭是二十世紀二十年代從中國南來的年青人。其所從事的工作一直是南洋華僑教育，所交游的人也多是國内外作家或學者，可以説從未脱離過中國文化圈，而烙在他身上的中國文化印迹也從未消磨不見。詞作爲最具中國屬性的文體之一，在中國化外之地的南洋，李詞傭專門用它來進行寫作，本身充滿了堅守中國文化的自豪感和儀式感。當他積極撰文回應國内文壇關于詞的解放運動的討論，并在南京出版詞集，把國内讀者視爲潛在閲讀對象時，這種對中國的情感認同與文化歸依更是在在可見。

中國文化精神素以家國情懷爲先爲要。它是中華民族救亡圖存的力量源泉，是中華民族傳承不息的重要保證。無論居廟堂之高，還是處江湖之遠，憂國憂民堪稱士人普遍的精神指向。近現代史上的中國内憂外患，風雨飄摇。尤其進入二十世紀三十年代，隨著日本侵略者步步緊逼，中國面臨的危難形勢更加嚴峻。雖然身在異域，但李詞傭對此有著清醒的認識與深重的憂慮，遂用縱横議論之筆，將他的這一份黍離之悲、救亡之聲傾瀉在《檳榔樂府》中。

因國事艱危，身世浮沉，李詞傭不禁生出憂國傷時的「身世感」。其《風流子・年來家國多故，環境日非，四顧茫茫，生趣日促，因走筆書此，以寄孤憤》上闋云：「蒼茫身世感，空回首，憤火欲中燒。悵北國山河，已成破碎，南洲景物，太半蕭條。又何況，長貧終有命，多病更無聊。轉瞬光陰，天荒地老，緬懷陳迹，雲散香飄。」〔一三〕在此，詞人將「北國」與「南洲」，「長貧」與「多病」，「光陰」與「陳迹」，打并在一起，面對國家失勢、文人失路、功業失時的三重困境，或「空」，或「憤」，或「悵」，一時百感交集。

除以身世關聯時事外，李詞傭的家國情懷主要體現爲同仇敵愾、奮起救亡的吶喊之聲。當一九三五年中華民國舉辦第六届全國運動會，馬來亞華僑組隊參加時，李詞傭作《水龍吟·歡送王景成副總領隊統率馬來亞華僑健兒赴滬參加第六届全國運動會》一詞，特爲强調的是「還我河山，興吾國族，端資團結」〔一四〕。在《水調歌頭·閲報有感》中，他則用觸目驚心的詞語表現戰爭形勢的危急，批判國際社會的虚僞，「世界原多事，殺氣自蕭森。漸聽太平洋上，伐鼓與摐金。甚麼和平協約，甚麼裁軍會議，角逐枉操心。料得暴風雨，末日快將臨」，從而振聾發聵地喊出了「但有匡時願，共報國仇深」〔一五〕的時代呼聲。其《金縷曲·檳城喜晤張幹之將軍，即席賦贈》更以「大好河山終板蕩，仗男兒身手須重造」〔一六〕自許許人。作爲《檳榔樂府》的壓卷之作，《大江乘·傷時》批評了中華民國政府「粉飾」、「承平」的行爲，表達了對祖國境遇的極度關心。「盡道雨瀯風艱，山羸水瘦，長嘆望京國」，在既望且嘆之中，描繪出人雖遠而情相牽的憂國形象，而中間一句「問誰能爲吾民，拯斯饑溺」〔一七〕的追問，更可見出詞人迫切的救亡之情。

在中國傳統歷史文化中，憂患意識是一貫而存在的。如「先天下之憂而憂」、「位卑未敢忘憂國」等，堪稱中華民族歷經風雨而不衰的精神法寶。當把這種憂患意識用于觀照其他國家與民族時，它便成爲一種利器。面對英國殖民統治下的馬來亞，李詞傭對它的現狀與命運有著獨特思考，其《鷓鴣天·海峽殖民地》體現了這一點。這組詞共兩首，其一云：

滿目興亡事可嗟。蠻烟瘴雨話天涯。馬來王氣銷磨盡，帝國雄威叱吒加。　風簸浪，月籠沙。隔

江怕聽後庭花。可憐多少癡兒女，猶認倫敦是祖家。〔一八〕

其二云：

海峽形成水一灣。三州（新加坡、檳榔嶼、麻剌甲，謂之三州府，皆屬海峽殖民地）鼎峙似屏藩。雄圖控制臨群島，遺恨闌珊話百年。　沙克遜，不列巔。神明所寄豈徒然。醉生夢死蚩蚩輩，如此江山挽救難。〔一九〕

在這兩首詞中，李詞傭嘲諷英國的恃武殖民行徑，感嘆馬來亞的「王氣」消沉，痛斥那些認賊作父、數典忘祖、醉生夢死之輩，對于無人挽救的異國江山充滿了複雜的「興亡」感。在此，他對馬來亞的態度并不是冷眼旁觀，而是感同身受，從而彰顯了那些「癡兒女」、「蚩蚩輩」所無的家國情懷。這一方面當然與流淌在李詞傭血液中的憂患意識有關，另一方面則離不開其視客地爲「第二故鄉」的特殊情感。

三　「第二故鄉」與在地書寫

朱右白序《檳榔樂府》，説它「詠南洲風物綦詳且備，凡名水佳山、奇花異草、遺風逸俗之倫，無一不足以供異代采風者之采擇」〔二〇〕，還僅是就其客觀的吟詠對象而言的。事實上，這些「南洲風物」更像是李詞傭的情感載體，承載了他視檳榔嶼爲「第二故鄉」的特殊意識。在一九三七年十一月由上海作者書社出版的白話散文集——《椰陰散憶·自序》中，李詞傭曾深情地回憶道：

幹了十年的南洋華僑教育工作，同時也把自己教育了十年。對于長年如夏的椰子國，尤其是居留最久的檳榔嶼，事實上已經成爲我的第二故鄉。無論一山一水，一草一木，一事一物，都和我有親切之感，難忘之契。現在雖然暫時離開了它，但已是懷抱著流放似的心情，悒悒不能自已。〔二一〕

作這篇序時，李詞傭身居上海，屬于久客暫歸。依照中國人落葉歸根的文化心態，他應該是欣喜的。但是，由于情感向檳榔嶼的遷移，在「暫時離開」之後，他竟然「懷抱著流放似的心情，悒悒不能自已」，遂形成了一種「到鄉翻似客，爲客勝故鄉」的錯位心態。由此可見，李詞傭的「第二故鄉」之説并非泛泛之辭，而是凝結著他對離散之地的强烈認同感。

相較而言，《椰陰散憶》采用的是回憶的筆調，《檳榔樂府》却幾乎是在地寫作的結晶，更爲直接地呈現了李詞傭的在地心態。他在《檳榔樂府·自序》中説：

檳榔嶼是被稱爲東方的花園，南國的秀嶼的。在那裏有明媚的山水，有秀麗的佳人，有宜人的風光，有殊異的景物，更有文明人宣揚的教化、野蠻人遺留的習俗。我就像被遺忘似地羈留在那裏，悠悠忽忽地消磨了十載的青春。在這段短短的生命歷程中，我曾想把它保留一點痕迹，于是我便試用著中國固有的一種文學體裁——長短句來抒寫我的胸臆，紀述我的見聞，歌詠我的羅漫司的事情，摹繪我的少年漂泊的遭遇。〔二二〕

由此可知，李詞傭作詞是爲了記録其在檳榔嶼的十年生命歷程。作爲一種在地書寫，《檳榔樂府》描繪了詞人最直接的見聞、最當下的感受，呈現了他關于愛情與漂泊的南洋體驗。

翻檢一部《檳榔樂府》，能與李詞傭自序中的情感描述相呼應的，當爲《燕臺春·述懷》。引之如下：

山竺初紅，木瓜漸緑（山竺、木瓜皆爲果類植物，産南洋），一年好景如斯。慣客天涯，等閑忘却芳時。勞勞塵世何爲。有樵夫牧子，儘堪話舊，粗茶淡飯，尚可忘饑。他鄉歲月，故國音書，自甘淡泊，聊慰清娱。此身如寄，管他得失盈虧。天下滔滔，人争附熱，我愧投機。是和非。落落千載事，孰與知之。〔二三〕

這首述懷詞雖然也觸及李詞傭作爲離散人的漂泊感，但好景芳時，有人話舊，有飯充饑，却讓他習慣了天涯作客，并能從名利場、勞勞塵世中解脱出來，以淡泊心態看待世間的得失盈虧、是是非非，因而頗得陶淵明「心遠地自偏」的超然之姿、超脱之態。

也正是憑藉著這種非功利性的審美眼光，李詞傭詞中的南洋書寫才散發著柔和的詩性光輝。在他者看來，「南洲風物」是殊方異物，易使人産生獵奇心理，但在李詞傭這裏，則習以爲常，親切無比。假如論起最令他念念不忘的事物，當屬椰與榔：

臨厨親作羹湯。春纖細濾椰漿。（《清平樂》）〔二四〕

月漸朦朧雨漸收。椰風悠颸使人愁。（《浣溪沙》）〔二五〕

一路椰風椰月，千里蠻山瘴海，聊以伴行旌。（《水調歌頭》）〔二六〕

椰烟凝碧，隨風澹蕩，漸覺夜凉如許。（《永遇樂》）〔二七〕

猿嘯暮雲，花飛春榭，椰林縈帶荒烟。（《望海潮》）〔二八〕

桄榔樹下獨徘徊。（《浣溪沙》）〔二九〕

背立倚屏風。檳榔滿口紅。（《菩薩蠻》）〔三〇〕

這裏有作爲食物的椰漿椰果，有作爲風景的椰烟椰月，更有用來映襯佳人的椰樹與檳榔。它們與李詞傭的閑情、離情或愛情糅合在一起，映襯著詞人悠遠細膩的少年情懷。

在對南洋山水的描摹中，《憶漢月·檳城八景，和陳少蘇内兄作，并次原韻》是特別重要的一組詞。它們分詠「關角夜月」、「花園瀑布」、「巴港歸漁」、「春潮競浴」、「旗山車道」、「珠嶼濤聲」、「千二層峰」、「極樂梵刹」等檳城八景，在用寥寥數筆勾勒檳榔嶼的名勝之餘，著重刻畫了詞人的游賞感受，突出其絶俗近仙的雅趣。

其他一些特異的「南洲風物」也出現在《檳榔樂府》中。不過，爲了將這些特異風物妥帖地寫入詞中，也爲了便于國内讀者的理解，李詞傭特意增加了自注，用于解釋正文中出現的「南洲風物」新名詞，因此使這些詞作在一定程度上可作方物志來讀。其中，提到食物花木的詞句有：

《清平樂》：佳味新調架裏〔「架裏」是特具南洋風味的一種佳餚，煮法以辣椒、蒜頭、「葱茅」（蔬類植物，狀似茅草，產南洋，味辛香，可爲香料）、芫荽子、黄薑、椰子油、椰子漿爲作料，和以鮮魚或雞、鴨、牛、羊等肉類。南洋華僑多喜食之，土生子及馬來人尤嗜之如命〕。〔三一〕

《浣溪沙》：庭前開遍占摩迦〔「占摩迦」爲印度出產的名花，是一種常緑喬木，枝大葉粗，花色潔白，香味甚濃。檳城富有人家多移植于庭園間，以資點綴。據稱，「占摩迦」爲佛名〕。〔三二〕

《菩薩蠻》：金刀試剖沓厘柚〔「沓厘柚」爲荷屬東印度沓厘島特產的一種柚子，清甘可口，比暹羅柚尤爲有名〕。〔三三〕

《菩薩蠻》：榴槤吃慣番邦老〔榴槤爲南洋果中之王，實大如人頭，外殼堅硬，有刺隆起，肉味濃烈有奇臭。初到南洋的人每不敢食，但居留稍久的人則皆酷嗜之，所以有「榴槤吃慣番邦老」之謡〕。〔三四〕

提到服飾髮飾的詞句有：

《浣溪沙》：不穿裙帶繫紗籠（「紗籠」爲南洋女子用以替代褲子的一種服飾。她們每當沐浴前後或閑散在家的時候，常以一條「紗籠」裹住胸際及腿部，不著衣服，出入大庭廣衆間，恬不爲怪）。……乍整雲鬟圍茉莉（檳城華僑土生婦女喜梳一種髮髻，四周圍以成串茉莉花的蓓蕾，以爲美觀）。〔三五〕

提到習俗的詞句有：

《浣溪沙》：粉痕猶濕水凝脂（檳城一帶女子每以白米浸在清水中，逐日換水，經一月後，米爛如白泥，再加清水漂洗，然後以細布濾之，搓成極精細勻净的粉粒，曬乾後，糝以香花，貯于瓶中，便成香粉。塗抹時，仍以水拌勻，敷于臉上）。〔三六〕

《菩薩蠻》：兩三巫女聯翩舞（馬來人也稱巫來由人，巫女即馬來女子的簡稱。她們多善于舞，踴舞時以兩三人爲一組，謂之「跳瓏玲」）。〔三七〕提到節候的詞句有：

《浣溪沙》：近來天氣似新秋（南洋氣候酷熱，長年如夏，但一下雨，即涼爽異常，如入初秋）。〔三八〕

李詞傭采擷上述南洲的食物、服飾、習俗、節候等入詞，并加以自注，爲我們展現了一幅充滿「南島的色彩」的畫卷。但是，詞人并没有停留在對南洲風物的客觀寫實上，而是令其服務于自身少年情懷的抒發。王國維説：「有我之境，以我觀物，故物皆著我之色彩。」〔三九〕因主體情感的極度介入，李詞傭筆下的南洲風物也籠上了「我之色彩」，從而成爲極具個性化的意象。當面對這些意象時，可以説它們不僅來自「南島」，具有認知價值，更承載著詞人的生命感悟和情感重量，從而散發著一種「異國的情調」而格外摇曳生姿。

四　「隨興所至」、「言之有物」

李詞傭在《檳榔樂府·自序》中强調自己作詞的原則是「隨興所至」、「言之有物」。「隨興所至」是就創作狀態而言的，强調因情生文，自然而然的寫作狀態。「言之有物」則從創作内容來説，要求有感而發，言必有中。前者張揚了創作主體的主導性，契合詞體的緣情特徵；後者凸顯了書寫對象的内涵性，具體則如朱右白所言：「以眼前景、現代事入長短句，以發揮幽深。」〔四〇〕

這兩點主張依違中國傳統文論，本身并無太多發明，但若結合當時興起的詞的解放運動來看，則具有一定的矯正時弊的現實意義。晚清以降，夢窗詞風盛行，沈曾植説：「自道光末戈順卿輩推戴夢窗，周止庵心厭浙派，亦揚夢窗以抑玉田。近代承之，幾若夢窗爲詞家韓、杜。」〔四一〕針對夢窗詞及當時推尊夢窗的詞壇狀况，胡適曾旗幟鮮明地批判道：「《夢窗四稿》中的詞幾乎無一首不是靠古典與套語堆砌起來的。」

「近年的詞人多中夢窗之毒，没有情感，没有意境，只在套語和古典中討生活。」〔四二〕因此，他提倡白話詞，試圖從内容和形式上革新詞體。到了二十世紀三十年代，曾今可等接續胡適等人的主張，發起詞的解放運動，提出采用白話或淺近文言作詞，以新事物、新情感入詞等主張，旨在把詞從陳腐、模擬、雕琢的泥淖中解放出來，予詞以新内容、新形式。對此，李詞傭撰文表示了贊同，其《檳榔樂府》大致與這一理論相輔相成。

在描寫新事物方面，李詞傭以南洋風物、南洋生活入詞，擴大了詞的表現範圍，拓展了詞的疆域。這是非常值得注意的。

在抒發新情感方面，李詞傭也有所建樹。詞爲緣情之體，而情之内涵隨時代的發展而有所不同。《花間集》開創的艷情傳統，李煜以降的士大夫之情，辛弃疾的英雄懷抱，等等，皆爲詞情之範圍。李詞傭認爲文藝「大抵是有道德性的」，而「凡是積極的，向上的，真實的，熱愛的，革命的……都是道德；反是，凡是消極的，墜落的，虛僞的，冷酷的，不革命的……都不是道德」。〔四三〕以此來衡量他的「隨興而至」説，則其表現在詞中的情感是有所規範的。如前文所述，李詞傭在詞中表現家國情懷與憂患意識，表現對「第二故鄉」檳榔嶼山水草木風俗的熱愛，便具有鮮明的時代性和特定的異域性，屬于「真」而「新」的情感，非常契合他對詞之情感的要求。

當然，《檳榔樂府》中有大量艷詞，專寫「羅漫司的事情」，如：《清平樂》三首、《浣溪沙》十四首、《鳳銜杯》一首、《菩薩蠻》十首、《南歌子》二首、《蝶戀花》二首、《鷓鴣天》二首、《釵頭鳳》一首、《臨江仙》一首、《雨中花》一首、《鵲橋仙》一首、《風入松》一首、《虞美人》二首、《賣花聲》一首、《唐多令》一首、《撥香灰》一首、《滿庭芳》一首、《滿江紅》一首、《聲聲慢》一首、《臺城路》一首，等等，數量占全部詞作的一半以上。那麼，如何看待這些抒寫閨思閨怨、相思愛戀的詞作？兹舉《浣溪沙》一例，説明如下：

小立闌干風滿檐。冰肌無汗試羅衫。渾身香氣透疏簾。　隔壁窺人憐宋玉，當筵奏曲有何戡。羞將心事問瞿曇。〔四四〕

這首詞刻畫女子美好的青春氣質、隱秘的懷春心思，確爲艷情吐屬。但是，這一切都是通過女子的姿態、服飾、氣息、動作、表情等透露出來的，可謂幽約深邃，艷而不褻。愛情是文學永恒的主題，對于新文學家來説，尤其如此。李詞傭把青春的悸動與追求、愛情的高揚與失落寫入詞中，并未脱離積極的向上的情感範圍。

對于詞之情感的表達問題，李詞傭較爲重視選譜擇調。他認爲「譜的沿用或取消，應該加以一番抉擇的工夫」。至于如何抉擇，他説：「《塞翁吟》《帝臺春》《隔浦蓮》《鬥百花》各譜，因其有衰颯、不順、奇詭、無味的種種短處，自然是以廢棄不用爲妙；又如《上林春》《御街行》《歸朝歡》《憶帝京》《感皇恩》《滿宮花》之類，誰都望文生義的曉得是不適合于今日之時代；又如《思越人》爲亡吴之曲，《玉樹後庭花》爲亡陳之曲，都是柔靡淫蕩，亡國之音，當然也不是我們所需要的。至若一般古今詞人所慣用的《菩薩蠻》《浣溪沙》《山查子》《如夢令》《浪淘沙》《臨江仙》《鷓鴣天》《一剪梅》《滿庭芳》《滿江紅》《沁園春》《金縷曲》……諸譜，在没有創造新譜之前是可用的。」〔四五〕在此，李詞傭從情感角度出發探討擇譜問題，有其合理性。從具體創作實踐來看，李詞傭多選用其所列舉的《菩薩蠻》《浣溪沙》等小令，情感表達也以含蓄蘊藉爲主；而一些慷慨激昂的中長調如《水龍吟》《水調歌頭》《金縷曲》等，則被他較多地用來表現憂國傷時之情。因前文已舉相關詞例，故此處不再贅述。

至于詞的解放運動所討論的語言運用問題，李詞傭雖然吸納了一些新事物、新名詞〔四六〕，但并未刻意廢棄古典和套語。只是由于做到了以情遣詞，襲用得體，故能「以宛轉流利之筆，發清妍深厚之思」〔四七〕。試看其《高陽臺》：

爐篆香銷，箏弦聲歇，山房月冷空階。花影扶疏，甚時催上瑤臺。客愁漫道難消遣，對金風、獨酌金罍。更安排，茶竈筆床，陶寫幽懷。炎荒竟歲長如夏，只榆黄橡紫，秋色佳哉。載酒當年，江湖任我徘徊。碧雲縹緲繁華夢，算人間、那有蓬萊。盼今生，慧業依然，莫更心灰。〔四八〕

「篆香」、「弦聲」、「花影」、「瑤臺」、「金罍」、「茶竈」、「筆床」等都是詞中常見意象，「蓬萊」、「慧業」等也屬于古典用語。如果只是采用這種寫法，李詞傭大概也免不了「只在套語和古典中討生活」的批評。但他能引入眼前景，如「炎荒竟歲長如夏，只榆黄橡紫，秋色佳哉」一句，點出所處之地與時，與古人不同，又間或突然插入抒情之筆，如「客愁漫道難消遣」、「陶寫幽懷」、「江湖任我徘徊」、「莫更心灰」，將主體情感作爲詞的脈絡，因此讓人讀來不覺堆砌而有「宛轉流利」的意味。

在近現代詞史上，南洋書寫并不陌生，陳世宜、楊圻、施祖皋等人都留下了相應篇章。李詞傭的特殊意義在于他以新文學家的身份堅守舊的詩詞傳統，抱持家國情懷，彰顯了濃郁的中國文化屬性。由于視檳榔嶼爲「第二故鄉」，因此呈現在其筆下的南洋風物與單純的獵奇書寫不同，而是投射了更多的情感色彩。這種沉浸式的南洋書寫由于帶著强烈的主體性，因此也具有更大的文學價值。李詞傭的詞基本印證了他的關于詞的解放運動的主張，在新事物、新情感入詞方面有較多創獲，而在擇譜、古典與套語的襲用方面也有著自己的特色。總體來看，其詞對域外詞境的開拓有著不小的貢獻，其《檳榔樂府》值得給予足够的重視。

〔一〕方修《馬華新文學簡説》，《新馬文學史論集》，三聯書店香港分店、新加坡文學書屋一九八六年版，第一六頁。

〔二〕馬侖《戰前活躍于檳城的李詞傭》，《新馬華文作家群像》，新加坡風雲出版社一九八四年版，第二一三頁。

〔三〕 欽鴻説：「除了譚雲山外，南洋的華文文壇還有三位文學研究會會員，即陳少蘇、饒百迎和李詞傭。他們的入會均與許地山有關，當時也都任教于馬來亞的檳城。」（欽鴻《南洋的文學研究會會員》，《文壇話舊（續集）》，上海遠東出版社二〇〇九年版，第二五三頁）

〔四〕〔一一〕 欽鴻《南洋的文學研究會會員》，《文壇話舊（續集）》，第二五四—二五五、第二五三頁。

〔五〕 袁勇麟《尋找「現代文壇失蹤者」李詞傭》，《中華讀書報》二〇一九年十月二十三日，第七版。

〔六〕 倪春軍《詞體革命：創作思路與理論建構》，《蘭州大學學報（社會科學版）》二〇一二年第一期，第三六頁。

〔七〕〔四五〕 李詞傭《論詞的解放運動》，《新時代月刊》一九三三年第五卷第一期，第八八—九一頁。

〔八〕〔九〕〔一三〕〔一四〕〔一五〕〔一六〕〔一七〕〔一八〕〔一九〕〔二〇〕〔二二〕〔二三〕〔二四〕〔二五〕〔二六〕〔二七〕〔二八〕〔二九〕〔三〇〕〔三一〕〔三三〕〔三四〕〔三五〕〔三六〕〔三七〕〔三八〕〔四〇〕〔四四〕〔四七〕〔四八〕 李詞傭《檳榔樂府》，南京長風出版社一九三六年版，卷首，卷首，第四八頁，第五一頁，第四〇—四一頁，第四六頁，第五二頁，第二〇頁，第二〇—二一頁，卷首，卷首，第二六—二七頁，第二頁，第四頁，第四〇頁，第四三頁，第四九頁，第八頁，第一二頁，第二頁，第四—五頁，第一〇頁，第一二—一三頁，第三頁，第五頁，第一〇—一一頁，第四頁，卷首，第七頁，卷首，第三一—三二頁。

〔一〇〕 温梓川《瘐死獄中的李詞傭》，温梓川著，欽鴻編《文人的另一面》，廣西師範大學出版社二〇〇四年版，第三六三頁。

〔一二〕 何國忠《馬來西亞華文作家的文化憂患意識》，《南洋問題研究》二〇〇六年第三期，第四八頁。

〔二一〕 李詞傭《椰陰散憶·自序》，《椰陰散憶》，上海作者書社一九三七年版。

〔三九〕 彭玉平《人間詞話疏證》，中華書局二〇一一年版，第四〇八頁。

〔四一〕 沈曾植《菌閣瑣談》，唐圭璋編《詞話叢編》，中華書局二〇〇五年版，第三六一三頁。

〔四二〕 胡適《詞選》，河北人民出版社一九九九年版，第二九六、二九七頁。

〔四三〕 李詞傭《文藝的道德問題》，《光華日報二十周年紀念刊》，一九三一年，第二五頁。

〔四六〕 新事物、新名詞如「架裏」、「占摩迦」、「沓厘柚」等，已見文中所引。又有「福特風車」，見其《浣溪沙》上闋「福特風車逐軟塵」，自注云：「南洋稱汽車爲風車。」李詞傭《檳榔樂府》，第四頁。

（作者單位：魯東大學文學院）

從「本色當行」到「舊體新變」：女詞人王蘭馨詞體創作演進路徑及其詞學思想

徐燕婷

內容提要 《將離集》創作于民國時期，是女詞人王蘭馨青年時期的作品。王蘭馨早期創作「本色當行」，但也並不刻板地死守格律。《晚晴集》創作于新中國成立後，是王蘭馨中年以後的作品。作品整體風貌積極向上，題材內容、形式等方面求新求變，頗具時代特色。從《將離集》到《晚晴集》，清晰再現了王蘭馨不同人生階段在詞體創作的題材內容和詞風上的轉變。這種轉變，既受到時代和詞壇風氣的影響，同時又是詞人理論探索與實踐的結果。在詞學思想上，王蘭馨認爲基于新中國的新局面，詞體創作要使用合適的語詞來構建新的意境；詞要講究格律，但也不能以辭害意；詞要根植于生活並表現生活，接近人民，不能成爲精致而無用的文藝。

關鍵詞 女詞人 王蘭馨 創作 詞學思想

二十世紀的中國，不惟在思想、政治、經濟領域發生了翻天覆地的變化，在文學領域亦是如此。即便是延續千餘年的詞體，儘管在西方世界找不到可以直接模仿或改造的「樣板」，詞人也在時代的洪流中搖擺于守舊與創新之間，最終在創作上分化成三派：解放派、尊體派和舊瓶裝新酒派。〔一〕女性詞的創作便是在這樣的背景下摸索前行。本文以女詞人王蘭馨的創作爲研究對象，通過對其兩部不同階段創作的詞集《將離集》、《晚晴集》進行分析，試圖探究她的創作演進路徑及其詞學思想。作爲從民國時期走進新中國的女詞人之一，我們也由此可略窺彼時女詞人及其創作的大致情況。

王蘭馨（一九〇七—一九九二），又名王昭，號景逸，廣東番禺人，錢玄同、俞平伯女弟子，著名散文家李廣田夫人。王蘭馨出生于封建官僚家庭，父祖輩皆爲官。她幼時入讀私塾，及長，家道中落，只能走出家庭，以教家館補貼家用。一九三四年，王蘭馨畢業于北平師範大學國文系。她終身從事教育工作，先後在山東泰安中學、昆明昆華職業商業學校和清華附中等校任職，後任職于雲南大學中文系，主要從事中國古典文學史教學、唐宋詞研究等，著有《將離集》、《晚晴集》、《王蘭馨賞析唐宋詞》等。

一　《將離集》：「本色當行」與對詞體格律的「寬容」

《將離集》是王蘭馨青年時期的作品，于民國二十三年（一九三四）由北平京城印書局出版，錢玄同題簽。「將離」是芍藥花的別名，芍藥花盛開之際，王蘭馨也即將離開校園，踏入社會，故以此名集。這些作品主要創作于她的學生時代，愛情、友情、親情和閒情別緒是作品中的主要情感指向。王蘭馨《將離三首·代題辭》其二云：「聞道將離結束春，我將此卷了前因。紅消翠減凋零盡，散入人間萬劫塵。」所以，《將離集》作爲其走入社會前的作品結集，可視爲王蘭馨早期作品的代表，收入了一九二九年至一九三三年之間的作品，詩詞各一卷。

《將離集》創作之際，王蘭馨正值二十多歲的年紀，本應該是意氣風發、激情飛揚的時候，可是《將離集》中的作品却隱隱流露出與其年歲不相稱的愁緒與悲傷。其中，天涯飄零、鄉思鄉愁是集中的主題之一，如《二郎神》：「夕陽亂絮，閑煞了、荼蘼庭院。記檀板金樽，綠楊深處，一桁珠簾半捲。昨日狂飆今日雨，却不道、繁華偷換。只曲曲碧闌，當年憑處，餘香猶暖。凄斷。芳蕪蛺蝶，西風弄晚。賸一樹紅梨，映波無恙，曾照春宵月宴。時節飛花，天涯少住，脈脈此情難遣。凄絕處，舊日園亭故主，也如梁燕。」「夕陽」、「亂絮」、「荼蘼」、「舊日園亭」等意象，呈現出一派衰煞之景。舊園依舊在，人却已非昨，滄桑滿園，凄涼之意、漂泊之感通過這些傳統的意象傳遞，而詞前小序似乎也道出了其中緣由：「過明湖故園，不勝滄桑之感，七八年間，而園已三易主。余自先君見背，漂泊天涯，形如斷雁，每經此處，回首當年，不知涕淚之何從也。」〔一〕作爲就讀于高等學府、本應是天之嬌女的王蘭馨，雖出身名門，却遭遇父親去世、家道中落的變故，「王蘭馨出生在清末的一個進士之家，承受了母親温柔和善的好性格，她的少年時代是無憂無慮地度過來的。没想到，在她差一年就要中學畢業的時候，父親去世了。更没有想到，父親多年居官置下的家業財産，被她那浮華浪蕩的大哥毁于一旦。接着，大哥又逃之夭夭。她與一個弟弟、兩個妹妹和母親，一下子落到了貧苦無告的境地當中。她這個做長姐的，全靠自食其力，半工半讀，好不容易奔到了大學。同時她還得加倍地幹活挣錢，省吃儉用，幫助弟妹的生活。」〔二〕彼時的王蘭馨，在父親過世後離開家鄉，一邊在大學讀書，一邊通過打工賺錢來養家。家族曾經的繁華恰如過眼雲煙，她自己也如浮萍般漂泊他鄉，所以途經故園，不覺涕淚縱横。而從此對故鄉的情愫與思念，也成了她筆下揮之不去的鄉愁。如「直把他鄉作故鄉。飄零誰道不堪傷。天涯幾日又重陽」（《浣溪沙》），又如「客裏倦淹留。莫倚高樓。天涯幾日又中秋」（《浪淘沙》），「殘月荒蕪，斜陽遠樹。凄涼幾許憑誰訴。飄零俱是異鄉人，茫茫望斷關山路」（《踏莎行》）等。在這些詞作中，客居異鄉、天涯飄零和故鄉之思成了其中的主旋律。

當然，《將離集》詞作中更多的是相思離别的傳統主題。「情不知所起，一往而深」，只是，似乎這一段刻骨銘心的愛戀並没有圓滿的結局，天上人間，此情可待成追憶，這也許是《將離集》所有愁情的根源。如《臨江仙》：「天上人間情一諾，此情更有誰知。十三絃上説相思。緑楊風定，殘月落花時。月冷花殘成一夢，分明是夢還疑。而今挾瑟欲何之，啼鵑聲裏回首，恨依依。」從詞作來看，這是一段無疾而終的愛戀，但思念却無處不在。其他如「紅樓玉宇，人間天上，多少傷心事」（《御街行》），「無語掩重門。淡月黄昏。今年人憶去年人。世事明知都是夢，夢也酸辛」（《浪淘沙・立春日》），「人間狹路相逢，無言悔太匆匆。從此人間天上，斷腸紅葉疏鐘」（《清平樂》），「天上人間相逢，别有傷心處」（《點絳唇》），「一夜傷心添白髮，朝看兩鬢生絲。此情説與阿誰知。人間天上，已是隔年期」（《臨江仙》）等，這些飽寓相思離别的詞作，以情字澆灌，纏綿悱惻，而又令人惆悵唏噓。衆所周知，王蘭馨的丈夫是著名散文家李廣田，夫妻二人婚後琴瑟和鳴，理論上並没有天上人間的别離和刻骨的離恨。且從相關資料來看，這些詞創作的時間也基本在二人相識之前。王蘭馨與李廣田相識于一九三三年，這一年王蘭馨「由李廣田的好友鄧廣銘夫婦介紹而認識了李廣田。鄧廣銘的妻子竇金玉是王蘭馨在濟南女師讀書的同學，鄧廣銘與李廣田的深厚情誼自不用説。于是，鄧廣銘夫婦就爲李廣田和王蘭馨當起了紅娘。從第一次見面一起看電影《漁光曲》之後，他倆開始了交往。李廣田送給王蘭馨的第一件禮物是薄伽丘的《十日談》。經過一年的交往和瞭解，雙方都覺得自己找到了最合適的伴侣。于是，他倆確定了關係，商量好待李廣田畢業後就結婚」[四]。二人于一九三五年七月七日正式結婚。所以從他們相識的時間綫來看，二人初識已在《將離集》出版的前一年，而詞集中大部分相思離别之作則創作于一九三〇年。作品創作期間，兩人大部分時間並没有交集。再就王蘭馨的年紀來講，《將離集》創作期間，其在二十二歲至二十六歲之間。當時女性婚嫁普遍較早，她在這個年紀尚未婚嫁，也許是詞中所指向的這一段感情無疾而終所致。雖然我們並没有更多的資料來瞭解王蘭馨在與李廣田結婚前的感情經歷，但是這些詞作給了我們一個愁情滿懷的女主人公形象，也得以令我們推測她那段並没有結果的戀愛。而這段經歷，成就了《將離集》主要的情感指向。集中詞作雖是傳統題材，却纏綿悱惻，真摯動人。

除了上述兩大主題外，《將離集》另有親情書寫之作如《憶江南・寄宬妹》：「思往事，腸斷月明中。猶記不眠聽夜雨，並肩人語碎荷風。銀燭綴青蟲」；也有些情感指向不明的閒情愁思之作。總體來講，《將離集》作品題材内容並不寬廣。此期因爲王蘭馨仍在高校，儘管由于家道中落之故，她也初步接觸了社會，並承擔起養家的責任，但因爲她還没有完全投入到廣闊的社會舞臺中去，加上學習生活相對單一，這些也在一定程度上局限了她的眼界。所以《將離集》更多的是王蘭馨個人小我情思的書寫，並以傳統筆法出之，淡雅嫻婉，真摯動人，頗具漱玉詞風。作品總體上承續晚清以來的閨秀詞餘風，本色當行。

但同時，王蘭馨《將離集》的創作在基本遵循格律的前提下，並没有對格律刻板死守。事實上，她的許多詞作在個別字詞上存在一定程度的出律現象，以前述《二郎神》爲例，詞中「記檀板金樽」的「檀」字，「昨日狂飆今日雨」的「日」字和「餘香猶暖」的「餘」字皆平仄有誤；又如前述《臨江仙》「月冷花殘成一夢」的「花」字亦平仄不符。這些現象的出現，並不是因爲她不懂格律。根據王蘭馨一篇尚未出版的《自傳》回憶：「在我十歲那年，哥哥們都學著做文章了，我開始學著對對子，一個小孩子是不能分辨四聲的，先生也不教給我們分辨，而是一個字一個字地死記平仄，到了十一歲以後，我能分辨每個字的平仄了，等我長大以後，就是在這個基礎上能分辨四聲的。」〔五〕由此可知，實際上王蘭馨是通曉平仄四聲的，而且事實上她大部分詞作也基本符合格律規範，只是並没有死守格律而已。而這顯然與「五四」白話文運動和新文學對她的影響有關。

二 《晚晴集》：「舊體新變」與時代新聲的回蕩

《晚晴集》收入王蘭馨創作于二十世紀五十年代末到七十年代末的作品，名爲詩詞集，實則以詞爲主，另收入部分詩作。該集于一九七九年三月由雲南人民出版社出版，集末附王蘭馨一九七八年八月寫于天津的後記一篇。集名用李商隱詩句「天意憐幽草，人間重晚晴」之意，故命名爲《晚晴集》。該書采用簡體横排，所有詞作以現代詩格式排版，每句單獨成行。作爲王蘭馨中年以後的代表作，《晚晴集》作品從内容到風格都與《將離集》大相徑庭，呈現全新的面貌。

創作《晚晴集》時，王蘭馨也步入了人生的中老年。中華人民共和國的成立拉開了全新生活的幕布，一切發生了天翻地覆的變化。在這二十餘年的歷程中，詞人既有新生活開啟的興奮喜悦，也經歷了至暗的「文革」十年，當然更迎來了之後的社會新氣象。「文革」十年間由于特殊的政治環境，集中留存詩詞僅少數幾首，大部分作品都作于五十年代到「文革」前以及粉碎「四人幫」之後。作品整體風貌積極向上。誠如王蘭馨自己所言：「這些詩詞，大多是受到社會主義革命與社會主義建設的大好形勢的鼓舞而寫的。其中，一些是歌頌在毛主席革命路綫指引下，各條戰綫的成就，各式各樣的英雄人物及其先進事蹟；有的是歌頌人民解放軍，歌頌祖國的大好河山以及邊疆風物；有的是歌頌第三世界人民的反帝反霸鬥争，等等。此外，還包括粉碎『四人幫』以後，爲慶賀這一歷史性偉大勝利而寫的幾首詩詞。」〔六〕毫無疑問，這樣的作品大部分是爲時代所感染，詞人情動于中而形于言。比如《清平樂・放歌》其二：「十年變化，事事人驚訝。白紙一張好描畫，金碧樓臺無價。鐵光照夜通明，荒山禾麥青青。燦爛百花齊放，東風吹遍春城。」〔七〕詞人將新生活比喻爲一張任人描畫的白紙，對未來充滿了憧憬、期待與讚美；另如《采桑子・歌唱大好形勢》其一：「當前形勢無窮好：白(百)花争妍，百鳥争喧，魚躍鳶飛樂自然。人民公社磐石固，山有靈泉，地有肥田，歌譜紅旗大有年。」詞中對大好形勢的歌頌直露而熱烈。其他如《清平樂・支持中東人民鬥争》、《水調歌頭・慶祝建國十周年》、《清平樂・歡呼一九七二年》、《滿江紅・人民解放軍贊》等，皆以直露的筆觸，熱烈歌頌新生活、新人事，集中的大部分作品都屬于此類。

然在《晚晴集》整體筆調的積極向上中，由于詞人經歷了「文革」十年，作品實則隱匿了她内心深處最深的傷痛，即丈夫李廣田在「文革」初期被迫害致死一事。李廣田（一九〇六—一九六八），號洗岑，筆名黎地、曦晨等，山東鄒平人。一九二九年考入北京大學外語系，曾與北大校友卞之琳、何其芳合出詩集《漢園集》，被人稱爲「漢園三詩人」，他同時又是著名散文家。王蘭馨與李廣田婚後，郎才女貌，琴瑟和鳴。一個填詞，一個寫詩，被人稱爲是「詩人與詞人的結合」。中華人民共和國成立後，毛澤東于一九五二年親自簽署任命書，將李廣田由清華大學調任至雲南大學擔任校長。從此李廣田便在昆明度過了人生的最後十六年。後由于受到林彪、「四人幫」路綫迫害，他被打成「牛鬼蛇神」，于一九六八年十一月三日凌晨被人發現溺斃于雲大後門的蓮花池，狀甚淒慘。〔八〕丈夫的枉死對王蘭馨而言無異于晴天霹靂，可是她仍得忍辱負重，隱忍過日子。丈夫被迫害到致死的這段殘酷經歷，及至一九七八年李廣田被平反時，她才得以通過《哀悼廣田同志——寫在雲大爲李廣田同志召開平反昭雪大會時節》這一長詩細訴所有的苦難、悲傷與憤恨。也無怪乎「四人幫」被打倒的一九七六年，她接連寫了《念奴嬌·斥王洪文》、《水調歌頭·斥張春橋》、《滿江紅·斥江青》、《沁園春·斥姚文元》四首長調。多年的隱忍一朝決堤，她罵得痛快淋灕，她痛陳他們結黨營私、排除異己、迫害人民的種種惡行。當然這類作品在集中數量並不多，只有零星幾首。「十年動亂，天地久閉而重開，物是人非，詞人已是經歷生死關口大搏鬥的孑遺，已是過來人，雖已形單影隻但更堅强了，她已由一名婉約柔和的詞人跨過熱烈豪放門檻走上新的戰鬥號手兼戰士的冷峻塹壕。」〔九〕

《晚晴集》作爲王蘭馨中年以後的詞體創作實踐，在題材內容、形式技巧等各方面求新求變，頗具特定時代的特色，可以看出她在新中國成立後積極探索適合新時代的詞體創作模式的努力。在題材內容上，王蘭馨完全突破閨閣詞相思離別、傷春悲秋的題材限制，將個人的小我情思放諸時代大背景中，有選擇性地將目光聚焦在新生活日新月異的各方面，並熱情地謳歌之，充滿了革命樂觀主義精神，同時也帶有鮮明的時代政治烙印。如《臨江仙·備耕》「男女老少不甘輸，磨拳擦掌，展開鬧耕圖」，讚美春耕熱火朝天的勞動場面；《清平樂·致知識青年》「人紅思想先紅，個個磊落心胸。祖國英雄兒女，今朝破浪乘風」，大力謳歌時代知識青年；《南歌子·李雙雙式的五好社員》「平凡見偉大，挫折見堅强。革命精神大發揚，但願人人都做李雙雙」，頌揚那些像李雙雙一樣在人民公社中工作積極、表現突出的社員。她在廣闊的生活中尋找各類現代題材，無意不可入，無事不可入，並有意淡化性别因素，傳統閨閣題材近乎絶跡。在形式上，她不僅在排版上刻意向新詩看齊，摒棄傳統繁體豎排、上下片空兩格的處理模式，而采用每句單獨成行、簡體横排。而且摒棄剪紅刻翠之法，用白話入詞，語言不加雕飾，明白曉暢。她的創作不再以傳統的意象表達婉曲含蓄的情感，代之以現代語詞；也不再用女性獨有的細膩善感狀物寫情，代之以直陳情感。這一時期王蘭馨的詞成爲社會生活的直接反映，她更加注重詞體的社會功用，藝術性並不是她首要考慮的因素。

三　從「本色當行」到「舊體新變」：作爲學者的理論探索與實踐

從青年時期詞體創作的「本色當行」到中年以後的「舊體新變」，王蘭馨前後期詞作呈現出截然不同的風貌。這種風格的急劇轉向，既受到時代和詞壇風氣的影響，更是詞人理論探索與實踐的結果。青年時期的王蘭馨生活在風起雲湧的時代，彼時的她並不是「大門不出，二門不邁」拘囿于狹小閨閣天地的傳統女性，而是走出家庭接受高等教育的時代新女性。二十世紀二十年代末至三十年代抗戰全面爆發前詞壇的黄金期，現代詞家的詞體革新實踐或多或少對王蘭馨的創作産生一定的影響。當時詞壇出了以胡適爲首的解放派，這一派基本遵從倚聲填詞的規則，但倡導白話寫詞，突破傳統題材限制；也出現了舊瓶裝新酒派，但這一派只是利用了詞體的外在形式，實則是套了殼的新體詩；當時盛行詞壇的依舊以尊體派爲主，當然尊體派也並非是一成不變的，如從晚清民初夢窗詞風的盛行到二十世紀二三十年代後逐漸轉爲對蘇辛詞風的提倡便是一例。尤其從二十世紀三十年代及之後的創作實踐來看，尊體派也分爲保守派和革新派。王蘭馨的創作實踐顯然更傾向于尊體派，確切地説更傾向于尊體派中的保守派。而從彼時女詞人的創作實績來看，隨著女詞人所受教育從傳統教育向新學教育的過渡，職業化的加劇和白話文運動的影響等因素所致，女詞人的創作也逐漸出現分化。既有延續傳統閨秀詞創作一路的如姚倚雲（著《滄海歸來集》），她積極投身社會，致力于女教數十載，視野較之閨閣内女子更爲寬廣，她認爲，「女子教育，貴能觀于今而慎所當取，尤貴能鑒于古而知所當守」〔一〇〕，對于詞體創作，她仍持相對保守的態度，集中的作品從題材到風格，尚未看出多少新變的内容。其他如鄭道馥、濮賢姮、楊志温等人亦是如此。又有如吕碧城、陳家慶、張默君等人，在傳統小詞的基礎上，以海外見聞、社會時事等擴大題材内容，她們的創作從内容形式上已現女性詞新變端倪，爲民國中後期女性詞初步實現現代轉型奠定基礎。如果上述兩路女詞人的創作分别對應尊體派中的保守派與革新派的話，那麽王蘭馨則雖屬保守派，但也並不是死守傳統，亦步亦趨，已然呈現出一定程度的「叛逆」。這突出表現在她從嚴守格律到對格律一定程度的寬容，儘管此時她的創作在題材内容和風格上並没有與傳統閨秀詞表現出太大的不同。然這種「叛逆」已爲她日後進行詞體改革埋下了伏筆。儘管由于王蘭馨一九三四年《將離集》出版後到二十世紀四十年代末的作品因爲種種原因我們無緣得見，以至于對這兩本詞集所呈現出的迥然不同的風貌，我們並不能很好地看出其在這缺失的十幾年的時間中在創作上和思想上的轉變過程。但無論如何，《將離集》作品所呈現出來的對格律的寬容已能看出其日後對詞體創作理論探索與實踐的「端倪」。

早在《將離集》創作時期，王蘭馨已受到新文學潛移默化的影響。她曾就讀于北平師範大學國文系，『五四』時期，她接觸了新文學，讀胡適的《嘗試集》，讀冰心的《繁星》、《春水》，學寫小品文、背英文詩，但最終興趣仍然在古典詩詞」〔一一〕。所以，就她的經歷而言，她既有學習白話文的經歷，又有對古典詩詞的興趣，兩者在她的創作中不可避免地産生交互影響。如新文化運動的領導者胡適便提倡詞體創作要突破格律的束縛，反對詞匠之詞。胡適編選的《詞選》便體現出重情感意境、反對格律用典的詞學思想。胡適的《詞選》在當時的青年人中有較大的影響：「自胡適之先生《詞選》出，而中等學校學生，始稍稍注意于詞；學校中之教授詞學者，亦幾全奉此書爲圭臬；其權威之大，殆駕任何《詞選》而上之。」〔一二〕而作爲彼時正就讀高校接觸新文學的王蘭馨而言，她通過接觸胡適的作品，亦不可避免地受到胡適思想的影響。與此同時，在校期間，錢玄同和俞平伯兩位老師也同樣對她産生了重要影響。當時國文系系主任是錢玄同，他曾爲王蘭馨的《將離集》題簽，俞平伯是王蘭馨的老師，曾爲《將離集》作序（該序文已散佚）。錢玄同是新文化運動的倡導者，並提倡文字改革；俞平伯是新文學運動中白話詩創作的先驅之一，提倡「詩的平民化」。王蘭馨受到這兩位老師的賞識，耳濡目染，她在古典詩詞中對格律的寬容態度，顯然也不可避免地受到他們的影響。所以，由于興趣使然，王蘭馨既醉心于唐宋詞，並積極進行創作實踐，循著尊體派一路，延續閨秀詞創作的傳統，「父親生前讚賞母親的詞詞律嚴格，用典極活，從容不迫，一氣呵成」〔一三〕，同時又不一味守舊，她的創作既是「本色當行」的，同時又没有完全受到格律枷鎖的桎梏，呈現出一定的靈活性。可以説，新文學和兩位老師對王蘭馨在詞體創作上的影響是終其一生的，並没有隨著《將離集》創作的結束而結束。

如果説《將離集》是王蘭馨年輕時純任性靈的創作實踐的話，那麼《晚晴集》則是她在詞學思想指導下付諸實踐的産物。王蘭馨詞學思想的主要形成時期是在她進入高校進行相應的教學研究後。因爲在一九三四年畢業後的近二十年時間中，她主要任職于中學，加上其間又遇抗日戰争與解放戰争，一直在爲生計與戰争所苦，這一時期她的作品没有保存下來，我們無從瞭解她對詞體創作的想法。直到一九五二年，李廣田調任雲南大學任校長後，王蘭馨隨調至雲南大學中文系，開設古典文學史、唐宋詞研究等課程。從當時王蘭馨的講義《詞學論稿》和相關詞學論文中，我們可以大致看出王蘭馨主要的詞學思想。

首先，詞要講究意境，在新的時代，尤其需要使用合適的語詞來構建新的意境。王蘭馨多次提到對意境的重視，這些觀點也體現在她分析唐宋著名詞家作品中。比如講到李煜《浪淘沙》（簾外雨潺潺）一詞，王蘭馨認爲，「這詞先從簾外寫起，轉入簾内人物内心的活動，又從虚幻的夢境，轉入現實的生活。由景及人，從虚到實，詞意旋轉而下，語意越趨沉痛，末句『流水落花春去也，天上人間』，與首句相呼應，不僅表達出詞人萬千身世之感，而且也構成了高遠的意境，餘恨不盡，引入餘意無窮的境地」〔一四〕；另如在講到晏殊《蝶戀花》（檻菊愁煙蘭泣露）一詞時，她評價「昨夜西風凋碧樹」三句「境界廖闊，用意深遠，音調也比較高昂」〔一五〕。王蘭馨欣賞這些意境高遠的作品，但是在新的時代，面對新的事物，如何去構建新的意境，她認爲可以選擇性地使用一些古詩詞中的習慣用詞來代稱新事物：「詩詞中有些習慣的説法：如『朝暉』『夕照』『殘陽』『曉暾』，如説成『昏日』『晨陽』『午暉』便覺不妥。有些習慣之詞，不妨沿用，但不可過于陳舊。電燈、火箭、飛機、汽艇尚不多見于詩詞。如言『挑燈』，人們就知道是扭開電燈的形狀，決不會誤會成去撥油盞的燈芯。毛澤東詞《六盤山》結句：『今日長纓在手，何時縛住蒼龍。』不但辭句美，音調悠揚也很美。含蓄、深刻，與人莫大的鼓舞和信心。暗用終軍請長纓繫南越王脖子的故事。『蒼龍』本星名，指蔣介石。這樣寫來不僅聲調美好，而且意境高超。用長纓把蔣介石拴住的英雄氣概，活躍紙上。假如我們寫成：『今日手拿短槍，何時打倒老蔣？』意思是對的，可是一點詞的韻味都没有了！」〔一六〕王蘭馨提倡用一些古詩詞中並不陳舊的語詞來指代新的事物，但也並不一味守舊，她不反對白話入詞。相反，她覺得只要用詞妥帖自然，不刻意標新立異，不破壞意境，那便是好詞，所以她也解釋道：「也不是説用白話填詞就不好，衹要妙語天成，何嘗不好。」〔一七〕那麽，如何去找尋既妥帖又不影響意境的詞彙呢，她覺得惟有多讀前人作品，但又不能完全因襲，而是在意境的考量下適當創新，讓詞既具有韻味又能反映新的生活。當然，在實際的創作實踐中，如果説《將離集》有意境，但是尚缺乏對生活廣度的反映的話，那麽《晚晴集》則雖有生活的廣度，却未必嚴格踐行了其意境説。事實上，爲了盡可能貼近生活地反映新中國成立後的方方面面，王蘭馨往往直抒胸臆地表達所見所聞、所思所想。如《憶江南・千百個李雙雙在成長》其二「愛集體，人稱『管得寬』。往日回頭皆血淚，而今妙手繡江山，憶苦更知甜」，這類詞作融口語入詞，以達意爲主，往往疏于意境的構建。

其次，詞要講究格律，但也不能以辭害意。在這一點上，王蘭馨的主張仍與早年保持一致。青年時代王蘭馨的創作走的是尊體派一路，講究格律是基礎，但已可看出她某些作品對格律的寬容。中年以後，王蘭馨的創作也依然講究格律，誠如李廣田所言，她的作品「詞律嚴格」，但同時她也並不一味地遷就格律。王蘭馨認爲，好的作品是要表達恰當的意思，切不可爲了死守格律而破壞意思的表達，「以前用韻極爲嚴格，一東二冬不能通用，三江七陽也不能通，若問爲什麽，衹是習慣的用法，講不出道理來。現在開始通用了，仄聲内的上去聲也能通用了，這是一個勇敢的突破，是一大進步。以前格律極嚴，一字不協，改了又改……若以一音不協，廢去很好的句子，那是以音害義，豈不可惜」〔一八〕。在講解蘇軾詞時，她認爲蘇軾不是不懂音律，「他衹是不肯在音律上下工夫，絶不像南宋張炎等人，爲了一字不協，改了又改，甚至不惜犧牲詞意，若填詞填成這個樣子，就損害了文學意義了」〔一九〕。由此也可看出王蘭馨一以貫之的主張，即不能爲了協律而損害詞意。她甚至提議，由于古今讀音不同，古韻用起來困難，只要韻母相同即可，不妨用十三轍的韻。〔二〇〕這些想法是十分大膽的。而無論是在青年時期，還是步入中老年，王蘭馨在這一點上的創作實踐是一以貫之的，《將離集》如此，《晚晴集》亦是如此。

再次，詞要根植于生活並表現生活，接近人民，不能成爲精致而無用的文藝。新中國成立後，人民的生活發生了翻天覆地的變化，王蘭馨投身廣闊的社會舞臺，思想上也發生了較大的轉變。在文學創作上，她提倡接近人民的文藝、實用的文藝。比如在唐宋詞家中，她十分欣賞柳永的詞，認爲「柳永的慢詞，完全改變了《花間》、《陽春》的作風，不避俚俗，不但體制繁富，風格新鮮，且思想感情，措辭用語，更進一步地接近了人民。……他能用通俗的語言，很自然地將感情融于景物之中，生動地將當時境地寫入詞中，雖然都是平淡的生活，日常的事情，可寫得一往情深，娓娓動人」〔二一〕。除了詞要接近人民，表現生活，這一時期，王蘭馨同時認爲評判文學的成就還要考量作者的思想品德和社會實踐，她認爲：「看一個詩人的成就，及對人民的貢獻，應當把他品德的修養，和生活實踐，都要估計在內。初學作詩的人，多在辭藻上下工夫，講究音律和諧，對仗工穩，什麼是『詩眼』，何者爲『警句』。我覺得這樣學下來，頂多是個『詞匠』，品德的修養，生活的實踐，很是重要。」〔二二〕由此，她十分重視文學作品的思想性，「高度的思想性必須用高度的藝術性來傳達，精諶（湛）的藝術技巧衹有當它爲進步的思想內容服務得最好的時候，才有意義」〔二三〕。《晚晴集》的創作較好地實踐了她的這種理念，創作的視野拓寬到人民的生活，她著力表現積極進步的思想，誠如其在後記中所言，「以我有生之年，繼續爲社會主義祖國的繁榮昌盛而歌唱」〔二四〕。如果說王蘭馨前期的《將離集》是書齋中精致的文學創作的代表，那麼《晚晴集》便是書寫在社會主義大地上的人民的文藝作品，詞人更注重詞的思想性，藝術性並不是這一階段最主要的考量因素。

從《將離集》到《晚晴集》，清晰再現了王蘭馨在不同人生階段詞體創作的轉變，「記録了一個受過高等教育的知識女性在不同時代的心路歷程。早年的詞淡雅婉約，頗具李易安的漱玉詞風，晚年的詞不失豪放之氣，當是時代使然」〔二五〕。如果說王蘭馨青年時期的創作屬于尊體派的話，那麼中年以後的創作已然轉向了解放派，這自然可以看出新文學對她的持續影響。當然，她前後期作品內容風格的極大反差更受到時代環境的影響：「二十世紀五十年代以後，文藝界和學術界對古典詩詞創作持一種批判的態度。」〔二六〕直到二十世紀五十年代末毛澤東對古典詩詞予以公開認可並親自進行創作實踐，舊體詩詞創作才得以又一次復興。只不過，這一時期主要倡導人民的文藝。王蘭馨《晚晴集》的創作始于一九五八年左右，訖于一九七八年，近二十年間，可以看出王蘭馨延續詞體的努力和創新詞體的探索，並努力向人民的文藝靠攏，隱匿個人小我，帶有時代政治的烙印。她的創作革新，也代表了相當一部分女詞人在彼時的創作實踐。只是，由于當時社會的特殊性，延續千餘年的詞體在新時代現代轉型的最終完成，仍需由從民國時期走來的尊體派中的革新派扛起大旗，而這條路顯然任重而道遠。

〔一〕施議對一九八九年十月發表于《文學評論》的《百年詞通論》一文提出，「五四」新文化運動至抗日戰争時期的詞體創作可分爲三派：解放派、尊體派和舊瓶新酒派。解放派以胡適爲首領，他首創新體白話詩，又以白話入詞。該派倡導用白話寫詞，摒棄傷春悲秋的傳統題材，但詞的平仄、韻部大致符合倚聲填詞的基本原則，也未與新詩的界限完全打通；尊體派在當時的隊伍仍然相當龐大，延續晚清以來的詞體創作路數並隨着時代有所革新，夏承燾、唐圭璋、龍榆生、沈祖棻、丁寧、繆鉞等人都是這一派的中堅；舊瓶新酒派則是利用詞的舊形式，表現新思想、新内容，很多教授，學者，革命隊伍中的幹部、戰士都是這種創作的實踐者。

〔二〕王蘭馨《將離集》卷二，民國二十三年（一九三四）北京京城印書局排印本。文中《將離集》作品皆出此版本，不一一注明。

〔三〕〔四〕張維《花潮歌者——李廣田》，雲南人民出版社二〇一六年版，第三七頁，第三六—三七頁。

〔五〕〔一一〕李岫《後記》，《王蘭馨賞析唐宋詞》，長江文藝出版社二〇〇八年版，第一九五頁，第一九五—一九六頁。

〔六〕〔二四〕王蘭馨《後記》，《晚晴集》，雲南人民出版社一九七九年版，第一一三頁，第一一三頁。

〔七〕王蘭馨《晚晴集》，雲南人民出版社一九七九年版，第一七—一八頁。文中《晚晴集》詩詞皆出此版本，不一一註明。

〔八〕〔一三〕李岫《歲月、命運、人——李廣田傳》，人民文學出版社二〇〇六年版，第二八八頁，第六一頁。

〔九〕劉方《奇葩不同凡花卉》，《王蘭馨賞析唐宋詞》，長江文藝出版社二〇〇八年版，第一九四頁。

〔一〇〕顧公穀《滄海歸來集序》，民國三十二年（一九四三）鉛印本。

〔一二〕龍榆生《論賀方回詞質胡適之先生》，《詞學季刊》一九三六年第三卷第三號。

〔一四〕〔一五〕〔一六〕〔一七〕〔一八〕〔一九〕〔二〇〕〔二一〕王蘭馨《詞學論稿》，《將離・晚晴集》，澳門學人出版社二〇〇六年版，第一九一一一九二頁，第一九九頁，第一五四頁，第一五五頁，第一六二—一六三頁，第二一七頁，第一六三頁，第二〇二頁。

〔二二〕王蘭馨《一幅素描的江南農村夏夜圖——讀辛棄疾〈西江月·夜行黄沙道中〉》，《將離·晚晴集》，第三四五頁。

〔二三〕王蘭馨《西厢記的寫作藝術與其主題思想》，《將離·晚晴集》，第三八〇頁。

〔二五〕石真《序》，《將離·晚晴集》，第四頁。

〔二六〕李岫《後記》，《將離·晚晴集》，第四〇七頁。

（作者單位：華東師範大學中文系）

周邦彦通判睦州考論

路成文

内容提要　周邦彦元符三年至建中靖國元年（一一〇〇—一一〇一）曾至睦州，所任之職應爲州通判。《一寸金・新定作》應作于建中靖國元年早春游嚴子陵釣臺之後，詞抒發倦宦思歸及向慕隱逸的心理，但他在睦州並未真正沉湎陶然于漁釣之樂，而是依然躬盡職事，保持積極姿態。

關鍵詞　周邦彦　睦州通判　《一寸金》

周邦彦《敕賜唐二高僧師號記》、《睦州建德縣清理堂記》[一]以及《一寸金・新定作》，[二]記睦州事、寫睦州景，證其有睦州之行跡。然周邦彦究竟何時及因何至睦州，前人雖多有推考論述，但尚存較大分歧，有必要通過對相關史料的梳理和相關作品的細讀予以進一步考證和推論。

一　周邦彦睦州作品及諸家推論平議

先録諸家對于周邦彦睦州行跡的推論如下：

王國維《清真先生遺事》云：

本文爲國家社會科學基金項目「百年《清真詞》詮釋史」（14BZW053）的階段性成果。

先生晚年自杭徙居睦州，故《嚴陵集》有先生《敕賜唐二高僧師號記》，《景定嚴州續志》載州校書板有《清真集》、《清真詩餘》，以此集中《一寸金》詞恐亦在睦州時改定也。〔三〕

羅忼烈《清真集箋注》云：

清真于徽宗建中靖國元年曾客新定，有記二篇可證。……兩文所記，皆親見者，是則自春至秋皆在新定也。此詞（《一寸金》）題「新定作」，當是同年之作。……清真自紹聖四年至政和元年，十五年間皆官于朝，未聞外任，其客新定及還吴，當是乞假南歸。〔四〕

蔣哲倫《周邦彦選集》云：

周邦彦晚年作品有佚文《續秋興賦並序》《田子茂墓志銘》，詞作《訴衷情》《黄鸝繞碧樹》《燭影摇紅》《一寸金》《瑞鶴仙》《西平樂》等，大多流露出消極遁世思想和衰颯、頹唐的氣息。……尤其是垂暮居睦州及避難途中所作《一寸金》《瑞鶴仙》《西平樂》三首，或回顧自己生平，領悟到利名的虚幻和冶游的無根……〔五〕

詞（《一寸金》）當作于徽宗建中靖國元年（一一〇一），時作者居新定。新定即睦州（今浙江建德），後改爲嚴州。作者在睦州期間，還著有《敕賜唐二高僧師號記》（見董棻《嚴陵集》卷八）、《睦州建德清理堂記》（見《永樂大典》卷七二四一），二文均有年月可考，可作本詩佐證。王國維《清真先生遺事·尚論》云（見前，略）可參考。

這首詞（《一寸金》）是作者的晚年之作。上片以寫景高遠壯闊見長，下片回顧和總結自己的半生，詞人似已領悟到利名的虚薄，否定了年輕時冶游狂蕩的行爲，轉而嚮往于漁釣自樂的隱逸生活，標志著作者人生態度的新變化。〔六〕

據《睦州建德縣清理堂記》，建中靖國元年七月周邦彦在睦州任上。〔七〕

孫虹《清真集校注》之《一寸金》詞所附「考證」云：

> 新定，郡名，唐天寶元年（七四二）以睦州改名，治所在建德縣，今浙江建德縣東北梅城鎮。乾元元年（七五八）復睦州，宋宣和三年（一一二一）改名嚴州。此詞寫的是新定即今桐廬、建德一帶桐江。……《永樂大典》卷七二四「堂」字韻《睦州建德縣清理堂記》署爲「建中靖國元年七月十日，錢塘周某記」。文中景物描寫與此詞一一不謬。董棻《嚴陵集》卷八載《敕賜唐二高僧師號記》一文，文中寫新定城中元符二年、元符三年及建中靖國元年三月十七日敕賜唐二高僧師號一事，署爲「年月日錢塘周邦彥記」。疑此詞應寫于建中靖國元年不久。其時邦彥在校書郎任，何以至新定，無考。〔八〕

孫虹、任昱《周邦彥詞選》述周邦彥仕履云：

> 元符二年（一〇九九）至建中靖國元年（一一〇一）知睦州（今浙江建德一帶），知睦州期間，曾多次至越州（今浙江紹興）。〔九〕
>
> 新定，郡名。……周邦彥從元符二年（一〇九九）到建中靖國元年（一一〇一）三年期間均知睦州。他于元符二年（一〇九九）春至睦州，此詞即寫于將至睦州途中的桐江嚴陵瀨。〔一〇〕

沈松勤、黃之棟《詞家之冠——周邦彥傳》：

> 建中靖國元年（一一〇一），周邦彥曾南下睦州。……周邦彥在睦州的創作，傳世的除了有文章《睦州建德縣清理堂記》《敕賜唐二高僧師號記》以外，還有一首詞《一寸金》。〔一一〕

薛瑞生《周邦彥別傳》推斷周邦彥何時及因何至睦州云：

> 豈邦彥于元符三年（一一〇〇）轉校書郎後即爲睦州通判或別官耶？
>
> 邦彥此時（元符三年，一一〇〇）尚不夠通判資序，當然，特恩者例外。邦彥究竟是特恩通判睦州耶，抑或至睦州爲別官耶？殊難遽斷。〔一二〕

王國維或因未見署有明確寫作日期（「建中靖國元年七月十日」）的《睦州建德縣清理堂記》，而《敕賜唐二高僧師號記》僅署「年月日錢塘周邦彦記」，不署具體年月日，亦不署官銜，故疑其「晚年自杭徙居睦州」，其間撰寫《敕賜唐二高僧師號記》及改定《一寸金・新定作》詞。

羅忼烈據睦州所作兩篇文章，確定周邦彦建中靖國元年「曾客新定」，且「自春至秋皆在新定」，《一寸金》詞亦作于這一年。沈松勤等持相同觀點。

蔣哲倫在王國維、羅忼烈的基礎上，進一步指出，周邦彦至睦州是任職，兩篇文章均是任職睦州時期所作，「均有年月可考」，且據《睦州建德縣清理堂記》明確指出「建中靖國元年七月周邦彦在睦州任上」。但似乎仍受王國維影響，稱周邦彦《一寸金》詞是「晚年之作」。至于周邦彦何時至睦州，在睦州任何職，則付之闕如。

按，建中靖國元年，周邦彦四十六歲，正當壯盛之年，不得謂之「晚年」。王國維因未見《睦州建德縣清理堂記》而作出的推論，稍顯簡陋；羅忼烈據文及詞明確指出周邦彦至新定時，年齡爲四十六歲，但又爲王國維推斷《一寸金》爲「晚年之作」回護云：「按，王静安淹博，雖未見《清理堂記》，而既睹《師號記》矣，當知清真客睦州不惟晚年一次；亦當知新定即睦州，不宜爲字面所惑，謂是改定。」[一三]不過他認爲周邦彦這段時間「皆官于朝，未聞外任」，因而不可能在睦州任職。蔣哲倫據《睦州建德縣清理堂記》訂周邦彦建中靖國元年在睦州任，但没有説明理由。又訂《一寸金》詞作于同時或稍早。但仍沿王國維之論，並藉詞情之分析，認定爲「晚年之作」。持論稍顯游移。

孫虹對于周邦彦睦州經歷的推測和考證，提出了兩種説法。在《清真集校注》中，稱周邦彦其時任校書郎，因何至睦州，無考。在與任昱合作的《周邦彦詞選》中，又稱周邦彦「從元符二年（一〇九九）到建中靖國元年（一一〇一）三年期間均知睦州」。然《敕賜唐二高僧師號記》明言「元符二年，馬公圩來守是邦」，

「馬公夙植德本，深達苦空，示宰官身而作佛事」，據此可確證，元符二年至建中靖國元年，睦州知州是馬圩而非周邦彦。故《周邦彦詞選》中的推斷，顯然有誤。相比較而言，《清真集校注》中的説法可能更審慎一些。

薛瑞生先生對于周邦彦生平、仕履、行蹤進行過比較精細的考證。他認爲，周邦彦或許「元符三年轉校書郎後即爲睦州任通判或别官」，且似乎更傾向于「任通判」，但又據宋代官制，認爲彼時周邦彦僅爲校書郎，「尚不夠通判資序」，因而不能斷定「究竟是特恩通判睦州耶，抑或至睦州爲别官」。這一推斷，相較于其所參與訂補的《清真集校注》，更加具體，也比較審慎而近實。

二　周邦彦在睦州所任之職應爲通判考

周邦彦元豐二年秋（至遲在元豐三年春），入汴京，「四經炎涼，久困囂塵」（《與李端叔書》），于元豐六年入太學，[一四]六年七月獻《汴都賦》，七年三月，由太學諸生擢「試太學正」，[一五]「居五歲不遷」，約在元祐三年出爲廬州教授，[一六]元祐八年二月任溧水縣令，紹聖三年初任滿，[一七]還京任國子監主簿，元符元年六月十八日由國子監主簿除秘書省正字，[一八]元符三年春，哲宗崩，「徽宗即位，爲校書郎」（《東都事略》），[一九]次年即建中靖國元年，周邦彦已至睦州任職。這是周邦彦此次至睦州以前仕履之大略。

周邦彦究竟是客居睦州還是有具體職任呢？因《敕賜唐二高僧師號記》、《睦州建德縣清理堂記》兩文落款未署官銜，不能遽斷。但兩篇文章分别是爲時任睦州知州的馬圩和建德縣令陸遠所作，文中多有述及馬圩、陸遠者。詳味文中語氣，周邦彦恐怕並不是「乞假南歸」居睦州，而是有具體職事，論職秩則應在馬圩之下、陸遠之上。

據《敕賜唐二高僧師號記》所述，元符二年，馬圩到任睦州知州，隨後向朝廷請求給唐代時在睦州弘法的陳尊宿、善導大師兩位高僧賜號，元符三年十二月二十四日，朝廷賜陳尊宿號爲「悟空禪師」，善導大師爲「廣道大師」。爲此，建中靖國元年三月十七日，睦州舉行了盛大典禮，「具花幡威儀，表揭新聲，爲僧伽梨，被服二角，州民大集，巷無居人」。[二〇]周邦彦在叙述以上情况後，在文中讚譽馬玗云：

馬公夙植德本，深達苦空，示宰官身而作佛事，平等施德，如物濛雨，與者不有而受者不懷。平等施刑，如人觸刀，割者無怒而傷者無怨。故能嗣續真風，尊禮先覺，開發勝利，爲四衆首，因緣會遇，適當斯時，知其由者，可無人乎？年月日錢塘周邦彦記。[二一]

據清道光《濟南府志》卷三十四「宦跡二・宋」載：「馬玗，字東玉，淮南人，元祐中，知淄州，以放生爲事，民皆化之。平日未嘗以私怒笞責一人。崇寧元年，端坐而逝。」[二二]從文章内容及語意可知，周邦彦對于知州馬玗積極推動朝廷爲睦州唐代高僧陳尊宿、善導大師賜號之事，相當瞭解；對于睦州爲此舉行的盛大儀式典禮進行了記録。從文中所記當時萬人空巷的場面和當天所發生的天地異象等情况來看，周邦彦顯然在場。

如前所述，周邦彦于哲宗元符元年被授予秘書省正字，元符三年徽宗即位後，爲校書郎。在此期間，周邦彦在汴京。馬玗于元符二年向朝廷請命賜號之事，周邦彦無從參與。元符三年十二月二十四日，朝廷賜號之命下，其時正當歲末，周邦彦是否已在睦州，難以確定，但來年春睦州籌備加號盛典，周邦彦應已參與其事。也就是説，周邦彦到睦州的時間，最有可能在元符三年歲末至建中靖國元年初。彼時周邦彦爲校書郎尚不滿一年。從文章對馬玗上書請賜號、得到朝廷許可、睦州舉行盛典的詳細記録，以及對于州守馬玗的恭敬和讚譽來看，這篇文章極有可有是受命而作，即州守馬玗向周邦彦介紹了該件事情的來龍去脈及具體安排，周邦彦則從中感知馬玗爲政、奉佛的基本態度，周邦彦參與見證了典禮，撰文詳述其事，並在文中對馬玗進行讚譽。這些應該正是周邦彦作爲州守僚屬的份内工作。如果他只是「客居」身份，他何以客居甚久（據《清理堂記》，周邦彦确切可知的在睦州時間至少半年以上）且積極參與地方政務？

從《睦州建德縣清理堂記》所述内容來看，這篇文章的寫作，情況與《敕賜唐二高僧師號記》稍有不同。周邦彦在睦州期間，睦州屬縣建德縣縣令爲陸遠。其在政事之暇，常在縣署之西堂休息、研閲經史，因「堂故無名」，周邦彦遂爲取名曰「清理」。周邦彦此前與這位縣令陸遠是否有交往，不得而知，但周邦彦在睦期間，至少在撰寫這篇文章之前，曾多次經過或拜訪陸遠于「西堂」，從而對于建德縣治理，對于陸遠之爲人爲政，有相當的瞭解。在文章首段，周邦彦描述了浙西睦州及建德縣的地理形勢、山川風貌、水陸交通、民風民情，指出治理睦州、建德之要在于「明以察其隱，柔以保其良，剛以禁其暴，無苟取滋事以擾之」，而陸遠則恰恰是一位「資稟粹和，習于吏事，既兼三長，加以不擾，愷悌之政，能宜其民」的縣令，建德在其治下，自然「訟息而弛刑」。不僅如此，陸遠似乎與周邦彦頗有共同語言，「公事退，乃休于西堂，日以考經史、接賓客爲務」。史載周邦彦「涉獵書史」、「博涉百家之書」。在讀書治學方面，周、陸二人堪稱同好。這大概是周邦彦在睦州期間，多次拜訪陸遠原因之一。文中云：「嘗試過其堂，則令在焉；又往過之，令亦在焉。數過之，無不在也。」[二三]所謂「嘗試過其堂」，即初次拜訪也；所謂「又往過之」、「數過之」，則相見日頻，交誼日深之謂也。周邦彦赴睦州之前，或許對睦州的情況做過一定的功課，有一定的瞭解，但更加具體而真實的瞭解，恐怕還是在來到睦州之後，特别是與這位建德縣縣令交往日益頻繁和深入之後。

基于對建德縣縣令陸遠的交往和瞭解，周邦彦就陸遠及建德縣治理的情況和某位特定的人進行了溝通交流，認爲：「兹所謂樂土良民也歟！不干于有司而能佚其令也如此。」從字面上來看，是因爲「樂土良民」，所以睦州及建德易于治理，從而建德縣縣令陸遠可以于政事之暇優游于「治經史，接賓客」。這引出了對這個特定的人的一段議論：

或對曰：「不然，是誠在人。爲簡，簡應；爲繁，繁至。治絲者繹之則理，棼之則亂；烹鮮者静之則全，撓之則碎。十室之邑，可使智者勞；三人之衆，可使勇者怯；况兹邑之鉅哉！今吾令之施教也，清而不煩；其區處也，要而歸理；民咸愛之，相戒以無犯。然後土始樂，民始良。無關決之勞，知江山之勝，享爲吏之樂，而若是其佚也。」〔二四〕

這段話闡述了地方治理的精要之處，同時指出了建德縣縣令治理建德縣的過人之處在于「清而不煩」、「要而歸理」。

這個特定的人是誰呢？有兩種可能，一種是傳統問對體的寫作模式下所虛設的一個人，則其人所表達的，實際上是作者自己想表達的意思；另一種可能則是陸遠的上司，睦州知州馬圩。文中所云「今吾令之施教也」云云，確乎是上級對于自己下屬的語氣。這兩種可能性都存在。從下一段開頭的「某聞之，曰：『美哉！是不可以無述』」來看，後一種可能是存在的，至少從行文的要求和作者周邦彥的身份來看，是合情合理的。蓋在睦州，可以對屬縣縣令作如此評價的，最合適的人，只可能是州守或其他上司。如果是州守，那周邦彥作爲州守馬圩的僚屬，向馬氏報告建德縣治理情況，是份內工作；如果是虛設的人物，那麼這種評析式的語氣，其潛在的身份也顯然是高于陸氏的。于是周邦彥藉「清而不煩」、「要而歸理」之評，將陸氏西堂命名爲「清理」堂，並「書其語以告來者，以致斯民之意焉」。

分析至此，則這篇文章的撰寫，有兩種可能性，一是周邦彥基于對陸遠的瞭解和欣賞，主動爲其堂命名，並撰命名之理由；二是陸遠因西堂無名，因而請周邦彥爲其堂命名。無論哪種情況，周邦彥與陸遠之間的關係，都包含兩個方面，其一是朋友之交契。二人有相當的交往，相當的瞭解，相互之間已有較深的認同和友誼。其二是同僚關係。其中，周邦彥是來自于州府的上司，陸氏則是屬縣頗有政聲的縣令。周邦彥素有文名，既至睦州，請其取名，係人之常情。

按，《宋史·職官志》載：

（府、州、軍、監）諸府置知府事一人，州、軍、監亦如之。掌總理郡政，宣佈條教，導民以善而糾其

奸慝；歲時勸課農桑，旌别孝悌；其賦役、錢穀、獄訟之事，兵民之政皆總焉。……凡屬縣之事皆統焉。〔二五〕

（通判）大郡置二員，餘置一員，州不及萬户不置，武臣知州，小郡亦特置焉。其廣南小州，有試秩通判兼知州者。職掌倅貳郡政，凡兵民、錢穀、户口、賦役、獄訟聽斷之事，可否裁決，與守臣通簽書施行。所部官有善否及職事修廢，得剌舉以聞。〔二六〕

周邦彦所撰《敕賜唐二高僧師號記》、《睦州建德縣清理堂記》兩篇文章所述之事，均在通判職掌之内。又，周邦彦元符三年爲校書郎，品秩爲從八品，其下一個京朝官職爲考功員外郎，品秩爲正七品。《宋史·職官志》「吏部」條云：

其屬有曰司封，曰司勛，曰考功。凡官十有三，尚書一人，侍郎一人，郎中、員外郎，尚書選二人，侍郎選各一人；司封、司勛、考功各一人。

元豐官制行，六曹尚書、侍郎爲長貳，郎官理郡守以上資任者爲郎中，通判以下資序者爲員外郎。除授皆視寄禄官，高一品以上者爲「行」，下一品者爲「守」，下二品以下者爲「試」，品同者不用行、守、試，餘職准此。〔二七〕

周邦彦由校書郎出任通判，固然可能存在薛瑞生先生所認爲的「尚不夠通判資序」的問題，但其從外任官升遷至考功員外郎，却須有通判以下資序。换句話説，周邦彦在睦州如果職任低于通判，就没有升遷至考功員外郎的資格。

基于此，周邦彦在睦州所任職務只能是通判。

當然，根據《宋史·職官志》，「除授皆視寄禄官，高一品以上者爲『行』，下一品者爲『守』，下二品以下者爲『試』，品同者不用行、守、試，餘職准此」。也就是説，周邦彦由校書郎出爲睦州通判，以及由睦州通判升遷至考功員外郎，其實並不存在「資序」不夠的問題。周邦彦初由太學生擢爲「試太學正」，就是屬于品秩低于正常資序二品的情況。因《東都事略》、《宋史本傳》述周邦彦仕履時均有省略（「爲校書郎，遷考功員外郎」、「歷校書郎、考功員外郎」），後人遂以爲二職之間是連續關係。實際上，周邦彦于元符、建中靖國乃至崇寧間通判睦州，一出一入，正好可以解釋兩個職務之間品秩差距過大的問題。

三　周邦彦赴任睦州通判心態及離任睦州後行跡蠡測

周邦彦至睦州的具體時間，史無詳載，但其赴任睦州時之心態，則《一寸金·新定作》詞可約略得之。詞云：

> 州夾蒼崖，下枕江山是城郭。望海峽接日，紅翻水面，晴風吹草，青搖山脚。波暖鳧鷖作。沙痕退、夜潮正落。疏林外、一點炊煙，渡口參差正寥廓。　自歎勞生，經年何事，京華信漂泊。念渚蒲汀柳，空歸閑夢；風輪雨楫，終孤前約。情景牽心眼，流連處、利名易薄。回頭謝、冶葉倡條，便入魚釣樂。〔二八〕

此詞寫作時間，蔣哲倫《周邦彦選集》、孫虹《清真集校注》（孫虹、任昱《周邦彦詞選》因誤認爲周邦彦元符二年至建中靖國元年任睦州知州，對于此詞的相關編年考訂也隨之有誤）等已略爲考訂，認爲時在赴睦州之初的建中靖國元年。這一推定大致無誤。

對于這首詞，羅忼烈先生認爲其中所抒發的感慨與新舊黨争有關。他認爲：「建中靖國元年，清真四十六歲，自太學正至是，偃蹇薄宦，已十九年，故下闋歸歟之歎，情見乎辭。『冶葉倡條』一語，極堪尋味，蓋其時新黨之人，偷樂貪婪，競名奔利，不知操守爲何物，如章臺楊柳之因風動止也。《尉遲杯》之『冶葉倡條俱相識』，亦同此意，今不欲同流合污，故曰『回頭謝』也。」〔二九〕錢鴻瑛則認爲主要是「感歎自己辛勞人生中爲何長年漂泊于京都繁華之地」，〔三〇〕並且有强烈的牽念其妻子王夫人的特定情感：

> 「渚蒲汀柳」是借喻，蒲柳即水楊，在衆樹中零落最早，故以喻早衰之體質。《晋書・顔悦之傳》云：「悦之與簡文帝同年，而髮早白，帝問其故，對曰：『松柏之姿，經霜猶茂；蒲柳常質，望秋先零。』」此處該是指詩人之妻王氏。清真尚有《祭王夫人》一文，云：「……設醱告誠，又遠繐幃。緘辭千里，用寫我悲」，可見她卒時詩人服官于外。寫《一寸金》時，詩人記掛她體質衰弱，内心是很悲哀的。「空歸閑夢」，是從對方著想，她大概只能徒然在夢中見到他歸來罷了；而自己則長年駕車乘船，風中來，雨中去，奔波于仕途，終于辜負當年對她的約言。〔三一〕

按，徽宗初年，新舊黨争固甚激烈，周邦彦或許確曾牽連其中而影響仕宦升沉。但從周詞最集中的主題來看，羈宦飄零及感情（家庭）生活的不如意，往往情見乎辭。反倒是直接言及政局或黨争的詞作，幾乎没有。王國維《清真先生遺事》論周邦彦詞云：

> 境界有二，有詩人之境界，有常人之境界。詩人之境界，惟詩人能感之，而能寫之。故讀其詩者，亦高舉遠慕，有遺世之意。而亦有得有不得，且得之者亦各有深淺焉。若夫悲歡離合，羈旅行役之感，常人皆能感之，而惟詩人能寫之，故其入于人者至深，而行于世也尤廣。先生之詞，屬于第二種爲多。〔三二〕

王國維雖然在推斷周邦彦至睦州寫作《一寸金》的寫作時間方面稍有失考，但對周詞之大較，把握是極準確的。羅先生將此詞牽連到新舊黨争及新黨中人之種種劣跡，從而證周邦彦不與此類人物「同流合污」，有求之過深之嫌。錢鴻瑛先生對于周邦彦之厭倦羈宦心理的把握不錯，但認爲他厭倦「漂泊于京都繁華之地」，則不合情理。實際上，周邦彦更厭倦的是州縣浮沉的羈宦生涯。另，周邦彦妻子王夫人逝于政和二年（一一一二），筆者已另文考證。這首詞中的「念渚蒲汀柳，空歸閑夢；風輪雨楫，終孤前約」等句，主要是基于自己羈宦飄零而思鄉懷歸及渴望脱棄宦海之念想，與王夫人無關。兹疏釋全詞如下。

詞的上片所寫，應是周邦彦初至睦州，游覽江山之勝的觀感。所游覽的地點應是富春江從睦州州治（今建德市梅城鎮）至嚴子陵釣臺（今桐廬縣富春江鎮）江段。周邦彦《睦州建德縣清理堂記》紀睦州形勢云：「浙西之壤，與江而接者，窮于新定。大江渺綿，陸地險阻，其勢若與下流諸郡斗絶。重山複嶺，環抱萬室，朝霏夕嵐，與人俯仰。」也就是説，從「新定」往西，崇山峻嶺，溪壑縱横；往東，則是夾岸群山、水勢較盛的富春江。州治所在的梅城鎮，恰爲蘭江、富春江二水交匯處，水面甚宏敞。從景物描寫來看，「州夾蒼崖，下枕江山是城郭」，是睦州城地理形勢。「海峽接日，紅翻水面」，應爲上午舟行所見州治外、富春江上朝旭初升、紅光平鋪江面的景象。「晴風吹草，青摇山脚。波暖鳧鷖作」等句，所寫爲富春江兩岸草長、江面鷗翔的景象。據此二句，可知時節當在初春；「沙痕退、夜潮正落。疏林外、一點炊煙，渡口參差正寥廓」，則是在舟船上向岸邊渡口所眺望之景。

詞的下片抒發感慨。結句「便入魚釣樂」，既明示所游覽之地爲嚴子陵釣臺，同時也是周邦彦至睦州任職心態的某種體現。或者説，嚴子陵釣臺觸動了他的心弦，他對自己的過往經歷及人生態度進行了反思。周邦彦元豐二年秋至三年初，游汴京，入太學，試太學正，在汴京前後約十年左右；其出爲廬州教授，中間數年流落不偶，輾轉而任溧水縣縣令，至紹聖三年任滿，前後任州縣下級官吏約九年。紹聖三年初返京任國子監主簿，至元符三年爲校書郎，第二次在汴京（任職）約四年。此次出爲睦州通判，對于周邦彦仕途而言，既是循資遷轉，却也是順理成章之事，畢竟職秩有所升遷，同時也爲今後的升遷之路做了鋪墊。因此，周邦彦反思過往歲月和經歷時，有感慨頗多處，「自歎勞生，經年何事，京華信漂泊」；有頗爲心悸處，「念渚蒲汀柳，空歸閑夢，風輪雨楫，終孤前約」（此數句與許渾《咸陽城東樓》之「一上高樓萬里愁，蒹葭楊柳似汀洲」意境相似；所抒之情類似于溧水所作《隔浦蓮》之「屏裏吴山夢自到，驚覺，依然身在江表〕；有頓悟追悔處，「流連處、利名易薄」。最終，周邦彦要對曾經迷戀于其中的「冶葉倡條」作出決絶，轉而慕東漢嚴光之「魚釣樂」。

詞的内容及情感基調如上，蔣哲倫先生據此認爲周邦彦「領悟到利名的虚薄，否定了年輕時冶游狂蕩的行爲，轉而嚮往于漁釣自樂的隱逸生活，標志著作者人生態度的新變化」，這些都是可以成立的。不過，周邦彦人生心態的重大轉變實發生在出任廬州教授至任溧水縣縣令的那段時間，其任溧水縣縣令時，已流露出比較鮮明的厭倦官場、沉淪頽唐的心態。〔三二〕這首詞所表達出來的不再迷戀于「冶葉倡條」，轉而向慕「魚釣」之樂，是溧水時期倦宦頽唐心態的延續。這是周邦彦後期人生心態的一種底色，但其任職睦州期間，却並非真的沉湎陶然于魚釣之樂。從其在睦州所撰的兩篇文章來看，周邦彦實際上是謹遵體制内的要求，盡職履責，做好份内的工作，保持著積極的姿態。

〔一〕〔二〕〔四〕〔一三〕〔一九〕〔二〇〕〔二一〕〔二三〕〔二四〕〔二八〕〔二九〕 周邦彦撰，羅忼烈箋注，《清真集箋注》，上海古籍出版社二〇〇八年版，第五三七—五四四頁，第一六五頁，第一六五—一六七頁，第一六八頁，第五七七頁，第五四三頁，第五四四頁，第五三七頁，第五三七—五三八頁，第一六五頁，第一六七頁。

〔三〕〔三二〕 周邦彦撰，吴則虞校點《清真集》，中華書局一九八一年版，第一一二頁，第一一三頁。

〔五〕〔六〕〔七〕 蔣哲倫《周邦彦選集》，河南大學出版社一九九九年版，第六—七頁，第一五〇—一五二頁，第三三三頁。

〔八〕 周邦彦著，孫虹校注，薛瑞生訂補《清真集校注》，中華書局二〇〇二年版，第二九六頁。

〔九〕〔一〇〕 孫虹、任昱選注《周邦彦詞選》，中華書局二〇〇五年版，前言第二頁，第一四八頁。

〔一一〕 沈松勤、黄之棟《詞家之冠——周邦彦傳》，浙江人民出版社二〇〇六年版，第一六七頁。

〔一二〕 薛瑞生《周邦彦別傳——周邦彦生平事蹟證稿》，三秦出版社二〇〇八年版，第三〇三—三〇四頁。

〔一四〕 路成文《周邦彦游汴京、入太學及與李之儀交游考》，《文學遺産》二〇二〇年第六期，第七二—七七頁。

〔一五〕〔一八〕 李燾《續資治通鑒長編》卷三四四，中華書局二〇〇四年版，第八二六六頁，第一一八八三頁。

〔一六〕〔二五〕〔二六〕〔二七〕《宋史》，中華書局一九七七年版，第一三一二六頁，第三九七二—三九七三頁，第三九七四頁，第三八三二—三八三三頁。

〔一七〕馬光祖、周應合《景定建康志》卷二十七《溧水縣廳壁記》，《宋元方志叢刊》第二册，中華書局一九九〇年版，第一七九〇頁。

〔二二〕王贈芳、王鎮修，成瓘、冷烜纂，《道光濟南府志》(二)，《中國地方志集成·山東府縣志輯》第二册，江蘇古籍出版社、上海書店出版社、巴蜀書社一九九〇年版，第九八頁。

〔三〇〕〔三一〕錢鴻瑛《周邦彦詞賞析》，中州古籍出版社一九八八年版，第一六三頁，第一六三—一六四頁。

〔三三〕路成文《人生的煉獄——周邦彦羈游荊襄時期經歷、心態、創作綜考》，《詞學(第二十六輯)》，華東師範大學出版社二〇一一年版，第五一—七八頁。

(作者單位：華中科技大學人文學院)

宋南渡名臣李綱鄂州行迹及創作考

李欣

内容提要　宋南渡名臣李綱罷相後，曾受命鄂州居住。他于建炎二年七月，過苦竹嶺，至通城，寓居僧舍東軒近兩月。八月下旬，從通城赴崇陽，途中過岩頭山，宿岩頭寺，命名寶陀岩，並書「寶陀岩」三字及「慈氏閣」楄額，至崇陽後，寓居西山定林院僧舍兩月有餘。十一月至蒲圻，停留時間甚短，十一二月間離開蒲圻。李綱居鄂州近半年，成果頗豐，共作詩二百二十四首、文十四篇、詞二首，並編撰《建炎進退志》。

關鍵詞　宋代文學　宋南渡時期　李綱　鄂州　行迹　創作

李綱（一〇八三—一一四〇），宋南渡時期傑出政治家、軍事家、文學家，有詩文集一百八十卷、詞五十四首傳世。李綱詞，清佚名輯抄《宋元人詞》收其《梁溪詞》一卷，清光緒十四年（一八八八）王鵬運《四印齋所刻詞》有《南宋四名臣詞集》，收其《梁溪詞》一卷五十首，唐圭璋先生編纂《全宋詞》，又據別本補入四首，共五十四首。李綱位居「南宋四名臣」之首，他一生忠義耿直，剛正不阿，人品經濟，炳然史册。《宋史》列傳獨占兩卷篇幅，足以凸顯其重要歷史地位。李綱乃南宋首任宰相，但爲相僅七十五天，就因力主收復失地、反對退避東南而落職，後受命謫居鄂州，然其鄂州行迹，學界鮮有論及，故本文試考之。

本文爲二〇一四年李欣主持教育部人文社會科學研究規劃基金項目「宋南渡文學編年繫地研究」（14YJA751014）的成果。

一　通城行迹及創作考

李綱罷相後，閑居無錫，後受命鄂州居住。建炎二年（一一二八）七月，初次通城。

建炎元年（一一二七）八月十八日，李綱罷相，除觀文殿大學士，提舉杭州洞霄宮。案，《宋史》卷三五八《李綱傳上》：「詔罷綱爲觀文殿大學士、提舉洞霄宮。」〔一〕《建炎以來繫年要録》卷八載建炎元年八月十八日乙亥，「尚書左僕射、兼門下侍郎、兼御營使李綱罷」〔二〕。《李綱全集》卷一七七《建炎進退志總叙下之下》亦云：「降麻告廷除觀文殿大學士、提舉杭州洞霄宮、加食邑實封，時八月十八日也。」〔三〕然《宋史》卷二一三《宰輔表四》謂八月二十日丁丑〔四〕，《中興小紀》卷二所載與之同〔五〕。今從《建炎以來繫年要録》及《李綱全集》所載。又見《三朝北盟會編》卷一一三《炎興下帙十三》，《皇宋中興兩朝聖政》卷二《高宗皇帝二》，李綸《梁溪先生年譜》，《李綱全集》附録二《李綱行狀》、卷一一七《與秦相公第一書別幅》、卷一三九《建炎制詔奏議表札集序》、卷一八〇《建炎時政記下》。

十一月二日，受命鄂州居住，時在無錫。案，《中興小紀》卷二載建炎元年十月二十七日癸未，「上至揚州駐蹕。初，觀文殿大學士李綱還至鎮江府，而潰兵趙萬已迫常州，遂由外江歸宜興，且出家財犒之」〔六〕。《李綱全集》卷一七七《建炎進退志總叙下之下》云：「以九月半抵鎮江府，聞辛道宗之兵變于秀州，宿留不敢行者半月；繼聞其掠毗陵，焚丹陽，遂以客舟由外江歸梁溪。」〔七〕又見李綸《梁溪先生年譜》，《李綱全集》附録二《李綱行狀》、卷六五《辯謗奏狀》、卷一一七《與秦相公第一書別幅》。據知，李綱十五日抵鎮江，羈留半月，大約在十月上旬歸無錫梁溪。又，《宋史》卷三五八《李綱傳上》載：「後有旨，綱落職居鄂州。」〔八〕《建炎以來繫年要録》卷一〇載建炎元年十一月二日戊子，「銀青光禄大夫、提舉杭州洞霄宮李綱鄂州居住」〔九〕。李綸《梁溪先生年譜》云：「時公季弟在無錫，與知縣郗漸商議，說誘叛兵，不曾焚掠邑室。公是時方到鎮江，初不與知。言者乃謂公遣弟迎賊，傾家貲犒設，坐此落職，鄂州居住。」〔一〇〕據知，李綱于十一月二日受命鄂州居住。又見《皇宋中興兩朝聖政》卷二《高宗皇帝二》；《中興小紀》卷二；《李綱全集》附録二《李綱行狀》；汪藻《浮溪集》卷一二《李綱落職鄂州居住制》；《李綱全集》卷一九《建炎行》序，卷一一〇《澧陽與崧老書》，卷一一七《與秦相公第一書別幅》、《建炎進退志總叙下之下》。

李綱年底從無錫出發，次年七月，至鄂州通城。《李綱全集》卷一八《過苦竹嶺二首》曰：「絶嶺橫鳥道，江湖從此分。……山光隨地好，秋氣逼人清。」〔一一〕據知苦竹嶺爲江西與湖北分界嶺，李綱過苦竹嶺時已入秋。苦竹嶺有二，一在通城，一在崇陽，此處當指通城（今屬湖北）苦竹嶺。《康熙湖廣武昌府志》卷二《山川志》載：「苦竹嶺，（崇陽）縣十里。」〔一二〕又謂「苦竹嶺，（通城）縣東四十里」〔一三〕。《同治崇陽縣志》卷一《疆域志》載苦竹嶺在崇陽縣「東北六十里。自横岩來，俱界咸寧，相連有嶺，曰鱖魚圻」〔一四〕。李綱過苦竹嶺後次通城，此處當指通城縣東四十里苦竹嶺。趙效宣《李綱年譜長編》謂大約八月「初旬，過苦竹嶺（今湖南省平江縣東北）」〔一五〕，誤也。李綱至通城前，嘗借道修江。案，《李綱全集》卷一六二《書金字華嚴經普賢行願品後》云：「余方謫居鄂渚，假道修江……時建炎二年歲次戊申六月二十三日，具位李綱書。」〔一六〕修江出黄龍山，山與通城縣連界。《江西通志》卷一四《水利一》載：「修水出黄龍山，山與湖廣通城縣連界。水行修遠，故曰修江。」〔一七〕李綱建炎二年（一一二八）六月二十三日「假道修江」，過通城苦竹嶺時已入秋，至通城時當在七月。案，《李綱全集》卷一九《建炎行》序謂「間關道路逾半年始達湖外」〔一八〕，卷一一〇《崇陽與許崧老書》謂「區區夏末即抵湖外」〔一九〕，據《李綱全集》卷一八《次通城送季言弟還錫山二首》「半載相從作遠游，物華苒苒又新秋」〔二〇〕，卷一一一《澧州與吴元中書》「今春承命來武昌……適道路間關，秋初纔及郡境」〔二一〕，知李綱至通城時已是新秋七月。趙效宣《李綱年譜長編》謂大約八月初旬，抵通城〔二二〕，誤也。通城，乃鄂州屬縣。案，《宋史》卷八八《地理志第四十一》載：「鄂州，緊，江夏郡，武昌軍節

度。初爲武清軍，至道二年，始改。……縣七：江夏，崇陽，武昌，蒲圻，咸寧，通城，嘉魚。」〔二三〕

李綱寓居通城僧舍東軒近兩月，作詩六十六首、文八篇。

七月，抵通城，寓居僧舍東軒，送三弟綸還錫山，作《次通城送季言弟還錫山二首》、《贈季言》詩。據《李綱全集》卷一八《贈珪老》序「寓居通城僧舍東軒」〔二四〕，知李綱通城寓所。《李綱全集》卷一八《贈季言》詩序云：「季言送余至湖外，欲往無爲挈其姊旅櫬歸錫山，憫其勤，贈此一絶。」〔二五〕則此詩與《次通城送季言弟還錫山二首》當爲李綸送至通城，即將離别時作。季言，李綱三弟綸之字也。案，楊時《龜山集》卷三二《李修撰墓志銘》：「子男四人，曰綱……曰維，承事郎，前監在京諸司糧料。曰經，通仕郎，試補太學上舍生，未赴殿試。曰綸，通仕郎。」〔二六〕《蘆川歸來集》卷一〇《宣政間名賢題跋》李綱題跋後附「宣和甲辰……後四年，歲在戊申，仲冬既望，李維仲輔、李經叔易同觀于梁溪拙軒，時季言如義興未還」〔二七〕。據知，李維字仲輔，李經字叔易，季言當爲李綸字。

七月十五日，作《跋了翁楞嚴庵頌》。《跋了翁書杜子美哀江頭詩》、《跋了翁自跋敢疑論後》、《跋了翁墨迹》、《跋了翁廣龜鏡録》、《跋了翁所書華嚴偈》、《跋李先之墨迹》大約同作于是日。案，《李綱全集》卷一六二《跋了翁楞嚴庵頌》文末署「戊申初秋望日」〔二八〕，知此文作于是年七月十五日。了翁，陳瓘也。時蕭建功來訪，出示陳瓘作品，爲之題跋。《李綱全集》卷一六二《跋了翁書杜子美哀江頭詩》云：「壬寅春，公未没前數日，其孫壻蕭君建功以紙求字，公爲書老杜《哀江頭》一篇，乃絶筆也。……蕭君訪余于武昌，出公書以相示，爲歎息者久之。」〔二九〕《跋了翁墨迹》云：「臨江蕭君從翁游，得其片紙數字，皆輯録成篇。」〔三〇〕是年李綱所跋了翁文乃蕭建功輯録，當與《跋了翁楞嚴庵頌》同時作。又，《李綱全集》卷一六三《跋李先之墨迹》云：「臨江蕭君，訪余于武昌，首詢先之……因出其往來書帖一卷相示。」〔三一〕是年李綱所跋了翁文乃蕭建功輯録，跋李朴墨迹乃蕭建功出示，此文當與《跋了翁楞嚴庵頌》同時作。蕭建功，字懋德，新淦（今屬江西）人。案，《江西通志》卷七三《人物八》載蕭建功「嘗從陳了翁瓘游，瓘器重之。時李朴謫歸，貧不能自給。建功爲築室居之。朴死，以女妻其子。義聲日著。李綱薦其操行，累官知衡州」〔三二〕。大約是月，作《哭宗留守汝霖》詩。案，《李綱全集》卷三二《哭宗留守汝霖》序云：「余去夏抵行在，澤得守襄陽未行，與款語，忠義慷慨，憤發至流涕。力薦于上，使進職留守京師……今聞其疽發背而死，殆憂憤使然，殊可爲天下惜也！……賦詩以哭之。」〔三三〕又，《建炎以來繫年要録》卷一六載建炎二年七月一日癸未，「資政殿學士、東京留守、開封尹宗澤薨」〔三四〕。李綱薦宗澤任東京留守爲去年事，此詩大約作于是年七月。趙效宣《李綱年譜長編》謂此詩作于紹興八年（一一三八）〔三五〕，誤也。

七八月間，寓居通城僧舍東軒，與王以寧、張燾、翁挺、弟李維、李經、李綸諸人交游唱和，作《寄王周士絶句二首》、《贈珪老》、《張子公以圓鑑見寄作詩報之》、《早起》、《有感》、《小塘》、《飛雲》、《讀〈留侯傳〉有感》、《東軒夜坐》、《浴罷追和東坡韻》、《次韻謫居三適》、《懷季言弟並簡仲輔叔易》、《次韻張子公見寄二首》、《悠然獨酌戲成》、《葉落》、《無因再游道林嶽麓》、《五哀詩》、《黄陵廟》、《望九疑》、《望洞庭》、《促織》、《秋風二首次子美韻》、《次韻艾宣畫四首》、《西風行》、《畫草蟲八物》、《讀二疏詩》、《著迂論有感》、《建炎行》、《張子公再得湖倅因書寄之》、《聞翁士特攜家居膠山》、《讀〈諸葛武侯傳〉》、《秋夜有懷二首》諸詩。詩歌原列《李綱全集》卷一八《次通城送季言弟還錫山二首》與卷二〇《崇陽道中作四首》之間，據《李綱全集》卷一一〇《崇陽與許崧老書》「區區夏末即抵湖外，屬沿江盜賊傳報紛錯，宿留通城、崇陽間」〔三六〕，知上詩皆爲七八月間寓居通城時作。其中，《望洞庭》有詩十首。王以寧，字周士，湘潭（今屬湖南）人，有《王周士詞》一卷傳世〔三七〕。張燾，「字子公，根之子。宣和八年進士第三人。」〔三八〕張燾爲李綱妻弟。案，周必大《文忠集》卷六四《張忠定公燾神道碑》載：「靖康改元之正月，李綱以執政爲親征行營使，守禦京城，辟兼機幕，遷秘書省正字。四月解嚴，特改宣教郎。自李綱妻弟求補外，時權要親戚多在堂，嫉之，坐以越職言事，送吏部。」〔三九〕翁挺，字士特，號五峰居士，建州崇安（今福建武夷山）人〔四〇〕。

八月一日，作《迂論序》。十五日，賦《中秋望月有感》詩寄諸弟。次日，賦《十六夜月二首》詩。案，《李綱全集》卷一三七《迂論序》文末署「建炎戊申歲仲秋朔日序」〔四一〕。卷二〇《中秋望月有感》序曰：「中秋望月有感，寄叔易季言，並簡仲輔弟。」詩云：「緬懷諸季會合難，但與阿宗相勞慰。」〔四二〕李綱有子八人〔四三〕，阿宗當指次子宗之。卷二〇《十六夜月二首》原列《中秋望月有感》之後，「十六」當指八月十六日。李綱八月下旬赴崇陽，故以上詩文當作于通城。

二　崇陽行迹及創作考

八月下旬，李綱從通城赴崇陽，過岩頭山，夜宿岩頭寺，作《崇陽道中作四首》、《宿岩頭寺》詩，命名寶陀岩，並書寶陀岩碑「寶陀岩」三字及「慈氏閣」榜額。《李綱全集》卷二〇《崇陽道中作四首》其一云：「及茲旅湖外，秋稻半已穫。」〔四四〕《宿岩頭寺》云：「天氣沉陰迫季秋，通城早發宿岩頭。」〔四五〕據知李綱從通城赴崇陽當在八月下旬。岩頭寺，在崇陽縣西四十里岩頭山上。案，《輿地紀勝》卷六六《鄂州上》：「羅漢岩。在崇陽西五十里。有山曰岩頭山，高二百丈，周百餘里。有岩二：一曰羅漢，極幽邃；一曰寶陀。《舊經》云：『唐全巖禪師居之。』」〔四六〕《嘉慶重修一統志》卷三三六《武昌府二》載：「昌國寺，在崇陽縣西四十里，一名岩頭寺。唐乾符中建，宋治平元年賜額，有李綱撰碑」〔四七〕。《同治崇陽縣志》卷一二《雜紀》載：「昌國寺，舊名資國，一名岩頭。唐乾符中全巖禪師道場，宋治平元年賜今名，山谷老人書額。淳熙辛丑僧如暖振興。《舒琬記》並李丞相、任大參諸公筆迹先後俱立石岩中。」〔四八〕李綱命名寶陀岩，書「寶陀岩」三大字，並書岩頭寺「慈氏閣」榜額。案，《同治崇陽縣志》卷二《建置志》載：「寶陀岩碑，一鐫『寶陀岩』三大字，宋丞相李綱書。……李綱自通城如崇陽中，路宿岩頭寺，爲目之曰『寶陀岩』，男宗之從行。建炎戊申六月十九日，共四十五字，乃寶祐癸丑秋孟，陳仲微立，上篆『丞相寶翰』四字。此碑流落他邑，明正德間，吳廷舉得之，命知縣程賢翻刻，有記。」〔四九〕又載：「慈氏閣，在岩頭寺。榜額李綱書。」〔五〇〕李綱宿岩頭寺時「天氣沉陰迫季秋」，「建炎戊申六月十九日」應誤，今從《李綱全集》所載。

李綱寓居崇陽西山定林院僧舍兩月有餘，作詩一百四十四首、文四篇、詞二首，編撰《建炎進退志》。

八月下旬，至崇陽，寓居西山定林院僧舍，作《寓崇陽西山定林院有感二首》詩。定林院一名西禪寺。《同治崇陽縣志》卷一二《雜紀》載：「西禪寺，西關外里許，一名定明院。前有白龍池供禱雨。宋丞相李綱寓寺詩：適年去天闕，長是寓僧居（《李綱全集》爲「廬」）。雲水志方適，軒裳情已疏。午風吹茗碗，夜月照牀書。忘我兼忘物（《李綱全集》爲「世」），此生真有餘。」〔五一〕所引詩歌乃《李綱全集》卷二〇《寓崇陽西山定林院有感二首》其一，文字略有出入，或爲傳抄之誤。據知，《同治崇陽縣志》所載西禪寺定明院即李綱所言西山定林院。崇陽，今屬湖北。

八九月間，思憶梁溪中隱堂之花，作《岩桂二首》詩。《李綱全集》卷二〇《岩桂二首》自注：「閩中多此木，而余植于梁溪中隱堂，凡數十本，秋至開花，香聞數里。」詩云：「汲水養岩桂，最憐風露香。……却憶七閩路，有懷中隱堂。」〔五二〕

得鄭昌齡贈詩，作《次韻鄭教授見寄》。詩見《李綱全集》卷二〇。據《宋元學案補遺》卷二五《龜山學案補遺》知，鄭昌齡，字夢錫，寧德（今屬福建）人。徽宗宣和三年（一一二一）進士，李綱門人〔五三〕。

游灌溪寺，作《灌溪三詠》詩。《李綱全集》卷二〇《灌溪三詠》即《灌溪》、《妙峰庵》、《清凉境界》三詩，題注「智閑禪師道場」〔五四〕。灌溪寺，在崇陽縣西北十五里灌溪山下。案，《輿地紀勝》卷六六《鄂州上》載：「灌溪山。在崇陽西北十五里。唐閑禪師所居，有漚麻池、劈箭橋。禪師于山前植松二百章，謂之『清凉世界』。」〔五五〕《同治崇陽縣志》卷一《疆域志》載灌溪山在崇陽縣「西北十五里，與梯嶺連。唐智閑禪師建剎。

山下有劈箭橋、漚麻池」〔五六〕。卷一二《雜紀》載灌溪寺，「唐元和中敕賜圓通禪師志閑道場。宋治平元年賜額。嘗變爲律。元祐六年，復爲禪院。……寺中遺文堂，寺外漚麻池、劈箭橋、長松徑分見山水、古迹、津梁」〔五七〕。《灌溪》詩云：「道人卓錫使泉飛，一派清甘滿石陂。誰識灌溪真境界，也知秖見漚麻池。」〔五八〕漚麻池，在「西十五里灌溪寺右」〔五九〕。劈箭橋，在「灌溪寺前」〔六〇〕。長松徑，「在灌溪寺前。唐紙衣道者克符訪智閑禪師，爲種松于此」〔六一〕。《清涼境界》詩云：「松蘿蔭翳色蒼蒼，盛夏南風草木香。普願衆生無熱惱，不應身獨占清涼。」〔六二〕即詠長松徑也。《妙峰庵》詩云：「結庵雄踞妙高峰，孤秀巉然萬境通。不見德雲空住處，却須相遇别峰中。」〔六三〕據知灌溪寺附近應有妙峰庵，妙高峰，然《輿地紀勝》、《同治崇陽縣志》、《湖廣通志》等俱無記載，待考。

有感青龍興化禪院方丈殷勤相邀，但未成行，作《題青龍興化禪院方丈》詩。《李綱全集》卷二〇《題青龍興化禪院方丈》詩云：「殷勤禪客邀迎厚，寂寞宰官身世輕。野鶴孤雲無不可，會須還作二龍行。」自注曰：「院在青龍山，去黄龍不遠，余皆未到，故云。」〔六四〕青龍山、黄龍山，在通城幕阜山之東。案，《輿地紀勝》卷六六《鄂州上》載：「幕阜山。在通城東南五十里。高一千八百餘丈，周五百里，跨三縣，水四出，東南入湘，西入洞庭，北入雋。吴太史慈拒劉表從子磐于此，置營幕，因名。」〔六五〕又載：「黄龍山。在通城幕阜山之東。頂有湫池，中有黄魚一，能致雨，有瀑泉。」〔六六〕《江西通志》卷七《山川一》載黄龍山「在寧州西一百八十里，連湖廣通城縣，一名輔山。高千餘仞，下有冷暖二泉。山頂湫中有黄魚，能致風雨，歲旱，禱之輒應。吴黄武中黄龍見，彼時屬武昌郡」〔六七〕；幕阜山「在寧州西一百九十里，與湖廣通城縣相連。……其東爲青龍山，相傳有禪師駐錫于此，能馴猛虎，里人結庵奉之」〔六八〕。

有感山東盜丁一箭破黄州，賦《聞山東盜破黄州》詩。《李綱全集》卷二〇《聞山東盜破黄州》序云：「聞山東盜所謂丁一箭者，擁數萬衆，臨江破黄州，官吏皆保武昌，江湖間騷然，未知備禦之策。感而賦詩。」〔六九〕時黃州知州趙令宬守城。案,《三朝北盟會編》卷一三三《炎興下帙三十三》載:「張浚札子,奏:臣據黃州狀申,據本州士庶父老湯政等狀,伏見建炎元年逆賊閻僅侵犯黃州。當時通判鄂州趙令宬將帶官兵在武昌縣把隘,閻僅纔退,即時過江,收復黃州,却回鄂州任所。于當年三月内以朝散大夫直龍圖閣知黃州到任,當年五月内修城,至十二月了畢。至建炎二年正月初十日,孔彦舟侵犯本州,攻打城壁,凡六晝夜,保守堅固,賊勢沮退。繼而趙龍圖會合五州都巡蔣宣贊前來解圍,殺散而去,並前後累次,盜賊丁一箭、九朵花、李仲、張遇、桂仲等侵犯本州,城壁並皆守禦保全。至建炎三年三月内,趙龍圖丁母憂,解官往建昌縣住,至當年七月内起復,仍知黃州,八月初十日再還到任。」〔七〇〕

另作《書報薛克寅等物故感愴而作》、《山居四感四首》、《山居四景四首》、《山居四適四首》、《山居四卉四首》、《淵聖皇帝賜寶劍生鐵花感而賦詩》、《和淵明〈貧士〉詩七首》、《次韻淵明九日閑居》、《初寒》、《蜜蜂》、《病牛》、《胡笳十八拍》詩。《李綱全集》卷二〇《書報薛克寅等物故感愴而作》序云:「得諸季書報薛克寅、范茂載、胡仲儼皆物故,感愴而作。」〔七一〕薛克寅、范茂載、胡仲儼,名里不詳。《淵聖皇帝賜寶劍生鐵花感而賦詩》云:「靖康虜騎窺帝閫,中原慘澹生煙塵。帝謂細柳真將軍,總兵欲使揮浮雲。解賜寶劍御府珍,魚腸盤屈松檜紋。……今晨開匣觀龍文,鐵花鏽澀蒼蘚痕。東南卑濕相蒸薰,坐使三尺光鉎昏。」〔七二〕卷二一《胡笳十八拍》序曰:「靖康之事,可爲萬世悲,暇日效其體集句,聊以寫無窮之哀。」〔七三〕詩人感時傷世,抒寫無窮之悲。

上詩原列《李綱全集》卷二〇《寓崇陽西山定林院有感二首》與卷二一《重陽日醉中戲集子美句遣興二首》之間,前者作于八月下旬、後者作于九月九日,故上詩當作于八九月間。

九月九日,作《重陽日醉中戲集子美句遣興二首》詩、《感皇恩》(九日菊花遲)詞。據《李綱全集》卷二一《重陽日醉中戲集子美句遣興二首》詩題,當作于九月九日。另,趙效宣《李綱年譜長編》謂是年詞有《感皇恩》一首〔七四〕，據詞句「九日菊花遲，茱萸却早」〔七五〕，當作于是日。

二十四日，作《和淵明〈己酉九月九日〉之作》詩。《李綱全集》卷二二《和淵明〈己酉九月九日〉之作》詩序曰：「後重九半月菊始開，因思東坡言『菊花開日即重陽』，取酒爲之一醉，遂和淵明《己酉歲九月九日》之作。」〔七六〕據知此詩爲九月二十四日作。

是月末，見菊花始有開者，作《漁家傲》（木落霜清秋色霽）詞。趙效宣《李綱年譜長編》謂是年有詞《漁家傲》「九月將盡菊花始有開者」〔七七〕。「九月將盡，菊花始有開者」〔七八〕乃詞序，此處括引首句，據知此詞作于九月末。

大約九月，作《夜寢夢游泗上觀重建僧伽塔》、《次韻淵明〈讀《山海經》〉》、《和淵明〈時運〉詩念梁溪故居》、《梁溪八詠》、《和淵明〈歸田園居〉六首》、《小雨》、《客餉新橙有感》、《偶得雙鯉付廚作鱠以薦一觴》、《和淵明〈擬古〉九首》、《和淵明〈停雲〉篇》、《和淵明〈榮木〉篇》、《和〈歸鳥〉篇》、《和〈勸農〉篇》、《和淵明〈游斜川〉》諸詩。《李綱全集》卷二一上詩原列九月九日所作《重陽日醉中戲集子美句遣興》與九月二十四日所作《和淵明〈己酉九月九日〉之作》之間，據其排序推斷，大約作于九月。時歲暮羈旅，慨然念梁溪故居。案，《和淵明〈時運〉詩念梁溪故居》序曰：「余築室梁溪之上，三年而後成，手植花木甚衆，遭值世故，未嘗得安居其間。歲暮羈旅，慨然念之，因和淵明《時運》詩以見意。」〔七九〕

大約九十月間，作《和淵明〈答龐參軍〉》、《次韻叔易〈得水晶筆格〉賦詩》、《次韻叔易四絶句》、《山居四詠》、《山居遺興四首》、《御畫二軸一馬一兔各二首》、《仲甫〔八〇〕和寄送季弟詩復次韻寄之》、《王周士以幅素圖萬石岩見示》、《煨芋》、《蒸栗》、《摘鬢間白髮有感》、《初食金橘》、《燈花》、《銅爐》、《客有饋玉面狸者戲賦此詩》諸詩。《李綱全集》卷二一上詩原列九月二十四日《和淵明〈己酉九月九日〉之作》與十月五日所作《冬日閑居遺興十首》之間，據其排序推斷，大約作于九十月間。其中，《仲甫和寄送季弟詩復次韻寄之》有詩二首。王周士，王以寧也。

十月五日，作《冬日閑居遣興十首》詩。詩見《李綱全集》卷二二。據簡錦松《歷代中西對照節氣儒略每日曆表》，是年十月五日立冬[八一]。

二十日，《建炎進退志》成。《李綱全集》卷一七四、卷一七五、卷一七六、卷一七七收録《建炎進退志總叙上之上》、《建炎進退志總叙上之下》、《建炎進退志總叙下之上》、《建炎進退志總叙下之下》。案，《李綱全集》卷一七七《建炎進退志總叙下之下》文末署「建炎二年十月二十日具位李綱叙」[八二]。

二十九日，作《送蕭建功秀才歸臨江序》、《素齋箴》文。《李綱全集》卷一三七《送蕭建功秀才歸臨江序》文末署「建炎二年十月晦日，武陽李某書」[八三]。卷一四二《素齋箴》注曰：「建炎戊申十月晦日，書于崇陽僧舍。」[八四]是年十月壬子朔，十一月辛巳朔，據知十月爲小盡，則晦日爲二十九日也。

是月，作《崇陽與許崧老書》、《與陳幾叟主簿書》文。李綱十一月自鄂渚移居澧州，故《李綱全集》卷一〇《崇陽與許崧老書》應爲是年八至十月寓居崇陽時作，據「冬序隆寒……宿留通城、崇陽間。今歲且盡矣」[八五]，推斷此文應作于是年十月。許翰，字崧老，紹興三年（一一三三）卒，拱州襄邑（今河南睢縣）人，著有《襄陵文集》[八六]。《宋史》卷三六三有傳。另，《李綱全集》卷一一四《與陳幾叟主簿書》云：「冬寒，伏惟尊候勝常。梁溪之別，忽忽五載……靖康初，見與諸季書，獨不蒙枉教……蕭懋德來，辱書所以開諭甚至，前疑頓釋。」[八七]陳淵《默堂集》卷一八《與李丞相》謂「伏自毗陵拜違侍側，忽復五年」[八八]，此即蕭建功所攜陳淵書也。蕭建功是年來訪，十月二十九日歸臨江，從「冬寒」推斷此文作于是年十月。陳淵（？—一一四五），字知默，初名漸，字幾叟，南劍州沙縣（今屬福建）人，著有《默堂集》。陳瓘侄孫，楊時女壻[八九]。《宋史》卷三七六有傳。

作《默堂四絶》詩。《李綱全集》卷二二《默堂四絶》序曰：「陳幾叟以了翁所作默堂箴見示，且求余言，拾其遺意，作四絶句。」〔九〇〕時蕭建功攜陳淵書信來訪，陳淵見示「了翁所作默堂箴」當爲建功所攜，詩歌當與《與陳幾叟主簿書》同作于是年十月。

另作《食蟹》、《食橘》、《秀容菊》、《許崧老見和月林堂夜坐詩復次前韻寄之》、《周元中賦御畫驄馬次其韻》、《送周元中游黄龍山》、《題峽江蕭氏思賢堂》、《黄雀》詩，與許翰、周靈運、李朴交游唱和。《李綱全集》卷二二上詩原列十月五日所作《冬日閑居遣興十首》與十月所作《默堂四絶》之間，當同作于十月。 許崧老即許翰。 周元中，當爲「周元仲」之誤。 周靈運，字元仲，淮海人。 現存福州鼓山石刻有「昭武李綱伯紀邀……淮海周靈運元仲游鼓山靈源洞」之語，然史料鮮少提及周靈運。 吕本中《東萊詩集》卷一二有《送周靈運入閩浙》詩。 張嵲《紫微集》卷三二《處州龍泉西山集福教院佛經藏記》云：「淮海人周靈運嘗往來是邑，見其興作始末，因爲其僧屬余爲記。」〔九一〕據知，周靈運嘗與吕本中、張嵲交游。 淮海，今江蘇徐州、連雲港一帶。《題峽江蕭氏思賢堂》題注「堂爲李先之設」〔九二〕。 李朴，字先之，虔州興國（今屬江西）人〔九三〕。《宋史》卷三七七有傳。

三　蒲圻行迹及創作考

李綱十一月至蒲圻，十二月間隨即離開，停留時間甚短，其間作詩七首、文二篇。

十一月，次蒲圻，依旨自鄂渚移居澧州。《建炎以來繫年要録》卷一八載建炎二年「綱既貶，會有旨左降官不得居同郡，而責授忻州團練副使范宗尹在鄂州，乃移綱澧州居住」。 注曰：「今年十月。」〔九四〕《李綱全集》卷一一〇《蒲圻與許崧老書》云：「區區自崇陽趨鄂渚，行次蒲圻，被受近旨，檢會左降官不許同處一州，移居澧陽，自蒲圻由岳趨澧，便道也。」〔九五〕又見李綸《梁溪先生年譜》、《李綱全集》附録二《李綱行狀》。是年十月，朝廷下旨李綱移居澧州，然十月二十九日，李綱仍在崇陽，則李綱依旨自鄂渚移居澧州應是十一月事，時次蒲圻（今屬湖北）。

作《自鄂渚移居澧陽》詩，《謝移澧州居住表》、《蒲圻與許崧老書》文。《李綱全集》卷二二《自鄂渚移居澧陽》詩序曰：「得報以謫降官，不許同處一州，自鄂渚移居澧陽有感。」〔九六〕卷一一〇《蒲圻與許崧老書》云：「區區自崇陽趨鄂渚，行次蒲圻，被受近旨……少留治裝，朝晚遂行……蒙不鄙借示《春秋集傳》，使得窺尋盛作，以考聖人筆削褒貶之深意，幸甚。」〔九七〕據知李綱途經蒲圻時得旨移居澧州，少留治裝，並寄書許翰，借閱《春秋集傳》。卷六四《謝移澧州居住表》當上于十一月。

二十二日，作《戊申冬至日有懷諸弟時赴澧陽》詩。案，是年冬至日爲十一月二十二日〔九八〕，時當在蒲圻。

大約是月，作《翁士特見示山字韻詩兩篇復次前韻寄之》、《次韻翁士特試谷簾泉見懷之作》、《張氏二甥寄詩可喜》、《得梁溪家書報黃氏女生外孫》詩。其中，《次韻翁士特試谷簾泉見懷之作》有詩二首。《李綱全集》卷二二上詩原列卷二二《自鄂渚移居澧陽》與卷二三《自蒲圻臨湘趨岳陽道中作十首》之間，《自鄂渚移居澧陽》作于蒲圻，上詩當同作于蒲圻。翁士特，翁挺也。

李綱在蒲圻停留時間甚短，十二月間離開蒲圻，作《自蒲圻臨湘趨岳陽道中作十首》詩。《李綱全集》卷二三《自蒲圻臨湘趨岳陽道中作十首》其三云：「歲寒又復事南征，桂楫蘭州過洞庭。」〔九九〕《李綱全集》卷一一〇《蒲圻與許崧老書》亦謂「歲晏苦寒」〔一〇〇〕，則李綱自蒲圻趨岳陽當在是年十二月也。臨湘、岳陽，今屬湖南。

李綱鄂州貶謫目的地當指鄂州治所江夏，但李綱行至蒲圻即奉命赴澧陽，實未至江夏，故筆下黃鶴樓、鸚鵡洲等皆爲擬想之物。如《李綱全集》卷一八《次通城送季言弟還錫山二首》「渚宮此去無多地，悵望猶登黃鶴樓」〔一〇一〕，卷一八《懷季言弟並簡仲輔叔易經》「憑高欲望遠，獨上黃鶴樓」〔一〇二〕，卷一九《建炎行》

「沉吟白雲飛，悵望黄鶴翥。晴川俯漢陽，蒹葭滿鸚鵡」〔一〇三〕。李綱鄂州行迹所到之處，乃通城、崇陽、蒲圻也，古屬武昌郡，故《李綱全集》卷一八《懷季言弟並簡仲輔叔易經》「及兹謫武昌，爾復從我游」〔一〇四〕，卷一九《五哀詩》序「余來武昌，慨然懷古」〔一〇五〕，卷一六二《跋了翁書杜子美哀江頭詩》「蕭君訪余于武昌」〔一〇六〕等詩文中的武昌大多指武昌郡。

綜之，李綱建炎二年（一一二八）七月過苦竹嶺至通城，八月下旬至崇陽，十一月至蒲圻，十二月間自蒲圻、臨湘趨岳陽。在鄂州近半年，共作詩二百二十四首、文十四篇、詞二首，並編撰《建炎進退志》，成果頗豐。

〔一〕〔四〕〔八〕〔二三〕〔八六〕〔九三〕《宋史》，中華書局一九七七年版，第三二册第一一二五九頁，第一六册第五五四三頁，第三二册第一一二五九頁，第七册第二一九三—二一九四頁，第三二册第一一三四三頁，第三三册第一一六五五頁。

〔二〕〔九〕〔三四〕〔九四〕李心傳編撰，胡坤點校《建炎以來繫年要録》，中華書局二〇一三年版，第一册第二二九—二三一頁，第一册第二六九頁，第一册第三九四頁，第一册第四二三頁。

〔三〕〔七〕〔一一〕〔一六〕〔一八〕〔一九〕〔二〇〕〔二一〕〔二四〕〔二五〕〔二八〕〔二九〕〔三〇〕〔三一〕〔三三〕〔三六〕〔四〇〕〔四一〕〔四二〕〔四三〕〔四四〕〔四五〕〔五二〕〔五四〕〔五八〕〔六二〕〔六三〕〔六四〕〔六九〕〔七一〕〔七二〕〔七三〕〔七六〕〔七九〕〔八二〕〔八三〕〔八四〕〔八五〕〔八七〕〔九〇〕〔九二〕〔九五〕〔九六〕〔九七〕〔九九〕〔一〇〇〕〔一〇一〕〔一〇二〕〔一〇三〕〔一〇四〕〔一〇五〕〔一〇六〕李綱著，王瑞明點校《李綱全集》，嶽麓書社二〇〇四年版，第一六四五頁，第一六四五頁，第二三七頁，第一四九三頁，第二五四頁，第一〇三八頁，第二三七頁，第一〇四八頁，第二三八頁，第一四九三頁，第一四九四頁，第一四九七頁，第四三〇頁，第一〇三八頁，第一三一九頁，第一三一六頁，第二五八頁，第一七五〇頁，第二六〇頁，第二六〇頁，第二六一頁，第二六二頁，第二六二頁，第二六二頁，第二六二頁，第二六三頁，第二六五—二六六頁，第二六九頁，第二八一頁，第二七四頁，第一六四五頁，第一三一五頁，第一三五〇頁，第一〇三八頁，第一〇七七頁，第二九四頁，第二九四頁，第一〇三八頁，第二九五頁，第一〇三八—一〇三九頁，第二九八頁，第一〇三九頁，第二三七頁，第二四二頁，第二五六頁，第二四二頁，第二四六頁，第一四九三頁。

〔五〕〔六〕熊克著，顧吉辰、郭群一點校《中興小紀》，福建人民出版社一九八五年版，第一九頁，第二三頁。

〔一〇〕李綸編，彭邦明校點《梁溪先生年譜》，吳洪澤、尹波主編《宋人年譜叢刊》，四川大學出版社二〇〇二年版，第六册第四〇八八頁。

〔一二〕〔一三〕裴天錫修，羅人龍纂《康熙湖廣武昌府志》，《中國地方志集成·湖北府縣志輯》，鳳凰出版社二〇一三年版，第二册第八二頁，第二册第八三頁。

〔一四〕〔四八〕〔四九〕〔五〇〕〔五一〕〔五六〕〔五七〕〔五九〕〔六〇〕〔六一〕高佐廷修，傅燮鼎纂《同治崇陽縣志》，《中國地方志集成·湖北府縣志輯》，江蘇古籍出版社二〇〇一年版，第三四册第三二頁，第三四册第四二三頁，第三四册第七五頁，第三四册第七六頁，第三四册第四二一頁，第三四册第二三頁，第三四册第四二一頁，第三四册第四三頁，第三四册第一〇〇頁，第三四册第七五頁。

〔一五〕〔二二〕〔三五〕〔七四〕〔七七〕趙效宣《李綱年譜長編》，臺灣商務印書館一九八〇年版，第一一〇頁，第一一〇頁，第二二〇頁，第一一八頁，第一一八頁。

〔一七〕〔三二〕〔三八〕〔六七〕〔六八〕謝旻等纂修《江西通志》，影印文淵閣《四庫全書》，臺灣商務印書館一九八四年版，第五一三册第四五八—四五九頁，第五一五册第五二二頁，第五一六册第一八—一九頁，第五一三册第二六三頁，第五一三册第二六三頁。

〔二六〕楊時《龜山集》，影印文淵閣《四庫全書》，第一一二五册第四〇四頁。

〔二七〕張元幹《蘆川歸來集》，上海古籍出版社一九七八年版，第二〇六—二〇七頁。

〔三七〕王兆鵬《王以寧生平事迹考略》，《中國文學研究》一九八八年第一期。

〔三九〕周必大《文忠集》，影印文淵閣《四庫全書》，第一一四七册第六七九頁。

〔四六〕〔五五〕〔六五〕〔六六〕王象之著，李勇先校點《輿地紀勝》，四川大學出版社二〇〇五年版，第五册第二三九一頁，第五册第二三八九頁，第五册第二三八八頁，第五册第二三九〇頁。

〔四七〕穆彰阿等修纂《嘉慶重修一統志》，中華書局一九八六年版影印本，第二一册第一六八四五頁。

〔五三〕王梓材、馮雲濠編撰，沈芝盈、梁運華點校《宋元學案補遺》，中華書局二〇一二年版，第三册第一七〇八頁。

〔七〇〕徐夢莘《三朝北盟會編》，影印光緒三十四年（一九〇八）許涵度刻本，上海古籍出版社二〇一九年版，第九六七頁。

〔七五〕〔七八〕唐圭璋編纂，王仲聞參訂，孔凡禮補輯《全宋詞》，中華書局一九九九年版，第一一七〇頁，第一一七一頁。

〔八〇〕「仲甫」當爲「仲輔」，《李綱全集》除此之外，皆云「仲輔」，此處當爲傳抄之誤。又，《四庫全書》本《梁溪集》亦謂「仲輔」，見李綱《梁溪集》卷二二《仲輔和寄送季弟詩復次韻寄之》，影印文淵閣《四庫全書》，第一一二五册第七〇〇頁。

〔八一〕〔九八〕簡錦松《歷代中西對照節氣儒略每日曆表》，https://see.org.tw/calendar。

〔八八〕陳淵《默堂集》，影印文淵閣《四庫全書》，第一一三九册第四六九頁。

〔八九〕鄭淑榕《宣和初李綱沙縣交游考》謂「陳淵（一〇七五—一一五四）」，但生卒年無詳考。據《宋史》卷三七六《陳淵傳》，知陳淵卒于紹興十五年（一一四五），生年不詳。今從《宋史》所載。參《宋史》，第三三册第一一六二九—一一六三〇頁；鄭淑榕《宣和初李綱沙縣交游考》，《東南學術》二〇一〇年第三期。

〔九一〕張嵲《紫微集》，影印文淵閣《四庫全書》，第一一三一册第六二三頁。

（作者單位：武漢紡織大學傳媒學院）

南宋詞人劉過卒年新證

謝安松

内容提要　關于南宋詞人劉過的卒年，學界多以爲在開禧二年（一二〇六）。後來又有學者提出嘉定二年冬之説。實際上此二説皆不準確。通過對岳珂《桯史》關于劉過卒年的記載，可知劉過卒于岳珂鎮江任上未滿之時。考岳珂仕宦經歷，知其嘉泰四年（一二〇四）十二月初仕鎮江，開禧三年冬已經離任。以此推之，劉過卒年下限在開禧三年冬十二月。再據葉紹翁《四朝聞見録》關于劉過使金事，以及蘇泂《往回臨安口號》、劉過《送王簡卿歸天台二首》繫年，知開禧三年春、夏、十二月初時劉過均尚在世。因此，劉過當卒于開禧三年冬十二月。

關鍵詞　宋代　劉過　使金　卒年

關于南宋詞人劉過的卒年，學界主流觀點認爲在開禧二年（一二〇六）。自羅振常先生考證劉過卒于開禧二年後，鄧廣銘先生更是加以引用。後來劉宗彬《劉過年表》、胡海弘《劉過繫年》等皆從之。因此，此説影響頗大。唯有俞兆鵬先生《南宋詩人劉過卒年考》一文提出質疑，以爲劉過卒于嘉定二年（一二〇九）冬。然而此二説實際上皆不準確，劉過卒年當在開禧三年（一二〇七）冬。以下結合諸家説法、岳珂《桯史》、葉紹翁《四朝聞見録》、蘇泂詩詞等，對劉過卒年作出新的考證。

一　劉過卒年諸家説法梳理

羅振常先生《懷賢録》按語云：「龍洲事蹟，諸書所載略備，唯生卒年與存年無及之者。考《萬曆崑山志》稱祠建于宋嘉定五年，即龍洲葬年也。殷奎《復墓事狀》則謂没後七年始葬，以是推之，其卒年當在開禧二年。」〔一〕可見劉過之卒年是從《萬曆崑山志》與殷奎《復墓事狀》推算而得。鄧廣銘先生《辛稼軒先生年譜》從羅説，認爲劉過卒于開禧二年。〔二〕

華岩先生《劉過生平事蹟繫年考證》亦從羅振常先生開禧二年之説。〔三〕華先生注意到葉紹翁《四朝聞見録》以及殷奎《崑山復劉改之先生墓事狀》中關于劉過使金之事。但他否定了二人之説，以爲劉過好友未提及此事；劉過北伐之前預南園之宴，韓侂胄不當「頗聞其名」，應早見其面；潘友文非奉命招劉。開禧三年四月劉過已卒。

劉宗彬先生《劉過年表》亦取開禧二年説。《劉過年表》「開禧二年」條云：「夏，韓侂胄北伐，劉過從軍，在陳孝慶軍中。」「北伐失敗後，劉過應崑山縣令潘友文之邀，赴崑山。娶妻定居，不久病故。」〔四〕曾維剛先生《劉過傳》亦從開禧二年説。他説：「（開禧）二年（一二〇六）夏，韓侂胄北伐，尋敗。聞劉過任俠能辯，欲遣以赴金講和，以輕率漏言未果。是年卒。葬馬鞍山下。」〔五〕

俞兆鵬先生提出劉過卒于嘉定二年冬。俞先生通過考證葉紹翁《四朝聞見録》記載劉過使金事在開禧三年，嘉定元年岳珂九江任「未及瓜」而劉過卒，進而得出劉過卒于嘉定二年冬。俞先生《南宋詩人劉過卒年考》謂：「關于南宋詩人劉過的卒年，學術界幾乎已成定論，即死于宋甯宗開禧二年。其實，這個結論是有問題的。通過多種史料考證，劉過應卒于宋甯宗嘉定二年（一二〇九）冬。」〔六〕俞先生對于推翻開禧二年説有功，然而其嘉定二年冬之新推斷則不準確。俞先生考察殷奎《崑山復劉改之先生墓事狀》中「既卒，而友文爲真州」的記載，從而得出劉過當卒于嘉定二年八月潘友文知真州後。此推斷實際有誤。據文意，劉過卒後潘友文方知真州，劉之卒年在嘉定二年潘友文知真州前，非其後。同時，由于俞先生對于岳珂《桯史》中關于劉過卒年記載的誤讀，以及岳珂九江仕宦經歷的誤判，從而導致了劉過卒年出現了偏差。

胡海弘先生《劉過繫年》仍以劉過卒于開禧二年。然而他注意到岳珂《桯史》、葉紹翁《四朝聞見録》等關于劉過卒年的材料，他辯證道：「岳珂開禧元年（一二〇五）在鎮江。嘉定元年（一二〇八）在臨安參加科舉考試再次下第，去九江。别『未及瓜』所指當在嘉定元年前……與殷奎『既卒，而友文爲真州，以私錢三十萬屬其友具凡葬事』之對照，則劉過當卒于嘉定二年（一二〇九）後。然殷奎亦有『後七年，主簿趙希楙乃爲賣山，卒葬之』之言，若卒于嘉定二年後，亦不能相符。如『真州』爲『鎮江』之誤，則可通。雖只是可能，但因暫無其他依據，兹從舊説。」〔七〕胡先生以爲俞先生嘉定二年説與殷奎記載矛盾，因而堅持開禧二年説。

實際上，開禧二年與嘉定二年説皆不準確。以下則從岳珂《桯史》、葉紹翁《四朝聞見録》，以及蘇洞關于劉過的詩詞等展開細致考察。

二　岳珂《桯史》記載與劉過卒年範圍

岳珂《桯史》中「劉改之詩詞」中提及「余未及瓜，而聞其訃」，這是一條關于劉過卒年的關鍵文獻。《桯史》卷二「劉改之詩詞」云：

> 廬陵劉改之過以詩鳴江西，厄于韋布，放浪荊、楚，客食諸侯間。開禧乙丑，過京口，余爲饟幕庾吏，因識焉。廣漢章以初升之，東陽黄幾叔機，敷原王安世遇，英伯邁，皆寓是邦。暇日，相與蹠奇吊古，多見于詩，一郡勝處皆有之。不能盡憶，獨録改之《多景樓》一篇曰……以初爲之大書，詞翰俱卓

犖可喜，囑余爲刻樓上，會兵事起，不暇也。又，嘉泰癸亥歲，改之在中都，時辛稼軒棄疾帥越，聞其名，遣介招之……余時與之飲西園，改之中席自言，掀髯有得色……既而別去，如崑山，大姓某氏者愛之，女焉。余未及瓜，而聞其訃。以初後四年來守九江，以憂免，至金陵亦卒。游從歷歷在目，今二君墓木拱矣，言之于邑。〔八〕

岳珂稱「開禧乙丑，過京口，余爲饟幕庾吏」，後「余未及瓜，而聞其（劉過）訃」。此爲解讀劉過卒年之關鍵綫索。「及瓜」，出自《左傳·莊公八年》：「齊侯使連稱、管至父戍葵丘，瓜時而往，曰：『及瓜而代』。」言任期一年，今年瓜時往，來年瓜時代之。後因以「及瓜」指任職期滿。宋代官制三年一任，故宋代詩文中「及瓜」當指三年。如張嵲《代章漕與交代啟》稱：「聞漸及瓜，將上三年之最。顧兹行李，欲馳一介之微。」〔九〕李正民《賀李龍圖知虔州啟》亦稱：「及瓜受代，解組還朝。奉計三年，已聞于優。」〔一〇〕詩歌中亦常提及，如韓琦《留崔公孺國博》云：「且緩歸期時一笑，及瓜趨闕動三年。」汪藻《熊使君次韻見屬次韻答之》云：「蠻縣三年喜及瓜，歸歟春思自無涯。」而岳珂何時任職鎮江，「未及瓜」在何時？這還需從岳珂仕宦經歷説起。

首先，我們考察岳珂嘉泰末到嘉定初的仕宦行跡。嘉泰四年甲子（一二〇四）十二月，岳珂赴官鎮江。岳珂《寶真齋法書贊》卷五「唐史惟則篆千文帖」條謂：「嘉甲子十二月李保大孝純餞予之官京口。」〔一一〕同書「寶晋米公手臨王右軍玉潤帖」跋云：「珂嘉泰甲子歲十二月之官南徐，李奉甯燕餞以是爲贈。」〔一二〕「南徐」，即鎮江。《寶真齋法書贊》卷二五「梁仲謀去月帖」條云：「予開禧甲子冬初筮仕南徐。」〔一三〕「甲子」爲嘉泰四年。嘉泰四年十二月十一日己亥，「詔改明年爲開禧元年」，故稱「開禧甲子」。可見岳珂赴京口在嘉泰四年十二月十一日改元之後。嘉泰四年十二月十日左右岳珂到任鎮江，爲官二十日的十二月底即赴臨安省試。《桯史》卷三「稼軒論詞」亦云：「辛稼軒守南徐，已多病謝客。予來筮仕委吏，實隸總所……余時以乙丑南宮試，歲前蒞事僅兩旬，即謁告去。」〔一四〕《寶真齋法書贊》卷三《高宗皇帝御臨王羲之鄉里帖》

稱：「嘉泰甲子十二月臣如中都就試南宮。」〔一五〕

開禧元年乙丑（一二〇五），岳珂在鎮江任職。《寶真齋法書贊》卷五「賀知章事宜帖」稱：「開禧乙丑歲三月，予在京口得之。」〔一六〕同書卷二「高宗皇帝馬盂手札」稱：「開禧乙丑七月，臣得之北府任軍庾時。」〔一七〕同書卷九「林和靖詩賦登科二帖」稱：「開禧之元八月，時在京江，售者邢麓。」〔一八〕

開禧二年丙寅（一二〇六），岳珂仍在鎮江任職。岳珂《愧郯録》卷九「宣總公移」稱：「開禧丙寅，珂任京口總庾，被旨行兵間。」〔一九〕岳珂《桯史》卷八《日官失職》載：「開禧丙寅二月丙子，余在京口，章以初居戎司薌風亭。」〔二〇〕《寶真齋法書贊》「孫威敏及物帖」載：「開禧丙寅八月，予在京口。」〔二一〕

開禧三年（一二〇七）六月，岳珂仍在鎮江。岳珂《先大父追封鄂王告碑陰記》末署：「開禧疆圉單閼歲且月哉生明，孫承事郎珂記。朝散郎、行太府寺丞、兼國史院編修官、實録院檢討官章升之書丹並題蓋。」〔二二〕

按，「開禧疆圉單閼歲」，即開禧三年丁卯。「疆圉」，爲邊境之意。「疆」，通「彊」。也作「强圉」、「强禦」，爲天干第四位丁之别稱。《淮南子·天文》：「巳在丁曰强圉。」用以紀年。「單閼歲」，歲陰名，卯年的别稱。《爾雅·釋天》：「（太歲）在卯曰單閼。」「且月」，夏曆六月的别稱。《爾雅·釋天》：「六月爲且。」「哉生明」，陰曆每月初三日，月光始生。顯然，此記作于開禧三年六月初三。其時岳珂當仍在鎮江任，不然不得稱守邊疆。

約嘉定元年戊辰（一二〇八）正月，岳珂再赴臨安省試，二月在京省試下第。《寶真齋法書贊》卷一四《黄魯直書簡帖下》載：「嘉定戊辰，予來中都，下第後索莫天街中。」〔二三〕「中都」即臨安。《寶真齋法書贊》卷一九「米芾書簡帖」稱：「又次四十帖，嘉定戊辰歲二月得之京師官鬻。」〔二四〕岳珂稱「嘉定戊辰，予來中都」，其赴京時間當在是年。他二月已在臨安下第，則赴京當在正月。

是年五月歸九江家中。《寶真齋法書贊》卷三《光宗皇帝待月詩御書》謂：「嘉定戊辰五月，臣在九江。」〔二五〕嘉定二年（一二〇九）己巳五月，仍在九江。《桯史》卷八《日官失職》載：「嘉定己巳五月辛亥，余里居晚浴。」〔二六〕

嘉定三年庚午（一二一〇）八月，岳珂已在京爲官。《桯史》卷二《黯鬼醞夢》載：「嘉定庚午，余官故府，與勝之爲僚。」〔二七〕同書卷一三《冰清古琴》載：「嘉定庚午，余在中都燕李奉寧坐上。」〔二八〕《寶真齋法書贊》卷一三《薛道祖書簡帖》載：「嘉定庚午八月得之中都。」〔二九〕可見，嘉定三年岳珂在臨安，官故府。

由上可知，嘉泰四年十二月，岳珂初仕鎮江。開禧元年、二年在任。開禧三年六月，岳珂仍在鎮江任職。嘉定元年二月，岳珂已在臨安參加省試下第。嘉定元年五月已經歸九江。嘉定二年五月仍在九江家居。因此，岳珂鎮江任滿當在開禧三年六月至嘉定元年二月之間。而岳珂初任鎮江在嘉泰四年十二月，三年任滿則在開禧三年十二月。因此，岳珂鎮江任滿下限在開禧三年十二月。

岳珂稱「未及瓜而訃聞」是針對開禧元年鎮江任時。若「及瓜」指一年，則「未及瓜」在開禧二年前。然開禧三年劉過尚在世（詳後），因此岳珂此處「未及瓜」實際指三年任未滿。這與宋代三年任期亦相符。由此推之，劉過卒年當在開禧三年冬之前。

俞兆鵬先生以爲岳珂「未及瓜」是在九江任，而非鎮江。俞先生《南宋詩人劉過卒年考》云：「岳珂在開禧元年（一二〇五）參加科舉考試落第後，繼續在鎮江任倉吏。三年後，又于嘉定元年（一二〇八）在臨安參加科舉考試，再次下第，去九江。嘉定二年（一二〇九）、三年（一二一〇）岳珂在九江任職。嘉定三年（一二一〇）、四年（一二一一）調在臨安任職。可見，嘉定二年（一二〇九）冬劉過死時，正是岳坷在九江任職未滿之時，故他說『余未及瓜而聞其訃』，也即是章以初來守九江之時。」〔三〇〕

實際上俞先生解讀有誤。岳珂記載分明是承接「開禧乙丑，過京口，余爲饟幕庾吏」而來，指代鎮江任無疑。其中根本未提及九江任職經歷。岳珂嘉定元年、二年間雖在九江，却並非任職九江。且宋代官制，官員地方任職得回避本籍與寄居籍。在南宋時期尤其嚴格。〔三一〕據王瑞來先生《岳珂生平事蹟考述》岳珂祖父岳飛在江州已置宅第。岳珂父岳霖、岳珂皆居江州。〔三二〕到岳珂已爲第三代。岳珂籍貫當爲江州。寄居江州的岳珂任職江州不合宋代官制。嘉定元年至三年，岳珂實際歸故鄉九江閒居，故嘉定二年五月自稱「里居」。

而朱寅先生《岳珂著述研究》中承繼俞先生之説，進一步指出嘉定三年前後岳珂爲九江學官：「最遲在嘉定元年五月，岳珂回到九江，一直居住到嘉定四年。其間，大約在嘉定三年，曾在當地任職……又據《桯史》卷一三《范碑詩跋》載：『伯山前輩老成，嘗爲九江校官，余又及同班行。子壽世科，今爲鎮江外轄，蓋方鄉用者。』可知此時岳珂大約擔任九江學官。」〔三三〕

實際上，嘉定三年前後岳珂並非在九江任學官。岳珂《桯史》卷三《范碑詩跋》云：「趙履常所刊四説堂《山谷范滂傳》，余前記之矣。後見跋卷，乃太府丞余伯山之六世祖若著倅宜州日，因山谷謫居是邦，慨然爲之經理舍館，遂遣二子滋、滸從之游……伯山前輩老成，嘗爲九江校官，余又及同班行。」此處「班行」，即朝班的行列，朝官的位次。指余伯山嘉定初在京任太府寺丞，而岳珂于嘉定初亦在京爲官，非指二人同在九江爲官。

余禹績，字伯山，紹熙年間爲九江學官。辛棄疾有《鷓鴣天·鄭守厚卿席上謝余伯山，用其韻》。此詞鄧廣銘先生繫在紹熙元年（一一九〇），辛更儒繫在淳熙十五年（一一八八）前後。詞中提及「青衫司馬且江州」，即指余禹績爲江州教授事。余禹績紹熙中任江州教授，其《江州重建煙水亭記》末署「紹熙甲寅孟冬望日，文林郎充江州州學教授余禹績撰」〔三四〕。可見，紹熙五年甲寅（一一九四），余禹績爲江州教授。此時岳珂方十二歲，斷然不可能與余氏同爲江州教授。

俞先生與朱先生皆以爲嘉定元年至三年岳珂在九江任職。二人當是被岳珂《桯史》卷二《黯鬼醞夢》「嘉定庚午，余官故府」的記載所誤導。實際上嘉定三年岳珂在臨安任職。「故府」非指故鄉九江，而當指臨安舊府庫，當是司農寺。此句後尚有「與勝之爲僚」。「勝之」即吴柔勝。《宋史・吴柔勝傳》載：「字勝之，宣州人……登淳熙八年進士第，調都昌簿。丞相趙汝愚知其賢，差嘉興府學教授，將置之館閣，會汝愚去，御史湯碩劾柔勝嘗救荒浙右，擅放田租，爲汝愚收人心，且主朱熹之學，不可爲師儒官，自是閒居十餘年。嘉定初，主管刑、工部架閣文字，遷國子正……遷太學博士，又遷司農寺丞。」[三五]據此可知吴柔勝入慶元黨籍，閒居十餘年，嘉定初一直在京城任職，曾任司農寺丞，且他無九江任職經歷。因此岳珂嘉定三年與吴同僚只能在臨安，不可能在九江。據王瑞來《岳珂生平事蹟考述》岳珂嘉定四年至七年間，在臨安曾任光禄丞、太官令、司農寺主簿。[三六]因此，嘉定三年前後岳珂與吴柔勝同僚當是在司農寺，一爲司農寺丞，一爲司農寺主簿。而「故府」即司農寺。

由上考可知，岳珂任職鎮江在嘉泰四年十二月至開禧三年十二月之間。劉過卒于岳珂鎮江任「未及瓜」之時，因此劉過當卒于開禧二年或者三年。以下則結合葉紹翁、蘇洞的相關記載考證劉過具體卒年。

三　葉紹翁、蘇洞等記載與劉過卒年

葉紹翁《四朝聞見録》乙集「函韓首」中關于劉過使金事的記載是劉過卒年考察的又一重要材料。俞兆鵬先生據此推翻了劉過卒于開禧二年之説，其説甚是。《四朝聞見録》乙集「函韓首」條稱：

方（信孺）之未見知于朝也，廬陵布衣劉過亦任俠能辯，時留崑山妻舍。韓頗聞其名，諭錢参政象祖風崑山令以禮羈縻劉，勿使去。令輕于奉行，遂親持圓狀見劉，目之以奉使，别設供帳精舍以俟之。劉素號揮喝，喜不勝情，竭奩資以結轡。後朝廷既用方、王，令小官也，不復敢叩錢。劉賓客盡落，竟

鬱鬱以終云。〔三七〕

由葉紹翁記載可知，韓侂胄本不欲讓劉過使金，于是讓參政錢象祖告知崑山縣縣令潘友文留住劉過。然而潘友文並沒有遵照執行，他亲自接見劉過，將劉視爲使金使者，並給他提供住所等待奉使。劉過因爲放蕩不羈，且以嫁妝結交權貴而被黜落。後來朝廷便用方信孺、王柟使金，劉過因此鬱鬱而終。也就是説，方信孺、王柟使金之時，劉過尚在世。因此，方信孺、王柟何時使金便成爲劉過卒年之關鍵。

此段記載實際上暗含時間綫索。方信孺使金在開禧三年正月十八前後。劉克莊《寶謨寺丞詩境方公》稱：「近臣多薦公可專對，有旨赴都堂稟議，開禧三年正月三日也。既至，諭以使事，公曰：『多事之秋，不敢以母老辭。但開釁自我，虜問首謀，當何以對？』權臣憮然起謝。借公朝奉郎、樞密院檢詳文字充知樞密院參謀官，持督帥、知院張公岩書，通問金國行省元帥府。」〔三八〕《宋史・張岩傳》亦謂：「開禧二年，遷知樞密院事。明年，除督視江、淮軍馬。時方信孺使金議和，值吴曦以蜀叛，議未決。曦伏誅，金人尋前議，信孺再行。」〔三九〕而張岩督視江、淮軍馬，吴曦叛蜀皆在開禧三年正月。《宋史・甯宗本紀》謂：「（開禧）三年春正月丁丑朔，丘崈罷。己卯（初三），命知樞密院事張岩督視江、淮軍馬……辛卯，吴曦招通判興元府、權大安軍事楊震仲，震仲不屈，死之……甲午（十八），吴曦僭位于興州。」〔四〇〕

而二月十一日丁巳方信孺已抵金汴京。《金史》卷六二《交聘表》載：泰和七年（一二〇七）「二月，宋安丙殺吴曦。宋方信孺詣行省，以書乞和」。〔四一〕《金史・章宗本紀》亦載：泰和七年二月丁巳，「宋知樞密院張岩遣方信孺以書詣平章政事揆、左丞端乞和」。〔四二〕

開禧三年四月己未，方信孺第二次使金，戊辰錢象祖再任參知政事。《宋史・甯宗本紀》載，開禧三年夏四月「己未，奉使金國通謝、國信所參議官方信孺發行在。」「戊辰，以資政殿學士錢象祖參知政事。」〔四三〕

因此，劉過卒當在方信孺使金後，即開禧三年正月十八之後。方信孺使金凡三往返而未成，九月返後于初九壬午貶臨江軍居住。九月二十八辛丑，王柟再使金。《宋史·甯宗本紀》載：開禧三年「九月丁丑，詔諸路帥臣申儆邊備。辛巳，召張岩詣行在。壬午，方信孺以忤韓侂胄，坐用私覿物擅作大臣饋遺金將，奪三官、臨江軍居住……辛丑，遣王柟持書赴金國都副元帥府。」[四四]

葉紹翁《四朝聞見録》稱：「後朝廷既用方、王，令小官也，不復敢叩錢。劉賓客盡落，竟鬱鬱以死。」殷奎《崑山復劉改之先生墓事狀》稱：「和邊使者失詞，詔用先生，辭以疾。」則「和邊使者失詞」當指方信孺。《宋會要》職官七四載：「(開禧三年)九月九日，奉使金國通謝國信所參議官方信孺特追三官，送臨江軍居住。以信孺輒將帶去與虜有差私覿物，擅作大臣送遺，輕率有失事體。」[四五] 因此開禧三年九月前後，劉過當尚在世。

有學者以爲葉紹翁的記載不可信，其實不然。葉紹翁與高宗吴后侄吴琚子吴鋼熟識。又與開禧三年前後居京任職的真德秀亦過從甚密。且開禧三年，葉紹翁亦在京城。葉紹翁《四朝聞見録》「逆曦僞服印」謂：

「開禧逆曦既誅，僞内史安公丙函其首與僞服、宮號來。上以首付棘寺，僞服與印付臨安府軍資庫。時吴鋼爲倅，吏胥未以入庫，急持來示，紹翁亦因以識。其物袍僭黄，領僭赬；袍僭赭，領僭黄。宮號用黄絹折角爲四，文曰『出入殿門』。金授以印，鑄用今文曰『蜀王之印』。僅如今文思給院降式。曦自鑄塗金印文云『蜀國制敕之印』。」[四六] 可見，吴曦被誅函首至臨安時，葉紹翁在臨安。

吴曦之誅在開禧三年二月。《宋史·甯宗本紀》載：開禧三年二月「乙亥，釋兩浙路杖以下囚。四川宣撫副使司隨軍轉運安丙及興州中軍正將李好義、監四川總領所興州合江倉楊巨源等共誅吴曦，傳首詣行在，獻于廟社，梟三日，四川平。」[四七] 函吴曦首至京，則在四月。《續宋中興編年資治通鑑》卷十三載：開禧三年「四月，曦函首至行在，詔赴都堂審驗，獻于廟社，梟其首三日。」[四八] 因此，葉紹翁開禧三年四月在臨安，其對于劉過使金事必定親身經歷，極爲可信。

而關于劉過使金被罷，臥病臨安，以及卒後的情況，其友人蘇泂詩詞中有記載。蘇泂《摸魚兒・憶劉改之》稱：

望關河、試窮遥眼，新愁似絲千縷。劉郎豪氣今何在，應是九疑三楚。堪恨處。便拚得、一生寂寞長羈旅。無人寄語。但吊麥傷桃，邊松倚竹，空憶舊詩句。文章事，到底將身自誤。功名難料遲暮。鶉衣簞食年年瘦，受侮世間兒女。君信否。盡縣簿高門，歲晚誰青顧。何如引起。任槎上張騫，山中李廣，商略盡風度。〔四九〕

「槎上張騫」：「槎上」源見「乘槎」，指奉使遠行之人。此句典出張騫出使西域事。《荊楚歲時記》曰：「漢武帝令張騫使大夏，尋河源，乘槎經月，而至一處，見城郭如州府。」「山中李廣」則用李廣不被重用，空老山中之典。此處用張騫出使、李廣不被重用之典，實際上指劉過奉使而被罷之事，與《四朝見聞録》可互證。蘇泂稱「鶉衣簞食年年瘦，受侮世間兒女。君信否。盡縣簿高門，歲晚誰青顧。何如引起。任槎上張騫，山中李廣，商略盡風度」，皆就劉過使金被罷黜之事而發。此詞當作于開禧三年春。從「但吊麥傷桃，邊松倚竹」可知季節爲春。劉禹錫《再游玄都觀序》云：「蕩然無複一樹，唯兔葵燕麥動摇于春風耳。」「吊麥傷桃」即出自劉序。

蘇泂《往回臨安口號八首》〔五〇〕其四亦提及過臨安拜訪劉過，時劉臥病臨安。而考證此組詩內容，知作于開禧三年夏。

《其一》云：「高麗寺裏訪詩僧，懶上湖船獨自行。行到寺前人跡少，不知傍有白雲迎（自注：彝父）。」「高麗寺」，在臨安。周密《武林舊事》卷五「高麗寺」條載：「舊名惠因寺，湖山間惟此寺無勑額。元豐間高麗王子僧統義天入貢，學賢首教于此。」

《其二》云：「老銛相見一欣然，説似艱虞是去年。從此新詩更超詣，時人欲殺豈無天（自注：朴翁）。」

此詩寫葛天民。葛字無懷，越州山陰（今浙江紹興）人，徙台州黄岩（今屬浙江）。曾爲僧，法名義銛，字朴翁，其後返初服，居杭州西湖。此詩爲組詩繫年之關鍵。葛天民有《戊辰夏五過抱朴岩》云：「時事自多無耳聽，長安雖近不曾聞。」「戊辰」即嘉定元年（一二〇八），可見是年前後，葛天民在臨安。而蘇泂詩中説「老銛相見一欣然，説似艱虞是去年」。「艱虞」，即困難憂患，指災荒多，戰亂頻繁的年月。顯然此句指開禧二年秋冬金人南侵事。因此詩當作于開禧三年（一二〇七）。蘇泂《金陵雜興二百首》其十六云：「三山摻别是前年，除夜還家翁已仙。少小知憐今老矣，每因得句輒潸然。」〔五一〕此詩作于嘉定二年（一二〇九）陸游卒時，其稱「三山摻别是前年」，則蘇泂開禧三年從金陵經杭州返紹興。此詩亦可參證。

《其四》云：「江湖漂蕩舊劉郎，不飯經旬病在床。起見舊交仍慷慨，絶憐鬢底有新霜（自注：改之）。」據《其三》編年，知此詩作于開禧三年。「不飯經旬病在床」與《摸魚兒·憶劉改之》「鶉衣簞食年年瘦」恰好相互映證。可見開禧三年劉過在臨安。

《其五》云：「戒子橋南白塔西，青桐新長蓋樓枝。輕風忽向樓前過，不似長安店裏時。」「戒子橋」在臨安。據「青桐新長蓋樓枝」，季節當在夏季。《其六》云：「日長搭得回船去，薄暮湧金門尚開。」「湧金門」亦在臨安，至今尚存。《其七》云：「天竺前頭靈隱東，山川奇崛自玄工。舊時可是不曾看，今度重來看不同。」靈隱寺亦在臨安。《其八》云：「吟詩一日便東歸，吟到樓頭日色西。今度重來有吟興，湖邊寺寺與留題。」此詩則寫西湖，「東歸」指自臨安返回紹興。

蘇泂又有《歸自臨安》云：「一鐵君王鑄已成，忽然淮上羽書驚。歸來依舊當時我，添得髭鬚白數莖。」〔五二〕「一鐵君王鑄已成」蓋指開禧三年正月開始謀求議和事。「羽書」，即古代軍事文書，因插有羽毛表示緊急，必須速遞。此詩當作于開禧三年九月，其時方信孺和議未成。《建炎以來朝野雜記·丙寅淮漢蜀口用兵事目》載：「（開禧三年）九月四日丁丑，詔以和議未可就，令諸大帥申警邊備。時方信孺自濠州歸，言虜欲責正隆以前禮賂，且以侵疆爲界。又索犒軍銀共數千萬，又欲縛送首議用兵賊臣。信孺至都堂，不敢遽白。侂胄欲窮其説，乃微及之。侂胄大怒，複有用兵意。」〔五三〕可見開禧三年九月初四，蘇泂已返回紹興。由上考可知，開禧三年夏，劉過卧病臨安，尚未離世。

劉過卒時，蘇泂有詞悼之。蘇泂《雨中花慢》詞序稱：「余往時憶劉改之，作《摸魚兒》，頗爲朋友間所喜，然改之尚未之見也。數日前，忽聞改之去世□□□□悵惘殆不勝言。因憶改之每聚首，愛歌雨中花，悲壯激烈，令人鼓舞。輒倚此聲，以寓余思。凡未忘吾改之者，幸爲我和之。」詞云：

十載尊前，放歌起舞，人間酒户詩流。盡期君凌厲，羽翮高秋。世事幾如人意，儒冠還負身謀。歎天生李廣，才氣無雙，不得封侯。　榆關萬里，一去飄然，片雲甚處神州。應悵望、家人父子，重見無由。隴水寂寥傳恨，淮山宛轉供愁。這回休也，燕鴻南北，長隔英游。〔五四〕

此詞爲劉過卒後數日作。詞中稱「歎天生李廣，才氣無雙，不得封侯」與「任楼上張騫，山中李廣，商略盡風度」恰好照應。

據劉過《送王簡卿歸天台二首》繫年，亦知開禧三年冬劉過尚在世。方回《瀛奎律髓》卷二四收劉過《送王簡卿歸天台二首》。方回稱：「王居安字資道，一字簡卿，台州人。淳熙十四年丁未探花。韓侂胄之死，驟入言路，尋即去國。此送詩殆其時也。後起家帥江西，與湖南漕帥曹彦伯同平峒寇，位至侍從。改之吉州人，所謂龍洲道人劉過也。以詩游謁江湖，大欠針綫。侂胄嘗欲官之，使金國而漏言，卒以窮死。」〔五五〕此處亦提及韓侂胄欲讓劉過使金之事，可與《四朝聞見録》參證。

方回又稱「韓侂胄之死，驟入言路，尋即去國。此送詩殆其時也」。韓侂胄于開禧三年十一月初三日被史彌遠截殺。誅韓侂胄，王居安實預其謀。韓死，居安因此很快陞職而又被罷免。《宋史·王居安傳》載：「誅韓侂胄，居安實贊其決。翼日，擢右司諫……繼兼侍講……除目夜下，遷起居郎兼崇政殿説書。

于是爲諫官才十有八日。既供職，即直前奏曰……帝爲改容。御史中丞雷孝友論其越職，奪一官，罷。逾年，復官，知太平州。」〔五六〕王居安開禧三年十一月陞左司諫兼侍講，十二月一日在起居郎兼崇政殿説書任上被劾罷。《宋會要輯稿》職官六載：「(開禧)三年十一月，左司諫王居安兼侍講。」〔五七〕同書職官七三載：「(開禧三年)十二月一日。起居郎兼崇政殿説書王居安降一官放罷。以御史中丞雷孝友言其私附鄧友龍，薦皇甫斌，又與張鎡狎昵。」〔五八〕而劉過《送王簡卿歸天台二首》當作于王居安罷起居郎之後。以此，開禧三年十二月初，劉過當尚在世。前考劉過卒年下限爲開禧三年十二月。因此，劉過只能卒于開禧三年十二月。

四　殷奎《崑山復劉改之先生墓事狀》與劉過卒葬年辨析

元末明初人殷奎記載了劉過以病辭使金事，同時記載了其卒後的情況。《崑山復劉改之先生墓事狀》云：

> 崑山慧聚寺東齋之岡，實故宋劉先生之墓在焉。先生諱過，字改之，廬陵人也……嘗以書干宰相言恢復之策，不聽。和邊使者失詞，詔用先生，辭以疾。故其有諸己者，皆無所施爲，而卒以窮死。烏乎！悲夫！始，故人潘友文尹崑山，先生來客其所，遂娶婦而家焉。既卒，而友文爲真州，以私錢三十萬屬其友，具凡葬事。直其友死，不克葬。後七年，主簿趙希楙乃爲買山，卒葬之。大府丞陳振爲銘其墓。〔五九〕

文中稱「和邊使者失詞，詔用先生，辭以疾」，與《四朝聞見録》以及蘇泂詩詞可以對應。可見劉過欲使金確有其事。而文中又稱：「既卒，而友文爲真州，以私錢三十萬屬其友，具凡葬事。」潘友文知真州在嘉定二年(一二〇九)八月。樓鑰《真州修城記》載：「嘉定二年八月，諸軍糧料院潘君被命出守……君名友文，字文叔，婺之金華人。」〔六〇〕因此，劉過卒年必在此前。文中又稱「直其友死，不克葬。後七年，主簿趙希楙乃爲買山，卒葬之」。顯然劉過葬年是潘友文知真州的嘉定二年後推七年，當在嘉定九年（一二一六）。「後七年」針對友文知真州欲葬劉過未成事，絶非開禧元年潘友文知崑山後七年。開禧元年劉過未卒，何來後七年葬之説。

《洪武蘇州府志》最早記載劉過墓建于嘉定五年（一二一二）。《嘉靖崑山縣志》、《正德姑蘇志》、《萬曆重修崑山縣志》等皆從之。《洪武蘇州府志》卷四四載：「宋劉過改之，即龍洲先生也。墓在馬鞍山。嘉定五年主簿趙懋買山葬于此，大府丞陳極爲志。」〔六一〕《嘉靖崑山縣志》卷二稱：「劉龍洲過墓。在馬鞍山東齋。宋嘉定五年縣令潘友文、簿趙希懋葬之于此。」〔六二〕《萬曆重修崑山縣志》卷三所載同〔六三〕。然而更早的《至正崑山郡志》並未稱劉龍洲祠作于嘉定五年。明代蘇州方志當是以潘友文尹崑山後推七年，以此致誤。前考劉過葬年在嘉定九年前後，因此以嘉定五年上推七年而求其卒年是不可取的。

而羅振常先生考證劉過卒年，依據是劉過祠建于嘉定五年，同樣不可靠。羅振常稱：「考《萬曆崑山志》稱祠建于宋嘉定五年，即龍洲葬年也。殷奎《復墓事狀》則謂没後七年始葬，以是推之，其卒年當在開禧二年。」據殷奎《崑山復劉改之先生墓事狀》「既卒，而友文爲真州」，知劉過卒後潘友文才知真州。此二事並非同時，而是前後關係。前考劉過卒于開禧三年十二月，與此恰合。

羅振常先生以《萬曆崑山縣志》爲基礎，推測劉過卒于開禧二年。然而羅氏忽視了宋元人之記載，因而走向歧途。而明代蘇州各地方志之記載亦誤。明代諸方志結合殷奎《崑山復劉改之先生墓事狀》，以開禧元年潘友文知崑山縣後推七年，從而推測劉過墓建于嘉定五年。各方志文意解讀顯然有誤，且忽視了潘友文知真州的時間。材料的可信度，一般而言時間越早越可靠。岳珂、蘇泂皆劉過友人，葉紹翁爲劉過同時代人，且開禧三年皆在臨安。他們的記載自當最爲可信，而劉過自身詩詞亦可印證。即便是元末殷奎、楊維楨的記載，可信度亦高于明前中期的蘇州方志。

此外，俞兆鵬先生《南宋詩人劉過卒年考》中考證《謁江華曾百里》中曾百里爲曾之謹。而曾嘉定元年（一二〇八）知江華縣。然曾之謹嘉定元年知江華縣皆出清代方志。明刻本《龍洲道人集》題目後有「信夫」二字。曾之謹是否字信夫無從考證。即便此詩「曾百里」爲嘉定元年知江華縣的曾之謹，其到臨安改官當在此前。俞先生亦指出「劉過的兩首詩，當然不能説明他死于何時，但至少可以判斷開禧三年他仍未去世」。開禧三年冬赴臨安改官見劉過亦完全可能。

總而言之，劉過卒年當在開禧三年冬。從岳珂鎮江仕宦時間可以推知劉過卒年下限在開禧三年冬。再據葉紹翁《四朝聞見録》、蘇泂與劉過相關詩詞繫年可知開禧三年劉過必在世。多方參證，可知劉過必卒于開禧三年冬十二月。

〔一〕沈愚輯，羅振常訂補《懷賢録》，民國蟫隱廬活字本。

〔二〕鄧廣銘《辛稼軒先生年譜》，商務印書館一九三七年版，第九三—九四頁。

〔三〕華岩《劉過生平事蹟繫年考證》，《文學遺産增刊》一九九一年第一七輯，第二一二—二一三頁。

〔四〕劉宗彬《劉過年表》，《宋人年譜叢刊》第一一册，四川大學出版社二〇〇三年版，第七二五七頁。

〔五〕傅璇琮、王兆鵬主編《宋才子傳箋證（詞人卷）》，遼海出版社二〇一一年版，第六二三頁。

〔六〕〔三〇〕俞兆鵬《南宋詩人劉過卒年考》，《中國典籍與文化》二〇〇四年第一期，第二二頁，第二五頁。

〔七〕胡海弘《劉過繫年》，復旦大學二〇一二年碩士學位論文，第一一—一二頁。

〔八〕〔一四〕〔二〇〕〔二六〕〔二七〕〔二八〕岳珂撰，吴企明點校《桯史》，中華書局一九八一年版，第二二—二三頁，第三八頁，第八六—八七頁，第二〇頁，第二〇頁，第一五五頁。

〔九〕張嵲《紫微集》卷二八，影印文淵閣《四庫全書》第一一三一册，臺灣商務印書館一九八五年版，第五九二頁。

〔一〇〕李正民《大隱集》卷五，影印文淵閣《四庫全書》第一一三三册，第六二頁。

〔一一〕〔一二〕〔一三〕〔一五〕〔一六〕〔一七〕〔一八〕〔二一〕〔二三〕〔二四〕〔二五〕〔二九〕 岳珂《寶真齋法書贊》,影印文淵閣《四庫全書》第八一三冊,第六一六頁,第八〇七頁,第八六四頁,第五九一頁,第六一〇頁,第五八四頁,第六六九頁,第六八六頁,第七三〇頁,第七八七頁,第六〇〇頁,第七一三頁。

〔一九〕 岳珂撰,朗潤點校《愧郯録》,中華書局二〇一六年版,第一一八頁。

〔二三〕 岳珂編,王曾瑜校注《鄂國金佗稡編續編校注》,中華書局一九八九年版,第一一一四頁。

〔三一〕 參張邦煒《宋代避親避籍制度述評》,《四川師範大學學報(社會科學版)》一九八六年第一期。

〔三二〕〔三六〕 王瑞來《知人論世 宋代人物考述》,山西教育出版社二〇一五年版,第二五四頁,第二五九頁。

〔三三〕 朱寅《岳珂著述研究》,安徽大學二〇一〇年博士學位論文,第一四頁。

〔三四〕 曾棗莊、劉琳主編《全宋文》第二九〇冊,上海辭書出版社、安徽教育出版社二〇〇六年版,第二一〇—二一一頁。

〔三五〕〔三九〕〔四〇〕〔四三〕〔四四〕〔四七〕〔五六〕 《宋史》,中華書局一九八五年版,第一二一四八頁,第一二〇八〇頁,第一二〇八〇頁,第七四四—七四五頁,第七四五—七四六頁,第七四三—七四四頁,第一二二五一—一二二五三頁。

〔三七〕〔四六〕 葉紹翁撰,馮惠民、沈錫麟點校《四朝聞見録》,中華書局一九八九年版,第七六頁,第九三頁。

〔三八〕 劉克莊著,辛更儒箋校《劉克莊集箋校》,中華書局二〇一一年版,第六四五七—六四五八頁。

〔四一〕〔四二〕 《金史》,中華書局一九七五年版,第一四七八—一四七九頁,第二八〇頁。

〔四五〕〔五七〕 徐松輯,劉琳等點校《宋會要輯稿》職官七四,上海古籍出版社二〇一四年版,第五〇五六頁,第三二〇二頁。

〔四八〕 劉時舉撰,王瑞來點校《續宋中興編年資治通鑒》,中華書局二〇一四年版,第三一四—三一五頁。

〔四九〕 唐圭璋編《全宋詞》,中華書局一九六五年版,第二五一九頁。

〔五〇〕〔五一〕〔五二〕 蘇洞《泠然齋詩集》卷七,影印文淵閣《四庫全書》第一一七九冊,第一四〇—一四一頁,第一二三頁,第一四一頁。

〔五三〕 李心傳撰,徐規點校《建炎以來朝野雜記》,中華書局二〇〇〇年版,第八三三頁。

〔五四〕 張世南撰,張茂鵬點校《游宦紀聞》,中華書局一九八一年版,第七一頁。

〔五五〕 方回著,李慶甲集評《瀛奎律髓匯評》,上海古籍出版社一九八六年版,第一一〇二頁。

〔五八〕 徐松輯《宋會要輯稿》職官七三,《續修四庫全書》第七八〇冊,上海古籍出版社二〇〇二年版,第四九七頁。

〔五九〕 殷奎《强齋集》卷三,影印文淵閣《四庫全書》第一二三二冊,第四一八頁。

〔六〇〕樓鑰著，顧大朋點校《樓鑰集》，浙江古籍出版社二〇一〇年版，第九五八—九五九頁。

〔六一〕盧熊《洪武蘇州府志》卷四四，明刻本，今藏國家圖書館，第一三a頁。

〔六二〕楊逢春修，方鵬纂《嘉靖崑山縣志》卷二，《天一閣藏明代方志選刊》第一一册，上海古籍出版社一九八一年版，第一五b頁。

〔六三〕周世昌《萬曆重修崑山縣志》卷三，《中國史學叢書》三編第四輯，臺灣學生書局一九八六年版，第三八八頁。

（作者單位：上海大學文學院）

陳澧詞學年譜(下)

宋瑩瑩 謝永芳

清穆宗同治元年壬戌(一八六二) 五十三歲

元旦,林昌彝來粵,初識先生,推重備至。先生旋與譚瑩邀其敘飲學海堂。作倪鴻《退遂齋詩鈔》題記。

補刊《皇清經解》竣事。

三月,爲李光廷作《李恢垣詩集序》。

四月,作《題馮尹平幽阱雪鴻》詩。

五月,爲馮賡颺作《拙園詩選序》。

六月,從孫慶修被取爲縣學附生。

八月,爲馮譽驄(馮譽驥弟)作《馮鐵華頓齋詩存序》。

九月,鄭獻甫離粵返桂,先生買舟置酒相送,並作《送鄭小谷歸廣西五首》贈行。案:鄭氏曾作《壬戌閏八月將返里蘭甫陳君爲具餞招同人集紅棉寺作此留别》。

王國瑞始館于先生家。

歲杪,爲陳良玉《荔香詞鈔》題辭:「壬戌臘月之杪,讀朗山宗兄《荔香詞》,書後,即送之官通州。『寒燈濁酒送殘年,把卷長吟更惘然。酩酊市樓飄蠟淚,淒凉城角感烽烟。(皆集中語。)一官又去八千里,此地由來尺五天。北闕龍吟前日事，爲添哀怨入冰弦。』（陳澧未定稿。）」載于《荔香詞鈔》（鈔本，首都圖書館藏）卷首。《陳東塾先生遺詩》所載此詩，題作《朗山之官通州瀕行見示詞集淒鏘綿麗讀之不能釋手奉題一律即以贈行》，略有異文。 案： 黄《譜》據顔薰《學海堂公餞陳朗山之官通州學博》題下自注「癸亥」等材料，繫先生此詩于同治二年。

馮玉衡、潘銘憲、史致華（史善長子）、翁心存逝世。 案：近來，有學者在國家圖書館搜輯出先生上翁心存手札、致翁同書手札各二通。據其中作于道光二十二年九月初一日的上翁心存第二函可知：彼時，《說文聲表》已定名；《切韻考》則還未寫定，尚爲初名《切韻表》。 詳張劍《陳澧致翁心存、翁同書函札考釋》（《文獻》二〇一七年第三期）。

同治二年癸亥（一八六三） 五十四歲

設立學習外國語言文字館于上海、廣州。

正月十七日，應倪鴻之邀，與樊封、李長榮、蘊璘、鄭樹伯、釋笑平（勉之）集獅子禪林祝倪瓚生日。

二月，鄧大林等集先生齋中，談羅浮之勝，先生爲大林等所作《羅浮觀瀑圖》題辭：「癸亥二月十日，止齋雅集，談羅浮之勝，蔭泉、紀常、鴻軒合作此圖。朗山、瑞墀、雲臞、峻之同觀。」

爲沈世良作《小祇陀庵詩鈔題辭》。

刻《考正德清胡氏禹貢圖》一卷，並撰序。 案： 先生道光二十七年曾作序，書待刻。 今乃增補内容而刻之，並另作此序。《陳東塾先生著述考略》所附《陳宗誼著書目》收有《考正德清胡氏禹貢圖》一卷，按云：「《禹貢圖》刻成于同治二年，署陳宗誼撰，先生別作序文，故删去此序，殆以宗誼曾助繪圖，遂署其名，《續經解》本則仍署先生所撰。」

三月，爲馮之基（植園）《訥友山房詩鈔》作序。

何紹基南游廣州。先生與譚瑩、金錫齡邀紹基及其門人林昌彝、金銘吉（伯蕙）同至學海堂拜阮元木主。

八月，應倪鴻之約，與譚瑩、韓欽（螺山）、蔣震（春甫）、華本松（小覽）、桂文熾（海霞）、蔣德鉉（古林）相聚學海堂。

十月，郭嵩燾署理廣東巡撫，抵任後曾造訪先生。

十二月三十日（一八六四年二月七日），納副室潘氏。

撰《許青皋集序》。

冬，重修學海堂成。先生作《題古樵畫學海堂重開對酒圖》。陳璞亦作有《癸亥冬日學海堂重修落成同周秩卿大令譚玉生陳蘭甫李夢畦陳朗山四學博李恢垣員外金芑堂孝廉對酒余爲圖題詩其上諸君皆有作》。案：先生《自記》誤記學海堂重修成于同治元年。

伍崇曜、葉志詵、陳奐逝世。

同治三年甲子（一八六四）　五十五歲

太平天國亡。

正月，應倪鴻之邀，與韓欽、蔣震、孫逸農、華本松、桂海霞、王庭訓（子欣）集學海堂爲倪瓚祝生日。

二月，重刻阮元主修之《廣東通志》竣事。

三月，受毛鴻賓、郭嵩燾之聘總核《廣東輿地圖》，先生爲訂凡例，同核者鄒伯奇、徐灝、趙齊嬰、桂文燦，設局于廣州府學宮。

十月，致函翁同龢。先是，同龢以其父心存神道碑屬先生撰述。先生去函，當即奉商此事。案：《翁同龢日記》同治八年四月十九日：「得陳蘭甫先生澧書，以先公神道碑見寄。」九年五月二十三日：「謝陳蘭甫先生澧函，並寄衣料兩端、離參一斤。蘭甫（住廣東省城西横街）爲先公撰神道碑，雖未用而未奉酬，因循極矣。」據知，翁家後來用的是楊彝珍所作碑文。

王闓運游粤，來謁談經，先生大屈之。

作《復張彦高書》，謝其指正《聲律通考》之失。

吴嘉賓逝世。

同治四年乙丑（一八六五）　五十六歲

劉熙載來粤任廣東學政，先生與其相見，講學甚契。

六月，次子宗侃考取縣學附生。

冬，學海堂新搆書齋落成，會先生請于郭嵩燾復行專門課業之舉，以三年爲期，各習一書，先明句讀，此《學記》所謂入學一年，視離經辨志，故名曰「離經辨志齋」，並爲之記。

應門人梁起（以塘、庚生）之請，爲其父樹功（熊景星婿）作墓碣銘。

十二月，郭嵩燾招先生及吴嘉善、劉錫鴻（雲生）、陳璞、陳維新（經甫）、張清華（兆甲、蘭軒。張祥晋子）入署小酌。

爲吴嘉賓作《吴子序閣讀尚絅廬詩集序》。

爲方濬頤《二知軒詩鈔》作序。

趙齊嬰、梁紹獻、黄昭融、葉英華、高繼珩、翁同書、潘恕、朱鑒成逝世。先生曾題葉氏《小游仙詞》：「夢蟬居士見示《小游仙詞》百章，此真所謂裁雲縫霧之妙思，敲金戛玉之奇聲。昔坡仙借《小秦王》以唱渭城，居士善南北曲，盍藉以歌此詞，當令聞者如聽仙樂也。江南倦客讀畢並題。」

同治五年丙寅（一八六六）　五十七歲

于同文館添設天文算學館，延聘西人教習。

正月二十日，郭嵩燾到學海堂，送專經生十名入學，十人爲桂文熾、潘乃成、梁以瑭、孔繼藩、高學耀、陳慶修、崔顔問、王國瑞、周果、伍學藻。均各擇一書肄習，並指定先生及金錫齡、陳璞、鄒伯奇四人專司指導課程。

二月，方濬頤邀先生及李光廷、劉錫鴻、張清華、朱啟仁（雲門）飲于寓所碧玲瓏館。

二十二日，與鄭績集鄧大林之花杏林莊，有畫扇，並題記。

四月，郭嵩燾奉旨將入朝，先生作《送巡撫郭公入都序》。五月初六日，郭嵩燾作柬邀先生與何國琛（寧田、白英）、王拯、吴嘉善、丁日昌、陳璞等叙别于海山仙館。十九日，丁日昌又邀同王拯、何國琛、吴嘉善、陳璞及先生重餞郭嵩燾于鄭仙翁祠。二十一日，郭氏啟程離粤，先生及陳經甫、陳璞、金錫齡至花地舟次相送，遂留船小飲。二十二日，先生等舟行送至佛山，始辭歸。

五月，方濬頤邀同馮譽驥、楊懋建集其寓所聚飲聯句。

劉熙載引病歸，先生作《送劉學使序》。

本年之前，先生請京官得國子監學録銜。案：汪《譜》繫于咸豐六年。此據黄《譜》。

六月，應倪鴻之約，與王拯、劉印星（松堂）、譚瑩、周冠（鼎卿）、陳文瑞（雲史）、鄭績集野水閒鷗館，爲明人李東陽祝生日，拜像賦詩。

撰《學海堂續志》。此《志》由林伯桐初編，後又有周康燮補編。

有《致（丁傑）仲文書》一通。

王拯謫官北歸，道經廣州，與先生及譚瑩相往還。又以故友龍啟瑞（輯五、翰臣。一八一四——一八五八）遺作《古韻通説》二十卷稿付先生，並預爲該書作序，托先生訂定並刊刻之。十月離粤，先生貽以盆梅，並賦詩贈行。

吴健彰逝世。

同治六年丁卯（一八六七）　五十八歲

朝命選送上海、廣州外國語言文字館學生赴京考試授官。

正月二十六日，方濬頤邀同先生及丁士彬（芥帆）、黎兆棠、李光廷、張清華于其碧玲瓏館叙飲。下旬，先生題識方氏《二知軒詩續鈔》。

三月，方濬頤出資刊刻魏源《禹貢説》、楊懋建《禹貢新圖説》，先生各爲之序。

五月，應蔣超伯之邀，與方濬頤等集蔣氏榕堂，祝吴梅村生日，酹酒賦詩。

撰《琴律譜》一卷。

夏，攜二子邀同鄧大林、胡桐孫放舟城西荔枝灣消夏。

秋，方濬頤創設菊坡精舍，請先生任掌教。先生以經史文筆分題課試，一歲三十課，每課期諸生來聽講者恒數十人，並選録諸生課藝爲《菊坡精舍集》陸續付刻。案：加拿大不列顛哥倫比亞大學亞洲圖書館藏有先生手批菊坡精舍課卷之劉己千卷、金佑基卷。劉、金二人聲名不顯，然此二折課卷皆爲超等第一，題目有《漢學宋學互有得失論》、《尚書讀應爾雅考》等文。

秋後，作《致葉蘭臺書》。中有云：「今年，大吏延請主講菊坡精舍，再三固辭，終不獲命。」

選鈔張維屏遺詩二百餘首，編爲《聽松廬詩略》二卷。

次子宗侃科考一等。

毛鴻賓、勞崇光、劉毓崧逝世。

同治七年戊辰（一八六八）　五十九歲

正月，廣東巡撫蔣益澧降調陝西按察使，先生作《送蔣香泉撫君序》。

昔著《聲律通考》時須用陳暘《樂書》甚急，嘗求之丁日昌。丁以宋本《樂書》見贈，並由莫友芝篆題書名于卷首。莫氏附贈以所著《唐寫本説文木部箋異》。先生復書丁日昌致謝。

三月，宗侃娶桂氏，並補增生。

二十八日，廣東書局開局刻《四庫全書總目提要》，先生受命主其事。

四月，署理肇慶府知府王五福議修府志，擬聘先生蒞肇慶纂修志事，未就，但爲訂修志章程十四條復之。案：後黄任恒刻該章程入《信古閣小叢書》，跋語有云：「觀其所言，述舊以成底本，增新以成長編，刪正以成新志，凡此三法，不獨修志者所當遵行，即撰輯大小各書，亦爲一舉萬全之善法。言雖淺近，閲者幸毋忽焉。」又云：「考《肇慶府志》始修于道光癸未，越十年而書成，卷首無此章程，又無五太守及先生署名，或者五太守去職而先生未就聘歟？」

六月，游端州，有詩。序曰：「戊辰六月，余游端州，遇王君耕伯，云有余評點《漢書》及《絶妙好詞箋》，得之史實甫之子。實甫死久矣，今以見歸。余受《漢書》，而以此書贈耕伯，並題絶句于目録後。江南倦客者，余昔年填詞以此自號云。『腸斷梅溪折素弦，還君絶妙好詞箋。江南倦客今頭白，不按紅牙二十年。』」案：史實甫有史悠長（一八三三—一八九二）、史悠高（一八四四—一九〇四）二子，未知王耕伯得于何子。

重陽，應倪鴻之邀，與樊封、楊懋建、王錕（森玉、眉生）、温子顥（筠栖）、沈澤棠集學海堂登高。

刻《切韻考》五卷。

作《送黎召民序》。

吴嘉善赴江南掌教算學，先生作序送之。

撰《字體辨誤》一卷，並附《引書法》于後，以教學海堂、菊坡精舍諸生。

王五福逝世。

同治八年己巳（一八六九）　六十歲

邀廖廷相館于識月軒。或擬請其幫助校刻《四庫全書總目提要》。

三月，讀《昌黎先生文集》中古詩部分，多有批語。案：手批本今藏中山大學圖書館。

五月二十九日，《四庫全書總目提要》刻竣。

廣州知府戴肇辰（友梅）聘先生纂修《廣州府志》，先生力辭不獲，乃許以繪圖。

六七月間，方濬頤卸任離粵前，不時與先生及馮譽驥、李光廷、楊懋建等飲叙唱和。

十二月初三日（十二月五日），慶龢生。次子宗侃出。先生命出嗣爲長子宗誼後，爲長孫。案：慶龢能詞，林葆恒輯《詞綜補遺》卷二〇曾收録三首：《憶少年・癸酉暮春別歷下用晁無咎別歷下韻》、《倦尋芳・乙亥舊京重陽》、《滿江紅・張君孟劬寄示近詞有丁丑重陽感賦一闋倚其歌而和之時後重陽十日矣》。

十五日，王拯招同過倪鴻寓齋，夜同登粤秀山學海堂探梅玩月。

作《己巳梁星藩重游泮水賦贈二首》。

鄒伯奇逝世。

同治九年庚午（一八七〇）　六十一歲

戊辰、庚午間，廖廷相讀書先生塾中，承命編輯文集，録呈函丈，後有所作，依次編入。

七月，作《恢垣吏部招同子箴方伯展雲詹事玉仲司馬少伯茂才集南園時七月六日也率賦二十八韻請諸公教和》。案：徐世中《陳澧集外詩文考論》（《廣東技術師範學院學報》二〇一六年第七期）定此首爲先生佚詩，繫于本年，其依據是：方濬頤《二知軒詩續鈔》卷一〇（題下注：「古近體詩一百二十六首，庚午五月至十二月」）中《恢垣于初六日招同展雲蘭甫玉仲並其門人陳少白（景伊）員外飲于南園余屬蘭甫首倡一詩越十日而蘭甫詩至次韻和之》。黄《譜》實早于徐文從相同的文獻來源收入先生此詩詩題，却繫于同治八年。

八月，作《秦樓月》（燕臺別）。先生此詞手跡尾署：「《秦樓月》一闋，奉題稼亭大夫《燕臺録別圖》，即請正誤。庚午八月，陳澧蘭甫。」據可繫年。

刻《經典釋文》、《四庫全書簡明目録》、《九數通考》。

作《贈于晦若》詩。

廣州府方修志書，欲爲孟鴻光立傳，先生乃撰《書孟蒲生》一文，供志局采擇。

同治十年辛未（一八七一）　六十二歲

正月，大病幾殆。

二月，刻所編張維屏《聽松廬詩略》二卷于《學海堂叢刊》中，並爲之序。秋祭日，親至張氏故居致祭，以《聽松廬詩略》初印本焚座前以告。

五月，作《陳範川先生詩集後序》。

作沈維鐈《沈侍郎集序》。

六月初八日（七月二十五日），天一公配張宜人逝世，年八十三。

十月，重刻武英殿本《十三經注疏》。

《番禺縣志》纂成。先生嘗作《張磬泉先生傳》一首，《書章鳳翰妻李氏》一首，以備志局采擇。案：張磬泉，張杓。章鳳翰，先生表姊子。李氏，李能定女。

刻《通典》成。

十二月，應倪鴻之邀，與羅岸先（三峰）、李榮章（耀堂）、劉稌孫、集野水閒鷗館作畫賦詩。

譚瑩、莫友芝、李福泰逝世。

同治十一年壬申（一八七二）　六十三歲

三月，重刻《十三經注疏》蕆事。

春夏間，女嫻逝世。

六月，爲蔡召華（儀清、守白）作《綴玉集序》。

七月十五日夜，邀同汪瑔、林直（子隅）、何懋曾（乃嘉）至南園賞月。

九月，四子宗穎考取番禺縣學附生。案：汪《譜》誤繫于同治十年。

十月十九日，戴望付書，寄所著《論語注》請教正。

在菊坡精舍重刻《通志堂經解》，並編刻《古經解彙函》、《小學彙函》附于後。

本年，文廷式入菊坡精舍，從先生受業。

胡錫燕、鄭獻甫、何曰愈逝世。

同治十二年癸酉（一八七三）　六十四歲

徐灝從同治六年開始著手，到本年最後改定《樂律考》。其間，徐氏曾作有《與陳蘭甫論燕樂書》、《再與陳蘭甫論燕樂書》及《答陳蘭甫論四聲清濁表書》，俱載其《通介堂文集》。其第一函中有云：「大著唯歷代樂律高下一卷最爲精覈。……若晋十二笛，乖僻離奇，當時本未施行，久已廢棄。閣下乃從古紙中理而出之，尤爲不敢附和。荀勖論笛，以匀開六空爲無法，而創爲上度下度之法，别製十二笛，推移其孔，密者二孔相並，一指不能按，二指不能容；其疏者又相去太遠，而指不能及。正使音律和諧尚且不適于用，況無一音相叶者乎？此真强作解事，可笑之甚。故當時不能行用，旋作而旋廢。凌次仲譏其妄以笛孔取，則琴徽是也。而閣下顧特好之，如式製造，以爲晋笛復出于人間，亦好奇之過也！夫簫笛匀開六孔，而聲調自合，此天地生成之妙，非人力之所能爲也。今以其爲俗伶所用而鄙棄之，别製不匀之孔，以爲必如是，然後爲有法之古樂器也。法則法矣，其如指不能按，聲不能諧何？願閣下之亟毁之也。」

香山知縣田明耀聘先生主撰縣志。

六月，編定鄒伯奇所著書爲《鄒徵君遺書》，並與丁取忠（果臣、雲梧）醵資刻之。

中秋夜，獨游越秀山賞月，與楊翰相遇于倪鴻之野水閒鷗館。

十月，刻《通志堂經解》、《古經解彙函》、《小學彙函》蕆事。

十二月，三子宗詢娶妻沈氏。

歲末，作《息柯先生將度嶺而北以團扇索拙詩念半年來過從之樂故不作送行詩而作留行詩先生其許我乎當有以答我也》。楊翰有《將歸浯溪陳蘭甫作詩留行次韻答之》。

戴望、楊懋建、何紹基、潘仕成逝世。

同治十三年甲戌（一八七四） 六十五歲

日本出兵攻擾臺灣戰事起。

八月十五日，爲蘊璘作《墓田歸耕圖跋》。案：此據黄《譜》。又，虞思徵近有《陳澧佚文輯録》一文，發表于《經學文獻研究集刊（第十六輯）》（二〇一六年），並謂：陳之邁曾于一九七八年將陳澧所作書畫及常用印章捐與臺北「故宫博物院」，其中有上海古籍版《陳澧集》未及收載之跋文一（《跋墓田耕讀圖》，圖後尚有汪瑔、陳良玉、劉湝年、沈澤棠、汪兆鏞等八人跋）、論學札記若干及書札若干通。然《東塾續集》卷二實已收此跋，《陳澧集·東塾集外文》卷三亦已收載，且所據文獻來源與虞文一致，未知文題何以微有差異。

本年，女律許婚新會羅氏子。

楊榮緒、蘇時學、羅惇衍逝世。

清德宗光緒元年乙亥（一八七五）　六十六歲

日本宣佈禁止琉球入貢中國。

正月，孫學逝世。四月，女婉逝世。九月，孫女柔逝世。冬，女律逝世。

刻《續通典》、《皇朝通典》蔵事。

劉熙載來書，勸以將《東塾讀書記》所成者先刻，未成者將來爲續編。先生以爲然，遂修改得一二卷先行付梓。

六月，作《樂志堂詩略序》。

七月，應黄薪庭之請，爲其父黄昭融《聽春樓詩文存》作序。

九月，爲劉湝年作《三十二蘭亭室詩存序》。

十一月，爲陳良玉作《梅窩詩鈔序》。

三子宗詢考取番禺縣學附生。

鍾謙鈞、蔣益澧、蔣超伯逝世。

光緒二年丙子（一八七六）　六十七歲

中英簽訂《煙臺條約》。

作《與精舍諸生論學手札》二十一條。其中如「讀書當摘録」條云：「夫學者豈但欲取超等而已乎？教者豈但教人能取超等而已乎？學者必當從此而能讀書作文字也。教者必當從此使人能讀書作文字也。

故課卷好者固好，課卷不甚好而其中有好處者亦好。即甚不好而其中有好處者亦好。從其有好處而教之，使進于甚好。夫然後使人材眾多，而學問不孤弱也。余所注意最在不好而有好處之卷，學侶當知此意也。」先生手稿藏中山大學圖書館。

二月初二日（二月二十六日），次孫慶佑生。次子宗侃出。

三月二十九日，文廷式偕同于式枚往菊坡書院聽先生講課。

題識李欣榮（陶村）《寸心草堂詩鈔》。

春間，方濬師以肇羅道調署兩廣鹽運使，到省之後，先生如約以《菊坡精舍記》文稿付之。嗣由濬師付其兄濬頤。濬頤旋屬濬師書之上石。

七月，爲樊封作《論語注商序》。

作《余以前詩録示金湝生運同承和韻二首並以先集見貽賦謝》。

本年，與王鑒心（德元、茹泉）同管惠濟義倉。

王拯、樊封、林昌彝逝世。

光緒三年丁丑（一八七七）　六十八歲

五月十五日，爲陳序球作《龍首骨歌》。陳璞有和作《龍首骨歌爲家天如太史序球作和蘭甫先生》。

八月既望，應温子紹之請爲其父温承悌（秋瀛。？—一八五五。温汝適子）《泛香齋詩鈔》作序。

沈曾植來粵，得與先生交，講學甚契。

十一月，四子宗潁娶婦廖氏。

本年，梁鼎芬入菊坡精舍從先生受業。

梁綸樞逝世。

光緒四年戊寅（一八七八）　六十九歲

廣東風災。

作《戊寅六月再題尹平幽阱雪鴻》。

七月二十二日（八月二十日），三孫慶耜生。四子宗穎出。

九十月，爲何兆瀛《心庵詩存》題詞。

陳樹鏞補學海堂專課肄業生。

馮焌光（馮玉衡子）逝世。

光緒五年己卯（一八七九）　七十歲

美國前總統議將琉球南部歸中國，北部歸日本，中部歸琉球王復國。

正月，爲李光廷作《李恢垣文集序》。

二月，譚宗浚自四川寄駢體壽序一首，爲先生壽。張之洞自京師寄贈楹帖，爲先生壽。

弟子葉衍蘭從北京摹得《説文統系圖》，寄與先生。先生命伍學藻（用藴）重摹刻石于學海堂。

四月，三子宗詢補廩生。

八月，自序《切韻考外編》。書後有廖廷相跋。

十九日(十月四日),四孫慶貢生。四子宗穎出。
九月,次子宗侃舉優貢生。
十一月,作《己卯仲冬冒哲齋澄太守招集精舍時梅花盛開同集多七十老人何青士都轉賦詩見示和作》。案：冒澄,冒廣生二伯祖。冒廣生日記稿本一九五二年一月二十日記「暇閲陳蘭甫《東塾遺詩》」,有云：「又光緒己卯先伯祖哲齋招集菊坡精舍看梅五律一首。以何丈青耜都轉日記考之,是日座客爲青丈兄弟及余鏡波、俞吉甫、汪芙生、先伯祖月川公凡八人。」(載冒懷蘇編《冒鶴亭先生年譜》)余恩鑅,號鏡波。月川,冒溶。
十二月,《香山縣志》十二卷纂修完竣,先生爲之序。
《廣州府志》纂成。
楊翰、徐灝、梁清逝世。

光緒六年庚辰(一八八〇) 七十一歲

正月,題識金諤《篤慎堂燼餘詩稿》。
《東塾讀書記》刻成九卷。
四月初一日(五月九日),原配潘孺人逝世,年六十六。
作《精舍看梅花贈汪莘伯》。
作《去冬陶春海王峻之湯警盤子壽招游小港看梅花余有詩書于峻之警盤扇上今爲此詩書贈春海子壽》。案：湯金銘,字警盤。湯金鑄,字子壽。
作《庚辰南海王茹泉署正(鑒心)重游泮水賦贈二首》。

十一月，序姚詩雅《景石齋詞略》：「姚仲魚大令能文，而屈于場屋，一行作吏，不廢風雅。數年前，拓其境内古碑廿餘通寄余，其思古之幽情可知也。哲嗣樫甫太史奉諱歸，繕録大令所爲《景石齋》詞見示。余再三讀之，知其于兩宋及國朝諸家寢饋深矣，而尤愛其小令似朱竹垞。余素好爲詞，老而才思枯槁，不爲此者廿餘年。然猶常常諷誦昔人所作，以寄清興。竹垞詞則尤熟誦者。今謂大令似竹垞，安得起大令而質之，當不以余爲强作解事乎？所寄余古碑，友人借觀而不還，此亦好古之士，故不强索之。而太史聞之，又以贈余。此後當深藏之，不復借人矣。爲此詞集序，因並記之。光緒六年十一月，陳澧序。」姚樫甫，即姚禮泰，同治十三年進士。

十二月，王大隆跋陳倬《香影餘譜》，中論「經師而擅倚聲者」有云：「竊謂經師而擅倚聲者，若段玉裁、江聲，慢詞小令，凄婉獨絶。其有專集者如凌廷堪之《梅邊吹笛譜》，張惠言之《茗柯詞》，江藩之《扁舟載酒詞》，馮登府之《種芸仙館詞》，李貽德之《夢春廬詞》，陳澧之《憶江南館詞》，吾蘇則江沅之《染香庵詞》，宋翔鳳之《浮溪精舍詞》，皆其選也。今誦是編，纏綿悱惻，足以驂靳諸家而無愧矣。」

柳興恩、李光廷逝世。

光緒七年辛巳（一八八一）　七十二歲

三月，譚宗浚邀先生攜宗侃等三子泛舟大灘尾看桃花。

譚宗浚詩題：「三月初六日，邀同陳蘭甫師暨孝直宗侃、孝彬宗恂、孝堅宗潁三世兄，劉星南昌齡、梁庚生起兩茂才，陶春海福祥、王峻之國瑞、姚峻卿筠三孝廉泛舟大灘尾看桃花。」

以兩本吴蘭修《桐花閣詞鈔》囑陳良玉將校對删訂，刻入《學海堂叢刻》。陳氏本年六月序有云：「家蘭甫先生極稱許之，搜訪得前後兩刻本。以余謬有同嗜，屬爲校訂，重刊入《學海堂叢書》。乃去其重複，並汰其什之一二，得若干闋爲一卷，名仍其舊。」又，古直後于民國三年四月跋《桐花閣詞鈔》亦云：「吾州吴石華先生《桐花閣詞》身後流傳甚罕，番禺陳蘭甫先生曾搜訪原本，刊入《學海堂叢刻》。今日《叢刻》亦非人人能得，過此以往，流風歇絶，吾滋懼焉。爰從《叢刻》中抽出，刊爲單行本行世，以紹靈芬。」據此一序一跋中「前後兩刻本」、「原本」云云，可推知先生搜得的吴氏詞集中，應有一種是嘉慶間與《守經堂集》合刊之本，另一種可能就是收詞五十八首的《粤東詞鈔》本。

藴璘（玉仲、小泉。王五福子）招先生及汪瑔于盔特摩花池館小集。

七月初四日（七月二十九日），奉旨加恩賞給五品卿銜，以爲績學敦品者勸。

九月，作《金文最序》。

十月初四日（十一月二十五日），五孫慶銜生。三子宗詢出。

仲冬朔日，題識黎文蔚《兩彊勉齋古今體詩存》。案：先生又曾評論過倪氏《兩彊勉齋文存》中的部分文章，徐世中《陳澧集外詩文考論》也輯録了這些文字。徐文另外還輯得佚札、佚聯，合佚詩、佚文共計十五篇。

總督張樹聲本陸世儀説，仿《通典》之例設局重修史志，删繁補闕，題以八綱，延先生總其事。乃甫開局而先生疾作。

朱次琦、陳良玉、劉熙載逝世。

光緒八年壬午（一八八二）　七十三歲

正月，病益劇。親以遺書付門人陳樹鏞編録。二十二日（三月十一日）逝世。葬于廣州大東門外大蟠龍岡之原，原配潘宜人祔。先生卒後，總督張樹聲奏請宜付史館立傳，報可。諸門人請于大吏，于菊坡精舍西偏闢祠奉祀。金武祥挽以聯云：「推南交第一儒林，惟公抱道傳經，共仰高風尊學海；留東塾千秋著述，從此談詩問字，不堪别業過鍾山。」又何振岱（梅生。一八六七—一九五二）聯云：「大儒不再，學者安宗，從今山斗千秋，莫共籍翱陪侍座；異書滿家，海内所誦，獨惜權輿八志，未追揚馬睹成篇。」卒後數年，梁鼎芬爲詩敬述先師德業及門下俊彦。又與同門集資百萬，爲置祭田。再後，精舍經兵燹毁圮，邑人别于禺山之麓番禺圖書館東偏，重葺祠堂，歲時致祭。

本年，譚獻編《篋中詞》刊行。其今集續卷二中選録先生詞二首：《齊天樂·十八灘舟中夜雨》、《疏影·苔痕》。評《疏影》曰：「如太白古風，多少和婉。」總評：「蘭甫先生，孫卿、仲舒之流，文而又儒。粹然大儒，不廢藻詠。填詞朗詣，洋洋乎會于風雅。乃使綺靡、奮厲兩宗，廢然知反。」案：校點排印本《清詞一千首》另收有《百字令》（江流千里）、《摸魚兒》（繞城陰、雁沙無際）、《甘州》（漸斜陽淡淡下平堤）、《高陽臺》（新曙湖山）四首，並云：「梁節廣爲東塾入室弟子，手録先生遺詞見示，補列卷中。」又評《甘州》曰：「柔厚衷于詩教。」此排印本稱以本年譚氏家刻本《篋中詞》爲底本，未知何以與底本有如許不同處。

後一年，十一月，丁紹儀識所編《國朝詞綜補》。其卷三八中選録先生詞七首：《點絳唇·送沈偉士之高州》、《齊天樂·十八灘舟中夜雨》、《鳳凰臺上憶吹簫·越王臺春望》、《疏影·苔痕》、《摸魚兒·東坡江郊詩序云……》、《八聲甘州·朝雲墓》、《高陽臺·元日獨游豐湖》。

後五年，金武祥《粟香三筆》刊成。其卷一中有云：「其詞亦絶工，有《憶江南館詞稿》。《水龍吟》追和程春海師與吴石華學博登越秀山看月韻云云。録此以見一斑，覺白石、玉田去人未遠。」又有云：「吾鄉張氏《宛鄰詞選》風行一時。陳蘭甫京卿嘗謂余：『宛鄰所解，大率穿鑿。惟姜白石《疏影》詞謂「以二帝之憤發之」，故有「昭君」之句，最爲得解。』」前一條，雖然提到先生「有《憶江南館詞稿》」，但彼時尚未刊行，故所録取自《粤東詞鈔》。後一條中「穿鑿」云云，金氏光緒十九年仲春所作《留雲借月庵詞叙》亦云：「常州入國朝以來，經學詩古文皆卓絶當世，别標宗派。詞雖小道，自乾嘉而後，亦有陽湖派之目。茗柯詞出，倚聲家尤宗尚之。及潘四農大令，始持異論。余在嶺南晤陳蘭甫京卿，亦言《宛鄰詞選》頗多穿鑿。竊謂張氏獨辟閫奥，詞學始尊。不善學之，則晦滯膚廓，亦不免焉。」

後十年，十二月，門人廖廷相識菊坡精舍刊本《東塾集》：「大凡文六卷，二百二十篇。京卿師陳蘭甫先生所作也。同治戊辰、庚午間，廷相讀書先生塾中，承命編輯文集，録呈函丈。後有所作，依次編入。壬午春，先生捐館。遺稿待梓，人事牽阻，忽忽十年，今檢録校刊，一遵手定。先生學術大旨，詳所著《讀書記》及《漢儒通義》，而樂律、音韻、天算、水地亦具有專書，此集所録，特其緒餘，然扶世立教，類皆不刊之語。顧亭林有言：凡文無關于經術政理之大者，則不作也。讀斯集者，當有會焉。校讎者，同門鄭君權、梁君起、楊君繼芬、汪君光銓及先生之子宗侃、宗穎、從孫慶修也。」

後十二年，八月，徐琪序吕鑑煌《金霞山館詞鈔》。其中，論及先生詞有云：「嶺南自來多詩人而少詞人，南漢劉益之只《樂中箏》一闋傳于世。及劉隨如、李文溪、崔菊坡繼起，詞學甚盛，其後不復見成家矣。國初陳、屈、梁、程四家皆工于詩，而詞非所長。迨至吴石華、黄琴山、儀墨農、陳蘭甫、潘子羽諸子出，並駕詞場，追蹤北宋，而樂府之清新雅正，始振頹靡而造宏深。」

後十五年，譚獻序葉衍蘭《秋夢庵詞鈔》。中有云：「陳蘭甫先生，君師法所出。」

後十六年，潘飛聲作《論嶺南詞絶句》。組詩凡二十首，其十七論先生詞曰：「經師偏解作詞談，朱厲齊驅筆豈慚。記讀真孃憑弔曲，一簾春雨憶江南。（《憶江南館詞》末刻有《真孃墓》一闋甚工，《粤東詞鈔》未采入。）（陳澧）」潘氏組詩創作時間，係據邱煒萲本年「首夏」爲之所作序推定：「吾友番禺潘蘭史嘗喜爲詞，余讀其集，知由朱、厲、成、郭四先生以與蘇、辛相見者，愛其同心，竊欲以平日臆見狂言向之質證而未果。今年夏，寄示大作《論嶺南詞絶句》屬題，始獲一發所云如右。」又，《説劍堂著書》本題作《論粤東詞絶句》。

後二十年，李佳繼昌跋《左庵詞話》。其卷上中評先生詞曰：「陳澧蘭甫，以經學稱，詩詞亦超雋。《水龍吟》追和石華陪春海師登越秀看月云云，具見通品，無不能之。視彼一孔半瓶，沾沾自命爲儒士，轉鄙詞賦爲雕蟲而不屑觀之，能勿汗顔。」

後二十一年，潘飛聲作《雙雙燕》（羅浮睡了），序云：「昔在菊坡精舍，聽陳蘭甫先生話羅浮之游，云僅得『羅浮睡了』四字，久之未成詞也。壬寅三月，余游羅浮，至東江，泊舟望四百峰橫亘煙月中，覺陳先生此四字神妙如繪，故于《游記》中紀其事。而黄公度京卿以飄逸仙才，成詞一首見寄，猿驚鶴舉，惜不能起陳先生相誦也。寒夜無眠，獨起步月，如置身五龍潭上，玉女峰邊。忽憶京卿原韻，意有所悟，擬和成稿，蓋距京卿寄示時又易一寒暑矣。」「羅浮睡了」句，出自先生《醉吟商·龍溪書院門外見羅浮山》，夏敬觀《忍古樓詞話》則謂「『羅浮睡了』四字，爲陳蘭甫先生游羅浮時所得，卒未成詞」。又，序中「京卿原韻」，即黄遵憲上年所作《雙雙燕·題蘭史羅浮游記》（羅浮睡了）。梁啟超《飲冰室詩話》所録黄氏詞，詞題作「題蘭史羅浮紀游圖」，無夾注，有尾注作「蘭史所著《羅浮游記》，引陳蘭甫先生『羅浮睡了』一語，便覺有對此茫茫、百端交集之感。先生真能移我情矣。輒續成之。狗尾之誚，不敢辭也。又蘭史與其夫人舊有偕隱羅浮之約，故『風鬟』句及之」。

後二十六年，《藝蘅館詞選》印行。其丁卷中選録先生詞二首：《齊天樂·十八灘舟中夜雨》、《疏影·苔痕》。《疏影》詞有梁啟超評曰：「體物入微，碧山却步。」案：梁令嫻本年八月自序有云：「令嫻校課之暇，每嗜音樂，喜吟詠，間伊優學爲倚聲。家大人謂是性情所寄，弗之禁也。既而麥蜕庵世丈東游，主吾家者數月，旦夕奉手從受業。丈既授以中外史乘掌故之概，暇輒從問文學源流正變，丈諄諄誨不倦。令嫻家中頗有藏書，比年以來，盡讀所有詞家專集若選本，手鈔資諷誦，殆二千首，乞丈更爲甄别去取，得若干首。同學數輩輾轉乞傳鈔，不勝其擾。乃付剞劂，聊用自娱。」或曰令嫻時屆髫年，力必有所未逮，該選實爲梁啟超、麥孟華等「甄别去取」而假名于令嫻。該選編成，潘之博曾爲題《聲聲慢・爲令嫻女史題藝蘅館詞選》：「巧句穿珠，古囊集錦，人間風月千篇。點墨研朱，緑窗閑度華年。新聲别裁僞體，傍玉臺、搜遍金籤。寫萬本，料江河不廢，都市争傳。　供我回腸蕩氣，正珊瑚擊碎，百感無端。一瓣心香，幽閨多少纏綿。詞流古今百輩，望下風、應拜嬋娟。還按拍，唤雙鬟、歌向酒邊。」麥孟華亦題《聲聲慢・爲令嫻題藝蘅館詞選》：「瓣香熏艷，花露研朱，烏闌斜界生綃。嚼徵含商，冰弦瑟瑟重調。花間試翻舊譜，付小鬟、低按瓊簫。花蟲語，有騷魂一片，香外重招。　覆瓿文章何用，歎紅牙鐵板，一例無聊。底事干卿，玉臺艷集春苕。詞客（平）有靈識我，笑淋浪、袖墨難消。金荃響，算人間、猶未寂寥。」細細品讀題詞，加上載録這兩首詞的民國版本《藝蘅館詞選》題署「梁令嫻鈔」，此説亦不爲無據。又，冒廣生《小三吾亭詞話》凡五卷發表于《國學萃編》。其卷二中論及先生詞曰：「粤中詞人，三家之先，推嘉應吴石華學博（蘭修）、番禺陳蘭甫京卿（澧）。學博之詞詞人之詞，京卿之詞則學人之詞也。京卿邃于説經，品詣高雅，所著東塾叢書，風行于世。録其雨中過嚴瀧《百字令》云……此詞仙樂飄飄，箏琵洗俗，嘗鼎一臠，可以知味矣」，「同時與陳京卿負通儒之望，而又工詞章者，則南匯張嘯山學博（文虎）也」。

後三十年，重陽，四子宗穎作《憶江南館詞題識》：「謹案，先京卿以大挑得教職，迨選任河源，到官兩月，即告病歸，而粤賊起矣。既而賊踞金陵，以先世爲上元人，由甲辰後所爲詞，雖無多篇，並前作題曰《憶江南館詞》，以寄思念故鄉之意。晚年復手自删定。兹將遺稿重寫，仍録前序，並附注于後。壬子重陽宗穎謹記。」「先京卿詞存稿不多，遺命不必付梓，如海内有選詞者，付選刻數首足矣。憬吾孝廉曩從先京卿游，頃索讀此編，謹用寫上，如有譌脱，幸諟正之。宗穎又識。」識語中所謂先生「晚年」、「手自删定」，其詳情已不可得而聞。不過，如果對勘《粵東詞鈔》所録，當可略知一二。如《緑意・苔痕越臺詞社作》：「空庭雨積。漸染成淺黛，延緣牆隙。正是池塘，春草生時，難辨兩般顔色。閒門深掩無人到，已滿地、翠煙如織。又暗添、幾縷蝸涎，裊裊篆紋猶濕。應誤回欄倚遍，怕行近滑入，穿花雙屐。似淡還濃，漠漠平鋪，只道緑槐陰密。晚來幽恨知多少，訝看到、斜陽成碧。謝樹頭、吹落嫣紅，點點破伊岑寂。」其中，詞題、「滑入」、「晚來」句、「訝」、「點點」，《粵東詞鈔》分别作「苔痕」、「滑了」、「黄昏小立成銷黯」、「恰」、「一霎」。

後三十一年，「横山鄉人」陳慶年爲程先甲《百仙詞》作後序，其中論「以經學家而工詞」者如先生有云：「近代經學家能詞者，張皋文、陳蘭甫二家最著，繼者閬如。江寧程一夔先生，……一日以所著詞集郵示，吾乃嘆先生以經學家而工詞，尤爲難能可貴，將繼皋文、蘭甫而三矣。吾于詞雖未遑從事，然亦粗加瀏覽，覺先生之詞流麗而不滑，研煉而不滯，深而不晦，澀而不枯。小令長調，兼擅並工。語意新穎，寄托深遠，風格高雅，羚羊挂角，香象渡河，有神無迹。昔者研孫、藝風于先生所撰，無不嘆服，良非虚語。蓋其造詣實已超越皋文、蘭甫二家矣。」又，門人汪兆鏞向先生四子宗穎借閲先生《絶妙好詞箋》批校本（陳氏藏本現下落不明），並過録至同治十一年章氏重刊本《絶妙好詞箋》。該批校本抄本現藏于新加坡國立大學中文圖書館。全書七卷，續編二卷，凡四册。書前有「微尚老人過録陳東塾先生評點本。戊子十月，宗衍敬記」，又有「孝堅世兄出視東塾師評點本，用墨筆照録一過。癸丑小除夕，兆鏞記」。此本部分詞句旁有朱、墨圈點，墨圈部分應爲先生的評點，而朱圈部分究竟出自先生亦或汪兆鏞之手則難以確知。先生批語，有如評陸淞《瑞鶴仙》：「質而腴，自不同南北曲語。」評孫惟信《夜合花》：「宋人雅詞尚嫌有市井語，則知學蘇辛之當善學也。要知詩與曲皆非詞徑。」評周密《水龍吟》：「字字選擇熔煉而出，而又得此一枝好筆宛轉達之，是從李長吉、温飛卿詩化來。」評張孝祥《清平樂》：「小令宜煉字，一字一珠；又宜煉句，一句一轉。」又《念奴嬌》：「作豪語妙在無凌厲之氣，不善學稼軒往往之失之粗，更流于曲調則俚矣。」評翁元龍《醉桃源》：「煉一移字便有柳在。」評李彭老《探芳訊》：「疏字煉，止酒、禁酒俱不宜也。」評王沂孫《高陽臺》：「宛轉清圓，全在虛字用得好。」評李萊老《青玉案》：「虛實相間」、「荀香、庾愁佳對，用猶在、何許，虛字便覺跳脱，所以最忌一實字也。」評張涅《祝英臺近》：「毫無深意，但覺扭捏。本因不如歸去四字生出波折，但虛字襯貼不佳，愈形其俗。」評辛棄疾《摸魚兒》：「下闋換意换筆，愈見上闋之佳，善謀篇也。而收筆又與上闋相稱，故佳。挽足上意，句長而意更曲，不覺其曲與長，經百煉矣。……惟有稼軒之雄奇乃能有此綿麗。世人目雄奇者並曰蘇、辛，然彼儘有綿麗者」、「此等代無數人，人無數篇，能學此詞用虛字者，不可多得」。又《瑞鶴仙》：「與蘇詩『海南仙雲嬌墮怯，月下縞衣來扣門』穠艷正復相同。」評姜夔小傳中引述之張炎「詞要清空，不要質實」：「八字非經磨煉不能解。」評樓采《瑞鶴仙》：「處處用意，字字穩愜，而究與白石異者，惟只欠一片空靈耳。」評劉仙倫《江城子》：「翻新。」評張展信《柳梢青》：「平常意用翻新。」評王沂孫《淡黄柳》：「與白石《淡黄柳》同其綿邈。」又《醉落魄》：「雄秀之筆，又與白石不同。」評張樞《瑞鶴仙》：「梅溪《雙雙燕》尾句，由燕説到人，此又從蝶説到人，同一變化。」評史達祖《東風第一枝》：「詠春雪須説春寒而非甚寒，處處皆往此用意。……且字放，恐字收，此中消息。」評張鎡《念奴嬌》：「詠花木長調當以此爲式，全是活色生香，不同塗澤。」評張炎《壺中天》：「此等對句又以爽朗爲佳」、「兩收句，調同而構思亦復相埒。」評真德秀《蝶戀花》：「用意巧合，然使姜、張爲之，更幽婉矣。此事非專門不能。」評王澡《霜天曉角》：「寄意絶佳，姜、張爲之更當有餘味也。」不一而足。

後三十二年，春，四子宗穎逝世。據鄭權《蝶戀花·和陳孝堅韻》、《清平樂·和陳孝堅韻》、《百字令·十一月七日内子生朝十五日先室忌日而壎兒于今年六月棄世讀陳孝堅壽其夫人詞情致綿邈撫今追昔不勝懷舊之感因和其韻並柬孝堅》等，知宗穎能詞。《番禺縣續志》卷二〇曾著録宗穎《達神怡齋詞》，未見。

又，八月，門人汪兆鏞作《憶江南館詞》校後記：「右《憶江南館詞》一卷，番禺陳先生撰。先生少憙填詞，中歲後專治經，不欲以詞人傳。所爲詞見于許青皋、沈伯眉兩先生輯《粵東詞鈔》中者僅八首。壬子秋，孝堅世兄出先生手定稿相視，都凡二十五首，爰移録一過。嗣復采獲四首，皆原稿所未載，附録爲集外詞。諸本字句有異同者，别爲《校字記》一篇。久擬付刊，孝堅以先生遺命勿刻阻之。今年春，孝堅歸道山，每撫此編，惜往日之云徂，哀大雅之不作。人間何世，失墜是懼。先生不欲刻詞，特自謙之意耳。謹命工剞劂，刊成，用識簡末。甲寅八月，門人汪兆鏞記。」《校字記》中標明的參校本，主要有《粵東詞鈔》、《詞綜補》及《懺庵隨筆》。又，潘飛聲《在山泉詩話》四卷由上海廣益書局鉛印。其卷三中記云：「蘭甫先生不獨以經史考據大文擅長，即詩詞亦卓卓可傳，惟遺命不刊入集部。去冬，朱古微侍郎與余言，欲索余所輯《粵東詞鈔》，一讀蘭甫先生遺作，篋中適無是書。此板舊藏楊椒坪丈處，今且散失矣。兹從《粵東詞鈔》内憶録三首，又從《花南軒筆記》鈔出七首。當寄示侍郎也。……先生所著名《憶江南館詞》，聞全稿在梁星海處，侍郎近欲録副云。又憶少時在菊坡精舍，先生言游羅浮歸，只得『羅浮睡了』四字，久未成詞，故余與公度後皆擬作。」「蘭甫先生詞集，久未刊行。近閲譚仲修《篋中詞》，録其惠州朝雲墓一闋，調倚《甘州》云云。……此詞『有西湖爲鏡照華鬘』句，已入神品。全首托體極高，不在朱、厲之下。」其中，録自《花南軒筆記》的九首詞，如《齊天樂·舟中聽雨凄然有作》：「倦游萬里江湖客，孤篷又眠秋雨。碧暈摇燈，凉聲落枕，鄉夢更無尋處。幽蛩不語。正濕葦荒蘆，亂垂煙渚。一夜蕭蕭，惱人最是繞堤樹。　清吟此時更苦。漸寒生半臂，秋意如許。古驛疏更，危灘暗溜，並作天涯離緒。歸期又誤。悵嶺路模糊，亂雲無數。鏡裏明朝，定添霜幾縷。」有較爲難得的校勘價值。

後四十一年，秋，梁啟超《中國近三百年學術史》成書。其中論及先生及其《聲律通考》有云：「清儒最能明樂學條貫者，前有凌次仲，後有陳蘭甫，而介其間者有徐新田（養原）。……陳蘭甫所著曰《聲律通考》

十卷。蘭甫著書動機，蓋因讀次仲書而起，而駁正其説亦最多。蓋他書無駁之價值，而于凌書所未安，則不容不駁也。（卷九之末自注云：『此書于《燕樂考原》之説駁難最多，非掎摭前人也。余于凌次仲，實資其先路之導。其精要之説，固已采録之至；其持論偏宕，則不可不辯。其紛紜舛錯，讀之而不可解者，尤不能不爲之訂正。九原可作，當以爲諍友焉。』）今略摘凌、陳異點如下。一、凌氏掊擊荀勖笛律，陳氏極推重之。（陳似未見凌之《笛律匡謬》，亦未見徐氏之《笛律圖注》。然凌氏《匡謬》之説，已有一部分散見《燕樂考原》中，陳所反駁甚當也。徐著極精密，使陳見之或更有助。）説明荀氏十二笛三調之制及其作用。二、凌氏不信有八十四調，謂鄭譯創此説以欺人。陳氏考證八十四調爲梁隋所有，不始鄭譯（據《隋書·萬寶常傳》及《舊五代史·音樂志》等書），並説明其可能。三、凌氏以工尺等字譜分隸宫商等，陳氏承認之。但陳謂此惟今樂爲然耳，宋人則以工尺配律吕，非以代宫商。四、凌氏以蘇祇婆琵琶爲標準樂器，陳氏謂有研究古樂器之必要。（其言曰：『聲隨器異，由今之器，豈能寄古之聲？試取今日之二弦、梆子以唱昆腔，聞者必爲掩耳，而況以今器寄古聲乎？』）……吾以爲今所當問者只有兩點：一、蘭甫所解荀勖笛制是否無誤？二、朱子所傳開元十二詩譜是否可信？（蘭甫又言：『即謂十二詩譜不出開元，而爲宋人所依托，然自宋至今，亦不可謂不古。較之毛大可所稱明代之唐譜，不可同年而語矣。』）若誠無誤也，可信也，則所謂古樂復出于今世者，真可拭目而待也。由蘭甫之書以復活漢晋以來不絶如縷之古樂；由次仲之書以復活唐代融會中西之燕樂，（此點蘭甫絶對承認次仲書之價值，蘭甫書亦有可以補其未備者。）則二千年音樂流變，可以知其概以求隅反，樂天下快事寧有過此？」又于《唐宋歌詞新譜》有云：「吾鄉梁章冉廷柟著《曲話》五卷，不論音律，專論曲文，文學上有價值之書也。而陳蘭甫亦有《唐宋歌詞新譜》，則取唐宋詞曲原譜已佚而調名與今本所用相符，字句亦合者，注以曲譜之意，拍而歌之。……讀此可見此老雅人深致，惜其書已不傳。」案：吴熊和《唐宋詞通論》則謂，曲譜之作實屬無謂：「明清人爲宋詞作曲譜的，也時有所見。

明時如王驥德嘗譜宋詞。《曲律》卷四：『宋詞見《草堂詩餘》者，往往絶妙，而歌法不傳，殊有遺恨。余客燕日，亦嘗即其詞爲各譜今調，凡百餘曲，刻見《方諸館樂府》。』又丁文頫《歌詞自得譜》亦譜宋詞。清吴衡照《蓮子居詞話》卷二：『明成化間丁誠齋文頫，自號秦淮漁隱，編《歌詞自得譜》數十卷，如李太白「簫聲咽」，司馬才仲「妾本錢塘江上住」，蘇子瞻「大江東去」，李易安「蕭條庭院」，皆注明某宫某調，及十六字法，足備考訂。』清時如謝元淮《碎金詞譜》，亦以俗工尺歌唐宋詞。又陳澧有《唐宋歌詞新譜》序，見《東塾集》卷三。這些都是『借古調之已亡，托新聲以復奏』，自我作古，與唐宋音譜實毫無關涉。」

後四十二年，梁啟超跋所藏先生手批道光八年刻本《絶妙好詞箋》。跋記曰：「此東塾先生早年評點之本，爲王耕伯所得，歸諸先生，先生即以贈耕伯，題一詩媵焉。五六年前汪柏廬同年得諸海王村破書攤中，以余私淑先生也，持以見貽。全書除續編外，字字皆經筆圈，評不多而壹皆精絶，所批抹嚴于斧鉞，可謂一洗凡馬。推崇蘇、辛，而于草窗所録稼軒三首深致不滿，可見先生宗旨所在矣。先生詩詞皆散佚不傳，讀此可窺其詞學一斑，又得遺詩一首，深足幸也。甲子十月，後學梁啟超補跋。」此本迄今未見。「草窗所録稼軒三首」，是指《摸魚兒》(更能消幾番風雨)、《瑞鶴仙》(雁霜寒透)、《祝英臺近》(寶釵分)。又，「推崇」云云，與汪兆鏞過録本的相應批語有異：「于稼軒只選此三首，益知此本之工。」而造成此種論斷分歧的原因不明。

後四十三年，徐珂跋乃師譚獻《復堂詞話》。該詞話中兩處論及先生詞，分别云：「蘭甫先生，孫卿、仲舒之流，文而又儒。粹然大儒，不廢藻詠。填詞朗詣，洋洋乎會于風雅。乃使綺靡、奮厲兩宗，廢然知反」，「嶺南文學，流派最正，近代詩家張、黎大宗，餘韻相禪。填詞有陳蘭甫先生，文儒蔚起，導揚正聲」。又，朱祖謀作《望江南・雜題我朝諸名家詞集後》二十四首。其第十八首評先生曰：「甄詩格，凌沈幾家參。若舉經儒長短句，巋然高館憶江南。綽有雅音涵。」

後四十五年，仲冬，廣州之亂，木排頭里第被燬，先生所著書版片亦化爲灰燼。

後四十六年，趙爾巽主編《清史稿》刊行。其卷四八二先生本傳中有云：「初著《聲律通考》十卷，謂：『《周禮》六律、六同皆文之以五聲，《禮記》五聲、六律、十二管還相爲宫，今之俗樂有七聲而無十二律，有七調而無十二宫，有工尺字譜而不知宫、商、角、徵、羽。懼古樂之遂絶，乃考古今聲律爲一書。』又《切韻考》六卷、《外篇》三卷，謂：『孫叔然、陸法言之學存于《廣韻》，宜明其法，而不惑于沙門之説。』又《漢志水道圖説》七卷，謂地理之學，當自水道始，知漢水道則可考漢郡縣。其于漢學、宋學能會其通，謂：『漢儒言義理，無異于宋儒，宋儒輕蔑漢儒者非也。近儒尊漢儒而不講義理，亦非也。』著《漢儒通義》七卷。晚年尋求大義及經學源流正變得失所在而論贊之，外及九流諸子、兩漢以後學術，爲《東塾讀書記》二十一卷。其教人不自立説，嘗取顧炎武論學之語而申之，謂：『博學于文，當先習一藝。《韓詩外傳》曰「好一則博」，多好則雜也，非博也。讀經、史、子、集四部書，皆學也，而當以經爲主，尤當以行己有耻爲主。』」

後四十八年，二月，門人汪兆鏞等以先生里第被焚後僅存之畫像摹臨勒石，嵌于先生祠壁，兆鏞爲之記。

後四十九年，十一月，門人汪兆鏞跋所輯刊《陳東塾先生遺詩》，末云：「願讀先生詩者有以進窺學術之所在，當于世道有裨，毋區區徒以詩論也。」案：先生《與王峻之書五首》其二所云，可略備參詳：「所謂經學者，貴乎自始至末讀之，思之，整理之，貫串之，發明之，不得已而後辨難之，萬不得已而後排擊之。惟求有益于身，有用于世，有功于古人，有裨于後人。此之謂經學也。有益有用者，不可不知；其不甚有益有用者，姑置之；其不可知者，闕之。此之謂經學也。」張舜徽《清人文集别録》卷一七于此有評曰：「《東塾集》中此等名通之論，自當能與《東塾讀書記》之經學研究部分互爲表裏，並行不廢。」

後五十一年，八月，《詞學季刊》第一卷第二號出版。其中，「歌譜」欄目發表《陳東塾先生手譜白石道人歌曲》。譜末有龍榆生（沐勛）本年「中夏」所作識語：「世傳《白石道人歌曲》，旁綴音譜。吳瞿安先生謂：『不傳拍子，雖翻作工尺譜，仍不能歌。』引爲大憾。番禺陳東塾先生澧爲近代大師，兼精聲律。所著《切韻考》、《聲律通考》等書，世共宗仰。茲承汪憬吾先生兆鏞録示此譜，并注板眼，應可取被管絃。亟爲刊佈，俾世之研治姜詞及宋詞歌法者，共探討焉。」

後五十二年，張爾田在給夏承燾的信函中，盛讚先生「詞外有事在」：「故國三百年，不以詞名而其詞卓然可傳者，只一陳蘭甫。蘭甫經學大師，而其詞乃度越諸子，則以詞外有事在也。」（載夏承燾《天風閣學詞日記》一九三四年十月十一日）張氏後來在《吳眉孫詞集序》中提出的「獨右」之説，與此一脈相承：「余嘗聞先師秦右衡（指秦樹聲）之言矣，曰：『今之詞人能爲姜張之騷雅矣，上焉者爲夢窗，爲美成，沈博絶麗，止矣，而獨不能爲清雄。』夫所謂清雄，非雷大使執銅琶鐵板，唱大江東去之謂也，必也如公孫大娘舞劍器渾脱瀏亮，斯爲工耳。境至此，獨非詞之一奇耶？何乃鰓鰓焉常派、浙派爲？余亦嘗論一代之詞，于我清聲家外，獨右陳蘭甫。眉孫聞之，則大以爲知言。眉孫往者以傭書佐人理，狂篇醉句，千啼百笑，久落落在人口。顧皆棄去，而獨取師友所見可者，及晚歲所爲，未經人道者，聯爲卷，合若干闋。故其詞豪邁矣而不失之傖，沈駿矣而不失于放。折旋于一節一扣之間，而聲容言笑，又非一節扣所能縛。擬之蘭甫，貌異心同，殆先師所謂清雄者，非耶？」又，十月，《詞學季刊》第二卷第一號出版。其中，「圖畫」欄目刊載「陳蘭甫手書詞稿（譚瑑青先生藏）」。此自書詞稿即《金縷曲·實甫將之潮州……》、《金縷曲·前詞已成餘意未盡……》二首，也即汪《譜》所謂「《詞學季刊》印本」。譚祖壬，字瑑青。

後五十四年，倫明《辛亥以來藏書紀事詩》發表于《正風半月刊》。其中論及先生曰：「『群書手校墨淋漓，百册殘餘署學思。猶勝廖君三禮表，鼠傷蟲蝕聽頑兒。』陳東塾先生（澧）所藏書遝年盡散出，多爲徐信符所得。先生閲書至博，每書皆有校記。嘗見《學思録》百餘册，皆是先生手跡，即《讀書記》之底稿也，今歸香港大學。先生治學之法：凡閲一書，取其精要語，命鈔胥寫于別紙；通行之書，則直剪出之。始分某經，繼分某章、某句、某字，連綴爲一，然後別其得失，下以己見。如司法官之搜集證據，乃據以定案也。余因閲《學思録》與《讀書記》，而悟其法如此。先生入室弟子廖澤群編修（廷相）著《三禮表》藏于家，其子伯魯秘不肯示人，有欲代刊者並堅謝之。不知其居何心也。」又，九月，《詞學季刊》第三卷第二號出版。其中，「圖畫」欄目刊載「陳東塾先生畫扇（汪憬吾先生藏）」。

後五十五年，陳乃乾輯《清名家詞》由開明書店刊行。是書凡收一百家，以所作「迥異非凡」的先生詞爲其中之一家。集名《憶江南館詞》，收詞二十八首，包括陳澧手定的二十五首，以及汪兆鏞搜羅的四首集外詞中的三首（《臺城路・尋呼鸞道故址不得》一首不知何故漏收）：《百字令・夏日過七里瀧……》、《虞美人・題馬湘蘭畫蘭竹》、《醉吟商・龍溪書院門外見羅浮山》。書末附盧前《望江南・飲虹簃論清詞百家》，其中論先生詞曰：「經師作，高館憶江南。尊客論詩詞亦可，即知綽有雅音涵。不必沈王參。」

後五十六年，徐世昌等編纂《清儒學案》刊行。其卷一七四《東塾學案上》有云：「先生尤好讀《孟子》，以爲孟子所謂性善者，人性皆有善，荀、揚輩皆不知也。讀鄭氏諸經注，以爲鄭氏有宗主，復有不同，中正無弊，勝于許氏《異義》、何氏《墨守》之學。魏、晋以後，天下大亂，聖人之道不絶，惟鄭學是賴。讀《後漢書》，以爲學漢儒之學，尤當學漢儒之行。讀朱子書，以爲國朝考據學源出朱子，不可反詆朱子。又以爲國朝考據之學盛矣，猶有未備者，宜補苴之。于漢學、宋學能會其通，謂漢儒言義理無異于宋儒，宋儒輕蔑漢儒，及近儒尊漢儒而不講義理，皆失之，著《漢儒通義》七卷。晚年尋求大義及經學源流、正變得失所在而論贊之，外及九流、諸子、兩漢以後學術，著《東塾讀書記》二十一卷。于樂律、音韻尤能貫通古今，折衷求是，著《聲律通考》十卷、《切韻考》六卷、又《外篇》三卷。」

後五十九年，八月二十日，《同聲月刊》一卷九號出版。其中，刊有覺諦山人（朱彊村）遺稿《清詞壇點將録》，點先生爲「四寨水軍頭領八員」之混江龍「李俊」。龍榆生「辛巳初秋」《後記》云：「《清詞壇點將録》，爲予數年前校刻《彊村遺書》時，友人聞在宥先生録以見寄者。據在宥言，此爲彊村先生晚年游戲之作，又以董平自居，故原稿不署真名，但題覺諦山人云云。此一别名，他處未見題署。雖一時戲筆，要爲談清代詞林故實者一絶好資料也。」

後六十五年，夏承燾《天風閣學詞日記》記及先生手批張炎《山中白雲詞》事：「（十月二十九日）上午蒙庵來，謂曾過得彊村先生所藏陳蘭甫批《山中白雲》，于其長調多貶辭。」龍榆生在《近三百年名家詞選》先生小傳中曾云：「余嘗見其手批《山中白雲詞》。」所見者，當係朱祖謀藏本。今彊村藏本及「蒙庵」陳運彰過録本皆不明藏于何處。案：先生《山中白雲詞》批本，尚有橋川時雄藏本與孫人和過録本。據韋力《中國古籍拍賣述評》，二〇〇五年古籍拍賣市場曾出現孫人和過録先生批校本《山中白雲詞》，跋謂：「日本友人橋川子雍藏有陳蘭甫手批《山中白雲詞》，余借録一過，東塾精于音韻聲律之學，不意評詞竟如此其精也。」未知橋川藏本是否即彊村藏本。一九九二年，葛渭君、王曉紅校輯數家評《山中白雲詞》之語，即包括先生批語，如評《聲聲慢》：「玉田北游燕薊，安得以陶令自比。」評《水龍吟》：「集中詞憶艷游、叙離别者太多，二三闋之後，語意略同，頗令人讀之生厭。」然亦不知其依據何在。至于「貶辭」到底還包含有哪些别的内容，或許也可以根據黄侃《文字聲韻訓詁筆記》中的研究心得，約略知悉一部分：「張炎《山中白雲詞》最不講韻，真、蒸、青、侵合而爲一，此則各從其便耳。」

後七十年，葉恭綽編《全清詞鈔》成書。其卷二〇中選録先生詞八首：《緑意・苔痕越臺詞社作》、《水龍吟・壬辰九月之望……》、《前調・是月十九日皓庭招集學海堂爲補重陽之會醉後疊前韻》、《齊天樂・十八灘舟中夜雨》、《摸魚兒・東坡江郊詩序云……》、《甘州・惠州朝雲墓……》、《高陽臺・元日獨游豐湖……》、《百字令・夏日過七里瀧……》。

後七十一年，不晚于本年，夏敬觀在《蕙風詞話詮評》中披露「陳蘭甫改詞法」：「一詞作成，當前不知其何者須改，粘之壁上，明日再看，便覺有未愜者。取而改之，仍粘壁上。明日再看，覺仍有未愜，再取而改之。如此者數四，此陳蘭甫改詞法也。」（載《詞話叢編》本況周頤《蕙風詞話·附録》）未審其説何據。

後八十年，夏承燾改定《姜夔詞譜學考績》。文中評《聲律通考》云：「主由字譜考律吕，再由宮商而得今之工尺，蓋比《律話》而又進矣。……惟縱識工尺，而終不能辨節奏。陳氏謂『可被諸管弦』，則實臆説。」或者還因此而生出了做一部《聲律通考新注》的念頭：「（一九六五年三月八日）枕上思作《聲律通考新注》。」（《天風閣學詞日記》）又，龍榆生編《近三百年名家詞選》由中華書局上海編輯所出版。其中選録先生詞六首：《水龍吟·壬辰九月之望……》、《齊天樂·十八灘舟中夜雨》、《摸魚兒·東坡江郊詩序云……》、《甘州·惠州朝雲墓……》、《高陽臺·元日獨游豐湖……》、《百字令·夏日過七里瀧……》。詞後所附先生小傳中有云：「余嘗見其手批《山中白雲詞》，並從其門人汪兆鏞處傳録所翻白石《暗香》、《疏影》二曲譜，亦足略窺其所宗尚矣。」

後八十一年，徐信符《廣東藏書紀事詩》由香港商務印書館出版。其中論及先生曰：「『傳鑒堂前東塾樓，窮經正變熟源流。讀書最要識家法，好向微言大義求。』陳澧，字蘭浦，學者稱爲東塾先生。番禺優貢，道光舉人。官訓導，兩月，辭歸講學，爲學海堂長數十年，至老爲菊坡精舍學長。會通漢、宋之學，而于經學尤有專長。家居城南木排頭，其書堂名曰傳鑒堂，蓋承其先公所傳《資治通鑒》，附《通鑒目録》、《通鑒釋文》、《辨誤宋元通鑒》，凡四種。又益以司馬公所著，非司馬公書不入，故因以名其堂也。《東塾集》有《傳鑒堂集》。堂之前有樓，即蘭浦藏書所鈐印之東塾書樓也。蘭浦著述繁多，最精粹者莫如《東塾讀書記》。《東塾集》有《復劉叔俛》言：『中年以前治經，每有疑義，則解之、考之；其後幡然而改，以爲解之不可勝解、考之不可勝考。乃尋求微言大義、經學源流、正變得失所在，而後解之、考之、論贊之，著爲《學思録》一書，今改名曰《東塾讀書記》。』觀此書，可以知東塾讀書之宗旨矣。東塾于經史子集、天文地理、樂律算術無不研究。其所藏書四部悉備，無不有批評點校，何日起、何日迄，所書評語，或硃或墨，悉莊重不苟。其版本佳者，則蓋『東塾書樓』印，或『蘭浦』，或『陳澧』；難得孤本，則三印悉備。觀其手稿，又可知其治學方法：凡閱一書，取其精要語，命門人寫于别紙；通行之書，則直剪出之。始分某書，斷分某章、某句、某字，連綴爲一，然後下以己見，評其得失，如司法官搜集證據，然後據以定案。近年，東塾遺書多已播散，其稿本及評校本，余南州書樓搜藏最多。民國十三年廣州政交，木排頭陳氏故居焚毁，傳鑒堂、東塾書樓均付之一炬，《東塾叢書》、《東塾集》、《東塾讀書記》版，亦悉毁矣。」

後八十八年，周康燮整理之先生《白石詞評》由香港龍門書店出版。該書係摘録梁啟超飲冰室藏先生手評《絶妙好詞箋》的白石部分，並黄紹昌過録先生手評《白石道人歌曲》批校于廣西臨桂倪鴻刊本上者，集結而成。書後附「同邑後學」屈向邦本年仲秋跋。屈氏跋謂：「曩讀陳東塾先生《憶江南館詞》，絶其格調清剛，神似白石；而其論詞，則未得觀，未能與所爲詞相印證。今歲三月于周學長康燮許，獲讀先生此本，玩其所評，校所爲詞，頗有相契之處；因知先生之詞，果得力于白石也。評語極簡括，惜墨如金，而批却導窾，洞中肯綮，發前人所未發，所得實較前人爲深。其評《齊天樂》賦蟋蟀云云，則是千載下白石之唯一知己。自來評白石詞者，多以爲只《暗香》、《疏影》二詞，借二帝之恨發之，較有内容外；其餘惟以風流氣韻，標映一世，比之蘇、辛，内容空虚多矣。今得先生評語，而知白石惓懷家國，隨感而發，非只以風流氣韻標映一世爲高者；特讀者未能悉心索隱闡微耳。即此一端，先生之用功，固有獨到處。其他評語，雖一字一句，皆足以啟發後人，爲研究白石詞秘鑰。周學長搜求而刊佈之，其有功于士林，豈淺鮮哉。」案：汪瑔《旅譚》並不認爲《暗香》、《疏影》二詞乃「借二帝之恨發之」：「姜堯章《暗香》、《疏影》兩詞，自序但云：『辛亥之冬，予載雪詣石湖，授簡索句，且徵新聲，作此兩曲。』《硯北雜志》所記亦同，無異説也。近人張氏惠言謂：『白石此詞爲感汴梁宫人之入金者。』陳蘭甫亦以爲然。鄙意以詞中語意求之，則似爲僞柔福帝姬而作。」可備一説。

後九十年，屈向邦跋沈世良《小摩圍閣詞鈔》。其中論及先生有云：「吾粤詞壇，自中清以降，繼吴石華、黄琴山、張南山諸家後，享名最盛者，端推沈伯眉、陳東塾兩先生。東塾之詞，所在多有，人得而讀之。惟伯眉詞則傳世極罕。自定本更未得見。望風懷想，不勝渴慕之情。幸而近年周學長康燮雅愛蒐求遺佚珍本而刊佈之，以慰士林之望。因亟求得是本，以示余，余細讀之，狂喜，信其爲最後自定之本也。因風寄慕之情，于以大慰，亦大快事也。其詞以清靈之筆，舒窈窕之思，出入白石、玉田，嗣響竹垞、樊榭，遥接浙派，以之角逐中原，堪稱健者。無怪東塾嘆爲天下之寶也。」

後九十五年，錢仲聯序所撰《近百年詞壇點將録》。其中點先生爲「天壽星混江龍李俊」：「蘭甫學人，《憶江南館詞》，譚獻稱其『洋洋乎合于風雅，乃使綺靡、奮發兩宗廢然知反。』朱祖謀亦推爲『雅音』。張爾田《吴眉孫詞集序》曰：『余亦嘗論一代之詞，于我清聲家外，獨右陳蘭甫。』推崇可云備至。蘭甫名輩較先，而高才曼壽，至光緒八年始辭世，遂取爲水軍頭領之目，爲近百年詞壇張目。」案：錢氏一九八一年序版《光宣詞壇點將録》（後發表于《詞學（第三輯）》）在所點詞人中删去了陳澧。

後九十六年，夏承燾完稿《瞿髯論詞絶句》，凡八十餘首。其中論先生詞曰：「萬卷蟠胸一秃翁，江關兵火望中紅。羅浮海澨看奇彩，落落青天廿五峰。」

後一百零一年，夏承燾等編選《宋元明清詞選》由人民文學出版社出版。其中選録先生詞五首：《水龍吟》（是誰前度登高）、《甘州》（漸斜陽淡淡下平堤）、《摸魚兒》（繞城陰雁沙無際）、《齊天樂》（倦游黯盡江湖味）、《百字令》（江流千里）。

後一百零三年，陳聲聰《閩詞談屑》發表于《詞學（第三輯）》。其中論及先生有云：「（謝章鋌）以經術而爲詞章，與南海陳蘭甫巋然相峙。」

後一百零七年，朱庸齋《分春館詞話》由廣東人民出版社出版。其卷三中評及先生有云：「吾粵詞學興盛較晚，（宋代諸詞人中，粵籍僅占六人。）粵東三家詞風格如一，多破碎浮滑之作，本已不足稱。吳蘭修學浙派而趨于末流，每多綺靡纖弱之處，且其意境有如閨閣女子，風格不高。蘭甫雅正而略欠空靈。述叔當爲大家，開嶺南風氣，自海綃出，粵詞始得正聲。」

後一百一十年，錢仲聯選注《清詞三百首》由嶽麓書社出版。其中選録先生詞四首：《齊天樂·十八灘舟中夜雨》、《摸魚兒·東坡江郊詩序云……》、《甘州·惠州朝雲墓……》、《百字令·夏日過七里瀧……》。

後一百一十四年，《續修四庫全書總目提要》由齊魯書社影印出版。其中，《憶江南館詞》提要云：「澧詞雖多少年之作，而清新婉雅，持律亦不苟。澧明于聲律，嘗撰《聲律通考》，頗有駁正《燕樂考原》之處。」

後一百一十五年，吳熊和等編《清詞别集知見目録彙編》由臺北「中研院」中國文哲研究所籌備處印行。該書著録先生詞别集凡六種：《憶江南館詞》，民國十五年石印本；《憶江南館詞》，近代排印本；《憶江南館詞》一卷，光緒三十年番禺微尚齋刻本；《憶江南館詞》一卷，民國三年番禺汪氏微尚齋刻本；《憶江南館詞》一卷，民國五年石印本（封面有胡適題「陳蘭甫的詞」）；《憶江南館詞》一卷，清名家詞本。其中，第一種爲先生曾孫之達所印。又，黄蔭普《廣東文獻書目知見録》另著録有「汪兆銓手抄本」一種，或可補入。

後一百二十一年，十月，韋金滿《近三百年嶺南十家詞選析》發表于《新亞學報》第二十二期。該文選評先生詞二首：《鳳凰臺上憶吹簫》（芳樹啼鴂）：「此首題曰『越王臺春望』，全依李清照『香冷金猊，被翻紅浪』一詞填之，深見賞于許青皋、黄蓉石諸人。細觀此詞格律精嚴，措詞純雅，自是高境，置之白石集中，實無可分辨，又非張茗柯所可比者。」《綠意》（空庭雨積）：「此首詠苔痕，洵爲體物入微，與王碧山《齊天樂》（一襟餘恨宮魂斷）詠蟬一首，蘭甫此詞足可亂真也。質言之，蘭甫之詞，氣體高遠，雖厲樊榭張茗柯不能範圍，蓋以其學邃，其識博，其性情正故也。」案：韋文認定的另外九家，分別是吴蘭修、葉衍蘭、汪瑔、沈世良、梁鼎芬、汪兆鏞、陳洵、梁啟超、易孺。又，黄華表嘗撰《清季廣東詞人七家小傳》，謂此七人詞之風格造詣，直逼沈、厲、王、朱諸家，實足以代表嶺南詞人而無愧色，他們是：先生與吴蘭修、葉衍蘭、沈世良、陳洵、汪瑔、文廷式。

（作者單位：廣西師範大學　廣西科技師範學院）

鄰水莊詞説

丁繁滋 輯著 陳昌强 録入整理

丁繁滋，字其淵，號耘莊，江蘇金山（今上海金山）人。約生于乾隆三十八年（一七七三）。諸生。家境殷實，築宛在園與友人唱和于中。詩古體宗白居易，近體學中晚唐，五七絶效法杜牧、鄭谷等。兼善詞，體格近乎浙派。嘉慶二十四年（一八一九）猶在世，卒年未詳。著有《耘莊題畫詩稿》三卷，附詞一卷，今存光緒十六年春暉閣刻本；《耘莊詩稿》二卷，又詞一卷附，今存光緒二十一年春暉閣刻本；《鄰水莊詩話》三卷，今存嘉慶二十一年春暉閣刻本；另輯有《天爵録》四卷，今存嘉慶二十四年春暉閣刻本；此外又倩徐祖鎏輯《宛在園倡和集》不分卷，今存嘉慶十三年春暉閣刻本；倩徐崑輯《宛在園倡和續集》不分卷，今存嘉慶二十年春暉閣刻本。諸書皆藏于美國哈佛大學哈佛燕京圖書館，國内則頗罕見。

《鄰水莊詞説》一卷，附載于《鄰水莊詩話》（該書牌記又題作「耘莊詩話」）二卷後，編次爲第三卷，該書未見于目前已出版的各种大型詞話整理著作[一]，僅見譚新紅《清詞話考述》[二]著録。今據哈佛燕京圖書館藏本亟作整理刊佈，以饗學界同好。昌强附記。

本文爲國家社會科學基金項目「清代詞學編年研究」（17BZW112）的階段性成果。

師又云：「論詩當溯源雅頌，論詞仍不廢風騷，復推本于樂府，以合乎風雅之遺。」其説似創而實因，亦見賞音之獨别。

夫子之删詩也，得詩而得聲者，列于風雅；得詩而不得聲者，置之逸詩。故《史記》云：「古詩三千餘，孔氏删取三百五篇，皆弦歌以合《韶》、《武》。」小雅《南陔》、《白華》、《華黍》三篇，有義無詞，孔穎達以爲三詩在武王時，周公制禮，用爲樂章，吹笙以譜其曲。則知聖人删詩之旨，首重聲音，若有聲無辭之詩，後世文人如何能作？

三百篇爲詩之祖，律吕俱諧；漢樂府爲詞之源，宫商悉合。《尚書》所謂依永和聲，自不得耑言文義。由是思之，詞尚可填，詩則尤難説。試問自晋以來之詩，畢竟是何音節？自唐以後之律，是否能合古人？此説在今日必不行，然亦不可不講。

周有房中之樂，《燕禮注》謂：「弦歌《周南》、《召南》之詩。」《通典》：「平調、清調、瑟調，皆周房中之遺聲。」按：此則唐李太白應詔作《清平調》，蓋欲進以文王后妃，諷以漢成飛燕，供奉豈止仙才？

明張蔚然取《鹿鳴》、《四牡》、《魚麗》諸詩，作《三百篇聲譜》，以後人之工尺，合古人之律吕。李西涯非之，竟謂不過以四字平引爲長聲，無甚高下緩急之節，意古之人不徒爾也。可知古樂失傳已久，欲求聲音之道，莫若以騷雅之精，譜詞家之律，孟子所謂今樂猶古樂，不其然乎？

歐陽炯序《花間集》云：「太白應制《清平調》四首，爲詞體之祖。」曹能始駁之，以陳、隋之《玉樹後庭花》、《水調歌詞》又在于前，其説非是。三百篇尚矣，即如漢人之《戰城南》、《臨高臺》、《有所思》、《上邪》、《薤露》、《蒿里》等篇，恍然悟大河之星宿海，惜古樂年久失傳，又無師摯、師曠其人互相考正，後人隨筆擬之，謂是古樂府，何異今人不用詞譜而填詞也？魏之《克官渡》、《定武功》、《屠柳城》等作，皆改漢樂府而成其句法，長短已不同。自是以後，愈不可知矣。宋崇寧間，立大晟府，命諸臣討論古樂，惜邦彦等罔識古音，只取隋唐來長短句爲樂府。由是八十四調之聲稍傳，而詞之名大著。此詞與樂府之所由分也。有志倚聲者，知其所以分，須求其所以合，不以詩餘小技忽之，庶幾追古者，而超出乎兩宋。

昔人以《玉樹後庭花》、《清平樂》爲詞之祖者，因其可被管弦也。不知清調、平調，皆起于周之盛時，與三百篇俱叶宫商，安可以世遠失傳，數典忘祖？余因悟《還》、《著》、《伐檀》、《權輿》諸詩，並爲楚騷、漢樂府之所自出也，不熟「葩經」，難與言此。

楚懷王時，舉群才賦詩于水湄，爲《瀟湘洞庭樂》，又嘗繞洞庭以游宴，舉四仲之氣爲樂章，仲春律中夾鐘，作《輕風流水詩》，時中蕤賓，成《皓露秋霜曲》。（見王嘉《拾遺・名山記》）漢高戚夫人歌《出塞》、《入塞》、《望歸》之曲，侍婢數百皆習之，齊首高唱，聲入雲霄。又嘗以雞黍樂神，吹笛擊筑，歌《上靈曲》，既而相與連臂踏地爲節，歌「赤鳳凰來」。（見劉歆《西京雜記》）漢武《瓠子》、《秋風》、《蒲梢天馬》、《落葉哀蟬》外，尚有《來雲依日》等曲，其時宫人麗娟唱《回風曲》，王母歌《春歸樂》。（以上皆見郭憲之《洞冥記》）法嬰歌《元靈曲》（見《漢武内傳》），楚懷之作，原在《騷經》以前，若漢興房中之樂，大半失傳，何況當時草野謳吟乎？大抵時無輶軒之采，故東西兩漢之詩，不得與東西周媲美千古。

宋人無名氏《詩談》一册，議論盡佳，有勝于嚴滄浪處，惟卷首一條論詩之所起，余曾辨之。至謂《挽歌》始于魏太常繆襲，亦恐未確。按：《左傳》魯哀公會吴伐齊，其將公孫夏命歌《虞殯》。杜預注：「《虞殯》，送葬歌，示必死也。」又高帝召田横，至千户鄉亭，自刎奉首，從者挽至于宫，不敢哭而不勝哀，故爲歌以寄哀音，見譙周《法訓》及《古今注》。又干寶《搜神記》：「挽歌者，喪家之樂，執紼相和之聲，有《薤露》、《蒿里》二曲。出田横門人，横自殺，門人傷之而作。至漢李延年，分爲二，以《薤露》送王公貴人，以《蒿里》送大夫士庶。」又《莊子》「紼謳所生，必于斥苦」，司馬彪注：「引紼有謳歌者，爲人用力不齊，故促急之也。」又，《史記・絳侯世家》：「周勃以吹簫樂喪。」然則挽歌之由來已久，不得謂始于太常。

鄭樵考定漢魏以來樂府之詩，自《鐃歌》、《鞞舞》而下，系之風雅；《郊祀》而下，系之頌聲；《三侯》而下，系之别聲，而其聲之節奏，皆不可知。唐人樂府所載，自七朝五十五曲外，梨園所歌，皆當時詩人之作，如王之渙之《凉州》、樂天之《柳枝》、右丞《渭城》一曲，流傳尤甚。此外雖有太白、少陵、文昌之才，因事創調，要其音節，均不得被之管弦。前人以詞爲詩餘，自余觀之，謂之樂府可，即謂之詩，亦無不可。

余嘗謂李都尉不陷異國，與枚、馬等和聲鳴盛，尤當爲詩道增光；李供奉若産崇寧，與周、秦輩倚聲賭唱，更足爲詞家生色。昔人以二李爲詩詞之祖，惜都尉之作，半淪于外；供奉所譜，不可多得耳。

供奉《憶秦娥》云：「音塵絶。西風殘照，漢家陵闕。」八字，後人便追不到，因服供奉筆力之高。放翁云：「唐自大中後，詩家日趨淺薄，有倚聲作詞，頗擺脱故態，適與六朝跌宕意氣差近。」此就文之體格言，若論聲音，並與三百篇、漢魏人亦近。

宋太宗洞曉音律，製大小曲，及因舊曲造新聲，施之教坊舞隊者，凡三百九十曲，而琵琶一器，又有八十四調；仁宗于禁中度曲時，則有柳永；徽宗以大晟名樂時，則有周邦彦、曹組、辛次膺、万俟雅言，皆明宫調。洎乎南渡，家各有詞。姜白石審音尤細，惜《石帚詞》五卷已佚，僅存《中興絶妙詞選》所録數十章耳。然宋世樂章已大備，四聲二十八調多至千餘曲。有引，有序，有令，有慢，有近，有犯，有賺，有歌頭，有促拍，有攤破，有摘遍，有大遍，有小遍，有轉踏，有轉調，有增減字，有偷聲。因劉昺所編《宴樂新書》失傳，而八十四調圖譜不見于世，雖有板師，不能知當日琴趣簫笛譜矣。坡翁之《念奴嬌》、《醉翁操》，柳永之《雨零鈴》，白石、玉田之《疏影》，張輯之《桂枝香》等曲，尚合工尺，可以按拍而求，但寥寥數章外，宫商究不盡符，音調失而强合既難，聲律存則當思善變。蓋詩變爲詞，詞變爲曲，此自然之音，即自然之道。曷勿竟取九宫譜，而填兩宋詞乎？

北方無入聲，故曲韻取中州，而中州言韻者，四聲去其一。無怪金源法曲，與大晟律吕大相徑庭。詞者詩之餘也，古之樂府也，樂之雅者也，四聲尤不可以偏廢也。《中原音韻》非實居天下之中，確可遵守者也。變詞爲曲，即便歌者之口，所謂優孟衣冠，君子無爲也。

小令至南唐李後主，高絶矣。同此辭意，却如右丞五言小詩，令人百摹不到。《樂府紀聞》云：「退之以文爲詩，子瞻以詩爲詞，要非本色。今代詞手，唯秦七、黄九耳。」或問秦黄優劣，余曰：「噫，少游秀。」

東坡辭勝于情，耆卿情勝于辭，情辭兼妙，却數少游。然閨閣言情之作，秦七固佳；若登臨憑弔，東坡、稼軒較有氣概。

詞家懷古之作，必須沉雄奇傑，得慷慨悲歌之意，方能稱題。東坡之《念奴嬌》，用筆平直，而氣概殊不凡，若少游之《望海潮》，更入别調矣。張昇《離亭燕》一闋，含蘊無窮，可以爲法。

東坡詞太直，柳七太淫，玉田特標「清空」二字，庶幾近之。楊誠齋《作詞五要》，亦當講貫。

後人學蘇辛者，薄周秦爲艷褻；愛周秦者，厭蘇辛爲粗豪。余謂漢人樂府，如《落葉哀蟬曲》、《艷歌行》等篇，則以婉麗勝；《戰城南》、《大風歌》、《上邪》等作，又以雄傑見長。可知樂府本有此二種，作者定當因題置宜，不可執一而論。

宋人詞却有三種：豪快莫如蘇辛，婉麗莫如周秦柳史，峭拔静細莫如姜張，分其優劣，覺峭拔雅静者，較耐尋味也。宜白石爲詞之聖，玉田爲詞之仙，姜張齊名南宋。而玉田所著《山中白雲詞》，得陶、井兩公藏于前，竹垞、牧仲護于後，多至三百餘闋；若白石《石帚詞》已佚，所傳無幾。筆墨之傳不傳，亦是有幸不幸也。觀玉田《樂府指迷》，極力推重白石，可謂傾倒之至矣。今其詞具在，未嘗不知其清老，而終不能移愛玉田者愛白石，其故不可知，請質諸海内賞音之君子。

玉田之妙，曰深，曰遠，曰澹，曰冷，曰静，曰雅。終宋之世，罔有出此公右者，的是仙才。

玉田《掃花游》云：「幾日不來，一片蒼雲未掃。」又云：「夜色閒門，芳草不除更好。」《玉漏遲》云：「寒木猶懸故葉，又過了、一番殘照。」《真珠簾》云：「茂樹石牀同坐久，又却被、清風留住。」《西湖》云：「誰識山中朝暮，向白雲一笑，今古無愁。」《臺城路》云：「夜氣浮山，晴暉宕日，一色無尋秋處。」《壺中天》云：「只恐溪山游未了，莫歎飄零南北。」《玲瓏四犯》云：「怕聽秋聲，却是舊愁來處。」如此句者，不可勝數，真是天仙化人。

玉田詞，于雪天月夜拍之，果妙。若盛暑熱不可解，乃與王韋之詩、倪迂之畫，北窗焚香並讀，便覺心地清涼。

宋人不甚講起結，故謂小令難于長調。不知中調、長調，如詩之歌行，小令如絶句，難易不待辨而知。柳柳州「漁翁夜傍西岩宿」一作，坡翁謂删去末二句，便有餘味。詩可删，詞亦可删耶？因悟填詞必須留心起結，使通首一字不少，一句不多，方是善用調，而不爲調所用。

詞到一筆寫成，天然不可湊拍，其難不减于詩。詞到一字不少，一句不多，兩宋詞中未易多得。着力起結，固是詞家妙訣，中間又須立新意、善措辭，却不至雕刻傷氣，才可觀。當用翻案法，則不求新而自新。

歌行與詞相似而不同：歌行句讀長短，皆可隨意爲之；若詞調，則有一定之式，必須死中求活，方不死在句中。

徐天池云：「作詞對句好易得，起句好難得。」劉公勇云：「詞起結最難，而結尤難于起。」張砥中謂：「凡詞前後兩結最要緊，前結如奔馬收韁，須勒得住，尚留後面地步，有住而不住之勢；後結如衆流歸海，要收得盡，回環通首源流，有盡而不盡之意。」詞家之説頗多，三公爲得其解。

作詩對句不宜板，詞家尤忌之。喜借對及流水對，須令閲者不覺其對，乃佳。

前人每于過變處言情，以避重複也。凡詞上下句讀相同者，尤須變換。

少陵作五七律，如作歌行，故古今推爲獨步。詞家填長調，須得此法。

詞本樂府，較詩體爲稍俗矣。然須于俗處見其雅，蓋俗與雅正相反，能于相反處，識其何以謂之俗，何以謂之雅，何以謂之俗而雅？此中微妙，淺人不知。

曲有極雅者，味之終不免于俗；詞有極俗者，玩之究無傷于雅。此詞曲之别，别在體格之間。

柳七雖淫，畢竟是詞，不是曲。填詞而似詩，已屬失體；填詞而似曲，則並其品而胥失之。

作詩纔知平仄，便自負名家，薄填詞爲小技。不知三百篇後，唯漢樂府及唐宋人詞，尚譜宫商，可被弦管。其間雖雅鄭雜奏，一種高雅之作，猶存六藝之遺。彼《香奩》、《竹枝》，及刻意中間一二聯，而全無章法者，其品尤在元曲下，又何論乎宋詞？

作詩須講賦興比，樂府亦不可廢也。但比興二體，較難于賦，而用之于詞爲尤難。唯不畏難，方爲作手。

小令須用作畫法，縮層巒疊嶂于尺幅中，以不模糊、不淺近爲妙。長調須用作文法，運開闔頓挫于前後段，以不堆砌、不窘竭爲工。

填詞之道，與詩文無二理；詩古文詞與爲人，亦無二法。不雕飾以見性情，不纖弱以見氣骨，不卑陋以見品概。故觀人之筆墨，即見其生平，立言豈可不慎？

張郎中世稱張三影，見《后山詩話》、《樂府紀聞》。然所謂「雲破月來花弄影」、「簾幕卷花影」、「墮輕絮無影」，皆不甚工，惟《青門引》一闋，非才子不能譜，宜見尊于紅杏尚書。

徐匡璋納女于孟昶，拜貴妃，别號花蕊夫人，又升慧妃，以號如其性與色也。宋祖平蜀，聞其名，命别將護送入京。道經葭萌，題詞于壁云：「初離蜀道心將碎，離恨綿綿。春日如年。馬上時時聞杜鵑。」書末畢，爲軍騎催行，後人續之曰：「三千宮女皆花貌，妾最嬋娟。此去朝天。只恐君王寵愛偏。」夫人在宋祖時猶作「更無一個是男兒」之詩，焉有隨昶行而書此敗節語乎？至陳無己以爲夫人姓費者，亦誤。（按花蕊有二，皆徐姓，一蜀王建妾也。）

李易安名清照，濟南李格非文叔之女。文叔元祐君子，著《洛陽名園記》者。清照母爲王狀元拱辰女，公子亦工文章。

宋有兩張先，俱字子野。其一開封人，天聖進士，爲孝章皇后戚里之姻，官止知亳州鹿邑縣，寶元二年，年四十八卒，歐公誌其墓云：「好學自力，善筆札。」其一湖州人，康定八年進士，《宋史》不立傳，故其家世不詳，仕至都官郎中致仕，年八十九卒，葬弁山多寶寺後，此與蘇文忠友善，以歌詞聞天下，世所謂「張三影」是也，有集一百卷行世。

柳耆卿卒于京口，王和甫葬之，今儀真西仙人掌有柳墓，則知非葬于潤州也。

紅豆名相思子，葉如槐，盛夏子熟，破莢而出，色勝珊瑚。粵中閨閣多雜珠翠以飾首，經年不壞。相傳怨婦望夫，血淚滴樹而生，故名。吴吴興園次（綺）有詞云：「把酒祝春風，種出雙紅豆。」梁溪顧氏女見而悦之，日夕諷詠，四壁皆書二語，時因目園次爲「紅豆詞人」。

朱淑真爲文公侄女，品如其名，不獨以文詞著。今世所傳「去年元夜時，花市燈如晝」《生查子》詞，見《歐陽文忠集》一百三十一卷，不知何以訛爲淑真作也，遂疑此詞失婦德，紀載不可不慎。

張玉田云：「美成負一代詞名，所作詞渾厚和雅，善于融化詩句，而于音譜，且間有未諧。」詞家效其體製，失之軟媚，而無所取。

小紅，范公石湖青衣也，有色藝，公請堯章詣之。一日，授簡徵新聲，堯章製《暗香》、《疏影》二闋，公使兩妓肄習之，音節清婉。堯章歸吴興，公尋以小紅贈。其夕大雪，過垂虹，賦小詩，所謂「自愛新詞韻最嬌，小紅低唱我吹簫」是也。其詩亦不減唐人。

史達祖邦卿，開禧堂吏也。當平原用事時，盡握三省權，一時士大夫無廉耻者，皆趨其門，呼爲梅溪先生。韓敗，達祖亦貶死，而其詞雖名公卿，亦不能過，甚可異也。詩亦間有可誦者，曾見稱于李和父。

宣和中，李師師以歌舞著。時周邦彦爲太學生，每游其家。一夕，值祐陵臨幸，倉卒隱去，遂賦小詞，所謂「并刀如水，吴鹽勝雪」，蓋紀此夕事也。未幾，李被宣唤，歌于上前。問誰所爲，則以邦彦對。于是遂與解褐，自此通顯。既而朝廷賜酺，師師又歌《大酺》、《六醜》二解。上顧教坊使袁裪問，裪曰：「此起居舍人新知潞州周邦彦作也。」問「六醜」義，莫能對。急召邦彦問之，對曰：「此犯六調，皆聲之美者，然絶難歌。昔高陽氏有子六人，才而醜，故以比之。」上喜，意欲留行，且以近者祥瑞沓至，將使播之樂府，命蔡元長微叩之，邦彦云：「某老矣，頗悔少作。」會起居郎張果與之不合，廉知邦彦嘗于親王席上，作小詞贈舞鬟云：「歌席上，無賴是横波。寶髻玲瓏欹玉燕，繡巾柔膩掩香羅。何況會婆娑。無箇事，因甚斂雙蛾。淺淡梳妝疑是畫，惺鬆言語勝聞歌。好處是情多。」爲蔡道其事，上知之，由是得罪。師師入中，封瀛國夫人。周美成長短句，純用唐詩，如「低鬟蟬影動，私語口脂香」，此乃元白全句。賀方回嘗言：「我筆端驅使李商隱、温庭筠，常奔走不暇。」亦可謂能事矣。

《澗泉日記》：辛棄疾字幼安，有機數，調度高放，詞語灑落。趙彦端字德莊，詩文有法度，不阿近貴，立朝高甚，談笑風流，傲睨千古，醉中往往談禪，一座盡傾。毛幵字平仲，柯山人，尚書友之子，負氣不群，詩文清快，自宛陵罷官歸，號樵隱居士，有集。又云：乾道、淳熙以來，文詞推趙彦端、毛幵，皆詞中妙手也。玉田爲張循王五世孫，時有窗雲張樞，字斗南，又號閒寄者，亦去循王五世，與玉田兄弟行也。周密稱其筆墨蕭散、人物蘊藉，善音律，嘗度《依聲集》百闋，特選其詞六闋于《絶妙詞》，復録《清平樂》、《木蘭花慢》四闋于《浩然齋雅談》，亦承平佳公子。又有張鎡者，號約齋，出循王俊後，所填《滿庭芳·促織》詞，不減白石，亦見張氏之多才也。

仇山村遠，字仁近，宋咸熙進士。博通經史，膾有詩聲，而詞亦工甚，惜未見其集。家錢塘，今西城脚下，猶存遺址。卒葬北山棲霞嶺。

少雲余上舍（鵬翀），能詩善畫，尤以詞擅名。壬寅春，復遇于朱家里，臨行，爲余作《潯陽送客圖》，並書贈數詞而別。《虞美人·春閨》云：「繡户誰關雙燕子。絮語催人起。餘薰猶戀被池温。一晌依微和夢漸無痕。　晨妝倦理還凝想。是底才新樣。飛花一片過窗遲。接得殘紅對鏡比唇脂。」《蝶戀花·題白沙翠竹江村圖》云：「夜影無邊秋瑟瑟。竹借煙光，江借平沙色。沙净不知孤月白。煙開更補遥天碧。　矮舍疏籬村逕寂。此境人間，似夢無人識。我把離騷尋楚客。悲秋曾見瀟湘夕。」《金縷曲·送葛大南歸》云：「醉起爲君道。數天涯、無根游子，我同君少。榆塞陽關千萬里，看遍幾年殘照。算只有、故鄉難到。衣綫密縫今綻盡，望春暉、又滿皇州草。休再怨，離群早。　送君此去前期杳。計前途、馬蹄紅襯，鞭絲緑繞。珍重山川吟眺地，不似當時懷抱。更傷别、傷春未了。似錦歸程行漸盡，想到家、春與人俱老。空惆悵，江南好。」後聞其就婚而歸，卒于維揚[三]，末闋乃其詞讖。又南宫縣有名妓曰倩君，色藝雙絶，少雲曾納爲小姬。「餘薰」三語，不堪按拍也。

陳玉几（撰）云：「南宋詞人，浙東、西特盛。如岳肅之、張功甫、盧申之、孫季蕃、史邦卿、吴君特、高賓王、張叔夏、尹惟曉、王聖與、周公謹、仇仁近，及家西麓諸先生，先後輩出，而審音莫精于白石，所著《石帚詞》五卷，草窗、花庵所録，雖多少不同，均只十一三。汲古閣本第增『五湖舊約』、『燕雁無心』二調，餘佚不傳。詠草《點絳唇》復見于逋翁集中，援據無徵，亦難臆定。白石事事精習，率妙絶無品。雖終身草萊，而當乾淳間，俗學充斥，乃能雅尚如此，亦豪傑之士也。蕭東夫愛其詞，妻以兄子。曾以上樂章，得免解，訖不第。其出處本末，具詳張輯所作小傳中。」

仇山村謂叔夏詞意度超玄，律吕協洽，當與白石老仙相鼓吹。顧白石風骨清勁，誠如沈伯時所云，未免有生硬處。譬諸積薪，固當後來居上。

玉田《山中白雲詞》三百餘闋，爲陶南村手抄者，有鄭所南（思肖）、仇山村（遠）、舒岳祥、陸文奎、殷孝思、井時序。朱竹垞釐卷爲八，龔主事蘅圃鋟棗以傳，有嘉興李分虎（符）及龔兩序。康熙壬寅，上海曹巢南（炳曾）重付梓人，又增浣花詞客杜詔序，並曹黄門後序。余近得此本，係南匯葉茂才方宣（抱崧）評閱者，圈點處殊非漫然。

青浦邵明經西樵（玘）好吟詠，尤喜填詞，雨夜桐村留宿山齋，因填《减字木蘭花》一闋云：「何妨久住。如此愁霖誰教去。相伴無聊。簷溜丁丁轉寂寥。　不如且醉。醉即和衣燈下睡。待得醒來[四]。或者陰雲忽盡開。」

吴縣高秀才小琴（以寀）人極古方，學最淵博，客錫山嵇文恭公第二十年，未嘗干以私。五膺房薦而不遇。平生工韻語，余曾刻其詩稿，尤善倚聲，《天香》（詠緑牡丹）云：「雲錦新裁，天香夜染，露苞色認南浦。繡屋春深，畫欄風軟，幽艷千般齊吐。荷翻婦鏡，看翠袖、煙籠低舞。葉底輕藏么鳳，迷離莫辨來去。　歐陽未收花譜。價無雙、萼緑堪伍。十二金釵鵠立，黛眉輸與。咤紫肥紅應妒。想碧障、重施稱才女。粉膩都捐，鏤青描汝。」又《玉女揺仙佩》（水仙花）云：「湘江月冷，洛浦星寒，白石黄磁幽趣。翠帶抽時，檀心展候，一捻凌波微步。雪映迷香霧。但相思脈脈，銷他回顧。看移伴、屏山曲几，曾否兜婁添炷。行雨行雲，待今宵、好夢尋伊，千絲繫住。　猶記漢皋贈珮，雁落魚沉，剩有蒼茫煙渚。凍折玉釵，冰魂難覓，定自愁增眉嫵。負了春風護。怎拋擲瓊片，飄殘塵土。況別怨、離情似汝，琴心彈徹，亂零無主。　芳期誤。匆匆又上瑶臺去。」又《南浦》（春水用玉田韻）云：「天上坐來時，破輕煙，閲盡幾番昏曉。新漲鴨頭匀，絲楊岸、一抹蘸痕如掃。東風潑火，拍堤波送漁舟小。　昨夜江南歸去也，夢斷碧莎芳草。　啼鶯飛絮年年，緑透迤、粉膩脂香未了。　泙渫湧晴雲，回清影、正是采蘭人到。　相思渺渺。　隔溪門掩桃花悄。　無限別情牽似水，添得春潮多少。」又《水龍吟》（白蓮）云：「銀塘倒影冰清，緑羅萬柄香何處。　胭脂却掃，鉛華盡洗，滿天凉露。　玉珮飛來，雪兒歌起，乍驚鷗鷺。　只瑶池明月，爲憐並蒂，又蕩槳、煙波去。　空際煙迷翠羽。　倚新妝、鏡鸞應妒。　只因生就一心，愛淡十分安素。　不染青泥，肯隨紅粉，向人低舞。　怕秋光漸老，碎瓊零亂，滴殘凄雨。」又《大江西上曲》（題二坨《古香樓詞卷》）云：「帶月吹笙，合尊前婉轉，小紅低度。趙水燕雲南北路，多少斷腸題句。　華燭燒餘，烏絲寫就，按拍添悽楚。　風流誰似，玉田白石堪伍。　我亦索米長安，箋愁製恨，曲誤憑君顧。　搓粉塗脂歌板淚，輸與古香詞譜。　兩地相思，空山得意，總在無人處。　甚時歸也，鴛湖一棹爭附。」

二坨翁詩古之外，尤工填詞，穆堂許侍御（寶善）尤稱其小令。《雙調漁歌子》云：「東勝灣，西勝曲。扁舟穩似三間屋。　釣絲長，波紋蹙。　滿意江頭寒緑。　　去無蹤，來無欲。　持竿不下悠然足。　換陳醪，炊新粟。　醉與閒鷗同宿。」《鵲橋仙》（詠柳）云：「春初一綫，春深萬縷。　春晚紛紛飄絮。　碧雲深處本無愁，常留得、三春鶯住。　　梢頭纖月，堤邊絲雨。　橋畔受風多處。　不關離別送行人，也覺有、依依情緒。」《醉春風》（閨情）云：「最好三春景。　闌干偏獨憑。　知他何日是歸期，恨。　恨。　恨。　閒寫烏絲，轉揎鴛帳，更窺鸞鏡。

一霎斜陽盡。　愁絶黄昏近。　短檠却又燦燈花，等。　等。　等。　碧院春晴，麗譙更轉，緑窗人静。」《西江月》（閨情）云：「碧玉窗前春晚，寶釵樓上妝餘。　捲簾延月入紗櫥。　只有嫦娥同處。　爲甚缺多圓少，圓多缺少何如。　嫦娥無語暗躊躇。　影轉畫樓西去。」《七娘子》（春晚）云：「天涯已是銷魂處。　況匆匆、春又將歸去。　蝶抱殘花，鶯銜落絮。　依依也解留春住。　　留春可奈春無語。　分明是、斷送春如許。　我本離人，春添別緒。　一燈無焰連宵雨。」《生查子》（閨思）云：「驀地忽思量，曉夢添愁緒。　誰識獨棲心，梁燕雙雙語。　　庭樹已飛花，堤柳仍飄絮。　月色又多情，常照相逢處。」又《減字木蘭花》（春感）云：「春將歸去。只餞春歸我獨住。春又歸來。一任春歸我未回。去來幾度。不解離人心事苦。甚日春風。送我歸帆三泖東。」童閬峰見其詞，以爲尤勝于詩，質之于翁，翁曰：「詞之妙處却易見。」

〔一〕如唐圭璋編《詞話叢編》，中華書局一九八六年版；張璋等編《歷代詞話》，大象出版社二〇〇二年版；張璋等編《歷代詞話續編》，大象出版社二〇〇五年版；朱崇才編《詞話叢編續編》，人民文學出版社二〇一〇年版；葛渭君編《詞話叢編補編》，中華書局二〇一三年版；屈興國編《詞話叢編二編》，浙江古籍出版社二〇一三年版；孫克强編《清代詞話全編》，鳳凰出版社二〇一九年版。

〔二〕譚新紅《清詞話考述》，武漢大學出版社二〇〇九年版，第二八九—二九〇頁。

〔三〕維陽，疑「維揚」之误。

〔四〕醒，原作「醒」，據文義改。

（整理者單位：蘇州大學文學院）

國家圖書館藏朱筆批校圈點《宋四家詞選》評語輯録

鍾　錦

廣東教育出版社二〇〇四年一月出版的《收藏・拍賣》雜志創刊號第六十二、六十三頁，爲劉斯翰先生（發表時署名童軒）《書海因緣一緒微——談倫明舊藏〈宋四家詞選〉抄本》一文，披露了倫明舊藏的周濟《宋四家詞選》抄本。尤其引人注目的是，這個抄本後面有八頁補抄的評語，不見于今日流傳的《宋四家詞選》之中。補抄的開端是倫明的識語：「余向友人處得閲周止庵原本，有圈點，評語亦較叢書本爲詳，豈重定本耶？豈潘氏刻書時有所删削耶？亟補録于此。倫明記。」倫明雖是藏書名家，但大概只見過潘祖蔭在同治十二年（一八七三）刊刻的《滂喜齋叢書》本《宋四家詞選》，這個本子刊刻時周濟已經去世三十四年了。實際上，道光間的刻本現在仍存，上海圖書館即藏一本，著録爲道光十二年（一八三二）刻本。這個年份是周濟序言的時間，周濟道光十九年（一八三九）去世，刊刻或許就在他生前。這個刻本和《滂喜齋叢書》本没有很大的差異，那八頁補抄的評語不見其中，因此肯定不會是潘祖蔭「刻書時有所删削」。但這補抄的評語無疑是周濟重要的詞學文獻，畢竟，除了《詞辨》殘本和《宋四家詞選》以及不多的幾篇文字，聲名顯赫的常州派詞學家周濟並没有太多的詞學著述。這個倫明舊藏的抄本，在二〇一七年上了廣東崇正拍賣會，能夠一睹全貌的恐怕没有幾個人。

幸運的是劉斯翰先生文中引録了五條關于吴文英的評語，而且還附有一張圖片，圖片裏除了倫明的識語外，尚有四條關于周邦彦的評語。這給我們留下了綫索。國家圖書館藏有一個《滂喜齋叢書》本《宋四家詞選》，著録「有朱筆批校圈點」。那四條關于周邦彦的評語和五條關于吴文英的評語都在此書的朱筆批語裏，而且歐陽修《臨江仙》一詞的眉批裏還有「余初選《詞辨》」之語，可以確定是過録的周濟批語。更令人可喜的是，倫明説「有圈點」却未標出，這個本子都圈在了正文上。這些朱筆批校，做得一絲不苟，非常精細。比較起來，倫明那八頁補抄就顯得粗疏。其一，補抄並不完整。關于周邦彦的評語，在《瑞龍吟》和《拜星月慢》之間尚有《齊天樂》等三首；關于吴文英的評語也不止劉斯翰先生録出的五條。其二，字句有訛誤。關于吴文英的評語：「『衰鬢』、『飛花』、『緑陰』、『冷烟』、『深樹』，凡十實字，只『著』字、一『旁』字，渾化無痕，收入『不堪』，但見輕妙。」「十實字」誤作「六實字」，「渾化」作「運氣」也不佳。第三，次序還有顛倒。周邦彦《拜星月慢》「畫圖」句旁批「生面獨開」，應在另外兩條之前，反列在了最後。這讓我們很興奮，所謂的「周止庵原本」大概被這個「有朱筆批校圈點」的《滂喜齋叢書》本更接近原貌地保存了下來。遺憾的一點是，這個本子既没有題識，也没有鈐印，無法考證其來源，但可以使我們猜測，這和倫明所見的「周止庵原本」至少來源是一致的。

至于這個「周止庵原本」會不會是周濟的「重定本」，從保存的批校圈點猜測，恐怕不太可能。王沂孫《水龍吟·落葉》的眉批説：「此闋平平耳，可删。」如果是「重定本」，應該直接删除，不必加此批語。但批語中確實出現了數處文字上的校改，包括周邦彦《過秦樓》的一條眉評「入此三句，意味淡厚」，「淡」字改作「沈」。這些校改之處，上海圖書館著録的道光十二年刻本和《滂喜齋叢書》本大都一致，只有一處，蔣捷《絳都春》，《滂喜齋叢書》本作「正鶯把帶緑」，批校本改「把」作「背」，上圖本正作「背」。估計很可能是周濟根據一個抄本，甚至是稿本，又作了一次批校。這次批校應該在道光刻本已經刊刻之後，但後來下落不明。潘祖蔭刊刻《滂喜齋叢書》本，用的是「符南樵孝廉」手録本，和上圖道光本相差不多。不知通過什麽渠道，周濟的這個批校本又被人所知，使得倫明和國圖那個「有朱筆批校圈點」的本子得以過録。倫明所謂「周止庵原本」，現在只能根據批語做出如此猜測。

周濟詞學湛深，但今傳著作大都是宏觀的概論，極少具體的分析，著名的《詞辨》，選詞更無一字評語。只有《宋四家詞選》保留了不多的針對具體作品的評語，但著眼極高，淺學如我往往難以領會。發現的這些批校，除了個別幾條，如周邦彦《齊天樂》提下批：「因此起句，故此調亦名『臺城路』」，系知識性的評説外，風格都和原刊的評語相近。但增加了相對多些的視點，不僅能夠讓我們了解周濟更多的詞學觀念，而且更易于理解原刊的評語。兹將評語輯録整理，爲大家提供參考，並在評語前標注所對應的詞牌及首句，以便查找。

周邦彦

瑞龍吟（章臺路）

【「褪粉」二句旁批】無情之物。【「定巢燕子」旁批】有情之物。【「箇人癡小」旁批】由物及人。【「吟箋」二句旁批】由人及情。【「官柳」句旁批】無情之物。

齊天樂（緑蕪凋盡臺城路）

【題下批】因此起句，故此調亦名《臺城路》。

大酺（對宿烟收）

【眉批】少游《八六子》一闋，亦有「怎奈向」三字。一本作「怎奈何」，則不可解矣。【「蟲網」句旁批】上有「嫩梢」，此語微累。

應天長慢（條風布暖）

【眉批】「芸」字湊。【「亂花」旁批】作「亂流而渡」「亂」字解。【「長記」句旁批】此二韻意境凡近。

拜新月慢（夜色催更）

【「畫圖」句旁批】生面獨開。【「眷戀」句旁批】再頂一筆。【「苦驚」句旁批】一落千丈强。

過秦樓（水浴清蟾）

【眉評「入此三句，意味淡厚」之「淡」字旁校】沈。

氐州第一（波落寒汀）

【「官柳」二句旁批】墊入此韻，下「關情」、「換目」一接方有力。【「也知人」句旁批】頓挫。

瑞鶴仙（悄郊原帶郭）

【「斜陽」三句旁批】偏有餘力，渲染餘景。【「凌波」句旁批】只如無意。【「有流鶯」句旁批】只淺淺歇住。【「不記」句旁批】斗接靈變非凡。【「歎西園」句旁批】縱送透極。【「任流光」句旁批】又只閑閑結。此結甚高。

浪淘沙慢（曉陰重）

【「（親）折」字旁批】作平。【「（難）忘」字旁批】去。

夜飛鵲（河橋送人處）

【「河橋」句旁批】是一地。【「相將」句旁批】又是一地。【「花驄」句旁批】俗句忌學。

解語花（風銷焰蠟）

【眉批】美成每以換頭結上闋，前路寬，後路緊，以此致勝。【眉批】讀此詞可想預借元宵風景矣。【「花驄」句旁批】「瓦」、「帊」二韻，皆于句中巧叶。白石、夢窗《惜紅衣》之「可惜渚邊沙外」、「三十六陂重到」，「惜」字、「十」字，皆巧叶也。

周邦彦下附録

晏殊

清平樂（金風細細）

【眉批】同叔全法温、韋，好激弦外之音，使人神志飛越。

歐陽修

臨江仙（柳外輕雷池上雨）

【眉批】余初選《詞辨》，以夕虹不應西見，割棄此詞，今反復之，乃人在小樓西角耳。

晏幾道

碧牡丹（翠袖疏紈扇）

【「一夜」二句旁批】已開南宋門徑。

安公子（遠岸收殘雨）

【下闋眉批】沈鬱。

西平樂（盡日憑高寓目）

【眉批】柳詞最工于發端。《玉蝴蝶》、《安公子》、《雪梅香》及此闋，發端皆絶妙，却只是一副機括也。美成《六醜》真奇創矣。

秦觀

滿庭芳（晚色雲開）

【「春隨人意」旁批】領起下二層。【「高臺」二句旁批】君子因小人而斥。【「舞困」二句旁批】小人亦復不久。静裏追思，作平等觀。【「朱門」二句旁批】自此至「蓬瀛」，言庸庸厚福。【「豆蔻」句旁批】一筆挽轉。

水龍吟（小樓連苑横空）

【「名韁利鎖」句旁批】俗句，不宜學。

賀鑄

薄倖（淡妝多態）

【眉批】詞須行氣，氣有剛柔並行者上也，偏行者次也。方回偏柔，然其上蟠下際，左旋右抽，亦已極揮毫之樂事矣。

辛棄疾

【詞人名下批】稼軒少從耿京起兵山東，歸朝後爲大帥，未嘗一日忘中原，其疾耽樂湖山、膜視國步者尤甚，故不免亢厲之氣居多。後世麤才樂其徑，遂相率效之，無怒而詬，非病而狂耳。于稼軒乎何尤？

青玉案（東風夜放花千樹）

【「驀然」三句眉批】解此可以相天下士矣。

踏莎行（夜月樓臺）

【「重陽」句眉批】家國遠慮，非自了漢所及。【「思量」句旁批】唤醒無限。

念奴嬌（野塘花落）

【眉批】此闋無甚寄托，取其圓美，而竹垞諸人只得此一分家當。

滿江紅（家住江南）

【眉批】此初歸朝作，讀起句可知。【「算年年」二句旁批】君子與小人同盡。【「怕流鶯」二句旁批】憂讒畏譏。【「尺素」句旁批】不忘中原。

滿江紅（敲碎離愁）

【眉批】此非前題。【「芳草」二句旁批】新俊。

滿江紅（過眼溪山）

【眉批】此及《水調》二闋皆噴礴吐瀉，在稼軒爲下駟，而後世所追摹者。

水調歌頭（落日塞塵起）

【眉批】結二句直怨而怒矣。

賀新郎（緑樹聽鵜鴂）

【眉批】此二闋一借離别，一借琵琶，以寫故都傾覆之恨，機杼最爲平正。【「馬上」句旁批】此是一種離別。【「將軍」句旁批】此又是一種離別。【「易水」句旁批】此又是一種離別。【「啼鳥」句旁批】總括上三種。

賀新郎（鳳尾龍香撥）

【「最苦」句旁批】此一番。【「記出塞」句旁批】又一番。【「遼陽」句旁批】又一番。【「千古」句旁批】總括。【「賀老」句旁批】繳開元。

木蘭花慢（老來情味減）

【「老來」句旁批】墊一層。【「況屈指」五句旁批】正一層。有此兩層，爲下「都」字、「只管」字出力，方見雄厚。【「秋晚」二句旁批】雙結。【「千古」句旁批】分外設色。

摸魚兒（更能消、幾番風雨）

【「惜春」句旁批】摺疊倒墊法。【「春且住」句旁批】方正説。【「算只有」句旁批】反墊。尚有忠厚之意。【「長門事」句旁批】正説。【「君莫舞」二句旁批】以下怨望，近于怒矣。宜壽皇見之不悦也。

水龍吟（舉頭西北浮雲）

【「峽束」句旁批】善于寫景。

水龍吟（楚天千里清秋）

【眉批】結句一片忠憤之氣，溢于言外。【詞末批】此至湖南後作。

永遇樂（千古江山）

【眉批】篇中三節説意，運古事以代陳今。岳倦翁嫌其用事太多，如在夢中説囈語耳。【「千古江山」旁批】四字包括無限。

蝶戀花（誰向椒盤簪彩勝）

【眉批】刺用人之無識也。

菩薩蠻（鬱孤臺下清江水）

【眉批】水喻高宗之避敵，山喻諸將之無功。【題下批】南渡時太后至此，爲金人所逼，狼狽東奔。

浪淘沙（身世酒杯中）

【「老僧」三句眉批】因誤得悟。

定風波（少日春懷似酒濃）

【「花開」句旁批】悟徹語。

鷓鴣天（枕簟溪堂冷欲秋）

【眉批】髀肉復生之歎，英雄同哭。

辛棄疾下附録

范仲淹

御街行（紛紛墮葉飄香砌）

【眉批】一結本色俊語，恰到好處。

蘇軾

賀新凉（乳燕飛華屋）

【眉批一】東坡于詩詞字畫皆未嘗專攻其事，視工拙成毁如委唾耳。一逢合處，便可空前絶後。【眉批二】前結明無他，後結怨遲暮，全用加一倍寫法，宜其動人如轉環也。

水龍吟（似花還似非花）

【眉批】只起語沈痛至骨，後闋補出「落紅」，是景是情，殆不可辨，真神詣也。

卜算子（缺月掛疏桐）

【眉批】本是以雁喻人，却似以人喻雁，用筆之妙，能顛賓倒主，洵是奇絶。

晁補之

臨江仙（謫宦江城無屋買）

【「青山」二句眉批】一氣追逼，更不容轉身。

憶少年（無窮官柳）

【眉批】純用借賓定主之法。

洪皓

江梅引（天涯除館憶江梅）

【眉批】一種倔彊之氣，屈盤就範，可想見當年節概。

姜夔

一萼紅（古城陰）

【「想垂柳」句之「柳」字旁校】楊。

暗香（舊時月色）

【「江國」二句旁批】平叙。

疏影（苔枝綴玉）

【「苔枝」句旁批】今已歸隱。【「昭君」二句旁批】爲花現相，以感動之。【「猶記」三句旁批】前結未足，又托此三句。【「還教」二句旁批】不能挽留，聽其自爲盛衰。

念奴嬌（鬧紅一舸）

【「田田」二句旁批】結淺直。

淡黄柳（空城曉角）

【「看盡」句旁批】本色俊語。

凄凉犯（緑楊巷陌）

【眉批】得前結二句，通身振動。【「追念」句旁批】滑境。

側犯（恨春易去）

【「微雨」、「無語」、「寂莫」三句眉批】三兩字句見遒峭。

翠樓吟（月冷龍沙）

【「仗酒」二句旁批】情緒如此。【「晚來」二句旁批】景物剩此。

陸游

朝中措（怕歌愁舞懶逢迎）

【眉批】前半用背染妙，後半直致。

極相思（江頭疏雨輕煙）

【眉批】結用加倍寫，有力。

趙以夫

孤鸞（江頭春早）

【眉批】以下七首未免頹唐，少蘊藉之妙，較之龍洲諸公，尚不致甚囂塵上。【「念玉雪」句旁批】粗率。

蔣捷

賀新郎（渺渺啼鴉了）

【眉批】皋文深斥竹山，然其佳處自不可没，當分别觀之。【「恨參差」句眉批】「渺」字原稿作「杪」。

瑞鶴仙（紺煙迷雁跡）

【眉批】如此詞豈亞白石？

絳都春（春愁怎畫）

【「正鶯把帶緑」之「把」字旁校】背。【「無言」二句旁批】結無聊。

王沂孫

無悶（陰積龍荒）

【「悵短」二句旁批】不着一字，盡得風流。

眉嫵（漸新痕懸柳）

【眉批】前半細筋入骨，换頭大放厥詞，不知者以爲借作波瀾耳。【「故山」句旁批】善頌善禱。

水龍吟（曉寒慵揭珠簾）

【「池館」句旁批】追想承平。【「争如」六句旁批】此接脱得無痕。若不如此脱接，將訕謗小朝廷耶？

【「怕洛中」二句旁批】言金人亦不久安，聊爲本朝吐氣。

水龍吟（世間無此娉婷）

【「歎黄州」三句眉批】東坡有定惠海棠詞，道君有海棠詞。元祐黨人逐而宋衰，徽宗北轅而宋亡。只此亦小中見大。【「清寒」句旁批】寫海棠難得下此四字。

水龍吟（曉霜初著青林）

【眉批】此闋平平耳，可删。

綺羅香（屋角疏星）

【「聽粉片」二句旁批】以花聲反襯無語，細極，更妙是空中設色。【「一片」二句旁批】一筆結絹，力大。【「醉聽」句旁批】又加一層。

齊天樂（緑槐千樹西窗悄）

【「甚已絶」二句旁批】透過一層法。【詞末批】《樂府補題》作「向人猶與訴憔悴」，又「殘虹收盡過雨」。

齊天樂（一襟餘恨宫魂斷）

【「一襟」句旁批】開門見山法。

慶清朝（玉局歌殘）

【眉批】前半未免爲題所窘，换頭以下渾脱。【「玉局」句旁批】八字套。

高陽臺（浅萼梅酸）

【「何人」五句眉批】天下事猶有可爲，能無遲暮之感？

高陽臺（駝褐輕裝）

【「歸來」二句眉批】愁在既歸之後，用意甚深窅。

高陽臺（殘雪庭陰）

【「如今」五句旁批】言外有故老消落、後生罶見之慨。

掃花游（小庭蔭碧）

【「漫説」二句旁批】世間自有此一種粉飾太平。【「密護」二句旁批】八字滯相。【「舊盟」句旁批】以下直率，力薄故也。

瑣窗寒（趁酒梨花）

【「趁酒」三句旁批】十二字情景融洽，一片神行。【「撲蝩」二句旁批】倒鈎力足。

王沂孫下附録

毛滂

浣溪沙（煙柳風蒲冉冉斜）

【眉批】世以程垓、石孝友與方回、澤民並稱，程近滑，石近膩，不如賀之虚婉、毛之清脆，故取此而舍彼。

惜分飛（淚濕闌干花著露）
【「此恨」二句旁批】本色俊語。

最高樓（微雨過）
【眉批】疊用兩「月」、「風」、「雲」等字，如小鳥鬥鳴，緐碎可喜。

潘元質

醜奴兒慢（愁春未醒）
【「怎有」二句旁批】自然俊語。

呂本中

清平樂（柳塘新漲）
【眉批】虛婉有神理。

康與之

洞仙歌（若耶溪路）
【眉批】康詞極俚俗，此其尤雅者。

范成大

霜天曉角（晚晴風歇）

【「雲來」句旁批】六字神來。

史達祖

雙雙燕（過春社了）

【眉批】玩此詞梅溪殆亦知其不可而爲之，非竟憒憒乾没也。【眉批】史爲韓侂胄心腹吏，蘇師旦敗，更任史，一時名士皆附和之，世變可歎如此。

瑞鶴仙（杏煙嬌濕鬢）

【「芳痕未穩」旁批】四字傷巧。【「聽歌」二句旁批】八字纖甚。

秋霽（江水蒼蒼）

【眉批】一起伉爽似悟，一結纏綿復迷，人生正于此等處見慧力。【眉批】「先」字原稿作「毛」。

張炎

解連環（楚江空晚）

【眉批】結最有力量。【「寫不」二句旁批】天然妙句。

探春（銀浦流雲）

【「也知」句旁批】傷哉！

高陽臺（接葉巢鶯）

【眉批】故家喬木，能不繫懷時事？其妙處全在渾脱無針綫之痕。

度江雲（錦香繚繞地）

【過片眉批】絶似耆卿。

清平樂（候蛩淒斷）

【「只有」二句旁批】天生俊語。

八聲甘州（記玉關踏雪事清游）

【眉批】善于吞吐。

憶舊游（記開簾送酒）

【詞調下批】：新朋故侶，詩酒遲留，吴山蒼蒼，渺渺兮余懷也。寄沈堯道諸君。

黄公紹

青玉案(年年社日停針綫)

【「花無」三句旁批】本色俊語。

唐珏

齊天樂(蜕痕初染仙莖露)

【眉批】冬青樹上,或者有此一聲亡國之聲,不堪卒讀。

水龍吟(淡裝人更嬋娟)

【眉批】换頭飄飄有塵外之意。

【「奈香雲」三句旁批】結乏精采。

吴文英

倦尋芳(暮帆掛雨)

【眉批】宋人評夢窗詞云:「如七寶樓臺,拆碎下來,不成片段。」意在嫌其餖飣耳。七寶樓臺,豈專待拆下來看片段者乎?斯言已謬。近代張皋文不取夢窗,是爲碧山門徑所束縛耳。夢窗立意高,取韻遠,誠不免過于藻繢,若其虚實並到之作,俯仰自豪,雖清真不過也。生勝熟,澀勝滑,諫果之味美于回,知此者可與言夢窗之詞。凡接筆,總是起落相間,弛而弗張,文武弗爲,張而不弛,文武弗能,一張一弛,文武之道。曩讀太史公文、杜工部詩，往往有數筆連起者，不謂詞中又得此境于夢窗。

憶舊游（送人猶未苦）

【「送人」句旁批】周、柳有此發端。【「葵麥」句旁批】以下如鵰羽翩翩，氣盛故也。

點絳唇（卷盡愁雲）

【下闋眉批】今昔之感，不着一字，盡得風流。此妙于用脱字訣者。

西子妝（流水曲情）

【「不堪」二句眉批】「衰鬢」、「飛花」、「緑陰」、「冷烟」、「深樹」，凡十實字，只一「着」字、一「旁」字，渾化無痕，收入「不堪」，但見輕妙。此良工心苦，暗度金針，勿草草看過。

唐多令（何處合成愁）

【眉批】「也」字衍，或是襯字。

玉漏遲（雁邊風訊小）

【眉批】只是初夜有雲、將曉月出耳，看他磬控縱送，無限解數。過變後，其音尖裂，愈接愈高，如浮屠合尖，信是夢窗獨步。

高陽臺（修竹凝裝）

【「飛紅」二句旁批】沈痛精警，此君獨步。

解語花（門横皺碧）

【眉批】「是」字原稿作「似」。

吴文英下附録

趙令畤

蝶戀花（欲減羅衣寒未去）

【眉批】結脱有離鈎三寸之妙。

王安國

清平樂（留春不住）

【眉批】不滿荊公，情見乎詞矣。

蘇庠

木蘭花（江雲疊疊遮鴛浦）

【「白沙」二句眉批】「我瞻四方，蹙蹙靡所騁」，情景如是。

陳克

菩薩蠻(赤闌橋盡香街直)

【眉批】陳克、嚴仁二公,少見傳作,窺豹一斑,識力卓絶乃爾。信然,温、韋豈遠人哉!

嚴仁

木蘭花(春風只在園西畔)

【眉批】陳子高、嚴次山二公,少見傳作,窺豹一斑,識力卓絶乃爾。信然,温、韋豈遠人哉!

高觀國

齊天樂(晚雲知有關山念)

【眉批一】高字賓王,一字竹屋,與盧祖皋蒲江齊名。【眉批二】竹屋、蒲江並有時名,蒲江窘促,等諸自檜,竹屋硁硁,亦凡響耳。豈非依托梅谿而弋虛譽者乎?【題下批】按梅溪雖陪使臣至金,竹屋懷之作此詞。别本作「雁横遼水」。

陳允平

【詞人名下批】一字西麓。

周密

大聖樂（嬌緑迷雲）

【眉批】草窗鏤冰刻楮，精妙絶倫，惜立意不高，取韻不遠，當與玉田抗行，未可方駕王、吴也。

（整理者單位：華東師範大學哲學系）

新見王鵬運致陸樹藩詞學書札五通考釋

王汝娟

上海圖書館藏有《陸心源友朋書札》（以下簡稱《書札》）三册，其中第三册有兩處題簽，一云「先王父諱心源，字剛甫，號存齋」，一云「先王父，浙江歸安籍……」，並有鈐印「陸慶譽家珍藏」「宣公三十七世孫」「慶譽長壽」，知《書札》爲陸心源之孫陸熙咸所編集和收藏。陸熙咸，字慶譽，陸心源次子陸樹屏之子。此三册《書札》中收録了王鵬運致陸樹藩書札六通，其中有五通皆爲討論詞集刊刻、詞籍校勘、文獻搜討等事宜。陸樹藩（一八六八—一九二六），字純伯，號毅軒，浙江歸安（今湖州）人，清末藏書家、金石學家、皕宋樓主人陸心源（一八三四—一八九四）之子。陸樹藩光緒十五年（一八八九）參加鄉試，中恩科舉人；十六年（一八九〇）報捐内閣中書，到京後派充萬壽慶典撰文，又加侍讀銜；二十年（一八九四）丁父憂返湖州，往來蘇滬間，料理家族生意；次年捐升郎中；一九一一年皈依佛門，剃度出家；此後熱心于公益事業，與劉承幹等人合辦蘇州苦兒院，一九二六年因病去世。〔一〕

王鵬運（一八四九—一九〇四），字幼霞，一字佑遐，中年號半塘老人，晚號半塘僧鶩，廣西臨桂（今屬桂林市）人。同治九年（一八七〇）舉人，十三年（一八七四）任内閣中書；光緒十年（一八八四）任内閣侍讀，十九年（一八九三）改任御史，轉禮部給事中；二十八年（一九〇二）離京南歸，主揚州儀董學堂；三十年（一九〇四）六月，染病不治，逝于蘇州。〔二〕

王鵬運工詞，與況周頤、朱祖謀、鄭文焯合稱「清末四大家」，著有《味梨詞》、《鶩翁詞》、《蟲秋集》等多種詞集，後删定爲《半塘定稿》；又致力于詞集校刻，曾彙刻《四印齋所刻詞》、《宋元三十一家詞》等，于詞史影響深巨。王鵬運致陸樹藩此五通書札，此前尚未爲學者所注意，通過與相關序跋、致他人信札、年譜等其他文獻的相互參證，可推斷出它們的大致作年。它們不僅可以豐富王鵬運及陸氏兄弟的生平信息，也可爲我們研究晚清詞人的活動與交游、詞集校勘刊刻等提供不少重要綫索。今將此五通書札以《書札》中出現的次序標號排列輯録，並將各自的作年及相關人物、事件、背景等考釋于下。

一

驕陽溽雨，兼之辱承應酬，日來遂爾大病，刻雖小愈，仍苶然也。《東山詞》校出可疑待補之字，皆用紅筆句出，請高明一正訂之。近又展轉假得宋詞數册，尚未抄來，如有可備尊齋收藏者，當抄贈也。閑中思誤書，亦消夏之一法也。其中有明知所誤爲某字者，然亦未敢自信，必待執事參酌，始便付之梓人。或寄回吴興，奉懇令弟一校尤妙。但希從速爲感。此請純伯仁兄世大人道安。

弟運頓首。望日。

【考釋】據陸心源曾外孫徐楨基撰《潛園遺事：藏書家陸心源生平及其他》〔三〕，陸樹藩有弟樹屏（一八七一年生）、樹聲（一八八二年生）、樹翰（一八八九年生）。從以下所考此函作年推斷，此函中「令弟」當指時年二十二歲的陸樹屏。陸樹屏，字叔桐、叔同，光緒十四年因陸心源捐家藏典籍而得賞國子監學正銜，通曉經義。〔四〕

王鵬運輯刻《四印齋所刻詞》，賀鑄《東山寓聲樂府》一卷、《東山寓聲樂府補鈔》一卷即居其中。《東山寓聲樂府》跋云：「按《四庫全書總目》載方回《慶湖遺老集》十卷，稱其詞勝于詩。此集則未經著録。……此本由毛鈔録出，闕佚二十餘闋。據宋以來選本校之，儘補《小梅花》一調，知是書殘損久矣。至諸家譜録，並云《東山寓聲樂府》三卷。此合百六十九首爲一卷，題曰《東山詞》。毛氏傳鈔，每變元書體例，不獨此集爲然。兹改從舊名，若分卷則無由臆斷，姑仍毛氏焉。末附《補遺》，爲况夔笙舍人編輯，斠讎掇拾，頗資其力，例得牽連書之。光緒己丑（十五年，一八八九）夏日，臨桂王鵬運跋。」《補鈔》跋云：「《東山詞》傳世者，惟前刻《汲古閣未刻詞》本，即所謂亦園侯氏本也。近讀歸安陸氏《皕宋樓藏書志》，知有王氏惠庵輯本，視前刻多百許闋，乃丐純伯舍人鈔得，爲《補鈔》一卷附後。唯屢經傳寫，訛闕至不可句讀，與純伯、夔笙校讎一再，略得十之五六，其仍不可通者，則空格或注『元作某字』于下，以俟好學深思者是之。方回北宋名家，其填詞與少游、子野相上下，顧《淮海》《安陸》完書具在，獨《東山》一集，銷沉剥蝕，僅而獲存，又復帝虎焉烏，使讀者不能快然意滿。如此世有惠庵祖本，願受而卒業焉。光緒壬辰（十八年，一八九二）新秋，臨桂王鵬運識。」據此二跋，一可知《補鈔》之底本王迪輯本，乃向陸樹藩索借而得。此在吴昌綬撰《清真唱和集》跋文中亦有旁證：「（王迪）嘗重輯《東山樂府》，丁氏、陸氏皆有傳寫本，固當時好事者。」[五]二可知參與《東山寓聲樂府》校勘者爲况周頤，參與《補鈔》校勘者爲况周頤、陸樹藩。故此函與陸樹藩商討《東山詞》校勘事宜，當指《補鈔》之校勘。函中言集子的可疑待補之字皆已校畢，並促「但希從速」，可知距離《補鈔》開刻的一八九二年新秋不會太久，故書札寫作時間，當在一八九二年春或夏。

二

甚久不見，極念。承校《東山樂府》刻已抄付手民，將來剞劂告成，尚須奉煩雅鑒。《天籟集》月内當可斷手，亦當請校也。昨物色得《怡志堂詩文集》謹呈鄴架詧入，荷荷。

純伯仁兄世大人閣下。弟運頓首。廿日。

再《樵歌》詞思之綦切，可否緘屬令弟再一尋檢？禱切。

【考釋】《天籟集》光緒十八年（一八九二）刻入《四印齋所刻詞》，自跋云：「仁甫工度曲，明涵虛子評論元曲，品居第三。其詞則未見著録。諸家選本，亦均不載。國朝康熙中，六安楊氏希洛以曝書亭訂本授梓。《四庫全書提要·御選歷代詩餘》復盛推之，名始大顯。此本從皕宋樓藏書移鈔，即楊刻也。……楊刻卷首有仁甫小象，末附《摭遺》爲所製曲。兹刻皆未之及。卷中訛闕，以無可校正，悉仍其舊云。光緒十八年七月壬辰，臨桂王鵬運識于吟湘小堂。」檢《皕宋樓藏書志》卷一百二十著録「《天籟集》二卷，文瀾閣傳抄本」，可見陸家所藏《天籟集》在《皕宋樓藏書志》所著録之文瀾閣傳抄本外，尚有楊希洛刻本。此函當作于四印齋《天籟集》刊刻的光緒十八年（一八九二）七月之前。又此函云「承校《東山樂府》刻已抄付手民」，可知此函作于第一函之後。要之，此函作于光緒十八年上半年。

《怡志堂詩文集》爲清人朱琦詩文集。朱琦，字伯韓，廣西臨桂人，工詩歌、古文，文宗桐城派，爲「嶺西五大家」之一。《書札》中收録王鵬運致陸樹藩另一函云：「伯韓先生詩文集昔日大文堂有板，不知此鋪尚存否？每部不過數千文，集衣怡志堂。可于廠肆一索。如不可得，敝齋所藏可奉贈也。」當爲是函寄出後，得到陸樹藩答復，從而寄贈《怡志堂詩文集》。王鵬運得《怡志堂詩文集》，許是因其與朱琦同籍臨桂之故。

朱敦儒詞集《樵歌》乃世所稀覯之珍本，如《鐵琴銅劍樓藏書目録》言：「《樵歌》三卷，舊鈔本。……是本流傳絶稀，亦見《直齋書録》。」故此函中王鵬運提出請陸樹屏尋檢之請求。王鵬運先于光緒十九年（一八九三）刻《樵歌拾遺》一卷（收入《宋元三十一家詞》），自跋云：「《樵歌》三卷，求之屢年，苦不可得。此卷鈔自知聖道齋所藏《汲古閣未刻詞》本，先付梓人。它日當獲全帙，以慰飢渴。」此後數年一直苦意搜求，光緒二十四年（一八九八）致繆荃孫書札云：「前年在丁松生先生處抄得宋元詞廿餘家，秘本佳詞正復不少。唯《樵歌》苦不可得，如何如何。」[六]至光緒二十六年（一九〇〇）終得全本，刻《樵歌》三卷單行本，自跋云：「初余校刻《樵歌拾遺》，即欲求其全帙刻之而不可得。甲乙之際，小山太史（按，即繆荃孫）歸田，屬訪之南中，逾五年而後如約。亟校付手民，以酬夙願。」可知四印齋所刻三卷本的底本是從繆荃孫處而非陸家皕宋樓獲得。《皕宋樓藏書志·續志》著録「《樵歌》三卷，舊抄本」，在王鵬運一九〇〇年刊刻《樵歌》時，陸家當尚未藏有此書。

三

薄病初愈，昨始出門。年伯大人賁臨，致失恭迓，罪甚。敬有懇者：弟近輯刻宋元名家詞之世鮮傳本，擬輯四十家。考已得廿餘家付梓。尊齋藏本當有十三四種，爲敝篋所無，倘荷不吝珠玉，惠假抄刻，俾成巨觀，古人鉅製庶不致終于湮没。想好古如兄，當亦許我。又劉辰翁詞見于《元草堂詩餘》，極爲歎服。不知尊藏有《須溪集》否？附詞否？如有詞，亦求抄徇，以慰飢渴。其目另紙録上。種數雖多，卷帙尚少，付胥似尚易耳。又《梅溪詞》足本亦擬假抄一部。屢屢煩瀆，請求無厭，恃愛幸恕。當謀所以報瓊耳。此懇。即頌純故仁兄世大人侍安。

弟期運頓首。

【考釋】此函所言「宋元名家詞」當指王鵬運所編刻《宋元三十一家詞》。繼《四印齋所刻詞》後，王鵬運又編選宋潘閬以下二十四家詞別集及元劉秉忠以下七家詞別集，彙爲《宋元三十一家詞》，由四印齋陸續刊刻，繆荃孫爲作序。自跋云：「右彙刻兩宋名家詞別集二十四家、元七家，家爲一卷，共三十一卷，始事于癸巳正月，至臘月訖工。……是役也，訂訛補闕，夔笙中翰用力最勤；其以藏書假我者，則陸存齋觀察（按，即陸心源）、盛伯希司成、繆筱珊、黄仲弢兩太史、楊鳳阿閣讀、劉樾仲舍人也，例得並書。光緒十九年冬日，臨桂王鵬運識。」據此知《宋元三十一家詞》于光緒十九年（一八九三）正月開刻，十二月全部刊竣。則其所言「考已得廿餘家付梓」之時，亦爲是年。可知此函作于光緒十九年。又，其中云「其以藏書假我者，則陸存齋觀察」，據《宋元三十一家詞》所收各集之王鵬運自跋，明記從陸家皕宋樓丐得者有《宣卿詞》、《碎錦詞》、《撫掌詞》等多種。

函中言及「劉辰翁詞見于《元草堂詩餘》」，並向陸家求索《須溪集》，可知是時王鵬運注目于劉辰翁詞。據《皕宋樓藏書志》卷九十二，陸家所藏《須溪集》爲文瀾閣傳抄本。《須溪集》一百卷久佚，文瀾閣本爲四庫館臣從《永樂大典》中輯出，分十卷，卷八、卷九、卷十均爲詞。檢《元草堂詩餘》（又名《精選名儒草堂詩餘》、《續草堂詩餘》、《鳳林書院草堂詩餘》等），收有劉辰翁詞三首、大曲一首（宋代大曲用詞體，故亦可視作詞），其中《大酺·春寒》、《謁金門》（風又雨）二首爲文瀾閣本《須溪集》所無。既然陸家藏有《須溪集》，王鵬運當借得了此書，獲睹了三卷詞作，但並未刊刻。至一九二一年，朱祖謀始將《須溪詞》刻入《彊村叢書》。

光緒二十五年（一八九九），《四印齋所刻詞》中刻入史達祖《梅溪詞》，由況周頤校勘，末附其校勘記及光緒十五年（一八八九）、二十五年王氏兩篇自跋。校勘記云「梅溪此集，歷斠宋以來選本，别無補遺」，光緒十五年自跋云「其集毛氏叢刻外，絶少單行。爰爲讎校，付之剞氏」，可知此函中向陸樹藩索借之「《梅溪詞》足本」當爲汲古閣刻《宋名家詞》本。該本在《皕宋樓藏書志》卷一百十九中亦有著録：「《梅溪詞》一卷，毛斧季手校本。」四印齋所刻，即以汲古閣本爲底本，稱元本；以宋以來各選本參校，統稱别本。如《綺羅香·詠春雨》「沉沉江上望極，還被春潮晚急」校云「元本誤，奪『晚』字」，「是落紅帶愁流處」後校云「别作去」；《雙雙燕·詠燕》「愁損翠黛雙蛾」校云「别本少二字，作愁損玉人」等。

四

懇抄之件，係廖行之《省齋詞》，當時誤書作「竹齋」，請緘知令弟，荷荷。《龜峰詞》如寄到，望早示悉。

擲下，以慰飢渴。服色之説，無以報命，愧愧。緣交游半措大耳。一笑。純故仁兄世大人閣下。

弟期運頓首。

陸老爺。

【考釋】此函向陸樹藩索借廖行之《省齋詞》、陳人傑《龜峰詞》兩種詞集，陸家均有收藏，《皕宋樓藏書志》卷一百二十：「《省齋詩餘》一卷，舊抄本。」「《龜峰詞》一卷，舊抄本。」光緒十九年，王鵬運將《龜峰詞》刻入《宋元三十一家詞》。故此函當作于刊刻之前。

函中言及「服色之説，無以報命」，「報命」即答復之意，從語意看，當是此前陸樹藩曾向王鵬運問及「服色」之事。明清兩朝的官服，以不同刺繡紋樣區分官品。陸心源先前撰有《補服考》一文（收于《儀顧堂集》，補服即官服），寫作此函時《補服考》雖已作成〔七〕，可能是陸氏父子對此問題仍抱持着興趣，故與王鵬運討論。又或是陸樹藩此前致王鵬運函札中，曾言及聽聞王鵬運即將升官的傳言，詢問其是否屬實，王鵬運戲答因「交游半措大」，故自己也不知確切與否。俟方家賜教。

五

入闈十許日，昨幸掣出，然憊甚矣，未克趨應，歉歉。《龍川詞補》已録副墨，原件奉上，祈晉入。前諭新得之《谷響集》，能假我一讀否？懇代校彙刻各詞，想已校出，希擲下。荷荷。三數日即完，不久閣也。此布。即頌純故仁兄世大人升安。

弟期運頓首。

外書一本，並送南横街路南。

陸内閣老爺。祈復。

【考釋】王鵬運于光緒十九年將陳亮《龍川詞補》刻入《宋元三十一家詞》。此前汲古閣《宋六十名家詞》刻有《龍川詞》一卷、《補遺》一卷，王鵬運據《宋元人小詞》本補二十八首，即爲《龍川詞補》。函中言「《龍川詞補》已録副墨」，則此函當作于光緒十九年四印齋《龍川詞補》刊刻之前不久。

陸家新得之元僧雲屋善住《谷響集》，爲文瀾閣抄本，《皕宋樓藏書志》卷九十五：「《谷響集》三卷，文瀾閣傳抄本。」今觀該本，卷三有詞十餘闋。《谷響集》另有四卷本和一卷本，分别見于《國史經籍志》卷五、《元史藝文志》卷四等著録。

「入闈」即科舉考試時考生或考官等進入考場。「南横街路南」在北京宣武門外[八]，時爲内閣中書的陸樹藩也在北京任職，從「未克趨應」一語來看，王鵬運是時亦在北京。光緒十九年爲鄉試年，王鵬運「入闈十許日」，可見他擔任了該年北京鄉試的考官。此在《年譜》中無有記載，可予補入。

統觀此五通書札，基本可推斷作于光緒十八年（一八九二）、十九年（一八九三）之際或之前不久。《年譜》光緒七年（一八八一）條載：「自是年起開始校刻詞集。」《四印齋所刻詞》、《宋元三十一家詞》分别于光緒十四年、十九年開鐫，此五通書札真切反映出在詞集正式刊刻之前，王鵬運上下求索以尋覓善本珍本、與友朋孜孜切磋以求校勘精審之一斑，由此我們不難想見自光緒七年開始，至暮年《四印齋所刻詞》、《宋元三十一家詞》以及《樵歌》等單行本詞集刻成，王鵬運對于詞學之熱忱與精勤，二十載始終念兹在兹，足令人感佩。同時，歸安陸家雖然未嘗刻印詞籍，但不厭其煩地襄助友人搜采殘佚，不吝提供皕宋樓家藏秘本，勉力校訂訛闕等勤謹與慷慨，亦值得被銘記。不少稀見詞籍，賴王、陸合力而得以傳存。此五通書札，正是真切還原了王鵬運與陸樹藩、陸樹屏兄弟爲詞學事業而篤行不怠的具體場景，亦是晚清學人之間清風高誼之生動印證。

〔一〕陸樹藩生平大要，參《陸樹藩年譜簡編》（見吴康麗等主編《陸樹藩：中國紅十字運動的先驅》，合肥工業大學出版社二〇一七年版，第三六七—三七〇頁），劉思瀚、徐楨基《陸樹藩生平拾遺》（見池子華等主編《紅十字運動研究（二〇一八年卷）》，合肥工業大學出版社二〇一八年版，第三四九—三五五頁）等。

〔二〕王鵬運生平，詳參馬興榮《王鵬運年譜（上）》、《王鵬運年譜（下）》（以下簡稱《年譜》），《詞學（第十六輯）》、《詞學（第十八輯）》，華東師範大學出版社二〇〇六年版、二〇〇七年版。

〔三〕徐楨基《潛園遺事：藏書家陸心源生平及其他》，上海三聯書店一九九六年版。

〔四〕事見《清續文獻通考》卷一百一及繆荃孫致費念慈書札（錢伯城、郭群一整理《藝風堂友朋書札》，上海人民出版社二〇一八年版，第四六五頁）等。劉承幹《求恕齋日記》中對陸樹屏之生平細故亦多有涉及。

〔五〕王迪輯《清真唱和集》八卷吴昌綬跋，道光二十五年（一八四五）王氏木活字印本，上海圖書館藏。

〔六〕錢伯城、郭群一整理《藝風堂友朋書札》，第八一七頁。

〔七〕《儀顧堂集》有多個版本，不同版本卷數不同，所收録文章亦不相同。關于不同版本中收録文章的寫作下限、編修與刊刻的時間等問題，詳參張燕嬰《陸心源〈儀顧堂集〉的版本》，《浙江大學學報（人文社會科學版）》二〇〇九年第一期，第一四八—一五三頁。

〔八〕見姚祝萱編《北京便覽》下編卷七，張研、孫燕京主編《民國史料叢刊》（七九三），大象出版社二〇〇九年版，第四四四頁。

（作者單位：復旦大學出版社）

新見任中敏致唐圭璋詞學書札五通考釋

程希

著名教育家、詞曲學家、敦煌學家、唐代音樂文藝學的開創者和奠基人任中敏先生（一八九七—一九九一，號二北、半塘）一生著述宏富，成就多方，是享有國際盛譽的學術大家。其學術著作結集爲《任中敏文集》，煌煌十九册，五百多萬言，二〇一四年由鳳凰出版社出版。其部分詩詞、日記、信札等文字亦經整理，于《任中敏先生詩詞集》（香港浩德出版社二〇〇六年版）、《任中敏與漢民中學》（灕江出版社一九九五年版）等書得窺大略。但令人遺憾的是，任先生尚有大量集外文字或藏諸公私之手，或見諸各大拍賣會，或零星見載于友朋著述或民國報刊，極易散落，給我們的研究帶來了諸多不便。作爲半塘後學，筆者讀先生書，想見先生爲人，近年來對任先生集外詩文、信札、日記、書法、篆刻等文字多所留心，片言隻語亦不放過，所積漸夥，已先後發表《任中敏致唐圭璋遺札十通考釋》（《詞學（第四十一輯）》，華東師範大學出版社二〇一九年版）、《詞曲學大家任中敏集外詩詞六十二篇考釋》（《中國文化研究》二〇二〇年春之卷）、《任中敏致波多野太郎遺札三通輯釋》（《敦煌研究》二〇二〇年第二期）、《新見任中敏致唐圭璋信札六通考釋》（《詞學（第四十四輯）》，華東師範大學出版社二〇二〇年版）、《任半塘致程千帆、鐘敬文等音樂文學論札十七通考釋》（《樂府學（第二十五輯）》，社會科學文獻出版社二〇二二年版）、《任中敏致唐圭

本文爲江蘇省社會科學基金青年項目「任中敏學術年譜編纂與研究」（22ZWC008）的階段性成果。

璋詞學書札十通考釋》(《詞學(第四十七輯)》,華東師範大學出版社二〇二二年版)等。現將新近發現的揚州大學檔案館藏任先生致唐圭璋先生遺札五通加以整理繫年,注釋疑難,以饗同好。這批信札主要圍繞詞學展開,寫作時間集中于二十世紀七十年代,于此不僅可見任先生之人品學問、性情襟抱,對加深任先生生平交游、著述出版、學術思想之研究及近現代詞學史之建構均不無裨益。信札編次以寫作時間先後爲序,天頭、地脚、邊欄、紙背等處有批注或特殊符號者亦忠實照録,以儘量保持原貌。原札人名、書名等明顯有誤者,以「[ ]」隨文徑改。個别內容涉及隱私或不便公開者,以「……」出之。筆者按語以「按」或「程按」出之。限于眼界及學力,加之信札多爲行草書,辨識不易,或有不當之處,敬祈方家郢正。

其一(一九七四年八月十三日)

圭璋兄:

前奉手教,即將有關《道藏》歌曲調名等筆記一册,掛號寄上,曾收到否?諒無大用,惟在覆核尊稿中,或能更多一次檢點耳。中友寄給《佛教大辭典》一厚册,説明介于丁氏大小兩典之間,得其中庸,又以價較廉、售較易爲計,乃「生意經」耳,其無丁典得力可知。太子離王宮,往雪山修行時,馭者車匿,白馬犍涉,皆與太子一心。宮內餘衆,六八萬人,皆阻撓太子出家,而與國王及太子三妃一心者。但敦煌歌辭有兩處提到當時,白馬以外尚有黄羊,亦與太子一心。查丁典無黄羊,新寄之典亦無。查《佛本行集經》無,剩有《佛本行經》尚未查。兩典于此皆無助,憾也。此間責我收集「唐宋民間……文藝資料」,不得不應。酷熱揮汗,用暑假兩日,爲録得二十餘條交卷,謂之第一輯,內容甚薄,因附録簡目,博兄一粲。敦煌曲録稿,越到後來越難,弟甘爲困獸,再鬥半年,方可了事。起居安否,承勉廉頗老矣,尚能健飯,甚感,飯則能飯,唯「一飯三遺矢」，終不能用矣。此話指小便太多，左膀胱發炎，多年不愈爲患。除此外，則睡眠太差，日得六小時而已。頭目每每不清，行步雖健且疾，但已不穩，下郵有近影奉贈，聊以代面。

即候

秋喜！

弟敏拜

八、十三、晨

附：唐宋民間……文藝資料第一輯目録（按：因與詞學無涉，兹從略）

程按：此札原件現藏揚州大學檔案館，卷號：KY14・11—5(3)，件號：30、45，有封。上款：南京劍閣路四十號唐圭璋先生收，下款：成都任，八、十三。原札四頁，頁七行，行十四字左右。毛筆行書，用普通白色箋紙。附録一頁三十五行，行數字到十數字不等。用普通白色箋紙，藍色圓珠筆行書書寫。據附録落款及信封可知寫于一九七四年八月十三日。此札主要探討敦煌歌辭中的佛教典故問題，並言及搜集唐宋民間文藝資料事。

「申友」，或指趙景深先生（一九〇二—一九八五），曾名旭初，筆名鄒嘯，祖籍四川宜賓，生于浙江麗水，著名文史學者、戲曲研究家。早年組織緑波社，一九三〇年起任復旦大學中文系教授，曾任中國古代戲曲研究會會長、中國俗文學學會名譽主席等，著有《曲論初探》、《中國戲曲初考》、《中國小説叢考》等。「丁典」，指丁福保（一八七四—一九五二）所編《佛學大辭典》，于一九二二年由上海醫學書局印行，該書收録佛教各種專有名詞、術語、典故、文獻、人物、史跡等共三萬多條，計三百多萬字。「此間」，指四川大學中文系。《佛本行集經》，六十卷六十品，隋來華印度僧人闍那崛多譯，主要講述佛之誕生、成長、出家、修行、得道、説法、化度大眾等事蹟。《佛本行經》，又名《佛所行贊》、《佛所行贊經》，古印度馬鳴著，北涼曇無讖譯，五卷二十八品，以詩體叙述釋迦牟尼的生平事蹟，有南朝宋寶雲譯《佛本行贊傳》七卷。

其二（一九七七年九月十九日）

圭璋兄：

十七日來書敬讀，急我之所急。先説我的一個小要求，須你花費一角郵票再復我一信：你上次告我陰法魯論詞的起源一文在何年何期《考古》刊物中？十六日上午我帶了你此函去川大圖查出此册刊物，細讀陰文並作筆記，未料該圖上午閱覽時間到十一時止，而我先看夏鼐的一篇文章費時太多，及讀陰文，才讀尾聲妙處（他畫龍點睛把所謂詞起源于唐高宗時的幾句話放在尾巴上），我欲抄下原文而圖門將關，狼狽而出。今天又到該館借該刊再續，忽忘兄前函所告何年何期何刊，想了半天，借了六五、六四兩年《考古》一至六期來查，都未查出三天前的舊相識。怏怏而返，返寓找兄的來函，所開遍找不到。但我不能死心，必須抄補陰文之尾，求兄來函再告我陰文所在何年何期何刊，核對無訛，以便再去補看。麻煩如我的記性，僅及兄十分之一。退休回揚要完八稿（有些已成十分之九，不難），怕不容易！

祝願在兄下一次回信中，兄已能告我《樂學軌範》是何日寄到的。設若此時仍未見該書寄到，怕趙兄太不漂亮了。兄爲此事稍急了一點，可能他據兄函只補抄胡君所漏之兩行，就遺憾了。能看到全書比看到兩行，作用大不同。

據説：「日人島田翰于薩都剌死後廿七八年間，刻永和本《薩天錫逸詩》（日本長慶天皇天授（永和）元年，即我明洪武八年，一三七五），不知此本中詩後有無詞曲耳。」兄不妨記一筆在付稿内。

研究生及抄手，商諸中華預支一點費用，由兄在寧自謀其人，如何？

聽説高教局發「科研先進表格」徵填，一式七份，上報，南京有否？兄曾填否？乞告一句。此間説限于自然科學填此表，文史方面未徵填，果否？乞據寧地情況以告。

清真詞解釋數點甚好，謝謝，已轉周君矣！候安。

敏上

九、一九

（看紙背）

△陰文引中唐沈亞之送李膠秀才序：「余故友李賀並撰南北朝樂府故詞，其所賦亦多怨鬱凄怨之巧，誠以概古排今，使爲詞者，莫得偶矣。惜乎！其終以不被聲弦唱。」——這段話內，有兩個「詞」字或爲「辭」之省，或爲「歌辭」二字之省，殊難據此證實趙宋之詞起于中唐。唐人詩文中用「詞」字者太多，往往如此。

△潘重規書，印于臺灣，寄書人恐不能進口，已將印刷所自表之一頁撕去，故其書得由港而汕頭而成都也。

△「螞蟻啃骨頭」的精神好！要切實掌握養生之道，莫墮萬里、頡剛之因朽而廢，要緊！

△來書表面「水井丁」，寫得有些像「水月街」，防郵遞員擱而不送。

敏

程按：此札原件現藏揚州大學檔案館，無編號。無封。原札一頁，頁二十六行，行二十字左右。鋼筆行書，用普通紅色方格稿紙。第一頁天頭處有云：「來書，勸我刻一章：『皤然七十翁，何足稱壽考！』在圖章上吵架，搞『東風壓倒西風』，從來未有，弟未敢。再過幾年，潘兄年逾八十，當自刻此章，抵銷前章，自成嘉話。潘兄來書奉還。敏」又有：「兄得神田寄《填詞史話》下册，其中有涉我唐代之事否？若有，乞惠假一讀，否則免麻煩。又懇。」地脚處有云：「詞家籍貫，由古名注出今名一層，可全省，已注者可删，未注者不必補。比較大方，又省事，快刀斬麻。」右邊欄外有云：「弟偶檢《佩文韻府》『排方』條：引王應麟《玉海》，謂『高宗開大元帥府，排方玉帶』，分明扣緊玉帶。周詞『玉帶小排方』，亦聯繫玉帶。若與『排當』拉攏，恐未合。此函爲補此話拆開重封一次。」又，左上角另云：「此信寫後，不知不覺，成爲『六合』體，即正背及上下左右，四方空隙，俱已填滿。可發一笑！」據信末落款及一九七七年九月二十一日函推測，此札當作于一九七七年九月十九日。此札主要言及求借參考資料問題，從涉及到的文獻來看，更顯現出任先生學術視野之廣闊，如注重出土文獻與傳世文獻相結合之「二重證據法」，並關注到日本、韓國，以及中國臺灣地區、中國香港地區等漢學界最新學術成果。

「陰法魯論詞的起源一文」，指陰法魯《關于詞的起源問題》，原載《北京大學學報（人文科學）》一九六四年第五期，後收入上海古籍出版社一九八二年出版的華東師範大學中文系古典文學研究室所編《詞學研究論文集（一九四九—一九七九年）》一書。唐圭璋先生與潘君昭先生于《南京師大學報（社會科學版）》一九七八年第一期亦曾發表《論詞的起源》一文，應爲受陰文影響所撰。周君，指周泳先（一九一一—一九七八），雲南大理人。曾在暨南大學從龍榆生治詞學，輯有《唐宋金元詞鉤沉》四十八卷，曾在一九三六年《詞學季刊》第三卷第一號發表《與夏瞿禪言船子和尚事》一文。曾任教于雲南大學，一九四九年後在雲南省圖書館工作。趙兄，或指趙景深，前有紹介，兹不贅。胡君，或指胡忌（一九三一—二〇〇五），浙江奉化人，江蘇省昆劇院一級編劇，戲劇史家，著有《宋金雜劇考》、《昆劇發展史》等，一九七三年八月胡先生曾調往遼寧省喀左縣文化館從事考古工作，一九七八年十一月調至南京江蘇省昆劇院藝術研究室工作；八十年代中後期曾應任先生之邀參與指導揚州師範學院古代文學博士生。所謂日人島田翰永和元年刻本《薩天錫逸詩》，實應爲島田翰（一八七九—一九一五）校定據日本永和丙辰即明洪武九年（一三七六）刻本而刊于一九〇五年者，任先生所記有疏誤，另核該書收薩都剌七律一百三十八首、七絶三首、五絶一首，計一百四十二首，詩後並無詞曲。[一]「潘重規書」，應指一九七四年由臺北文史哲出版社出版的《瀛涯敦煌韻輯新編》一書。萬里，指趙萬里（一九〇五—一九八〇），小名曾壽，字斐雲，别號芸盦、舜庵，浙江海寧人，著名文獻學家。一九二二年入東南大學中文系，從吴梅先生習詞曲學。一九二五年任清華學校國學研究院助教，一九二八年任職于北海圖書館，先後任教于北京大學、清華大學、中法大學、輔仁大學，一九四九年後任北京圖書館研究員兼善本特藏部主任。著有《校輯宋金元人詞》《漢魏南北朝墓志集釋》等。頡剛，指顧頡剛（一八九三—一九八〇），蘇州人，著名史學家、民俗學家。一九一六年入北大哲學門，畢業後留校在圖書館擔任編目工作，先後任教于北京大學、厦門大學、中山大學、燕京大學、雲南大學、齊魯大學、中央大學、復旦大學等校。一九五四年任中科院歷史研究所研究員，一九五五年任全國政協文史委副主任。曾創辦《民間文藝》、《禹貢》、《文史雜志》，爲「古史辨」派創始人，中國歷史地理學與民俗學的奠基人，著述繁富，有《顧頡剛全集》傳世。

其三（一九七七年九月二十一日）

圭璋兄：

來書讀。雜復如下：

㈠元劉塤《隱居通議》：「利碧澗詩詞」條：「利履道登（是否如此分名、字？）……尤工長短句，嘗有《水調》曰：『相聚不知好……』」《金元詞》收否？又有自况詞，及詠虞美人草詞等。

㈡「話説西川成都府城内，東門僻静之處，有一座水月庵。庵中有一妙尼，年方八二，在木魚經卷之餘，愛看唐人曲子……」以下請兄續寫，縱情調笑，不敢阻也。

㊂「軌範」寄來，何妨查遍底細？胡缺兩行，補上之外，難道別無可取？何必急急還他？兄贊趙借的「漂亮」，我看也有可異之處，我既告以劍閣之址，因何不用？而欲將書遠寄復大，是何取意？這事經過，大體平正就罷，不必多議了。

㊃我因求一部拙編《唐戲弄》，改錯、增補，寄給作家出版社再版。它早有此意，目前氣氛較好，決計一辦。但弟手中有一部，寫得小字如麻，不能對外，且已脱綫，無法周旋。誠懇求兄：將前奉此書一部，賜還我一用，再版以後，雙倍還到新書，萬不致誤。如何？乞示。

㊄陰文已讀，抄下關節要害各段，打算痛駁，編入《甘泉集》，以示後人，不另發表。他有基本缺陷四點：（一）不敢循《教坊記》的內容，以談唐代歌辭。如陰氏否定「廟堂樂章」是曲子，《教坊記》「曲名」「大曲名」內，列有《金殿樂》《朝天樂》《龍飛樂》《破陣樂》……都屬燕樂，不屬雅樂，都是廟堂樂章，不遵唐説，而自立不切歷史實際之説，那［哪］能立足？（二）「樂府詩」一名，是郭茂倩私造之名，唐人絶無此名。郭是個人感性發作，造此名。連作序人李孝光（元至正間）都説：「至于唐，若茂倩所次，又□□考。遺其所不可知，而講其所可知，其殆庶幾乎？」元人散曲，愛稱「樂府」，如張小山有《北曲聯樂府》，馬致遠有《東籬樂府》等。明人搞《雍熙樂府》，照陰説，這些都應改稱「樂府詩」，不是詞曲了。此公不摸古人的底，就亂抓綱來治國，糟！古人的底，不是老虎屁股，儘管摸！（三）不敢放手用敦煌寫本歌辭及變文內種種情況，不敢談「詞」「辭」是意同形異的關係，不敢沾這一鐵律的邊，專從形式抓「詞」字所在，都是「宋詞」之「詞」，和饒宗頤一樣，也死在「詞」字下，而自套絞索，自拉索頭，越拉越緊！（四）上王國維的當！又變本加厲，謂民間流行歌曲所配之歌辭，才是詞。意在劉、白唱和《望江南》，是當時已流行了的曲調。其他未經文人「聲其詞」的曲調，都不算流行的，口口聲聲「流行」。敢問：敦煌寫曲內，有《怨春閨》《思越人》二調，過去載籍中，從未見過，難道就不算曲子，不算「詞」（曲子）了嗎？把曲調「流行」的時

代，定在文人的作品上，怎麽行？王國維説《菩薩蠻》《望江南》二調曰：「然其『風行』，實始于此。」真是騙三歲娃娃的話！《教坊記》輯曲名二百多，憑隋、初唐、盛唐的現實而斷，《菩》《望》曲調等，崔令欽時，尚未達王謂「風行」、陰謂「流行」之程度，便在「吃飽飯没事幹」的消遣生活中，把它們都預編入《教坊記》嗎？王「風行」説，是唯心主觀，形而上；陰又擴而充之，爲到「民間流行」時的歌辭曲調才算「詞」。陰生在今日，只好做一個「盤現主義者」去定詞之所在，難矣！「盤現主義」指商場上，專就商店貨架上存有現貨的，就算「有其物」；凡貨架上未能列出的，即「無其物」，那怎麽成？陰撲唐辭不周到，只盤他眼下所見來定是非，很危險！如潛藏在敦煌寫本歌辭中的曲調，今天突然出現的，很多！就打破陰氏「流行」的才是詞的真源説。

除略陳陰文之病根四端外，再略陳實例二事：《紀遼東》一共有四首，分明是宋詞中的「依調填詞」，句法、韻數一致。而陰不敢表明它一式四首，但謂它「未必是按樂曲填的唱詞，即使入樂，也只是在廟堂上曇花一現，没有什麽音樂價值」。完全自拉自唱，主觀想象。《紀遼東》的本質十分反動，是另一事，不能因此硬説它没有音樂價值。《通志》四九「蕃胡四曲：《于闐采花》《高句麗》《紀遼東》《出蕃曲》」，難道也不算數嗎？（惟「蕃胡」又成了問題，《紀遼東》不會用高句麗的曲調。）陰主張唐高宗時有詞，但一個實例不見，合乎他自定「詞」的含義的例子，一個不舉，怎能説服人呢？候安！

弟敏上
九、廿一

（看紙背）

南北朝隋唐五代宋金元歌辭發展表（貢獻給文學史的史家）

時代	通名	各代專名		源流	注解
南北朝	歌辭	樂府		詞的遠源，曲子的近源。	樂府就是樂府，不是詩。「樂府詩」一名不通！和「樂府詞」「樂府曲」一樣不通。聽郭茂倩一人去搞，不理他。「新樂府」指元白倡和所有，長篇即事之體，不能另外亂套在別的短篇的頭上。
隋		曲子	大曲	詞的近源（直系親屬），金元曲的遠源。	隋唐曲子是詞的近源，不拋棄隋。王灼等人如此看。不排拒《紀遼東》。
唐		曲子	大曲		「唐詞」一名不通！搗亂！決心變革！將此名作廢！
五代		曲子	曲子詞		「曲子詞」一名，五代最後二十年才有，隋唐二百八十年内未見。王重民用過了頭，不合歷史。
宋		詞		曲的近源，明清小曲的遠源。	乾脆以長短句爲限，以雜言爲限。五言、六言、七言的東西，一概不是詞。有澄清作用。
金		曲			南曲、北曲照分。
元		曲		明清小曲的近源。	

△《教坊記》所載之曲名，其曲全部風行的，僅程度不同而已，王國維和陰法魯就中唐起定風行，就唐高宗時定「流行」，免不了主觀想象，別有作用，不合歷史。

程按：此札原件現藏揚州大學檔案館，件號：KY14・11—5(3)，卷號：15，帶封，上款爲：南京劍閣路四十號，唐圭璋先生收；下款爲：成都任，十一(按，疑爲廿一)。郵戳漫漶不清，依稀可見寄出時間爲一九七七年。原札二頁，頁二十六行，行二十字左右。第一頁右邊欄外有云：「徐書奉還。」地脚處有云：「拙編《教坊記箋訂》六三年再版，陰文六四年作。」第二頁紙背另附表格一張(上文已照録)，右邊欄外有云：「此表一家言，有幾分『實事求是』的價值，可供參考。」鋼筆行書，用普通紅色方格稿紙。據信末落款及郵戳推測，此札應作于一九七七年九月二十一日。此札尤值重視者，乃任先生「歌辭總體觀念」之提出，從所附《南北朝隋唐五代宋金元歌辭發展表》來看，既有嚴辨疆界的尊體意識，又有以「歌辭」統稱南北朝以來之樂府、曲子、大曲、曲子詞、詞、曲等諸文體的整體觀念，顯示出大氣包舉、牢籠百態的融通氣魄。

利履道登《水調》詞見劉塤《隱居通議》卷九「利碧澗詩詞」條，全詞爲「相聚不知好，相別始知愁。筍輿伊軋穿盡，斜照古平州。今夜荒風脱木，明夜山長水遠，後夜已他州。轉覺家山遠，何計去來休。酒堪沽，花可買，月能留。相思酒醒，花落五更頭。長記疏梅影底，一笛紫雲飛動，相對大江流。此別無一月，一月一千秋。」[二]經核驗，唐圭璋先生《全金元詞》未收該作。「軌範」，指《樂學軌範》一書，九卷，朝鮮成宗二十四年(一四九三)成俔、申末平、柳子光等人奉王命整理掌樂院的儀軌和樂譜編撰而成的音樂書籍，書中詳細記載了朝鮮使用的樂律理論和雅樂、鄉樂、唐樂的樂曲、樂譜、樂器、樂隊組織和舞蹈、服裝、道具等。胡，指胡忌；趙，指趙景深，前文已有紹介，茲不贅。「劍閣之址」，指唐先生住址南京劍閣路四十號。「復大」，指趙景深先生任教的復旦大學。「陰文」，指陰法魯《關于詞的起源問題》一文。《甘泉集》，任中敏先生晚年所編個人學術文集，因任先生籍貫在清代曾隸屬揚州甘泉縣，故名。書稿本擬在巴蜀書社出版，後被一化名爲「任小敏」的女子竊取，不知所蹤。

其四（一九七七年十二月十三日）

圭璋兄：

上月寄上曹恕［樹］銘編《東坡詞》，得來不易，月許未蒙惠書，至以爲念。倘未收到，當憑郵單，向郵局查問，否則郵單可棄矣。此書在港印得惡劣。每詞編號，用阿拉伯數字横排，俗不可耐！東坡印章，有目無印，甚怪，兄查出否？餘俟來書後再報。候安。

敏上

十二、十三

有趙尊約［嶽］糾冒廣生校《雲謡》之誤一文，弟原不知，是否兄見告？此文似載在《東方……》刊物，菲律賓印，弟已不憶其全名。兹欲求港地熟人代覓一册此項刊物，而名稱出處，都不能全憶。倘兄憶得，幸告。

《同聲月刊》應是僞滿時期，上海所印，兹欲編一「國内外敦煌歌辭研究七十年」表，《同聲》内頗有可以入表，苦不詳悉各期年份，甚窘！但知榆生跋冒之《淮海集箋》記在癸未，當是一九四三年，可入表；餘材多無題記年份。如趙之三跋載一卷十號，冒校載一卷九號，若得《同聲》此二卷之年份，則妙矣。不知兄處可查否？幸教。

敏

兄對研究生的做法如何？傳授得少，將來受批判；傳授得多，影響自己的工作時間。如弟，連放屁的時間都難挪出，那［哪］來時間傳經授寶！若利用研究生幫忙，研究生不是助手，不是繕寫人員，不能暗中偷換。惟有「無累一身輕」的人在優哉游哉，不知老之將至者可以帶研究生耳。

敏

程按：此札原件現藏揚州大學檔案館，卷號：KY14·11—5(3)，件號：16，帶封，上款爲：南京劍閣路四十號，唐圭璋先生收啟；下款爲：成都任，廿八。信封背面有藍色鋼筆書寫之「△玉谿子，宜春人，有《丹經指要》，景定五年自序」一行。郵戳顯示寄出時間爲一九七七年十二月，結合落款，則此札作于一九七七年十二月十三日。原札一頁，頁二十六行，行二十字左右。鋼筆行書，用普通紅色方格稿紙。紙背另附有致唐先生外孫吴祥一短函：

祥同學：

附函，煩你轉給外公公，並勸他復我幾句，你看了我函，便知一切。他的血壓高些，別無病患。過去和我信札來往甚密，這一個月來，忽無信到，未詳其故。故煩你將附函轉去，並向媽媽求得老人家的近況，轉復我知，至盼至盼！……問好。

中敏

十二、十五

本市水井街七十三號

曹樹銘編校《東坡詞》一書，由香港萬有圖書公司一九六八年初版，後經修訂于一九八三年由臺灣商務印書館出版。該書收録有東坡畫像及書畫照片計一百三十七幅，並廣泛搜集國內外蘇軾研究資料及私人收藏的東坡手書、畫頁等，頗爲珍貴。「趙尊嶽糾冒廣生校《雲謡》之誤一文」，指一九五八年趙尊嶽所撰《冒校〈雲謡集〉識疑》一文（載馬來亞大學《東方學報》第一卷第一期）。《同聲月刊》，龍榆生主編，創辦于日僞統治下的南京，自一九四〇年二月至一九四五年七月共出版三十九期，一九四五年日寇投降前夕停刊。該刊是二十世紀四十年代具有重大學術意義的詞學刊物，校輯發表了一大批清詞珍貴文獻，不僅保存了資料，而且引導了研究清詞的風氣。冒廣生《淮海詞箋長編》載一九四三年《同聲月刊》第三卷第九期，署名疚齋。趙之三跋，指趙叔雍《金荃玉屑》，分載于一九四一年《同聲月刊》第一卷第十至十二期。冒校，指冒廣生《新校雲謠雜曲子》，載一九四一年《同聲月刊》第一卷第九期。

其五（一九七七年十二月十七日）

圭璋兄：

前函諒達。兄在我的《全宋詞》上，用硬鉛筆批字甚多，看了甚感興趣。奈硬鉛所寫，淡如煙水，雖高度放大鏡都有失效之時。兄奈何不用水筆批？前函未盡的話，茲亟追一紙：

（一）兄處若有重民編《敦煌曲子詞集》初版本，請查明是否也于卷上、卷中、卷下之後，載「附録一」「附録二」？「附録一」是否也載「飛卿詞一，歐陽炯詞一，昭宗詞二」？（沈宇一首，當然没有。）《雲謠》是否也編在卷中？請一一告知。我處只有他再版修訂本，無原版之本。

（二）兄處如有王易的《詞曲史》，請查明它的出版年份，不知是一九三一否？

（三）南揚問我：「天若有情天亦老，月如無根月常圓」二句來歷，我查明下句是石曼卿句。我睡不著時，捏造一聯，是「但爲有情，隨天而老；從來無根，笑月難圓」。「笑月難圓」改爲「比月難圓」好些。「從來無根」是假話，現在禁止説假話！好。「比月常圓」更是假話，足見不説假話難。假如説假話的人，也跟著喊「不説假話」，那等于「賊喊捉賊」，原不足異。王悠然序内，嘲静安爲勝清盡「忠慤」，常有「月如無根月常圓」感；在研究殷墟書契方面，他是科學的；在唐詞方面，他是形而上的。人類中有的已登上月球，就是仍有形而上的人，也該換點新解，不要仍搞「月如無根月常圓」了。

在《全宋詞》的目次内，就存在學問。目次一九四頁，列周密有「夷則商《國香慢》」。我想起李白詩中，有「夷則格上，白鳩拂舞辭」。夷則即仙呂調，密因何不用宋時燕樂慣用之「仙呂」，而用「夷則」？弟疑《國香》是六朝時大曲，歷隋唐，到南宋，猶傳其慢聲。宋詞調之來源如此遠，有些樂府到盛唐，仍是活歌辭，有歌，有舞。

勸兄在學術上及早寫「遺囑性」的交代：開一張清單，列齊自己及身不准備再搞的工作。如從《全宋金元詞》内，編出《詞譜》（或《詞律》）……弟打算活到一九八二（或三），五年光景，弄清其餘的七稿。内有《唐雜言格調》一稿，即是《宋金元詞譜》的前一階段。兄既有研究生，能對他提出此項工作，要他們幹起來嗎？

南宋有一位耐得翁，不知姓甚名誰？那［哪］方人氏？乞告。他著有《都城紀勝》，誤否？又有能改齋，即胡仔。耐得與能改二名，極好！今日最適用。「二北」名，指「北宋詞與北曲」。後來既然改行，此名可廢。「半塘」指治唐藝。「塘」字之半，得「唐」絶「土」，謂無地主嫌疑。那時《唐戲弄》八十萬字排板已竣，忽登右派之籍，作家出版社函商：改名則書可出，遂改半塘，非慕王鵬運也。

前托汕頭友人，轉托其港友，寄一册曹編《東坡詞》來，久無消息，以爲絶望，誰知今（十七日）午忽然接到港地鄭斯深君，將此書一册寄來，大喜過望。可恨書是卷寄，不是平寄。郵使來時，弟等去看電影，回來見此書，發現表面及前數頁已被撕破。查問之下，方知鄰兒見卷外香港郵票數張，争相奪取，拆封不慎，造成大錯。弟嘗向兒父責難，兒父賠罪不迭。但錯已鑄成，無「有效」補救辦法。只好由弟悉心粘補一番，夜間壓在大磚下，經過兩夜，當可伏貼。惟破綻終于難滅耳。弟查目録説：有「東坡居士玉印拓本」，而書前書後，遍查無之。追問鄰人，是否竊取，矢口説「未」。細看書腦，並無遺根可驗。雖鄭君寄前，如有裁取此拓本，在書腦亦難滅跡。也不知兄從南師藏本内，曾見此項玉印拓本否？此書弟欲留看兩日，准二十日掛號，平寄奉贈。曹君著論甚詳，獨漏東坡詞在當時與後世的歌唱情形如何。而李家娘子、趙家大嫂，（清照）竟輕議前輩所作，爲「句讀不葺之詩」，嫌其失律拗嗓，勢難付歌，毋乃狂妄！亦「老、中、青」没有結合得好也。「頂真」體，唐歌内早有，坡詞中特例甚多。

問好！

敏上

十七夕

程按：此札原件現藏揚州大學檔案館，件號：KY14・11—5(3)，卷號：17，無封。原札二頁，頁二十五行，行二十字左右。鋼筆行書，用普通紅色方格稿紙。據此前一札推知，當作于一九七七年十二月十七日晚。此札提及「二北」、「半塘」兩别號之由來問題，由此可見任先生治學重心之前後轉變。此外，文中對王國維、曹樹銘乃至宋代李清照等當代及前代學者之批評，亦顯示出其一以貫之的學術争鳴意識和「戰門」精神。

「我的《全宋詞》」，指唐圭璋先生批注贈任中敏先生的《全宋詞》〔三〕。王重民編《敦煌曲子詞集》初版本，指商務印書館一九五〇年版，後于一九五四年重印，一九五六年十二月出版修訂本。核該書初版本，卷上、卷中、卷下並無附録，亦未載「飛卿詞一，歐陽炯詞二，昭宗詞二」，中卷爲《雲謡集雜曲子》。王易《詞曲史》，早期版本有中華文化服務社一九三〇年版、神州國光社一九三二年版等。耐得翁，南宋筆記作家，生平不詳，本姓趙，理宗端平乙未（一二三五）著《都城紀勝》一卷，題名灌圃（園）耐得翁，記述南宋都城臨安的社會活動情況，其中有早期戲劇情况的記載，頗爲珍貴。「汕頭友人」，據一九七二年三月三十一日任先生致唐先生函，應指楊冠珊（一九一一—二〇〇一），原籍廣東澄海，曾在汕頭發起「新文學運動」，民國國立中央大學經濟系畢業，民國時曾任臺灣省監察專員，後不滿國民黨之腐敗，于大陸解放前夕回歸，後任教于中學，晚年潛心佛學，以藏書爲樂。〔四〕另，核曹樹銘校編《東坡詞》，「東坡居士玉印拓本」印于封面，白文方印，印文爲「東坡居士」〔五〕，任先生言未見該玉印拓本，或因封面被人損毀之故。

〔一〕李佩倫、孫安邦《永和本〈薩天錫逸詩〉初探》，《晋陽學刊》一九九一年第六期，第八三—八九頁。

〔二〕劉塤《隱居通議》册二，商務印書館一九三七年版，第一〇〇頁。

〔三〕王小盾《任中敏先生的〈全宋詞〉批注》，《揚州大學學報（人文社會科學版）》一九九七年第一期，第一八—二四頁。

〔四〕程希《任中敏致唐圭璋遺札十通考釋》，《詞學（第四十一輯）》，華東師範大學出版社二〇一九年版，第四四七—四五〇頁。

〔五〕曹樹銘校編《東坡詞》，香港萬有圖書公司一九六八年版，第一頁。

（作者單位：鹽城師範學院文學院）

機會與機遇

——關于《當代詞綜》答客問

（中國澳門）施議對

關于《當代詞綜》，網上有一段推薦語。曰：

中華詩詞在當代飽歷艱險，可謂死而復生。開放改革後，有關詩詞作品之各種出版物，多不勝數。但較爲嚴肅的選本、讀本，却甚難得。《當代詞綜》即是難得之作。此編采輯，嚴守法度：必須符合格律，必須言之有物，必須有意境。《當代詞綜》的編纂創造了可一而不可再的機會。編纂者憑藉個人的膽識與學力，集合衆多前輩的經驗，多方索求，集思廣益，成就此編。

一　《當代詞綜》的朋友圈

有朋友問：「可一而不可再」，這句話應當怎麽理解？現在，我想借這一話題，説一説個人觀感。網上推薦語，對于《當代詞綜》的編纂出版，在一定意義上給以論定，以爲這是一部較爲嚴肅而且甚爲難得的詞的選本，這是可以理解的。不過，對于「可一而不可再」這句話，却須加以斟酌。「可一而不可再」，當中的「一」和「再」，包涵一次、又一次的意思，而可與不可，則表示只有第一，没有第二。《當代詞綜》當時得令，既通過朋友圈，多方索求，集思廣益，又通過立場及觀點的檢討及調整，確立當代詞的歷史地位，把握先機，爲中華詞苑保存一代文獻。這是一代倚聲家共同創造、共同見證的結果。隨著時空推移，衆多前輩所積累經驗以及經由編纂出版所構成一整套詞史架構，有的能夠複製再造，有的已一去不復返。可再與不可再，均不能一概而論。因此，我想説一説《當代詞綜》的朋友圈及史觀、史識問題，希望爲對于這一議題感興趣的朋友提供參考。

《當代詞綜》的朋友圈，由編纂者與《當代詞綜》作者以及作者的門生或親朋好友所組成。當時不上網，但同樣可以貼文及點贊，可以群聊或私聊，也可以截圖。這就是頻繁往返的書札及各式各樣的郵件。記得當時，一批八九十高齡、長期退居鄉里的倚聲家，獲邀入群，就像出土文物一般，備受矚目。一時間，四面八方，紛紛奉函，要求「通過好友驗證」。于是，這批倚聲家頓時也就成了大忙人。整天忙著爲各方朋友歌詞作品撰寫評語，或者點贊。各方朋友亦互相通報訊息，報導《當代詞綜》編纂進程，同時也探研倚聲填詞的過去、現在及將來。二十年一個世代，當下的日常，就是他日的歷史。即自之前二十年看，當下所出現人物及事件，儘管不怎麼引起關注，但從之後二十年看，先時所遇見的人物及事件，包括每一個細節、每一句簡單的話語，都有進行探討及追尋的價值。朋友圈人人都在倚聲填詞的歷史進程當中，見證歷史，亦創造歷史。

以下是朋友圈三位較爲年長的作者：徐行恭、陳聲聰、沈軼劉。

（一）徐行恭與延佇閣書庫

徐行恭（一八九三—一九八八）字顒若，號曙岑，別號竹間居士，晚號玄叟，杭州湖墅人。民國初年財政部司長。年二十六，忽思爲韻語。自二十六歲至三十五歲所著《竹間唫榭集》十卷存詩一千零九十八首。五十八歲始學作詞，有《延佇詞》及續編，存詞六百餘首。爲《當代詞綜》當時在生作者中，年歲最高的一位作者。

經由業師夏承燾先生介紹，與徐行恭先生取得聯繫。先生每賜函，均采用特製信箋，小楷行書，十分典雅；所附歌詞作品及其他詩文著述，依標準稿紙，按格書寫，亦一絲不苟。一九八五年九月二十九日(乙丑中秋)，由周素子女史陪同，趨府奉訪。先生題贈《竹間唫榭集》。一九二九年(民國十八年)杭州弼教坊渭文齋雕版。前有西泠印社創始人之一王禔(福廠)題名，孫雄、張惟驤作序，王雲繪徐公小像。全套共一百二十片，雙面鐫刻。字口爽利，雋美大方。另有藍印本四册，天頭及行間有徐公校筆，並附其手書校勘記三頁，爲板成之後的校改本。二者合璧，書板雕成後刷印不多，僅爲親友間禮贈傳閲。據云，目前此集僅杭州寶俶塔地宫尚存一部。先生所題贈爲四册藍印本。時年九十三歲。

一九八八年二月二十七日，詞綜結稿在即，先生賜函如下：

議對尊兄撰席：

兩荷損書，欣悉種切。承示《當代詞綜前言》章節，窮原竟委，洪纖畢舉。美矣、備矣，信知名下固無虚士也。曷勝仰止。謹爲小文一通，遵屬附上，羼鄙已甚。其于著作已詳傳略，故不重述，尚希鑒定。倘不適用，覆瓿可耳。鄭逸老新著，筆及下走，惜語多舛誤，未足爲據。度吾兄已鑒及之。兼老離塵，歇浦文壇爲之寂寞，山陽之篴聞而傷心。吾兄其亦有同感乎。餘寒猶勁，指僵不及多陳。春王薦席，維潭第延厘，不盡依依，佇盼玉復。

弟徐行恭拜白

一九八八年二月二十七日

函中所説「《當代詞綜前言》章節」，指《當代詞綜》前言《百年詞通論》未刊稿本。前言確定版寫成于一九八八年五月六日，在北京。小文一通，指先生所撰《學詩與詞之緣起及詞中一得》一文。文末落款：戊辰人日(一九八八年二月二十三日)，九十六歲。先生此文，采入五月六日前言確定稿本。鄭逸老新著，指鄭逸梅《藝林散葉》新著。兼老，指陳聲聰。這是對于此前奉函要求提供有關師承關係、詞學觀念、治詞經歷諸項材料的復函。詞綜前言《百年詞通論》，推舉徐行恭、陳聲聰、張伯駒、夏承燾、唐圭璋、龍榆生、丁甯、詹安泰、李祁、沈祖棻爲當代十大詞人。《詞綜》于一九八八年五月編纂完畢，至二〇〇二年九月，由福州海峽文藝出版社出版。

《當代詞綜》的編纂及出版，爲中華詞苑保留一代文獻。相關人物及事件，群體交流及研討，至此暫告一個段落，但歷史的進程並未停止，在新的歷史背景下，《當代詞綜》的朋友圈正在重組。綫上、綫下，好友推介，已逐漸展開局面，但綫下步伐仍然跟不上綫上。綫上稱，徐行恭先生不僅以詩詞書法名世，他還是位藏書家。先生在杭州湖墅的藏書庫曰延佇閣，亦稱竹間吟榭。據云：先生藏書萬卷，極重書品，所藏古籍書畫裱裝頗精美，藏書均有函套，書簽皆出其手筆，書皆裝入特製書箱。一九六七年八月，紅衛兵從先生書庫抄走古籍圖書裝滿三大卡車。一九八〇年落實政策，退還藏書，先生表示除少量工具書外，其餘全部捐給浙江圖書館。有興趣的朋友須留意，隨時取閱，不能讓老前輩的畢生心血，永遠束之高閣。

（二）陳聲聰與茂南小沙龍

陳聲聰（一八九七—一九八七）字兼與，號壺因，又號荷堂，福建福州人。上海文史館館員。中國近代詩壇繼陳石遺（陳衍）之後又一領袖人物。

網上文章《茂（名）南（路）小沙龍：舊文人最後的風流》稱：

> 陳聲聰先生生于晚清，逝于共和國，……曾親炙諸名流風範，閱歷豐厚，多聞掌故，是寓滬著名文化老人。上世紀七八十年代，他在上海發起的「茂南小沙龍」，成爲江南舊文人雅集的據點。時當舊文學傳統衰微之際，其黨能抱殘守缺，爲舊文學招魂，成爲了傳統讀書人的最後一抹餘霞。

茂南小沙龍，相關問題，網上一度似曾引起熱議，並已有當時的圖片推送。這裏所附應是其中一次聚會的合影（見下圖）。前排左起：陳兼與、周鍊霞、陳九思、陳琴趣、陳騊聲、郭學群、包謙六；後排左一周退密、右三富壽蓀。小沙龍在茂名南路陳聲聰先生自家寓所。滬上諸老，多爲座上賓客。

茂南小沙龍聚會合影

小沙龍盛時，陳聲聰先生有詩紀之。題稱：《顯齋云施議對來書稱吾齋爲小沙龍戲答》。詩云：

譚藝清茶一盞同，寒齋亦號小沙龍。題詩早已紗籠壁，勝聽闍黎飯後鐘。

小沙龍，紗籠壁，二者將今與古，聯繫在一起，妙趣橫生。顯齋，何之碩，午社當日最年少者，小沙龍常客。接奉兼翁鴻篇，我亦有《兼于閣小沙龍詩》記述其事。序稱：「兼于閣小沙龍，兼翁有詩紀之。顯翁曰：此詩極有風趣，豐神欲絶，誠異日詞林一掌故也。聞之，喜甚。謹步原韻以報小沙龍座上諸老。」詩云：

盛世詩翁贊大同，講筵分賜密雲龍。我生何幸沾其溉，勝似千篇太白鐘。

當其時，兼翁鴻篇和我的和作，曾在朋友圈傳播。但因時過境遷，已不易尋得其蹤跡。近日，承海上友人黄思維兄相助，自陳九思、周退密先生遺著中，覓得相關資料數則，謹移録于下，以饗同好。

其一，陳九思《轉丸集》(二續)三首。

㈠《晨詣兼于閣清話歸後賦呈兼老》(一九八五)：

寒吹迎新霽，相看道勝常。健從詩筆驗，談竟晷時忘。
寥落沙龍侶，夷猶翰墨場。自憐精力減，歸步屢踉蹡。

注：施議對嘗稱兼于閣爲小沙龍。

㈡《兼老詞宗八九眉壽，敬呈俚句，用侑瑶觴》(一九八五)：

著書歲月正優優，高踞淞濱百尺樓。四海詩名尊一老，九旬仙耦慶雙修。
沙龍室雅何嫌小，瓠圃風清不畏秋。恰是荷花生日日，碧筩杯酌緩添籌。

㈢《次韻兼老丙寅元日抒懷詩，即賀其九十眉壽》(一九八六)：

茂苑沙龍屢合併，談詩讀畫共南榮。敢云此事非關學，失笑群兒浪得名。

一代風騷扶正雅，百年琴瑟暢和鳴。閒居偏有忙人債，快雪時晴硯不晴。

注：求書求詩求畫者踵相接，伏案忘疲。

其二，陳九思《轉丸集》（三續）三首（一九八七）。

㊀《兼老假文史館設九一壽筵，柬邀作陪，走筆賦謝》：

吾宗一大老，眉宇照乾坤。名以文章重，人欽齒德尊。

稱觴開別館，侍坐列諸孫。忝附沙龍客，仍叨醉飽恩。

㊁《詣兼老問疾，並示琴趣、石窗、忍庵三君》：

偶示維摩疾，文章老巨公。涼應蘇病肺，倦尚理吟筒。

處世觀無外，評詩執厥中。沙龍仍舊侣，沆瀣素心同。

注：詩話續編寫竟付梓。

㊂《壺因陳兼與先生挽詩》（二首其一）丁卯仲冬

晚交壺因公，誼實兼師友。高卧茂南坊，人望若山斗。

詩書畫三絶，並世罕儕偶。誦我瓠圃吟，揄揚不去口。

感激得知音，沙龍初奉手。娓娓揮麈談，快逾飲醇酎。

其三，周退密《文史館感舊録》陳兼與條聯語云：

沙龍談藝，群欽祭酒，名山事業留詩話；

文館薦賢，青及鯫生，六一風流滿海隅。

注：君爲當代海上之一大詞宗，其年輩遠接陳弢庵（寶琛）、郭嘯麓（則沄），近揖李拔可（宣龔）、許疑庵（承堯）諸老。平生愛惜朋友，獎掖後進，六一風流，士林共仰。爲亡友序刻詩集，闡幽顯微，尤

爲人所樂道。君工詩詞，善書法，偶畫山水蘭竹，亦爲文人畫之極則，爲世珍重。方君在日，開閣延賓，縱談藝事，當代詞學博士施議對曾譽之爲「茂南（君住茂名南路）小沙龍」。登其堂者多受熏炙，凡有質疑問難，無不各得其所願以歸。鬢絲禪榻之畔，茶煙輕揚之中，不佞亦深沐恩澤之一人也。君曾自記一詩云：「談藝清茶一盞同，寒齋亦號小沙龍。題詩早已紗籠壁，勝聽闍黎飯後鐘。」可以想見其清況矣。

其四，周退密《文史館感舊録》陳九思條聯語云：

一祖三宗，世以君爲後山；同年晚進，何喪我以良友。

注：君亦以陳兼與丈之薦，于一九八八年與予同時進館，以高年耳聾，又不良于行，只至館一二次，故知君者甚寡。君爲「茂南小沙龍」常客，以童年在閩，故能操閩語。小沙龍中，陳兼丈、陳琴趣（澤煌）丈均閩人，三人交談，悉用閩語，一時蠻音鴂舌，聞之懵然不悉其所語爲何也。

其五，周退密《退密樓懷人詩，丙寅歲末懷人絶句四十首》（福州陳兼與先生）云：

兼于閣上老詞宗，曠世才華間氣鐘。雅集名騰稱五老，更多人説小沙龍。

注：先生住茂名南路，每周五，同人集兼于閣瀹茗談藝。施翁北山稱之爲五老會，施君議對稱之爲小沙龍。言各有當，均紀實也。

其六，周退密《退密存稿》二首

㈠《壺因詞丈八十九生日。檃括近日談屑，綴爲韻語，媵諸斗酒，以介眉壽》（六首其二）：

兼于閣子小沙龍，盟主齊推陳孟公。評騭時賢欲千輩，詩風振起在吴淞。

注：公著《兼于閣詩話》即可問世。

（原載《退密存稿·蔓草集五七言絶句》）

㈡《壺公卧病日久，未有起色，懷念靡已，愴然得此》：

沙龍問業補蹉跎，謦欬親承受益多。只恐風流從此絶，人間莫挽是沉屙。

（原載《退密存稿·芳草集七言絶句》）

其七，周退密《西江月》（茂南沙龍往事答遨公，仍用原韻）：

憶昔沙龍盛日，座中書客詩儔。清言妙語雜輕謳。忘了午雞啼候。

盡有光昌歲月，更無六一風流。騎箕往矣各千秋。愧我自私自壽。

注：茂南沙龍雅集例在周五上午，晌午雞鳴，來客各自散去。予以寓居較近，每先至遲退，期多聆兼與丈教誨，輒逡巡不忍離去。

（刊于《退密詩曆二續》）

其八，《四月十四日思維來滬枉存，並出示丁亥清明追懷許白鳳翁詩。感念疇昔，憮然有作。步元韻》：

姓氏昔傳丁卯橋，亭橋一老去迢遥。十年我愧沙龍客，杯酒君同綺席邀。

捏粉成孩真易易，仰天長嘯自超超。讀書養氣吾儕事，利劍磨成豈一朝。

注：上世紀八十年代余初識許君于茂南沙龍文燕席上，嗣後但通魚雁，不再見面。

（原載《退密詩曆續編》）

又，二〇〇四年甲申冬至于安亭路拜訪周退密先生，一見面就説及小沙龍事。二〇〇七年三月二十七日，退翁有《賀新郎》見和。題稱：「次和施議對博士贈言之作。」詞曰：

乍見當頭月。記年時、雲軿遠降，光生林樾。憶昔沙龍曾把晤，一紙藻留鴻雪。更貺我，瓊枝玉葉。七寶樓臺争湧現，聚騷壇、文獻難抛撇。周柳步，二窗轍。沉舟側畔千帆滅。歷風霜、崦嵫送老，那能成佛。十大華嚴參未了，看破紅塵透徹。挽不住，長離輕別。落絮飛花皆過客，問何如、栩栩蒙莊蝶。歌古調，兩情切。

注：予識君在陳兼與丈之茂南小沙龍，已近三十載。甲申年冬，又承君由澳門來滬偕夫人枉過，亦欲三載矣。年前君以手編《當代詞綜》全四大册見賜。當代名家，網羅殆遍，雖葑菲亦在所不遺，則尤感且愧矣。

詞與附注，憶昔撫今，思緒萬千。想不到異日詞林掌故，盡在當日經意或不經意的記述當中；今日還原歷史真相，同樣不能忘却當日的沙龍把晤。

兼翁長退翁十七齡。一九八七年十二月二十九日，兼翁離世。清茶譚藝，碧紗籠壁。茂南小沙龍當日這段風雅韻事，隨著兼翁而去，但薪火相傳，生生不息，退翁在安亭草閣，仍爲詩壇樹立一面旗幟。絳帳春風，二十一世紀新一代倚聲家，紛紛入其帳下。一時間「歌古調，兩情切」，總是讓人勾起二十年前茂南小沙龍的記憶。退翁于二〇二〇年七月十六日離世，享年一百零七。爲《當代詞綜》朋友圈最享高壽的一位作者。

（三）沈軼劉與繁霜榭詞札

沈軼劉（一八九八—一九九三），原名楨，以字行，上海川沙人。早年畢業于上海中國公學中國文學系。歷任福建省立高級商業職業學校等校教職及福建《南方日報》編輯。一九四九年後退居上海浦東高橋鎮之繁霜榭，爲鄉村農民，直至二十世紀九十年代，始「農轉非」，並住近「保税四村」，爲城市居民。先生學問淵博，詩什倚聲駢散古文無一不工，而于詩詞猶有獨到見解及精深造詣。晚年結集《繁霜榭詩詞集》，施蟄存爲之序，謂其雄于詩，進于道，可鳴則鳴，不可鳴則默爾。是皆鳴之善言其志者。詩詞集附詞札二十四則，先在北京《中華詩詞》第一輯發表，後在香港《大公報·藝林》副刊刊行。《藝林》主筆馬國權及關禮光二先生頗極讚賞。此後，不斷索稿。先生在家徒四壁缺乏圖書參考的情況下，憑著超人的記性和才識，繼續筆耕，直到逝世之前的一二個月。我與先生神交多年，但第一次見面是在一九九〇年秋。在此之前，盼望相見，只是一年過了又一年，十分擔心于陌路相逢，未曾相識。于是，此番聚會，雀躍歡欣，相與談詩論詞，不分晝夜；又一起走田埂、逛街市，流連風光。我有一首小詞，記録當時情景。調名：《滿庭芳》。題稱：「庚午秋日訪沈軼劉詞丈」。序云：「沈軼劉先生，九三高齡，當代詞學名家。居上海浦東吴淞口之繁霜榭。與余神交多年而未相見。此番聚會，雀躍歡欣。相與説詩論詞，不分晝夜；又與開門攬勝，無盡意趣。有以『能寫蕭疏唯老柳，略分惆悵與斜陽』名者，或問于先生，先生曰：北宋詩之後而非唐詩也。先生曾録所作《題長江萬里圖》見示：青海從天下，高帆落洞庭。江流一萬里，漁火兩三星。有客燒兵去，何人擊楫聽。西風馳海色，陳跡掃東溟。個中消息如何，似可探知一、二。因賦。」詞曰：

陌路相逢，未曾相識，爭知歲月匆匆。一朝來到，樓榭正霜濃。畢竟使君就是，當年少，想像非同。相思夢，者般情味，幾度醉顔紅。融融。攜手共，田園闊步，市井觀風。問詩兼唐宋，詞以誰宗。老柳蕭疏閑辨，此而外，又甚爲工。長江上，奔流萬里，三兩逐歸篷。

歌詞小序有「能寫蕭疏唯老柳，略分惆悵與斜陽」句，圈内朋友頗多點贊，而先生則不以爲然。曰：「此宋詩之後而非唐詩也。」並曰：「宋人做詩有絶技，即將死蛇弄活；猶如後世所謂擬人化。」兩句話，説明宋與唐的區别。除此以外，先生還以自己所作《題長江萬里圖》一詩，讓體悟其中消息。這是對于詩的見解，至于詞，早在這次見面之前，先生就曾在通訊中提出：「詞綜稿拙見以爲寧缺毋濫，首須盡删無内容之應酬及庸爛平俗毫無意義之什，注意氣格，褒貶愈嚴，去取標準自然不高而自高矣。」何謂氣格，先生未曾説明，只是借我擬屯田的一首小詞指出：柳永詞頗能極盡鋪叙展衍之能事，但于氣格二字似稍嫌不足。具體事證如何，有興趣朋友可進一步加以探尋。

總之，通過朋友圈，頌其詩、讀其書，知其人、論其世，爲詞綜編纂在材料搜輯、經驗吸取等方面提供先天條件，這是《當代詞綜》這一當代詞總集所以創造「可一而不可再」機會的原因之一。以下説史觀與史識，這是《當代詞綜》這一當代詞總集所以創造「可一而不可再」機會的另一原因。

二　《當代詞綜》與史觀、史識問題

若問：何謂史觀與史識，其與《當代詞綜》的編纂出版有何直接關聯？

曰：史觀與史識，籠統地講，就是對于歷史的觀點，或看法，如胡適所云「歷史的見解」（胡適《詞選》序），而具體講則應包括兩個部分，觀和識，即觀察和識别。觀察是對于某一歷史時段相關人物、事件的觀看和定性，識别是對于某一歷史時段相關人物、事件的分析與綜合。就《當代詞綜》而言，其觀察與識别，主要體現在對于「當代」二字意涵所作界定及對于當代人物世代傳承的劃分上。

《當代詞綜》凡例第一則稱：

本編題爲《當代詞綜》。名曰「當代」，雖已超出一般意義上所謂「當代」範圍，例如編中作者最早出生于一八六二年（清同治元年），離清王朝滅亡還有整整半個世紀，似不宜以「當代」相概括，然以作者活動年代論，編中作者出生于清同治年間（一八六二—一八七四年）者，部分進入二十世紀五十年代、六十年代，出生于清光緒年間（一八七五—一九〇八年）者，許多目前（一九八八年）仍健在。即編中作者絶大多數都在一般意義上所謂當代社會中生活，其創作活動及詞業建樹均屬于今天。因此名之《當代詞綜》，正是爲突出「今天」，體現其時代精神。當然，還有部分作者于一九四九年以前逝世，但他們有的比目前仍健在的作者後出生，如果僅僅以是否進入當代社會爲標準加以取捨，就有不少作者將無所歸依。本編將這些作者和比他們早出生而又生活在當代社會中的作者一起，統統劃歸

「當代」。至于晚清四大詞人中的朱祖謀與况周頤，生活年代與編中某些作者年代相仿，其作品概不闌入，以示「新」與「舊」的區别。

這段話先是爲《當代詞綜》正名，謂其名曰「當代」，雖已超出一般意義上所謂「當代」範圍，但仍名其曰「當代」。而後，爲「當代」二字確立義界，謂其所指，主要取決于作者活動年代，看其是否在一般意義上所謂當代社會中生活，其創作活動及詞業建樹是否均屬于「今天」，但也不能僅僅以是否進入當代社會爲標準而加以取捨。這是「當代」二字義界確立的主要依據，也是裁斷其是否合符資格進入「當代」的決定性因素。此外，凡例還以晚清四大詞人爲參照，劃分古今，爲「當代」二字樹立標志。即以四大詞人爲倚聲填詞史上古與今的分界綫，將四大詞人及四大詞人之前的歷史時段標定爲古代，四大詞人之後的歷史時段爲當代。經由主證及旁證所作規範及參照，既説明「當代」是作者當下生活的年代，又説明當代是與古代相對應的一個概念，當代與古代，各自代表一個歷史時段，當中的人物及事件，共同構成一段歷史。因而，可以斷言：《當代詞綜》以「當代」爲標榜，表示「當代」這一歷史時段，上自一八五五年（清咸豐六年），下至「今天」。一八五五年（清咸豐六年）及其稍前或稍後，這是晚清四大詞人的出生年份，爲起點的上限；「今天」爲終結點。起始與終結，爲《當代詞綜》的「當代」限定範圍，確定性質，表示這是當代詞的一部選本。這就是對于「當代」二字意涵所作界定。這裏，需要説明的是，晚清四大詞人，這是龍榆生先生提出的一個命題。一九三〇年（民國十九年），龍榆生發表《清季四大詞人》一文，指王鵬運、文廷式、鄭文焯、况周頤爲清季四大詞人，但不包括朱祖謀，因朱當時仍健在，不具于編。唐圭璋先生加入朱祖謀，合稱五大家（見下文），實際上仍依龍説。《當代詞綜》前言于四大家外，將文廷式附録于後，亦依龍説。此處依舊例，仍稱「晚清四大詞人」。此其一。其二，以一八五五年（清咸豐六年）作爲四大詞人的出生年份，只是作爲一個公約數，一種標志，表示這是古與今的分界綫。

以上的主證及旁證，爲《當代詞綜》的「當代」設定義界。表示：「當代」這一歷史時段，是自一八五五年（清咸豐六年）以來，直至于「今天」的一個歷史時段；這一歷史時段的倚聲填詞，屬于當代詞。這是站在「今天」的立場，對于「當代」這一歷史時段相關人物及事件所作觀看及定性。這就是一種歷史的觀點。以下説人物世代劃分，即所謂分期與分類問題。

一九八三年九月二十三日，唐圭璋先生來函曰：

晚清庚子以來，朱、況、王、鄭、文五大家可算第一輩，吴瞿安、邵次公、喬大壯、汪旭初、陳匪石、向仲堅、孫浚源可算第二輩，龍、夏、仲聯、季思和我可算第三輩，吴調公、霍松林則是後起之秀了。

唐圭璋説晚清庚子以來詞壇，將王、文、鄭、朱、況五大家及五大家之後吴瞿安（梅）、邵次公（瑞彭）以及龍（榆生）、夏（承燾）諸輩，分隔開來，表示由古到今的傳承，並對五大家及五大家之後的人物世代初步作了規劃。即：第一輩，王鵬運、文廷式、鄭文焯、朱祖謀、況周頤；第二輩，吴瞿安（梅）、邵次公（瑞彭）、喬大壯（曾劬）、汪旭初（東）、陳匪石（世宜）、向仲堅（迪琮）、孫浚源（明楊）等；第三輩，龍（榆生）、夏（承燾）、（錢）仲聯、（王）季思、唐圭璋等。之後，統稱「後起之秀」。

《當代詞綜》世代劃分大致依唐説，亦仍未清晰劃分。今據拙撰《歷史的論定：二十世紀詞學傳人》，將《當代詞綜》的人物世代劃分如下：第一代，一八五五年（清咸豐六年）至一八七五年（清光緒元年）出生作者；第二代，一八七五年（清光緒元年）至一八九五年（清光緒二十一年）出生作者；第三代，一八九五年（清光緒二十一年）至一九一五年（民國四年）出生作者；第四代，一九一五年（民國四年）至一九三五年（民國二十四年）出生作者；第五代，一九三五年（民國二十四年）至一九五五年出生作者。本編領銜作者王允皙于一八六二年（清同治元年）出生，爲詞綜作者的第一代；殿軍懷霜于一九四一年（民國三十年）出生，爲詞綜作者第五代。

對于以上劃分，拙著《歷史的論定：二十世紀詞學傳人》曾有説明：

> 《當代詞綜》的編纂，以一八六二年（清同治元年）進行斷限。自此以後出生作者屬于當代，此前則非當代。爲表示「新」與「舊」的區别，此前出生作者，例如王鵬運、文廷式、鄭文焯、朱祖謀、况周頤，他們的作品概不闌入。參照《當代詞綜》的斷限，我將二十世紀詞學傳人劃分爲五代。所謂代，相當于輩份。非一生、一世，或者一個時代。作者的出生年份，非以單個人計。因此，一百年的五代，不是從一八六二年（清同治元年）起，而是從一八五五年（清咸豐六年）起。清季五大詞人于這一年的稍前或者稍後出生。這是一代人的共同標志。一代二十年，就從這一年開始。編纂《當代詞綜》，將五大詞人作爲舊時代的人物而排除在外；叙説二十世紀詞學傳人，五大傳人儘管仍然是舊時代的人物，却將其作爲第一代的代表而列居榜首。因爲二十世紀這一概念，與我所界定大當代的概念，並不完全相同。大當代的概念，著眼于「新」，二十世紀既是個「新」與「舊」互相交替的世紀，又是個「新」與「舊」並容的世紀。故此，叙説五代傳人，必須從舊的一代開始。

這段話表示，《當代詞綜》的「當代」，是一個「大當代」，其所承載當代詞（今詞）及當代詞學（今詞學）的發展歷史，同以一八五五年（清咸豐六年）爲起點，但二者步調則稍有不同。當代詞（今詞）以一八六二年（清同治元年）出生的作者王允晳領銜，作爲詞史開步的第一個標志，而非起點；當代詞學史（今代詞學史）以一九〇八年（清光緒三十四年）王國維發表《人間詞話》宣導境界説，作爲當代詞學（今代詞學）創立的標志，亦非起點。至若王鵬運、文廷式、鄭文焯、朱祖謀、况周頤諸輩，或稱四大，或稱五大，乃因語境變換而變換，實際所指並無變换。

總之，通過對于「當代」二字意涵所作界定及對于「當代」範圍内人物世代所作劃分，中國倚聲填詞史上關于「當代」這一歷史時段，其起始及終結，已明確裁斷，其相關人物及事件也已經到位。兩個方面，觀察與識别，體現一定史觀與史識。這是《當代詞綜》據以作爲編纂出版的指導思想，也是《當代詞綜》這一當代詞總集所以創造「可一而不可再」機會的另一原因。

三　還原歷史，再造機會

回顧《當代詞綜》編纂出版過程，對于網上推薦語所説「可一而不可再」這句話，略有些較爲實際的體驗。

若問：既云「可一而不可再」，當中的「一」和「再」，除了包涵一次、又一次的意思之外，還包涵能不能複製再造這一意思，那麽，今日詞壇還能不能還原歷史，再造機會？

曰：《當代詞綜》之所以得天獨厚，成爲一部較爲嚴肅而且甚爲難得的詞的選本，其原因大致有二：一爲朋友圈的集思廣益，二爲史觀、史識的目標指引。前者是以題材取勝的先天條件，後者是以思想領先的後天之本。先天、後天，當時得令，終于造就這一機會。在這一意義上講，「可一而不可再」的意思就是只有第一，没有第二。但是，從整體上看，其所謂「一」，並非完全的「一」，或者完滿的「一」，而是留有一定空間，需要充實、完善的「一」；至其所謂「再」，亦非只是簡單的剪下與貼上，而是一種還原與再造。這也就是説，《當代詞綜》並未將事情做完全、做完滿，詞壇今日，仍需更多的關注及參與。這就是一種再造的機會。

《當代詞綜》之後的還原與再造，主要有《當代詞綜》補編的編纂以及當代詞史、當代詞學史的修撰二事。《當代詞綜》于二十世紀八十年代初，向海内外倚聲家徵集作品。當時，出生于一八五五年（清咸豐六年）至一八七五年（清光緒元年）之間的第一代作者已經離世，出生于一九七五年（清光緒元年）至一八九五年（清光緒二十一年）之間的第二代作者，如徐行恭、劉蘅，爲僅存碩果，但出生于一八九五年（清光緒二十一年）至一九一五年（民國四年）之間的第三代作者多數仍健在，如周宗琦、陳聲聰、沈軼劉、夏承燾、唐圭璋、陳九思、李祁、鍾敬文、施蟄存、宛敏灝、吴世昌、錢仲聯、冒效魯、盛配、萬雲駿、何之碩、周采泉、黄壽祺、陳禪心、黄墨谷、程千帆、周退密等，都曾在朋友圈中頻繁出現。不過，由于種種原因，《當代詞綜》的最後截稿，難免仍有遺珠之憾。這是《當代詞綜》的不完全、不完滿之處。《當代詞綜》補編編纂，將是一次還原、再造的良好機會。

至于當代詞史及當代詞學史的修撰問題，實際上是對于「當代」二字義界的確立及其所搭建詞史架構的驗證問題。《當代詞綜》的「當代」與一般意義上的「當代」，究竟有何相同與不同之處，須認真加以辨别。從作者活動年代看，二者有一定相合之處，表示目前所處爲同一時代，但其立論依據不同，内涵亦不一樣。《當代詞綜》的「當代」，依據中國倚聲填詞史上的古今劃分，將一八五五年（清咸豐六年）王、文、鄭、朱、況之前的歌詞稱作古代詞（古詞），之後爲當代詞（今詞）；一般意義上的「當代」，依據二十世紀五十年代以來所流行近代文學、現代文學、當代文學「三段論」進行裁斷，將一九一九年「五四」運動及一九四九年中華人民共和國成立之後的歌詞稱爲現代詞或當代詞。前者立足于倚聲填詞自身，以「舊」（古體）與「新」（今體）爲基準進行區分，代表倚聲填詞自身的立場及觀點；後者依據歷史上重大事件進行區分，代表歷史學家及政治學家的立場及觀點，倚聲家自身没有自己的立場及觀點。就二者的意涵看，《當代詞綜》的「當代」是與古代相對應的一個文體概念；而一般意義上的「當代」只是一個時間概念，而非文體概念。兩個「當代」的確立，一個有自己的觀念，有明確的目標指引；一個没有觀念，只是盲目的跟隨。《當代詞綜》的編纂，不用今人近代文學、現代文學、當代文學「三段論」，而用唐人「二分法」。唐人以我爲界，將中國詩歌分作二體：古體及近體。我之前爲古體，我之後爲近體。千百年後，古體仍謂之爲古體，近體仍謂之爲近體。唐人的「二分法」，爲一終古定律。《當代詞綜》的編纂，以一八五五年（清咸豐六年）爲界，將中國倚聲填詞分作二類：舊體（古代詞）與新體（當代詞）。即一八五五年（清咸豐六年）之前爲「舊」，一八五五年（清咸豐六年）之後爲「新」。所謂舊體（古代詞）與新體（當代詞），「今天」作如是觀，千百年後，也還是舊體（古代詞）與新體（當代詞）。這是《當代詞綜》的「當代」與一般意義上的「當代」的根本區別。兩種不同的確立，兩種不同的目標指向，是有識，或無識的體現。詞壇今日，有關當代詞史及當代詞學史的修撰，對于兩種不同的「當代」，加以驗證及抉擇，必將也是一次還原、再造的良好機會。

以上意見，僅供參考。

（作者單位：澳門大學社會及人文科學學院中文系）

戲馬臺南論詞道　風流猶拍古人肩

——中國詞學研究會第十届年會暨詞學國際學術研討會學術總結

李　静

「中國詞學研究會第十届年會暨詞學國際學術研討會」于二〇二二年十一月十一—十四日如期在彭城隆重召開，會議由中國詞學研究會主辦，江蘇師範大學文學院、香港浸會大學孫少文伉儷人文中國研究所承辦。研討會以綫下綫上結合形式召開，來自海内外八十餘所院校和科研單位的詞學界同仁，提交論文一百一十八篇。研究焦點主要集中于詞史、詞體本源、詞學批評與詞學思想、詞的傳播接受與研究之研究以及詞籍文獻整理與研究等五個方面，所探究的具體内容也基本覆蓋了詞學的主要問題，謹略作董理，縷述如下，掛漏之處，在所難免；爲行文方便，各位方家均直呼大名，尚祈海涵。

一　詞史研究

對詞人、詞作的價值評判和詞史地位的衡估向來是、也應該是詞學研究的重心所在，正是一千多年來大大小小、數以萬計的詞人和他們的創作構成了輝耀千古的詞學明河，才有了我們今天蔚爲大觀的一代之顯學——詞學，本次會議所提交之論文，詞史研究分量最大，新見迭出。

（一）唐宋詞史

就唐宋詞史研究而言，自二十世紀二三十年代新詞學奠基以來，經過近百年的開發，研究詞學，必由唐宋以入，故而唐宋詞研究所産生的成果也最爲豐夥、厚實，唐宋詞貌似已經逐漸變成「資源枯竭型」的學術研究領域，不消説一二流的詞人，其研究成果已汗牛充棟，就是不入流的詞人也多已爲研究者所開掘，由此看來，好像唐宋詞的研究已經進入了山窮水盡的地步，實際的情形是否如此？唐宋詞研究可以進一步拓展的空間何在？本届詞學會所提交之有關唐宋詞史的論文或能給出一些答案。

王兆鵬會長三十餘年來一直引領詞學研究之風潮，堪爲詞學研究之大纛，從範式論，到詞學傳播、詞的定量分析研究，再到近年來的「重返宋詞現場」，詞學研究理路日新月異，直讓人難以望其項背，但也屢屢爲我們研讀詞學指出向上之路。尤其是近年來的「重返宋詞現場」系列，總是讓人翹首跂踵，充滿期待。去年的長春詞學會上，他引領我們神游江西造口，至今仍讓人回味不止；這一次，他又把我們從江西造口帶到了西塞山。西塞山在哪裏？且看兆鵬會長指點迷津。他的大作對張志和《漁父詞》中的西塞山做出了扎實生動的考索，唐宋人大多認爲張志和寫的西塞山是黄石西塞山，然而相關詩畫文獻却可證明張志和筆下的西塞山應是湖州西塞山，可見明晰詞作創作現場及表現現場的重要價值。其大作的啟示意義或許還在于，學術研究中，不少看似常識性的概念，看起來好像不需要作過多的解釋，實則歧見紛出，很有深入挖掘、一一探究竟之必要。

唐宋詞壇名家輩出，就中，柳永、蘇軾、周邦彦、辛棄疾等巨擘是當之無愧的研究重點與熱點。李睿對否定《憶秦娥》爲李白所作的重要論據進行辯駁，同時利用現有材料闡明其爲李白所作的可能性。鄭慧霞將「一曲新詞酒一杯，去年天氣舊亭臺」二句置于晏殊所有詞作中，對其關涉意象用窮舉法進行深細考索，從而對此詞的本義得出了新的理解，對我們進行文本細讀具有很大的啟發意義。劉鋒燾以《夜半樂》、《采蓮令》爲例論説柳永詞作的情節性，解讀具體而微，視野却不止于此兩首詞，而是在以情節性勾連起柳永前後諸多詞人詞作的同時，對柳永詞做出了整體觀照，同樣是以小見大、小題大做的做法。這篇文章也讓我想到了二十一世紀之初張海鷗發表過的一篇文章，叫作《論詞的叙事性》，劉鋒燾所提交的論文或可看作對張海鷗大作的一個回應。至于陳建男則對薛瑞生《樂章集校注》思妻與贈妓之作做出了辨析，同時從詞作解讀入手對薛著中的部分編年提出商榷。雷淑葉、黄子睿通過對蘇軾在杭州、黄州時期的有關古琴的詩詞作品及其思想的梳理，展現了琴對蘇軾的療救之功和蘇軾的思想歷程。路成文從文本細讀入手，對周邦彦詞中的「秋娘」及「秋娘詞」展開考索，推斷出相關詞作的創作時地。徐嘉樂以周邦彦元祐被貶時期作品爲中心，總結出「倦客」心態及其對詞風的影響。宋學達論述了周邦彦詞中「離合順逆，自然中度」的複雜空間結構及其在詞體的案頭化轉變中的作用。郁玉英、孫國棟與朱子愈分别論析陳師道詞之「花間」淵源與其感情基調、擇調傾向、詞體功能觀。黄海對潘閬的十首《酒泉子》予以詳細研讀，並由此論證了其深受詩學觀念影響的詞學觀。高武斌以辛棄疾《水調歌頭·和王正之右司吴江觀雪見寄》爲例，站在原唱者的視角，通過原唱者面貌的立體呈現，探討其對和韻詞研究的重要影響，説明了關注與詞有關的交往對象的必要性。

在詞人個體研究之外，專題研究的論述亦頗爲豐富，展現了唐宋詞深厚的文化内涵與多元的審美意蘊。在文學與空間問題上，王衛星以唐五代在李白、温庭筠兩大詞祖引領下興起的室内柔情意象爲切入點，辨析詩之婉約與詞之婉約的淵源、交集及差異；汪超著眼于辛棄疾晚年長居之所瓢泉，梳理辛棄疾詞中對瓢泉營建與構景過程的書寫及其文學空間屬性，展現了稼軒在這一特定空間中的心態與日常活動；劉方則選取張鎡的南湖園林爲研究對象，展現了南湖園林的建構、日常生活及張鎡的私人空間自我書寫與公共空間文人群體唱和盛况，與汪超之作有異曲同工之妙。可以説，從室内柔情意象到園林空間書寫的發展歷程也是詞境不斷開拓的過程。

宋詞所關涉的題材、主題包含自然與生活的方方面面，從題材或主題角度觀照詞史發展往往能實現對詞人、文學與文化的貫通研究。高峰全方位再現了宋代飲酒詞的情感世界；林淑華由宋代詠荷詞看宋人賞荷意趣；趙惠俊總結了清真詞中詠夏詞的幾種主要類型及其發展變遷；張英以唐宋詞中的愛情詞作爲主要研究對象，論述了唐宋詞中「時空阻隔」模式及其對詞體美學特徵形成的重要意義；周宏橋采用詩劇的形式，安排屈原、陶淵明、李白、杜甫、蘇東坡與李清照，以詩詞對話的形式縱論人間情愛，確是「一次非常有意義的詩史實驗」。

陳麗麗梳理了謝靈運及其「池塘生春草」意象在宋代詞壇的傳承與演進，並通過與唐、宋詩歌中同類現象的比較，直觀展現了經典的傳播演進以及文體之間的本質差異。張文利梳理了宋詞中的家訓，並由此出發對詞與家庭關係做出了闡釋。彭曙蓉從屈騷精神入手，分析宋元遺民詞中崇尚節義的一致性趨向。梁豊論述了歐陽修與北宋江西詞人群的關係及影響。

（二）清代、民國詞史

清代、民國詞研究，份量日漸增多，劉榮平論證了在國家内憂外患背景下，清代閩臺兩地蘇辛詞風的形成和發展。文學的共情與風格的一致，亦可證成海峽兩岸一家親。沙先一通過對周濟所繪《雙笠圖》與湯貽汾繪《孤笠圖》以及二圖相關題詠所涉之詞壇故實的考察，展現了周濟、湯貽汾之深厚情誼，從一個側面呈現了清代中後期士人的生活志趣與價值追求、時代境遇與命運多舛。黄盼將清代滿族詞人的審美傾向概括爲懷念「白山黑水」與嚮往「江南水鄉」，並由此出發對其内在的民族認同心態做出了生動的闡發。張梅、温金香在歸納納蘭詞中家居意象的基礎上，分析了其家居意象與詞作情感關係及其頻繁出現的原因。許淑惠對陳廷桂《香草堂詞》展開析論，展現了身處乾嘉詞壇浙、常兩大派之影響下，陳廷桂及其詞作的特色。楊祖望則闡述了晚清詞人的新型邊塞觀念及其海疆詞書寫的類别與價值。郭雅楠以民國玉瀾詞社爲研究對象，對其起迄、社員構成、社集等進行了挖掘和闡述。

女性詞史研究方面，趙鬱飛總結了吕碧城詞狂慧與奇哀的藝術特質與「應被列在『近百年詞家開山一代』的候選名單中」的詞史地位。杜運威、叢海霞以抗戰時期女性詩詞爲研究對象，厘清了抗戰時期女性詞風轉變的内在邏輯，對該時期女性詞的文學史地位予以重新評判。

詞史的研究向當代的延伸是一種必然，曹辛華面對當代詞史的研究與建構課題，在對「當代詞史」所涉及的内涵與範疇等進行專門界説的基礎上，提出了當代詞史的演進與特點、建構基礎、建構方式及意義，具有重要的指導性意義，我們更期待他的「當代詞史」早日誕生。馬大勇之于現當代百年詩詞史的宏偉構想，讓人喟然有望塵之歎，其大作以最具人氣的網絡詩詞社團之一菊齋發起的三次詞課爲例，展現了當代網絡詞壇群體創作現象。

在域外詞學研究方面，邵瑞敏對高麗文人李齊賢《小樂府》的創作觀念、書寫模式以及文學價值等方面進行考察，展現了朝鮮半島文壇對詩、樂府以及詞等文體概念的本土化認知。魯宴松對朝鮮後期詞人趙鏞憲的生平事蹟、著述《致齋集》及其所載詞作進行了梳理，展現了趙鏞憲所作現代詞的藝術風貌。

二　詞體本源研究

詞體發生史的本源探尋爲詞學研究之一重要關捩，然由于詞作爲音樂文學和格律文學之特殊屬性，詞體本源研究向來被視爲畏途，讓人望而却步。可喜的是，這一難題，近年來有逐漸破解之勢，本次詞學會參會者有關詞體本源的探討，佳作頻出，對包括詞樂、詞調、詞韻、詞譜、詞律、詞與曲等在内的詞學本體核心問題，多有精妙之論，可以説從詞的本源出發，厘清了許多問題，有撥雲見日之勢。

（一）詞樂

作爲音樂文學，詞的源起與發展與當時的音樂體系、詞樂記録與傳播方式、詞的演唱者及演唱方式等問題密不可分，然詞樂之消亡，亦使得詞樂研究變得撲朔迷離，難窮究竟，正因爲如此，也激發了學者的研究興趣，本次詞學會在詞樂研究方面的成果是引人注目的。

李飛躍從音樂制度和歷史活動層面考察唐代音樂體系的變化，論證了從唐玄宗天寶十三載「太樂署供奉曲名及改諸樂名」到唐代音樂重構和燕樂體系確立的歷程，爲我們重新認識詞的起源及其發生機制和藝術特徵提供了新的思路。張春義則將隋唐燕樂的重要部分清商樂拈出，全方位論述了其在詞體演進中的貢獻。胡秋妍對與樂舞相關的新出土墓志予以梳理與解讀，爲我們認識並感受唐代的社會背景與藝術氛圍提供了可以徵信的原始材料。董希平、姜欣辰著眼于宋代樂署職官的活動，通過對其多重屬性、複合作用的解析，還原了其在北宋詞創作演唱及其風格演變中的重要作用。

同樣立足于文樂關係，周韜、趙曉嵐之作以最能集中體現白石處理文樂關係之藝術「精能」的《石湖仙》詞爲研究範例，考察白石詞對其音樂文學理論的實踐，對「別是一家」的詞學觀做出了實證性的檢驗。王立增對宋代「腔以詞傳」的現象展開探究，説明了這一詞樂流播方式對詞體發展的影響。劉學以北宋詞調爲主要研究對象，從結構形態演化的角度探討大曲對宋代詞調的影響。針對同調歌辭字數相同而句型參差的問題，林楨借助明清曲譜中遺存的節樂法予以考察，以樂節的變化解釋了其生成原因。

（二）詞律詞譜

譚新紅從清詞話起家，繼而開疆拓宇，及于宋詞傳播，現在又將學術的目光轉向了民國學者楊易霖，其大作從周邦彦詞集版本的角度探討楊易霖《周詞訂律》的特點與價值，揭示了該著作對當代學者研究唐宋詞諸大家的模範意義，可與蔡國强之文對照品讀。

在詞的格律化問題上，劉深、沙先一從理論層面對清詞格律化的問題做出了綜合研究，論證了在詞樂失傳的焦慮之下，清代詞家將詞的格律化作爲重構詞樂的方式，詞譜推動了清詞格律化的進行，以曲樂重構詞樂目的在于糾正格律譜的缺失。

同樣面對詞樂失傳的現實，詞在現代又以怎樣的方式維持著它音樂文學的本體屬性？張海鷗、滿月、時鑫做出了一個別具新意的嘗試，他們將目光投注于現代流行音樂，通過對鄧麗君所演唱的唐宋詞的文學、音樂、文化解讀展現了唐宋詩詞的文化生命和藝術魅力。

在詞譜研究方面，王延鵬著眼于詞譜的外在價值，詳盡論述了詞譜對詞人填詞的深刻影響及其對清詞中興的重要意義；吴晨樺立足于詞譜的内在結構，深刻闡釋了詞譜對詞調格律正體觀念的塑造及其價值。趙友永以上海圖書館所藏戈載、潘鐘瑞遞批本《詞律》爲研究對象，考核其文獻徵引缺憾之處，對其增訂校勘之功做出了謹慎評價。沈傳河對柳永在中國曲史上被推尊爲「曲祖」的重要地位予以考論，文章對柳詞創作與元曲創作同似性的闡釋體現了詞與曲的共通之處。劉戀以唐五代時期的歷史文化語境與文化生態爲起點，從聲文、雅俗、文體三個維度厘清了聯章體詞的關鍵問題。

（三）詞調詞韻

詞調研究既有詞人用調特點研究，也有具體詞調探析，涉及聲律、聲情、審美意蕴等問題。值得注意的是，研究者視野寬廣，往往能將特殊性與普遍性相結合，從詞調出發，關注整個詞體發展演進歷程，具體來説：田玉琪采用平聲、上去聲分開的方式對兩宋詞韻進行獨立考察，不僅從整體上探討了韻部與詞調、詞人風格的關係，還對兩宋詞平聲、上去聲韻部聲情做出了精妙歸納，打通語言與文學的研究理路，對韻文學研究具有重要指導意義。劉尊明、李文韜與胡天雅分别對歐陽修總體用調與長調慢詞用調的成就與特徵展開論述，吴瓊則從用調、句式、聲韻、修辭句法四個方面解析了辛棄疾慷慨激越、悲慨沉鬱的聲情特徵，這三篇文章可以説從詞調維度豐富了我們對詞壇大家歐陽修、辛棄疾的詞史地位的認識。

具體詞調研究方面，李東賓、趙麗芳、王曉慧與潘楠楠分别對《小重山》、《望海潮》、《祝英臺近》等展開深度探析，在展現各詞調特點的同時以小見大，勾勒出了唐宋詞調發展的普遍路徑與創作概況。在詞人用調與具體詞調之外，徐艷麗選取了《漁父詞》這一特殊題材，詳細論證了《漁父詞》系列詞調在唐宋金元的分期特點與詞史意義。王琳夫針對「以牌稱調」的問題展開溯源辨析，明確了詞牌的命名根源爲牌名，並上溯至骨牌名，論説了「以牌稱調」在近現代學術中的新變。張海濤則對張綖所提出的「小令、中調、長調」三分法在明代的分調應用與觀念演進做出了詳細論説。

在規範詞的體式、聲情之外，詞調的命名與詞人對詞調的選用也值得我們探究。在這個問題上，姚逸超選擇了宋代新興詞調名爲研究對象，探討其所包容的宋代文化内涵及其所呈現的宋人獨特的審美意韻；李柯函則從詞調選擇的角度出發，梳理了以蘇軾、辛棄疾和李清照爲代表的詞人的審美性情與生活經歷對其擇調的影響。所謂的朱敦儒創制詞韻「十六條」實爲沈雄僞托之作，與以往對其文獻真僞與版本傳播的辨析不同，杜玄圖立足于清代詞韻學和詞體學的演進歷程，對「擬韻説」産生、流傳和接受做出了探討。

三　詞學批評與詞學思想研究

古有元好問《論詩三十首》，今有彭玉平《論詞絶句三十首》，彭玉平才高八斗，才華横溢，以春風大雅，寫秋水文章，僅用四天的時間即撰成《論詞絶句三十首》「三十首完工之時，其意猶覺未盡，又在跋文中續作了三首（坊間流傳的版本已經變成了續作四首）」這不僅讓我們看到了彭玉平的功力與才華，更讓我們看到了他的速度與激情。從唐五代的《雲謡集雜曲子》、《花間集》以迄晚清的況周頤、王國維，彭玉平拈出千餘年詞壇之上的三十家詞集、詞人，以絶句論之，或可作爲詞學批評與思想研究的綱領加以研讀，「若謂論詞疏鑿手，玉郎此外更何求？」

與文學史研究框架內由歷史的、思想的或者是社會文化的因素來主導的文本批評不同，馬里揚從「文體」的角度對「宋詞」展開批評，論述具體而深入，啟益良多。他的論文的意義還在于，當很多人認爲唐宋詞的研究已經進入瓶頸，紛紛引入跨學科的方法進行複合式的研究時，馬里揚則强調回歸文學本體與經典內在，這種對于文學本體研究的堅守，讓我們浮躁的心一下子又安静了下來。

孫克强以清代詞學研究名家，此次的會議論文則放眼整部詞學史，對自宋代至民國圍繞李清照詞的探討予以闡釋論證，並由此觀照自宋元以來不同時期詞壇的審美取向，以個案帶整體，展現了千年詞學史的遞嬗流變歷程。學術視野宏闊，學術功力深厚，非積數十年之功，難以成此宏文。其于詞學史的角度觀照歷代詞人，具有顯見的范型意義。

楊吉華認爲「宋人的詞體觀，從『文』的生成承變角度，有效詮釋了中國古代『尊經重道』價值取向和生命化象喻特色傳統的『文』論思想及其意義生成範式。」劉少坤則將歐蘇文人集團以及後來者以「翰墨游戲」心態創作，並擺脱了「伶工」心態而創作的詞，用「文人詞」來涵括，並由此出發論述了「文人詞」的特點及其詞學史意義。由興波從書法思想與詞學理論兩個維度，對蘇軾「自是一家」的思想展開綜合研究，于學科交叉研究建構具有典型意義。黄雅莉從蘇學北行的視角，論述了元好問的詞論與詞作的表現，以及南北文化的融合。

晚清民國依然是詞學理論與批評的重鎮，研究者立足詞史構建與演進，視野寬廣、邏輯嚴明，多有新人耳目之見，其中最爲亮眼者，當爲女性詞學批評之研究。

除了音樂外，性别與詞，尤其是早期文人詞的關係不容忽視，「男子而作閨音」注定了詞與性别的聯姻，「詩莊詞媚」這一概念的普遍被接受，也未嘗不可以理解爲詞作爲一種文體的女性特質，而香草美人、男女君臣，實也？虛也？比起男性的跨性别想像，或許只有女性更懂得女性，也只有女性才更懂得女性詞。本次詞學會有多位女性學者從女性詞學的角度展開論述，展現出了「半邊天」的學術風神。徐燕婷近年來在女性文學研究上深耕細耘，收穫頗豐，其大作從歷代閨秀詞批評的視角，結合歷代作品中的「效易安體」與「和漱玉詞」，探討易安範式在男性主導的主流詞壇的生成，及其在女性詞批評中的運用，以及對歷代女性詞的創作實踐的影響。許菊芳將馮沅君放在二十世紀女性詞學發展的歷史鏈條中，深入探究了其詞學研究觀念與方法的性別特色，及其在女性詞學史上的地位。劉睿從男權意識角度觀照宋詞，分析了詞作內容、創作要求以及評點標準等方面的男權意識印記及其對宋詞發展演進軌跡的影響。文章最後説道：「宋詞看似與思想意識較遠且與女性關係緊密，但同男權社會的其他文化成果一樣，詞並不屬于女性。」

張博鈞從易順鼎現存的論詞資料與具體創作實踐出發，從尊體、辨體、詞派及詞風宗尚四個面向論述易順鼎詞學觀。曹明升從周濟、王國維對姜夔的批判著手，揭示出「真」的詞學內涵及其由「不顯」到「顯」的演變過程與深層原因，以及對晚清民初創作實踐的具體影響。孫艷紅、李赫以晚清滿族詞人李佳繼昌的《左庵詞話》爲中心，論析了其「詞要清真」的詞學理論。孫文婷對晚清民國時期關于清詞鼎盛期的三種不同認識及其原因與意義做出了詳細考察。莫崇毅關注到了在太平天國戰爭刺激下大量出現的「詞史」寫作及常州詞學對「詞史」寫作面貌的重塑。

四　詞學傳播、接受與研究之研究

（一）詞學傳播與接受研究

他山之石，可以攻玉，傳播學之于古代文學研究的介入，是古代文學研究中方法論的最成功移植。昝聖騫博士文如其人，不但會議組織得有條不紊、細致入微，而且文章也寫得扎實深入、精巧周密。他的大作關注到了清真詞中存在不同分片方式的《瑞龍吟》等十餘個詞調，指出這種分歧來自清真詞從歌曲到文本的傳播現場，對我們認識汲古本《宋名家詞》之文獻價值和詞體的發生與衍變具有啟發意義。薛泉以主流傳播媒介更新，即雕版印刷成爲主流傳播媒介爲背景，深入探討宋人的詞學傳播意識。惠聯芳對吕碧城在詞創作中的新變及自覺的詩文傳播意識進行了詳盡論述，强調了吕碧城與龍榆生交誼在其詞作傳播與經典化過程中的關鍵作用。

劉誠通過對白樸詞用典特别是白樸詞取典蘇軾的考察，論證了白朴詞對蘇軾的接受及其影響。汪素琴則從項鴻祚與浙西詞統的關係、項鴻祚的核心詞學觀念及其詞作書寫特徵三方面論析了其詞史接受的經典性要素及其最終成爲清詞名家的原因。

（二）研究之研究

劉揚忠先生在《宋詞研究之路》中提出的詞學研究之體系，其中研究之研究亦爲新時代詞學研究之重要一端。本次詞學會即有數篇論文關注到現當代的詞學名家，主要研究對象有吴梅、吴則虞、馮沅君、孫康宜、馬興榮、鄧喬彬等諸位詞學前輩。

曲晟暢、朱惠國從學術觀點、授課内容、詞學教材三個方面對吴梅的詞學思想做出考察，展現了吴梅詞學思想「新舊之間」的狀態及其學術史意義。陳水雲總結了吴則虞的考據之學及其詞籍校勘成果與詞體、詞史研究成果，正如文章最後所言：「這些遺産或成果是我們研究二十世紀五十年代詞學研究的重要史料，對于詞籍、詞體、詞史研究都有重要的歷史意義。」孫虹、李楠將《人間詞話》《清真先生遺事》合而觀之，認爲「王氏詞學正是傳承道光、咸豐學術，既重大義，又兼考史，並能中學爲體，西學爲用，實現了融合浙派、常派、中西學術的集成轉型」。仇俊超在證明「仙源詞客」即爲趙尊嶽基礎上，分析了《詞林玉屑》中的詞學思想特徵，並通過對比《詞林玉屑》與《珍重閣詞話》，揭示了趙尊嶽詞學思想發展的軌跡。傅宇斌以龍榆生的論詞宗旨「意格」論爲中心，對其《近三百年名家詞選》的詞史建構做出了全方位解讀。姚鵬舉則梳理了龍榆生重主體性情、歌詞入樂和淺易語言的詩教觀及對其詩詞創作的影響。作爲詞人謝玉岑的後人，謝建紅總結了謝玉岑與夏承燾的詞學交誼與詞學研究，「情文相生」本爲夏承燾對謝玉岑的評價，借來評價此文亦未嘗不可。

在對詞學大家詞學觀、詩教觀的解析之外，社會環境的變化及由此造成的他們在現代詞學建立過程中發揮的關鍵作用同樣值得探究。趙家晨關注到了龍榆生、唐圭璋、夏承燾等人在二十世紀詞學教育中所扮演的重要角色，並溯源至晚清四大家的詞學教育，對當下的詩詞教育亦提出了精妙見解。王磊從詞學研究概念、詞學研究視角、詞學創作幾個方面總結了馬興榮詞學研究的「新」與「變」。張婭曉從詞學相關研究、詩學和畫學相關研究和其他研究三個方面，對鄧喬彬重要的研究成果做出了梳理，並總結了其學術理論和經驗。周翔從理論、文獻、詮釋學等方面論述了近現代詞集評點的價值與意義。萬焱介紹了美籍華裔學者孫康宜對蘇軾詞創作研究的論述維度與方法。

五　詞籍文獻研究

文獻史料是學術研究的根本所在，詞籍文獻即詞學研究之根本。正本清源，本源正，則根基固；本源清，則詞學昌。對于詞學研究而言，詞籍文獻整理與研究的意義尤其重要，版本、目録、校勘、輯佚、考證、辨僞、箋注等是詞籍文獻整理與研究的重要内容，這在此次的詞學會上亦多有呈現。

施議對先生老當益壯，學術之樹常青，其大作從編纂者的角度出發，由其所編纂的當代詞總集《當代詞綜》的朋友圈以及史觀、史識入手，對「可一而不可再」之論及相關問題做出了詳盡説明。《當代詞綜》的文學文獻學價值自是毋庸贅論，施先生對詞集編纂出版過程的回顧與總結本身亦是當代詞學文獻學的實貴財富。

所謂知人論世，對詞人生平交游的考論是拂去歷史封塵、還原創作者鮮活面目的過程，也是完善詞學史發展鏈條的過程。張振謙對南宋婺州人杜氏五兄弟的家世與生平、交游、文學成就做出了詳盡考論，同時輯佚文學作品二十四篇。作爲《全明詞》重編及文獻研究的首席專家，周明初對《全明詞》與《全清詞》（順康卷）同時收入的詞人的甄别考證用力甚多，此次選録的明清之際詞人之生卒年及事跡的考論邏輯嚴密、資料翔實，結論清晰，具有極高的文獻價值與典範意義。孫文周、池藝穎對明末清初女詞人季嫻生卒、字號及家世的考證所得頗多，李飛躍對清末詩人朱兆蓉的家世家風、生平交游等方面做出了進一步的考證研究，二者均爲研究對象所在家族的深入考察準備了文獻條件。

總集的編選與整理背後往往藴含著不同的歷史文化背景及整理者的文獻學、詞學思想。作爲「近世倚聲填詞之祖」，《花間集》在中國文學史上的重要地位毋庸置疑，然而歷來對其性質、功用的論斷却始終不脱香艷纖巧之俗，面對這一認識上的定勢，楊傳慶選擇將《花間集》的誕生置于後蜀初年這一較爲精確的歷史座標之中予以考察，通過對其歷史契機、背景語境、文本基礎的論述，肯定了《花間集》的誕生在曲子詞發展史上的里程碑意義。岳淑珍對沈際飛選評的《草堂詩餘四集》之編纂緣起、編纂宗旨、校勘團隊一一予以説明，展示了明代詞選編纂背景與思想。胡永啟以劉毓盤的《唐五代宋遼金元名家詞集六十種輯》爲研究對象，對其印行時間、與《詞家專集》的關係、價值和成就均做出了論述。袁美麗對由鄧廷楨重新刊刻的道光本《江南春詞》書名問題、刊刻經過、萬曆本與嘉靖本之關係、鄧廷楨等人對《江南春詞》的文體認識等問題做出了考證。叢海霞以淮安唯一一部地域性詞選《山陽詞徵》爲研究對象，充分挖掘其文獻價值、詞學觀念及文學價值，爲重新審視古代淮安詞人的創作體量及文學成就提供了新的文獻支撑。而作爲二十世紀全面輯録整理宋人詞作的集大成之作，《全宋詞》的修訂對宋詞研究之意義不可謂不重，孫寒濤總結了唐圭璋、王仲聞在《全宋詞》修訂過程中有關版本、校勘、體例的討論，探究分歧背後所反映的不同文獻學思想及其融合與變化，同時强調了《全宋詞》修訂的典範價值與方法論意義。

在別集文獻考論與研究方面不乏對別集著録情況的總體研究，張仲謀以專研明詞蜚聲學界，一部《明詞史》、一部《明代詞學通論》，顯示出了他在明詞研究中斐然的學術成就與深厚的學術造詣。張仲謀近年又移師清詞，通過對清詞別集著録情況的梳理總結，與對清詞別集的文本型態的分類，對《清詞別集知見目録彙編·見存書目》進行了訂補與整合，得出了其著録的清詞別集的實際數量，並預測存世清詞別集當在三千七百種左右。清代著名學者王鳴盛曾言：「凡讀書最切要者，目録之學。目録明，方可讀書；不明，終是亂讀。」（《十七史商榷》卷七）相信張仲謀的清詞目録整理補正必將嘉惠學林。沈鬆勤文如其名，其于詞學研究，從不鬆懈，用力也勤。在考察清初詞人沈豐垣的詞集《蘭思詞鈔》的構成與結集，勾勒其主要情感本事的同時，也對其詞史地位做出了恰切評價，充分表彰了沈豐垣在清初「花間體」的發展與中興歷程中的推進之功。

作爲「詞籍文獻通考」項目成果之一，鄧子勉對李清照詞集的編輯、庋藏、傳抄、刻印及其版本等情況所做的梳理面目清晰，文獻價值不言而喻。王星、郭嵐通過版本考證，駁正了夏敬觀《吷庵詞》存詞五百餘首的成説，得出《吷庵詞》存詞共三百五十一首的結論。樓培運用以詞證詞、以史證詞之法，對《蘆川詞箋注》擇以補箋，對詞中涉及的作年、人物、事件等亦多有補正。劉慧寬則輯存了三十九篇《詹安泰全集》外新發見的詹安泰詩詞作品與文章，對考察其詞風和詩風演變、學術觀念和交游學緣具有重要意義。蔡國强指出了當代詞集箋注中韻律特徵的缺位現象及其原因，强調了疏解詞的韻律之必要性與可能的實現路徑，觀點發人深省，爲以後之詞集箋注提出了更高的要求。錢錫生從校勘、箋注、輯佚、人事交游和評論等方面剖析了吴企明《范成大集校箋》對石湖詞箋注的貢獻。

六　總結

百餘篇論文共同構成了我們對千年詞學的又一次巡禮，通讀下來，所獲頗多，累並快樂著。相較于第八屆詞學會而言，這兩年的詞學會論文雖然由于客觀上的原因，參會論文的總體數量有所減少，第八屆詞學會提交論文爲一百六十五篇，第九屆詞學會提交的論文爲一百一十七篇，本次詞學會提交的論文爲一百一十八篇，與上屆基本持平。但是在具體的議題上，新材料、新觀點、新方法，時或見之，總結起來，特點約略有三：

一是文本的細讀。

玉平副會長在開幕式致辭中對本次詞學會研究的精細化傾向已經有所提及。文本細讀，做深做細，對詞學研究而言，既是起點，也是重點。撇去技術化所帶來的浮躁與喧囂，文學研究理應回歸到文本的精雕細琢。跨學科或引入新的方法論固然不失爲一條條新路，但文本的精耕細作，或許仍然是唐宋詞研究乃至整個詞史研究不可漠視的一個重要内容。本次詞學會所提交的有關唐宋時期詞人、詞作、詞集的研究成果，無論是有關文本的主題、意象，還是風格、流派，不管是總體觀照，還是個案研究，數十篇論文，閎言高論，其中多有小題大做的文章，闡幽發微，異彩紛呈，讓我們對唐宋詞的繼續深入研究，又增加了更多的信心。這種風氣可以持續發揚。

二是詞學本體研究比重的大爲增加。

就詞學本體研究而言，第八屆詞學會提交的有關詞樂、詞譜、詞律、詞調等的論文有十六篇，占比百分之十左右，第九屆爲二十篇，占比約爲百分之十七，而本届詞學會有關詞學本體的研究，有三十二篇之多，總數較之于二〇一八年的江南詞學會翻了一倍，占比百分之二十七，幾乎翻了三倍。就其作者而言，既有長期堅守詞學本體研究一綫的宿將、中堅如田玉琪、李飛躍等，又有詞學之新銳，如昝聖騫等廣大新畢業或在讀的碩士博士，甚至是一些長期從事唐宋詞史研究的學者也都加盟到了詞學本體的研究中。詞學本體研究增多，呈現勃發之勢，實爲可喜，研究成果的激增和研究群體的壯大，讓我們看到了詞學研究中學者們攻堅克難的決心與勇氣，更讓我們看到了詞學研究的未來可期。

三是研究之研究增多。

晚清民國以降，以王國維、龍榆生、唐圭璋、夏承燾等人爲代表的詞學大家對現代詞學建構做出了重要貢獻，向前輩學者致敬，對他們的研究成果加以解讀、研究，是學術研究代際傳承的需要，是詞學學術史的進一步續寫，對當下及今後的詞學研究都具有重要的指導價值。

然而，依然有一些問題需要引起重視。千餘年的詞史研究，在提交的成果上明顯地呈現爲馬鞍的形狀，兩頭熱，中間冷。唐宋詞，儘管已經成爲一塊熟地，但熱度不減；明清，乃至民國、現當代的詞壇，因爲文獻存量的巨大，也「引無數英雄競折腰」。相較而言，有關金元明三代的詞學研究則門可羅雀，提交的研究成果寥寥無幾。此外，部分論文缺少立體建構和深入考究等。

所謂「世之奇偉、瑰怪、非常之觀，常在于險遠，而人之所罕至焉，故非有志者不能至也」（王安石《游褒禪山記》），詞學研究的創新之路多有艱辛，但值得欣喜的是，諸位求索者志于此道，嚶鳴相隨，此道不孤。期待未來與各位同仁繼續在詞學世界中訪幽探勝，唯祈詞學研究薪火相傳、生生不息！

（作者單位：吉林大學文學院）

詞苑

金縷曲　喆盦夫子陳祥耀先生千古

施議對

陳祥耀，字喆盦，福建泉州人。一九二二年生，二〇二一年三月十九日于泉州逝世。享年一百歲。無錫國學專修學校畢業。福建師範大學文學院教授。耽懷道德，服膺六藝；青山青史，哀艷雄奇。曾集定盦句以明志。曰：「世事滄桑心事定，胸中海嶽夢中飛。」二十世紀六十年代之初，喆盦夫子與六庵黄壽祺夫子，皆吾大學時期之授業導師。六庵以易學名世，喆盦以詩學。自龜山先生楊時而後，二庵（盦）之學，堪稱閩學後勁。夫子西行，風範長存。敬賦此曲，以寄懷思。辛丑清明前三日錢江受業弟子施議對于香江之敏求居。

百歲詩書老。上天衢，迢遥八極，游仙夢曉。漱齒銀河吞星斗，紫霧紅光融照。彼瑰觀、攄兹孤抱。絳闕揮毫誰能與，瀉波濤、腕底蛟龍嘯。呼白也，問蒼昊。　人間三萬六千渺。數先生、思弘儒業，經綸才調。世事滄桑心事定，不共時流同好。閩學尊、閩江浩浩。一自程門歸去後，道南來、園柳禽鳴早。型典在，賴承紹。

定風波 立春

胡迎建

出户穿林欒鳥鳴。欲尋青柳岸邊行。鶴唳風聲常驚怕。終罷。新冠莫再禍民生。 凍木寒枝初抖擻。招手。湖波灧瀲映光清。萬物生機將喚醒。憧憬。休言老矣返年輕。

澡蘭香 藍印花布，依夢窗四聲

段曉華

星芒漾水，藻帶牽風，一種細藍碎白。非同貝錦，豈屑鮫綃，只是慣常刀尺。遍江南、裝點韶華，柔荑殷勤浣拭。挽個筠籃襯底，梔香初摘。 合向垂藤古巷，掛瀑低牆，訪尋芳屐。蠶娘帕小，棹女裙新，剪就染房千疋。算而今、準拟陪奩，誰挑燈花自織。正眺望、積篚堆倉，天涯來舶。

鳳歸雲 天一閣修書，用平韻體

前人

自年年，一鉤曉月上簾旌。閣古夢深，長費補書燈。祈坎逢離，連卷積庋，累葉剩畸零。縱苦錦編韋絶，縹衣光褪，澹芸將滅還生。 游蟫棲蠹，噬嚙桑田，霜刀黍尺，修葺春秋，楮命誰能續，聽潮聲。柔綫三回，細錘千砑，海曙練波平。最是卅番工竣，霎時神定，揭函香驗風輕。

注：修書需過二十八道工序。

渡江雲　桃花潭

張宏生

吴頭連楚尾，轂輪輾轉，總見碧雲遮。正篷帆繫纜，嶺外長風，覓澤畔桃花。高歌轉踏，有豪士、近水山家。能忘情、壇開醇酒，山水共欹斜。　天涯。潭邊長揖，浩渺江湖，盡山川如畫。君怎知、茫茫煙雨，遠磧胡沙。雲霓浩蕩飄然去，渾不意、前路槎枒。揮手處，江頭不盡蒹葭。

念奴嬌　游褒禪山

前　人

群山列峙，覓唐碑宋刻，綿綿華翰。油菜約期花似海，林外水平天遠。宿雨初晴，暮雲乍起，蕩客懷無限。憑高極目，望中深杳禪院。　幽谷石洞訇開，溶岩重疊，踏湧流飛漩。燭火滅明成窘步，未必回頭涯岸。俯仰千年，鏗鏘三事，僶俛從吾斷。學行開濟，一般瑰異偏蹇。

水龍吟　咏荷

黄福海

一池秋水芙蓉，瘦紅肥緑團團舉。濂溪净植，笠翁事命，雅人心緒。納馥趨凉，豐盤馨齒，世情寒暑。更飄風急雨，嚴霜凍露，憑消受，誰呵護。　移向東園稍駐。有閑僧、略諳花語。帚依落葉，管疏流水，尋常朝暮。構榭營臺，愁來漫誦，冷香詩賦。算浮生堪與，歡情相悦，苦情相訴。

淡黄柳　再咏荷

前　人

芙蓉出海，春夜輕香濕。灑上銀輝需不得。薄霧方生乍隱，何似人間舊風色。　審端的。花虛海非實。碧連蜷，粉嬌澀。是花仙海鬼游天極。款款回眸，百年塵世，都在飄風一息。

清平樂　壬寅春大疫，童軒丈約賦芍藥送春

李舜華

芍光欲語。四野星如雨。翠障重重春破曙。又作九天長霧。　覺來怕問憂忡。離魂誰與同供。待燭落英枝上，一歌驚徹鴻蒙。

清平樂

前　人

空山作語。打槳清明雨。一徑芍霞燃欲曙。亂入武陵風霧。　春來春去愁忡。芳華擷與誰供。且坐雲生雲滅，相看煙草籠蒙。

清平樂　青春節感懷，用前韻

前　人

挼花不語。枕外山陰雨。一點芍光偏向曙。行盡瘴煙迷霧。　都云秦史有忡。千年狐兔成供。誰向濤生雲底，咄咄書海空蒙。

滿江紅 次湖海樓信陵君祠韻

潘樂樂

三十年前，偕汝立、春山之下。風駘蕩、少年誰解，歲華傳舍。縱酒語關天下事，哀時哭震林間瓦。莽江湖、瑟瑟葉辭柯，隨波打。荒誕劇，胡驚詫。流轉跡，還縈惹。笑輕狂一夢，亂雲飛也。何處能逃風雨惡，平生須慣屠沽亚。祇偶然、老淚對屏前，中宵瀉。

滿江紅 賣花漁村看梅四疊湖海樓信陵祠韻

前人

漚電平生，能幾坐、萬梅花下。看一片、紅雲縈繞，青簷古舍。記得泛舟人放鶴，更誰吹笛香浮瓦。總無情、風雨又今朝，疏疏打。飄茵跡，休爲詫。明月夢，胡長惹。向春山一笑，亦曾來也。零落祇從苔裏覆，朦朧猶向窗前亞。曷不去、傾酒碧亭間，杯中瀉。

鷓鴣天 網師園桂華同軍持次任之韻

鍾錦

玉可餐兮桂可炊。有窮重返莫相期。首當顛隕日難卜，風所漂搖民競知。明日想，此生灰。無端幻化總成癡。當時錯遺長星墜，一點天香漫著之。

前調　題嚴公覞墓志銘　前　人

妙手無妨劣手鐫。人間重見柳誠懸。二千小字法偏各，七十老翁神更全。　杜詩卷，柳文編。嚴家父子舊流傳。只今石上芳名在，終不能渝賴筆端。

鷓鴣天　丁酉上元　石任之

夜氣初濃滿座醺。觸衣風力已微温。燈傳彩樹收紅荔，月照香車逐美人。　光晻影，鬢銜春。良宵一鯉夢分鱗。玉京消息將爲客，十萬桃花壓路塵。

其二　前　人

持卷逍遥地上仙。神荼寫就護人間。梅因詩句頻傳語，玉在衣裳與辟寒。　除薦酒，更烹鮮。廚中呼煮小團團。罷書片晌成風味，明日春歸恣意看。

花犯　蕭山花邊　王希顔

捧鮫綃，龍文鳳尾，霓裳照仙館。个中心眼。疑夜夜星妃，辛苦挑綫。百年乍識估帆面。重洋嗟路遠。繡譜上、刺來猶認，當時煙蜃卷。　吴綿越羅較風姿，繁絲總不似，銖衣輕倩。層疊處，崇光泛、萬般深淺。

先裁出、坎山色好，還帶得、湘湖波最軟。看恁日、玉堂高掛，天花如瀑展。

臨江仙　黄昏恐懼症

張一南

一寸斜陽如夢裏，夢時還自驚心。秋光明滅泠于金。有情生恐怖，無事費呻吟。　吟到日歸功未建，幽窗藍已深深。敞門如待遠人音。空庭長寂寞，高樹自蕭森。

注：首句用近人成句。

驀山溪　雲觀靈谷寺玉蘭

前　人

幡乎風也，春日重來矣。明滅效燃燈，信有人、因花不寐。廊前閑步，萬象本無心，紅塵裏。聲迢遞。告有芳于此。　色空相即，轉瞬重門閉。玉樹竟何知，恣婆娑、庭間生意。容華正好，半落半開時，清凉寺。雲天際。念我二三子。

南鄉子　桂期已過，歌以送之

王　丹

獨自伴清芬。纖蕊繁枝濯素心。鷲嶺月中隨處落，紛紜。秋信年年覓舊痕。　幽恨對黄昏。魂斷高天一縷雲。黯淡當時黄玉粟，前塵。夢裏三生憶故身。

齊天樂　蟬

前人

横塘清韻流空影，葉底幾回曾到。似挽絲絃，疑翻笛譜，振羽一痕雲杪。予情渺渺。祇乍引纖柯，暗窺芳草。還記微薰，高槐長夏緑蔭繞。　齊宫往事略盡，剩凄吟斷續，秋霜天曉。水闊林深，風多露重，此境何堪誰表。蜕衣枯槁。對澹蕩清江，白蘋紅蓼。猶寫悲音，付蒼煙落照。

水調歌頭　八月既望

張思橋

明月燭千古，百代一須臾。桂華疑是灰燼，塵世作熔爐。總有中年哀樂，别恨離愁鼓龠。燃到世間無。起坐剩形影，清夜看雲徂。　蟲知語，花解夢，客思鱸。路遥水遠，何處尋得少時吾。仍喜他鄉燈火，接引流光輕舸。雁陣辨歸途。莫問來和去，都赴此心初。

向湖邊　癸卯新正五日岷社百工堰雅集拈韻得「老」字

劉孟奇

燕語催春，皛煙摇夢，一點緇塵休到。劫罅重盟，只溪山長好。算年來、何事堪言，残狂憑酒，漫續晋時風貌。並倚吟肩，要同舒幽抱。　萬籟吹醒，次第隨雲裊。歡緒不著迹，留頑愁難掃。整頓清魂，向樊籠中老。恐商今榷古無終了。方成聚、轉瞬又傷萍路杳。漸起新蟾，獨斜窺林杪。

探春慢　癸卯元夕後四日與人浣花溪探梅　前人

垂巷燈收，疊街鼓散，風煙稍動春候。徑曲盤幽，波平熨碧，枝北枝南香逗。芳露清堪掬，濯兩段、枯腸如酒。去年心事千般，拜花那更回首。　誰倩東君寄語，恐料峭寒天，來日依舊。素壁塵昏，雕闌笛緊，頓老蜀妖吟袖。紛慮終難遣，只判得、癡魂同守。暮雨蒼茫，休教輕折人手。

憶秦娥　壬寅中秋東湖持燈步月　樊令

團欒月。平湖照徹光如雪。光如雪。一宵如鏡，宵宵成玦。　人間惆悵何堪説。紛紛兒女輕離別。輕離別。依依蛩語，迢迢歌闋。

水調歌頭　返黔作　前人

返棹武陵路，放蕩思無涯。小溪深處行過，竹樹即吾家。漱我山中流水，卧我嶺頭雲朵，清興不須賒。寂寞歸來也，茶竈洗纖華。　溪山美，人物静，住爲佳。勾留可惜風月，日日入窗斜。別有避人幽鳥，一樣環滁深秀，容易想琅邪。作計明朝事，親植兩三花。

南宋詞人胡翼龍之生卒年與交游

鍾振振

南宋詞人胡翼龍，字伯雨，號蒙泉，吉州廬陵縣（已廢入今江西吉安市）人。今存詞十三首。

生于寧宗嘉定二年（一二〇九）前。

〇理宗紹定元年（一二二八），翼龍已參加本州解試，必已成年。即以二十歲計，其生年當不晚于寧宗嘉定二年（一二〇九）也。

〇宋歐陽守道《巽齋文集》卷一六《嘉蓮亭記》曰：「歲辛亥秋八月朔，予從二三子訪友人胡君伯雨于永水之陽，古潭之上。主人未出。予以曉涼徑造溪東之園。溪水之旁，故導水爲池，至是築小亭焉。工方治水，予問工：『何以亭也？』曰：『旌嘉蓮也。今夏蓮一幹而二花者再，俱實矣。』指以示予。二三子請于予曰：『何爲其然哉？濂溪先生（按，宋周敦頤）所謂净植亭亭，不蔓不支者，今乃出此奇乎？』予曰：『子未讀吾家六一公（按，歐陽修）所記許子春園亭乎？六一公謂：見子春家孝悌三世矣，園之草木將有連理而駢枝，禽鳥翔集其間，將不爭巢而棲，不擇子而哺也。許氏之園未有兹瑞也。六一公以其孝悌，意之而已。今也誠有兹瑞，此豈偶然哉？夫伯雨之有此園也，予未論兹花之爲瑞大概，伯雨蓋有樂乎此也。孟子

本文爲國家社會科學基金重大項目「全宋詞人年譜、行實考」（17ZDA255）的階段性成果。

有言：『賢者而後樂此，不賢者雖有此不樂也。』今夫動植之類，皆足以使人觸目興感而油然于父子兄弟之天，詩之興是也。草木忻榮，鳥獸和鳴，而人之胸中無生意以受之，安知境之可樂？所貴乎君子之樂，以其胸中浩然，與天俱春，是以森然于吾前者，即其充然乎吾心者也。予每從伯雨徜徉茲園，見園之所有生意類與人同，窺伯雨所得于眉睫間，心知伯雨之有樂也。二三子其謂人心之所最樂何樂乎？樂莫樂于人道之盡分，父子兄弟，孝慈悌友。推而放之，無所不准。此分不盡，吾安得無憂？此分而盡，吾何爲不樂？樂則生，生則惡可已矣。天地萬物與吾心一也。予知伯雨之胸中，而不能一以告子。子欲徵吾言乎？予之知伯雨也不如蓮。蓮，植物也，而一再爲伯雨呈瑞，若特有意焉者，鍾和毓秀，是誰爲之？然則理氣感通之説，由《詩》《書》以來，焉可誣也？』語將既，伯雨諸子偕其諸父昆弟至，詢予言之本末。予亦自謂予言胡氏子孫宜共聞也，復具告之，且使白于伯雨而刻之。是歲淳祐十一年，歐陽某記。」按，理宗淳祐十一年（一二五一），翼龍已有「諸子」，且諸子似已成年，則翼龍至少亦當四十餘歲矣。由此前推四十餘年，正值寧宗嘉定初也。又，歐陽守道稱翼龍爲「友人」，是二人同輩，年庚相去必不甚遠。守道生于寧宗嘉定元年（一二〇八），此亦可爲翼龍生年之參照系焉。

卒于理宗寶祐五年（一二五七）前，享年未滿五十。

〇歐陽守道《巽齋文集》卷二一《跋・題懷芳小草後》曰：「蘇子美（按，蘇舜欽）居姑蘇，買水石作滄浪亭，大涵肆于六經，而時發其憤悶于歌詩，至其所激，往往驚絶。又喜行草書，短章醉墨，争爲人所傳。吾家六一翁（按，歐陽修）銘其墓曰：『嗟子之中兮，有韞無施。文章發見兮，星日光輝。雖冥冥以掩恨兮，不昭昭而永垂。』予友胡伯雨懷芳園亭之勝，當不減滄浪；而歌詩妙語天出，比之子美，有其奇偉而無其傷怨。此四詞又得予同年劉澤民書之，二美合併，宜有傳于人。然二君皆不滿中壽。澤民加少，遺墨散落，無與收拾。今之知澤民書者已無幾，况敢望百年天壤間？伯雨之子蒙亨亟壽此于石，見者初以爲古帖也，既見氏名，始共爲二君太息。嗚呼，予爲伯雨求墓銘于荆溪吴先生，先生從之。發昭昭于冥冥，恃有此耳，亦可以悲夫！」按，「荆溪吴先生」即吴子良，字明輔，號荆溪，台州臨海縣（今浙江台州市臨海縣級市）人。理宗寶慶二年（一二二六）進士。官至荆湖南路轉運使、太府少卿。約卒于理宗寶祐五年（一二五七）。子良既允歐陽守道所請，爲撰胡翼龍墓志銘，則翼龍卒年不得晚于子良卒年。守道謂翼龍「不滿中壽」，是其享年不滿五十也。

其所交游，有歐陽守道、劉之才、劉澤民等。

○歐陽守道《巽齋文集》卷一六《嘉蓮亭記》曰：「予從二三子訪友人胡君伯雨于永水之陽，古潭之上。」又卷二一《跋・題懷芳小草後》曰：「予友胡伯雨懷芳園亭之勝，當不减滄浪；而歌詩妙語天出，比之子美，有其奇偉而無其傷怨。」又《跋・題吴畏齋家集》曰：「余友蒙泉吴君伯雨嘗爲余言，本朝立任子法，可謂待士大夫之厚。」按，此「蒙泉吴君伯雨」，顯爲「蒙泉胡君伯雨」之訛。歐陽守道（一二〇八—一二七二），初名巽。字公權，一字迂父，號巽齋。吉州廬陵人。理宗淳祐元年（一二四一）進士。歷事理宗、度宗兩朝，官至著作郎。有《巽齋文集》。《宋史》卷四一一有傳。

○劉之才有《蘭陵王・賦胡伯雨別業》詞曰：「此何夕。天水空明一碧。商量賦、如此江山，幾個斜陽了今昔。荒臺步晚色。沙鳥依稀曾識。啼鴂外，人遠未歸，江闊晴虹卧千尺。○殘碑蘚痕積。記當日清游，夫君題墨。碧瑶仙去蒼雲隔。飛一鏡秋冷，列屏天遠，雞聲人語半郊邑。寄情又江國。○愁寂。怕聞笛。正怨苦溪猿，飛倦汀翼。陰陰翡翠迷津驛。慨世事塵化，吾心形役。清吟孤往，渺醉影，夜翠濕。」見《陽春白雪》卷七。按，劉之才字賓王，號藥房。賦此詞時，翼龍似已去世，故曰「碧瑶仙去蒼雲隔」也。而翼龍生前，之才曾至此別業，故有「記當日清游」語也。

○歐陽守道《題懷芳小草後》曰劉澤民嘗書翼龍四詞。按，劉澤民，「澤民」當是其字。守道稱澤民爲「予同年」，可知其亦爲理宗淳祐元年（一二四一）進士。

（作者單位：南昌大學人文學院）

《詩餘針綫》：分調型詞選的編纂指南

伏蒙蒙

分調型詞選依循詞調順序編纂而成，但我们對于詞家同調匯列的具體操作，歷來難以知其細節。南社成員陳蘷所著《詩餘針綫》是一部指導分調型詞選編纂的指南，其中包含了鮮見的詞調索引内容，展現出了詞家搜羅、比對同調詞的方法。

《詩餘針綫》，上海圖書館藏，稿本，兩册。四周雙邊，紅格紅口，單魚尾。集中可見「壬戌臘月伯瓠記」，可知此書編纂時間當爲一九二二年左右。《詩餘針綫》封面題「伯瓠偶録」，封底題「只可自怡悦，不堪持贈君。起舞弄清影，何似在人間」。第二册與第一册相比，一些重出詞調收録詞的數量較第一册为多，對于詞調體式篩選考察更为仔細，或是二册抄録增改所致。《詩餘針綫》作爲一部草稿，内容蕪雜，多有圈點勾畫。又據詞集摘録調名，多選録長調，集中關注了詞調來源與體式差異。

《詩餘針綫》册二收一百餘種長調，詞調旁注明詞調字數、别名、格律相關特點，詞調下多附有少至一個多至數十數量不等的圓圈，形制與明清詞譜較爲相似。詞調旁的每一圓圈内，是如  的標識。在以往詞譜或者是分調型詞選中，可以看到許多類似的標識符號，這種標識符號往往是標識句讀或是字聲平仄。如林俊《詞學筌蹄序》便言：「圜者平聲，方者側聲，讀以小圈，以便觀覽。」〔一〕程明善《嘯餘譜》分别用

本文爲浙江省社會科學基金項目「以詞調爲中心的明清詞譜詞選研究」（22NDQN254YB）的階段性成果。

〡、〦、〤等表示平、上、去聲。再有如《自怡軒詞譜》則用工尺字譜標識字聲。當然此類符號也並非都是標識平仄字聲，如沈際飛《草堂詩餘四集發凡》指出書中以符號標識評點之用：「其靈慧新特之句用○，爾雅流麗之句用、，鮮奇警策之字用◎，冷異巉削之字用、，鄙拙膚陋字句用—；復用·讀句。」〔二〕但是將《詩餘針綫》對照此類譜選後可以發現，《詩餘針綫》所用符號與以往並非一類。更重要的是《詩餘針綫》中的圓圈數量與詞調字數數量並不相同，每個圓圈也無法與詞調的句字平仄相對應。如《念奴嬌》一調多爲百字，因此又名《百字令》。但《念奴嬌》一調下却有五十八個圓圈。在五十八個圓圈中，又有兩條横綫將圓圈分割爲三個部分。由此可以判定《詩餘針綫》中的標識應當與慣常詞調譜式的標注無關。重新考察《詩餘針綫》圓圈内的標識，可以發現是由〦、〤構成，除此以外尚有如〡〦、〢〥、〣〤、〧、〨、〩等要素。回顧中國过去的計數方式，可以發現這種標識實則是草碼，又被稱爲花碼、蘇州碼子，「〡、〢、〣、〤、〥、〦、〧、〨、〩」對應數字即爲一至九。草碼在過去江浙一帶一度盛行，往往被用于當鋪、藥店，但在索引及詞籍文獻中使用亦屬鮮見。這説明《詩餘針綫》中的每一個圓圈内符號並非標明詞調格律的平仄字聲，對應都是數字。

經對照，這些數字與詞調本身並無關係。《詩餘針綫》詞調之下多次提及《詞律》與《詞綜》，對照二書，發現這些數字標識的信息與《詞綜》大有干繫。對照國家圖書館所藏清康熙三十年（一六九一）裘杼樓三十六卷本《詞綜》，可以看出蘇州碼子編寫的符號，是詞家同調匯列采用的記録方式，每一個符號表現的是同一詞調下每一詞作的定位。圓圈内上半部分指的是《詞綜》對應的卷數，下半部分指的是每卷對應的頁數。如上文提及的，第一個圓圈内上爲六，下爲四，所對應的便是《詞綜》第六卷第四頁蘇軾《念奴嬌·赤壁懷古》。則代表第十五卷第四頁的《念奴嬌·荷花》。每一個圓圈内的數字便是一首詞的「坐標」，可以迅速定位出該調詞所在位置。有多少個圓圈就是在《詞綜》中所收同調詞作（甚至許多包括同調異名），如《念奴嬌》有五十八個標識符號，所對應的便是《念奴嬌》共收五十八首。陳虁又有意識地在第三十卷、三十六卷末用横綫隔開，其緣由就在于《詞綜》三十一至三十六卷、三十七與三十八卷爲汪森、王昶增補而來。同一頁有多首同一詞調的詞作，則在圓圈内以又字隔開，如《齊天樂》調下出現了十餘次「又」。詞調之下所列的詞人姓名雖有删减，但前後順序亦大致符合《詞綜》所收順序。由此《詩餘針綫》可以視爲配合《詞綜》使用的詞調索引。

事实上「針綫」二字常被用作索引之意，清蔡烈先于康熙年間所編《本草萬方針綫》一書，針綫已經被用做索引的名稱。如其序言所説，針綫是指「因針引綫」之意。索引在古近詞籍中鮮見，潘樹廣指出嚴格意義上的索引，往往應當具有以下四個要素：以明確規定的文獻資料爲索引範圍，以地名、篇目等特定的款目爲索引對象，款目編排有韻、類、筆畫等排檢法，款目之後詳注書名、卷數、頁數等出處。〔三〕陳虁《詩餘針綫》主要依據《詞綜》以及補遺，有明確的索引範圍，以詞調爲款目，部分依循詞調字數排列，每一詞調下列明所處的卷數與頁數，這已經符合索引的特徵。雖然因爲是偶録的稿本，從詞調排列上並不完全嚴格遵循標準，但仍應視其爲詞調索引。

《詩餘針綫》勾畫塗抹痕迹明顯，内容也由不同部分組成。在詞調抄録部分眉頭有數字標識，總共分爲八部分，這似乎是在按卷册分配詞調。每調下另有草碼，似乎爲每一詞調的詞作選録數量。《詩餘針綫》記録的有關詞調體式、孤調的收集與評述的相關内容，表現出《詩餘針綫》並不僅僅只是一部詞調索引，更是在爲編選一部分調型詞選做準備，是一部分調型詞選的編纂指南。

陳虁尚有一部未見館藏但多見載于時人論著之中的著作，名爲《宋元詞類鈔》。徐珂《天蘇閣筆談》便載：

癸亥（中華民國十二年）春夏之交……十月念一日……並出伯瓠《致藥叉書》見示。伯瓠名虁，年五十三，爲藥叉之同懷長兄，著有《慮尊詔》，且蓄志輯《宋元詞類鈔》久矣。所録令、慢、近、引，可五六百闋。將校字之多寡之數，聲之平仄之差，于《詞律》、《詞綜》之誤，一一是正之。書中斤斤以精氣日鑠，去死不遠，將倍道兼程，冀生前一睹其成。否則弟當續之，死亦瞑目爲言。並囑藥叉假四印齋所刻詞于予以備校勘。而藥叉固未嘗以告，且先伯瓠而死。〔四〕

徐珂所言的《宋元詞類鈔》，或許便是上圖所藏題爲陳夔《慮尊室詞旨》中的詞選部分。就時間上來看，《慮尊室詞旨》中的明標爲《慮尊室續詞旨》的部分有「壬戌冬中發軔」、「壬戌臘底續纂」的字樣，可知是一九二二年冬開始編纂，早于徐珂癸亥春夏之交的記載。就内容上來看，首先上圖題爲《慮尊室詞旨》中的詞選部分共有七卷，每卷大致百餘首詞作，與徐珂所言「五六百闋」數量相差不大。其次《慮尊室詞旨》中的詞選部分所收亦爲宋元人，在補遺《虞美人》吴邦楨「西溪十里漁村路」詞上有眉批「此作恐非宋元人」。可見所選仍是以宋元人爲標準，與徐珂所言《宋元詞類鈔》相吻合。再次《慮尊室詞旨》詞選部分中，《詞綜》是其編纂的重要依憑。如第七册《行香子》汪輔之「晚緑寒紅」詞，有眉批「此詞《歷代詩餘》作晏幾道，今從《詞綜》」。《慮尊室詞旨》中的詞選部分極爲注重詞調的調名與體式，如《長相思》一調，便記載了調名緣起和異名情況，以及八句皆用韻、後疊起句不用韻、後疊方换一韻三種體式的差異。徐珂指出《宋元詞類鈔》對于詞調字之多寡與聲之平仄尤其重視，並且對于《詞律》、《詞綜》的錯誤多有指正，亦相吻合。在陳夔目前所知的著述中，也惟有《慮尊室詞旨》詞選部分，可以與《宋元詞類鈔》相對應。

而《詩餘針綫》或許與《慮尊室詞旨》中的詞選部分有著密切聯繫。其一，《慮尊室詞旨》詞選的目録所收詞調，便至九十字，而《詩餘針綫》索引中所收詞調，基本都是九十字開始，所收皆爲長調，幾乎接續《慮尊室詞旨》的詞選部分。且《慮尊室續詞旨》除詞選外，收録内容多爲警句，這在《詩餘針綫》中亦收録相當一部分。其二，第七册《謝池春》「賀監湖邊」，眉批「在《詞綜》[一三]題作《風中柳》」，這一標記方式與《詩餘針綫》相合，且也以《詞綜》爲重要參考。其三，《慮尊室續詞旨》「壬戌冬中發軔」、「壬戌臘底續纂」，與《詩餘針綫》「壬戌臘月伯瓠記」可謂同時，《慮尊室詞旨》中的詞選部分編纂時間正應當早于《詩餘針綫》或處于同一時期。在徐珂《天蘇閣筆談》中已經説明，陳夔有感于去死不遠，因此希望如若《宋元詞類鈔》未能完成，「弟當續之」，期冀其弟陳越流能够繼續完成編選，但奈何陳越流較陳夔更早去世。徐珂《天蘇閣筆談》記載爲一九二三年，《慮尊室續詞旨》、《詩餘針綫》皆作于一九二二年末至明年初。或許《詩餘針綫》即是編纂詞選的準備工作，有若陳夔先死指示後人續其詞選之意，是配合《慮尊室詞旨》繼續編纂使用，可以被視爲一部分調型詞選的編纂指南。

《詩餘針綫》體現陳夔非常注重選調與別體。其詞調旁常有眉批或詞調下注，多標明字數以及詞調別名，考量詞調的體式。對于體式有異者，多參照《詞律》。《詩餘針綫》又一部分内容便是從《詞律》十三至二十八卷之中選出了一百九十六調。對于孤調，則以小三角標注，並且記載所依照卷數與詞調數量，如「以上卌調從《詞律》卷十三、十四兩卷選得，九月廿九日」。但是陳夔對于《詞律》所收詞調並非簡單抄録，也會依據情況補調與拆分詞調，如「以上廿六調卷十五得廿三調，補三調」。又如《玲瓏四犯》一調，將姜夔所制單獨辟出。

《詞律》、《欽定詞譜》對詞調異體的不斷細分往往爲詞家所詬病，其後的詞學家對于詞調異體的劃分往往放弃了窮極地字斟句酌，抱有更爲通達的詞調觀。陈夔對于《詞律》的分體也多有不滿，如《念奴嬌》一調，便注有「平仄兩體，律强分三體，可厭」。再如册二的《滿江紅》調上，便注「此調字數多寡不齊，取其通用者平仄兩體」。同時，在詞調與詞體的選録問題上，其文獻價值、文學價值與是否常用成爲衡量的重要標準，常有「疑有誤不録」、「調不佳亦不録」、「作者少不録」，可見陳夔選調用詞標準並非求全，而爲求精。此外，總結詞調體式的差異已經爲前人做到刻舟求劍的地步，但是在同類或相似詞調之間，是否能够總結出共性特徵，成爲後來詞學家關注的一個方向。詞調劃分異體往往有其依據的重要參考點，而並非是逢異便立體，對于這些重要關節點，陳夔總結道：「凡詞中後起第二字或第三字，或叶或不叶，如《憶舊游》《瑞鶴仙》《摸魚子》《木蘭花慢》《鎖寒窗》等調皆然，又看前後各□少一韻者，如《木蘭花慢》《桂枝香》《南浦》《滿江紅》《慶春澤》《賀新郎》等調，又看首句或起韻或不起韻者，如《風流子》《八聲甘州》等調，必分兩體。」

透過《詩餘針綫》，我們可以管窺詞學家編纂分調型詞選的策略与過程。詞調索引的出現也是詞學學術化、專業化的體現之一，展現出詞學作爲專門之學的現代轉型，詞調索引的編纂更爲從分調詞學史的視域開展詞學研究奠定基礎。

〔一〕周瑛《詞學筌蹄》，《續修四庫全書》集部一七三五册，上海古籍出版社二〇〇二年版，第三九一頁。

〔二〕沈際飛《鐫古香岑批點草堂詩餘四集》，明吴門萬賢樓刻本。

〔三〕潘樹廣《古籍索引概論》，書目文獻出版社一九八四年版，第一—二頁。

〔四〕徐珂《康居筆記匯函》，山西古籍出版社一九九七年版，第二三九頁。

（作者單位：浙江財經大學人文與傳播學院）

唐圭璋改詞二則

黃思維

一

當年周總理逝世，舉世哀悼。唐圭璋致張珍懷書札（未刊）中亦録其悼念之作，云：「今日悼念總理，仍作《減蘭》。即奉一閱，并望指正！」又云：「不足概括萬一，聊表景仰之忱而已。」詞曰：「長淮毓秀。一代哲人垂宇宙。駭浪驚濤。歷盡艱辛總不撓。　豐功偉績。赤膽忠心隨主席。遺愛民間。亮節高風舉世傳。」按唐圭璋先生《夢桐詞》亦載此詞，題爲「瞻仰梅園新村，懷念周總理」，文字頗多改動，迻録如下：「長淮毓秀。一代英名垂宇宙。四化高標。秉政不辭日夜勞。　雪松如蓋，一角小樓依舊在。遺愛甘棠。冉冉春暉照世間。」

因題有改動，故下片首二句易爲「雪松如蓋，一角小樓依舊在」。南京梅園新村，爲中共代表團辦事處，一九四六年五月至一九四七年三月，以周恩來爲首的中共代表團曾居此（其間周本人在此生活、工作了六個多月），與國民政府進行和平談判。「雪松」句，「松如蓋」用李賀原句（《蘇小小歌》），但「松」用「雪松」，含意深刻，蓋以歲寒之不凋松柏，喻黨人之堅貞節操；「一角」句，寫人去樓在，不勝懷念。這兩句融情入景，易質實爲清空，既切題，又與上片「四化」兩句相呼應，一寫創業之艱辛，一寫守成之劳勩，其遺大投艱，高風亮節，有足稱焉。又「一代哲人垂宇宙」，「哲人」改爲「英名」，用杜甫詩「諸葛大名垂宇宙」（《詠懷古跡》之五),語更妥帖。「遺愛」兩句,「甘棠」,乃《詩經・召南》篇名;「春暉」,見孟郊詩「誰言寸草心,報得三春暉」(《游子吟》)。作者用這兩個典故,突出偉人雖往,而其政績,如召伯所舍之甘棠樹,長存遺愛;又如寸草難報之春暉,永照世間。

唐先生《論詞之作法》云:「近日詞人若王、鄭、朱、況諸家,無不幾經錘煉,幾經修改,始存定稿。」(見《詞學論叢》)今讀此詞,從初稿到定稿,彌見前輩錘煉修改功夫,洵爲後學楷模。

二

《唐圭璋論詞書札》,刊于《文學遺産》二〇〇六年第三期,共十三則,一至六則致秦惠民,七至十三則致施議對,分别由秦、施兩先生輯録。其中第五則書札,詳細記載了唐先生創作《如夢令・題東坡赤壁紀念館》之構思過程,初稿曰:「佇立層樓凝望,依舊千堆雪浪。永憶老仙翁,傑作無人嗣響。横放,横放,付與銅琶高唱。」作者稱「坡公才大如海,無從下筆,我也無精力構思作長調,只能于無眠之夜,寫小闋以奉」。故其構思過程,也是修改過程,倘摘録,不足以反映創作全過程,故全文照録如下:

因爲我未到過黄州,這次會議(秦按:指一九八二年秋在黄州召開的蘇軾學術研討會),我又未參加,所以不能即景賦詞,只能想像爲之。先想做「憑檻臨風悵望」,「憑檻」用「歷歷數西州更點」語,「臨風」用「隨風直到夜郎西」語,「悵望」因爲我未去。

第二句原作「天外千堆雪浪」。「千堆雪」,東坡原句,「天外」也出于我未去。

第三句「老仙翁」,是東坡稱歐陽修「十年不見老仙翁」,我以之稱東坡。

第四句「傑作無人嗣響」,「傑作」我原作「千載」,但應保留「千堆雪」故改。

第五句第六疊句「横放」,是宋人賀東坡語,我覺比豪放有據而横空盤硬語,「横」字有力。

第七句「付與銅琶高唱」，這是俞文豹《吹劍録》的話，但也只説「鐵板」，平仄都不合。這裏我請你幫我推敲的：「凝望」也是凝神遥望，與「悵望」同，依舊出于想像，「江山猶是昔人非」意。我覺得「天外千堆」都可，但爲了保留它因而把原來「千載無人嗣響」改爲「傑作無人嗣響」。「傑作」我覺得不好，想改爲「高詠」，但「高詠」又與末句「高唱」的「高」字重複，如何妥帖有力，你幫我決定一下！

我以爲「憑檻臨風」、「千載無人嗣響」、「高唱」好，但避免字句重複，總改不好，我想聽聽你的意見。

此詞亦載《夢桐詞》，最後改定爲：「憑檻臨風遥望。天外排空雪浪。永憶老仙翁，千載無人嗣響。横放。横放。付與銅琶高唱。」

按首二句仍用原作。首句僅易一字，「悵望」改爲「遥望」。「臨風遥望」，似用《楚辭・少司命》：「望美人兮未來，臨風怳兮浩歌。」作者雖未參加會議，但心嚮往之，一個「遥」字，備見深情。次句「千堆」改爲「排空」，用范仲淹《岳陽樓記》「濁浪排空」語，氣勢更爲壯闊，亦如作者稱東坡「亂石」三句，「寫赤壁景色，令人驚心駭目」也（見《唐宋詞簡釋》）。其他字句，認爲好均保留，如「傑作」仍用「千載」，以突出坡公「才大如海」，不可企及。又「横放」兩字，用晁無咎語，「居士詞，人多謂不諧音律，然横放傑出，自是曲子中縛不住者。」（《復齋漫録》引）取以入詞，恰到好處，非有力之「横放」，不足以體現東坡詞之豪邁氣概。昔歐陽修稱柳宗元「投以空曠地，縱横放天才」（《永州萬石亭》），蘇軾貶謫黄州，所作《念奴嬌・赤壁懷古》、前後《赤壁賦》，成爲千古名篇，亦「縱横放天才」也。至于平仄之照顧，字句之避複，前者如易「鐵板」爲「銅琶」，意思不變；後者如易「高詠」爲「千載」，保留「高唱」，這些修改細節，足以度人金針。

以上兩首詞，雖小令，作者亦全力爲之，且虚心聽取意見。經改後，意更愜，詞更達，韻更勝，庶幾如張炎《詞源》所云「無瑕之玉」乎！

第九則書札云：「顔魯公書力透紙背就是拙重大，出于至誠不假雕飾就是拙重大。因此，真摯就是拙，筆力千鈞就是重，氣象開闊就是大。」作者釋「拙重大」，簡切明瞭，而其所作亦具拙重大，如以上《減字木蘭花》、《如夢令》等詞是也。

又第十三則書札云：「記得張炎與蕙風詞話都有改之又改的説法，亦即精益求精之意，唐人每有吟安一個字，撚斷數莖鬚之詩，正勵我輩創作宜力求有一唱三歎之韻致。」後輩見到前輩之作，往往是定稿，不易見到初稿。今有幸獲睹唐圭璋先生論詞書札，既可窺見其精益求精之創作風格，又能感受其不恥下交之謙抑胸懷。至若構思過程，對後學而言，極具指導意義。

編輯後記

屈大均詩居嶺南三大家之首，然相對于詩名，其詞名並不顯著。黄坤堯先生《〈騷屑詞〉之時局迷離與嶺南物色》一文詳述《騷屑詞》版本、屈大均的志事和生活，《騷屑詞》的記史言志、迷情世界、嶺南物色以及田園生活等，以凸顯作爲詞人的屈大均在明清詞壇中承前啟後的地位。

黄浩然《馮金伯〈熙朝詠物雅詞〉述論》一文對清代詠物詞選《熙朝詠物雅詞》從成書與體例、擇詞、擇題、典範選擇與詞史梳理、雅詞評判標準的轉變等方面展開考察，這部參照《歷代詩餘》、《欽定國朝詩別裁集》、《欽定詞譜》體例所編的詞選此前鮮少受人關注，相信該文對詠物詞的進一步研究將會有所啟發。

晚近詞壇的師法取徑問題一直備受學者關注，本輯葛恒剛、王居衡《逆溯與專師：〈宋四家詞選〉、〈宋七家詞選〉的創作取徑與典範意義》一文，通過《宋四家詞選》、《宋七家詞選》在選本和創作兩個方面所呈現的逆溯、專師之法的不同取徑，嗣後《海綃説詞》與《宋詞舉》分别沿著這兩種不同路徑的各自推演，揭示《宋四家詞選》、《宋七家詞選》在清季民初詞壇的典範功能與示範效應。

編者　二〇二三年四月

稿約

本刊各欄歡迎惠稿，并请參照如下體例排版：

一、來稿要求格式規範，專案齊全。按順序包括：文題、作者姓名、工作單位、内容摘要、關鍵詞、社科基金號（如有）、正文、附注。

二、作者姓名：署真名，多位作者之間用空格分隔。在篇尾處加作者簡介，按順序包括：姓名（出生年月），性别，籍貫，工作單位，職稱，學位。

三、内容摘要、關鍵詞：用五號仿宋體；關鍵詞之間用空格分隔。

四、正文繁體横排（正式刊印時由出版社統一改爲直排），用五號宋體。文中小標題用四號黑體。如在正文中引用其他文獻的段落或句群，且需另起一段列出者，該段請用五號仿宋字體打印，並請首尾各收縮兩格。

五、標點：詞調名、書名、篇名用書名號。全文録詞只用三種標點：無韻句用「，」點斷；韻句用「。」點斷；逗處用「、」點斷。

六、附注：本刊注釋一律采用尾注形式，以中文數位順序編碼，用方括號標引。譯著須標明原著者國别，並在國别外加方括號。要求按順序準確標明：作者，書（篇）名，出版社，出版時間及頁碼，如是刻本須標出版本與卷數。

中文注釋格式示例如下：

［一］王昶編《明詞綜》卷四，遼寧教育出版社一九九七年版，第五六頁。

［二］鄒祗謨、王士禛合選《倚聲初集》二十卷前編四卷，清初大冶堂刻本。

[三][日]村上哲見《〈楊柳枝〉詞考》，王水照、保苅佳昭編選《日本學者中國詞學論集》，上海古籍出版社一九九一年版。

[四]謝桃坊《張炎詞論略》，《文學遺産》一九八三年第四期，第八三頁。

[五]楊義《詩魂的祭奠》，《中華讀書報》二〇〇一年十一月二十八日第三版。

如有不同注釋引自同一出處，請如下示例標注：

[六][一一][三五]胡适《〈詞選〉自序》，《胡适古典文學研究集》，上海古籍出版社一九八八年版，第一〇頁，第一三頁，第一九—二〇頁。

來稿請務必附上作者聯繫地址及郵政編碼、作者電話號碼、手機號碼和電子信箱，以方便聯繫。

本刊審稿期限爲三個月，收到投稿後，我們會安排初審、復審、終審，最終形成「同意發表」、「修改後發表」、「不發表」三種意見。若爲「同意發表」或「修改後發表」，則會有編輯與您進一步溝通；若爲「不發表」，則回復《退稿通知》。本刊不允許一稿多投，故在接到本刊《退稿通知》前，請不要另投他刊。

本刊不收取版面費。來稿如被録用，發表後敬致薄酬，聊表謝意。

來稿請寄：上海市閔行區東川路 500 號華東師範大學中文系《詞學》編輯部，郵編 200241；同時將電子稿發至：cixue1981@126.com